本书为国家社科基金重大项目
"百年中国文学视域下儿童文学发展史"（21&ZD257）的阶段性成果

2023年度浙江省哲学社会科学重点研究基地
浙江师范大学儿童文学研究中心课题的结项成果

百年中国儿童文学论丛 / 吴翔宇 主编

新时期40年
中国儿童文学编年史

吴翔宇 谢一榕 徐健豪 著

南京大学出版社

序

与一般文学研究无异,儿童文学研究也分为儿童文学史、儿童文学理论和儿童文学批评三大板块。经过了百年发展的历程,中国儿童文学创作与研究的功能逐渐凸显,中国儿童文学史的研究也日益深入。然而,中国儿童文学史的史料建设与理论话语体系建设尚不完善。如何更完整、更全面、更严谨地编纂百年中国儿童文学史,整理、爬梳、辑录零散的理论批评史料,建设好集目录学、考证学与文献学于一体的史料库,在此基础上总结百年的批评经验、确立标示中国的民族化与现代化的中国儿童文学理论批评话语体系,促进中国儿童文学创作的健康发展,是当前中国儿童文学研究界重要的使命。

依托于中国新文学发展的推动,中国儿童文学的发生发展驱动了专属于"儿童"的知识化生产及相关知识体系的科学性自觉,从而开启了其学术化及学科化建构的浩大工程。中国儿童文学理论批评发端于"五四"时期,周作人的《儿童的文学》(1920年)第一次在"人学"范畴内提出了"儿童文学"这一概念,将"儿童的"与"文学的"两个维度作为儿童文学创作与批评的标准。随着新文化运动的开展,中国儿童文学创作与研究进入到一个崭新阶段,它们大多具有了世界性与民族性的现代意识,创作与批评的形式、语言及方法呈现出自觉的追求,职业的作家及批评家也开始出现。鲁迅、周作人、郑振铎、赵景深、茅盾、郭沫若、张天翼等新文化人兼及成人文学与儿童文学两域,译介域外资源、化用传统资源,立足中国动态文化语境,以"历史在场"的方式参与了中国儿童文学创作、理论与批评的学科化建设。

中国儿童文学的百年发展其实与现代中国的发展是同构的。中国儿童文学为培育"新人"发挥着其本有的功能,一代代儿童在优秀的儿童文学作品的滋养下,发展成为社会主义的建设者。他们又将这种儿童文学阅读的经验传授到下一代,由此看来,儿童文学影响儿童身心发展是可持续和可再生的。在一系列经典"伴读"下,中国原创儿童文学的经典化历程也就开始了。当然,这种经典化工程的实现要借助于儿童文学理论研究界的努力。各类儿童文学史著、理论批评文章对于儿童文学发展趋势进行了归纳,对于儿童文学的现状进行了中肯的批评,营构了健康的创作与批评互动的场域,这些对于儿童文学的未来发展都是非常有价值的。

我在浙江师范大学儿童文学学科工作了六十多年。尽管退休多年,但我日常的生活始终都与儿童文学有关。我觉得儿童文学是一门让人年轻的专业,因为我们要时刻去了解年轻的生命的脉息,这种聆听与感悟让我充盈着年轻的朝气,这是多么美妙的事情啊!我庆幸我选择了儿童文学为毕生志业,我没有辜负它,它也给予我诸多意想不到的收获。

吴翔宇教授近年来深耕中国儿童文学史及史料建设,成果丰硕。2019年他与徐健豪合作出版了四十多万字的《中国儿童文学编年史(1908—1949)》,对上世纪前半叶中国儿童文学发展状况作了详尽的辑录与研究。现在又将视野转向了新时期,四十多万字的《新时期40年中国儿童文学编年史》已编纂完毕,这是值得庆贺的事情。新时期以来,中国儿童文学的发展提速了,创作高度繁荣,无论是创作者,还是出版市场,抑或是理论研究者都意识到儿童文学这一领域所蕴藏的阔大资源,在"争取下一代"的伟大工程中发挥着重要的角色。现在已出现了多部"中国儿童文学史"或"中国儿童文学发展史",那么还需不需要再编纂"编年史"呢?答案是肯定的,而且非常有必要。当然,"编年史"不是"文学史"的资料汇编,也不是"文学史"的大事记或者年表,它搜集创作、理论、出版、社团、流派、批评等各类史料,而这些史料本身就是一种文学史,史料背后有着诸多文学史的结构与意义。

作为一个见证了新时期中国儿童文学发展步履的研究者,我深知儿童文学研究依然任重道远。与成人文学相比,儿童文学的创作与研究还有很长的路要走。尽管前路漫漫,但我依然保持着乐观的心态。一代代学人的参与、深耕及新的学术力量的加入,儿童文学这门年轻的学科定会迈开脚步去触摸这个伟大时代发展的现实生活,去切近儿童这一"完全生命"的丰富存在,将儿童文学的学问写在中国的大地上,注入儿童生命的深层。

是为序。

蒋　风

2022 年 3 月 22 日

目 录

绪 论	001
1978 年	010
1979 年	019
1980 年	029
1981 年	038
1982 年	047
1983 年	055
1984 年	064
1985 年	073
1986 年	079
1987 年	092
1988 年	107
1989 年	120
1990 年	130
1991 年	145
1992 年	159
1993 年	167
1994 年	183
1995 年	194

年份	页码
1996 年	205
1997 年	216
1998 年	227
1999 年	242
2000 年	255
2001 年	266
2002 年	273
2003 年	279
2004 年	284
2005 年	291
2006 年	301
2007 年	313
2008 年	325
2009 年	340
2010 年	353
2011 年	367
2012 年	384
2013 年	407
2014 年	438
2015 年	461
2016 年	478
2017 年	505
2018 年	519
2019 年	531
2020 年	542
后　记	553

绪 论

迄今为止,中国儿童文学走过一个世纪的历程,已形成了鲜明的民族特色、时代规范和审美追求。中国儿童文学理论批评正是在"文学现代化"的整体框架中发展起来的,并逐渐形成了具有中国特色、中国风格、中国气派的话语体系。中国儿童文学这一特殊的理论体系如何从中外文化宝库中萃取精华,让世界通过中国的儿童文学认识中国和中国文化,让中国儿童文学的种子发挥更集约的作用,已成为儿童文学创作者和理论工作者神圣的使命。毋庸置疑,百年中国儿童文学理论批评体系的建设,总体上需要一种统筹意识,如何有效地开掘既有的文学传统,如何在持守现代传统的同时拓展新的理论场域,其价值旨归并非单向度的理论与批评本身,而是围绕着"中国"、"儿童"与"文学"所展开的广阔世界。

进入新时期,中国儿童文学逐渐走出之前"沉寂"的状况,承继了自"五四"时期所开启的文学写儿童、为儿童的道路。尘封多年的儿童文学创作、批评与理论研究也与成人文学一道开始了新的征程,中国儿童文学迎来了真正意义上的"黄金时代"。与当代文学无异,新时期以来的儿童文学在摆脱了"政治化"、"教育化"的束缚后,愈发彰显其"专门"、"专属"于儿童身心发展的文学社会性的功能。在回到"儿童文学自身"思想的引导下,"儿童的"与"文学的"双重特性被重视,从而保障了中国儿童文学不再出现"本体的倾塌"。

历史地看,"回到儿童文学自身"不是简单意义上的"向内转",回到纯化的老路上,而是返归至儿童文学概念的本源,从中国儿童文学的源流来总结其发展的经验,立足于新的时代语境来开展创作、批评及相关的知识化生产。从概念上看,儿童文学既是一个描述性的概念,也是一个结构与关系的概念。从概念的上述两个层面来探究,会丰富我们对于新时期40年儿童文学整体演进及规律的理解。

所谓"描述性"的概念是从概念生成的语义来定义的,儿童文学是"儿童"的"文学"即是这一概念的核心内涵。众所周知,儿童文学是成人为儿童创作的文学。这实际预设了成人作家与儿童读者这种"代际"的文学生产机制。然而,这种作者与接受者之间的"非同一性"造成了儿童文学发展过程中"内在"的困境。对此,王富仁曾指出:"中国成年文学发展的困难是显在的,而儿童文学发展的困难则是内在的。儿童文学不但不是由儿童自己创作的,同时也不是由儿童自己选择的。"[1]这里的"内在困境"是指儿童无法为自己代言,儿童被动地成为成人描述或书写的对象。一般而论,"自塑"往往比"他塑"要客观,儿童文学借助成人来书写童年、儿童,绕开了儿童,生成了儿童与成人之间无法撕裂的对话关系。不过,这种复杂的"代"的沟通与交流赋予了儿童文学更为阔大的话语空间。按照诺德曼的理解,儿童文学的创作主体之所以不是儿童而是成人,原因在于儿童没有超越"儿童所体验的童年或儿童式思维",因而"逾越儿童文学的界限"。[2] 总体来看,成人的人生半径确实远大于儿童,也确实经历过童年,是最适合创作儿童文学的。儿童与成人之间的界限是始终存在的,尽管也有"成人化"的儿童,但依然无法抹平这种代的裂隙。通过想象童年,成人创作出"为儿童"阅读的文学作品。从创作过程看,成人作家不可能罔顾儿童这一独特的对象,当然,也无法完全规避成人自己的声音。事实上,任何文本都隐藏着意识形态,只不过"大多数为儿童写作的作家没有

---

[1] 王富仁:《把儿童世界还给儿童》,《读书》2001年第6期。
[2] [加拿大]佩里·诺德曼:《隐藏的成人:定义儿童文学》,徐文丽译,中国社会科学出版社2014年版,第153页。

意识到他们是置身于一个意识形态框架中进行着写作活动"①。由此,在儿童文学的话语结构中自然包含了并非定于一尊的儿童话语。当然,成人话语的介入不是显在的,而是隐匿的。

这种不同话语的参与,实质上为我们深入理解儿童或童年提供了更为多维的介质,也为儿童文学话语空间的拓展提供了可能。在"为儿童"与"为成人"的话语博弈中,儿童文学的思想性被提升到一个新的阶梯。思想性的过盛造成了对文学性的挤压,从而使得"儿童文学是文学"这个看似无需自证的判断在中国具有了革命性的意涵。② 尤其是当这种思想性与教育性、政治性耦合时,儿童文学本体中的"儿童的"与"文学的"任何一个层面都遭受压抑。新时期以来40年的儿童文学就力图回归"儿童的"与"文学的"本位,兼顾思想性与艺术性的平衡,纠正之前"纯文学的本质主义"与"非文学的工具主义"所造成的后遗症。当然,这种修正并非一蹴而就的,中国儿童文学真正的自觉和繁荣既有赖于创研队伍的成熟,还与整个儿童文学生活的良性发展密切相关。

所谓"结构与关系"的概念是从儿童文学的结构特性及社会功能来确定的。检视人类文明发展的历史不难发现,不存在个人与社会体系绝对脱离、隔绝与独立的状态,即使是那些自命为"封闭人性"的"哲学的人",其知识经验的获取也离不开主体"内部"与世界"外部"的渗透、参照,对于成人来说如此,儿童又何尝不是这样?关于这一点,德国学者诺贝特·埃利亚斯提醒人们:"把个人和社会这两个概念视为静止的,这种观点就像

---

① 谈凤霞、[澳大利亚]约翰·斯蒂芬斯:《当代国际儿童文学研究动态——与约翰·斯蒂芬斯教授访》,《昆明学院学报》2019年第4期。
② 吴翔宇:《边界、跨域与融通——中国儿童文学与现代文学"一体化"的发生学考察》,《文学评论》2020年第1期。

是一个陷阱,束缚了人们的思想。"①在人类社会发展的过程中,将人的内心与一切外部世界完全隔绝的"看不见的墙"的存在本身是可疑的,根本无法回答如下问题:究竟是什么东西、在哪儿、怎样将人的内外隔绝?当然,我们承认儿童有指向其"内部"的自由与自然等属性,但其成长过程依然无法回避社会化的过程。从这种意义上说,无论儿童,还是儿童文学都不可能在"孤立"和"真空"的状态下独善其身,其发展必然会牵连着儿童主体之外更为阔大的社会文化力量,进而从儿童文学生产、消费的日常生活超逸出来,跃升至国家与文化的公共层面。

儿童文学与生俱有的特性即是"文学性"与"教育性"。中国儿童文学自创生以来,就被赋予了育化新人的社会使命。早在20世纪80年代,曹文轩将儿童文学的这种使命定义为"塑造民族未来性格"②。新世纪以来,他又提出"儿童文学的意义在于为人类提供优良的人性基础"。一代代儿童受惠于世界优秀儿童文学作品的滋养,当儿童成长为父母的时候,他们继续向其下一代"伴读"儿童文学,儿童文学成为培育社会主义"新人"的不可或缺的资源。正是基于这种可持续发展的文学资源的存在,儿童的成长路上有了无法离弃的"文学伙伴"。对于成人作家而言,创作儿童文学就成了其参与儿童身心发展的有效手段。儿童文学的社会功能被激活起来,并逐渐渗透于当前的儿童教育等宏大的"立人"工程中。如果罔顾文学的社会使命,盲视当代中国的社会文化语境,一味地在学科本质主义的道路探索,势必会锁闭中国儿童文学的发展。同时,如果我们过于强化这种社会功能,不考虑儿童文学属于文学这一基本现实,抑或忽视文学这一边界,也会从本体上颠覆儿童文学的概念。如何在儿童文学的思

---

① [德]诺贝特·埃利亚斯:《文明的进程:文明的社会发生和心理发生的研究》,王佩莉、袁志英译,上海译文出版社2018年版,第30页。
② 曹文轩:《中国八十年代文学现象研究》,人民文学出版社2010年版,第365页。

想性与艺术性中求取平衡，是一个无法回避的问题。不过，这种看似两难问题的出现、诘问，实质上又回到了"儿童文学是什么"这一概念的本源。

新时期40年儿童文学的发展的内在动力是儿童观及儿童文学观的演变。儿童观自古有之，集中体现了人们对于"儿童是谁"的历史追问与文化反思。[①] 简言之，即是成人对儿童的预设与思考。作为一种认知形态的观念，儿童观从来都不是儿童对于自身理解所形成的看法或观念，它是以成人为主导的社会体系对于儿童非实证的、经验性的意见，在特定的社会、文化、区域之中具有一定的普遍性和抽象性的印象，并在社会交往中逐渐形成一种代表性的话语。透过成人对儿童的"想象"与"叙述"，我们可以洞悉"两代人"的集体性的表述与话语形态。儿童观构成了成人思想史的重要组成部分，是成人知识生产过程中的文化产品，为我们审思成人思想观念谱系提供了有效的切入点。换言之，对成人、成人社会这一他者的考量，自觉地将其纳入儿童主体思想体系建构的文化内部，最终指向儿童身份的认识与建构。

一旦意识到了儿童是人类的未来、是将来的主体，成人的儿童观就具有了现代的意义。"五四"所形成的现代儿童观经过历史与时代的淘洗，其意涵也发生了诸多变化，甚至出现过被扭曲和误读的状况。但在不断反思和思考儿童的未来发展问题上，人们始终持守以儿童为本位的观念，将儿童的身心发展、人性的养成视为国家战略发展的重要组成部分。与此相关的儿童文学观念也随之转型，在"为儿童"的问题上更加注重从人性、生命等宏大议题来命意，儿童文学逐渐走出狭窄的"纯化"道路，向更为多元的境界跃升。现实与幻想"双翼舞动"，立足于"中国式童年"，将儿童文学的创作真正写在儿童的心坎上、写在中国的大地上。

90年代以来，随着中国市场化的展开与深化，儿童文学的市场化需

[①] 刘晓东：《儿童文化与儿童教育》，教育科学出版社2006年版，第1页。

要出现了"井喷"的状况。儿童文学创作与批评的不平衡就出现了。市场的繁荣与创作及批评的乏力成为学界亟须改善的焦点。在谈论如何保持文学学科的活力时,温儒敏的观点是要对当下"发言"[1]。在电子媒介时代,文学的话语方法发生了转型:文学性转向媒介性,图像主导取代了语言主导。[2] 受这种传媒的影响,包括中国儿童文学在内的百年中国文学与媒介的多元共生关系被召唤出来。在此语境下,儿童与成人之间似乎毫无"秘密"可言,文化价值的层递界限逐渐消融,即波兹曼所忧虑的"童年的消逝":"在电视时代,人生有三个阶段,一端是婴儿期,另一端是老年期,中间我们可以称之为'成人化的儿童'。"[3] 从表象看,这种界限的模糊似乎弥合了"童年"与"成年"的裂隙,也化解了因审美意识差异带来的跨身份、跨文化的危机。但事实上,如果跳出童年本质论的迷思,从社会建构论的角度看,"成人与儿童之间的界限必须没完没了地被一划再划"[4]。在儿童文学"元概念"的表述中,儿童与成人"两代人"的权力层级是保障等级化知识生产的必要条件,那种以标榜儿童自主性身份来消融两者界限的看法,实际上反而纵容了电子传媒对于儿童或童年自主性的吞噬。

当下,在市场化、商业化的冲击下,中国儿童文学走到了如朱自强所说的"分化期"[5],文类的分化意味着再生、拓展,而文类的移动与替换直接影响了中国儿童文学的革新。当这种"分化"形态与中国儿童文学内部

---

[1] 温儒敏:《现代文学研究的"边界"及"价值尺度"问题——对中国现代文学研究现状的梳理与思考》,《华中师范大学学报(人文社会科学版)》2011年第1期。
[2] 胡友峰:《论电子媒介时代文论话语转型》,《文学评论》2018年第1期。
[3] [美]尼尔·波兹曼:《童年的消逝》,吴燕莛译,广西师范大学出版社2004年版,第26页。
[4] [英]大卫·帕金翰:《童年之死:在电子媒体时代成长的儿童》,张建中译,华夏出版社2005年版,第81页。
[5] 朱自强:《论"分化期"的中国儿童文学及其学科发展》,《南方文坛》2009年第4期。

的"分层"①耦合时,多学科互涉实际上演变为动态系统间的交叉。为此,重申中国儿童文学自主性来应对"童年消逝"所带来的文学性的衰竭,重新激活技术时代因文化失落而日趋稀缺的"中国式童年"的建构潜能,是当前儿童文学工作者的新使命。

为了有效地归置"知识集"各要素的关系,为了廓清各学科知识的类型与秩序,有必要从学科化的角度整体、全面地研究新时期40年儿童文学内在的规律。在学术体制内,中国儿童文学的学科化却并非易事。要创构一门学科,首要的任务是确立其专属的知识范畴、价值阈限、批评标准和研究方法。对于中国儿童文学的学科化而言,更为急迫的任务是从此前寄居和依附的状态中分野出来,这种与母本的断裂、分殊是其"自立门户"的基点。中国儿童文学体制与现代知识体制类似,最大的特点就是出现"专家文化和生活世界的分离",最终实现现代性"话语装置"②的构造。同时,儿童文学的专业知识的边界确定也意味着要"与相邻知识分离"③才能实现。然而,这也意味着要斩断此前粘连的学科传统,重构一种全新的学科传统,这种蜕变与转型预示了中国儿童文学学科化的艰难之旅。毕竟这种分野是双重的:一是从儿童学、教育学、民俗学、人类学等非文学的学科门类中独立出来,二是从百年中国文学中确立其专属的身份来。中国儿童文学学科化着力于本体的学术化、知识化的研究,这种历史化的转向是之前儿童文学本质论研究的一种转型与延异,也是有效解决"本质论"与"建构论"论争的理论武器。在遭遇理论研究困境时,返归儿童文学本体、还原历史现场,业已成为当前学界研究的共识。类似于美

---

① 王泉根:《儿童文学的审美指令》,湖北少年儿童出版社1991年版,第173页。
② 罗岗:《危机时刻的文化想像》,江西教育出版社2005年版,第13页。
③ 尤西林:《"知识分子":专业与超专业矛盾及其改善之道》,《探索与争鸣》2019年第1期。

国学者詹姆逊"永远历史化"的论断,中国儿童文学学科化及自主性也是"未完成的状态"。这种始终"在路上"的原因是多方面的,既不能忽视中国儿童文学自身的结构特性、文学传统的因素,也不能简化文学与时代、政治、历史之间的深微关系。

从目前的学科分类来看,儿童文学是作为中国现当代文学一个研究方向而存在的,既然依托于中国现当代文学,那么还有一个"入史"的问题。必须指出的是,中国儿童文学史和中国现当代文学史有融通的可能。无论作为个体的还是群体的"儿童",它的介入对于拓展"人的文学"的视域,及理解文学内部"多元共生"的结构提供了新的视野。中国儿童文学进入中国现当代文学史不是"量"的添补,而是以"质"的形态参与多元共生结构的生成。同时,中国儿童文学进入中国现当代文学史也须谨慎。中国儿童文学有其自成体系的文学传统、思维形态和价值标准。在百年发展历程中,中国儿童文学与中国现当代文学的发展历程并非一一对应,两者之间既有相互补充的顺应,也有彼此冲突的悖反。因而不能全盘化地将中国儿童文学的内容硬塞入中国现当代文学史,若此,将造成中国现当代文学的逻辑混乱的后果。如果生硬地将中国儿童文学各个发展阶段的文学实践按"史"的顺序安插至中国现当代文学之中,那么构成一个所谓的"成人—儿童"综合的大文学史也是不切实际的。毕竟两种文学并非整体与部分的关系,也就不可能在同一的系统论机制中来安置两者的关系。当然,更不必将中国儿童文学史作为独立的章节附在中国现当代文学之中,进而抽离两者之间的内在联系。

本著是笔者《中国儿童文学编年史(1908—1949)》延续的产物,运用"编年"的体例来爬梳新时期40年儿童文学的发展历程,出发点依然在于打破"以论代史"及"以论带史"研究范式的弊病,从史料出发,按照时间的历程梳理起一个个文学事件,而这种文学事件则勾连着与之相关的文学创作、消费的生态,从而规避和克服观念先行的问题。在史料的搜集过程

| 绪 论 |

中,笔者援引了西方谱系学的方法。对于谱系学,法国哲学家福柯认为就是:"将一切已经过去的事件都保持它们特有的散布状态上;它将标识出那些偶然事件,那些微不足道的叛离,或者,完全颠倒过来,标识那些错误,拙劣的评价,以及糟糕的计算,而这一切曾导致那些继续存在并对我们有价值的事情的诞生;它要发现,真理或存在并不位于我们所知和我们所是的根源,而是位于诸多偶然事件的外部。"[1]显然,这种方法与以往历史研究所注重整体性、延续性及本质规律有差异,它关注的重心是历史本身的细节性,在历史细部和边缘处呈现历史的生动性和丰富性。当然,在具体编纂编年史的过程中,除了呈现儿童文学史料的丰富性外,笔者还有意识地关注历史的关联性、整体性。研究思路与《中国儿童文学编年史(1908—1949)》并无太大差异,为了方便,特辑录如下:"一是以编年的方式消除文学史的等级叙述和判断,还原接近儿童文学原生形态的文学图景;二是融合断代史与通史的研究方法,在突出不同历史时段的特异性的同时,还充分注意到各个时段之间的贯通性,从细节的关联中折射中国儿童文学发展演变。同时,考虑到中国儿童文学与现代中国社会发展的共振性,在梳理具体史料时不仅做必要的叙录,还将现代中国的文化语境及生态引入史料的阐释之中。"[2]

借助于对新时期儿童文学史料的搜集与研究,新时期 40 年中国儿童文学的发展脉络就呈现出来了。这一儿童文学的发展历程与新时期中国的发展之间具有同构性。本着"编年史"不是"文学史"副本的原则,笔者辑录了这 40 年中国儿童文学创作、理论与批评的重要事件,以期为重构中国儿童文学立体、多维的图景提供资源,推进和深化百年中国儿童文学的发展。

---

[1] [法]米歇尔·福柯:《尼采·谱系学·历史学》,见汪民安、陈永国编《尼采的幽灵:西方后现代语境中的尼采》,社会科学文献出版社 2001 年版,第 121 页。
[2] 吴翔宇、徐健豪:《中国儿童文学编年史(1908—1949)》,南京大学出版社 2019 年版,第 4 页。

1978 年

　　1978年3月，上海闸北区教师红专学院编写的《儿歌习作与讲评》由上海教育出版社出版。本书包括盛海英的《红领巾高唱〈东方红〉》、莘庄小学儿歌组的《清泉来自中南海》、蔡伟敏的《华主席徒步来学校》、丁敦的《喜报》、陈晏和余冠雄的《领袖和少年儿童心连心》、苏秀英的《请老师》、诸国妹的《我和雷锋比童年》、黄碧倩和任家平的《平凡小事先做起》、露香园路第三小学儿歌组的《想起雷锋好叔叔》、朱萍的《姐姐的秘密》、郑培黎的《留下姓名一个样》、眭维国的《红领巾问讯站》、烟厂路小学儿歌组的《上学》等作品58篇。另外本书还有两则附录，分别为郭长顺、甘雪娟的《谈谈儿歌的语言与形式》和储振国的《辅导学生儿歌创作的几点体会》。[①]

　　1978年4月，《儿童时代》在上海复刊，确定《儿童时代》为以小学高年级（兼顾中年级）学生为主要阅读对象的综合性半月刊。国家名誉主席宋庆龄撰文祝贺："《儿童时代》很长时间没有能够出版……（现在）作为百花园中的一朵小红花又和小读者见面了。"[②]该刊于1950年4月1日正式创刊，宋庆龄为《儿童时代》创刊号题词并撰写刊名。"文化大革命"期间，从1966年10月16日第17期（总389期）起被迫停刊达12年，杂志社工作人员被安排到中国福利会下属其他单位。"文化大革命"结束后，1977年11月，原儿童时代社工作人员陆续调回，筹备复刊事宜，并报经中华人民共和国教育部批复"同意《儿童时代》复刊"。

---

① 闸北区教师红专学院编：《儿歌习作与讲评》，上海教育出版社1978年版。
② 《儿童时代》1978年第1期，1978年4月1日。

1978年5月,《人民日报》发表《为孩子们提供丰富的精神食粮》。该文是为人民文学出版社召开的"少年儿童文学作家座谈会"所做的专题报道。少年儿童文学作家座谈会由人民文学出版社负责人严文井主持,全国妇联副主任康克清出席了这次座谈会,并在会上讲话。40多位作家、儿童文学翻译家、诗人和其他有关人士,应邀出席了座谈会。在会上发言的有:叶圣陶、谢冰心、高士其、胡德华、韩作黎、叶君健、金近、阮章竞、秦牧、孙峻青、左林、王愿坚、陆柱国、管桦、柯岩、杨大群、郑文光、刘厚明、敖德斯尔、刘心武、庄之明。会议呼吁道:"希望各方面都来关心少年儿童的成长,大家都来动手,迅速改变由于'四人帮'破坏造成的少年儿童读物奇缺的状况,为孩子们提供丰富的精神食粮。"①

1978年6月13日,儿童话剧《童心》(编剧秦培春)首演于儿童艺术剧场(延安中路555号)。导演任德耀、刘安古,舞台设计查国钧、马勇民、徐漪文,作曲张鸿翔。主要演员:金安歌、战车饰童心,章安娜、张杰饰小黑皮,胡文杰、刘国英饰顾阿祥,夏克强、蒋锡礽饰夏文甫。1979年3月,应国家文化部邀请,该剧团赴北京参加庆祝建国三十周年献礼演出,获得演出一等奖、创作二等奖。宋庆龄、王震、彭真、康克清等中央领导和上海市有关领导彭冲、王一平、严佑民及各界著名人士,加拿大、瑞典等外宾先后观看演出。1979年4月7日,宋庆龄在《人民日报》上发表《我看〈童心〉》一文,指出:"这样的戏,教师看了一定落泪,发生共鸣,要为培育四化的生力军而献身;学生看了,对比今昔,一定发奋学习,树立为共产主义奋斗的宏伟理想。这是一出好戏,对成人和孩子都有很大的教育意义。"②

1978年6月,《少年文艺》第6期刊登冰心、金近、陈伯吹、韩作黎等人的系列文章,命名为"儿童文学笔谈会"。此次笔谈会包括冰心的《笔谈

---

① 《为孩子们提供丰富的精神食粮》,《人民日报》1978年5月28日。
② 宋庆龄:《我看〈童心〉》,《人民日报》1979年4月7日。

儿童文学》、金近的《童话也是一朵花》、陈伯吹的《空手而回与满载而归》、韩作黎的《我对发展儿童文学创作的一些意见》、刘真的《谈谈文学作品的细节》等五篇短文。

在冰心的《笔谈儿童文学》中,对于儿童文学理论,她认为"实在没有什么理论"。同时,她对于自己的创作经验也有若干想法:原来写《寄小读者》时,"还有点对儿童谈话的口气","后来和儿童疏远了","就越写越'文',越写越不象"。在她自己看来,1949年以后她才"有意识地想写点儿童文学作品",于是她就去找儿童文学的相关定义,她后来所认同的观点,依旧是"儿童文学是供少年儿童阅读的各种体裁的文学作品"。不仅如此,冰心还提出关于"如何能写好儿童作品"的相关问题。在她看来,"要写好儿童所需要而又便于接受的东西,我们就必需怀着热爱儿童的心情,深入儿童的生活,熟悉他们的生活环境,了解他们的矛盾心理,写起来才能活泼、生动而感人",她强烈呼吁"'主题先行'的创作方法,是最要不得的","这种故事,儿童是最不爱看的"。她结合自己的经验,认为"儿童往往是最好的儿童文学评论家,他们的眼睛是雪亮的!"此外,冰心也认为儿童文学写作除了有丰富的生活经历,还需要"作者的技巧","技巧是从勤学苦练来的","勤学苦练就要多读"。[1]

在《童话也是一朵花》的开篇,金近就对童话下了一个定义:"它是现实和幻想交织成的艺术品。"但是在"四人帮"大搞文化专制主义时,童话也成了他们"专政"的对象,要严格遵守"三突出"的原则。此后,童话才得到重新发展的机遇。金近呼吁:"需要用童话来反映我们这个战天斗地、降龙伏虎的伟大时代。"[2]

在《空手而回与满载而归》一文中,陈伯吹对《少年文艺》的评价是:

---

[1] 冰心:《笔谈儿童文学》,《少年文艺》1978年第6期。
[2] 金近:《童话也是一朵花》,《少年文艺》1978年第6期。

"正因为《少年文艺》是文艺,文艺是个富有思想性、艺术性的精神产物,它'作为团结人民、教育人民、打击敌人、消灭敌人的有力的武器',同时也是鉴别人和社会的真、美、善和假、丑、恶的有用的工具。它向读者展示了色彩鲜明的图画,提供了具体生动的形象,你们一眼看得出来:哪个优,哪个劣;要学这,不要学那;长了你们的认识和辨别的能力,还给了你们勇气和力量,更逐渐地形成了你们的性格和意志。它怀有饱满的政治热情,正确的思想路线,却用风趣的艺术语言,和你们娓娓动听、津津有味地聊着。你们对它的处处引人入胜的教导,只感到有兴趣,不觉得疲倦,而且记取了终身难忘的印象……这就是它对你们的教育作用。"[1]

在《我对发展儿童文学创作的一些意见》一文中,韩作黎指出,刘心武发表在1977年《人民文学》第11期上的《班主任》所揭示出来的问题是:"怎样深入地批判和彻底肃清'四人帮'的流毒、救护我们青少年一代的问题。"他还呼吁,要繁荣儿童文学的创作,"还要把广大的专业和业余儿童文学作者很好地动员起来,组织起来,形成一支为儿童创作的强大队伍"[2]。不仅如此,他还提倡作家们多写生动的科学幻想故事、革命传统教育故事、宣传德智体全面发展的少年儿童好榜样的作品、转变好的少年儿童的作品、富有现实意义的童话等。

刘真在该笔谈会中的文章是《谈谈文学作品的细节》。对于"有血有肉"的文学作品的特点,刘真认为,"骨头是作品的情节结构,主题思想是通过情节结构体现出来的。血肉,就是作品的细节。就是要通过细节,来筑造情节结构"。针对此前流行的"资产阶级人性论"、"资产阶级人情味"等观念,刘真的观点是"各个阶级,都有自己的情,自己的味,自己的阶级本性的自然流露",他以雷锋的故事为例,认为这种无产阶级崇高的感情

---

[1] 陈伯吹:《空手而回与满载而归》,《少年文艺》1978年第6期。
[2] 韩作黎:《我对发展儿童文学创作的一些意见》,《少年文艺》1978年第6期。

之所以使人感动,就在于"我们知道了他们对敌人恨、对同志热爱的许多事情"。而对于"形象的动人的细节在哪里"的议题,他的回答很明确——"在生活中。"①

1978年7月,《少年文艺》刊发了一组"儿童文学笔谈会"文章,由张天翼、柯岩、王愿坚、任溶溶、包蕾、李心田分别撰写了相关论文。

张天翼在《把孩子们从"饥荒"中救出来》中认为:"我国有两亿儿童,要把他们教育成共产主义接班人,教育成为对四个现代化有所贡献的人,儿童文学是重要的教育工具",他希望"有关部门能经常关心、注意儿童文学——组织儿童文学创作、评论儿童文学创作"。②

柯岩在笔谈会中发表《从一首小诗谈起》。她在文中提及《小朋友》第二期中的一首诗——《字典公公家里的争吵》。鉴于自己从小为标点符号而头痛的毛病,她认为,"读了这首诗的孩子也会像它们一样,下决心把缺点改掉"。联系到"作品怎样吸引孩子们的注意力"的议题,她进一步指出:"从生活中来,有目的、有针对性地写和画,同时又那样形象,那样有兴味,使孩子们能情为所动,这是符合无产阶级文学要求的。根据儿童需要,为教育的目的服务,但又从儿童心理出发,不是灌输而是启发诱导,给孩子留下了难忘的印象,这又多么符合教育学的要求。"③

王愿坚发表的文章是《为了未来,常讲革命的过去》。据他回忆:"我讲伟大的长征,讲跟着毛主席爬雪山过草地的小红军,讲艰苦的抗日战争,讲那些和父兄一道战斗的小八路、儿童团。这些虽是过去的事情,可孩子们真爱听,他们伸着脖子,张着嘴巴,瞪着眼睛,听得那么入神,那么深情。"而正是因为孩子们对于这些故事的热爱,他明白:"孩子所需要和

---

① 刘真:《谈谈文学作品的细节》,《少年文艺》1978年第6期。
② 张天翼:《把孩子们从"饥荒"中救出来》,《少年文艺》1978年第7期。
③ 柯岩:《从一首小诗谈起》,《少年文艺》1978年第7期。

热爱的,正是我们应该给他们的。"他回忆起曾给初二的学生讲过贺龙的故事,但那个孩子"却眨巴眨巴眼睛",反问他"贺龙是谁?"对此,他认为,少年儿童不知道老一辈的革命家,是一件很可怕的事。最后,他在文章中呼吁:"我们应该用我们的笔,通过文艺作品,向少年儿童讲革命的过去,讲革命的光荣传统。"①

任溶溶发表了题为《喜谈儿童文学》的文章。新时期后,他听到有一些年轻作家抱怨儿童文学"很难写,很苦恼",他认为这首先要解决"儿童文学有没有特点,这特点是什么"的根本问题。他的结论是:"儿童读物一向分为幼、低、中、高和初中几种程度(学制改变的话,可能会改),这是儿童成长过程中几个阶段,互相衔接,又有区别","给低幼孩子写作要适合他们正在开始认识世界、识字不多等特点,写得浅些,由浅入深","可要是用对低幼孩子讲话的口气去同大孩子讲,就变成幼稚可笑,大孩子也嫌你把他们看作娃娃"等富有真知灼见的观点。针对当时儿童文学创作与阅读的现状,任溶溶认为:"许多年轻同志既读不到我国的传统民间故事、民歌和叶圣陶、张天翼等等老作家的作品,也读不到外国革命的和古典的儿童文学作品,也就无从借鉴。"他结合自己的创作经验,指出阅读优秀作品的重要性:"写儿童文学作品,开始时不全是先研究过儿童文学理论的,而是读过点作品,懂得儿童文学是怎么回事,自己有生活,又想给儿童讲些什么,就写起来了。"②

在包蕾的《闲话神话与童话》中,他回忆了当时美术片《大闹天宫》上映期间受到观众欢迎的场景,在听到一位小观众的"这样的影片,我还是第一次看到"的话后,他陷入了沉思。"这样的影片已经绝迹十余年了,以这位小观众的年龄来说,他的确不可能看到",在"十年内乱"时期,"举凡

---

① 王愿坚:《为了未来,常讲革命的过去》,《少年文艺》1978年第7期。
② 任溶溶:《喜谈儿童文学》,《少年文艺》1978年第7期。

神话剧、童话剧以及神话、童话等等文学作品,都被打入冷宫,划进禁区,不要说看,连提都不敢提一句"。针对"神话这类作品荒诞无稽或宣扬封建迷信"的误解,包蕾认为:"在旧的神话之类作品中,荒诞无稽或宣扬封建迷信的糟粕是有的,这就需要我们做一番去芜存菁的工作,但不能因此把它全部否定。"同时,对于"这些作品没有教育作用"的质疑,包蕾指出,"好的神话与童话常常寓有深刻的教育,发人深思,给人以启发。此外,神话或童话一般都要求有丰富的想象。这对青少年来说,也能培养他们的想象能力,使他们对事物的认识不囿于事物的本身,不是静止地僵死地看待事物,而能看到事物的能动性、发展性","就少年儿童来说,他们是喜欢想象并有想象能力的"。文章最后,他以《西游记》为例,深刻地指出:"今天我们写童话,也需要到生活中去,观察、体验,只有深刻地认识生活,才能写出更好的童话来。"[①]

在《分清是非 让青少年正确前进》中,李心田论定青少年之于未来的作用:"未来的世界是青少年的,而未来的世界是共产主义;因而对青少年进行共产主义教育。"他认为文学的任务在于,"不光是靠讲道理(不排斥讲道理),重要的是从儿童的所想、所为上,引导儿童向往什么,向什么方向努力"。在此基础上,他认为儿童文学,"既要教育儿童,提高其思想、道德品质,又要帮助他们认识世界(历史的、现实的、社会的、自然的),同时还要提高他们的审美能力和给以美的欣赏。就文学特征来说,教育和认识实践、生活、劳动、斗争,都在细节中进行"。他结合刘真的《好大娘》、《我和小荣》、《长长的流水》等作品指出:"一个人的生活经历,局限性太大了,懂得的东西太少了,生活又是无限的丰富。所以,要采访,要听别人讲自己的体验、经历。听的时候,主要的,最动人、最使人难忘的,也是那些

[①] 包蕾:《闲话神话与童话》,《少年文艺》1978年第7期。

细节,要问清那些细节。"①

1978年11月,《人民日报》发表社论《努力做好少年儿童读物的创作和出版工作》。该文指出,就1977年出版的儿童读物来看,总数"只有一百二十九种,印数二千六百五十三万册,仅占当年图书出版总的百分之一点五,总册数百分之零点八"。鉴于此前全国少年儿童读物出版工作座谈会的顺利召开,该社论呼吁,各级文化部门的领导和文艺界、出版界、科技界、教育界要多关心少年儿童读物的出版工作,希望"调动一切积极因素,组织老作家积极为孩子们写作,并热情地帮助青年作者提高写作水平"。对于少年儿童培养教育工作,社论特别强调儿童读物在其中所起到的重大作用:"那种认为少年儿童读物是'小儿科'、'下脚料'的思想是极其错误的。我们要大造舆论,使人们充分认识到为两亿少年儿童创作和出版图书,是一项十分重要而光荣的任务。"而搞好这项工作的关键,在于"思想再解放一点,胆子再大一点",同时也要"提倡题材、体裁和风格的多样化,真正做到'百花齐放'"。另外,社论还特别提及了当时的国家领导人对青少年成长的关注:邓小平认为新时期的儿童应该要有"革命的理想",而且"共产主义的品德,要从小培养"。华国锋也指出青少年是"无产阶级革命事业的接班人。青少年要从小健全地发育身体,要培养共产主义的情操、风格和集体英雄主义的气概,还要养成爱科学、学科学、用科学的优良风尚"②。

1978年12月,《儿童诗》第一辑由少年儿童出版社编辑出版,茅盾为《儿童诗》题写刊名,著名儿童文学作家叶辛、郭风、任溶溶、圣野、金波等担任顾问。《儿童诗》曾在全国各地建立儿童诗社,举办小诗人夏令营活动。1983年1月暂时休刊,1995年复刊。

---

① 李心田:《分清是非 让青少年正确前进》,《少年文艺》1978年第7期。
② 《努力做好少年儿童读物的创作和出版工作》,《人民日报》1978年11月18日。

1978年12月,于友先在《河南文艺》第6期上刊发《"要争取未来的一代"——安徒生和他的童话》。在他看来,安徒生创作的特点主要表现在,"童话题材十分广泛"、"童话具有极其丰富的想象力"、"童话的语言,简单、明了、活泼、生动,幽默、风趣,准确而又富有形象性"、"安徒生不仅十分关心儿童,而且非常注意向儿童学习"。于友先在文章最后总结道:"安徒生虽然在他的创作中真实地反映了广阔的现实生活的画面,但由于他的历史的和阶级的局限性,他不可能看清人民群众是历史发展的真正动力,更找不出一条改造现实、走向美好未来的正确道路。于是,他只好寄希望于上帝的'仁慈'和'博爱',在他的很多童话中宣传了所谓'情感教育'和博爱主义。"[①]

[①] 于友先:《"要争取未来的一代"——安徒生和他的童话》,《河南文艺》1978年第6期。

1979 年

1979年1月,《儿童文学研究》在上海复刊,主编贺宜,编委有陈伯吹、巴金等,由少年儿童出版社出版。该刊自1957年创刊,1963年停刊,曾先后出版15辑。复刊号刊发了尚哨、贺宜、陈伯吹、李楚城、鲁兵、叶永烈、鲁克、吴超、孙犁、陆行良、水飞、纪民、康志强、晓纪、张继楼、张秋生、圣野、田绿、杨正军、刘德重、庄首源、周晓、胡从经的相关文章。

其中,特别引人注意的文章有:贺宜的《童话创作面临着重大的历史任务》、陈伯吹的《试论动物故事》、尚哨的《肃清流毒 解放思想 繁荣儿童文学创作》、叶永烈的《科学文艺漫笔》、鲁克的《试谈科学幻想作品的特点》等,并刊载批评"与走资派斗争"的小说《钟声》、《金色的朝晖》、《小伟造反》的理论文章,揭示了儿童文学领域里谬误的理论和现象,探索新时期儿童文学发展的路径。

陈伯吹在《试论动物故事》中为"动物故事"下了一个定义:"一种以动物为主角的民间故事"。他认为儿童文学领域中的动物故事有两条路径,"其一是文艺性的,重点在于进行思想教育;其二是科学性的,重点在于进行知识教育。但是在一篇具体的作品中,两者往往不能截然地划分开来的,不过各自应该有所侧重点"。围绕"为什么儿童喜爱动物故事"的问题,陈伯吹的解释是:"好奇、求知、模仿、游戏等等,这些都是儿童的外现的心理现象,特别在幼儿年龄阶段最为显著。这其中,爱'动'也是一个心理现象。"[①]此外,他也认为,动物故事的动态美与儿童的天性相符合,对

---

① 陈伯吹:《试论动物故事》,《儿童文学研究》1979年第1辑。

于儿童身心健康发展有一定益处。

尚哨在《肃清流毒 解放思想 繁荣儿童文学创作》中大力批判了"三突出"模式。他认为,作为供少年儿童阅读的文学,儿童文学必须要有自己的特色,这就要求,"儿童文学创作在选择题材、确定内容、表现形式以及文学语言等方面,尊重孩子的年龄差别、阅读能力、理解水平以及他们的兴趣爱好、欣赏习惯等实际情况"。在他看来,儿童文学保持趣味性的同时,也可"以辩证唯物主义和历史唯物主义的观点,作到把科学知识生动活泼地介绍给孩子,使他们从小就为实现四个现代化学习本领,这本身就是政治挂帅,也是配合了形势"[①]。

贺宜的《童话创作面临着重大的历史任务——〈童话选〉序》同样具有强烈的批判与反思意识。他论析了童话的缘起、童话的特质及童话的作用,并以《一只手》、《大林和小林》、《稻草人》等童话作品为例,梳理比较了古典民间童话与现代科学童话的异同。虽然该文只是《童话选》序言的节选,但其对彼时童话创作提供了一些思路和方法。

叶永烈在《科学文艺漫笔》中强调了儿童作品中科学幻想元素的重要性及科学文艺的教育意义,[②]同时就"三突出"、"三陪衬"之类的创作模式对科学幻想作品造成的危害予以驳斥,奠定了彼时科学幻想创作的基本基调。

1979年1月,叶君健在《中国出版》上发表《再谈扩大儿童文学创作的领域》。早在1978年5月人民文学出版社召开的"儿童文学作家座谈会"上,他就发表了题为《扩大儿童文学创作的领域》的文章。该文认为,外国儿童文学介绍给中国的少年儿童读者,"不仅可以增进他们对国外人民生活、思想和感情的了解,也有助于对他们进行国际主义教育"。围绕

---

① 尚哨:《肃清流毒 解放思想 繁荣儿童文学创作》,《儿童文学研究》1979年第1辑。
② 叶永烈:《科学文艺漫笔》,《儿童文学研究》1979年第1辑。

"改写"和"不改写"的问题,叶氏结合自己的阅读经历指出,意大利作家亚米契斯的《爱的教育》和法国作家法朗士的《我的朋友的书》是"不改写"的典型,虽然这些书"带有'资产阶级的人情味'",却因为它们的"调子是非常'温情'"的,可以帮助青少年"培养高尚的情操"和"热爱我们周围的人和这个世界",所以"完全可以把它们忠实地翻译过来"。而对于国外的一些民间故事,经过人们的加工转述,渗入了不少消极因素:具有巨大毅力和坚韧精神的劳动者最终变成驸马或财主,反过来压迫和剥削别人,所以他认为必须改写。但他又强调:"一篇民间故事的产生,总有它特定的历史和社会背景。要确定它所反映的一定历史时期的人民思想和感情,我们还必须了解有关它的更多的东西,也就是它所产生的时代、社会和历史背景。只有这样我们才能比较完整地了解它的真实意义,把它真正如实地传达到我们少年儿童读者的心中。在这个意义上来移植一篇外国民间故事,这就不单纯是改写一下,而是要用历史唯物主义的观点对它进行一次恢复本来面貌的工作,也就是重新创造。"[1]根据这一意图,他做了进一步的尝试,其中发表在《儿童文学》杂志第 5 期上的童话《磨工、修道院长和皇帝》即是显例。

1979 年 3 月,茅盾在《人民日报》上发表了《中国儿童文学是大有希望的》。该文为茅盾在 1978 年 12 月 17 日会见"儿童文学创作学会"全体学员时的谈话。在茅盾看来,"儿童文学最难写",同时"儿童文学又最重要",而"繁荣儿童文学之道,首先还是解放思想。这才能使儿童文学园地来个百花齐放"。不止在创作方面,理论建设方面"也要来个百家争鸣",尤其是过去对于"童心论"的批评也该以争鸣的方法"进一步深入探索"。对于未来儿童文学的发展,主要提出两点建议:首先是对于新中国成立前经典作品的发掘,尤其是 70 多年前商务印书馆编译的童话《无猫国》,对

---

[1] 叶君健:《再谈扩大儿童文学创作的领域》,《中国出版》1979 年第 1 期。

于其中适合时代儿童的部分"还有可以翻印的材料";其次是"对于介绍科学知识的儿童读物"创作的提倡,他认为新时期"十分需要象法布尔的《昆虫记》那样的作品"来给少年儿童提供广阔的天地。①

1979年3月,张天翼在《人民日报》上发表了《一点希望》。该文是张天翼参加"儿童文学创作学会"后的所思所想。在创作观方面,张天翼反对一般作者在创作时"容易从思想,从主题出发,找事件,找人物"的概念化的写作手法,他根据自己的创作体会,认为"要创作出为孩子们喜爱的作品,重要的一环是要熟悉、了解孩子们。了解他们的需要,他们在成长中的各种问题,他们的思想感情、内心世界、生活情趣、爱好,以及语言、动作的特点等等",只有这样,"才能获得丰富的创作源泉,才能解决在开始创作时往往遇到的一些苦恼和问题"。②

1979年3月,冰心在《少年文艺》上刊发《漫谈关于儿童散文创作》一文。在冰心看来,对于儿童散文的创作,"讲解一件事物,不能光是空洞地、抽象地讲。没有实物做个'例子'(这里我避免用'样板'或'榜样'这样的名词,因为它们都有'典型'的嫌疑),讲的人就讲不出其所以然,听的人也摸不着边际"。冰心曾经为《北京日报》的副刊《广场》写过一篇《孩子们的真心话》,她结合该文的素材和构思经过,阐明了自己的创作经验:"为儿童写作,对象虽小,而意义却不小,因为,儿童是大树的幼芽。为儿童服务的作品,必须能激发他们高尚美好的情操,而描写的又必须是他们的日常生活中所接触、关心,而能够理解、接受的事情。"③

1979年5月,蒋风的《儿童文学丛谈》一书由湖南人民出版社出版。在该书的"前言"中,蒋风提到他对儿童文学感兴趣的源头:"最早引起我

---

① 茅盾:《中国儿童文学是大有希望的》,《人民日报》1979年3月26日。
② 张天翼:《一点希望》,《人民日报》1979年3月26日。
③ 冰心:《漫谈关于儿童散文创作》,《少年文艺》1979年第3期。

对儿童文学的关心和注意,还是三十多年前的事了。四十年代,我生活在国统区里,亲眼看到大量的反动、淫秽、荒诞的少年儿童读物,毒害了不少小读者的心灵。有一次,在报上看到三个孩子因神怪、迷信的儿童读物的影响,结伴去四川峨眉山求仙学道的消息,使我认识到少年儿童读物对下一代教育的巨大影响和作用,引起了我对儿童文学的重视和关心,开始学着提笔为孩子们写点东西,并萌发了献身儿童文学事业的心愿。"[1]在"附记"中,蒋风对于陈伯吹的"童心论"提出自己的看法:"显然,陈伯吹先生的观点,还是立足于儿童文学应担负培养社会主义新人的任务这一基础之上的。这就跟杜威卖力地为迎合垄断资产阶级的需要所兜售的'儿童中心主义'有着本质的区别。因为他俩的立场和出发点都是完全不同的。"[2]

1979年6月,贺嘉在《北京文艺》上发表了《儿童特点与"童心论"》。针对长期以来很多作家和理论家对"童心论"的误解,贺嘉一针见血地指出:"的确,儿童文学既然是为儿童创作,就要具有儿童特点。没有儿童特点的'儿童文学',即使贴上多少为孩子们的标签,也不会成为他们喜闻乐见的读物。这样的读物就是出版得再多,小读者照样还是闹着'书荒'。"他赞成鲁迅关于儿童不是"缩小的成人"的观点,认为儿童文学作品不是把故事写得"短小些"、"简单些"或者"通俗些",而是在作品形式和内容上"都做到小读者看得懂又愿意看,看了以后起到积极的教育作用"。在写作技法上,他强调作品中的童心不是"靠几句'小儿腔'或者模拟几个孩子的幼稚动作","关键在于熟悉、了解儿童",针对儿童存在的具体问题,他主张"用艺术形象告诉他们生活的道理"。在他看来,时代性和社会性是创作的关键要素,因为随着时代和社会的变化,"儿童的年龄特点也在发

---

[1] 蒋风:"前言",《儿童文学丛谈》,湖南人民出版社1979年版,第1页。
[2] 蒋风:《儿童文学丛谈》,湖南人民出版社1979年版,第247页。

生变化",而"用过去的儿童特点来对待今天的儿童文学是行不通的"。①

1979年7月,《儿童文学》编辑部编写的《儿童文学创作漫谈》由中国少年儿童出版社出版。该书主要收录老一辈儿童文学作家、理论家所发表的若干论文,如茅盾的《中国儿童文学是大有希望的》、冰心的《儿童文学工作者的任务与儿童文学的特点》、韩作黎的《组织好作者队伍 繁荣儿童文学创作》等,还有若干带有时代色彩的文章,如胡德华的《对儿童文学青年作者的希望》、冯牧的《谈谈发扬社会主义文艺民主问题》等,也有一些新一代和老一辈作家对于儿童文学创作艺术的探索和思考,包括严文井的《儿童文学写作浅谈》、金近的《童话创作上的两个问题》、陈登科的《写作与生活》、王愿坚的《写出感受的和相信的》、徐光耀的《从〈小兵张嘎〉谈起》、柯岩的《漫谈儿童诗》、刘心武的《真实性·深度·闯禁区·构思》、理由的《报告文学的特点及写作技巧》等。②

1979年7月,张天翼在《人民文学》上发表了《从人物出发及其他》。该文原为1961年8月10日他在北京市儿童文学座谈会上的发言。张天翼指出,初学写作的新手常常出现的两种问题,第一种是"先注重事件和故事,以为只要故事有头有尾就行了",第二种是"注意主题思想,注意表现问题,但又容易从思想、问题出发去找事件,找人物"。谈及解决上述问题的方法,张天翼认为,"只有从人物出发"才能表现故事和事件,因为"事件是跟人物走的,即使故事落套也不要紧"。对于"怎样能做到从人物出发"的问题,他提出三点要求:首先"要深入生活、熟悉人物",其次是不要把"接触的人仅仅当作'材料'看,要把人当人看",最后是生活中作家和孩子的关系问题。他强调作家"一方面像教师,一方面像母亲,还要是朋友,以平等的态度对待孩子,真心实意地关心孩子"。针对当时普遍出现的

---

① 贺嘉:《儿童特点与"童心论"》,《北京文艺》1979年第6期。
② 《儿童文学》编辑部编:《儿童文学创作漫谈》,中国少年儿童出版社1979年版。

"儿童不爱看写他们自己生活的作品"的问题,他总结出两点原因:一是"有些作品所写的,还没有孩子们自己了解的多";二是很多作品"写得假,他们觉得不是那么回事"。对于当时争议很大的"什么叫童话"的问题,他认为"搞清楚了什么叫童话,不一定能写出童话,写出童话的人,不一定能讲清楚童话是怎么一回事",但他的出发点是,"小孩子发生的问题,能讲清楚的,就用几句话讲清楚,讲不清楚的,非用小说、戏剧形式来写不可,就用小说、戏剧形式。如只用童话才能讲清楚的,就用童话"。①

1979年8月,人民文学出版社出版《建国三十年儿童文学选(1949—1979)》丛书。该书由茅盾题签,分为《儿童文学 短篇小说选》上下册(严文井、崔坪主编)、《儿童文学 童话寓言选》(金近、葛翠琳主编)、《儿童文学 诗选》上下册(袁鹰、邵燕祥主编)、《儿童文学 科学文艺作品选》上下册(高士其、郑文光主编)、《儿童文学 剧本选》上下册(冰心、熊塞声主编)。

《儿童文学 短篇小说选》选入建国以来优秀儿童文学短篇小说共计59篇,严文井在序言中言明出版这套丛书的三个目的:其一,为严重缺书的儿童提供好的读物,助力少年儿童的教育;其二,肃清"四人帮"在文艺战线散布的流毒;其三,为儿童文学创作者提供可资借鉴的优秀文章。②

《儿童文学 童话寓言选》收集了1949至1979年创作的具有鲜明时代特点的童话、寓言100篇,金近在"《儿童文学 童话寓言选》序言"中认为:"社会主义时期的童话,主题思想完全是为社会主义服务的,题材也是多样化的,为培养下一代的共产主义情操起到了积极的教育作用。"③

袁鹰在"《儿童文学 诗选》序言"的开篇中指出,该选集是一本"建国三十年的儿童诗选集",书中收集老一辈无产阶级革命家、专业或业余诗

---

① 张天翼:《从人物出发及其他》,《人民文学》1979年第7期。
② 严文井、崔坪主编:《儿童文学 短篇小说选》,人民文学出版社1979年版,第1页。
③ 金近、葛翠琳主编:《儿童文学 童话寓言选》,人民文学出版社1979年版,第1页。

人们写作的200多首儿童诗,这些诗既坚持了"为工农兵服务、为无产阶级政治服务的方向",其内容和形式、体裁和语言、构思和情趣又"按照自己对象年龄的特点来寻找独特的表现方法"。①

《儿童文学 科学文艺作品选》是新中国成立三十年来第一次编选的科学文艺作品选集,其中包括科学幻想小说21篇、科学童话28篇、科学诗·相声7篇、科学故事15篇、科学小品36篇。郑文光在序言中指出,科学文艺需要注意科学性和艺术性的结合,"依靠语言的感染力、形象化的譬喻、生动的描绘和烘托,把抽象的科学知识化为直接感触到的形象。这就是科学和艺术的结合"②。

《儿童文学 剧本选》共计编选了21个优秀剧本,这些入选的剧本大都语言活泼简练,内容清新有趣,人物勇敢机智,目的在于激发儿童读者的阅读兴趣,培养他们的正义感和幽默感。冰心在"序言"中极力呼吁儿童剧作者们充分汲取我们国家社会主义现代化进程中的新故事、新素材,创作新时代的剧本,以鼓舞新时代的小观众。

1979年8月,宋庆龄为儿童节撰写的祝词刊发于《儿童时代》上。该文寄予了宋庆龄对儿童的殷切希望:"希望你们在各个方面都达到'好'的要求,成为中华民族的好后代,共产主义事业的好接班人,新长征的好接力手。"所谓"好",就是"要勤奋学习……要练好身体……要成长为有教养的人",而最要紧的是要"有远大理想、有革命志气,继承革命传统","成长为有益于人民的人,成长为对四个现代化做出贡献、对人类的前途做出贡献的人"。③

1979年8月,《儿童文学研究》第2辑出版,该辑刊发了贺宜、叶圣

---

① 袁鹰、邵燕祥主编:《儿童文学 诗选》,人民文学出版社1979年版,第1—2页。
② 高士其、郑文光主编:《儿童文学 科学文艺作品选》,人民文学出版社1979年版,第1页。
③ 宋庆龄:《儿童节祝词》,《儿童时代》1979年第8期。

陶、谢冰心、张天翼、高士其、金近、韩作黎、吴凤岗、董玲、圣野、朱彦、魏同贤、汪习麟、刘厚明、陈望衡、李楚城、张香还、李岳南、唐再兴、郑乃臧、鲁兵、安伟邦、李大同、刘兴诗、胡从经的相关文章。

其中贺宜的《发扬艺术民主 尊重艺术规律》探讨了当时儿童文学的复兴及发展路径,贺宜提出了两个可供讨论的问题:"一、儿童文学究竟为谁服务的? 二、儿童文学如何为少年儿童服务?"[①]鼓励广大文艺工作者继续投身儿童文学的建设当中。

1979年9月,浙江师范学院中文系儿童文学教研室招收全国第一届儿童文学硕士研究生,这是浙江师范大学与浙江大学联合招收的硕士研究生。吴其南成为新时期以来我国第一位儿童文学研究生,导师为蒋风。

1979年11月1日,少年儿童出版社举行中长篇小说讨论会,邀请各地儿童文学作家参加,茅盾在会上主要就儿童文学创作题材问题全面回顾历史,总结创作经验,为座谈会写了《少儿文学的春天到来了》书面发言。茅盾认为,作为启发儿童想象力和冒险精神的课外文学作品,儿童文学题材应该是广泛的,不避鸟言兽语、神仙鬼怪等。在总结了1960年前后的少年儿童读物最普遍的题材是少先队员支援工农业、先进生产者的故事以及革命历史题材之后,茅盾将当时少年儿童文学存在的问题概括为:"政治挂了帅,艺术脱了班,故事公式化,人物概念化,文字干巴巴。"在茅盾看来,1960年的少年儿童文学题材和老一辈无产阶级革命家青少年的轶事不是不可以使用,但在写进作品中时必须注意艺术性,务必使其生动活泼。同时,古今中外的优秀文学作品中也蕴涵着丰富的儿童文学材料,这些宝贵资源有待儿童文学作家们有选择地吸收并转化为儿童文学作品的题材。此外,以现代科技为基础的科学幻想小说,也有待于进一步探索。在他看来,"少儿文学的题材是广大无限的,只要能解放思想,博览

---

① 贺宜:《发扬艺术民主 尊重艺术规律》,《儿童文学研究》1979年第2辑。

广搜,坚持百花齐放、百家争鸣的方针,我国少儿文学的新时代必将到来,在世界的少儿文学中占一席地"①。

1979年12月,蒋风的《儿歌浅谈》由四川人民出版社发行。对于儿歌的概念,蒋风将其界定为:"儿歌,古称童谣。一般常把儿歌与童谣合在一起,统称儿童歌谣。在我国古代文献中,还有'童子歌'、'儿童谣'、'孺子歌'、'小儿谣'、'小儿语'、'小孩语'、'孺歌'等等名称。"他结合中国古代学者所提出的相关定义总结出:"古代所谓'童谣',就是指流传在儿童中间的一种不用乐器伴奏的'徒歌'。"对于儿歌的艺术形式,他分为两类,分别为"一般艺术形式"和"特殊艺术形式"。在艺术形式中,蒋风也概括出八类:"一、摇篮曲""二、谜语""三、数数歌""四、急口令""五、问答歌""六、连锁调""七、滑稽歌""八、游戏歌"。针对儿歌常用的表现手法,作者在本书中也分为几类:"比兴"、"拟人"、"夸张"、"摹状"、"设问"、"反复"。②

1979年12月1日到12月10日,儿童创作座谈会在上海召开,茅盾、冰心、秦牧、袁静、李楚城等近五十位儿童文学作家共同参与了对"中长篇儿童小说创作问题和创作经验"的讨论,会议论文于次年5月在《儿童文学研究》(第4辑)上整体刊发。

---

① 茅盾:《茅盾近作》,四川人民出版社1980年版,第116—120页。
② 蒋风:《儿歌浅谈》,四川人民出版社1979年版,第1页。

1980年

　　1980年1月,人民文学出版社编辑出版的大型儿童文学不定期丛刊《朝花》创刊,主要刊登中长篇作品以及翻译作品、评论。严文井在创刊号上发表文章《对〈朝花〉的希望》,殷切寄语:"希望《朝花》能成为培养儿童文学新人的沃土。我国有两亿五千万少年儿童,迫切需要大批的儿童诗歌、童话、小说、戏剧、电影以及科学文艺的新作者;也迫切需要许多新的儿童文学的研究评论者和外国优秀儿童文学的新的翻译者,《朝花》就应该担负起发现新人的这个重大责任来。"[1]在这片沃土上,新人作家赵惠中、乐牛、严振国、罗辰生、李子、童恩正、张安民、高洪波、孙钧政以及新人译者李忆民、张占一、孙慧敏等纷纷崭露头角。同时,老一代儿童文学作家也创作出新时代的新作品,令儿童文学园地焕发新生机。该刊后于1983年12月停刊。

　　1980年1月,刘半九在《读书》上刊发《安徒生之为安徒生》。在他看来,"安徒生写他的童话,从不像其他一些童话作家那样,以居高临下的姿态模仿儿童的腔调,利用童话的包装塞给幼小读者一些生硬的道德教训。恰巧相反,他的每篇童话都是在一片天然的幽默的涟漪中浮现出一颗像莲花一样纯洁的、不受任何世故干扰的童心"[2]。

　　1980年2月,任大星的《漫谈儿童小说创作》由四川人民出版社出版。该书分为四部分:"儿童小说的创作特点(儿童特点)"、"关于艺术构

---

[1] 严文井:《对〈朝花〉的希望》,《朝花》1980年第1期。
[2] 刘半九:《安徒生之为安徒生》,《读书》1980年第1期,第122页。

思"、"关于典型形象"、"结束语:艺术创作重在实践"。对于儿童小说和成人小说之间的关系,作者强调:"儿童小说是小说,供成年人阅读的小说也是小说。它们都是小说这种特殊的文学样式。儿童小说绝不是完全区别于一般小说而独立存在的一种文学样式。它是小说中的一部分;也就是主要为少年读者写的那一部分小说。"①但也有例外,"不少的儿童小说,它的读者往往不限于少年读者而包括成年读者"。任大星指出,儿童小说的特点基于两个前提:"一,所谓儿童小说,其实是主要供少年读者阅读的小说,因而儿童小说不同于成人小说的创作特点(儿童特点),不像低幼儿童文学、中年级儿童文学那么显著";"二,儿童小说的创作特点,不过是为了适应主要读者对象的年龄特点而需要在创作中注意到的一些要求;儿童小说的创作规律,并非绝对区别于一般小说而完全独立存在的艺术创作规律"。②

1980年3月,周晓写下了《儿童文学札记二题》。在他看来,"三年多来的儿童文学创作看来主要是恢复,发展不够快速",相比于其他类型的文艺创作,"不免给人以'僻处一隅'之感"。对于儿童文学的教育作用,他认为是非常重要的,"尤其在经历了'十年浩劫'之后,对于青少年,医治内伤,塑造灵魂,强调儿童文学的教育作用无疑更有其迫切性。我们不妨说:儿童文学,就是教育儿童的文学。但是,时至今日,我们绝不能把儿童文学单纯作为达到某种思想教育目的的直接教具"③。按照他的理解,儿童文学应该通过孩子们喜闻乐见的形式,真实地描绘他们所能理解的生活,"使他们在艺术的'潜移默化'中认识生活的真理,树立崇高的理想,培养美好的情操,从而健康地成长为社会主义的一代新人"④。在论及儿童

---

① 任大星:《漫谈儿童小说创作》,四川人民出版社1980年版,第2页。
② 任大星:《漫谈儿童小说创作》,四川人民出版社1980年版,第5页。
③ 周晓:《周晓评论选》,少年儿童出版社1992年版,第4—5页。
④ 周晓:《周晓评论选》,少年儿童出版社1992年版,第5页。

文学的社会功能,周晓主张"对儿童文学的社会功能理解上要宽","既可以有'急功近利'、'立竿见影'的作品;也可以有教育作用不明显但对陶冶滋润孩子性情、愉悦孩子身心有益的作品;当然更需要努力创作出具有很强的思想性和艺术性,因高度概括生活而社会教育作用深远的作品"。[①]他总结三十年来儿童文学创作中的一个潜在问题,即把儿童教育中的"正面教育"原则简单地直接引到儿童文学创作中来,把"正面教育"归结为只能写正面的、先进的、光明的人物,只能写没有缺点、没有错误的正面人物、英雄人物,因而导致儿童文学创作脱离生活,把人物理想化,进而把孩子"神化"为"神童"。他指出,这种对于"正面教育"片面理解的观点,是和创作上抹杀真实性、粉饰生活的倾向一拍即合的。[②]

1980年3月,《儿童文学研究》第3辑出版。本辑刊发了陈伯吹、鲁兵、魏同贤、朱彦、洪祖年、任大霖、江英、任雪蕊、黎焕颐、郭风、徐光耀、周晓、林夏、赵耀堂、肖甦、樊发稼、彭新琪、石工、肖明、阳光、王亚法、王逢振、方轶群、晴帆、朱金顺、龚肇兰、胡从经、黄可、任溶溶的相关文章。

本辑整合了中国作协儿童文学组发起的"童心论"研讨会上的相关论文,陈伯吹、鲁兵、魏同贤、朱彦等人的会议发言被专题刊出。其中,任大霖在《儿童文学的特点要大谈特谈》一文中提到,"十年内乱"扼杀了儿童文学,"其手法之一就是完全否定儿童文学特点"[③],对将儿童文学过分政治化、阶级化的错误予以驳斥。

1980年5月,新蕾出版社编辑出版的《童话》丛刊创刊,叶圣陶为本刊题写刊名。同时,茅盾也为该刊题词:"为童话之百花齐放而努力。"[④]该刊主要刊登创作童话、寓言等文学作品,还译载了部分外国的优秀童话

---

① 周晓:《周晓评论选》,少年儿童出版社1992年版,第6页。
② 周晓:《周晓评论选》,少年儿童出版社1992年版,第8页。
③ 任大霖:《儿童文学的特点要大谈特谈》,《儿童文学研究》1980年第3辑。
④ 《童话》1980年第1期。

著作，选登了部分童话创作的理论文章。

1980年5月，《儿童文学研究》第4辑出版，本辑刊发了茅盾、冰心、秦牧、袁静、张均法、施雁冰、李楚城、胡万春、士敏、陆扬烈、陈子君、李心田、任大霖、程玮、胡景芳、赵燕翼、邱勋、揭祥麟、谢璞、沈振明、简新、倪谷音、张微、钱景文、王安忆、任骋、乔台山、贺喜、予秦、张之伟、李乡浏、蒋风、张香还、高维晞、王逢振的相关文章。

本辑开设了"儿童文学创作座谈会专辑"和"'童心论'笔谈"两个专栏。

茅盾在《少儿文学的春天到来了!》一文中提到，儿童文学"目的是启发儿童的想象力、冒险精神（即敢作敢为的精神）、是非观念、邪正观念"①。他鼓励创作者解放思想、开辟新路，并将绝大多数1960年前后出版的儿童文学作品概括为"政治挂了帅，艺术脱了班，故事公式化，人物概念化，文字干巴巴"②。

贺宜的《贺宜同志的信》对儿童文学"教育性"和"政治性"强制关联的现象进行了批评和反思，并举例提出："不能离开艺术性来谈作品的教育意义和教育效果。"③

在《"童心论"辨析》一文中，蒋风结合共产主义教育方向对"童心论"进行了辨析。他提出，"童心"说与"儿童本位论"的根本区别，在于立场不同。关于"童心"的说法从儿童心理的角度分析，虽有个别值得商榷的论点，但它基本上是符合儿童心理科学的。科学地评价"童心论"的是非，应该重视"实践是检验真理的标准"。"童心论"是不是对，从根本上说，就在于是否把"共产主义教育方向性"当作大前提，这也是它和"儿童本位论"

---

① 茅盾：《少儿文学的春天到来了!》，《儿童文学研究》1980年第4辑，第1页。
② 茅盾：《少儿文学的春天到来了!》，《儿童文学研究》1980年第4辑，第3页。
③ 贺宜：《贺宜同志的信》，《儿童文学研究》1980年第4辑，第14页。

的界限。他认为,在强调儿童文学的共产主义教育方向性的大前提下,从儿童的心理出发,"以儿童的耳朵去听,以儿童的眼睛去看,特别以儿童的心灵去体会",才能写出受到孩子们热烈欢迎的好作品来,是有道理的,也是合乎规律的。[1]

本辑还附有《少年报》《少年文艺》《小朋友》杂志评出的1979年度优秀作品。

1980年5月,国家出版事业管理局版本图书馆编写的《全国少年儿童图书综录(1949—1979)》由中国少年儿童出版社出版。该书主要供领导机关、出版部门、研究部门、学校以及图书馆等机构作相关参考,是我国第一部少儿读物图书目录集成。在该书的"编者说明"中,编者主要根据《全国总书目》一书和馆藏资料编写而来。该书主要分为以下种类:政治、历史、地理、语文、文学、艺术、文娱、体育、科技知识读物、低幼读物。另外,该书还在书前附《(1949.10.1—1953.12.31)全国儿童文艺创作评奖得奖名单》[2]。

1980年,《人民文学》第5期刊发了金近、洪汛涛、郑文光、葛翠琳等人"促进少年儿童文艺创作的新繁荣"的笔谈文章。

在金近的《提高我们的创作水平》中,他结合自己的创作经验认为,"要搞创作,必须多读人家的作品,读得越多越好,而且范围要广"、"正是由于作品的题材、体裁和风格是多样的,读者的兴趣应该得到满足,从中吸取营养"。在他看来,"我们的老一辈作家读的书比我们多"、"他们各人所特有的那种鲜明的风格,也是我们需要借鉴的财富"。对于文学作品的创新问题,他认为,在读了名家的许多作品之后,"从思想感情上有所领会,然后根据自己所熟悉的生活,找到最合适的表现手法,这样写出来的

---

[1] 蒋风:《"童心论"辨析》,《儿童文学研究》1980年第4辑,第184、185页。
[2] 《全国少年儿童图书综录(1949—1979)》,中国少年儿童出版社1980年版。

作品，才是艺术"、"文艺创作必须要有生活的源泉，这是首先要解决的；再就是借鉴的问题，这两者是缺一不可的"。①

洪汛涛的《童话随想》指出，童话是"儿童文学中特有的文学样式，是属于儿童所独有的。正如母亲的乳汁为自己的孩子才有一样"。他认为，"一个童话作家如果不能像母亲那样了解孩子，他一定写不出孩子所喜爱的童话"。同时，"不同年龄的儿童，有不同的童话要求。我们就应该写出不同的童话，去满足他们"。与他人不同是，洪汛涛将童话比作儿童生活之河上的桥梁，"这桥的彼岸，也许是数学，也许是物理学、化学和医学……"在他看来，"童话作家的视网膜也应该是特殊的"、"童话，看上去它似乎离开了生活的轨道，实际上它并没有离开生活的轨道"。②

郑文光的《科学文艺小议》梳理了科学文艺的发展及其现状："解放前，儿童文学，在中国一直不被重视；科学文艺，科学幻想小说，更是不登大雅之堂。而在外国，这是不成其为问题的。解放后，我们从苏联引进了科学文艺这个词，原来的意思是指伊林式的为儿童所写的文艺性科学读物。但是这名词一进了口，范围就扩大了，甚至包括了科学小品、科学幻想小说、科学童话乃至科学诗和科学相声。"对于"科学文艺到底算什么"的问题，郑文光结合自己参加儿童文学作家座谈会的感想，坦言"我自己心中也是没有一定之规的"，他最担心的是，"科学文艺成了童话中的蝙蝠，兽类认为它是鸟类，鸟类却认为它是兽类，弄得两头够不着"的命运。虽然这种文体在学术界争议很大，但他认为还是存在着一些好处，那就是"大家都注意了这个品种"、"仅仅两年，科学文艺的创作可就大大繁荣起来了"。他认为自1949年以来，科学文艺有两个黄金时代，"头一个是五十年代中叶"，"第二个是粉碎'四人帮'以来这两三年"。可他仍对"科学

---

① 金近：《提高我们的创作水平》，《人民文学》1980年第5期。
② 洪汛涛：《童话随想》，《人民文学》1980年第5期。

文艺理论落后"有着不少的遗憾。他强调,科学文艺包含的范围非常广大,"其中一部分,如科学小品、科学故事,也许可以称之为文艺性的知识性读物"、"但另外一部分,如科学童话和科学幻想小说,却应当是真正的文学作品"。他认为,"科学童话是传统的童话在科学技术突飞猛进时代的发展"、"它的美学原则和传统的童话是一致的,只不过传统的童话偏重道德教育,而科学童话偏重智慧教育"。不仅如此,郑文光还在本文中阐明了科学童话的科学性,他将其归纳为两点:首先,"不能容许有常识性的错误";其次,"在思维方法上,在世界观和方法论上,科学幻想小说必须是科学的"。[1]

葛翠琳的《路子应该开阔一些》主要是根据其学习童话的札记整理而来。她回忆了童话在中国的繁荣与衰落的状况:"五十年代,曾经有过童话遍地开花的旺季。那时候,不仅创作的作品多,作者面广,而且翻译介绍了大量外国的童话。可以说,古典的、现代的、各种流派风格的都有,真是百花争艳,光彩夺目。但是后来,童话就逐渐少了,甚至一九五四年得过少年儿童文艺创作奖的作品《小燕子万里飞行记》都不见了。"而此后童话又开始进入繁荣阶段,她认为要创作"表现儿童生活的、拟人化的动物童话",内容和表现形式应该更加多样化,"因为只有多样化,才能更好地反映丰富多彩的生活,更生动地表现时代精神"。她在文章中提倡"向民间童话学习",不仅如此,"还要对脱胎于民间童话、采用民间题材或在民间童话题材影响下创作的童话,应给予支持"。[2]

1980年6月,《我的童年》由新蕾出版社发行。该书属"作家的童年"丛书之一,主要编选一些作家的童年和少年时期生活的文章,而且多数文章均由作家本人所撰写,一般用第一人称,文章体裁包括故事、回忆录、报

---

[1] 郑文光:《科学文艺小议》,《人民文学》1980年第5期。
[2] 葛翠琳:《路子应该开阔一些》,《人民文学》1980年第5期。

告文学、散文等,都依据史实,内容真实可靠,浅显易懂,不仅适合儿童阅读,对于研究者的研究更有着重要的参考价值。该书的内容有:郭沫若的《沫若童年》、舒乙整理的《老舍的童年》、丁玲的《我的中学生活的片断——给孙女的信》、冰心的《我的童年》、张天翼的《我的幼年生活》、臧克家的《皓首忆稚年——童年、少年生活掠影》、秦牧的《童年十忆》、杨沫的《打破牢笼——回忆我的童年》、柯蓝的《在记忆的海洋上漂荡——"我的探索"之一》。①

1980年8月,少年儿童出版社编辑的《我和儿童文学》出版发行。该书收录了茅盾、郭沫若、叶圣陶、郑振铎、冰心、陈伯吹等29位儿童文学家的回忆录,是重要的儿童文学理论批评专集。②

1980年8月,贺宜等著的《儿童文学讲座》由少年儿童出版社出版。该书出版的前因是,1978年9月到1979年1月间,中国作家协会上海分会儿童文学组和少年儿童出版社联合举办了儿童文学讲座,总共举办了十四讲,受到当时不少的听讲者的欢迎。为此,该书主要收录了其中的5篇,分别为鲁兵的《教育儿童的文学》、任大霖的《儿童小说的构思和人物形象》、贺宜的《简论童话》、李楚城的《报告文学浅谈》和叶永烈的《论科学文艺》。③

1980年8月,黄伊主编的《作家论科学文艺(第二辑)》由江苏科学技术出版社出版。本书收录高尔基的《论主题》《伊林著〈人和山〉一书原序》、伊林的《科学家的试验和作家的技巧》《论科学文艺读物及其性质》《科学故事》《文学与科学》、苏联大百科全书中的《科学幻想读物》、苏联作家胡捷的《论苏联科学幻想读物》、格罗登斯基的《论科学童话》、李赫兼斯

---

① 新蕾出版社编辑部:《我的童年》(《作家的童年》丛书①),新蕾出版社1980年版。
② 叶圣陶等:《我和儿童文学》,少年儿童出版社1980年版。
③ 贺宜等:《儿童文学讲座》,少年儿童出版社1980年版。

坦的《论科学普及读物与科学幻想读物》、美国的罗伯特·肖尔斯和埃里克·S·拉布金的《科学幻想小说》、法国的让·戴维尔的《儒勒·凡尔纳的预言和我们的时代》、董纯才的《翻译伊林作品的经过和印象》、顾均正的《向伊林学习》等文章19篇。[1]

1980年10月,《儿童文学研究》(第5辑)出版,本辑刊发了祝士媛、吴凤岗、朱庆坪、圣野、丁玥、吴儆芦、子扬、李慰宜、何艳荣、朱延龄、鲁兵、李其美、倪冰如、赵赫、戴洋藩、叶穗、钱德慈、谢布谷、汪习麟、梅沙、纪家秀、茅绍颖、胡景芳、金江、刘守华、黄新心、刘斌、郁炳隆、陈子君、包蕾、王济民、朱大路、孔令森、乔台山的相关文章。

本辑专栏讨论了"幼儿文艺"和"童心论"。

郁炳隆在《要总结经验教训》一文中谈到其对"童心论"的反思,他提到,面对文学创作中极"左"思潮的干扰,就要处理好周扬同志在第四次文代会上提到的三个关系,具体概括为"一个是文艺和政治的关系;一个是文艺和人民生活的关系;一个是文艺上继承传统和革新的关系"[2]。孔令森在《浅谈拉丁美洲儿童文学》中介绍了何塞·马蒂和阿·荣凯对儿童文学的贡献,并对当代拉丁美洲儿童文学的主流和发展进行了梳理。

1980年12月,科学幻想儿童剧《神帽》在儿童艺术剧场(延安中路555号)首演。该剧的编剧为安利,此剧是参考李登柱的科学幻想小说《神秘的帽子》而创作,主要"表现了人用脑电波指挥机器人,想象奇特,生动有趣,它是儿童剧苑中的一朵新花"[3]。

---

[1] 黄伊主编:《作家论科学文艺(第二辑)》,江苏科学技术出版社1980年版。
[2] 郁炳隆:《要总结经验教训》,《儿童文学研究》1980年第5辑。
[3] 《用戏剧点燃孩子们的想象力——中国福利会儿童艺术剧院成立70周年(1947—2017)》,中国福利会儿童艺术剧院、上海市文化艺术档案馆2017年版,第90页。

1981 年

1981年1月，孙钧政的《金近论》刊发于《朝花》第3期上。这是一篇作家专论。孙钧政认为金近的童话可以分为两类：为大人写的和为儿童写的。在他看来，金近的创作主要特征是："有深厚的生活基础，同时吸取了古典文学和民间文学中许多丰富的营养，用人民喜闻乐见的形式，来表达人民群众的思想感情和愿望要求。金近比较讲究语言的运用，他的讽刺性的语言，冷峻，有时近于尖刻，时而带有幽默，他的童话、诗歌的语言讲究自然优美，朗朗上口。他的语言有民间文学作品汇总的诙谐风趣，有童谣儿歌式的精粹，这是从儿童口语中提炼加工的文学语言，句法灵活，语序固定。特别是给低幼儿童看的作品，语句浅、短，一目了然。除此之外，他利用汉语语音分平仄的特点，构成悦耳的节奏。"同时，他还概括了金近童话的五大特征：一、"有鲜明的倾向性"；二、"另一类童话是讽喻性的，是针对少年儿童身上的共同的缺点和弱点来的"；三、"金近的讽刺性童话，除了具备幻想和夸张的一般性的特征外，他还会从反面来做文章"；四、"金近童话里的夸张渗透着真实"；五、"金近讽喻性的童话是渗透着爱的，是'热讽'，没有一丝一毫的冷嘲"。对于金近的诗歌，孙钧政认为其风格可以概括成五点：首先，他的诗句具有浓厚的"爱国主义"；第二，他的诗歌"对穷苦儿童命运十分关切"；第三，"童话诗往往构思奇特，有较强的概括力，一首诗可以画出一副真实的社会相"；第四，他的诗歌"在谚语、成语、俗语、俚语乃至山歌、童谣中，蕴藏着人生的宝贵经验，包含着人类的丰富智慧";第五,他的诗歌"取民间传说入童话诗"。①

1981年1月,《儿童文学研究》第6辑出版,本辑刊发了段镇、任德耀、胡景芳、蒋锡礽、宋光祖、方掬芬、覃琨、乃文、陈小禾、祝凯、沈凡、方园、陈模、程式如、董林肯、龚炯、张石流、孙毅、洪汛涛、钱光培、郑马、郑乃臧、唐再兴、沈碧娟、盛巽昌、魏同贤、戴翊、彭新琪、陈文辉、胡君靖、朱庆坪、唐鲁峰的相关文章。

本辑设"儿童戏剧专辑",段镇、任德耀、胡景芳、蒋锡礽、宋光祖等对儿童戏剧的历史、创作、发展等问题提出了自己的见解,同时也刊出了一些童话剧选篇和童话剧团纪实。在《儿童运动与儿童戏剧》一文中,段镇提出三条建议促进儿童戏剧的发展,"第一,要解决对儿童剧的认识问题,首先邀请文化局和出版局的领导,重视儿童戏剧这朵'小花',把它摆上位置;第二,发展、繁荣儿童戏剧,一定要贯彻'三个面向'、'两个结合'的方针。第三,推进儿童戏剧运动,关键在于巩固和扩大儿童戏剧工作者的队伍"②。

1981年2月,《儿童文学论文选1949—1979》由中国少年儿童出版社出版。该书所收录的论文包括:宏观研究、基础理论研究、文体分类研究、幼儿文学研究、儿童文学史料研究等。③

1981年2月,周晓的《儿童文学创作要有大的突破》刊发于《人民日报》。针对当时"儿童文学发展不够快"的问题,周晓列举邱勋的《山高水长》为例予以评析。在周晓看来,这部小说令他很失望,"作者固有的笔调看不到了,小读者喜闻乐见的儿童文学特点也所剩无几了;尤其是小说对主要英雄人物作了远离生活的虚假雕琢和涂饰"。但他还是认为,该小说

---

① 孙钧政:《金近论》,《朝花》1981年第3期。
② 段镇:《儿童运动与儿童戏剧》,《儿童文学研究》1981年第6辑。
③ 《儿童文学论文选1949—1979》,中国少年儿童出版社1981年版。

"并非一无所取,一些次要人物和一些生活侧面的表现,有不少来自生活的东西,艺术技巧也有其娴熟之处"。无独有偶,赵耀堂和肖甦也在1980年3月的《儿童文学研究》第3辑刊发《试谈〈山高水长〉的人物和语言》,该文评论《山高水长》是"一首深沉的政治抒情诗",认为作者"保留、发展和形成了自己的艺术风格"。对此,周晓的意见并不一致:"《山高水长》的不真实之处主要正表现在所谓'政治抒情'方面。在塑造英雄形象的'高大完美'和英雄性格的'光彩夺目'上。"联系儿童文学的状况,周晓认为"当前儿童文学之所以未能实现大的突破与创新",原因在于"并未完全摆脱'左'的影响,也就是说,我们在儿童文学中对于'左'的东西还'破'得不够"。①

1981年3月,《巨人》儿童文学创作丛刊在上海创刊。这是一本大型的文学丛刊,以刊登中篇创作为主。《巨人》杂志的创办得到了全国各地儿童文学工作者的热情支持,《巨人》创刊号刊出的中篇有:郭明志的童话《Q女王的魔法》、王若望的小说《魔笛记》、叶永烈的科学童话《君子国的秘密》、安利的科学幻想儿童剧《神帽》等。②

1981年3月,《儿童文学选刊》创刊,本杂志由少年儿童出版社出版,初定为季刊,以儿童文学作品为主要内容。创刊号刊发了张映文、王安忆、罗辰生、程乃珊、黄蓓佳、庞天舒、范锡林、田峰泉、小燚、丁玲、凌力、黎焕颐、丁芒、高洪波、贾平凹、张岐、季振华、包蕾、郑渊洁、陆全根的相关文章。

在《发刊的话》中,《儿童文学选刊》编辑部提到了办刊宗旨:"办一个选刊,一方面,使儿童文学创作有一个交流的园地,另一方面,也可以使广大读者能以较少的时间集中读到各地发表的儿童文学佳作,这是客观的

---

① 周晓:《儿童文学创作要有大的突破》,《人民日报》1981年2月18日。
② 《巨人》1981年第1期。

需要。希望通过作品选刊,在加速当前儿童文学创作的发展与创新上,在满足读者的需求上,能贡献我们的微力。"①

1981年4月,贺宜的《漫谈童话》由四川少年儿童出版社出版。该书包括"漫谈童话"和"童话创作面临着重大的历史任务——〈童话选〉序"两部分。其中,"漫谈童话"包括:一、什么是童话。二、童话的体裁和表现手法。三、童话的根本特征和要素。四、童话与生活。五、作为好童话的条件。另该书还有四则附录,分别为叶圣陶的《稻草人》、严文井的《小溪流的歌》、叶永烈的《圆圆和方方》、英国王尔德的《自私的巨人》。②

1981年4月,第二次全国少年儿童文艺创作评奖委员会办公室主编的《儿童文学作家作品论》由中国少年儿童出版社出版。在本书的"出版说明"中,评奖委员会办公室对于1954到1979年全国少年儿童文艺创作评奖及本书的出版作了相关介绍:"这次评奖的目的,本来就带有总结经验、发扬成绩、推动创作的意思。为了使这一总结更加深入,更加细致,更加全面,使这次评奖更好地起到繁荣今后儿童文艺创作的作用,也为了逐步组织起我国的儿童文学理论批评、研究队伍,我们特约请三十多位多年从事儿童文学理论批评、教学、研究的同志,对二十多位作家的作品写出评论文章,编成了这本《儿童文学作家作品论》。"全书收录宋庆龄、周扬、康克清、贺嘉、陈子君、金江、浦漫汀、孙毅、张锦江、郑马、舒霈、雷达等的文章33篇。另外,本书还附有"第二次全国少年儿童文艺创作评奖获奖名单(1954—1979)"③。

1981年4月,王泉根在《西南师范大学学报》上刊发《安徒生童话的艺术》。王泉根将安徒生童话概括为"真"、"新"、"奇"、"美"四者的有机统

---

① 《儿童文学选刊》1981年第1期。
② 贺宜:《漫谈童话》,四川少年儿童出版社1981年版。
③ 《儿童文学作家作品论》,中国少年儿童出版社1981年版。

一。他认为:"安徒生童话的艺术形式巧妙地、完美地表现它的基本思想内容:歌颂真善美,鞭挞假恶丑,从多方面深刻地表达了民主主义思想与深厚的人道主义精神,真实地反映了十九世纪丹麦社会现实生活的各个方面,始终坚持了现实主义的美学原则。正是这种进步的、向上的思想内容和完美的、独特的艺术形式的结合,才使这位丹麦童话大师用毕生心血创作出来的一百六十八篇童话放出了特别耀眼的光彩,超越时空,百世常新,受到全世界少年儿童和他们父母的普遍欢迎!"[1]

1981年4月,人民文学出版社出版了由任溶溶、鲁兵、圣野三位主编的建国三十年来的《幼儿文学选1949—1979》。入选篇目包括诗歌、故事、童话、剧本等百余篇作品。这些作品题材多样、风格迥异,具有强烈的幼儿文学特点。鲁兵写的序言,对幼儿文学的发展历程、创作特色和未来发展作了详细论述。[2]

1981年5月,宋庆龄的《愿小树苗健康成长》刊发于《人民日报》。宋庆龄深情地写道:"每当我想到你们,我的眼前就浮现出那些充满生机的小树苗……在肥沃的土地上扎根,在和煦的阳光下成长。……狂风暴雨、病虫害、环境污染,都会危害小树的成长。对那些长得歪歪扭扭的小树,还要进行矫正、修剪。同样,社会上某些坏思想、坏作风和坏的习惯势力,也是对你们的危害和污染。"因此,她向儿童呼吁,"你们需要认真学习、接受教育。增强抵抗力和提高辨别力……这样,你们就会……成长为栋梁之材,成长为社会主义现代化建设事业的坚强接班人,为创造更高的物质文明和精神文明作出超过前人的巨大贡献"[3]。

1981年6月,周晓的《读儿童文学散文创作札记》刊发于《读书》上。

---

[1] 王泉根:《安徒生童话的艺术》,《西南师范大学学报(人文社会科学版)》1981年第1期。
[2] 任溶溶、鲁兵、圣野:《幼儿文学选》,人民文学出版社1981年版。
[3] 宋庆龄:《愿小树苗健康成长》,《人民日报》1981年5月22日。

该文以任大霖的《童年时代的朋友》、凌力的《幼年》为引子,论析了其关于儿童散文创作的体会。周晓认为,儿童文学的散文样式是自由的,思想上力求单纯、明朗,艺术上要有较强的故事性、趣味性。他援引高尔基"让思想饱和在生活之中"的观念作结:"儿童文学的教育作用应该是潜移默化的。"①

1981年6月,现代童话剧《好伙伴之歌》在上海首演,该剧曾荣获上海市首届戏剧节演出奖、表演奖,并于1982年参加全国儿童剧观摩演出获优秀演出奖、创作奖。该剧的编剧为任德耀、宋捷文、胡玲荪,导演为任德耀、姜自强、刘子枫。同月,中国福利会儿童艺术剧院又上演儿童剧《种花郎》,编剧为郭震,导演为张承明。

1981年7月,周晓完成《儿童文学的报春燕———一九八〇年以来儿童短篇小说创作管窥》,该文于同年8月在上海改成,后收录于《周晓评论选》。他指出当时儿童文学所处的状态:"近几年创作的发展尚处于渐进的状态。"但令他感到可喜的是,"去年以来出现了迈开大步前进的趋势,这在短篇小说中表现得比较明显。儿童文学的发展问题,已经日益引起人们的关注"②。结合自己的阅读经历,他认为,"儿童文学的新老作家面对我们广大的少年读者,终于敢于向他们展现他们所能理解的真实人生"。他总结了作家在探索儿童文学发展时存在的三个问题:首先,"儿童文学应如何向八十年代的孩子们描绘光明和美好,又如何揭露黑暗和丑恶?"其次,"如何通过自己的观察和感受,提出日益复杂的社会生活中与孩子们紧密有关的问题以及少年儿童成长中的现实问题?"再次,"如何为今天的孩子们说话,又如何满足孩子们的需要?"③他也从1981年的上半

---

① 周晓:《读儿童文学散文创作札记》,《读书》1981年第6期。
② 周晓:《周晓评论选》,少年儿童出版社1992年版,第99页。
③ 周晓:《周晓评论选》,少年儿童出版社1992年版,第100页。

年所发表的短篇小说中看到了一种新的趋势:"作者们的生活视野有了新的开拓"、"去年一年间到今年上半年反映当前现实生活的儿童短篇小说,主题、题材的深化、开拓,这种变化的趋向是好的,是儿童文学在真实地反映生活上广度的发展和延伸"。[①] 但相比于1980年的一些作品,他指出:"虽然还不如一九八○年一些优秀作品那么有思想、艺术上的分量,但作者们对于现实生活的迅速变化对少年儿童的影响所作出的及时热切的反映,是应该支持和肯定的。"他认为,这些小说"扩大、拓宽了儿童文学的题材和主题范围,也丰富了真实地多方面地反映生活的儿童文学的创作内容"[②]。针对"如何在创作的发展上来评价这一年多来的儿童短篇小说创作"、"这些作品为我们的儿童文学创作恢复了和增添了什么"等问题,周晓认为可以从如下几个方面来探讨:第一,"真实地多方面地表现生活,是这一批儿童小说创作上的一个突出方面";第二,"塑造了比较多样的人物,儿童小说作家们的笔开始深入各种各样少年儿童的心灵,是当前儿童小说创作又一突出成绩";第三,"儿童文学的艺术使命、艺术价值,长期来一直被忽视";第四,"儿童创作新人辈出,是儿童文学事业发展的重要标志"。[③]

1981年7月,《儿童文学研究》第7辑出版。本辑刊发了郑文光、饶忠华、刘后一、张伯文、黄廷元、杨楠、林禽、刘兴诗、鲁兵、稽鸿、阳光、王亚法、黄河涛、金波、雁翼、汪习麟、李岳南、黄庆云、阎纯德、陈模、黄衣青、寇德璋的相关文章。

本辑开设"科学文艺专辑"。郑文光、刘后一、鲁兵等撰文对科学文艺的创作进行了梳理、分析和批评,对儿童科学文艺姓"科"还是姓"文"的不

---

① 周晓:《周晓评论选》,少年儿童出版社1992年版,第104页。
② 周晓:《周晓评论选》,少年儿童出版社1992年版,第106页。
③ 周晓:《周晓评论选》,少年儿童出版社1992年版,第113—117页。

同观点展开争议。郑文光在《科学文艺杂谈》中对科学文艺作品的类型进行划分,提出了如下观点:"那种科学内容加文艺形式的公式,不能达到科学与文学的真正结合,而是生拉硬拽的捏合,这样,不可避免地相互游离,两者就像油跟水一样。"①

1981年7月,冰心的《三寄小读者》由少年儿童出版社出版,这是冰心继二十年代《寄小读者》、五十年代《再寄小读者》之后的又一力作。

1981年8月,谭达先的《中国民间童话研究》由香港商务印书馆出版。该书的内容主要有:"一、民间童话的特征"、"二、民间童话的幻想分类和作品的社会来源"、"三、民间童话的重大主题、思想内容"、"四、民间童话的古老观念、古老风俗与艺术形象、情节"、"五、民间童话中原始思想因素的演变"、"六、民间童话的艺术特点和传统形象"、"七、民间童话兼具儿童文学的性质和作用"。②

1981年8月,国家出版局、全国少年儿童文化艺术委员会发出《关于全国优秀少年儿童读物评奖的通知》,决定于1982年上半年举行一次全国优秀少年儿童读物评奖活动。其出发点是:为进一步繁荣发展少年儿童读物的创作和出版,充分调动少年儿童读物著译者、儿童美术工作者及编辑人员的积极性,鼓励他们为广大少年儿童写好书,译好书,编好书,出好书,充分发挥少儿读物在培养和造就我国新一代德、智、体、美、劳全面发展的人才中的作用。

1981年8月,刘厚明的《导思 染情 益智 添趣——试谈儿童文学的功能》一文发表于《文艺研究》。该文着重从"导思"、"染情"、"益智"、"添趣"四个层面来探讨儿童文学的功能,就儿童文学是"教育儿童的文学"予以批评,其结论是:"儿童文学是塑造新生一代的灵魂的文学,是教育的文

---

① 郑文光:《科学文艺杂谈》,《儿童文学研究》1981年第7辑。
② 谭达先:《中国民间童话研究》,商务印书馆香港分馆1981年版。

学,娱乐的文学,最富感情和最有想象力的文学。"①

1981年9月,《儿童文学选刊》第3期出版,本期刊发了李楚城、罗辰生、康文信、铁凝、任大星、任大霖、程乃珊、张微、李心田、程玮、刘岩、尤凤伟、夏有志、徐岳、杨书案、谭一寰、郭才明、方园、庄云飞的相关文章。

1981年11月,大型儿童文学专辑《未来》由江苏人民出版社出版。该刊旨在繁荣儿童文学创作、活跃儿童文学研究。《未来》刊登以小说为主的中长篇儿童文学作品,发表各家儿童文学创见,引进外国儿童文学名篇,介绍中外儿童文学动态。

1981年12月,《儿童文学研究》第8辑出版,本辑刊发了贺宜、任大霖、赵耀堂、肖甦、黄亦波、汪习麟、代琇、庄辛、孙毅、胡从经、黄可、盛巽昌、赵景深、任溶溶、斯英琦、厉振仪、陈喜儒、陈烟帆、杨清龙的相关文章。

其中,任大霖发表了《真实性·人情味——对当前儿童小说创作的两点意见》颇具代表性,他提出"提高我国儿童小说的创作质量,一是要加强作品的真实性,一是要加强作品的人情味",并强调"儿童文学首先是文学,而文学必须真实地反映生活"。②

---

① 刘厚明:《导思 染情 益智 添趣——试谈儿童文学的功能》,《文艺研究》1981年第4期。
② 任大霖:《真实性·人情味——对当前儿童小说创作的两点意见》,《儿童文学研究》1981年第8辑。

1982 年

1982年1月,上海《新民晚报》复刊,开辟了"娃娃天地"、"讲故事"等儿童文学专栏。并定期刊发"童话故事"、"哆来咪"、"动物世界"、"我的周记"等符合孩子兴趣的板块。

1982年2月,陈子君的《儿童文学在探索中前进》由四川少年儿童出版社发行。该书是陈子君关于儿童文学的论文集,内容包括儿童文学的特点、功能、趣味等,并且还论述了儿童文学要真实地反映现实生活、儿童文学与政治的关系等文章。[1]

1982年2月,《儿童文学研究》第9辑出版。本辑刊发了陈伯吹、包蕾、吴梦起、孙幼军、郭明志、路展、火苗、杉松、康复昆、郑渊洁、方园、葛翠林、贺宜、鲁兵、叶君健、谢冕、钱景文、汪习麟、沈杨、宋光祖、胡景芳、魏同贤、张香还、何紫垣、董林肯、吴凤岗的相关文章。

其中,孙幼军的《我对幼儿童话的点滴想法》从内容和形式两方面对幼儿童话创作提出了建议,"在内容方面,我觉得不宜把对孩子的教育理解得过于狭隘。我的第二点想法是,幼儿童话中应该有一类是由成人读给孩子听的,而且比例应该大一些"[2]。本辑选录了1981年少年儿童出版社举办的"童话座谈会"中的部分发言稿,火苗、杉松、康复昆、郑渊洁、方园等作者纷纷就童话创作问题提出了自己的建议。谢冕在《漫谈儿童散文》一文中对中国儿童散文的创作、类型、批评等方面做了详细的梳理

---

[1] 陈子君:《儿童文学在探索中前进》,四川少年儿童出版社1982年版。
[2] 孙幼军:《我对幼儿童话的点滴想法》,《儿童文学研究》1982年第9辑。

与评价,并提出"成年人写儿童散文,万不可把暮气与迟钝、麻木带到作品中来。儿童散文作家应当都是'大孩子'、'大朋友',要有一颗不会衰老的童心。他应当象儿童那样用稚气的、充满新奇之感的眼光看世界"①。

1982年2月,由教育部委托北京师范大学举办的高校儿童文学教师进修班顺利开班。本次进修班为期半年,学员来自全国28所院校及文教单位,共34人。北京大学中文系主任钟敬文先生在开班典礼上做了主题发言。这是新中国成立以来第一个高校儿童文学教师进修班。

1982年3月,周晓完成《论辩品格、"左"的影响及其他——对一种评论的再批评》一文。针对赵耀堂和肖甦在《儿童文学研究》的第8辑刊发的《浅谈邱勋儿童文学创作的艺术特色》,周晓概述了其观点:"其一是指责我对一部'较成功之作'的'难免败笔之处',大惊小怪;其二是批评我不该因一位作家写了'差一些'的'不如以前的作品',就指摘他'走上创作的歧路';其三是责难我'仅以艺术风格和笔调的变化,作为批评作家及其作品的优劣根据'。"②周晓认为其评论《山高水长》时,"他们头脑里'左'的习惯势力很不小。这使他们看不清《山高水长》这部受'左'的影响较深的小说问题之所在"。不仅如此,他还指出:"当前儿童文学创作已获得较大的进展,批评不适应创作发展的状况尤其显得突出了",儿童文学评论,"一是数量少,二是质量差,而不论数量少或质量差,都和我们的精神状态,特别是思想解放的程度有关"。③

1982年3月,《儿童文学选刊》出刊。本期刊发了余通化、勤耕、邱勋、茅庆茹、邹敏、须一心、李自由、胡忆肖、王敏清、郁茹、沈虎根、陈益、李国枚、刘心武、阎纯、鲁曼曼、韩静霆、叶君健等的相关文章。

---

① 谢冕:《漫谈儿童散文》,《儿童文学研究》1982年第9辑。
② 周晓:《周晓评论选》,少年儿童出版社1992年版,第16页。
③ 周晓:《周晓评论选》,少年儿童出版社1992年版,第23页。

本期设创刊一周年笔谈会专题。刘厚明在《像追求真理一样去追求语言》一文中提到："我想，对儿童文学的语言的基本要求，与一般文学并无差别，同样是准确、鲜明、生动。至于儿童情趣，表现在语言上不外两条：一条是要照顾到小读者的接受能力，别叫他们看不懂；另一条是要适合孩子们的阅读趣味，使他们爱读，能吸引他们看下去。"①

1982年4月，胡从经的《晚清儿童文学钩沉》由少年儿童出版社发行。该书分为四辑，胡从经在本书的"小引"中对本书内容作了简要的介绍："第一辑为梁启超等资产阶级改良主义思想家、文学家关于儿童文学的理论和实践"；"第二辑为爱国学社等资产阶级革命派所从事的儿童文学活动"；"第三辑为外国儿童文学最初引进中国的概况鸟瞰"；"第四辑为鲁迅、茅盾早期的儿童文学著译述评"。②

1982年4月，陈伯吹的《儿童文学简论》由武汉的长江文艺出版社发行。该书收录的论文有："我走社会主义的道路"、"谈儿童文学工作中的几个问题"、"谈儿童文学创作上的几个问题"、"谈幼童文学必须繁荣发展起来"、"谈题材问题"、"谈外国儿童文学作品在中国"、"论'童心论'"、"论动物故事"、"论神话、传说及民间童话"、"论寓言"、"漫谈寓言"、"谈寓言与小学语文教学"、"论'童话'"、"谈'新童话'"、"谈童话创作的继承与创新"、"谈童话作品的特色"、"谈童话创作的艺术手法——拟人法"、"谈童话与小学语文教学"、"谈儿童诗"、"谈儿童诗与形象思维"、"谈'儿童戏剧'"、"谈'短篇小说'与'儿童小说'"。另外该书还有附录"关于儿童文学的现状和进展"。③

1982年5月，蒋风的《儿童文学概论》由湖南少年儿童出版社出版。

---

① 刘厚明：《像追求真理一样去追求语言》，《儿童文学选刊》1982年第1期。
② 胡从经：《晚清儿童文学钩沉》，少年儿童出版社1982年版，第3页。
③ 陈伯吹：《儿童文学简论》，长江文艺出版社1982年版。

该书为中国第一部个人的儿童文学概论。《儿童文学概论》是一部意图为儿童文学担起学术责任的书,这部书一个天然的特色是其对儿童文学同情、体贴、细致的研究态度与表达风格。同时内容充实,举凡儿童文学全面的和各体各类的渊源、发展、代表性作家及其作品的内容与特色等,不仅都程度不同地涉及了,而且博采众家之论,断以己见,多有自己的发现,所谓"言有物"也。

1982年5月,《儿童文学概论》一书由四川少年儿童出版社发行,编者主要有浦漫汀、张美妮、梅沙、汪毓馥、陈道林、张中义、张光昌、蒋风等人。全书分成四编,分别是"儿童文学的基本理论"、"儿童文学的基本体裁"、"中国儿童文学"、"外国儿童文学"。全书详细地介绍了中国儿童文学发展的历程与其理论的研究与探索。

1982年5月,《东方少年》杂志创刊。《东方少年》是新中国成立以来北京市第一个少年儿童文学刊物。它主要面向中小学生,兼顾家长、少先队辅导员及儿童文学爱好者,题材丰富,内容广泛。

1982年6月,《儿童文学研究》第10辑出刊。本辑刊发了李楚城、贺宜、黄云生、蒋风、赵元真、杨幼生、晓石、汪习麟、郭景锋、任骋、雷群明、江英、邱勋、黄亦波、达应麟、周晓、刘崇善、陈丽、包蕾、朱彦、方轶群、盛巽昌、张香还、周鲁、纪民、李清民的相关文章。

其中,黄云生、蒋风在《真实·积极·审慎——谈儿童文学如何反映现实生活》一文中提出:"只有把真实、积极、审慎这三者认真地统一在作家的创作思想和创作方法之中,反映好现实生活,儿童文学才能成为少年儿童的真正的'生活教科书'。"[①]

1982年7月,少年儿童文学出版社陆续出版"文学大师和儿童文学

---

① 黄云生、蒋风:《真实·积极·审慎——谈儿童文学如何反映现实生活》,《儿童文学研究》1982年第10辑。

丛书"。这套丛书包括《陶行知和儿童文学》、《郭沫若和儿童文学》、《黎锦晖和儿童文学》、《茅盾和儿童文学》、《冰心和儿童文学》等13卷。

1982年8月,周晓撰写完成了《起步与进展——近年来儿童文学创作的发展片谈》一文,该文系作者1982年夏应邀参加湖南第三届儿童文学笔会上的专题发言,发表时经过若干删节。全文主要侧重对于儿童文学创作方面的论述,分为"传统题材创作的突破与进展"、"创作发展的若干方面与问题"两部分。在文章的开头,对于当时儿童文学创作"空前繁荣"的提法,他指出:"我觉得我们这个领域,比之成人文学的发展还有差距;'左'的影响和习惯势力仍然是大的。"[①]他认为,"近两年来创作的发展,从儿童文学与生活的关系说,一个真实地表现生活,一个多方面地表现生活"[②]。在将传统作品与新生作家对比后,他认为传统题材作品"故事和人物的公式化概念化",但他也指出少数的传统佳作,"比之前反映现实生活的作品,思想和艺术成就,似乎更为优异"、"他们的创作力有可能使他们写出传统题材的新作品"[③]。就未来创作的方略,他提出了三点建议:"一、题材的进一步开拓"、"二、写感情与向生活深处开掘"、"三、儿童小说与幻想"。

1982年8月,《儿童文学选刊》出刊。本期刊发了严文井、孙幼军、洪汛涛、胡尹强、朱邦国、王继民、肖道美、傅丰琪、黄蓓佳、李仁晓、詹岱尔、沈石溪、田松林、何香久、金波、乌兰齐日格、李幼容、纪宇、任溶溶、鲁风、刘倩倩、何廷、孙友田、张秋生、管用和、丁曲、王宜振、佟希仁、金近、郑春华、魏志远、任大星、顾宪谟、陈子君、李楚城、郑渊洁等的相关文章。

在《从孩子对作品的要求说起》一文中,任大星谈到"儿童文学作为文

[①] 周晓:《周晓评论选》,少年儿童出版社1992年版,第24页。
[②] 周晓:《周晓评论选》,少年儿童出版社1992年版,第27页。
[③] 周晓:《周晓评论选》,少年儿童出版社1992年版,第29页。

学的一个组成部分,它的性质和基本特征与成人文学是没有任何区别的。社会主义的儿童文学,和社会主义文学完全一样,要为人民服务,为社会主义服务;该怎样服务呢——当然也离不开'用语言塑造形象'。如果儿童文学作品的语言缺少艺术性,不足以塑造形象,或因别的缘故使作品缺少生动的艺术形象,作者的使命也就无法完成。——在这里,舍此而侈谈服务的特殊性是没有意义的。"①

1982年9月,鲁兵的《教育儿童的文学》由少年儿童出版社发行。全书收录的文章包括:"教育儿童的文学"、"儿童文学和共产主义教育——学习列宁《青年团的任务》的札记"、"小娃娃的教育和文学"、"炉边琐语——和幼儿园老师谈幼儿文学创作"、"《幼儿文学作品三十年选》序"、"给孩子们的一束繁花——《365夜》前言"、"《365夜》编辑札记"、"为幼儿文学讲几句话——在全国少年儿童读物出版工作会议上的发言"、"拟娃娃日记"、"'拟人化'辨"、"老鼠风波"、"詹同儿童漫画选集序"、"土气息泥滋味——田原儿童画选集序"、"形式与内容的结合"、"灵魂出窍的文学"、"有感于乙醇和水"、"幻想篇"、"既然叫做'科学幻想'"、"'夹缝'质疑"、"不宜提倡的'加法'"、"就《灵魂出窍的文学》一文答友人"、"我国儿童文学遗产的范围"、"说《小儿语》"、"从节删《说岳全传》所想起的"。在"后记"中,鲁兵指出:"人们视我为顽石。其实,说是相当顽固,犹可;说是顽固不化,那就过奖了。洪水横流,泛滥于天下,我能自岿然不动吗?不能,我没有那么大的能耐。比如一九五九年,一九六〇年,在'童心'、'主要写儿童'等问题的论争中,我就离开了客观规律,拿了些大话去批判人家。如今,我只能说这么两句话了:'悟以往之不谏,知来者之可追'。"②

1982年10月,《儿童文学研究》第11辑出刊。本辑刊发了严文井、

---

① 任大星:《从孩子对作品的要求说起》,《儿童文学选刊》1982年第3期。
② 鲁兵:《教育儿童的文学》,少年儿童出版社1982年版,第192页。

贺宜、任大霖、王可涓、高逸、沈碧娟、程逸汝、张继楼、张锦江、沈杨、赵元真、陈伯吹、严冰儿、黄衣青、张乐平、罗辰生、夏有志、郑渊洁、李仁晓、王济民、高洪波、杨永青、缪印堂、老堂、胡涛壬、吴凤岗、邱勋、金燕玉、黄可、张香还的文章。

本辑设专栏纪念《小朋友》创刊60周年，陈伯吹、严冰儿、黄衣青、张乐平等纷纷撰文回顾《小朋友》杂志自创刊的发展的历程。贺宜的《进一步提高童话创作的水平——小百花园丁随笔》对如何进一步提高童话创作水平提出了意见："第一点意见是，我觉得不少作者对童话中人物形象的性格化注意得不够。第二点意见是要提倡多样的艺术风格。第三点意见是希望作者们努力尝试多写一些具有中国气派的童话。"[1] 张继楼的《一个新兴的文艺形式——读〈少年科学〉的科学诗》从"常见的儿童科学诗的类型"、"知识性、文学性、趣味性三结合"、"儿童科学诗创作中存在的缺点"[2]三方面对彼时的儿童科学诗做了较为全面的评价。

1982年11月，周晓为日本小说《窗边的阿彻》的译本写下"前言"。该书原著出版于1981年，在一年多的时间内就印刷了几十版，在日本读者中有一定的热度。在周晓看来，这一现象的发生，原因除了"生活与人物描述上的新鲜、有趣这个因素之外"，还因为"在资本主义国家，青少年教育已愈来愈成为深刻的社会问题"，"而《窗边的阿彻》，无疑是为苦恼的家长们送上了一股新鲜的气息和希冀，企望那过去岁月里的阳光会温暖今天一些少年儿童的心"。[3] 在周晓看来，小说的巴学园"爱护儿童，尊重

---

[1] 贺宜：《进一步提高童话创作的水平——小百花园丁随笔》，《儿童文学研究》1982年第11辑。

[2] 张继楼：《一个新兴的文艺形式——读〈少年科学〉的科学诗》，《儿童文学研究》1982年第11辑。

[3] 周晓：《日本小说〈窗边的阿彻〉译本前言》，《周晓评论选》，少年儿童出版社1992年版，第224页。

儿童,尽力排除枯燥、强制,使孩子们的学习生活过得活泼而充实。巴学园对于阿彻,犹如水中之鱼,她的个性得到实实在在的保护和发展""对于我们,对于当前新的历史时期教育建设的探索,包括少年儿童的教育问题,也是不无借鉴的价值的"。[①] 对于里面涉及的战争问题,周晓呼吁:"应该警惕军国主义的复活,——为了孩子,也为了像小林先生这样的教育家和巴学园这样的事业。"[②]

1982年12月,《儿童文学选刊》第4期(总第8期)出版,本期刊发了徐怀中、尹平、张成新、詹岱尔、刘霆燕、徐巨焕、曹文轩、徐风、沈振明、谷应、吴梦起、未央、吴霄、刘同祥、黄祖培、韦其麟、谭方辉、袁凤鸣、宗璞、赵冰波、李楚城、钱光培、周晓、韩静霆的相关文章。

周晓在《儿童小说创作探索录二题》的《写感情与向生活深处开掘》一文中谈到了儿童小说创作中的情感因素,"当前儿童小说创作中,作者努力于以情感人,是一种好现象。不过现在似乎有失之于滥的苗头。不仅如前面提到的重复、雷同的问题,还表现为:为写感情而写感情,为写感情而编造悲欢离合的故事,一味以苦情博取读者的眼泪。这又是和任意编造故事的新公式化概念化相伴而出现的"[③]。

[①] 周晓:《日本小说〈窗边的阿彻〉译本前言》,《周晓评论选》,少年儿童出版社1992年版,第224—225页。
[②] 周晓:《周晓评论选》,少年儿童出版社1992年版,第226页。
[③] 周晓:《写感情与向生活深处开掘》,《儿童小说创作探索录二题》,《儿童文学选刊》1982年第3期。

1983 年

1983年3月,蒋风在《浙江师范学院学报》第1期上刊发《儿童文学的趣味性》。蒋风认为,从儿童教育的角度看,儿童文学趣味性"是与儿童文学的教育任务——以共产主义思想教育下一代——紧密联系着的"。从"心理学"的角度看,他认为,少年儿童的头脑中常常有着"十万个为什么"、"迫切地希望从作家为他们提供的具有强烈趣味性的东西中找到答案"。因此他将"趣味性"的重要意义总结为五点作用:一、儿童文学的趣味性有助于培养儿童的好奇心;二、儿童文学的趣味性有助于培养儿童的注意力;三、儿童文学的趣味性有助于加强记忆的效果;四、儿童文学的趣味性有助于发展儿童的思维和语言;五、儿童文学的趣味性有助于发展儿童的创造性想象。就如何正确理解儿童文学的趣味性问题,他认为要使"趣味性"能起到它艺术手段的作用,必须正视如下问题:一、趣味的时代性;二、趣味与年龄的关系;三、趣味与美学问题。就儿童文学的趣味性而言,他对成人作家提出了如下希望:一、我们要学会用儿童的眼光来观察世界;二、要善于展开符合儿童心理状态的想象的翅膀;三、还要善于用儿童的口吻表达出来。[①]

1983年3月,《儿童文学研究》第12辑出刊。本辑刊发了金近、贺宜、沙孝惠、樊发稼、黄伊、晓石、黄修纪、孔凡青、杨植材、严善昌、关立、许永、吕亚、李楚城、张抗抗、余通化、郑春华、赵耀堂、肖甦、沈碧娟、吴梦起、肖丁三、盛巽昌的相关文章。

[①] 蒋风:《儿童文学的趣味性》,《浙江师范学院学报》1983年第1期。

本辑设专栏纪念《少年文艺》创刊三十周年，刊登了《〈少年文艺〉创刊三十周年作品选（前言）》，李楚城、张抗抗、余通化撰文回顾《少年文艺》的创刊及发展经历。樊发稼的《进一步提高儿童诗创作的质量》对如何进一步提高儿童诗创作的质量提出了如下看法："一、跟'一般化'作斗争。二、努力克服'平、浅、直、白、露'。三、不要'成人化'。"对儿童诗创作的误区给予了纠正。①

1983年4月，周忠和编译的《俄苏作家论儿童文学》一书由河南少年儿童出版社出版。在"译后记"中，周忠和指出："为了开创我国儿童文学理论研究，特编译了这本《俄苏作家论儿童文学》。本书共选译俄国十九世纪和苏联的著名文学家、文艺批评家、教育家、专业儿童文学作家等关于儿童文学和儿童读物的理论和创作方法等方面的论述、文章和专著五十一篇。"作家包括别林斯基、车尔尼雪夫斯基、杜勃罗留波夫、赫尔岑、屠格涅夫、萨尔蒂柯夫-谢德林、尼·瓦·舍尔古诺夫、乌申斯基、高尔基、克鲁普斯卡娅、马卡连柯、阿·托尔斯泰、盖达尔、马尔夏克、卡西里、伊林、巴尔托、波列沃依、列·谢·索鲍列夫、米哈尔科夫、谢·巴鲁兹金、叶夫根尼·彼尔米亚克等。针对本书选文，他概括道：

一、以别林斯基为代表的俄国作家和批评家对儿童文学的基本特点的论述，包括儿童文学的年龄特点、可接受性、幻想因素、知识性、趣味性等一系列儿童文学应具备的特点。

二、以高尔基为代表的苏联作家和批评家对儿童文学的教育作用和培养共产主义新人的使命的论述，以及关于儿童文学的高度思想性、题材的广泛性、体裁的多样性等方面的论述。

三、当代的儿童文学作家和批评家提出的一系列具有现实意义的问题：学校、家庭、劳动、道德等，以及对这些问题的争论和探讨。

---

① 樊发稼：《进一步提高儿童诗创作的质量》，《儿童文学研究》1983年第12辑。

同时,周忠和还阐释了其选译的原则:

一、照顾各个时期的代表性,从俄国十九世纪中叶到苏联当代这一百多年中的各个重要时期的重要作家和作品。

二、照顾儿童文学各个方面的代表性,如诗人、小说家、科普作家、剧作家、教育家、批评家等。

三、尽量选过去没有译过的文章和著作。①

1983年5月,周晓完成《儿童文学大有希望——从江苏新人新作看儿童文学创作的发展》一文。本文系《儿童文学选刊》编辑部于1983年5月21日至23日邀请江苏部分从事儿童小说创作的中青年作家而举行研讨会上的专题发言,并且曾经摘要发表于《人民日报》。根据自己对《儿童文学选刊》的编辑工作,周晓指出当时广为流传的可喜现象:"江苏省儿童小说创作越来越活跃,涌现的新作者不是几个而是一批;可以毫不夸张地说,在江苏,一支朝气蓬勃的儿童文学新军正在崛起,已经出现了一个儿童小说创作的中青年新作家群。"②通过分析黄蓓佳的《心声》《在你的身后》、程玮《淡绿色的小草》、茅庆茹的《啊,十四岁》等作品,周晓感觉到"当前儿童小说与生活的关系比较贴近了",并且作家们"并不排斥从过去的生活取材,其中个别作者的创作成绩甚至可以说是不同凡响的"。③ 更令他感到欣喜的是,有些作家还"把近年来儿童文学中还较少见的乡土色彩,引人注目地带进儿童小说来"④。周晓认为今天江苏的儿童文学,"现实主义已经开始在创作中生根结果了"⑤,并且江苏创作界还有一种"探

---

① 周忠和编译:《俄苏作家论儿童文学》,河南少年儿童出版社1983年版,第414—415页。
② 周晓:《周晓评论选》,少年儿童出版社1992年版,第119—120页。
③ 周晓:《周晓评论选》,少年儿童出版社1992年版,第122页。
④ 周晓:《周晓评论选》,少年儿童出版社1992年版,第125页。
⑤ 周晓:《周晓评论选》,少年儿童出版社1992年版,第127页。

求者"①的传统。在江苏的新作者中,黄蓓佳、程玮、刘健屏、丁阿虎、金曾豪等人的作品在艺术上所作的多方面的探索和实践,"在全国并不多见,这愈发可贵,是很值得引起重视的创作现象"。究其因,他认为,"这是和江苏省各级领导和作家协会对儿童文学的重视、倡导分不开的,也包括成人文学繁荣发展的积极影响和推动"②。具体说来是和江苏的《少年文艺》刊物密不可分。

1983年6月,《人民文学》刊载周立波的一篇遗作《关于童话的论述提纲》。周立波提出:"先有民间流传的故事,然后才有诗或笔写的故事"、"民间故事仍为一般文学的材料(例如《浮士德》),特别是童话的材料(例如安徒生)"、"民间故事,统治者故意歪曲生活的地方较少。较少道学气,真实反映民间生活和他们的梦想。除极少数假造的例外,都较少说教。故事性浓。传奇性多。因此,对于儿童具有一种魅惑力,引得他们走进神秘的奇幻的世界,儿童的梦,诗的遐想"。联系到中国童年的传统资源,周立波进一步指出"中国游侠小说的弊害,旧的大人世界的伦理,代替了新的小人世界的活泼和创造,迷信代替了科学,落后与粗劣代替了进步与聪明。阿Q气质代替了基于现实的理想。童话的不发达,促长了游侠故事的流传"等观点。关于"童话与小说的区别",周立波认为童话的特点在于,"应力避抽象的推理、老成的哲理。儿童的感情不深沉,因此在童话中一般的只宜有轻淡的忧愁,不宜有悲剧。多乐观主义,爱与和谐多于仇恨"、"心理描写宜少,宜多行动表现"、"故事多,描写多"、"天真的混沌多于理性的言语(如《咪咪骑毛驴回中国》)"、宜多写"儿童和儿童所知道的事迹,以儿童的口吻"。因而,周立波对童话作家提出了如下倡议:"留心孩子们的生活、行动和心理(好奇、遐想),多接近他们(安徒生做得最好),

---

① 周晓:《周晓评论选》,少年儿童出版社1992年版,第129页。
② 周晓:《周晓评论选》,少年儿童出版社1992年版,第131页。

写作的时候要沉浸在儿童的感觉、思想和行动的世界里,有儿童的默想、幻梦。'诗的原形,就是儿童的梦。'(安徒生)努力地记起自己童年的生活和感觉"、"不要说教,不要说一长篇大道理,最忌枯燥无味的开头和结尾。(《曼尼尔的三个骗子》与《皇帝的新衣》)一开头就要引人入胜,引到行动中去"等思想。①

1983年6月,王泉根在《浙江师范学院学报》上发表《论外国儿童文学对中国现代儿童文学的影响》。王泉根认为,现代儿童文学在发展进程中在思想内容、文体样式方面受到外国儿童文学的巨大影响。在思想内容上主要体现在三个方面:一是暴露社会罪恶,描写"血与泪的人生";二是紧扣时代脉搏,反映社会现实斗争;三是歌颂真善美,鼓吹精神文明。而在文学样式方面所受的影响,大致有以下三种情况:一是直接向外国儿童文学"引进",二是参照外国儿童文学的文体,对已有的中国儿童文学旧文体加以更新改造,三是受外国儿童文学的启发,将古老的传统文体发掘出来,移植到儿童文学园地。这就是寓言。除了以上方面,他还认为现代儿童文学对"自身的特殊艺术规律"的吸收也同样不容忽视,尤其是"儿童本位论"与儿童心理学的影响。在文章最后他也强调:"中国现代儿童文学——尤其是在它的早期阶段——虽然受到过外国儿童文学与外来文化的深刻影响,但它决不是'欧化'的产物,它对外来的东西是立足于洋为中用,目光四射,大胆'拿来',消化吸收。"②

1983年6月,吴其南在《浙江师范学院学报》上发表《写给春天的文学——试谈儿童文学的美学特征》。他提出一个引人深思的问题:"儿童文学是否有自己独立的、即表现在大多数儿童文学作品中却又和其他类

---

① 周立波:《关于童话的论述提纲》,《人民文学》1983年第6期。
② 王泉根:《论外国儿童文学对中国现代儿童文学的影响》,《浙江师范学院学报》1983年第3期。

型文学有着明显不同的美学性格呢？"而对于儿童文学的定义，他认为"是以儿童为主要读者对象的文学。但是，以儿童为读者对象，并不是居高临下地把儿童看成被动的接受者，不管他们理解不理解，喜欢不喜欢，把一套事先准备好的人物、故事往他们脑子里塞"。在吴其南看来，儿童文学的真正定义，"首先是以儿童的眼光反映生活，对生活作出符合儿童特点的审美评价"。针对"儿童情趣"的概念，他认为，"就是生活中人们所说的'孩子气'在作品中的艺术反映"，但"并不是孩子的所有行为和心理状态都被人视作'孩子气'的，而是只有那些典型地反映出儿童的某种天真、幼稚可笑而又可爱，能引起人幽默感的心理状态和语言、行为，我们才称之为'孩子气'"。①

1983 年 7 月，《儿童文学研究》第 13 辑出刊。本辑刊发了贺宜、金近、刘崇善、杨实诚、高逸、顾宪谟、叔迁、郁文、汪习麟、刘培生、黄亦波、张锦贻、黄蓓佳、贺嘉、胡景芳、梁秉堃、王正、程式如、包蕾、[美]马里林·豪夫曼（王济民译）、何公超、金燕玉的相关文章。

本辑设专栏纪念少年儿童出版社建社三十周年，专栏刊载了康克清、叶圣陶、高士其、苏步青、李国豪等的贺信和祝词。金近的《审美和创新》通过《青少年和美学》、《试谈创新》两篇小论，就新时期儿童文学创作亟须提升的审美性问题和创新性问题进行了深入的探讨。刘培生的《谈〈少年科学〉中的科学相声》就如何将科学与艺术有机结合这个问题提了如下建议："一、大含细入，深入浅出。二、比喻贴切，形象生动。三、引人入胜，寓庄于谐。"②胡景芳在《儿童剧断想》一文中就儿童剧创作的几个方面谈了自己的体会："一、首先让儿童看得明白、有趣。二、故事性不是细枝末

---

① 吴其南：《写给春天的文学——试谈儿童文学的美学特征》，《浙江师范学院学报》1983年第3期。
② 刘培生：《谈〈少年科学〉中的科学相声》，《儿童文学研究》1983 年第 13 辑，第 76 页。

节。三、努力塑造新的儿童形象。四、多为学校写短剧。"①

1983年7月,周晓撰写《教师作者与儿童文学》一文,该文系1983年夏天上海《少年文艺》编辑部举办教师作者创作座谈会上的发言,发言时作了若干删改。长期以来,"儿童文学是教育的工具"这个观念一直处于不容怀疑的地位,周晓认为"对于今天的儿童文学来说,看来这并不符合艺术规律而又长期处于不容怀疑地位的提法,一经过和教师是儿童文学的天然作者的提法'相辅相成',就会给教师作者的创作带来不可小视的弱点,也对儿童文学创作的发展产生不利的影响"②。

1983年8月,历时25天的全国性低幼文学讲习班在西安结业,这是建国以来第一次开展的全国性低幼文学讲习班。同时结业的还有西北地区儿童文学讲习班,两个讲习班的正式学员共90余人,讲习班对当时低幼文学的功能、特点,及如何创新等问题进行了探讨。

1983年9月,《儿童文学研究》第14辑出刊。本辑刊发了陈子君、贺宜、浦漫汀、高洪波、崔乙、顾宪谟、刘真、谢璞、钱景文、吴士哲、龚有俊、郑马、乐孟、俞伯洪、马如瑾、潘小庆、一浩、王治华、陈兆祥、薛雪、陈伯吹、陈丹燕、黎汝清、郑文光、王安忆、韦苇、[美]迈拉·佩特、黄衣青的相关文章。

本辑设专栏纪念《儿童时代》创刊500期,陈伯吹、陈丹燕、黎汝清纷纷撰文表达祝贺。同时,在"儿童美术漫笔"专栏中,专门就装帧、美术民族化、低幼儿童美术读物、儿童美术理论研究等方面阐释了儿童美术的议题。陈子君的《儿童文学理论工作现状和我们的紧迫任务》指出如下观点:"文学批评与文学创作,是文学事业的双翼,二者相辅相成,缺

---

① 胡景芳:《儿童剧断想》,《儿童文学研究》1983年第13辑,第102页。
② 周晓:《周晓评论选》,少年儿童出版社1992年版,第42页。

一不可。"①

1983年10月,日本学者上笙一郎的《儿童文学引论》由四川少年儿童出版社印行,译者为郎樱和徐效民。据译者介绍,该书在"一九六九年出版后,引起日本儿童文学界、教育界以及各界的注目",同时"为了满足读者的要求,东京堂曾将该书再版九次","译本就是根据一九八〇年的第九版翻译的"。② 该书是基于上笙一郎在文化学院开设的儿童文学课的讲义修订而成,是当时在日本具有较大影响力的著作,也是新时期以来较早从外国翻译过来的儿童文学理论著作。译者也指出该书的不足:"对西方儿童文学介绍较多,对东方儿童文学(日本除外)介绍很少,尤其遗憾的是,对我国儿童文学介绍得尤其不够。"③作者在本书的序言中也简要介绍了当时日本译介和研究叶圣陶的《稻草人》、冰心的《陶奇的暑期日记》、张天翼的《宝葫芦的秘密》的情况。

1983年10月,周晓的《儿童小说创作探索录》一书由广东人民出版社出版。本书收录了如下文章:"儿童文学札记二题"、"儿童文学创作要有大的突破"、"论辩品格、'左'的影响及其他——再评赵耀堂、肖甦同志的评论"、"'恩来同志和我们同在'——中篇小说《雾都报童》读后致作者"、"试论刘真短篇小说的思想与艺术"、"回顾与探讨——关于三十年来的儿童中长篇小说创作"、"人物·故事·生活——读儿童中篇小说《野妹子》、《高高的苗岭》札记"、"儿童文学的报春燕——一九八〇年以来儿童短篇小说创作管窥"、"努力塑造新的美的少年形象——评小说《勇气》、

---

① 陈子君:《儿童文学理论工作现状和我们的紧迫任务》,《儿童文学研究》1983年第14辑。
② [日]上笙一郎:《儿童文学引论》,郎樱、徐效民译,四川少年儿童出版社1983年版,第205页。
③ [日]上笙一郎:《儿童文学引论》,郎樱、徐效民译,四川少年儿童出版社1983年版,第206页。

《新星女队一号》"、"值得发展的创作特色——读《'欢乐女神'的故事》断想"、"起步与进展——近年来儿童文学创作的发展片谈"、"读日本小说《窗边的阿彻》随想——译本前言"、"读儿童文学散文创作札记——关于《童年时代的朋友》、《幼年》及其他"、"冰心和她的《小桔灯》"、"为孩子们写一些纪实性作品——兼谈一九八一年《少年文艺》发展的报告文学"。①

1983年10月,陆贵山在《当代》第5期上刊发《从小溪流到大海洋——读严文井的童话》。在创作与理论方面,陆贵山对严文井的评价是:"把童话创作的经验上升为童话理论又在童话理论的指导下进行童话创作,不仅使以童话创作为基础的童话理论更加坚实可靠,而且使以童话理论为指导的童话创作升华到高一级的境界。"②

1983年12月,陈子君和贺嘉等人的《童话欣赏》由湖南少年儿童出版社出版。该书属"儿童文学欣赏丛书"之一。陈子君在该书的"前言"中指出:"我们的儿童文学在摆脱了'左'的影响的基础上,开始走上注意艺术特点,按照艺术规律进行创作的主要标志",但"我们又不能不承认,目前我们这样的作品还是不多"。③ 同时,"我国儿童文学长期以来作者队伍太小"④。

---

① 周晓:《儿童小说创作探索录》,广东人民出版社1983年版。
② 陆贵山:《从小溪流到大海洋——读严文井的童话》,《当代》1983年第5期。
③ 陈子君、贺嘉等:《童话欣赏》,湖南少年儿童出版社1983年版,第5页。
④ 陈子君、贺嘉等:《童话欣赏》,湖南少年儿童出版社1983年版,第6页。

1984年

1984年2月,《儿童文学研究》第15辑出版,本辑刊发了陈伯吹、包蕾、李楚城、鲁兵、任大霖、贺宜、晓石、查志华、张秋生、张锡昌、张锦江、盛巽昌、方轶群、施雁冰、张素娥、周晓、龙子、张成新、杨清龙、潘耀斌、谭志湘、李涵、李庆成、[美]德·丘吉曼、吉裕生、杜风、乌燕的相关文章。

在本辑中,晓石、查志华、张秋生、张锦江等作家纷纷撰文对陈伯吹的儿童文学创作生涯、创作评价及学界影响进行了梳理。同辑,鲁兵在《儿童·文学·教育》一文中驳斥了刘崇善关于"儿童文学并没有什么专门的特点"的论点,他重申了其在六十年代初提出的"儿童文学是教育儿童的文学"[1]。

1984年3月,《儿童文学选刊》出刊。本期刊发了刘厚明、夏有志、王兆军、余通化、段国圣、张彦、乔传藻、赵恺、祁放、叶应昌、聂鑫森、安南、马维秋、吴珹、洪汛涛、赵冰波、赵燕翼、周锐、顾骏翘、夏有志、陈子君、刘绪源的相关文章。

在《谈〈我要我的雕刻刀〉的得与失》中,陈子君就当代少年形象的塑造提出了看法:"文学作品中的人物应当是活生生的,而'不应是超越时代的某种优秀品质的化身'。这个道理无疑是正确的。在当代少年中,'确实出现了一批跳动着时代脉搏的新人','他们对政治活动的态度,对英雄主义的理解,对红与专的评价,对集体主义的看法,都与过去的少年儿童有所不同'。'这些都是时代赋予他们的色彩,青黄杂糅,优劣并存'。这

---

[1] 鲁兵:《儿童·文学·教育》,《儿童文学研究》1984年第15辑。

种看法也是正确的。我们的作品既然需要'时代特色',当然这样的人物是可以写而且应当写的。问题是如何去写,也就是如何既肯定他们的积极因素,又批评他们的消极因素,引导他们朝着正确的方向前进。"①

1984年4月,王泉根在《浙江师范学院学报》上发表《论周作人与中国现代儿童文学》。由于政治缘故,当时周作人研究还属比较敏感的话题,但王泉根认为要深入了解周作人早期在儿童文学领域的工作与理论主张,"对于了解周作人的整个文学活动与文学主张,探讨中国现代儿童文学的发展轨迹,想来是不无意义的"。王泉根认为,1909到1923年是周作人"思想发展最明亮的时期,也是对新文学最有贡献的时期"。对于周作人在儿童文学研究领域的价值,王泉根归纳了四方面的内容:第一,批判封建主义虐杀儿童的罪恶,鼓动尊重儿童的独立人格,提高儿童的社会地位,热情倡导"为儿童的文学";第二,强调理解"儿童的世界",尊重儿童心理发展的年龄特征,主张"迎合儿童心理供给他们文艺作品";第三,提倡儿童文学文体多样化,比较全面地探讨了儿童文学的文体样式,并肯定它们在教育中的作用;第四,周作人的儿童文学观也存在明显的历史局限性,这种局限性曾对中国现代儿童文学的发展方向产生过不良的影响。②

1984年4月,《儿童文学研究》第16辑出版,本辑刊发了贺宜、王若望、子扬、唐再兴、郑乃臧、圣野、吴其南、金近、鲁兵、李楚城、欧阳文彬、刘厚明、晓冬、金燕玉、周基亭、王相宜、王伯方、陈淑宽、陈伯吹、叔迁、刘烈恒、绍禹、张锡昌、方轶群、林羽、张幅宽的相关文章。

本辑"外国儿童文学之窗"专栏刊载了陈伯吹的《浅谈〈木偶奇遇记〉与〈金钥匙〉》和叔迁的《"我笑了也哭了"——读肖洛姆-阿莱汉姆的〈莫吐

---

① 陈子君:《谈〈我要我的雕刻刀〉的得与失》,《儿童文学选刊》1984年第2期。
② 王泉根:《论周作人与中国现代儿童文学》,《浙江师范学院学报》1984年第2期。

儿〉有感》。吴其南的《评贺宜的儿童文学理论》就贺宜儿童文学创作经验和理论研究做了深入探讨,在谈到贺宜作品中的"儿童化"问题时,他指出,"儿童化的一个关键问题是儿童情趣"。儿童化"重要的是要有这样一种能力,善于像儿童一样感知事物,准确地捕捉儿童生活中最能表现出他们特点的动作、语言和心理状态,并用生动幽默的语言把它们表现出来,使作品传达出儿童生活特有的生动幽默、趣味盎然的特点,具有'传神'的艺术魅力"①。

1984年6月,周晓完成《儿童文学创作发展途径之我见——从当前儿童小说创作谈提高儿童文学的文学素质问题》,后收录于《周晓评论选》。文章认为,十一届三中全会之后,儿童文学与教育的关系又开始重上议题,可依旧有一些人对此问题"忧心忡忡","断言儿童文学界的思想混乱了",而周晓则认为这是"大好事,担忧是不必的"。② 结合1982年和1983年的一些作品,他认为"最能说明创作中的新变化新进展的,是《弓》和《祭蛇》这两篇小说"③,并且给出了两点启示,"第一,文学艺术中的高水平,对于儿童文学来说并不是不可企及的,儿童小说创作同样可以达到深刻、丰富和独创性这样的高度艺术境界。第二,这两篇小说都出自新作者之手,这是我们的儿童文学新军趋向于成熟的好兆头,它预示着我们社会主义儿童文学面临无愧于世界的繁荣发展的前景"④。

1984年6月16—29日,文化部在石家庄召开"全国儿童文学理论座谈会"。这是1949年以来第一次全国性儿童文学理论会议。该会议最重要的议题是"儿童文学和教育的关系",会议很明确地指出,实际上,"教育儿童的文学"和"教育的工具",这两个口号是在五十年代受了"左"的影响

---

① 吴其南:《评贺宜的儿童文学理论》,《儿童文学研究》1984年第16辑。
② 周晓:《周晓评论选》,少年儿童出版社1992年版,第47页。
③ 周晓:《周晓评论选》,少年儿童出版社1992年版,第50页。
④ 周晓:《周晓评论选》,少年儿童出版社1992年版,第52—53页。

而提出来的,因此今后不宜重复使用。

1984年7月,《儿童文学研究》第17辑出刊。本辑刊发了贺宜、陈子君、叶穗、朱庆坪、吴继路、胡君靖、陈道林、郑马、刘斌、刘厚明、陈模、浦漫汀、冬木、鲁克、李定法、沈杨、郑开慧、王兴、李雨清、黄衣青、王亚南、樊发稼、谷斯涌、[英]帕特丽夏·克拉姆顿、[日]斋藤秋男、[日]足立卷一、陈伯吹、盛巽昌的相关文章。

樊发稼、谷斯涌围绕着外国文学的译介与传播问题进行了通信讨论。在《关于译介外国儿童文学的通信》一文中,樊发稼从以下几个方面对外国儿童文学的译介提出了建议:"一、译介的作品应当是精品。二、对外国作品要精心选择。三、译介外国作品要有计划和规划。四、抓住重点。五、适当加强评介。六、提高翻译质量。七、加强同译者的联系。"①在对樊发稼的复信中,谷斯涌也提出要重视儿童文学的对外交流,同时强调要加强译者和创作者的队伍建设。

1984年8月,王泉根在《编辑之友》上发表《儿童读物应该标明儿童适用的年龄》。该文虽然并非系统研究儿童文学理论之作,但从中已显露他对儿童文学"年龄问题"的关注。在他看来,这个问题"看起来似乎微不足道,但如真的实行,则必将有益于千百万少年儿童和他们的家长",而"给儿童读物标明儿童适用的年龄,我国在三十年代就这样做了",他特别提到开明书店1931年出版的童话《稻草人》中的《世界少年文学丛刊》广告,这条广告"将56种出版物分为ABC三类,分别标明:'A类初中一二年级适用,B类小学五六年级适用,C类小学三四年级适用'"。②

1984年8月,吴其南在《浙江师范学院学报》上刊发《"儿童本位论"的实质及其对儿童文学的影响》。对于"儿童本位论",他认为"我们除了

---

① 樊发稼、谷斯涌:《关于译介外国文学的通信》,《儿童文学研究》1984年第17辑。
② 王泉根:《儿童读物应该标明儿童适用的年龄》,《编辑之友》1984年第4期。

给'儿童本位论'加上种种罪名,像逃避瘟疫一样逃避它以外,对它又有多少认真的了解呢?为什么我们不能对它作更进一步的研究呢?"他随后追溯了卢梭的《爱弥儿》、杜威来中国的演讲以及中国本土的张圣瑜、葛承训、严既澄、鲁迅、郭沫若等人的观点,总结了中国儿童文学开拓者对于儿童文学建设的几个表现:一、从国外引进大量的儿童文学作品,其中主要是神话、童话、民间故事等;二、借了外国的理论和榜样,中国人也开始搜集、整理自己适合儿童阅读的东西;三、在继承和借鉴的基础上中国儿童文学的开拓者们开始了中国自己的儿童文学创作。但吴其南认为"儿童本位论"也存在着"突出的错误":"它割断儿童生活和整个社会生活的联系,把儿童生活臆想成一个与外界无涉的封闭体",并且"夸大了儿童心理的共同性,把儿童看成某种抽象的、超阶级的存在"。他最后总结了关于认识与批判"儿童本位论"的现实意义:首先我们要通过对"儿童本位论"否认成人作用,否认思想教育理论的批判,进一步加强社会主义儿童文学的党性原则;其次,通过"儿童本位论"的分析、批判、扬弃,我们仍可以借用"儿童本位论"中某些合理的东西。他认为如何分析认识"儿童本位论",对"儿童文学理论尤有重要意义","解放后,儿童文学理论中的几次争鸣,都与对'儿童本位论'认识不清,批判不当大有关系"。[①]

1984年8月,刘崇善的《给小孩子的大文学》由河南少年儿童出版社出版。该书收录"鲁迅与儿童文学"、"郭沫若与儿童文学"、"茅盾与儿童文学"、"儿童诗的想象和构思"、"儿童小说的心理描写"、"漫谈儿童故事的创作"、"给小孩子的大文学"、"为'童心'说几句话"、"儿童文学需要幻想"、"儿童特点和儿童化"、"童话和诗"、"儿童和儿童诗"等文章32篇。[②]

[①] 吴其南:《"儿童本位论"的实质及其对儿童文学的影响》,《浙江师范学院学报》1984年第4期。
[②] 刘崇善:《给小孩子的大文学》,河南少年儿童出版社1984年版。

1984年8月,周小波在《浙江师范学院学报》上刊发《丰子恺与中国现代儿童文学》。文章指出,丰子恺的创作主要分为两类:"一是写儿童的,也就是以儿童为主人公,抒发对孩子的深情厚爱,对世态人情的感触";"第二部分便完全是为儿童而创作的,包括童话、故事、随笔、音美知识趣谈等"。对于丰子恺的十年流离之后在儿童文学创作上所产生的明显的变化,周小波概括出如下五点:"一、创作对象更明确了,完全是有意识地为儿童所写,作品的创作性加强了";"二、作品的积极意义明显增强了";"三、从思考人生出发,丰子恺在作品中逐渐向儿童阐明了一点人生哲学,让孩子们在思索中认清这个社会的真相";"四、丰子恺在音乐、美术上的造诣,使他独具一格的漫画风格,逐渐在他的儿童文学创作中显露出与众不同的特色";"五、丰子恺这一时期的童话尽管仍有些受佛教文学的影响,然而他也开始注重中国民间文学的特色,从中汲取有益的养分,使他的童话、故事开始具有了民族的风格,清新、洗炼、意境优美洒脱"。[①]

1984年9月,《儿童文学十八讲》由陕西少年儿童出版社出版。本书收录陈子君的《我们的儿童文学如何继续前进》、鲁兵的《幼儿文学一枝花》、洪汛涛的《低幼文学种种》、樊发稼的《关于低幼文学的几个问题》、黄庆云的《儿歌的继承与创新》、安伟邦的《低幼生活故事创作杂谈》、姚平子的《低幼儿童理解图画的心理特点》、叶君健的《安徒生的童话创作》、黄庆云的《童话与时代精神》、浦漫汀的《童话创作四题》、肖平的《作家的艺术修养》、任大霖的《儿童小说创作的几点体会》、刘晓石的《浅谈儿童小说的提高与突破——从中青年作家儿童小说的几个特点谈起》、贺嘉的《提高儿童小说创作质量的几点想法》、金波的《漫谈儿童诗创作》、尤异的《关于科学文艺》、程式如的《儿童化与戏剧性——儿童剧创作刍议》、贾平凹的

---

① 周小波:《丰子恺与中国现代儿童文学》,《浙江师范学院学报》1984年第4期。

《浅谈儿童文学中散文的写作》。①

1984年9月,《儿童文学选刊》出刊。本期刊发了曹文轩、严亭亭、海涛、李建树、叶丰、白冰、宋知贤、张彦、张我愚、任溶溶、柯岩、少白、田真、林霄、杨杰美、熊建成、绍禹、叶永烈、吴梦起、任大霖、唐代凌、彭新琪、苏叔迁等人的相关文章。

在《关于"意境美"的一段对话——兼评〈第十一根红布条〉》一文中,任大霖就"意境美"问题进行了回应:"我是把'意境美'和'形象美'、'语言美'并列在一起,进行探讨的。我以为,儿童小说的审美作用,是通过形象、意境、语言,在小读者欣赏作品的过程中,对他们的感情引起的一种微妙而特殊的作用。因为儿童小说的认识作用和教育作用是通过它的审美作用而实现的,离开审美作用去谈认识作用、教育作用,是片面的,可能还是有害的。"②

苏叔迁的《早恋,不宜提倡》对"朦胧的爱情"这一提法进行了探讨,"我觉得,首先要弄清什么是爱情,以及有没有'朦胧的爱情'。我认为,'朦胧的爱情'这种提法本身不够确切。……就是说,男女少年在未有'天葵'以前,不存在性爱问题,也就不存在所谓'朦胧的爱情',男女孩子之间纯真的感情只是'青梅竹马'式的友情。有了'天葵'之后,已步入青春期,也就不再是'朦胧的爱情'了。"③

1984年10月,周晓撰写《生活呼唤儿童文学新的"黄金时期"——建国以来上海儿童小说创作概评》。在文章开头,周晓认为,"上海的儿童文学创作,建国三十五年来一直为全国所瞩目"④。他将"五四"以来中国现

---

① 本社编:《儿童文学十八讲》,陕西少年儿童出版社1984年版。
② 任大霖:《关于"意境美"的一段对话——兼评〈第十一根红布条〉》,《儿童文学选刊》1984年第5期。
③ 苏叔迁:《早恋,不宜提倡》,《儿童文学选刊》1984年第5期。
④ 周晓:《周晓评论选》,少年儿童出版社1992年版,第143页。

代文学组成的老作家以及陈伯吹、贺宜、包蕾、苏苏等作家归为第一代儿童文学作家,而在六十年代上海出现的几位作家称第二代作家,"只是由于'左'的思潮的压抑,新作家的人数和创作的影响,远逊于上述第一代作家"①。而新时期的新作家,他将他们称为"上海的第三代儿童文学作家"。从文体的角度看,周晓认为,"如果说,随着'五四'新文学运动的发展,我国儿童文学较有影响的主要是童话,那么,建国以后上海的儿童文学,小说就占有比童话更为突出的地位了"。在他看来,老作家魏金枝、施雁冰、任大星、任大霖等是最早为孩子们奉献小说佳作的几位。十一届三中全会之后,周晓认为,"上海的儿童文学近六七年间所取得的成就,固然是和第一代、第二代作家以至老一辈作家的奋发写作分不开的,但新成长的第三代作家无疑具有更大、更多的创作潜力"②。而在这些中青年作家的儿童小说的创作中,他发现一个有趣的现象:"中长篇小说占有相当大的数量。"③他以朱彦、竹林和秦文君的作品为例,简要地阐释了作家和作品的成就和不足,总结道:"新作家的总体水平,我觉得还没有达到五十年代上海作家那些佳作的水平——这一点,就全国范围说,也大致如此。"这在周晓看来,"目前还只是走向初步的繁荣,第二个'黄金时期'还没有到来"④。

1984年11月,《儿童文学选刊》出刊,本期刊发了王安忆、孟晓云、罗达成、赵沛、张文军、龚泽华、张明观、褚雪林、秦文君、苏纪明、梅子涵、邬盛林、尹平、唐麒、冰波、顾汉昌、李义兴、李楚城、舒霈、张微、李建树的相关文章。

在《要有一定的尺度》中,李建树就《今夜月儿明》中的"早恋"问题展

---

① 周晓:《周晓评论选》,少年儿童出版社1992年版,第144页。
② 周晓:《周晓评论选》,少年儿童出版社1992年版,第157页。
③ 周晓:《周晓评论选》,少年儿童出版社1992年版,第158页。
④ 周晓:《周晓评论选》,少年儿童出版社1992年版,第160页。

开论述,他认为,"'禁区'应该冲破,但态度却须审慎;儿童文学可以写少女少男的爱情,但在质和量两方面都须把握一定的尺度——这就是笔者之愚见"[1]。

---

[1] 李建树:《要有一定的尺度》,《儿童文学选刊》1984年第6期。

1985 年

1985年1月,王泉根在《西南师范大学学报》上发表《"五四"以前我国儿童文学概况略述》。该文系统总结了中国现代儿童文学的发展脉络,对于学术界深入了解研究近代儿童文艺的发展脉络产生重大的影响。对于儿童文学的起源,王泉根总结出了三种说法:一是外国"移植说",二是"《稻草人》说",三是"古已有之"说。针对这些分歧,他认为尽管不同学者持不同态度,但"中心读者=少年儿童"这个观点都是不同论者予以强调、承认的。在他看来,现代儿童文学主要包含三种要素:一是用儿童易于接受的、符合儿童心理的语言艺术来传达信息;二是作者以真挚的感情、丰富的想象、正确的思想,通过文学艺术的手法来表达内容;三是作品内容能引起儿童的兴趣,启发儿童的智慧,开阔儿童的视野,培养儿童向真、向善、向美的思想感情。而古代儿童文学主要有两种明显的特点:一是民间创作的口头儿童文学十分丰富,二是文人著作的书面儿童文学非常稀少。他特别强调了古代儿童文学与儿童读物之间的区别,将古典儿童读物按其内容和作用区分为四类:一是启蒙识字用的普及读物,二是预备将来应科举考试用的或注重于"修身养性"方面的读物,三是富于文学色彩的用以陶冶、娱乐、教育孩子的读物,四是经过编纂的硬塞给儿童看的成人读物。自近代以来,随着社会的变迁与文化的发展,他将儿童文学发生的变化概括为四个方面:一是出现了译介外国儿童读物的热潮,二是出现了重视儿童教育与儿童读物的舆论宣传。三是出现了一批热心儿童文学编译、创作的作家,四是出现了专门刊登儿童文学作品的报刊丛书。①

---

① 王泉根:《"五四"以前我国儿童文学概况略述》,《西南师范大学学报》1985年第1期。

1985年1月,《儿童文学研究》第18辑出刊。本辑刊发了贺宜、张锦贻、蔡体荣、郑马、詹同、孙毅、盛如梅、薛才康、鲁兵、孙钧政、张立云、汪习麟、杨植材、彭新琪、张素娥、刘滢、许医农、彭斯远、刘培生、潘大华、朱述新、谢海阳、李楚城、盛巽昌、吕倩如、陈伯吹、韦苇、何紫、赵伶俐的相关文章。

在《儿童文学的民族特点——从蒙古族儿童文学谈起》中,张锦贻深入分析了中国少数民族儿童文学的创作现状和基本特点,她提出:"描写少数民族儿童的文学作品,首先应该表现这个民族的心理素质。其次,儿童文学的民族特色,还表现在作品所描写的某个民族儿童生活内容的特色上。再次,儿童文学的民族特色还表现在民族语言的提炼和运用上。"①

本刊集中探讨了包蕾的儿童文学创作成就,郑马、詹同、孙毅、盛如梅、薛才康、贺宜、鲁兵等人纷纷撰文对包蕾的儿童文学创作实绩进行评价。

1985年1月,由少年儿童出版社编辑出版的《幼儿文学报》正式发行。这是全国第一份以幼儿为对象的文学性报刊。彼时,国内已有不少供幼儿阅读的画刊,而以文字为主的文学性刊物尚属空白,《幼儿文学报》的出版在填补这一空白的同时也为幼儿读者提供了丰富多样的文学作品。

1985年3月,《儿童文学选刊》新一期出刊。本期刊发了常新港、李建树、庄之明、吴若增、徐森林、荣笑雨、卢振中、鲍光满、管建华、任溶溶、傅天琳、于靖陆、刘征、雁小鹍、水飞、曹雷、黄亦波、冰波、金曾豪、乔传藻、卢章钟、曾镇南、吴其南、孙建江的相关文章。

---

① 张锦贻:《儿童文学的民族特点——从蒙古族儿童文学谈起》,《儿童文学研究》1985年第18辑。

吴其南在《〈笠帽渡〉评价一议》一文中提出,"文艺作品无疑应该是美的。无论作者在作品中具体描写的是美的事物还是丑的事物,其结果都应能在读者心中引起美感,使读者受到美的感染和陶冶,达到感情上的净化和升华。但是,要辨别什么是真正的美,什么是真正的丑,却又不那么容易。有些看起来很美的事物其实并不美,有些看来丑的事物也可能并不丑;有些暂时不被人理解的事物中可能包含着进步的因素,也有些许多人齐声赞美的东西其实并不符合社会发展的方向。一篇作品的成败优劣,有时关键就在于作者有着什么样的审美判断"①。

1985年4月,周晓撰写了《儿童文学的当代性》一文。针对时代的变化,他认为儿童文学也应该变化:"一些新的创作现象说明了不少作者儿童文学观念已经发生根本性的变化,他们不仅着眼于生活反映上的真实与丰富,而且力图使作品对时代生活有自己的审美认识和表现。"②在本文中,他提到了常新港的《独船》和曹文轩的《古堡》、《海牛》,认为这些作品为时代带来了新的信息,"儿童文学已开始从传统性向当代发展了"③。

1985年5月,周晓波在《儿童文学研究》第19辑上刊发《董纯才与少儿文艺》。她认为董纯才的科学文艺创作主要经历了三个阶段:"初期知识小品的创作";"1935至1936年间的《动物漫话》的创作";"1936年以后的《凤蝶外传》等作品的创作"。就董纯才的价值,周晓波认为:"思想性、艺术性的加强是董纯才后期作品获得成功的根本原因。尽管我们现在看来这些作品仍有许多不足,但董纯才在科学文艺创作上所作的开创性的艰苦的探索,为少儿科学文艺的兴起发展,做出了历史功绩。"④

1985年5月,《儿童文学选刊》新一期出刊。本期刊发了曹文轩、董

---

① 吴其南:《〈笠帽渡〉评价一议》,《儿童文学选刊》1985年第2期。
② 周晓:《周晓评论选》,少年儿童出版社1992年版,第60页。
③ 周晓:《周晓评论选》,少年儿童出版社1992年版,第61页。
④ 周晓波:《董纯才与少儿文艺》,《儿童文学研究》1985年第19辑。

天柚、浩然、韩辉光、陈旭明、马贵民、尹玉如、栖兰、方国荣、胡则丘、吴梦起、方轶群、明照、吴婵霞、周晓、郑开慧、梅子涵、冰波、杨实诚的相关文章。

在《致"铁匠"曹文轩——〈古堡〉〈海牛〉引起的杂想》中，周晓认为我国儿童文学的一个新的发展趋向是，"从传统性向当代性的过渡。这指的不仅仅是形式，更主要的是作品的思想内涵、情感与气质"①。

在《关于活跃小说结构的一点思索——从〈走在路上〉说开去》中，梅子涵强调了儿童文学的特性要契合时代的发展，"儿童小说远远跟不上成人小说发展步伐的根本原因，是过于封闭式地强调了自己的特性。特性是需要调强的，否则等于取消了儿童小说。可是应该看到特性本身也是会变的，因为社会会变，一切都会变，儿童的心理也会变，以儿童心理为依据之一的儿童小说乃至整个儿童文学的特性就不可能不变"②。

1985年6月，儿童文学选刊编辑部编写的《全国优秀儿童小说选1984》由贵州人民出版社发行。在本书的"编选说明"中，编辑部介绍了当时儿童文学作品的出版情况："近两三年来，全国各地儿童小说的年发表量达六百篇以上。"之所以要编选儿童小说，他们的目的是，"提供一年间儿童小说创作的一个缩影，便于检阅成绩，探究不足"。全书收录了郑文光的《猴王乌呼鲁》、刘元蓉的《小裁缝阿聪》、范锡林的《一个与众不同的学生》、程玮的《孩子、老人和雕塑》、梅子涵的《走在路上》、常新港的《独船》等27篇小说。另外本书还附郑开慧的《一九八四年儿童小说漫评》一文。③

1985年9月，《儿童文学选刊》新一期出刊。本期刊发了程玮、冯骥

---

① 周晓：《致"铁匠"曹文轩——〈古堡〉〈海牛〉引起的杂想》，《儿童文学选刊》1985年第3期。
② 梅子涵：《关于活跃小说结构的一点思索——从〈走在路上〉说开去》，《儿童文学选刊》1985年第3期。
③ 儿童文学选刊编辑部编：《全国优秀儿童小说选1984》，贵州人民出版社1985年版。

才、葛冰、高春丽、沈贻炜、杨远新、金逸铭、许乃平、王业伦、冰子、朱效文、包蕾、周基亭、孙云晓、刘保法、梅子涵、任哥舒的相关文章。

梅子涵的《追求一些哲理与意韵——〈白色的塔〉的启示》提出,"儿童小说从主题上来分,是有宏观和微观之别的。同是儿童小说,同是在小说诞生的那个时代产生过重大影响的,为什么有的如日月行空,给一代又一代人以光辉的温暖,有的则很快成了昨日黄花,很重要的原因就在于主题是否具有横向辐射力和纵向延续性。我们不无道理地强调时代性,但如果把时代性仅仅理解为年代性,仅仅是要求反映出特定时期的社会矛盾和生活氛围以及在那种矛盾和氛围中生活的人,那往往会忽视对作品生命力的追求"①。

1985年10月,《一九八四年全国儿童短篇小说选》由新蕾出版社印行。全书选录了冰心的《明子和咪子》、刘心武的《我可不怕十三岁》、汪曾祺的《昙花、鹤和鬼火》、叶君健的《方方奶奶》、曹文轩的《第十一根红布条》、浩然的《天边一片火烧云》、刘健屏的《孤独的时候》、常新港的《独船》、丁阿虎的《今夜月儿明》等32篇短篇小说。②

1985年11月,《春城晚报》正式增办儿童副刊《小桔灯》,冰心为儿童副刊题了刊名。《小桔灯》为整版半月刊,它在发表各种体裁的、短小的儿童文学作品外,还特设了"我与儿童文学"、"儿童文学短论"、"六月"(少年儿童习作园地)等专栏,兼有知识小品、新书评介、儿童文学动态等内容。

1985年11月,《儿童文学选刊》新一期出刊。本期刊发了张之路、鲍光满、方园、金同悌、李缘元、袁丽娟、陈丹燕、周锐、彭懿、赵燕翼、顾工、任霞苓、林颂英、王勤、野军、嵇鸿、陆弘、蔺力、滕毓旭、盖尚铎、聂鑫森、肖振荣、束沛德、管锡诚、王泉根、周晓的相关文章。

---

① 梅子涵:《追求一些哲理与意韵——〈白色的塔〉的启示》,《儿童文学选刊》1985年第5期。
② 《一九八四年全国儿童短篇小说选》,新蕾出版社1985年版。

王泉根的《为"成人化"一辩——从〈独船〉谈起》认为,"少年期的这些特点要求我们必须用很大的机智来对待少年文学的创作,一方面不要把少年再当作幼年、童年期的'小孩'来看待,而应适当地在作品中渗入一些成人世界的东西,有意识地'拔高'作品的深度与难度——主题、情节、形象、语言等,有那么一种'成人化'的味道,使少年读者感觉到他们在作家心目中已经是'大人'了,他们正在通过作品走向成人世界;但另一方面,也不要把少年当作成熟的青年来看待,成人化宜淡不宜浓,我们的笔触还须较多地投射于少年正在留恋着的儿童世界,机智而巧妙地把儿童化与适度的成人化因素结合起来"[1]。

---

[1] 王泉根:《为"成人化"一辩——从〈独船〉谈起》,《儿童文学选刊》1985年第6期。

1986 年

1986年1月,孙幼忱的《通向奇异世界的小路》由中国少年儿童出版社出版。这是作者以自己的亲身经历写成的一本自传体小说,其主要内容如下:在童年时代,作者的两条腿因病瘫痪。但他和别的孩子一样,也有着自己的梦想和追求。他的生活像一条曲曲弯弯的小河,在顽强地、永不停歇地向前流着。他在平凡中,显示了极不平凡的精神。终于,他从一个残废的孩子成长为科普作家。[1]

1986年1月,《少年文艺》编辑部开始举行"上海文学新人作品系列谈论会"。该种研讨会每两月举办一次,每次专题讨论一至两位作者的作品,讨论者畅所欲言,当面为被讨论者权衡作品得失,并积极展开争鸣。

1986年1月,《儿童文学选刊》新一期出刊。本期刊发了胡锦涛、严文井、金近、鲍昌、王一地、李楚城、赵燕翼、任溶溶、程玮、夏有志、王泉根、范锡林、李晓海、韦玲、刘健屏、戴臻、冰波、王建一、朱奎、李学中、石干的相关文章。

本期设"《儿童文学选刊》创刊五周年笔谈"与"全国儿童文学创作座谈会"专栏。刘健屏在发言中称,"我有一个直觉,要写好儿童文学(实际上是指少年小说),就不能把它当作儿童文学来写。只有不受所谓的儿童文学局限,你才能写出好的儿童文学作品。这从理论上讲可能经不起推

---

[1] 孙幼忱:《通向奇异世界的小路》,中国少年儿童出版社1986年版,第1页。

敲,但回过来讲,就是要更新我们对儿童文学的概念、观念"①。曹文轩在发言中提到了五个问题:"一、儿童文学首先是文学。二、需要对一系列主题倾向作重新审核。三、时空距离的再扩大。四、情节的定义需要重新诠释。五、必须扩建儿童文学的语言系统。"对于今后儿童文学的发展,他进一步提出:"应该让全世界看到,中华民族是开朗的、充满生气的、强悍的、浑身透着灵气和英气的。儿童文学作家必须站在一个高度,即重新塑造中华民族性格的高度。"②

1986年3月,《儿童文学选刊》新一期出刊。本期刊发了高春丽、石·础伦巴干、程玮、舒婷、吴雪恼、吕雁、王左泓、王申浩、吴小中、韩晓征、秦文君、黄亦贤、周蜜、郭风、陈丹燕、俞非、梅子涵、龙子等的相关文章。

本期设专栏选录了全国儿童文学创作座谈会的部分发言。刘厚明在发言中谈道:"这又谈到了'深'的问题了。儿童文学当然要深,但必须力求是儿童文学的深,而不是成人文学的深。最理想的是'深入'而'浅出',这个浅出极难,茅盾生前就说,儿童文学最难写。"③任大霖在发言中提出如下问题:"一、儿童文学和成人文学的关系。二、创作和理论的关系。三、创新和传统的关系"三个问题,在谈到创新时他提出"创新的范畴是广阔的,主题、题材、构思、人物、情节、语言、风格……都有创新的问题。不能把创新局限于'突破禁区',好象要创新就是写过去不敢写的内容,说别人不敢说的话,比赛谁的胆子大。敢于接触时弊,抨击不正之风,冲击

---

① 刘健屏:《交流·切磋·探索——全国儿童文学创作座谈会发言选录(上)》,《儿童文学选刊》1986年第1期。
② 曹文轩:《交流·切磋·探索——全国儿童文学创作座谈会发言选录(上)》,《儿童文学选刊》1986年第1期。
③ 刘厚明:《交流·切磋·探索——全国儿童文学创作座谈会发言选录(下)》,《儿童文学选刊》1986年第2期。

旧的不合理的教育思想,为新人新思想呐喊,当然是好的,但文学终究不是单纯的社会学、教育学,文学作品依靠形象、以情动人,有了好的立意,生活跟不上,没有生动感人的形象、优美的语言、严谨的结构,写出来的东西仍然是概念、苍白的,这样的作品无法为读者所接受"[1]。

1986年5月,周晓撰写了《再谈儿童文学的当代性》,后收录于《周晓评论选》。本文是作者曾经的一篇文章《儿童文学的当代性》观点的延伸。在《儿童文学的当代性》一文中,他提出过"从传统性向当代性过渡"的问题,他认为当代性对传统性所继承的一面,还包括"我国儿童文学早期一些革命性的东西的恢复和发扬",只是到了五六十年代,"儿童文学先是照搬苏联有关教科书的模式,后来又在中国传统文化和'左'的思潮的混合影响下,对儿童文学的本质、功能和价值的认识日益狭隘化,终至形成具有一定完整性的封闭的'教育工具'论体系"[2]。而正是在严文井、金近、鲍昌、王一地、李楚城、赵燕翼、任溶溶、程玮、夏有志、王泉根、范锡林、李晓海、韦玲、刘健屏、戴臻、冰波、王建一、朱奎、李学中、石干等人的努力下,逐渐摆脱了"教育工具论"的局限,最终使得文学的价值与本质得到回归,例如曹文轩的《古堡》《海牛》、常新港的《独船》、程玮的《白色的塔》等。而对于"当代性"的内涵,他认为包括"作品的时代感、现实感,但并不意味着就是写当代生活,写现实题材"[3]。

1986年5月,由文化部、中国作家协会联合主办的全国儿童文学创作会议于1986年5月6日至13日,在山东烟台召开。来自全国各地的近200位老、中、青作家,评论家和编辑汇聚一堂,共议繁荣儿童文学创作,更好地为全国儿童少年服务的大事。这是1949年以来第一次召开这

---

[1] 任大霖:《交流·切磋·探索——全国儿童文学创作座谈会发言选录(下)》,《儿童文学选刊》1986年第2期。
[2] 周晓:《周晓评论选》,少年儿童出版社1992年版,第72页。
[3] 周晓:《周晓评论选》,少年儿童出版社1992年版,第74页。

样全国范围的儿童文学创作会议。烟台会议（即全国儿童文学创作会议）后，中国作协做出了"设立中国作家协会儿童文学奖，以鼓励优秀创作，奖掖文学新人"的决议。

1986年7月，《儿童文学选刊》新一期出刊。本期刊发了葛冰、董天柚、赵金山、鱼在洋、华华、沈石溪、陈丹燕、孙云晓、许乃平、龙武霖、班马、于家臻、张寄寒、方崇智、胡树化、吴广孝、湛卢、徐强华、金笛、蔡鸿森、方轶群、聪聪、陈乃祥、薛贤荣、陈必铮、何人、汤锐的相关文章。

葛冰的《超出"常规"的尝试——〈我们头上有一片绿云〉及〈一只神奇的鹦鹉〉写作随谈》着重讨论了儿童情趣的问题，他谈到，"也许有人认为，儿童情趣过浓，会降低主题的份量。尤其是，儿童文学题材的领域日益扩大，不只写孩子的世界，而且扩展到反映社会；少年儿童思想早熟，进入更高的阅读层次，只有情趣性的东西，确实会使他们感到不满足和浅薄。但并不等于说，强调大题材大主题，孩子的形象也得跟着拔高，也是一副严肃死板的大人腔"①。

1986年8月，肖行在《湖州师专学报》上刊发《评蒋风的儿童文学研究》。作者高度总结了蒋风的儿童文学研究的总特征：一是首创性、系统性和周密性，二是有灵感、风采和神韵。论者又补充道："虽然蒋的作品不多，但在其中我们已能充分见出他作为儿童文学作家的巨大潜能，这股潜能虽然由于种种原因没有在创作中得到尽可能的发挥，却无疑给他的理论研究、社会活动渲染了一层温暖、生动的色彩，成为蒋风儿童文学成就中不可忽略的一个组成部分。"②

1986年9月，《儿童文学选刊》新一期出刊。本期刊发了葛翠琳、孙

---

① 葛冰：《超出"常规"的尝试——〈我们头上有一片绿云〉及〈一只神奇的鹦鹉〉写作随谈》，《儿童文学选刊》1986年第4期。
② 肖行：《评蒋风的儿童文学研究》，《湖州师专学报》1986年第4期。

未、曹秀莉、曹菊铭、赵镇南、周锐、彭懿、班马、黄世衡、金逸铭、张之路、范锡林、张焰铎、朱效文、常新港、鱼在洋、吴娜、金波、高洪波、圣野、樊发稼、望安、冰波、聪聪、郭蔚瑜、绍禹、周基亭、郭宝臣的相关文章。

彭懿在《"火山"爆发之后的思索》一文中谈到了热闹派童话,他指出,"热闹派童话是童话作家的一种自觉意识的产物。它们的风格是独特的:这些作品是从儿童现实生活出发的;运用瞳孔极度放大似的视点,夸张怪异;追求一种洋溢着流动美的运动感,快节奏,大幅度地转换场景,以使长于接受不断运动信息的儿童读者,在令人眼花缭乱的类似电影运动镜头的强刺激下,获得审美快感;采用幽默、讽刺漫画、喜剧甚至闹剧的表现形态,寓庄于谐,使儿童读者在笑的氛围中有所领悟,受到感染熏陶。正因为这些特点,大大缩短了作品同读者之间的距离感,受到儿童读者的欢迎"[①]。

班马的《童话潮一瞥》肯定了热闹派童话的积极性,同时也呼吁人们重视其不足,"在热闹派童话后起的潮流中,恣意妄行的成份增多,日渐显露出这派童话的不足之处,那就是在艺术上给人一种'原始思维'的印象,太大的随意性,既使它受益也使它受损。在美学上,它面对人们正当的诘问。'原始思维'的诘难似苛重了一点。但童话作品一旦完全进入反逻辑世界,超距感应,有巫化魔助般的随变方式,持无牵无挂的特别通行证任意穿越文学法则,全凭想象力的发达——则实难不让人将其与人类早期的原始思维和艺术表现方式作可疑的联想。现代童话一旦轻而易举地超越其他现代艺术(比如小说)的种种技巧难处,它的现代性也不免令人生疑"[②]。

1986年10月,刘崇善著的《儿童小说·童话·儿童诗》由云南人民

[①] 彭懿:《"火山"爆发之后的思索》,《儿童文学选刊》1986年第5期。
[②] 班马:《童话潮一瞥》,《儿童文学选刊》1986年第5期。

出版社出版。全书主要由两部分组成:第一部分包括"儿童文学特点和儿童本位";第二部分包括"儿童小说的针对性"、"儿童小说题材及其它"、"儿童小说的心理描写"、"儿童小说的亲切感";第三部分包括"童话的艺术特点"、"童话的对象和社会效果"、"童话的物性和逻辑性"、"童话对美的追求";第四部分包括"儿童诗的题材"、"儿童诗的感情"、"儿童诗的想象"、"儿童诗的情趣"、"儿童诗的语言"。①

1986年10月,浦漫汀在《吉林师范学院学报》上刊发《〈魔少年〉给人的启示》。对于《魔少年》,作者指出:"不可否认,当今的少年普遍早熟。他们由衷地关心社会,关心周围事物,思想活跃,好奇心更强。我们早已发现许多少年抢阅成人的推理小说。这是不足为奇的。可成人文学毕竟是为成人而作的,内容深,主题题材及所涉及的问题也都复杂、费解。森村诚一以《魔少年》把推理小说带进少年文学领域。这种体裁上的开拓,乃时代的需要的反映,是值得重视与称赞的。"②

1986年11月,《现代儿童报纸史料》由少年儿童出版社出版。本书收录若干作家、编辑、理论家的回忆性的文章,还收录盛巽昌编辑的《解放前儿童报纸目录》一文,具有珍贵的史料价值。该书包括柯灵的《文字生涯第一步》、仇重的《回忆·检讨·瞻望》、鲁兵的《和儿童文学结下不解缘》、圣野的《西子湖畔待天明——回忆〈中国儿童时报〉在杭州》、何公超的《〈儿童时报〉四年苦斗》、陈伯吹的《〈现代儿童〉的一年半载》等。同时,本书也收录若干著名儿童文学编辑的回忆文章,例如田锡安和何紫垣的《〈中国儿童时报〉记略》、石云子的《给它以一席之地——忆在〈中国儿童时报〉工作的两年》、刘御的《解放区第一张儿童报》、高沙的《解放前的〈新少年报〉》、胡德华的《〈新少年报〉的版面》、《关于〈小孙七十二变〉》、汪习

---

① 刘崇善:《儿童小说·童话·儿童诗》,云南人民出版社1986年版。
② 浦漫汀:《〈魔少年〉给人的启示》,《吉林师范学院学报》1986年第3期。

麟的《从一般教育到积极战斗——〈中国儿童时报〉纪略》、《把现实带还给孩子——〈大公报·现代儿童〉纪略》等。①

1986年11月,《儿童文学选刊》新一期出刊。本期刊发了张之路、茅晓群、肖道美、鲍光满、秦文君、吕清温、杨思谌、陈苗海、李仁晓、杨楠、英子、方园、武玉桂、尹正茂、任哥舒、李学中、周锐、庄大伟、杨书案、唐代凌、王栋生、刘崇善、孙幼军、赵冰波的相关文章。

刘崇善的《热闹派童话及其他》谈到学界关于热闹派童话的论争,并提出,"热闹派童话'带来了久违的游戏精神',然而作品并不能都变成游戏,无论任何时候,童话作者决不应该忘记'肩上……担起某种"神圣的使命"'。这和'道学气'是两回事,不能联想为'长长的教鞭'"②。

1986年12月,洪汛涛著的《童话学讲稿》由安徽少年儿童出版社出版。全书分为四部分:"童话的基本论述"、"童话的发展历史"、"童话的作家作品"、"童话的继承更新"。"童话的基本论述"部分主要分为"第一章 童话的概念"、"第二章 童话的功用"、"第三章 童话的对象"、"第四章 童话的特征";"童话的发展历史"部分主要分为"第一章 古代的童话"、"第二章 现代的童话"、"第三章 当代的童话";"童话的作家作品"部分主要包含"第一章 叶圣陶和他的童话"、"第二章 张天翼和他的童话"、"第三章 严文井和他的童话"、"第四章 陈伯吹和他的童话"、"第五章 贺宜和他的童话"、"第六章 金近和他的童话"、"第七章 包蕾和他的童话"、"第八章 葛翠琳和她的童话";"童话的继承更新"部分包括"第一章 童话的民族化和现代化"、"第二章 童话的近况和前景"。③

1986年12月,王泉根在《玉溪师专学报》上发表《略论文学研究会翻

① 本社编:《现代儿童报纸史料》,少年儿童出版社1986年版。
② 刘崇善:《热闹派童话及其他》,《儿童文学选刊》1986年第6期。
③ 洪汛涛:《童话学讲稿》,安徽少年儿童出版社1986年版。

译外国儿童文学的工作》。该文系统地考察了"五四"时期文学研究会在译介外国儿童文学方面的成就,是较早全面研究本土语境与西方资源的文章。王泉根通过对史料的挖掘发现:"文研会不但注重外国儿童文学作品的译介,而且通过各种形式,介绍世界儿童文学现状和发展历史",并认为"这些介绍工作,大大地开阔了我国儿童文学工作者的视野,对于认识和借鉴外国儿童文学,显然是大有裨益的"。同时,结合文研会的翻译的原则、译作的艺术成就,王泉根注意到文研会的翻译和创作之间的交互关系,"向外国儿童文学学习,这是加快中国现代儿童文学发展步伐的一个重要因素",不仅对当时,"对于我们今天的外国儿童文学的译介工作,同样是应该继承与发扬的传统"。①

1986年12月,方卫平在《文艺评论》上发表《我国儿童文学研究现状的初步考察》。方卫平认为:"对历史的透视将为准确地理解和把握现实提供某种可能性",并且"一旦某种现实要求和呼唤人们从理论上予以概括和说明时,理论的诞生就具备了客观的现实前提"。他以古典文学发展史为切入点,追溯了古代、晚清、"五四"、"十七年"等时期儿童文学的理论、创作、翻译等方面的内容,进而指出当时儿童文学研究存在如下的问题:1.畸形的研究格局;2.缺乏独特的理论发现和研究个性;3.静止、凝固的理论模式;4.狭窄的理论视野与单一的研究方法;5.缺乏国与国间的学术交流。并指出造成这些方面的原因:1.历史的原因;2.社会的原因;3.儿童文学研究队伍自身建设中存在的问题。②

1986年12月,王泉根、王渝根在《云南民族学院学报》上发表《论叶圣陶童话对中国儿童文学的贡献》。该文简要地对叶圣陶的文学成就作

---

① 王泉根:《略论文学研究会翻译外国儿童文学的工作》,《玉溪师专学报》1986年第C1期。
② 方卫平:《我国儿童文学研究现状的初步考察》,《文艺评论》1986年第6期。

了点评：第一，"直面人生，扩大题材，把现实世界引进童话创作的领域"；第二，"具有鲜明浓郁的中国风格与中国气派"；第三，"所描写的人物的生活环境与乡土风光、民间风俗、时令节序、道德观念、民族建筑、服饰饮食等等风景画、风俗画，完全是'中国式'的"。对于鲁迅对叶圣陶的评价，他们的解读是：第一，"叶圣陶的童话是真正意义上的作家创作的艺术童话"；第二，"叶圣陶的童话为中国现代童话创作奠定了基础，提供了新鲜经验"；第三，"叶圣陶童话开辟了中国童话创作的现实主义道路"。①

1986年12月，《儿童文学研究》第22辑出刊。本辑刊发了陈模、任大霖、金近、圣野、周玉洁、厉永斌、徐奋、晓遥、余毅忠、孙建江、黄修纪、刘莺、张祖渠、陶力、张锡昌、程式如、葛翠琳、黎焕颐、陈伯吹、严大椿、盛巽昌、曾镇南的相关文章。

陈模的《儿童文学是为儿童服务的文学——建国以来二十七年儿童文学的回顾》将儿童文学发展分为三个阶段："第一阶段，从建国到1957年以前，这九年是儿童文学恢复和发展的时期。第二阶段，从1958年到1966年，国家社会主义建设有了发展，但也出现了'左倾'思潮的干扰。反右派斗争扩大化，使得一部分有才能的儿童文学作者受到打击。第三阶段，从1967年到1976年，这是林彪、'四人帮'肆虐的十年，儿童文学园地被摧残得一片荒芜，杂草丛生。"②并对"新时期"的儿童文学研究做了展望。

在《试论儿童小说的环境描写和意境》中，任大霖从环境描写和意境营造两个方面探讨了当时儿童小说创作存在的弊端，并进一步指向了儿童小说的真实性和审美性命题。

---

① 王泉根、王渝根：《论叶圣陶童话对中国儿童文学的贡献》，《云南民族学院学报》1986年第4期。
② 陈模：《儿童文学是为儿童服务的文学——建国以来二十七年儿童文学的回顾》，《儿童文学研究》1986年第22辑。

周玉洁的《低幼文学现实人物塑造探微》从"现实人物在低幼文学中的位置"和"低幼文学现实人物塑造的特点"两个方面,对低幼文学中的真实性和创造性进行了分析。在如何塑造低幼文学中的人物时,周玉洁提出三个特点:"一、鲜明性;二、动态感;三、直观化"①。

在《谈谈儿童文学的情感作用》一文中,厉永斌从"儿童文学中的情感特点"、"情感在儿童文学中的特殊作用"和"写好情感是发展儿童文学的必由之路"三个方面进行了探究。他指出要注意辨析成人情感与儿童情感的不同:"首先,因成人与儿童情感体验不同,成人文学与儿童文学在表达情感内容上有明显的不同。其次,成人文学与儿童文学在表达人物情感时的方式也不相同。"同时,注重情感在儿童文学中的表达可以对小读者"起到教育作用;提高认识作用;传递审美作用"②。

1986年12月,《儿童文学研究》第23辑出版。本辑刊发了陈伯吹、李楚材、金近、黄衣青、方轶群、施雁冰、周小波、杨实诚、丁玲、朱彦、樊发稼、王一地、张素娥、张锦贻、叶至善、邱宪然、王兴、方卫平、朱自强、汪习麟、盛巽昌、方国荣的相关文章。

本辑中陈伯吹、李楚材、金近、黄衣青、方轶群、施雁冰分别撰文回顾了1946年由陈伯吹、李楚材等发起创办的"上海儿童读物作者联谊会"的点滴。

在《幻想艺术的新天地——谈幼儿生活故事中的幻想艺术》一文中,周小波就如何在以反映幼儿现实生活为主的故事中融入幻想手法进行了探讨。她指出,幼儿生活故事和幻想因素之间联系紧密,"首先,幼儿生活中的现实和幻想往往是难以截然分清的。其次从幼儿心理特征的角度分析,幼儿的想象常常和现实分不清,混淆现实或脱离现实。第三,从艺术

---

① 周玉洁:《低幼文学现实人物塑造探微》,《儿童文学研究》1986年第22辑。
② 厉永斌:《谈谈儿童文学的情感作用》,《儿童文学研究》1986年第22辑。

角度剖析,幻想艺术可以使一般的现实生活表现得不一般,使孩子们感觉到既是生活的真实,又比生活的真实有意思得多,有吸引力得多"①,并据此进一步探讨了生活真实和幻想真实在此类创作中的平衡。

杨实诚的《是奴隶,也是主宰——作家与童心关系新探》针对"童心说"提出了自己的见解。她从感知、表象、联想、想象、理解等多个层面,对儿童的欣赏、认识、情感能力作出了细致的分析。据此,她进一步强调,"作家与童心,犹如艺术家与自然……只有摆正作家和童心的关系,童心才能装上翅膀,在艺术的王国里自由驰骋,儿童文学之花才能以自己真正鲜明的艺术特色更好地开放在文学的百花园中"②。

方卫平的《略谈开展儿童文学的创作心理研究》指出了儿童文学创作与成人文学创作在心理规律层面的异同。他认为,"从心理的动态因素来考察,儿童的心理发展与成人存在着巨大的'时间差'。当作家从事儿童文学创作时,这种'时间差'必然要通过心理时间的调整得到缩短,使作家的创作心境逼近儿童的心灵"。他还提到了儿童文学创作心理研究的两个方向,"第一,研究儿童文学创作的特殊心理操作过程和思维模式;第二,研究儿童文学作家的心理个性和创作个性"③。

在《打开篱门吧,百花园!——试谈儿童文学的边缘性》一文中,方国荣从各个学科门类之间的交叉边缘关系引伸到儿童文学的起源和发展,并从历时和共时的角度简单分析了中国现代儿童文学的创作发展倾向。

1986年12月,《儿童文学研究》第24辑出刊。本辑刊发了胡锦涛、束沛德、刘厚明、郑马、叶辛、曹文轩、梅子涵、董宏猷、蔺瑾、张微、袁丽娟、

---

① 周小波:《幻想艺术的新天地——谈幼儿生活故事中的幻想艺术》,《儿童文学研究》1986年第23辑。
② 杨实诚:《是奴隶,也是主宰——作家与童心关系新探》,《儿童文学研究》1986年第23辑。
③ 方卫平:《略谈开展儿童文学的创作心理研究》,《儿童文学研究》1986年第23辑。

陈伯吹、金近、鲁兵、冰子、任大霖、圣野、金波、杨羽仪、陈益、曹雷、山曼、孙建江、刘晓亚、何紫、阮章竞的相关文章。

本辑刊出了1985年11月在贵阳召开的"全国儿童文学创作座谈会"的会议论文,各位作家纷纷撰文倡导儿童文学创作要推陈出新、育化新人,走出一条契合时代脉搏的广阔道路。

在《儿童文学观念的更新》一文中,曹文轩结合中国八十年代的时代趋势总结了儿童文学在观念上的更新。他的观点是:"一、儿童文学是文学。不能把教育性作为儿童文学的唯一属性。二、需对一系列主题倾向作重新审核。譬如说'老实观点'和'单纯观点'。三、改变主题实现形态。文学作品的主题,不应当是暴露在阳光下的裸体。它应当是含蓄的、蕴藏在作品底层的一种精神。而且这种精神应当是丰富的,也就是说,作品的主题是多元的,而非单元的。四、时空距离的再扩大。儿童文学需要走出铁栅栏,需要追溯流逝的生活和幻想未来的生活,需要表现小景小物,也需要表现一个无限的宇宙。五、情节的定义需重新注释。要对'儿童文学必须讲究故事性'这一意识重新检验证明。六、扩大管辖范围。首先,我们反对儿童文学'成人化'。其次,我们反对给这些作品冠以'成人化'三字,因为它实际上并非成人化,要尊重孩子的理解力和感受力。"①

在《儿童小说实际上是少年小说》一文中,梅子涵围绕着儿童小说和少年小说的概念进行了深入的分析。他认为,"明确地指出儿童小说实际上是少年小说,这是必要地确定和科学地掌握儿童小说的美学规定的前提"。同时,他进一步指出,"长期以来对少年男女的爱情意识的道学式的无视和唯心主义的否认正是缺乏这种丰富性和广阔性认识的一个表现。而对少年生活的这种丰富性和广阔性的认识上的限制就必然大大缩小了创作的视野和题材的选择,从而也在整体上削弱了儿童小说的真实性和

---

① 曹文轩:《儿童文学观念的更新》,《儿童文学研究》1986年第24辑。

艺术吸引力。同样,在主题的揭示和艺术形式的运用上,种种不必要的忌讳和限制在更为明确地廓清了接受对象之后也该解脱和自由些了"。在辨析儿童小说、少年小说和成人小说的关系上,梅子涵的观点是:"儿童小说不仅和成人小说存在着难以阻绝的艺术渗透,而且和整个艺术都是无法隔开的。但这根本没有否认它仍旧是儿童小说这样一个前提。或者干脆叫少年小说。对于这个前提的肯定和对于完全封闭式的否定,也就形成了少年小说创作艺术的难点。"①

董宏猷的《走向广阔的地平线——儿童小说创作之管见》的基本观点是,"儿童文学与成人文学之间是有着'剪刀差'的。儿童文学是一个'独立王国'。它应有其特殊性。但它决不是孤岛,也不应使它成为一个封闭性的'王国'"②。

陈伯吹的《幼儿文学漫谈》对儿童文学的内部进行了划分,"自低至高,大体上可分做'幼儿文学'(60年代我曾称它做'幼童文学')、'儿童文学'、'少年文学'这样三个阶段"③。

在《给幼儿写童话》一文中,金近指出,"给幼儿写童话,我想多数是让幼儿听的。……给幼儿听的童话可分为两类,一类是用最生动有趣而又口语化的语言,故事简单明瞭,意思很浅,整个童话故事要深入浅出。另外一类,就是那些写给少年儿童看的童话,甚至成人也爱看的,只要意思浅,能讲得出,不是大段的描写、抒情,就可以讲给幼儿听。同时,最好童话故事里的人物以拟人化为主"④。

---

① 梅子涵:《儿童小说实际上是少年小说》,《儿童文学研究》1986年第24辑。
② 董宏猷:《走向广阔的地平线——儿童小说创作之管见》,《儿童文学研究》1986年第24辑。
③ 陈伯吹:《幼儿文学漫谈》,《儿童文学研究》1986年第24辑。
④ 金近:《给幼儿写童话》,《儿童文学研究》1986年第24辑。

1987年

1987年1月，《文艺报》创设儿童文学评论版，由冰心题写刊名。班马在《文艺报》上刊发《当代儿童文学观念几题》。全文围绕"传递自我"、"童年研究"、"模糊边界"、"游戏精神"四部分展开。他指出儿童文学的美学难题在于：其创作主体是成人作者，其接受主体是儿童读者。但"长期以来我们偏重于强调后者，却轻率地抹煞了前者的主体性，回避了儿童文学成人作者自我意识的存在，似乎这种自我意识在儿童接受对象面前，是应自然取消的"。其结果是：其一，在儿童观上的"时间"自我封闭，局限于年龄界内的"儿童状态"，丧失了生命现象的线性参照位，从纵向锁闭住了把握人生的历史感；其二，在描写范围上的"空间"自我封闭，一旦对儿童只作反映现在状态的理解，势必提倡注意"儿童生活"，实际则演化成了"学校生活"，造成儿童文学与学校的单一联姻，从横向锁闭住了把握社会的覆盖面；其三，在文学功能上的"审美"自我封闭，热衷于儿童相的状态，导致了"儿童情趣"占主导的标准，从而悖于"儿童反儿童化"的审美视角，在艺术上锁闭住了心理时间和心理空间。他认为"童年"在观念上区别于"童心"之处在于："离开了稚情模拟"。而"童年"被作为"文学眼光所关注的人生一大现象来对待，是把'童年'置身于由各阶段组成的人生的总结构之中。它不再是一个独立的层次，而是被看作人生线性发展中一个极其重要的中介，突破了纯粹生理年龄和社会生活圈的界定，从封闭的模拟走向开放的参照"，而这个"一"具有各向"生"与"长"这两端伸展的两条延长线：一、童年，向前延伸出一条带来回寻找角度的未来发展线；二、童年，向后又延伸出一条带来透明度的历史遗传线。针对当时儿童文学边界中的"成人化"倾向,班马总结出三点:其一是"释放";其二是"形式挪前";其三是"空灵"。在他看来,"儿童文学的本身正具有'模糊'现象和功能。一部儿童阅读史,就完全打乱了儿童文学和成人文学的许多人为界限,可以说,存在着一大片中间地带"。他还总结了儿童所特具的"模糊阅读方式":其一,是在选择上的模糊涵量;其二,是在理解上的模糊处理。此外,他还特别指出:"'模糊'的意义还出现在优秀儿童文学作品本身的传播过程中,它往往并不随着儿童的一次阅读之后就完全地成为过去,而享有在人生旅途中可以数次接受的重读机会,这便带来了'儿童读者又是生长中的成人读者'这一意识",并且"模糊边界既是文学上过渡期的必然现象,也是儿童文学出征美学新领地的极好角度"。就"儿童文学本性中的游戏精神"而言,他对儿童文学作家提出了三点意见:其一,线性思维与儿童文学角色体验的关系;其二,感知性动作与儿童文学兴奋点的关系;其三,游戏性心态与儿童文学作家写作心理状态的关系。[①]

1987年1月,班马在《儿童文学评论》上刊发《对儿童文学整体结构的美学思考——突破儿童文学的美学意识自我封闭系统》。班马认为,虽然《左传》中已经提出了"童心"的说法,但"始终是一个模糊性很大的,缺乏具体理论内容的玄妙观念"。这也造成了"童心"往往"成了一种片面强调'儿童本位',一切以'儿童'为出发点的儿童文学意识"。而正是这个原因,"造成了我们的儿童文学产生了一种自我封闭的基本状况"。他概括了当时儿童文学具有的两大特征:一是表现为对"儿童"和"儿童文学"观念上的自我束缚;二是表现为自囿在儿童文学同学校的单一关系上的自我束缚。而"将儿童文学当作一个系统来看",他也总结了在"纵向的'时间'"和"横向的'空间'"上的几个动态开放的特点:第一,突破闭锁在"童心"观念上的——时间自我封闭;第二,突破封锁在"学校"方位上的——

---

① 班马:《当代儿童文学观念几题》,《文艺报》1987年1月24日。

空间自我封闭;第三,必须在时间、空间之外,再加一个心理的维度,以此来透视作为文学活动的儿童文学整体结构。①

1987年1月,《儿童文学选刊》新一期出刊。本期刊发了王申浩、韩蓁、李树喜、任大霖、吴梦起、赵小敏、魏滨海、张亦荣、郑允钦、倪树根、武玉桂、白忠懋、班马、金逸铭、陈丽、冰波、黄云生、方卫平、杨实诚、刘斌的相关文章。班马在本期发表的儿童小说《鱼幻》,以探索性的手法打破了固有的儿童小说创作模式,引发了之后学界热烈的讨论。

黄云生的《童话探索的来龙去脉》论析了儿童文学与成人文学的差异,"儿童文学毕竟和成人文学不同,这主要是因为它们有着不同年龄特征的读者对象。这是一个陈旧而常新的命题,也是一个不可动摇的立足点。儿童文学的探索可以向'更深的层次,透点更高的文学、艺术空间'进军,但须臾不能忘记自己的立足点。我们没有理由把'儿童水平'和'艺术水平'对立起来,既不能降低'艺术水平'来适应'儿童水平',也不能无视'儿童水平'去追求'艺术水平'"②。

方卫平在《童话的立体结构与创新》一文中谈到了"童话的立体结构",他指出:"我以为可以把童话的艺术织体粗略地分为'感知层'和'意味层'两个基本层次。其中感知层又包括'语音层'和'再现客体层'两个层面。语音层(不仅仅指声音,还包括音韵、节奏等等)在低幼童话中显然占有突出的位置,具有独立的美学意义。而在供较高年龄层次读者尤其是少年读者欣赏的童话中,语音层则逐渐变为一个'透明的层面'(韦勒克、沃伦语),其独立的美学意义相对下降。再现客体层指童话作品中具体呈现、描绘的形象、事体及其背景。语音层和再现客体层共同构成童话

---

① 班马:《对儿童文学整体结构的美学思考——突破儿童文学的美学意识自我封闭系统》,《儿童文学评论》1987年第1期。
② 黄云生:《童话探索的来龙去脉》,《儿童文学选刊》1987年第1期。

的感知层,它们主要诉诸欣赏者的感知觉。意味层当然并不独立于感知层之外,它融解、深藏于感知层中,同时又不同于实际呈现的感知层。作为潜在的可能审美空间,意味层有待欣赏者审美理解力的介入和参与。毫无疑问,一种深刻的意味有可能使童话超越感知层的限制而争取到比较博大的美学空间。"①

1987年3月,张美妮在《文艺报》上刊发《致力于儿童文学新领域的开拓——略论叶君健对儿童文学的贡献》。文章认为,虽然叶君健并非专业的儿童文学作家,但他"始终把为孩子创作视为自己义不容辞的责任"。对于叶君健发表于20世纪60年代初的《"天堂"外边的事情》《小仆人》、《小厮辛格》等作品,张美妮认为这些作品的出现,"丰富了儿童文学的题材,提供了有益的创作经验"。就叶君健提倡"扩大儿童文学的领域"的议题,张美妮认为,"这是作家为扩大我国儿童文学题材,开拓新的领域的又一次成功的尝试"。并且她还注意到:"叶君健的这些童话并非是对原有故事的一般改写,而是根据故事产生的年代和历史背景,剔除原作消极的成分,延展其中富有人民性的积极因素,并加以联想发挥,使之成为崭新的创作。"②

1987年3月,《儿童文学选刊》新一期出刊。本期刊发了张微、王申浩、李建树、英子、余通化、吴天、王晓一、任大星、张秋生、顾乡、周锐、周基亭、陈丹燕、吴然、王一地、谢璞、叶至善、楼飞甫、李楚城、朱自强、余衡、李建树、郑晓河、章轲的相关文章。

朱自强的《新松恨不高千尺》触及儿童文学创作者的现代意识,他将之归结于以下几个层面:一是受到现代化进程影响和新的技术革命浪

---

① 方卫平:《童话的立体结构与创新》,《儿童文学选刊》1987年第1期。
② 张美妮:《致力于儿童文学新领域的开拓——略论叶君健对儿童文学的贡献》,《文艺报》1987年3月21日。

潮的冲击，青年童话家们开始冲破靠魔法、梦游、拟人来表现幻想的传统的类型化手法，把写实与科幻结合起来，创造出了一种既有别于写实小说、科幻小说，又有别于常规的童话、科学童话的一种新形式。二是他们的童话与现实生活更加贴近。三是深邃的哲理之光开始照耀到青年童话家的作品之上，从而一扫过去童话创作的浅薄之气。四是青年童话家们最主要、最可贵的现代意识就是童话中表现出的现代的儿童观，其核心是崇尚儿童的心性、儿童的世界，尊重儿童人格，以自己的作品与儿童建立起亲切和谐的人际关系。[1]

1987年4月，苏叔迁著的《陈伯吹传》[2]由未来出版社出版。由于传记出版时陈伯吹还健在，苏叔迁的《陈伯吹传》重点论述了陈伯吹1949年以前的部分，1949年以后的部分仅做了概括性的介绍。此传记翔实记叙了陈伯吹的思想、创作和学习的各个侧面。冰心为此本传记作序。苏叔迁通过访问陈伯吹的同事、亲友和学生，到上海图书馆、北京图书馆、上海辞书出版社和上海师范大学图书馆查阅了大量资料，为读者呈现了一部真实、全面和翔实的传记。

1987年5月，楼飞甫在《文艺报》上刊登《加强儿童文学当代性之我见》。在文章开篇，楼飞甫指出了儿童文学的创作现状："跟成人创作与理论研究生气蓬勃的局面相比，儿童文学领域还显得很是沉闷，许多儿童文学作家和理论工作者为之焦急，大声疾呼要急起直追，这种进取精神本身就难能可贵。"针对这个问题，他认为，"但应如何追赶，却很值得研究"。他不认同"少年儿童不喜欢儿童文学而涌入成人文学读者群"，更反对"儿童文学必须向成人文学靠近，要把成人文学中当前比较流行的当代意识引入儿童文学领域，以此冲破儿童文学陈旧的传统模式和封闭状态"的观

---

[1] 朱自强：《"新松恨不高千尺"》，《儿童文学选刊》1987年第2期。
[2] 苏叔迁：《陈伯吹传》，未来出版社1987年版。

点。他的观点是,"靠盲目追随成人文学的当代性浪潮显然是不能奏效的",儿童文学的"创作主体与接受主体之间的不一致性,也就构成了儿童文学创作特殊性的根本原因"。①

1987年5月,晓渡在《诗刊》上发表《在困境和反省中走向新的突破——"儿童诗座谈会"侧记》。文章梳理了当前儿童诗创作的现状:"儿童诗这些年来创作队伍的日趋缩小,新一代诗人的无以为继,某些诗人创作热情的急剧衰减,所有这些兆示着危机的因素,都不能说与儿童诗的实际境遇没有关系。"究其因,晓渡认为,诗歌理论家"往往毫无道理地在儿童诗与浅薄之间画上等号"。对于儿童诗的未来发展,他提出,"相对于所谓成人诗领域,或者儿童文学其他文学样式,尤其是小说近年来深刻变化,儿童诗的这种可能性更加隐而不显;它的新的意识还有待辨明;它的基本队伍有点青黄不接;它的内部格局也刚开始走向多元。但新的生机就隐藏在这些端倪渐显的萌芽之中。也许,在达到新一轮繁荣后回过头来看,这一段的'沉闷'和'徘徊'并非那么消极——正是在这种表面的沉寂之下,儿童诗悄悄进行着自我调整,从而为新的一跃作好了准备"②。

1987年5月,王嘉良在《中国图书评论》上刊发《拓宽儿童文学研究的思维空间——简评〈中国现代儿童文学史〉》一文。他认为该文学史在下述两个方面表现出反思文学历史时的恢宏气度:其一是现代儿童文学同现代社会思潮的广泛联系性。编著者在探寻这段文学史的发展演变轨迹时,总是力图找出社会历史动向和影响一代文学进程的社会思潮的作用,从而真切可信地揭示了文学发展的规律。例如,在中国儿童文学发展的历史长河中,"五四"是一个截然不同的分界,无论在儿童文学的量还是

---

① 楼飞甫:《加强儿童文学当代性之我见》,《文艺报》1987年5月16日。
② 晓渡:《在困境和反省中走向新的突破——"儿童诗座谈会"侧记》,《诗刊》1987年第5期。

质上,都是以往任何一个时代无可比拟的,这里就有"五四"思潮对现代儿童文学的"催生作用"。该书用相当篇幅阐述了古老的中国社会一旦觉醒,外来的思潮的汹涌而入,在提倡科学和民主的潮流中儿童教育问题空前被重视,因而使中国儿童文学产生激变的现象。其二是中国现代儿童文学同整个中国现代文学的广泛联系性。这两者之间本来就存在极亲密的血缘关系,不独在文学前进的历程中呈现出同步发展的趋向,即便就作家队伍而言也是互相融合和交叉的,如杰出的儿童文学作家叶圣陶、张天翼等,同时也在成人文学创作中居于领先地位。因此,探讨儿童文学本身,就不能割裂它的母体——整个现代中国文学潮流。该书异常鲜明地显现出把儿童文学作为现代文学的一个分支来研究的意向,在阐述现代儿童文学的分期、创作特点、文艺思想斗争等方面,都把现代文学作为一个大的参照系统加以观照,从而较好地把握了在整个新文学潮流影响、制约下的一种文学门类必然要发展、变化的外在规律。①

1986年6月,任大霖在《文汇报》上刊发《拆掉这堵墙》。他提出了如下观点:"儿童文学是整个文学的一部分,二者是不能割裂的。为儿童提供优秀的文学作品,绝不能仅仅局限于儿童文学界的一些作家和刊物,而是整个文学界的共同任务。从中外文学传统来看,儿童文学和'成人文学'之间并没有那么一堵不可逾越的墙。"②

1987年6月,《儿童文学研究》第21辑出刊。本辑刊发了梅沙、孙建江、鲁兵、任大霖、刘厚明、郑开慧、罗维炽、杨植材、肖寒、樊发稼、康志强、吴然、陈伯吹、浦漫汀、[美国]希丽希特·伯格(王济民译)、盛巽昌、金近的相关文章。

---

① 王嘉良:《拓宽儿童文学研究的思维空间——简评〈中国现代儿童文学史〉》,《中国图书评论》1987年第2期。
② 任大霖:《拆掉这堵墙》,《文汇报》1986年6月1日。

孙建江的《寓言的矛盾特质》论析了矛盾在寓言故事中的重要性,他从两个方面解释了为什么矛盾在寓言中占有如此重要的地位:"首先从寓言的目的(功能)看。寓言在众多的文学样式中,它最显著的地方在于它的教训性。其次从寓言的取材看。寓言在选取喻体,即选取故事时,特别注意选择那些具有两重性的材料。"①

在《漫谈儿童小说的语言》一文中,任大霖详细解读当下儿童小说语言中存在的不足和应当改进的方面。他认为"在创作实践的过程中,应当从以下四个方面下功夫锤炼语言,这就是准确、精炼、风趣、上口"②。

在本期"作家通信"专栏中,樊发稼和康志强就严文井的《小溪流的歌》做了讨论。樊发稼认为:"《小溪流的歌》是散文诗体童话,是散文诗和童话的有机结合。它是'两栖类':既是散文诗,又是童话。"③

在《寓言和寓言大师伊索》一文中,陈伯吹对寓言的历史做了简单的回顾,并站在教育立场指出:"一、要谨慎传递寓言的消极面;二、避免儿童读者因'夸张格'造成的善恶不分;三、注意寓言蕴含的道德教训是否与时代脱节。"④同时,陈伯吹从内容和形式两方面,对"新寓言"进行了评价。

1987年6月,陈伯吹在《解放日报》上发表《卫护儿童文学的纯洁性》。文章指出:"近年来,儿童文学领域里涌现了不少好作品,其主流应该说是好的",随后笔锋一转,"但也无可讳言,儿童文学中的某些作品,特别是某些年轻作者的作品,也出现了一些错误倾向。如居然面对着情窦未开的少年儿童拔苗助长式地描写爱情的萌芽,宣扬所谓少男少女的朦胧爱情。性态文学虽未敢大胆进门,而荒诞的武侠小说则早已沾上了

---

① 孙建江:《寓言的矛盾特质》,《儿童文学研究》1987年第21辑。
② 任大霖:《漫谈儿童小说的语言》,《儿童文学研究》1987年第21辑。
③ 樊发稼:《〈小溪流的歌〉之我见——致严文井同志》,《儿童文学研究》1987年第21辑。
④ 陈伯吹:《寓言和寓言大师伊索》,《儿童文学研究》1987年第21辑。

边"。对此,陈伯吹视之为"如此不正经低调"的创作。①

1987年6月,彭斯远在《当代文坛》上刊发《儿童短篇小说艺术走向管窥》。当时有学者在《文艺报》上撰文,"呼吁出版界不要滥印琼瑶作品",不要"用琼瑶小说赚中学生冰棍钱"的观点。彭斯远认为,这是在提醒当代儿童文学作家一个需要正视的现实,"我们的儿童小说创作水平低下,目前正亟待提高"。但同时,彭斯远也指出,"新时期的儿童短篇小说,不仅在内容上有所革新,同时在艺术表现上也显示了更加现代化的趋向。在这方面,许多作家透过自己的作品做了可贵的探索和尝试",这种尝试主要集中在两个方面:"其一,借动物故事的象征描写来为小读者拓展更为宽广的审美境界"、"其二,意识流的浪涛正冲击着我国传统小说的封闭型情节框架"。②

1987年6月,王丹军在《浙江师范大学学报》上刊发《论悲剧与儿童文学》。对于长期以来的儿童文学理论,王丹军指出:"儿童文学也是文学,而且首先应该是文学。而没有悲剧的文学,则是文学的悲剧!"③

1987年7月,任大霖的《儿童小说创作论》由少年儿童出版社出版。对于"儿童小说"的概念,他认为:"第一,儿童小说是小说";"第二,儿童小说是为少年儿童创作的小说"。而针对"儿童小说"的特点,他也指出了几个特点:"一、在题材和主题的选择和提炼上,儿童小说既要真实、深刻地反映社会生活,又要注意积极、明朗、有分寸";"二、在艺术构思上,儿童小说要'结构严谨,主线清楚,调子明快,情节曲折'";"三、在人物形象的塑造上,儿童小说应当以少年儿童形象为主,以正面的或成长进步中的少年儿童形象为主,但也不应排斥成年人的形象";"四、在故事情节的安排

---

① 陈伯吹:《卫护儿童文学的纯洁性》,《解放日报》1987年6月4日。
② 彭斯远:《儿童短篇小说艺术走向管窥》,《当代文坛》1987年第3期。
③ 王丹军:《论悲剧与儿童文学》,《浙江师范大学学报》1987年第2期。

上,儿童小说应当尽可能做到生动曲折,引人入胜";"五、在语言的运用上,儿童小说应当特别注意语言的健康、明快、活泼、优美,并且尽可能做到口语化"。①

1987年7月,《儿童戏剧研究文集》由中国戏剧出版社出版。本书是一部全面研究儿童剧理论和介绍儿童剧艺术创作经验的文集。在"编者的话"中,编者对于儿童戏剧在我国的发展作了简要的介绍:"我国的儿童戏剧,是社会主义文学艺术百花园中的一株新苗。建国以来,虽然有了很大的发展,在创作与演出实践中积累了一些经验,取得了不小的成绩,但比其它姐妹艺术显然稚嫩一些,剧目还不够丰富,队伍还不够壮大,理论研究工作也比较落后。"②全书分为两部分"儿童剧理论研究"、"儿童剧艺术经验总结",另外,本书还有"首届全国儿童剧观摩演出获奖剧目名单"、"中国儿童戏剧研究会领导成员名单"附录两则。

1987年7月,《儿童文学选刊》新一期出刊。本期刊发了朱效文、郭明志、王建一、曾小春、刘绪源、韩辉光、石干、王申浩、关夕芝、尹玉如、陈丹燕、曾镇南、柏宁湘、梅子涵、班马、楼飞甫的相关文章。

本期最引人关注的是班马的《关于〈鱼幻〉的通信》。他认为:"我并不崇拜'儿童',而承认儿童文学创作中成人'自我'的存在,并愿明确地表明,儿童状态就是低级的,包括审美。我认为我们儿童文学中传统标准对'儿童水平'的颂扬,是一种美学失误。我愿追求'超前'的观念,追求运用感触性字面去写那种孩子们还表达不出来的'感觉'——达到感知。"③

1987年8月,吴福辉、黄侯兴、张大明等编的《张天翼论》由湖南文艺出版社出版。虽然该书内容主要以探讨张天翼在成人文学方面的贡献为

---

① 任大霖:《儿童小说创作论》,少年儿童出版社1987年版,第4—10页。
② 中国儿童戏剧研究会主编:《儿童戏剧研究文集》,中国戏剧出版社1987年版,第2页。
③ 班马:《关于〈鱼幻〉的通信》,《儿童文学选刊》1987年第4期。

主，但其中也包含了若干与儿童文学有关的文章，包括冰心的《忆天翼》、叶君健的《张天翼同志》、宋永毅的《童年人格·幼年审美观·少年文化构成——张天翼、老舍创作风格差异的主体探源》、汤锐的《中国儿童文学的生动标本》、王泉根的《现实主义精神在幻想艺术中的不同显现——张天翼、叶圣陶童话思想比较论》。①

1987年8月，韦苇在《浙江师范大学学报》上刊发《一位中国儿童文学倡导者的艺术探索——论茅盾对儿童文学的贡献》。他指出茅盾的儿童文学创作观主要有：一，用幻想和怪诞来鼓舞儿童的兴趣和想象；二，用紧张、多变、热闹的儿童文学读物来启迪儿童的心智；三，用包含在形象中的"教训"引导儿童趋向真善美。②

1987年8月，《儿童文学研究》第25辑出刊。本辑刊发了樊发稼、阮章竞、任大星、金燕玉、聪聪、圣野、雷群明、谷斯涌、朱星、刘绪源、王济民、马绍娴、由岑、高洪波、杭苇、颜一烟、韦苇、梅沙、孙建江、洪汛涛、盛巽昌的相关文章。

在《贺宜同志谈儿童文学》一文中，樊发稼摘录了近年来与贺宜就儿童文学访谈的内容。贺宜在访谈中指出，"童话总不该成为儿童文学的主要形式，应让位于儿童小说。道理很简单，因为小说更能直接反映生活。当然童话也要反映生活，但它是通过折射的方式来反映，要写得好，真正吸引孩子，又富于教育意义，很不容易做到"③。

任大星在《儿童生活和成人生活》一文中得出了一个结论："纯粹的儿童生活题材是没有的，而且也不可能有——除非世界上有那么一个由永远不会长大的儿童们组成的小儿国。"他指出他的立论是由儿童文学创作

---

① 吴福辉、黄侯兴、张大明等编：《张天翼论》，湖南文艺出版社1987年版。
② 韦苇：《一位中国儿童文学倡导者的艺术探索——论茅盾对儿童文学的贡献》，《浙江师范大学学报（社会科学版）》1987年第3期。
③ 樊发稼：《贺宜同志谈儿童文学》，《儿童文学研究》1987年第25辑，第4页。

中的一些实际问题引起的,"问题之一是:如今我们儿童文学创作队伍的面太狭了","问题之二是:我们的儿童文学作品,不易摆脱题材狭隘的倾向;与此相关连,思想意义也往往不深"。①

金燕玉在《儿童文学的思考》一文中指出,"只有被少年儿童所理解所欣赏的文学才能成为儿童文学。作为一种特殊的文学结构,儿童文学有自成系统的语言形式、构成内容和美学特点"。金燕玉从"这里是'孩子的世界'"、"这里有'儿童的趣情'"两方面,为儿童文学下了定义,"儿童文学是这样的文学——它以少年儿童为固定的读者群,或者参照少年儿童的想象力,创造出一个超现实的孩子的世界,或者以少年儿童为共有的人物,创造出一个现实的孩子的世界。它是富有儿童情趣的文学,只要能产生儿童情趣的美学效果,它可以包孕与少年儿童相宜的各种人物和题材"②。

孙建江的《现实的世界与幻想的世界——读罗·达尔童话〈奇异的巧克力工厂〉》概括了西方童话对中国儿童文学创作的启示:"一、童话的写法是多种多样的,童话的结构并不是单一的。二、现实世界与幻想世界的并存,拓展了童话的空间层次。三、罗·达尔把现实生活如实(不加幻想)地写进童话,这无疑增强了作品的现实感。四、写实成分的加入,有助于避免童话人物的类型化,有助于完善和丰富人物的性格。五、将现实与幻想巧妙地统一在一部作品中,虚虚实实,假假真真,一方面可以使小读者获得一种亲切感和求知欲,另一方面,也是很重要的一个方面,就是这可以活跃、拓展作为读者的思维空间。"③

1987年10月,王泉根在《贵州社会科学》上发表《略论文学研究会的

---

① 任大星:《儿童生活和成人生活》,《儿童文学研究》1987年第25辑,第11、13页。
② 金燕玉:《儿童文学的思考》,《儿童文学研究》1987年第25辑,第23页。
③ 孙建江:《现实的世界与幻想的世界——读罗·达尔童话〈奇异的巧克力工厂〉》,《儿童文学研究》1987年第25辑,第118—119页。

"儿童文学运动"》。王泉根以朱自清的《中国新文学研究纲要》为线索,对文学研究会的儿童文学运动的主张、理论、创作、翻译、收集作了翔实的介绍,本文是较早系统探讨文学研究会"儿童文学运动"的文章。①

1987年11月,《儿童文学研究》第26辑出刊。本辑刊发了束沛德、王蒙、陈子君、罗英、金近、李心田、杨啸、贺嘉、金波、刘先平、胡景芳、颜开、圣野、黄庆云等的相关文章。

本辑特设"全国儿童文学创作会议专辑",刊登了康克清、叶圣陶、冰心、严文井等的贺信。

陈子君的《为我国儿童文学的腾飞热烈欢呼》对新时期以来儿童文学初步解决的三个问题以及四个特点做了评价。同时指出,儿童文学能取得如此繁荣的实绩,要归功于解决了以下几个问题:"第一,明确了'儿童文学应当首先是文学'。第二,对儿童文学的社会功能有了比较全面和辩证的理解,抛弃了长期沿袭的'文艺为政治服务'、'文艺服从政治'和'儿童文学是教育的工具'等等狭隘的概念。第三,对内容和形式的关系有了比较正确的理解。"同时,陈子君也进一步提出了当前儿童文学创作的不足,解决方案为:"(一)需要进一步调整关于儿童文学的某些概念。(二)需要认真研究当代社会生活对少年儿童的影响。(三)努力提高我们儿童文学作者自身的思想、艺术、文化素养。"陈子君强调,在儿童文学发展的过程中,一定要重视创作和理论的双翼共舞,同时进一步在作品中创造文学典型。②

李心田的《关于儿童文学的思辨》对如下几个问题提出了见解:"一、关于儿童文学观念的更新;二、儿童文学要接受当代生活的挑战;

---

① 王泉根:《略论文学研究会的"儿童文学运动"》,《贵州社会科学》1987年第10期。
② 陈子君:《为我国儿童文学的腾飞热烈欢呼》,《儿童文学研究》1987年第26辑。

三、如何理解和塑造当代儿童;四、儿童文学的表现手法。"①

胡景芳的《提高的关键》认为,"儿童文学(包括儿童剧本)要提高、创新,至少要解决三个问题。一、更新旧的观念,使之与当代意识相吻合。儿童文学的观念,必须予以更新,按着艺术规律,恢复其本来的品格。二、儿童特点需再强调。我认为一部好的儿童文学,应具备三个字:真、情、趣。真,就是说真话,写真实情感。情,就是以情动人,而情来自于人、人物命运、人物关系。趣就是儿童情趣。三、踏实地深入生活。深入生活和学习理论,是儿童文学腾飞的一双翅膀,二者相辅相成,缺一不可"②。

1987年11月,《儿童文学研究》改版后出版第一期杂志。本刊自1988年起,改大32开本为16开本,且改为双月刊。本期刊发了洪绳之、任溶溶、郑马、任大霖、鲁兵、严吴婵霞、何紫、阿浓、陈淑安、陈伯吹、李心田、海笑、江少文、朱彦、王石安、包蕾的相关文章。

任大霖的《浅谈我国少年文学的传统与创新》将"五四"以来我国少年文学的传统表现总结为三点:"一、少年文学始终作为整个文学事业的一个组成部分……少年文学虽有它的特点,但不是游离于整个文学之外的一个'小王国'。二、我国的少年文学历来强调思想性与艺术性相结合,主张通过审美作用而实现教育作用。三、我国的少年文学在发展过程中,曾大量引进并吸收了外国少年文学的优秀作品与理论,借鉴了各种创作思想、表现手法。"而对新时期十年少年文学出现的创新势头,任大霖也概括出三个表现:"一、扩大了少年文学的题材面,深化了主题,开始接触到过去列为'禁区'的一些题材。二、在创作手法上、艺术风格上,作了多样化的尝试与探索。三、随着创作的繁荣,理论上也出现了活跃。"③

---

① 李心田:《关于儿童文学的思辨》,《儿童文学研究》1987年第26辑。
② 胡景芳:《提高的关键》,《儿童文学研究》1987年第26辑。
③ 任大霖:《浅谈我国少年文学的传统与创新》,《儿童文学研究》1988年第1期。

1987年11月,《儿童文学选刊》新一期出刊。本期刊发了庄大伟、龙子、沈振明、韩蓁、王左泓、克明、杨福庆、吴雪恼、戎林、艾基、冰子、鲁兵、王清秀、樊发稼、郑春华、武玉桂、顾乡、张之路的相关文章。

1987年12月,王泉根在《西南师范大学学报》上刊发《论五四时期的中国儿童文学》。王泉根认为,"'儿童本位论'几乎成了当时许多热心倡导儿童文学的作家的立论依据,他们直接间接地吸收过其中的合理内核"。并且伴随着这种"理性上的认识",当时"大量引进的外国儿童文学作品",使作家"从感性上认识到了这种样式的儿童文学的心和貌"。同时,由于受到西方民俗学、教育学、儿童学和文艺理论的影响,"五四"童话研究主要有三种不同的目的和途径:一是"从民俗学、人类学的角度出发,研究'民间的童话'(Folk Tales)",二是"从教育学、儿童学的角度研究儿童适用的'教育的童话'(Home Tales)",三是"探讨'童话体小说',五四时期称为'文学的童话(literary Fairy Tales)"。针对"传统资源的开发"的问题,王泉根认为,"与五四时期北京大学歌谣征集处发起的歌谣运动密切相关"。并且他还注意到,"五四"时期主要是"翻译外国作品与采集改编民间口头创作或改编某些适合儿童的传统读物",同时"不少新文学的先行者在从事成人文学创作的同时,还肩负起了儿童文学创作的使命,有的甚至是从儿童文学步入文坛的"。[①]

---

① 王泉根:《论五四时期的中国儿童文学》,《西南师范大学学报(哲学社会科学版)》1987年第4期。

1988 年

　　1988年1月,雷群明、王龙娣的《中国古代童谣赏析》一书由湖南文艺出版社出版。赵景深为本书作序言。在本书的"序"中,赵景深结合中国古代童谣的研究现状指出:"古代童谣的研究是个'冷门',而且是个难度较大的'冷门'。解放前,以北大歌谣研究会为主的一批人曾热心此道,但很快就沉寂了,以后也没有见到有关的专著问世。"[1]作者在"前言"中也指出:"在我国历史上,伴随着神话传说而生的,还有一种童谣。它传唱于儿童之口,但有许多简直与儿童的生活和理解力毫不相干,而几乎是纯粹的政治斗争的反映和产物。从性质看,它应该列入'低幼读物',但其实内容深奥难解的程度,几乎超过所有的'成人文学'。也许正因为如此,历来对它的研究如凤毛麟角,资料也很少;仅有的一些记载中,又混杂着许多奇怪的传说和荒唐的附会,这些都增加了研究的困难。童谣本是一份值得重视而且应该加以研究的文化遗产,然而在很长的时期内,却没有引起足够的重视;直到现在,似乎也没有根本的改观。这种不正常的状况应该结束。"[2]纵观中国古代童谣的发展历史,作者指出了一条明显的分界线:"在明代以前,所有的童谣几乎都是政治童谣,不同程度地都是政治斗争的工具,它们与儿童的生活简直不相干;从明代开始,在继续发展政治性童谣的同时,产生了一批真正反映儿童生活的童谣,或者说,这时才有

---

[1] 赵景深:"序",雷群明、王龙娣《中国古代童谣赏析》,湖南文艺出版社1988年版,第2页。
[2] 雷群明:"前言",雷群明、王龙娣《中国古代童谣赏析》,湖南文艺出版社1988年版,第3页。

人有意识地开始创作和收集真正意义上的童谣。"① 从现有的历史资料看,我国古代童谣大体呈现出"两多两少"的状况:乱世多,盛世少;王朝末期多,王朝早期少。② 而出现这种现象的原因则在于:"乱世和末世,政治斗争尖锐复杂,各种政治力量都努力表现自己,其中就包括用童谣为自己造舆论,所以,有着产生童谣的肥沃土壤","另一方面,这时统治者的钳制力则相对削弱,使那些生产出来的童谣不至于全部被扼杀"。③ 全书所研究的童谣内容丰富,共收录"康衢童谣"、"周宣王时童谣"、"卜偃引童谣"、"鲁国童谣"、"西海童谣"、"孺子歌"等相关史料及其相关赏析82则。另外,本书还附有《中国古代童谣选录》一文,具有参考价值。

1988年1月,《儿童文学研究》新一期出刊。本期刊发了陈伯吹、沈虎根、孙建江、龚道华、黄云生、王雯雯、张志芬、袁丽娟、胡长海、涂飞炜、康梁、刘培生、莫德光、包蕾、王石安的相关文章。

本期设专题报道了1986年1月到1987年6月《少年文艺》杂志在上海举办的"新人作品讨论会"的9次活动。并筛选了其中多篇发言进行刊登。

1988年4月,刘健屏的《初涉尘世》一书由新蕾出版社出版。后来,《初涉尘世》又被收入北京教育科学出版社1992年出版的《孤独的时候——刘健屏获奖小说选》,该书收录了《我要我的雕刻刀》、《脚下的路》、《明天我要去领奖》、《初涉尘世》等篇目。2018年2月,《初涉尘世》一书又由江苏凤凰少年儿童出版社出版。本书内容提要如下:"生活总要对每个人拉开它的帷幕,而展现在一个年仅十六岁的少年面前的却是一幅令

---

① 雷群明:"前言",雷群明、王龙娣《中国古代童谣赏析》,湖南文艺出版社1988年版,第4页。
② 雷群明:"前言",雷群明、王龙娣《中国古代童谣赏析》,湖南文艺出版社1988年版,第4—5页。
③ 雷群明:"前言",雷群明、王龙娣《中国古代童谣赏析》,湖南文艺出版社1988年版,第5页。

他惊骇不已的图景,独特悲酸的生世,艰难不幸的遭遇。"①

1988年4月,张香还的《中国儿童文学史(现代部分)》由浙江少年儿童出版社出版。作者在"后记"中介绍了早期中国儿童文学史料工作的概况:"五十年代后期,《儿童文学研究》丛刊创刊,多亏它的编辑部,开始了有关儿童文学史料搜集和整理工作,除在丛刊上发表,还出版了一套'蓝皮书'——资料汇编。"②全书涉及上百位作家作品,也包括数十种报刊。该书的定位是作为大专院校、师范学校儿童文学课的讲义。

1988年5月,周晓的《上海儿童文学纵横谈》完稿,后收录于《周晓评论选》。上海是中国现代儿童文学的发源地,长期以来也是儿童文学发展的重镇。但自新时期以来,周晓认为,"这种重镇地位发生了明显的变化"③。他列举出翔实的资料,指出:"中国作家协会举办的首届全国优秀儿童文学奖(评选一九八〇至一九八五年六年间的作品)于不久前揭晓,四十一种获奖作品中,京沪两地发表和出版的作品占了三十种,其中北京十七种,上海十三种;而获奖作品属北京作家创作的达十四种,上海作家的仅四种。"在他看来,这种地位的丧失,主要基于两点原因:"心理上,源于老大自居的自满自足"、"创作思想上,囿于传统观念的因循守旧"。④具体而言,"王安忆、程乃珊、王小鹰从儿童文学界崭露头角后不辞而别,到成人文学的天地去大显身手",周晓将这种原因归结为"儿童文学已难以满足她们表现其人生体验的创作欲望"。不仅如此,还因为"上海儿童文学界那种弥漫着自我禁锢的保守苟安、缺乏生气的创作环境,使她们有施展不开手脚的束缚感"⑤。在讨论陈丹燕的成就时,周晓认为:"她第一

---

① 刘健屏:《初涉尘世》,新蕾出版社1988年版,第1页。
② 张香还:《中国儿童文学史(现代部分)》,浙江少年儿童出版社1988年版,第527页。
③ 周晓:《周晓评论选》,少年儿童出版社1992年版,第76页。
④ 周晓:《周晓评论选》,少年儿童出版社1992年版,第77页。
⑤ 周晓:《周晓评论选》,少年儿童出版社1992年版,第77—78页。

个从审美角度提出少年人朦胧的情愫可以写得很美的意见。"结合秦文君的作品,他将她们两人的艺术特色概括为:"以乐曲般扣人心弦的情感波流,使众多少年少女发生心灵的同频共振。"而对于梅子涵的作品,他认为相比于女作家而言显得较为雄健、浓重,"试图通过富有当前竞争时代的精神质感的少年强者心态的透视,去锤炼孩子的性格、魂魄"①。而对于彭懿和周锐,他的评价是:"一反花言鸟语的拟人化童话的形式和教化特点。"②而后来产生争议的班马与金逸铭的"文化小说"、"文化童话",他认为,"让一部分少年读者在似懂非懂中接受一种朦胧的艺术震撼,是现代艺术,也是现代儿童文学的一种进步"③。在文章最后,他也提出一些希冀:"一、青年作家们要十分注意改革时代的社会现状、广大少年儿童的现状,尤其要努力于寻找创作与少年儿童密切的精神连结。艺术超前更要注意不要滑逸得过于邈远。二、我们不必讳言新老两代作家之间确实存在着某种间隔,要求完全消除间隔并不现实,但求得沟通、理解,则似乎是可以也应该做到的。老一辈和兄姐一辈作家对'小字辈'作家在严格要求的同时,似乎也应该改变对他们的防范心理。三、上海儿童文学进步了,还需要继续进步。"④

1988年5月,任大霖的《我这样写小说》由希望出版社出版。该书目录为:"第一讲 我这样写小说,我这样理解小说"、"第二讲 生活是创作的唯一源泉"、"第三讲 努力找到艺术构思的'突破点'"、"第四讲 主题从哪儿来?"、"第五讲 人物站住了,作品也就站得住"、"第六讲 情节是人物性格发展的历史"、"第七讲 结构需要合理剪裁"、"第八讲 环境描写的真实性"、"第九讲 小说也要讲究意境"、"第十讲 多一些情趣,多一些幽默"、

---

① 周晓:《周晓评论选》,少年儿童出版社1992年版,第79页。
② 周晓:《周晓评论选》,少年儿童出版社1992年版,第80页。
③ 周晓:《周晓评论选》,少年儿童出版社1992年版,第81页。
④ 周晓:《周晓评论选》,少年儿童出版社1992年版,第82页。

"第十一讲 我这样学习语言"、"第十二讲 想象力——彩色的翅膀"、"第十三讲 创新,艺术之树才能常青"、"第十四讲 对初学写作者的几点建议"。作者在本书中以《蟋蟀》、《心中的百花》、《大仙的宅邸》、《小茶碗变成大脸盆》、《掇夜人的孩子》、《校门口来了个"要饭的"》、《雨》、《水胡鹭在叫》、《妹妹》、《我的朋友容容》、《老法师的绝招》、《过早来到的课题》等作品为案例,来讨论如何写儿童小说。①

1988年5月,由中国作协主持的首届全国优秀儿童文学奖(1980—1985)揭晓。全国优秀儿童文学奖同茅盾文学奖、鲁迅文学奖一样,是由中国作家协会主办的中国具有最高荣誉的文学大奖之一,是中国唯一的纯文学性的儿童文学奖项。首届全国优秀儿童文学奖获奖名单为:

1. 长篇小说
严阵:《荒漠奇踪》,中国少年儿童出版社
颜一烟:《盐丁儿》,中国少年儿童出版社
柯岩:《寻找回来的世界》,群众出版社
萧育轩:《乱世少年》,少年儿童出版社
2. 中篇小说
程玮:《来自异国的孩子》,少年儿童出版社
郑春华:《紫罗兰幼儿园》,《巨人》
3. 短篇小说
关夕芝:《五虎将和他们的教练》,《儿童文学》
邱勋:《三色圆珠笔》,《儿童文学》
曹文轩:《再见了,我的星星》,《儿童文学》
刘健屏:《我要我的雕刻刀》,《儿童文学》

---

① 任大霖:《我这样写小说》,希望出版社1988年版。

常新港:《独船》,《少年文艺》

沈石溪:《第七条猎狗》,《儿童文学》

罗辰生:《白脖儿》,《儿童文学》

张映文:《扶我上战马的人》,《延河》

乌热尔图:《老人和鹿》,《上海文学》

蔺瑾:《冰河上的激战》,《东方少年》

刘厚明:《阿城的龟》,《北京文学》

方国荣:《彩色的梦》,《儿童文学》

刘心武:《我可不怕十三岁》,《东方少年》

4. 中篇童话

路展:《雁翅下的星光》,宁夏人民出版社

诸志祥:《黑猫警长》,福建少年儿童出版社

葛翠琳:《翻跟头的小木偶》,江苏人民出版社

5. 短篇童话

孙幼军:《小狗的小房子》,《儿童文学》

宗璞:《总鳍鱼的故事》,《少年文艺》

吴梦起:《老鼠看下棋》,《巨人》

赵燕翼:《小燕子和它的三邻居》,《儿童文学》

郑渊洁:《开直升飞机的小老鼠》,《儿童文学》

洪汛涛:《狼毫笔的来历》,《少年文艺》

6. 诗歌

高洪波:《我想》,宁夏人民出版社

田地:《我爱我的祖国》,《儿童时代》

金波:《春的消息(组诗)》,《巨人》

樊发稼:《小娃娃的歌》,天津人民美术出版社

申爱萍:《再给陌生的父亲》,海燕出版社

7. 散文

张岐:《俺家门前的海》,《儿童文学》

乔传藻:《醉麂》,《朝花》

陈丹燕:《中国少女》,《少年文艺》

陈益:《十八双鞋》,《少年文艺》

8. 寓言

曲一日:《狐狸艾克》,新蕾出版社

9、报告文学

胡景芳:《作家与少年犯》,《水晶石》

董宏猷:《王江旋风》,《少年文艺》

10. 科幻小说

郑文光:《神翼》,湖南少年儿童出版社[①]

1988年6月,方卫平的《近年来儿童文学发展态势之我见——兼与陈伯吹先生商榷》在《百家》上发表。该文是对陈伯吹在《解放日报》上发表的《卫护儿童文学的纯洁性》的批评文章。其基本观点是"把教育作用当成我们儿童文学观念的出发点,在客观上却造成了儿童文学自身文学品格的丧失"[②]。

1988年6月,《儿童文学研究》新一期出刊。本期刊发了怀园、洪泽、杭苇、包蕾、孙毅、郑马、谷斯涌、赵继良、吴廖、鹤仙、顾似、苏平凡、刘先平、洪波、唐跃、刘强、温小兰、治芳、潇潇、乐于、可求、张耀辉、钱光培、包蕾的相关文章。

---

① 中国作家协会编:《1980—1985全国优秀儿童文学评选获奖作品集》,作家出版社1988年版。

② 方卫平:《近年来儿童文学发展态势之我见——兼与陈伯吹先生商榷》,《百家》1988年第3期。

本期设专栏刊登贺宜逝世的悼念文章,多名作家撰文对贺宜的生平及创作历程进行了回顾。

1988年6月,《儿童文学研究》新一期出刊。本期刊发了李小文、叶至善、包蕾、温航、谷斯涌、徐寒梅、杨群、周玉洁、胡莲娟、李少白、李其美、圣野、屠再华、刘喜成、谭小乔、朱庆坪、怀园、苏叔迁、刘绪源的相关文章。

在《世界文学名著改写初探》一文中,温航提出,"那些知名度很高,但情节进展缓慢或结构较为松散,插入成分较多的名著……改写起来反而比较容易成功……"这是因为:"它们不仅有着广阔的改写空间,而且具备存在的必要和流传下去的可能。"对于改写过程中如何取舍这一问题,温航提出,"努力使名著更接近于我国小读者的阅读习惯和欣赏趣味固然十分重要,但同时,在改写本这个领域里也不能忽视文学的教育作用"。对于改写本是否应有自己的风格特色这一问题,温航认为,"成功的改写本应该在保持原著风貌的基础上有自己的独创之处。如果改写本只是原著简单的缩写和删节,其存在的价值就值得考虑了"①。

本期设"儿童文学创作研讨会"专栏,周玉洁的《研讨会散记》对会议代表的发言做了简单的总结,"关于儿童文学所具有的特色问题,李少白谈的是幽默……从它的特质、美感,它与作品构思的关系,它对幼儿心理性格养成的作用等方面,做了颇有见地的论述。李华提出了'幻美'和'动感'。刘喜成则把幼儿文学特色与创作风格联结起来。他提出了笑的风格。谭小乔称'想象'为儿童文学的生命……"②

刘绪源的《对一种传统的儿童文学观的批评》主要针对陈伯吹在《解放日报》上发表的《卫护儿童文学的纯洁性》,他认为该文牵涉到的问题主要涉及两个方面:一是儿童文学的审美作用与教育作用的关系;二是儿童

---

① 温航:《世界文学名著改写初探》,《儿童文学研究》1988年第4期。
② 周玉洁:《研讨会散记》,《儿童文学研究》1988年第4期。

文学是不是一种净化了的文学。在刘绪源看来,"首先必然是审美作用(甚至可以说,文学的作用只能是审美的作用)",并且"文学的本质只能是审美"。而对于那些将儿童文学定义为"教育儿童的文学"的学者,刘绪源认为他们的思想"只能化成一件'形象化'的外衣,披在教育的身上,使之成为'形象化的教育'(以区别于正规教育上的不形象化的教育)",与成人文学相比,这种定义的形成与"文艺从属于政治"的说法相互并行。虽然儿童文学有其特殊性,但在他看来,"本质上与成人文学是一致的","不应将它们人为地割裂"。对于新时期的儿童文学创作,他这样概括道:"这些作家大多是怀着一颗沉重而真诚的爱心,在并不美好的人生画面中,执着地寻觅着、发掘着美。这种将人为的虚饰乃至颠倒了的人生基调再颠倒过来的努力,正是许多作品成功的奥秘。"①

1988年8月,朱自强在《东北师范大学学报》上刊发《论中国当代儿童文学的儿童观》。在他看来,"中国当代儿童文学长期处于落后状态",其中"儿童观问题"一直是创作和理论方面的盲区。而这个问题的根本原因在于:"掌管创作和理论的成人们面对儿童时的居高临下的姿态和傲慢自大的心理。"针对五六十年代的儿童文学,他批判道:"作家为儿童之'纲',君临儿童之上进行滔滔不绝的道德训诫甚至政治说教,仿佛儿童都是迷途的羔羊,要等待着作家来超度和点化。"在讨论新时期的儿童文学理论时,他认为,"在某些方面也遗留着旧儿童观的基因"②。

1988年9月,周晓撰写的《少年儿童小说与艺术创新漫议——兼论张之路的近作》完稿,后收入《周晓评论选》。本文为作者在中国作家协会召开的儿童文学发展趋势研讨会上的发言。当时儿童文学界存在一个热

---

① 刘绪源:《对一种传统的儿童文学观的批评》,《儿童文学研究》1988年第4期。
② 朱自强:《论中国当代儿童文学的儿童观》,《东北师范大学学报(哲学社会科学版)》1988年第4期。

门话题:"应该如何估价和认识前一阶段儿童小说的艺术创新及其发展趋向?"周晓认为儿童文学发展总的发展趋势是:"探索进程中存在着依据儿童文学本体对于前进趋向的认真思索和调整。"①他结合阅读张之路的几篇近作,认为张之路的近作显示出了新的端倪:"当我们的儿童小说创作大体上完成了从提供榜样和偶像到提供现实与人生的内容转换之后,对于新的艺术表达方式的探寻,将会成为创新的热点之一。"而在张之路的几部近作中,周晓认为作品中"幻想—荒诞"的创新证明了"幻想并非童话所专有,儿童小说也同样有其用武之地"②。同时,周晓还指出张之路的近作对"儿童文学创作中平庸伪饰的审美习惯是有力的冲击"③、"它们与我们所熟悉并且已凝固化了的传统形式的小说颇有些不同"④。正是这些不同,才使得这些作品获得初步性的成功,"一方面证明了少年儿童小说作家艺术地把握生活能力的发展和艺术表现方式以及审美领域的扩大,证明了儿童小说艺术形式的变化创新具有和成人小说同样甚至更大的自由度";"另一方面,或许是更值得注意的方面,张之路的这些作品使艺术形式的探索意识大大地强化和明朗化了"。⑤

1988年9月,《儿童文学选刊》新一期出刊。本期刊发了陶春、余衡、庞敏、范锡林、李功达、玉清、罗辰生、王平、王子、耿天丽、陈伯吹、吴伟、毕国瑛、曾小春、薛卫民、高洪波、邓文国、张岐、马及时、邱易东、袁银昌、陈宁贵、黄淑瑛、刘炳彝、陈致豪、蔡玮玲、江美珍、杨芳隆、郭苏华、刘丙钧、孙传泽、林植峰、凝溪、戎林、彭万洲、方草、蔡振兴、马达、邓文国、梁立松、薛贤荣、盖壤、钱欣葆、刘崇善、梅子涵、刘绪源、林光希、谢丹雅、陈明的相

---

① 周晓:《周晓评论选》,少年儿童出版社1992年版,第84页。
② 周晓:《周晓评论选》,少年儿童出版社1992年版,第85页。
③ 周晓:《周晓评论选》,少年儿童出版社1992年版,第86页。
④ 周晓:《周晓评论选》,少年儿童出版社1992年版,第87页。
⑤ 周晓:《周晓评论选》,少年儿童出版社1992年版,第88页。

关文章。

在《我与周晓波的分歧——关于班马小说的几点补充意见》一文中，刘绪源从作品来源、艺术真实和生活真实等几方面对班马的创作进行了评价。他提出，"而按照我们过去的文艺评论的惯例，凡是不合乎公认的'正确思想'的东西，哪怕人人心中所有，也都被斥为'不真实'。这种思维方式的立足点，就是把文艺看成是一种教育，把作品看成是一种教材，把审美看成是一种'灌输'。至今儿童文学界还有不少人持这种观点。而我则以为，儿童文学的作用首先是审美，而审美的天地应尽可能地拓宽"[1]。

1988年10月，《儿童文学研究》新一期出刊。本期刊发了黄祖培、裴彦、刘崇善、冯振文、怀园、郭景锋、唐代凌、王世明、王慧骐、唐鲁峰、王淑耘、陈深、杉沐、朱征洪、王永江、任哥舒、吴晨、朱家栋、郑开慧、秦文君、任大霖、程逸汝、张成新、刘晓亚、范锡林、郑马、蔡体荣、陈俊、汪习麟、任大星、沈碧娟、王晓玉、王蒔骏、罗炳伟、余通化、包蕾的相关文章。

刘崇善的《童话短论》从"想象·幻想·生活"、"论'有益无害'"、"这是一种胡闹"、"夸张的滥用"、"真正的'童话'"几个部分进行了论述。他认为，"反映生活是童话创作的根本，真实是童话的生命。童话的幻想要以客观现实的发展规律为依据，排斥完全脱离现实生活发展的规律的胡思乱想，而在创作过程中却存在着两种可能性，如果不以反映生活为准则，强调所谓'童话是幻想的产物'，只能为胡思乱想大开绿灯，决不利于童话创作"。在"论'有益无害'"章节，他指出"幻想有两种，那就是能够激发儿童预见和创造的积极的幻想，以及只能引导他们脱离现实生活的空想"。对于"热闹派"童话的评价，他提到"不以生活的真实为基础，也无艺术的真实可言，实际上只是一种胡闹，对儿童读者并没有什么好处"。刘

---

[1] 刘绪源：《我与周晓波的分歧——关于班马小说的几点补充意见》，《儿童文学选刊》1988年第5期。

崇善强调,"童话的语言是在口语的基础上艺术加工了的文学语言,但是,它应该保留儿童口语的朴实、自然、生动的特点,同时,力求表现儿童的思想感情,按他们的思维方式去描写人物和事件。这样,对儿童读者就有特殊的亲切感,他们自然会把这类作品看作自己的童话、真正的童话了"①。

1988年11月,蒋风主编的《中国儿童文学大系·理论卷》由希望出版社出版。这是中国第一部较为完整的儿童文学理论批评专集。收录的时间范围从"五四"时期至20世纪80年代。该书打破了以文体为纲来收录文献的限制,主要采用历时编年的方式辑录文献。②

1988年12月,吴其南在《温州师院学报》上刊发《一个故乡世界的童话——新时期文学中的童年情结》。吴其南注意到了张承志在《绿夜》中"有意塑造儿童形象"的"童年意象",并且发现"在新时期文学中怀有相同情感和意绪的并不只是张承志",莫言、苏童的作品也"常用童年视角观察生活"。在他看来,"这种意向常和一种淡淡的伤感融合在一起,郁结成新时期文学中一个充满童话色彩的梦",这种梦是"作家对已逝童年的天真、单纯的怀念和追忆"。而从社会群体的角度看待童心的失落和重新寻求时,"新时期文学中的童年情结便从一种主要是渴望复归个人理想人格的热情升华为一种社会理想:如何使人与人之间的关系更为和谐,更为单纯,更符合一般的人性"。而对于何立伟的《白色鸟》、张一弓的《孤猎》、冯苓植的《驼峰上的爱》、宗璞的《石鞋》、乌热尔图的《七岔犄角的公鹿》等作品,他认为,"作家们有意识地强调儿童与成人的区别,拉开儿童和成人的距离,把扭曲和荒诞留给成人,把美好的赞颂一无保留地奉献给那个虚化了的,充满真诚的童心世界",同时这也是"一种意向错位",而正是在这种错位中,童年情结往往"显出其批判的光芒",但也有例外,例如王安忆的

---

① 刘崇善:《童话短论》,《儿童文学研究》1988年第5期。
② 蒋风:《中国儿童文学大系·理论卷》,希望出版社1988年版。

《小鲍庄》。但问题不止如此,吴其南还指出"作家们常常有意识地淡化作品的时代背景"的现象,认为这是对"人类在现代物质文明冲击下可能产生的扭曲的深深的忧虑"、"这是一种现代人的意识"。而对于更深一层的内容,他认为还是"生命意识的觉醒"①。

1988年12月,张锦贻在《昭乌达蒙族师专学报(社会科学版)》第4期上刊发《儿童文学研究的新开拓——评〈中国现代儿童文学史〉》。作者在文中表明,"本书从思想体系到表现体例,贯穿了辩证唯物论和历史唯物论的红线,编者从当代哲学思维的高度,对中国现代儿童文学的范畴,作当代意义的剖析和论评,这是中国儿童文学研究的进步,是儿童文学研究逐渐走向成熟的标志。一本《中国现代儿童文学史》,似乎只是把握了过去,其实正是为了把握现在,把握将来,我以为,这是本书的价值所在"。但同时论者也指出,"本书也并非无瑕之璧,它还存在一些可以修改和提高的地方。首先,在一些章节中时时感到编者的思想似乎还比较拘束,如一方面读'儿童本位论'在当时历史件下所起到的进步作用,另一方面又总是流露出怕读者在这方面会有什么误解的顾虑;对周作人在中国儿童文学理论研究方面的成就也是欲言又止;对陈伯吹、贺宜等在中国儿童文学理论建设中的贡献,对陶行知、陈鹤琴儿童教育思想对中国现代儿童文学发展所起到的作用,论述也觉不够充分;对何公超、黄衣青、方轶群、吕漠野、施雁冰的评价也觉单薄。其次,由于这本书是集体编写的,从《后记》中谈到的分工情况看,大概是根据各位编者所掌握的资料和平日的研究重点确定任务,以致有不少地方前后重复。再次,本书开头很有气魄和架势,结尾却嫌仓促,有头重脚轻之感"②。

---

① 吴其南:《一个故乡世界的童话——新时期文学中的童年情结》,《温州师院学报(哲学社会科学版)》1988年第4期。
② 张锦贻:《儿童文学研究的新开拓——评〈中国现代儿童文学史〉》,《昭乌达蒙族师专学报(社会科学版)》1988年第4期。

1989 年

1989年2月,《儿童文学研究》新一期出刊。本期刊发了田地、吴继路、陈秋影、浦漫汀、孙建江、张锦贻、苏叔迁、晓非、文蓓、吴生廉、怀园、吴然、刘绮、任素芳、杨振昆、沈石溪、刘鸿麻、张静琴、鲁兵、方崇智、张婴音、绍禹的相关文章。

陈秋影的《塑造丰富美丽的心灵——谈婴幼儿读物的功能》提出强化婴幼儿读物的功能的必要性,"首先,它必须能够引导婴幼儿正确地认识客观事物,把握客观事物的主要特点,初步了解客观事物之间的联系。除此之外,婴幼儿读物还应该具有情感教育的功能。通过优秀的儿童文学作品,展示生活中的善和恶,真与伪,美和丑,培养幼儿的道德感、理智感、实践感和美感。最后,还想谈一谈婴幼儿读物在发展儿童实际能力方面所起的作用。实际能力的培养,或者说是才能的培养,这是造就一代社会主义新人的重要的教育内容。优秀的婴幼儿读物应该体现出才能教育的功能,使孩子们通过阅读,发展潜在的能力"[①]。

1989年3月,晓舟在《探索》上刊发《新的领地 新的风貌——评蒋风主编的〈中国现代儿童文学史〉》。作者认为这部文学史的特色是,它力求以儿童文学的艺术规律为依据,褒贬扬弃,真实阐述现代儿童文学的历史轨迹。因为它正确反映了现代的儿童观与儿童文学观;并且以艺术为尺度公允地评价文学现象、作家作品。同时,该文学史把现代儿童文学置于

---

① 陈秋影:《塑造丰富美丽的心灵——谈婴幼儿读物的功能》,《儿童文学研究》1989年第1期。

一定的社会背景下,从世界文学、现代文学的纵横联系中,从社会政治、文化等因素的作用力中,探讨儿童文学的发展规律。因为它异常鲜明地昭示读者:儿童文学是从"五四"文化浪潮中脱胎出来的,并且体现了世界儿童文学对中国儿童现代文学在建设、发展中的影响。所以这本文学史是值得后来者学习的。但晓舟在最后提出一个问题:"儿童文学是一个特殊的领域,事实上,它不可能与现实社会生活有太密切的联系,所以一部儿童文学史是否有必要过多地发掘内容的社会性,还是应当更大量地注重总结艺术特性?"[1]

1989年3月,《儿童文学选刊》新一期出刊。本期刊发了张抗抗、郑开慧、王申浩、汪晓军、卓列兵、武志刚、夏有志、寄华、罗辰生、孙晴峰、董宏猷的相关文章。

董宏猷的《"渴望"与"呐喊"》谈到了儿童与现实生活的关系,他指出"儿童文学特别是儿童小说应该直面人生,应该更真实地反映孩子们的生存状态及人生意识,应该在更宽泛的人生意义上让孩子们去品尝人生滋味,应该给孩子们更广阔的人生视野以及更多层、更立体的人生画面。特别值得指出的是,孩子的人生决不是孤立的人生、缩小的人生。与成人的'人生'相比,它决不是'廉价'的,在某种意义上来说,它更接近人生的真谛"[2]。

1989年4月,《儿童文学研究》新一期出刊。本期刊发了吴其南、方卫平、怀园、谷斯涌、赵志英、班马、张鹄、白甫、张奇能、高云鹏、陈晓文、鲁兵、孙幼忱、[日]松居直、王石安、张锡昌、包蕾的相关文章。

在《"热闹型"童话漫议》一文中,吴其南对当时受到普遍欢迎的"热闹

---

[1] 晓舟:《新的领地 新的风貌——评蒋风主编的〈中国现代儿童文学史〉》,《探索》1989年第1期。
[2] 董宏猷:《"渴望"与"呐喊"》,《儿童文学选刊》1989年第2期。

型"童话背后可能存在的危机进行了阐述,"其一'热闹型'童话对以往童话的超越是以形式上的变革为主要标志的。但是,文学作品的内容和形式毕竟是不可分的。新内容不能使用旧形式,新形式也无法表现旧内容。'热闹型'童话在突破旧形式以后能不能将新形式与新内容结合起来,在整体上将童话创作推进一步,就是一个突出的问题。其二,'热闹型'童话是以热闹、新奇、滑稽为主要美学特征的,这些美学特征主要与作品的表现形态及读者的生理快感相联系,在美学类型上属于较低的层次。否认快感,忽视低层次的审美需求会受到惩罚,但低层次的美感毕竟存在着一个有待提高的问题。'热闹型'童话如何解决这一矛盾?其三,'热闹型'童话在新时期的勃兴很大程度上是和人们对教育性童话的厌倦联系在一起的"[1]。

方卫平的《论儿童审美心理建构对儿童文学文本构成形态的影响》认为,"构成儿童文学本体的作家世界和读者世界是不同于一般文学活动系统中的作家世界和读者世界的,同时,它们也不是静态的凝固体,而是发展变化着的流动物"。同时,该文对儿童审美心理及在不同年龄阶段的递变趋势进行了详细论述。[2]

1989年4月,王泉根在《当代文坛》发表《谭小乔幼儿文学的美学追求》。对于谭小乔早期的创作活动,王泉根认为:"创作的契机往往是出于向孩子灌输某种道德行为规范与行为守则的需要,作品的人物与情节大多是为克服孩子身上的某种'缺点'而设计",但是"谭小乔很快走出教化论的圈子",从《打电话》开始,"她的努力都集中在两种审美意识的互补与调试,力图使作品契合小朋友的审美心理结构,在顺应、满足与提升他们

---

[1] 吴其南:《"热闹型"童话漫议》,《儿童文学研究》1989年第2期。
[2] 方卫平:《论儿童审美心理建构对儿童文学文本构成形态的影响》,《儿童文学研究》1989年第2期。

的审美意识上下功夫"。①

1989年6月,《儿童文学研究》新一期出刊。本期刊发了张锦江、严振国、怡怡、[日]河野孝之、张锦贻、黄海、李廷舫、李杰生、奎曾、唐代凌、王建一、刘健屏、李福亮、常新港、高帆、王石安、任大霖、张世明、谢璞、盛巽昌、包蕾的相关文章。

张锦江的《论儿童的梦与儿童文学》结合弗洛伊德的理论,对儿童的梦与儿童文学的创作进行了进一步的探讨。他从三个方面来讨论儿童的梦以及对儿童文学的思考,"1. 儿童的梦表现为愿望的满足。2. 儿童的梦的象征与隐意。3. 儿童的梦的色彩"②。

日本学者河野孝之的《中国儿童文学之现状》将新时期儿童文学分为三个阶段,并结合三个阶段的儿童文学情况具体分析儿童文学的"繁荣"与"停滞"。③

张锦贻的《发展中的内蒙古儿童文学》将内蒙古儿童文学的发展分为四个阶段,具体表现为:"1. 从蒙汉各民族儿童生活的不同环境,从他们的不同视角,反映和歌颂解放后翻天覆地的社会变化和各民族新一代的新的思想风貌,是整个五十年代和六十年代初的创作基调。2. 以蒙古族作家云照光的中篇小说《蒙古小八路》、哈斯巴拉的中篇小说《故事的乌塔》,和汉族作家杨啸的短篇集《小山子的故事》《荷花满淀》为标志,在六十年代中期,内蒙古儿童文学创作形成了写以往革命斗争生活和写当代农村、牧区生活两股潮流。3. 由两股奔涌向前的创作潮流汇流而成的内蒙古儿童文学的汩汩长河,到了'文革'期间几乎干涸。七十年代初,杨啸描写蒙古族少年英雄在战斗中成长的长篇叙事诗《草原上的鹰》和写少年

---

① 王泉根:《谭小乔幼儿文学的美学追求》,《当代文坛》1989年第3期。
② 张锦江:《论儿童的梦与儿童文学》,《儿童文学研究》1989年第3期。
③ [日]河野孝之:《中国儿童文学之现状》,李慰慈译,《儿童文学研究》1989年第3期。

赤脚医生在农村中全心全意为人民服务的中篇小说《红雨》，就象河底下冒出的两股清鲜的水柱，滋润了各族儿童的心田，也使内蒙古儿童文学之河流不断。4.以党的十一届三中全会为转机，思想解放运动使内蒙古儿童文学之河又急急地向前流去。以杨啸的《鹰的传奇》三部曲、杨平的《向东方》、毕力格太的《古庙里的秘密》、乔澍声的《魔影下的闪光》《远去的云》等一批描写战争年代的长篇小说和以乌热尔图的《老人和鹿》、力格登的《祝寿》、耿天丽的《乐园之谜》、石·础伦巴干的《啊，妈妈》等一批反映当代内蒙古自治区各民族儿童生活的短篇小说为代表，出现了一种以小说打头阵，童话、寓言、散文等各种体裁的作品都进入新时期内蒙古儿童文学行列的兴旺景象。"①

1989年7月，吴其南在《温州师范学报》上发表了《儿童文学的文化人类学透视》。对于原始社会的"成人礼"，吴其南认为，虽然"成人礼作为一种仪式已不存在"，但"对于这种不存在，与其理解为一种消亡，不如理解为一种方式的改变和转移"。而所谓的"成人"这个概念，他指出"主要的不是一个在年龄上和'未成年'者相对的生物学上的概念，而是一个从文化的角度看来在何种程度上达到'成人化'的标志"。对于"把少年儿童文学看成一个从感性上引导少年儿童走向解放和自由的作品系列"，其实"儿童对文学艺术的接收，决不只是一种茶余饭后的娱乐，一种可有可无的点缀，而是一个使命，一种召唤，一种人类提升自身、重塑自身的方式"。随后他分析了不同年龄阶段的儿童精神、思维、意识等方面的变化，将"儿童作为一个整体在其与文化的互动中考察少儿文学的生成"。同时，他又注意到，"不同的儿童间有很大差异，而不同儿童组成的群体发展阶段却不那么分明"，特别是遗传因素、文化背景、性别、情感等等。在他看来，"我们为探讨的方便同样忽略了文化价值取向的多样性，而事实上这也同

---

① 张锦贻:《发展中的内蒙古儿童文学》,《儿童文学研究》1989年第3期。

样是不能忽略的。文化作为一种精神产品,一方面固然受人的共同生理、心理的影响,但更根本的却是由现实生活的多种因素共同决定的"[1]。

1989年8月,《儿童文学研究》新一期出刊。本期刊发了束沛德、陈模、王一地、高洪波、尹世霖、谷应、张微、邱勋、尤异、韶华、潇潇、魏心一、苏平凡、任大霖、张耀辉、戎林、小啦、王仲豪、浦漫汀、周德钿、怀园、张素娥、苏叔迁、黄修纪、王济民的相关文章。

高洪波的《幽默化,一个迫在眉睫的命题》提到,"其实就文学,尤其是儿童文学的本质而言,我认为乐——快乐之乐是主要的,儿童文学是快乐文学,生命文学,而不是悲怆文学,死亡文学。基于这一观点,我认为当前中国儿童文学比较匮乏的是快乐与幽默,换言之,缺乏幽默化"[2]。

谷应的《我们也该开窍了》从儿童文学出发,提出文学的深度在于:"一是作品蕴寓着深刻哲理,二是作品反映社会生活人生命运的博大多彩,三是作品表露着人对物对灵的种种感觉。"[3]

张微的《少年小说向何处去》谈到少年小说发展至80年代中期走入的误区,"即已明显呈现出自身的弱点。一是过分强调创作主体的'自我表现'而忽视了与少年读者的沟通;一是脱离少年读者的审美水平去追求形式和内容的创新及'超越'"[4]。

尤异的《当前我国幻想性儿童文学创作中的自我束缚》从三个方面探讨了阻碍我国幻想性儿童文学创作的表现和原因,"一、模式太多,'金科玉律'太多,创作者很难越'雷池'一步。二、功利主义的存在是儿童文学创作不能深刻化的主要原因。三、以'严肃文学'自居是儿童文学创作中

---

[1] 吴其南:《儿童文学的文化人类学透视》,《温州师范学报(哲学社会科学版)》1989年第2期。
[2] 高洪波:《幽默化,一个迫在眉睫的命题》,《儿童文学研究》1989年第4期。
[3] 谷应:《我们也该开窍了》,《儿童文学研究》1989年第4期。
[4] 张微:《少年小说向何处去》,《儿童文学研究》1989年第4期。

的又一种自我束缚"①。

苏叔迁的《教育·文学·审美——关于"教育儿童的文学"刍议》对陈伯吹、刘绪源提到的"儿童文学教育性与审美性的关系"予以论争。他提出,"儿童文学坚持教育性的要求,是强调儿童文学的目的性,因而'儿童文学与儿童教育'的'方向一致,任务相同'决不至于妨碍儿童文学创作实践的"②。

1989年9月,王晓玉和王建华主编的《儿童文学通论》一书由中国人民公安大学出版社出版。徐中玉教授为该书作序。对于儿童文学的特质,徐中玉教授指出:"儿童文学是整个文学的一部分,一般的文学理论、规律对它虽大体适用,但它的读者对象既为儿童、少年,自有本身的特点,这些特点在一般的理论研讨中难于顾到,很少涉及。"对于当时儿童文学的理论发展,徐中玉认为:"这样的理论著作已经出版过,但就我所知,似还很少,而且份量不足,流传未广,当然更来不及反映新时期的要求。"他认为儿童文学应该具有三种意识:"一、儿童意识";"二、当代意识";"三、兴趣意识"。③

1989年9月,《儿童文学选刊》新一期出刊。本期刊发了王蒔骏、陶永喜、鱼在洋、孙文圣、金子、张焰铎、赵杰、少鸿、陈益、施雁冰、孙梅、徐鲁、张岐、崔晓勇、许淇、哲中、朱效文的相关文章。

在《散文贵在有个性》一文中,朱效文谈到儿童散文创作"遇冷"的原因,"一则由于文体上的拘谨和缺少个性,二则由于较重视情趣而轻视情感(小说更重视情感),较重视一般情感而轻视特殊情感"④。

---

① 尤异:《当前我国幻想性儿童文学创作中的自我束缚》,《儿童文学研究》1989年第4期。
② 苏叔迁:《教育·文学·审美——关于"教育儿童的文学"刍议》,《儿童文学研究》1989年第4期。
③ 王晓玉、王建华:《儿童文学通论》,中国人民公安大学出版社1989年版。
④ 朱效文:《散文贵在有个性》,《儿童文学选刊》1989年第5期。

1989年10月,《儿童文学研究》新一期出刊。本期刊发了刘厚明、王国忠、盛如梅、沙孝惠、樊发稼、孙建江、高洪波、张文彦、怀园、陈伯吹、宁珍志、鲁风、王知伊、刘培生、张士春、葛树娟、李知光、季浙生、小思、洪汛涛、王东、克明、李春芬、包蕾的相关文章。

在《跃出低谷 走向繁荣——在全国少儿科学文艺创作座谈会上的讲话(摘要)》一文中,刘厚明从四个方面分析了科学文艺作品对孩子的巨大影响和启发,"第一,科学文艺作品能激发起孩子们对科学的兴趣和热爱,能体现科学美。第二,科学文艺作品能使孩子们的幻想素质和探索精神得到发展。第三,科学文艺可引导孩子学习科学家的人格。要让孩子知道,任何科学成果都是人类劳动和智慧的结晶。第四,科学文艺作品能帮助孩子养成一种科学的思维方法"①。

在《断层出现之后——论少儿科幻创作的现状及前景》一文中,王国忠提到了儿童科幻创作方面已经形成的三个断层,"作品断层"、"作者断层"、"科幻理论断层",②并对断层出现的原因进行了五点详细分析,进一步给出了走出断层的思考和建议。

孙建江的《空间意识的重要性和我们童话理论缺乏空间意识的原因》提出一个观点:"童话的空间与童话的幻想是一个有机联系的统一体。"而对于我国童话缺乏空间意识的原因,他指出"1. 依赖于成人文学理论的发现。2. 单线直径式、非此即彼的文学寓意观。3. 缺乏从文本角度对童话进行总体把握。"③

---

① 刘厚明:《跃出低谷 走向繁荣——在全国少儿科学文艺创作座谈会上的讲话(摘要)》,《儿童文学研究》1989年第5期。
② 王国忠:《断层出现之后——论少儿科幻创作的现状及前景》,《儿童文学研究》1989年第5期。
③ 孙建江:《空间意识的重要性和我们童话理论缺乏空间意识的原因》,《儿童文学研究》1989年第5期。

1989年10月,谭桂林在《中国文学研究》上刊发《论中国现代童年母题文学的反思品格》。在他看来,童年母题作为一种"具有独立品格和整体意义的文学现象",一方面是"由于它在艺术形态方面积淀下了一些基本的叙事模式",另一方面是"由于数代作家共同的心理需求赋予了它一种内在灵魂,即它的各种变体在精神内质方面所显示的联系特征"。而这种童年母题的文学与一般意义上的儿童文学有着明显的区分,"外延有着一定的交叉叠合的关系,但其内涵却有着自己质的规定性"。其主要原因在于,现代童年母题作家的创作是"对自我人格生成历史的深刻反思"。针对"作为一种文学类别"的儿童文学,谭桂林认为"它的主要描写对象是少年儿童,它的主要读者对象仍然是少年儿童,因而作者必须在创作过程中尽量排除自我因素的渗入,尽量站在儿童自身的立足点来刻画童年世界,并且力图避免用成年人的思维方式、观察眼光与心灵状态嫁接到儿童身上去"。而作为"文学母题的自我童年的观察心理",他进一步指出,"尽管也必须如实地状写出童年所特有的致知方式和情感心理,但它是作家站在成年人的立足点上对逝去的自我童年的反观,所以它不仅不排斥作家的自我因素,相反,作家自我的强烈介入竟成为此类作品获得充沛生命力和历史感的根本动因"[1]。

1989年12月,张锦贻在《探索》上刊发了《学术性·启发性·创造性——〈中国儿童文学大系·理论卷〉评介》。她在文章中概括了中国儿童文学理论发展的主潮:"第一,中国儿童文学理论建设只有接受马克思主义思想的正确指导,并符合创作实际,才能获得发展的基础。而一旦偏离了这一方向,把儿童文学理论变成了一般的意识形态科学。那么它的一切理论就离开了儿童文学的领域,悬在了空中,于是也就失去了自己的生命力。第二,由于人们在思想倾向、理论主张、研究方法上的不同,在儿

---

[1] 谭桂林:《论中国现代童年母题文学的反思品格》,《中国文学研究》1989年第3期。

童文学理论界内部出现不同的学派是必然的,也是十分正常的。各种不同的学术思想,可以不同方式、不同组合,发生互相的补充和交融,也可以通过相互的撞击、交锋、论争,锤炼出真正具有中国特色的科学的儿童文学理论,真正为社会主义服务,为人民服务。"①

---

① 张锦贻:《学术性·启发性·创造性——〈中国儿童文学大系·理论卷〉评介》,《探索》1989年第6期。

1990年

1990年1月,《儿童文学选刊》新一期出刊。本期刊发了秦文君、王仲儒、蓝星、刘厚明、马光复、李富强、张立国、江英、崔晓勇、李汉平、陶继森、韦伶、金曾豪、何茹、吕林、胡景芳、邹晓丹、李耕、马士君的相关文章。

胡景芳的《真实——文艺的生命——从〈好一个女孩〉说起》认为,"真、善、美,是一切优秀艺术品的要素。而真,是善和美的基础。虽然'真'的东西,不一定善、美;而善和美的事物,必定得是'真'的。真,可以说是文学艺术的生命。真,应该包括两层意思:一是纯真,真实,实事求是。说真话,讲自己心里的话。二是真谛,真理,符合真理"①。

1990年2月,孙建江的《童话艺术空间论》由湖北少年儿童出版社出版,本书属"儿童文学新论丛书"之一。孙建江认为童话艺术空间的研究,"有可能使我们过去许多关于童话问题的争论找到一种新的解决途径,并使童话的研究朝着更加科学化的方向发展。当然,我也不想否认,我们对童话艺术空间的研究,其意义决不仅限于童话,甚至也不仅仅限于儿童文学,因为任何文学样式,不管你是否意识到它,都有其各自独特的空间形式的存在。我们对童话空间意识的把握,实际上也是对文学整体形态的一种把握"。之所以选择童话这种题材,他指出:"童话可以说是最为集中和独特地体现了文学,特别是儿童文学空间形式存在的一种样式。通过

---

① 胡景芳:《真实——文艺的生命——从〈好一个女孩〉说起》,《儿童文学选刊》1990年第1期。

特殊、个别的研究以期显示普遍和一般的规律。"①

1990年2月,班马的《中国儿童文学理论批评与构想》由湖北少年儿童出版社出版。班马在这部著作中提出"儿童文学的游戏精神"、"学习大于欣赏"、"儿童反儿童化"等美学命题。全书目录为:"第一章 走出自我封闭的儿童文学观念"、"第二章 儿童反儿童化"、"第三章 传递"、"第四章 现代儿童文学艺术的美学意味"。②

1990年4月1日,王泉根在《当代文坛》上发表《"成人化"与少年文学审美创造》。当时文坛、理论界、批评界对于"儿童文学的成人化"的问题存在着不少争议,但王泉根敏锐地注意到:早在中国现代儿童文学的发生期,赵景深和茅盾就曾对叶圣陶的《稻草人》和冰心的儿童散文存在同样的质疑,"成人化"的现象"始终象幽灵一样游荡在儿童文学领域",并且大有"愈演愈烈"的趋势。在王泉根看来:"成人化"主要是指"作品的审美倾向有意识地要使儿童读者向成人生活、成人情趣、成人审美意识,一言以蔽之即成人社会方面靠拢,使小读者逐渐'转变成'成人的'性质或状态'",而"儿童化"主要指"作品的审美倾向有意识地要使小读者回味或保持在儿童生活、儿童情趣、儿童审美意识,一言以蔽之即儿童世界的'性质或状态'"。而对于"怎样正确把握儿童文学的'成人化'"的问题,他认为问题的关键在于,"成人化出现在儿童文学的哪一个层次才合适,才能契合小读者的接受机能与审美需求"。结合心理学研究,他特别指出,"少年期的特点给儿童文学创作带来了一定的困难,从某种意义上说,少年文学是最难把握、最不容易写好的一种文学"、"少年文学可以有成人化的因素"、"那种不分作品的读者对象,一味批评指责成人化,

---

① 孙建江:《童话艺术空间论》,湖北少年儿童出版社1990年版,第1页。
② 班马:《中国儿童文学理论批评与构想》,湖北少年儿童出版社1990年版。

这是不公正的"。①

1990年4月2日,王泉根在《西南师范大学学报》上发表《论原始思维与儿童文学创作》。王泉根认为,"皮亚杰的学说与儿童文学有着十分密切的联系"。他结合皮亚杰的"我向思维"、"泛灵论"、"人造论"、"自我中心的思维必然是任意结合的"、"儿童因果观念"等相关理论,对儿童文学做了细致的分析与阐释,同时他也明确指出:"如果我们不在理论上将童心与艺术家之心加以区别,将儿童-原始意识的非科学性、非逻辑性、虚幻性等特征与成人-现实意识的科学性、合逻辑性、真实性等特征区别开来,那就容易滑入对'童心'的盲目崇拜,影响到儿童文学价值尺度的实现,阻碍真正艺术品的诞生。而真正的儿童文学艺术品应是扎根于儿童又超越于儿童,既紧紧把握住了儿童审美意识又自觉地引导与升华这种意识。"他进一步指出,长期以来我们只强调创作主体顺乎儿童心理,满足社会对儿童的教育要求,把儿童文学的创作秘诀归结为"以儿童的眼睛去看,以儿童的耳朵去听"的"童心"复活。这种观点固然重视了接受对象的心理机智,但排斥了作家的主体意识,忽视了创作主体的思想情感、审美理想、观察力、想象力、幻想力及其激情、气质、才禀、灵感等诸多主观因素对完成艺术作品的作用。②

1990年4月,《儿童文学研究》新一期出刊。本期刊发了张锦贻、孙丹、孙建江、周柏生、王泉根、韦苇、刘绪源、吴百器、沈妙光、顾似、高云鹏、李燕昌、吴然、山民、辛勤、张祖渠、戎林、王石安、陈伯吹的相关文章。

张锦贻的《童话的幻想通向童话的象征》对童话中象征与幻想的关系进行了辨析。她指出,"当代童话通过幻想表现出生活的本质,使童话幻想必然地具有某种象征的性质和意义。从此,童话的象征与童话的幻想

---

① 王泉根:《"成人化"与少年文学审美创造》,《当代文坛》1990年第3期。
② 王泉根:《论原始思维与儿童文学创作》,《西南师范大学学报》1990年第1期。

难解难分。童话是多样的,童话的幻想是多样的,童话的象征自然也是多样的"[1]。

孙丹在《儿童审美心理构成及其文学欣赏特点》一文中指出,"按年龄划分,审美心理特点依次表现为象征、冒险和抒情"[2]。

孙建江的《大与小的重新分配——儿童对于空间心理需求研究》从儿童画大小的变化和儿童的心理空间感关系进行研究。他的基本观点是,"首先,儿童画的大小变化是儿童等值观念的体现。其次,儿童画大小的变化又体现为对象比例的重新安排。再次,儿童画大小的变化与儿童的简化原则也有关"[3]。

韦苇的《报告文学的新姿态》对新时期儿童报告文学进行了较为全面的梳理。他指出,"新时期的儿童报告文学从写智力超常的儿童开始,一层层往外拓展其题材和主题,但报告文学的重心始终不离小'新星'"[4]。

高云鹏的《要让孩子觉得好玩——谈低幼文学的游戏精神》认为,在低幼文学中应该增加游戏性的观点,"表现游戏精神,一是从孩子们的游戏生活中取材,直接写他们的游戏活动。一是充分表现孩子的游戏心理。玩是孩子的一种天性,在生活中他们几乎处处表现出一种游戏心理,干什么事都常常出于一种'玩'的心思"[5]。

1990年5月,浦漫汀编写的《童话十六讲》由安徽教育出版社出版。从作家的性格角度研究作家的作品,是浦漫汀评论作家和其作品的一大

---

[1] 张锦贻:《童话的幻想通向童话的象征》,《儿童文学研究》1990年第2期。
[2] 孙丹:《儿童审美心理构成及其文学欣赏特点》,《儿童文学研究》1990年第2期。
[3] 孙建江:《大与小的重新分配——儿童对于空间心理需求研究》,《儿童文学研究》1990年第2期。
[4] 韦苇:《报告文学的新姿态》,《儿童文学研究》1990年第2期。
[5] 高云鹏:《要让孩子觉得好玩——谈低幼文学的游戏精神》,《儿童文学研究》1990年第2期。

特点，评论作家及其作品，她总是从作品入手，深入作品的灵魂，把它掰开、揉碎，闪出艺术的光环，显现出作家创作时的心境、风貌及其灵魂的雕塑。该书由童话史、童话理论和童话作家作品研究三个部分组成，具有一定的系统性和完整性。在她看来，童话尽管不直接描写现实生活，却仍以现实为基础，其幻想是对现实曲折的反映，是作家的追求与理想的升华。所以，优秀的童话都带有民族色彩。①

1990年5月，方卫平在《浙江师范大学学报》上刊发《童年：儿童文学理论的逻辑起点》一文。在方卫平看来，"童年"这一概念，"是我们所有关于儿童文学的理论思考的出发点"，主要有几点理由：第一，从儿童文学理论的系统化的方法（逻辑手段）来看，它运用的是历史与逻辑一致的方法，而"儿童观"的变更是导致儿童文学走向自觉的最直接而重要的历史契机，因而它也是儿童文学理论的运用契机。第二，从整个儿童文学活动系统看，它是成人作者与少年儿童读者之间的艺术对话和交流，在这里成人与儿童、创作者与接受者之间的相遇、联系和融合，决定了这一活动与成人文学活动的根本差异。对于童年的意义，作者认为，"无论从生理、心理、行为，还是从文化背景的意义上去考察，童年现象都远远不像普通人想象得那么简单"。他将此归纳为几点：（一）从生命传递和文化延续的角度看童年的初始状态，我们会发现，童年的初始状体不是"白板"一块，而是包括丰富历史文化内容的生命现象；（二）从未来发展的角度来考察童年状态，我们可以发现，童年状态并非只是具有单纯的"现在时态"的意义，而是蕴含着无限的生长时期，并会对未来产生巨大的影响；（三）童年的意义还应该从第三个角度即从作为现实的社会存在实体的角度加以考察。就童年观念及其所提供的理论生长点而言，方卫平将童年的理解分为四种倾向：1. 神话倾向；2. 说教主义倾向；3. 卢梭主义倾向；4. 虚无主

---

① 浦漫汀：《童话十六讲》，安徽教育出版社1990年版，第2页。

义倾向。①

1990年5月,王泉根在《浙江师大学报》上发表《稻草人主义:中国现代儿童文学的美学精神》。该文中的"稻草人主义"主要是借用了叶圣陶的童话集《稻草人》的书名,用王泉根的话讲:"用'主义'来指称某种特定的文学现象也许并不贴切,但这并不意味着文学批评可以在创作现象面前无所作为。"他结合郑振铎为叶圣陶所撰写的序言,将"稻草人主义"定义为现实主义:"崇尚'稻草人主义'的作家所刻意追求的是直面人生、拥抱真实、注重社会批判的现实主义精神。"但他并非仅将视野局限于"五四"新文化时期,而是重新回到中国的"知识分子的积极入世精神和强烈的忧患意识"、"中国文学经世致用的实用主义观念和直面现实的传统"中去,深刻地挖掘了"稻草人主义"本身所蕴含的文化意义。不仅如此,他还阐述了"稻草人主义"对20年代以后的各个时期的儿童文学所产生的重要影响,尤其是对新时期少年小说的系列形象的影响,他将这些形象主要分为"扭曲型"、"迷途型"、"自立型"、"断乳型"。②

1990年5月,周晓的《儿童文学的人生化趋向——从少年小说看儿童文学发展的一种潮流》完稿,后收录于《周晓评论选》。该文系作者于1990年6月出席在北京召开的国家儿童图书与插画会议时提交的论文。对于老一辈的儿童文学家,周晓评论道:"陈伯吹先生是教育家型的,严文井先生是思想家型的,冰心先生则是审美型的,他们都以其各自不同的影响而深受尊重与崇敬。"③而针对新时期以来日益繁盛的儿童文学,他还是敏锐地指出:"创作虽仍处于探索创新的实践阶段,还少有力作杰作;但

---

① 方卫平:《童年:儿童文学理论的逻辑起点》,《浙江师范大学学报》1990年第2期。
② 王泉根:《稻草人主义:中国现代儿童文学的美学精神》,《浙江师大学报》1990年第2期。
③ 周晓:《周晓评论选》,少年儿童出版社1992年版,第90页。

进入九十年代的孩子所面对的,已经是比他们的上辈所面对的要丰富得多的艺术世界了。"①正因为如此,他认为作品在艺术上的多维趋向应该得到一定的鼓励与支持。同时,在当时社会主义教育的大背景下,周晓也指出儿童文学发展的"人生化"趋向。特别是《祭蛇》、《我要我的雕刻刀》、《独船》、《上锁的抽屉》等作品的出版,虽然这些作品在当时的评论并不一致,但在他看来并不是坏事,而是历史的趋势。

1990年5月,《儿童文学研究》新一期出刊。本期刊发了胡德华、任大霖、郑马、黎焕夷、李楚城、徐昌霖、詹同、孙毅、鲁兵、孟昭禹、汪习麟、陈子君、谢华、刘兴诗、勉其、高洪波、晓石、杨植材、尹世霖、崔涤尘、徐康、吴生廉、李涵、李建树、何巧玲的相关文章。

本期设专栏悼念儿童文学泰斗陈向明和包蕾,回顾了他们对中国儿童文学事业做出的贡献和取得的成就。

谢华的《开拓少年儿童的感觉世界》提出要重视儿童文学创作中的感觉,"人把艺术作品中展现的艺术形态界定为'原来如此'的写实世界,'当是如此'的理想世界,'感觉如此'的感觉世界。当然,这三者的界线是不很分明的,它们势必互相渗透、互相影响。这是很有意义的界定,它明确地指出了'感觉如此'这种艺术表现形式不同于其他艺术表现形式。当小说家以'感觉如此'的艺术思维去把握、想象这自然、社会、人生时,自然会让外部世界在自我感觉中显现,而按作家的情绪印象、直觉感受以及幻觉、错觉、潜意识的交错组合,建构起一种'感觉如此'的感觉世界。作为这一类型的儿童文学作品,就必须建构起一种让我们的儿童读者'感觉如此'的感觉世界。为此,必须把那些孩子们可能感觉到的,但又忽略了的很有意义、颇有趣味的感觉表现出来"②。

---

① 周晓:《周晓评论选》,少年儿童出版社1992年版,第91页。
② 谢华:《开拓少年儿童的感觉世界》,《儿童文学研究》1990年第3期。

1990年5月,《儿童文学选刊》新一期出刊。本期刊发了雷达、曾小春、刘绪源、董天柚、韦伶、郑开慧、吴梦起、李建树、常星儿、痖弦、林良、林焕彰、方素珍、陈玉珠、林武宪、谢武彰、陈木城、周锐、武玉桂、李少白的相关文章。

雷达在《宽广与深邃——序〈1989·全国优秀少年小说选〉》一文中提到,"我一向不赞成那种把儿童文学与成人文学割裂开来,畛域分明的观点,我也不太信服那种把儿童文学的特性夸大到绝对化程度的观念。在我看来,文学永远是一体化的,文学就是文学,儿童文学的特性应该服从整个文学的本性,成人文学不因其描写成人而高贵,儿童文学也不应因其描写儿童而低微"①。

1990年6月,金燕玉的《茅盾的童心》由南京出版社出版。该书比较系统地研究了茅盾与儿童文学之间关系的相关著作。作者在"引言"中对茅盾的创作生涯与儿童文学的关系作了概括:"茅盾一生,贡献于儿童文学者甚多,得益于儿童文学者亦多。一个文学巨匠的养成,当然是各种因素、条件的合成。就茅盾来说,儿童文学活动是诸多因素中的一个因素,儿童文学活动已经成为茅盾整个文学生涯中一个不可分割的部分,对他的思想和创作亦不无影响。"②

1990年7月,《儿童文学研究》新一期出刊。本期刊发了沈虎根、胡景芳、李建树、刘绪源、郑春华、任大霖、[日本]松居直、[日本]前川康南、任大星、鲁兵、刘保法、秦文君、陈丹燕、吴然、田地、黄修纪、张素娥、季浙生、夏有志、乔台山、王艳丽、贺大绥、窦忠安、李琳、高明、谢树森、颜学琴的相关文章。

---

① 雷达:《宽广与深邃——序〈1989·全国优秀少年小说选〉》,《儿童文学选刊》1990年第3期。
② 金燕玉:《茅盾的童心》,南京出版社1990年版,第2页。

沈虎根的《教育性——一种文学争议的剖析》对"儿童文学中的教育性和审美性"问题予以论析,他从三个方面剖析了问题的核心:"首先要说明的,我们一贯来所坚持的儿童文学作品的教育性,乃是指广义的而不是指狭义的教育性,不单是政治思想、政治品德的教育,而还包括着历史的、美学的、劳动的、自然知识和思维训练等的全部教育;其二,我们所主张文学作品的教育性,不是脱离艺术规律和各个文艺门类的艺术特点、脱离艺术形象的主题图解和政治说教,而是通过使人迷恋的情节或饶有趣味的笔触,创造出丰富多彩、千姿万态的艺术形象,来激动、感染、震撼、陶冶读者,从而影响读者的心灵、意志、情操和性格;其三,我们要求文学作品的教育性,不是'教育性唯一'论,并不排斥别的功能,就'娱乐性'而言,不但不对立,而是相辅相成、相互依存……"①

在《呼唤"新写实"——兼及儿童小说的创新》一文中,李建树呼吁将"新写实"加入儿童小说的创作中去,他指出:"新写实小说从总体文学精神来看当然仍应划入现实主义的范畴,因此新写实从一定意义上来说可能更明显地带着传统的影子。但正因为它更有利于承接传统,所以我在儿童小说的创新问题上才格外地要呼唤它。"并进一步分析道,"新写实既是'写实'又是'新'——更具现代意识和开放精神的现实主义,因而也更能为新时期的少年儿童读者所接受。"②

本期设中日儿童文学研讨会发言辑要(1989年12月11日),中日儿童文学创作者、研究者各抒己见,探讨自己踏入儿童文学领域的原因。

1990年8月,王泉根在《湖北社会科学》上发表《一种蠡测:儿童文学教育主义的文化精神与现代取向》。对于30年代的儿童文学,王泉根认为主要体现在两个方面:一方面"封建主义试图通过'文以载道'重开历史

---

① 沈虎根:《教育性——一种文学争议的剖析》,《儿童文学研究》1990年第4期。
② 李建树:《呼唤"新写实"——兼及儿童小说的创新》,《儿童文学研究》1990年第4期。

倒车的逆流遭到了严重的痛击，儿童文学的文学地位、现代精神与艺术个性进一步得到了巩固和强化"；另一方面"左翼革命文艺则从阶级解放、民族振兴的角度出发，要求儿童文学在价值作用方面突出教育性的一面"。对于这一时期的文学，他认为，"教育旨在救亡与革命的使命"，而对于五六十年代的教育主义，他认为，"教育则是从社会政治责任感出发尽量用文学来'寓教于乐'"。但王泉根始终坚持："教育是永远需要的，尤其是对于少年儿童"、"文学当然具有教育作用，排拒了教育作用的文学自然是不完善的文学"。①

1990年8月，《浙江师大学报》开辟"儿童文学专辑"，收录了儿童文学领域学者十多篇学术论文。蒋风的《1919—1959 在"光荣的荆棘路"上跋涉——中国现代儿童文学四十年的足迹》梳理了中国儿童文学四十年的风雨历程。对于所取得成就的原因，他将其概括为：首要的原因是由于历史的变革带来了儿童观的变革。第二，教育得到较大的发展，为扩大儿童文学的阅读对象开拓了广阔的前景。第三，大量儿童文学新人的涌现，形成了一支专业的儿童文学作家、编辑队伍。第四，儿童文学列入师范院校必修课程，不仅教育了更多的人重视儿童文学，也为儿童文学培养了大批后备力量。第五，儿童文学理论研究和评论工作提上工作日程。② 王泉根在《论儿童文学教育主义的来龙去脉》一文中认为："如果说西方儿童文学的教育主义来自基督教的原罪观念，那么，中国儿童文学中的教育主义则与传统文化中的'泛道论'密切相关。"③韦苇的《安徒生世界之我探——安徒生研究之二》从"构建安徒生世界的精神基础"、"安徒生世界

---

① 王泉根：《一种蠡测：儿童文学教育主义的文化精神与现代取向》，《湖北社会科学》1990年第8期。
② 蒋风：《1919—1959 在"光荣的荆棘路"上跋涉——中国现代儿童文学四十年的足迹》，《浙江师大学报》1990年第4期。
③ 王泉根：《论儿童文学教育主义的来龙去脉》，《浙江师大学报》1990年第4期。

的构建准备"、"安徒生独特世界的形成"、"安徒生世界的美学探寻"四个部分来对安徒生的著作进行考察。对于安徒生的精神世界,他认为:"从对安徒生精神世界的观照中,我们不妨说他所持的是泛人道主义立场。他一心为合理的、慈善的、仁爱的和人格尊严的精神道德而斗争。安徒生的童话正是基于这样一种启蒙主义的、人道主义的原则。"同时,在"安徒生世界的美学探寻"部分中,他将安徒生的美概括为几个方面:"童话人物的典型美"、"赞颂真善美的诗意美"、"鞭挞假恶丑的喜剧美"、"结构语言的新颖美"。① 汤锐的《中西儿童文学的比较》认为,"没有哪一种文学比儿童文学更令人清楚地见到其与古代艺术之间的直接联系了",并且"种族的原始思维方式在个体早期认识建构中也发生着复演变化"。在她看来,"正由于儿童文学在一切文学种类中最接近于人类童年时代的文学形态,最接近于民族原始的文化气质,更忠实地保存了本民族文化的基本要素,因此中西神话中两种迥异的美学特征便奠定了中西儿童文学不同的生命轨迹和美学面貌"②。此外,班马、孙建江、方卫平的《"中国儿童文学研究发展战略"三人谈》就中国儿童文学的现状、存在的困境、今后发展的战略构想进行对谈。③

1990年8月,朱自强在《当代作家评论》上刊发《新时期少年小说的误区》。他在文章中批评了新时期的儿童文学作家及他们的部分创作存在的一些问题,具体列举了四个作家:"无视少年读者的'班马们';从面向儿童转向面向成人的刘健屏;架空儿童与真实生活的曹文轩;陷入偏狭、自私心理的常新港。"④他认为这些误区使儿童文学不像儿童文学。

---

① 韦苇:《安徒生世界之我探——安徒生研究之二》,《浙江师大学报》1990年第4期。
② 汤锐:《中西儿童文学的比较》,《浙江师大学报》1990年第4期。
③ 班马、孙建江、方卫平:《"中国儿童文学研究发展战略"三人谈》,《浙江师大学报》1990年第4期。
④ 朱自强:《新时期少年小说的误区》,《当代作家评论》1990年第4期。

1990年9月,《儿童文学研究》新一期出刊。本期刊发了李楚城,李燕昌,鲁兵,亦古,钟本康,高逸,张锦贻,巢扬,杨实诚,温源,秦文君,任大霖,施雁冰,吐尔逊买买提·帕哈尔丁,戎林,陈伯吹,王石安,[意大利]谢·古多林,[日本]石田稔,怀园的相关文章。

在《关于儿童文学的教育作用问题》一文中,李楚城对"儿童文学的教育性"问题发表了自己的见解,他从班马创作的两篇作品《鱼幻》和《野蛮的风》出发,进一步论证了教育性对儿童文学创作的积极意义,他认为:"我们决不能从这一个极端走到另一个极端,在泼洗澡水的时候连孩子一并倒掉。'教育工具论'是抽掉了儿童文学的文学本质;否定儿童文学的教育作用则是抽掉了儿童文学的灵魂。结果都一样,否定了儿童文学的存在。这叫做殊途同归。"①

在《当代意识和历史眼光——也谈五六十年代的儿童文学兼与朱自强同志商榷》一文中,亦古对朱自强的《儿童观——儿童文学的原点》里的部分观点进行了逐一反驳。他在文末总结道,"朱自强的《原点》一文力图用当代意识去审视、观照建国四十年特别是五六十年代我国的儿童文学实践,这是一次十分有益的尝试。但由于《原点》一文所倡导的新儿童观理论缺乏坚实的基石,再加上论述过程中缺乏历史的眼光,因而使其在评述五六十年代儿童文学实践时出现了较大的失误。要科学地公允地评价我国的儿童文学传统,我们必须坚持历史眼光和当代意识的统一,必须用全新的儿童观去历史地审视传统,两者不可偏废。今天,正当理论界'虚无主义'思潮兴起之际,充分强调理论研究中的当代意识和历史眼光这两种基本态度,其意义是十分显然的"②。

---

① 李楚城:《关于儿童文学的教育作用问题》,《儿童文学研究》1990年第5期。
② 亦古:《当代意识和历史眼光——也谈五六十年代的儿童文学兼与朱自强同志商榷》,《儿童文学研究》1990年第5期。

本期附怀园整理的贺宜著作年表(上)。

1990年9月,《儿童文学选刊》新一期出刊。本期刊发了张继楼、宋雪蕾、严振国、吴然、陈木城、董怡蘭、武玉桂、陈苗海、郑春华、夏有志、边江、高洪波、萧道美、张力慧、年红、董恒波、李建树、余衡、常星儿的相关文章。

1990年10月,郁炳隆和唐再兴主编的《儿童文学理论基础》由南京大学出版社出版。作者概括了儿童文学的特点:"一、儿童文学是一个独立的文学门类,具有文学的共性,因此,它首先是文学,与成人文学一样体现和遵循着文学的一般规律";"二、儿童文学既然为少年儿童服务,就必须注意和照顾少年儿童的年龄特征,否则便失去了儿童文学存在的意义";"三、儿童文学服务于儿童,目的是促使孩子们的身心得到健康成长,因此儿童文学的创作在广度和深度上要略高于阅读对象的实际水平,这就是儿童文学超前性的特点";"四、儿童文学是快乐的文学,它是令小读者乐意涉足、流连忘返的世界,因为它有独特的艺术魅力——富有儿童情趣"。最后,编者指出:"从总体上说,人们对于创作比较重视,而对于理论研究还没有放到应有的位置上,对于儿童文学理论方面的教材建设,尤其做得不够。"[1]

1990年11月,少年儿童出版社编辑出版"名家和儿童文学"丛书,包括李楚材编写的《陶行知和儿童文学》,孔海珠编写的《茅盾和儿童文学》,韦商编写的《叶圣陶和儿童文学》,郑尔康、盛巽昌编写的《郑振铎和儿童文学》,张耀辉编写的《巴金和儿童文学》,盛巽昌、朱守芬编写的《郭沫若和儿童文学》。

1990年11月,《儿童文学选刊》新一期出刊。本期刊发了秦文君、田珍颖、曾小春、黄虹坚、崔晓勇、韩辉光、韦伶、曾小春、鉴一帆、肖显志、小

---

[1] 郁炳隆、唐再兴主编:《儿童文学理论基础》,南京大学出版社1990年版,第348页。

民、葛翠琳、方园、罗丹、石飞、吕游、林炬、蓝芝同、吕德华、邝金鼻、梅子涵、班马的相关文章。

为庆祝纪念本刊创刊十周年,本期设"说创作 贺选刊——《1989·全国优秀少年小说选》部分作者笔谈会"专栏。

1990年12月,蒋风在《浙江社会科学》上发表《回顾:为了更快的前进——建国以来我国儿童文学研究发展之轨迹》。文章认为,建国以来我国儿童文学取得的成绩表现在:提高了对儿童文学的认识、明确了儿童文学概念、理解了儿童文学的功能、认识了儿童文学扩大题材的必要性。就今后儿童文学发展的规划,蒋风提出如下几个方面的考虑:一是建设中国特色儿童文学理论体系;二是拓宽思维空间,建立新的研究格局;三是寻找研究方法的突破。[①] 但他也同样列举了所不能忽略的不足:"一、与整个文艺理论的大潮相比,仍有不少薄弱的环节,例如对儿童文学本质的探索、儿童文学作家的创作思维和创作规律的研究都很不够;二、有些论文搬用新名词新术语过多,而对我国儿童文学自身艺术规律的探索都未见有什么进展;三、与整个儿童文学实践仍有脱节的现象,儿童文学理论不能及时地捕捉和反映儿童文学作品创作中的最新动态和问题,不能指导和影响儿童文学创作的发展趋势;四、与建立具有中国特色的儿童文学完整的理论体系这一目标,还有一段很大的距离。"[②]

1990年12月,王永生在《河北学刊》上刊发《中国现代儿童文学的理论建设历程》。作者认为:"和中国现代文学理论批判的历史发展过程一样,自五四新文化运动发难以来,中国现代儿童文学的理论也有一个发生发展的历程,有一个不断加强理论建设、渐次走向成熟,逐步摆脱作成人

---

① 蒋风:《回顾:为了更快的前进——建国以来我国儿童文学研究发展之轨迹》,《浙江社会科学》1990年第6期。
② 蒋风:《回顾:为了更快的前进——建国以来我国儿童文学研究发展之轨迹》,《浙江社会科学》1990年第6期。

文学附庸的历程。"①这一时期的理论探讨,对于儿童文学的艺术表现问题,乃至儿童文学作品的用语用词问题,也给予较多关注,并取得了更深一层的认识。

1990年12月,朱自强在《中国现代文学研究丛刊》上刊发《张天翼童话创作再评价》。在肯定张天翼对中国儿童文学做出了不可磨灭的贡献的前提下,他站在以往的张天翼儿童文学论的不同立场上,重新考察和评价张天翼童话创作的性质,从根本上对传统的中国儿童文学观念提出疑问。朱自强认为,"只要把目光投向世界儿童文学历史发展的几个浪潮,就必须承认:中国儿童文学远远地落在了世界潮流的后面,即使成就最大的张天翼的童话创作,也不过处于十八世纪儿童文学的初萌时,将儿童文学作为教育的手段和工具。张天翼的童话传统已经陈旧过时,故有必要客观辩证地评价张天翼的儿童文学创作"②。

---

① 王永生:《中国现代儿童文学的理论建设历程》,《河北学刊》1990年第6期。
② 朱自强:《张天翼童话创作再评价》,《中国现代文学研究丛刊》1990年第4期。

1991 年

1991年1月,《儿童文学研究》新一期出刊。本期刊发了金波、汤锐、陈伯吹、汪习麟、金凤、圣野、路地、王庆杰、梁泊、孙幼军、高帆、湘子、李心田、楼飞甫、周晓、周晓波、陈子君、陈模、邵平、盖壤、张继楼、彭斯远、[瑞典]A·瓦林德、高烈夫的相关文章。

在《儿童文学的危机感》一文中,楼飞甫对"少年儿童不要读儿童文学作品"的现象进行了分析。他提出,"文学贵在创新,没有创新就没有发展。但由于他们不加选择地盲目追随成人文学的当代性潮流,一味向成人文学靠拢,把成人文学创作的艺术思维方式和艺术表现手法原封不动地搬进儿童文学创作中来,因而他们创作的某些所谓'探索性'或'新潮派''儿童文学作品',尽管思想内涵越来越'深'、越来越'玄',表现手法越来越'新'、越来越'奇',艺术上越来越'精致'、艺术品位越来越'高',但儿童味却越来越少,因而事与愿违,少年儿童读者不是越来越多,反倒越来越少了"①。

周晓波的《少年心理小说热》对近年的儿童小说创作倾向进行了分析,"近年儿童小说,尤其是少年小说的演化,已由传统的重视外部世界的描写而逐渐向重视内部世界描写的表现手法内向化转变,即由情节见长的儿童小说向注重精神的、心理的儿童小说转化。这不能不说与整个新时期文学由外向向内向转化,更加注重于开掘人物的内心世界的发展趋

---

① 楼飞甫:《儿童文学的危机感》,《儿童文学研究》1991年第1期。

向有关"①。

本期设"90年代中国儿童文学展望研讨会"会议发言专栏。90年代中国儿童文学展望研讨会于1990年5月23日至29日在昆明召开。会议的宗旨是：在回顾和反思过去十年的基础上，分析新的十年中国儿童文学发展趋势。会议总结了八十年代中国儿童文学的成绩，同时，也谈到随着商品经济的发展，儿童文学遇到的一些新的问题和困难。

1991年1月，《儿童文学选刊》新一期出刊。本期刊发了冰心、严文井、陈伯吹、王时骏、孙幼军、薛卫民、王志鹏、王晓晴、黄瑞云、邱国鹰、薛贤荣、少军、刘振华、范锡林、戎林、潘溟、吴瑾如、洋流、张弛、佳苏、陈丹燕、谢武彰、李学中、徐成淼、阿静、王蔚、赵小敏、方卫平、柏宁湘的相关文章。

方卫平在《走向新的艺术常态——〈我们没有表〉、〈六年级大逃亡〉读后》中提到实验性小说与文学史的关系，并进而指出，"这种文学史意义随着少儿文学艺术实践的进程而逐渐丰富和显示出来。当最初的理论反思和实验过去之后，少儿文学作家在新的艺术哲学的基础上开始了对于一种更富有现实意义的艺术常态的构建，而且，这种艺术构建开始从主要体现理论观念的设想和悬拟逐渐走向与当代社会现实和精神现实的更为密切的连结"②。

1991年3月，《儿童文学研究》新一期出刊。本期刊发了张瑛文，陈伯吹，束沛德，夏有志，谷应，胡景芳，邱勋，刘健屏，沈虎根，张微，郭风，谢璞，郭明志，蔺瑾，沈石溪，吴然，李楚城，任大霖，秦文君，鲁兵，朱庆坪，郑春华，[德国]海克，[日本]鸟越信，金凤，朱自强的相关文章。

---

① 周晓波：《少年心理小说热》，《儿童文学研究》1991年第1期。
② 方卫平：《走向新的艺术常态——〈我们没有表〉、〈六年级大逃亡〉读后》，《儿童文学选刊》1991年第2期。

本期为"'90上海儿童文学研讨会"专辑。由少年儿童出版社和中日儿童文学交流上海中心联合举办的"'90上海儿童文学研讨会",于1990年11月12日至16日在上海教育国际交流中心召开。这次会议的主题是"为了孩子的健康成长,为了儿童文学的进步繁荣"。与会代表围绕着如何提高儿童文学的质量,展开了热烈的讨论。大家进行了平等而坦诚的意见交流,在许多问题上都有不同的分歧乃至尖锐的对立观点。

胡景芳在《自励——为创造美的儿童文学》一文中指出,"儿童文学作家应该是创造'美'的艺术大师,塑造人类优秀灵魂的工程师",她对美的文学做出了界定,"创造'美'的文学,绝不是叫作家闭起眼睛去粉饰现实,美化现实。美的本身就确定着真实地反映生活中存在的丑恶现实。叫孩子认识这一现实,也是儿童文学的任务。美的儿童文学绝不回避生活中的矛盾,敢于写实,不掩饰英雄人物的缺点毛病,敢于表现。但描写这些丑恶,只能做为美好的陪衬"。并进一步指出,"这就要求作家在表现丑恶现象时,不能一般地照搬生活,而要通过作家主体的审美筛子给予'过滤',净化那些自然状态下的渣滓。着意昭示的不是丑恶的原始形态,而是作家在他描写的人物身上所透视出来的作家的感情和审美评价。通过作家的审美评价,把原始状态的丑,经过美化、变形,成为艺术的美。这是丑恶被怒斥、被战败、被消灭所产生的道德力量的美。这种美激发着小读者对丑恶的憎恨,树立小读者与丑恶做斗争的决心和胆识"[1]。

郭明志在《把小读者吸引回来》一文中提到,要实现儿童文学繁荣,应该看儿童文学的全过程,即"'创作(作家、作品、理论)——传播(出版、发行)——接收(读者、效果)',而不能仅看其中的'创作'这一部分,因为儿童文学创作的繁荣也受着其它部分的制约与影响。而它同时又在影响、制约着其它部分,所以我们讨论儿童文学的繁荣就应克服形成的心理定

---

[1] 胡景芳:《自励——为创造美的儿童文学》,《儿童文学研究》1991年第2期。

势,改变那种'封闭式'为'开放式'的研究,不但重视儿童文学'圈'内的研究,还要重视对'圈'外因素的研究"①。

朱自强的《新时期少年小说的误区》从具体创作出发,对当前的少年小说创作误区进行了分析批判。他指出,"离开这个参照系,去提高儿童文学的文学性,就只有向一般文学即成人文学去寻找参照系,其结果便是向成人文学靠拢,提高的已经不是儿童文学的文学性了。这种情况下,文学性越高,作品便离儿童文学越远"。同时对刘健屏、曹文轩、常新港的创作也做出了批评,他认为,"在上述三位作家追求儿童文学性,表现自我的过程中,刘健屏为表现自我的深刻思考,创作立场由面向儿童而转为面向成人,曹文轩为表现自我'根本不想去了解现今的中学生',常新港为表现自我的一己不幸,以格调低下的文学'获得了大大的快感'。严格地讲,他们创作的上述作品都难说是成功的儿童文学,至少不能说是如评论者所赞美的那样,是优秀的儿童文学"②。

1991年5月,《儿童文学研究》新一期出刊。本期刊发了陈子君、任大星、郑开慧、蒋风、木易、白冰、李子玉、袁银波、郑允钦、戎林、汪习麟、黎明、许平辛、叶永烈、王国忠、康文信、张雨门、鲁兵、吴其南、唐再兴、小啦、王石安、朱丽蓉的相关文章。

在《再谈儿童文学和教育的关系》一文中,陈子君提到,"由于'认识作用'、'审美作用'、'娱乐作用'本身也包含着一定的'教育作用',一个时期以来就出现了两种偏向。一种认为,'教育作用'可以包括'认识作用'、'审美作用'、'娱乐作用',所以文学的社会功能只提'教育作用'就可以了。而另一种又认为,不提'教育作用'也行。我以为,这两种看法都是比较片面的,只提'教育'和不提'教育'都会对文学创作产生不利影响。重

---

① 郭明志:《把小读者吸引回来》,《儿童文学研究》1991年第2期。
② 朱自强:《新时期少年小说的误区》,《儿童文学研究》1991年第2期。

要的是,在强调'教育'和'认识'这两个功能的时候,不要忘记'审美'和'娱乐'是实现这两个功能的桥梁,更不要忘记'审美'是一切文学艺术的本质。而在强调这个桥梁和'本质'的时候,也不要忘记'教育'和'认识'这两个功能是文学艺术所要追求的最终目标"[1]。

蒋风在《为什么要为儿童写作》中谈到,"培育新人必须从儿童抓起。因为人类的儿童期不同于其他动物,它有三个明显的特点:一、人类的儿童期特别长。二、人类儿童期的可塑性特别大。三、人类儿童期的游戏和娱乐有明显的教育目的"[2]。

白冰在《给孩子们"第二种快乐"》中提出,"儿童文学的观念、意识、艺术手法在嬗变和发展。除了对儿童文学本质、功能、价值的重新诠释、儿童文学作家主体意识的增强、时空距离的拓展、情节淡化、主观色调加重、哲理意味变浓等变化外,还有一个值得注意的文学现象就是儿童文学审悲意识的觉醒。这里的审悲意识,一是指儿童文学作家对现实悲剧——人生苦难的自觉意识,二是指儿童文学作家对悲的审美经验在作品中的物化"[3]。

鲁兵的《文学随笔》认为,"儿童文学作品写得成人化,是创作的缺点;在理论上主张儿童文学成人化,则是逻辑的错乱,因为这就从根本上取消了儿童文学。将成人化和文学性捆在一起,实在不可理解。成人化才能提高儿童文学的文学性;要提高儿童文学的文学性就非成人化不可。是吗?当然也不宜反过来说儿童文学应当儿童化。还是历来所说的注重儿童的年龄特征为是"[4]。

1991年5月,王泉根编写的《儿童文学的审美指令》一书由湖北少年

---

[1] 陈子君:《再谈儿童文学和教育的关系》,《儿童文学研究》1991年第3期。
[2] 蒋风:《为什么要为儿童写作》,《儿童文学研究》1991年第3期。
[3] 白冰:《给孩子们"第二种快乐"》,《儿童文学研究》1991年第3期。
[4] 鲁兵:《文学随笔》,《儿童文学研究》1991年第3期。

儿童出版社出版。全书包括："美的呼唤——儿童文学与审美"、"美的寻觅——儿童～原始思维与儿童文学审美创造"、"美的走向——创作主体的'儿童观'与儿童文学审美创造"、"美的实践——接受主体的年龄特征与儿童文学审美创造"等部分。①

1991年5月,《中国儿童文学论文选(1949—1989)》由浙江少年儿童出版社出版。本书包括"宏观研究"、"基础理论研究"、"文体分类研究"、"作家作品研究"、"幼儿文学研究"、"儿童文学史研究"、"外国儿童文学研究"、"比较研究"几部分内容。本书的"前言"指出,中国儿童文学理论的发展主要经历了四个时期,分别为:一,借鉴期,"这一时期,主要以介绍、借鉴苏联的儿童文学理论为主。从事理论的人不多,但也取得了一定的成果";二,停滞期,"这一时期真正有学术价值的论文几乎没有";三、复苏期,"这一时期,总的特点是针对性、反驳性强,但零散,欠系统";四,建设期,"这一时期的研究无论是数量上还是质量上都超过了以往的三个时期","其最大的特点在于:儿童文学作为一门独立学科的理论意识得到增强"。②

1991年5月,张美妮等编的《世界儿童文学名著大典》由中国文史出版社出版。该书分为上下两卷,上卷为外国部分,分别介绍了英国、法国、德国、意大利等49个国家和地区的1135篇儿童文学作品。下卷为中国部分。该书对古今中外上千篇中国儿童文学名著,包括小说、童话、诗歌、散文、科学幻想作品等的内容及作者生平,进行了简洁的介绍和精辟的评价。但是限于研究体例和方法,该史著没有梳理世界儿童文学发展的脉络,也未能阐述和探析中国儿童文学与世界儿童文学的关系。

---

① 王泉根:《儿童文学的审美指令》,湖北少年儿童出版社1991年版。
② 本社编:《中国儿童文学论文选(1949—1989)》,浙江少年儿童出版社1991年版,第2页。

1991年5月,蒋风在《湖州师专学报》上刊发《1949年以前中国儿童文学研究的轨迹》一文。回顾了新中国成立以来鲁迅、周作人、赵景深、茅盾和陈伯吹等学者开辟或者深耕了儿童文学事业,并且在最后梳理了儿童文学领域里这一时期有两场比较尖锐的思想斗争以及两种具有代表性的儿童文学思潮:一次是30年代的"鸟言兽语"之争。另一次大辩论是40年代的"儿童文学应否描写阴暗面"的论争。通过这场大辩论,儿童文学界获得比较一致的认识:"儿童文学必须暴露当前政治所造成的贫穷、黑暗,这是儿童文学作者不可躲避的责任。但同时必须向儿童、大众指出奋斗的路(集体的、有正确领导的)以及光明的、胜利的前景,勿使儿童因为只看到目前的黑暗,看不到出路而悲观、绝望。"①

1991年6月,《儿童文学辞典》一书由四川少年儿童出版社出版。本书计收词条1700余条,其中基础理论321条,作家作品413条,文化艺术238条,历史资料413条,台港儿童文学47条,外国儿童文学300条,插图100余幅。参加编写词目释文的写作者,来自全国各地的大专院校、研究机关和社团、少儿出版机构和有关文化部门,共一百多人。可以说,这是集全国科研、教学资源,大力协作,"联合作战"而取得的一项重大学术出版成果。

1991年6月,方卫平在《文艺评论》上发表《憧憬博大——对一种儿童文学现象的描述和思考》。文章指出,"憧憬博大,作为一种美学心态,作为一种探询新的艺术可能的实践过程,显然已经为人们提供了值得玩味、思索的艺术现象"。方卫平认为,对于儿童文学受制于教育主义等禁锢的突破就要走出限制,面向儿童,面向社会和未来,才能创构更为博大的儿童文学境界。他进而提出如下结论:"当人们用一种固定单一的尺度去衡量测度少年儿童的接受能力时,人们显然没有认识到社会文化的发

---

① 蒋风:《1949年以前中国儿童文学研究的轨迹》,《湖州师专学报》1991年第2期。

展演变对少儿具体接受行为的塑造和潜在的制约作用。与成人比较起来,少年儿童的接受行为常常表现出对于特定审美传统和文化背景较为疏离的状况,但是,儿童审美心理的发展从最本质的意义上说,是从生命的自然行为走向审美的文化实现的过程,因此,当我们看到儿童审美接受过程中童年生命的自然冲动的一面时,还应意识到特定社会文化现实对这种自然行为的影响。"①

1991年7月,《儿童文学研究》新一期出刊。本期刊发了刘绪源、卜卫、李燕昌、鲁兵、朱彦、辛勤、陈丽、吴然、汪习麟、汤锐、韩进、杨植材、金波、徐鲁、龚泽华、张明熙、谢华、李潮、郑原、王石安的相关文章。

卜卫在《儿童文学研究的新思路》一文中论及了当前儿童文学研究的两个偏颇:"第一,研究内容集中在作家和作品上,而对儿童本身和儿童文学的效果研究很少。也就失去了儿童文学研究的意义。第二,研究方法显然受制于研究内容。只研究作家作品导致研究方法的固定不变。"②

李燕昌在《泛论儿童情趣》一文中对儿童情趣进行了广义和狭义的划分,"广义地说,儿童文学作品的儿童情趣,指的是作品所反映的真实的儿童情感,真实的儿童内心世界。不管这种情感能产生愉悦、愤怒或悲伤的效果,只要它的的确确是以儿童的特点来反映儿童感情的,都可以看作具有儿童情趣。这种理解,重点就落在一个'情'字上。至于狭义的儿童情趣,则指作品不但以儿童特点来反映儿童的真情实感,还能给小读者带来愉悦感的这一部分,也就是能使小读者开怀大笑或会心微笑的这一部分重点落在一个'趣'字上。并对儿童情趣与幽默的关系进行了辨析,"而儿童情趣,它却不具有幽默的深沉意蕴,它是适合于儿童感受特点的,它

---

① 方卫平:《憧憬博大——对一种儿童文学现象的描述和思考》,《文艺评论》1991年第3期。
② 卜卫:《儿童文学研究的新思路》,《儿童文学研究》1991年第4期。

所表现的思想是浅层的,小读者不需作很多的思考,就能直接地感受到这种情趣"①。

1991年7月,周忠和的《苏联儿童文学简史》由海燕出版社出版。本书是中国第一部描绘苏联儿童文学70年发展的文学史。它系统描绘了苏联在各个历史时期不同的文学现象、文学流派、代表性作家以及近百部作品。本书主要包括六编,分别为"苏联儿童文学七十年概观"、"十月革命初期和二十年代的苏联儿童文学"、"三十年代的苏联儿童文学"、"卫国战争时期的苏联儿童文学"、"战后十年的苏联儿童文学"、"现阶段的苏联儿童文学"。另外,本书还包括两个附录,分别为"未立专章的重要儿童文学作家简介"和"本书涉及的几种苏联文学奖金(章)介绍"。②

1991年7月,蔡路在《文艺报》上刊发《响应当代生活的呼唤——读〈蓝皮老鼠大脸猫〉》。蔡路认为:"从根本上说,一切文学艺术都必然是作家的艺术思维对特定社会生活的反映的结果,但是,不同的艺术种类或文学体裁表现生活的手法、方式又是不尽相同的。对于童话来说,它主要是运用幻想的形式,通过对儿童思维状态的艺术模拟,来反映时代生活的。因此,在作品特殊的假定情境之中,运用变形、夸张等手法来构思故事、塑造童话形象、推动情节的发展,就成为童话反映生活的特殊方式。"他对葛冰的童话作了高度的评价:"当葛冰用幻想的方式来表现当代生活和当代孩子的欢乐、烦恼、爱憎和愿望的时候,当他的作品给读者带来欢笑和愉快的时候,他并不放弃用一种高尚的情感给读者以熏染,用一种美好的思想给读者以启迪,而且,当这份动人的思想情感在一种愉快的童话氛围中走向读者的时候,它是如此地易于为我们所接受。"③

---

① 李燕昌:《泛论儿童情趣》,《儿童文学研究》1991年第4期。
② 周忠和:《苏联儿童文学简史》,海燕出版社1991年版。
③ 蔡路:《响应当代生活的呼唤——读〈蓝皮老鼠大脸猫〉》,《文艺报》1991年7月22日。

1991年8月,蒋风编写的《中国当代儿童文学史》由河北少年儿童出版社出版。本书对于中国当代儿童文学的实绩和成就,编者总结出:"一,形成了一支专业化的队伍;二,打破了儿童文学自我封闭的系统;三,提高了儿童文学的文化品位;四,初步建构了有民族特色的儿童文学理论体系。"①对于中国当代儿童文学的历史经验和教训,编者也指出:一,儿童文学的繁荣发展,需要一个政治稳定、经济发展、关心儿童的社会环境;二,摆正儿童文学与政治的关系;三,正确理解儿童文学与教育的关系;四,处理好继承传统与吸收外来文化的关系。②针对当时儿童文学的创作现状,编者认为:"儿童文学毕竟是儿童的文学,要是完全忘了儿童,作品的价值观和美学观距小读者太远,就会使小读者感到兴味索然。有人说,小读者今天领悟不了,等他长大了会懂得其中的奥妙的。要是一定要等小读者长了胡子再来回味他童年所读的作品,倒不如等他长大了再动笔为他创作更合时宜。"③

1991年8月,朱彦在《中国图书评论》上刊发《文学大师和儿童文学》一文。作者在评论中表明:"在现代文学史上,一些文学大师非常重视儿童文学事业的开拓和发展,从本世纪初开始,鲁迅、郭沫若、茅盾、郑振铎、叶圣陶、冰心、巴金等人就先后开始了他们的儿童文学创作、翻译、评论和编辑工作,开创了中国儿童文学的新纪元。经过他们的辛勤耕作,中国儿童文学才自立于中华民族文化之林,并且赢得了世界的瞩目。今天,回顾一下这些文学大师所走过的路,继往开来是十分必要的。少年儿童出版社最近推出的'文学大师和儿童文学'系列,正是在这方面做出的努力。"④

---

① 蒋风:《中国当代儿童文学史》,河北少年儿童出版社1991年版,第7—14页。
② 蒋风:《中国当代儿童文学史》,河北少年儿童出版社1991年版,第15—21页。
③ 蒋风:《中国当代儿童文学史》,河北少年儿童出版社1991年版,第21页。
④ 朱彦:《文学大师和儿童文学》,《中国图书评论》1991年第4期。

1991年9月,《儿童文学研究》第5期(总第66期)出版。本期刊发了巢扬、葛玲玲、金波、周晓波、鲁兵、刘绪源、方卫平、肖显志、张福深、陈笑、吴梦起、李楚城、朱彦、圣野、浦漫汀、李建树、严伟、刘立新的相关文章。

巢扬在《低幼童话中的幻想》一文中提出"低幼儿童有着不同于儿童、少年的思维特征和审美意识结构"。并进一步指出"低幼童话,幻想手法的使用大致可以归为两种。一、在作品中设置一个幻想的情境。二,作品中幻想的情境与现实的情境并存"[①]。

葛玲玲在《童话的幻想和童话的假定方式》一文中提到,"让我们重新回到童话与幻想的关系上来。从语象的角度而不是从语义的角度来界定童话,否定幻想是童话存在的必不可少的条件,是不是降低了幻想在童话中的地位、忽视幻想在童话中的作用呢？不,情况恰恰相反。前面说过,一些同志所说的幻想其实是指童话的假定方式,甚至是指童话中某些常用的表现手法,如象征、拟人、夸张、变形等。他们把凡使用非写实性假定或象征、拟人等表现手法的作品都称之为童话,看似推崇幻想,突出幻想,其实是把幻想降低到一般的文学表现手段的地位！"[②]

金波在《关于儿歌创作的几个问题》一文中提到,"儿歌是不是儿童诗,要从创作的实际出发,通过对具体作品的研讨才能得出一个科学的结论"。同时,在谈到儿歌创作时,"我们既要承认儿歌有其'实用性'的一个方面,又要强调其'文学性'。二者并不矛盾"[③]。

鲁兵、刘绪源针对方卫平《略论儿童文学的深度及其实现方式》一文,从儿童文学如何通过"自己的方式,从而实现并拥有自己独特的艺术深

---

① 巢扬:《低幼童话中的幻想》,《儿童文学研究》1991年第5期。
② 葛玲玲:《童话的幻想和童话的假定方式》,《儿童文学研究》1991年第5期。
③ 金波:《关于儿歌创作的几个问题》,《儿童文学研究》1991年第5期。

度",展开通讯探讨与争鸣,汇集成《"深度"引出的对话》一文。①

方卫平在《略论儿童文学的深度及其实现方式》一文中提出,"很显然,对于儿童文学来说,艺术深度不应被轻易地搁置或放逐,而且被看成是一种理所当然应当具有的文学境界。在这里,艺术深度无论对于作者、对于读者,还是对于文学自身的价值来说,都是一种有意义的文学现实"。并进一步指出,"是的,儿童文学的深度不是故作艰深,不是玩弄玄奥,而是在单纯中寄寓着无限,于稚拙里透露出深刻;在质朴平易中就悄悄地带出了真理,传递了那份深重、永恒的情感。这是儿童文学深度魅力的独特获取方式,也是成人文学所无法替代的。……总之,儿童文学应当追求深度——不过,应该是通过自己的方式,从而实现并拥有自己独特的艺术深度"②。

1991年10月,魏洪丘在《广西民族学院学报(哲学社会科学版)》上刊发《鲁迅与中国儿童文学传统》。作者认为:"鲁迅对中国儿童文学的诞生和发展作出了自己卓越的贡献。他的理论倡导和创作实践,为现代中国儿童文学传统的形成,起了良好的奠基作用。综究起来,这原因不是别的,除了爱祖国、爱民族的根本思想外,就是因为这位反封建思想革命和文学革命的伟大旗手有着一颗金子般的童心。"③

1991年10月,张锦贻在《浙江社会科学》上刊发《为小朋友热爱的大学者——记儿童文学教授、理论家蒋风》一文。她认为,"无论是写书、编书,都注重学术性。这跟蒋风的严肃的治学态度和求实作风分不开的。他始终尊重客观、尊重学问。如对周作人这样一个深受美国实用主义教

---

① 鲁兵、刘绪源:《"深度"引出的对话》,《儿童文学研究》1991年第5期。
② 方卫平:《略论儿童文学的深度及其实现方式》,《儿童文学研究》1991年第5期。
③ 魏洪丘:《鲁迅与中国儿童文学传统》,《广西民族学院学报(哲学社会科学版)》1991年第3期。

育家杜威的影响,但对我国儿童文学理论建设仍起了较大作用的人,既不一概肯定,也不全面否定;他同时尊重传统、尊重探索;尊重实践,尊重个性。既肯定由众多的老一辈理论家的心血所凝聚成的研究成果构建了我国儿童文学理论的宝贵传统,又从多方面实现当代儿童文学的继承和创新,使理论研究始终贴近时代,贴近现实,贴近创作。蒋风一直坚持为儿童写作。他在《童年生活拾零》、《书籍就像一盏神灯》、《爱的教育》等儿童散文中,把自己童年的苦难和勤奋告诉今天生活在幸福之中的小朋友们,让他们热爱新中国,学做新中国的小主人!他还写了不少简洁明快的儿童诗,给幼小的儿童以美的熏陶。蒋风的儿童文学实践广泛而深入,包括教学、理论、编辑、创作、业余辅导、社会活动等各个方面。面对20世纪90年代,蒋风已开始构筑又一项巨大的学术工程:主编《世界儿童文学大事典》。在儿童文学领域里,他已由单一的、单方面的探讨转向纵深的全面研究,他的注意力已由国内扩向世界,并且努力在继承、扬弃和不断吸收中发挥自己之所长。年过花甲的蒋风,充满信心,充满活力,他的一切活动都为了一个目标:为了祖国和人类的新一代"[1]。

1991年11月,《儿童文学研究》新一期出刊。本期刊发了方卫平、朱彦、晓雪、王泉根、朱庆坪、孙建国、陈模、束沛德、汤锐、李仁晓、汪习麟、戈宝权、安伟邦、圣野、岳洪治、金燕玉、木风、谭画今、宁人的相关文章。

在《儿童文学在当代艺术文化中的位置》的开头,方卫平指出当时儿童文学界所存在的一个矛盾的现象:"一方面,人们普遍认为,新时期以来我国儿童文学无论在艺术内容和艺术形式的开拓、创新方面都取得了巨大的成就,获得了长足的发展;另一方面,人们对儿童文学现状又普遍有一种难以摆脱的跌进低谷的感觉——其表现之一是,新时期儿童文学好

---

[1] 张锦贻:《为小朋友热爱的大学者——记儿童文学教授、理论家蒋风》,《浙江社会科学》1991年第5期。

像不如20世纪50、60年代那样在少年儿童读者中受到广泛的欢迎并激起一阵又一阵的反响。"在文章结尾,方卫平认为随着文艺传播媒介的发展,"我们应该承认,随着文艺传播媒介和方式的发展,当代少年儿童的审美趣味呈现了泛化的倾向,文学在他们的'精神食粮'构成中的比重已有所下降。很显然,儿童文学在当代少年儿童精神文化生活中所处位置的这种变化,是整个当代艺术文化系统不断丰富、调整和发展的必然结果,它意味着当代少年儿童的艺术文化生活已经从非此即彼的相对单一的选择向着多种多样的相对丰富的选择转化;这决不是儿童文学的悲剧,而是当代艺术文化逐渐发达的一个标志!"①

1991年12月,何群与吕家乡在《山东师大学报(社会科学版)》第6期上刊发《儿童本位论与中国现代儿童文学的诞生》。作者认为:"儿童本位论是鲁迅对杜威的儿童中心主义加以中国化改造的产物,它以其现实针对性而具有活泼的生命力。但它作为一种儿童观对中国儿童文学的影响却不是直线的,其间发生了两重变异;一重是在儿童文学理论上,又一重是在儿童文学创作中。在五四时期,儿童观、儿童文学观、儿童文学创作等三者之间并非简单的对应关系,其间的联系变异及其因由根源都有待细加分辨和探究。"②

---

① 方卫平:《儿童文学在当代艺术文化中的位置》,《儿童文学研究》1991年第6期。
② 何群、吕家乡:《儿童本位论与中国现代儿童文学的诞生》,《山东师大学报(人文社会科学版)》1991年第6期。

1992 年

1992年1月,《儿童文学研究》新一期出刊。本期刊发了子杨、樊发稼、陈子君、彭斯远、束沛德、刘崇善、萧平、王瑞起、任大星、於可训、董国超、程式如、艾顿·钱伯斯、韦苇、王泉根、宁人的相关文章。

子杨在《人类在进步,对世界也应乐观——鲁迅论儿童》中梳理了鲁迅对养育、引导儿童的种种观点,他总结道,"从上述的文章中可以看出,鲁迅对儿童问题的见解主要有以下三个方面的内容:一,从生物进化的观点来看,儿童的问题,首先是人类发展的问题,要保存、延续和发展生命,而不是毁灭了一切发展本身的能力;二,成年人的责任是理解、指导和解放儿童,造就他们成一个完全的人,独立的人;三,在黑暗的中国,觉醒的人要用无我的爱,牺牲于后人,放他们到宽阔光明的地方去,幸福的度日,合理的做人。"[①]

在《儿童诗创作漫谈》一文中,樊发稼对儿童诗的特征、内容进行了分析,并在文末提出:"近期儿童诗创作正在悄悄地出现某种'倾斜',有些儿童诗越写越深,越来越多的成人思维和成人意识的渗入,过多地采用成人诗的象征等等表现手法,不恰当地增加诗的思想负荷和内涵的不确定性、模糊性等,都使儿童诗的特点受到很大的冲击。"[②]

彭斯远的《纠枉不必过正——对儿童小说走出误区的一点思考》系统

---

① 子杨:《人类在进步,对世界也应乐观——鲁迅论儿童》,《儿童文学研究》1992年第1期。
② 樊发稼:《儿童诗创作漫谈》,《儿童文学研究》1992年第1期。

地分析了新时期以来我国儿童文学创作的成就和误区。他认为,想要避免儿童小说创作在思想与艺术方面的诸多弊端,必须继续面对两个理论命题:"第一,关于儿童文学的教育性。第二,关于儿童文学的成人化。"①

刘崇善在《童话创作的美学思考》一文中提出,"幻想不是童话的'专利品',不能把它看作童话的'基本特征'或者'根本特征'"。并进一步谈到,"童话是通过幻想来反映生活的,幻想必须以客观现实的发展规律为依据,才能正确地表现生活的真实,揭示生活的本质。强调幻想是童话的特质,不加分析地肯定'童话幻想之独立价值',将导致童话脱离生活和以感官刺激为目的的境地。童话的特质不是幻想,而是具体可感、鲜明生动的童话形象,具体地说,童话与其他样式的文学作品,都是以人物为表现对象的,所以,童话形象主要指童话人物形象,也包括童话中的宝物和环境。创作童话不只要考虑以幻想的手段来反映生活,而且要从人物出发去展开故事情节"②。

1992年3月,《儿童文学研究》新一期出版。本期刊发了贺友直、丁午、温泉源、金立德、金维一、朱延龄、朱铭善、阿兴、王祖民、子杨、李燕昌、高帆、李心田、汪习麟、康复昆、黄修纪、邱易东、王志冲、侯传文、盛巽昌、王泉根、星火、汪涛的相关文章。

本期设"'91上海儿童美术研讨会专辑"。"'91上海儿童美术研讨会"于1991年10月26—30日在上海举行。改革开放的新时期中,随着儿童读物出版事业的蓬勃发展,我国的儿童美术也出现了历史上前所未有的繁荣景象。但是,百尺竿头,需更进一步,儿童美术越来越感到理论建设的重要性和迫切性。为此,少年儿童出版社主办了这次研讨会。

---

① 彭斯远:《纠枉不必过正——对儿童小说走出误区的一点思考》,《儿童文学研究》1992年第1期。
② 刘崇善:《童话创作的美学思考》,《儿童文学研究》1992年第1期。

贺友直在《老生常谈》一文中提到，"儿童读物的美术作品，要表现一个故事（连环画），或表现一件事一种行为（插图），不论是哪一种，都要用画表现出情节来。情节是人在一定环境中发生关系产生的。这就要求把人物的心理、情绪、环境的气氛、情调表现得真实、生动、深刻。如果变形撇开了这些，就有可能成为一种装腔作势的空架子、画不对题的假形式，从创作态度来说，是目中无人的自我陶醉"[①]。

在《将文字交给一切人——鲁迅论儿童读物》一文中，子杨阐明了鲁迅对中国儿童文学事业发展的贡献。他梳理了鲁迅批判儿童读物良莠不齐的相关文章，并归纳为以下看法："一、内容陈旧的儿童读物泛滥。二、儿童读物中充斥着诓骗孩子的昏话。三、除了诓骗儿童的昏话，还有诓骗钱财的骗子，出版商们贪婪的手，伸向了孩子们的口袋。四、一方面儿童读物的状况是如此混乱，另一方面，还有愚昧无知、独裁专横的反动统治者的干预。"[②]

李燕昌的《探索者的足迹及其趋向——关于探索性儿童小说的思考》对新时期以来儿童文学的创作尝试做了梳理和评估，他将这样的探索观归纳为以下几点："一曰：打破传统，走出传统模式，有的甚至提出'拗传统'。二曰：使作品走向世界。这是一个很有气魄的愿望。三曰：追求作品的永恒性。"[③]

1992年4月，张颖萍在《中州学刊》上刊发《论五四作家的童心意识》一文。作者在文中认为："童心，使作家的一切情感都被尽情引发出来，在广阔无垠的审美天地间展露着自由的情怀和生命的朝气；童心，把成熟还原为天真，把理性还原为感性，使人们重新体验到生命之源最初的那泓清

[①] 贺友直：《老生常谈》，《儿童文学研究》1992年第2期。
[②] 子杨：《将文字交给一切人——鲁迅论儿童读物》，《儿童文学研究》1992年第2期。
[③] 李燕昌：《探索者的足迹及其趋向——关于探索性儿童小说的思考》，《儿童文学研究》1992年第2期。

泉;童心,在繁复斑驳的现实面前,又不可避免地显出苍白和空幻,单纯的目光透过复杂的社会,折射在字里行间的,往往只有幼稚的思想;童心,也因不曾和现实肉搏而缺乏回肠荡气的壮美,即令有惨痛的情景闪现眼前,发出的也只是委婉哀伤的叹息而非慷慨激昂的歌泣。然而,崇拜童心的五四作者,毕竟是披着太阳初升的光明,拨开迷雾,昂首向前走来的,借着纯正的心灵和勃勃的生气,他们唤醒了千年古老文学昏昏欲沉的睡眠,使之重新焕发出了'返老还童'的希望之光!"①

1992年5月,《儿童文学研究》新一期出刊。本期刊发了陈秋影、谭元亨、子杨、方卫平、戴敦邦、杜建国、缪印堂、何志云、高洪波、郑马、昭禹、田地、刘兴诗、郝志诚、刘东远、陈伯吹、亦古、张兴武、严伟、王泉根的相关文章。

在《中学生:一种阅读现实的报告》一文中,方卫平通过对中学生的课余活动、艺术类型的实际调研,完成了一份较为详尽的调查报告。他指出,"以上调查结果向我们显示了一个基本的阅读事实:被调查的中学生读者从整体上说,与儿童文学界所认定和向他们提供的少年文学作品之间存在着较大程度的隔膜。这种创作与接受之间的脱节与错位,使我们儿童文学工作者主观的文学设计和追求的有效性难免不打折扣"②。

1992年7月,《儿童文学研究》新一期出刊。本期刊发了杜淑贞、阮海棠、潘金英、刘素仪、任大霖、阿浓、郑马、孙毅、邱士龙、尹世霖、汪习麟、吴其南、周晓、速泰熙、范生福、陈宗耀、亦点、叶生男的相关文章。

本期设"沪港儿童文学研讨会专题"。

任大霖在《把故事讲得生动些,更生动些》一文中提到,"儿童文学应当是一种艺术品。儿童文学创作应当是一门艺术。是什么艺术呢?我以

---

① 张颖萍:《论五四作家的童心意识》,《中州学刊》1992年第2期。
② 方卫平:《中学生:一种阅读现实的报告》,《儿童文学研究》1992年第3期。

为就其主要面来说,是'讲故事的艺术'。说得高雅一点,就是'叙述的艺术'"①。

邱士龙在《儿童文学的创作美学刍论》一文中指出,"一个作家越能很好地感觉到他的读者,他的创作能力就能越好地发展、活跃和巩固起来。反之,把自己闭锁在自我满足中,创作能力就会萎缩、失去生机、逐渐衰退。作家的观察力是一项经常的顽强的劳动,是作家创作技能的一个重要方面。但并非任何一种观察可以作为文学创作的出发点,还需要加强作家观察力的不间断性"②。

在《论儿童文学对女性文化的认同与疏离》一文中,吴其南从《爱的教育》引发的讨论出发,探讨了由"软性审美态度"引发的性别认同问题。他指出:"人们对儿童文学软性审美态度的分歧实际上成为人们对儿童文学与女性文化的关系的分歧:或是主张认同女性文化,或是主张实现对女性文化的疏离。"③

1992年8月,吴其南的《中国童话史》由河北少年儿童出版社出版。全书包括"基本童话因素的最初孕育"、"中国童话的萌芽"、"中国童话的成形"、"儿童的'发现'和童话的自觉"、"五四时代精神和中国童话的现代化"、"三四十年代:童话的政治化倾斜"、"十七年:教育童话的时代(上)"、"十七年:教育童话的时代(下)"、"新时期:童话走向艺术"。在本书的序言中,蒋风指出:"中国童话不仅源远流长,历史悠久,而且蕴藏丰富、光彩夺目,它不仅是中国文化中的瑰宝,也应该是世界文化宝库中的耀眼明珠。可惜,这么一笔瑰丽多彩的丰富遗产,长期未曾有人作认真的系统研

---

① 任大霖:《把故事讲得生动些,更生动些》,《儿童文学研究》1992年第4期。
② 邱士龙:《儿童文学的创作美学刍论》,《儿童文学研究》1992年第4期。
③ 吴其南:《论儿童文学对女性文化的认同与疏离》,《儿童文学研究》1992年第4期。

究,并进行历史经验的总结。"①

1992年8月,蒋风主编的《世界儿童文学事典》由希望出版社出版。是一部世界性儿童文学百科类辞书,涉及亚、欧、非、大洋洲、北美洲、南美洲六十个国家约一千三百五十位儿童文学作家,九百五十则世界儿童文学作品及形象,六十一个国家的儿童文学概貌,一百八十一种各国儿童文学奖等。

1992年8月,李标晶在《中国图书评论》上刊发《我国儿童文学史研究的新创获——评〈中国当代儿童文学史〉》。文章认为:"这部文学史从总体上说,对每个阶段儿童文学现象的描述是采取经纬交织、点面结合的叙述方式。在评价作家作品时,在注意揭示作家作品的思想内涵的同时,重视了对作品艺术性的探讨评价,一些重点作家的章节写得丰富扎实。本书还注意对当代儿童文学理论建设的考察,如果把各阶段对儿童文学理论状况的论述连缀起来,就构成了当代儿童文学理论发展的简史,它与各阶段儿童文学创作相对应,成为各阶段儿童文学创作成就和问题的理论依托,增强了整部文学史的理论深度。但是,如果从更高的要求出发,本书也有些不足之处。在论述范围上,没有把台、港、澳和各少数民族地区的儿童文学现象囊括其中;在作家作品的论述方面,深入儿童文学作品的底里,从美学意义上剖析其代表作的成败得失,显得不够;对同类作家之间的相互联系,同一个作家前后创作的发展变化,以及作家所接受的中外文学影响等还缺乏必要的揭示。"②

1992年9月,《儿童文学研究》新一期出刊。本期刊发了关登瀛、刘绪源、唐再兴、方竹、张锦贻、傅旭东、张静、刘崇善、孙云晓、巢扬、徐鲁、张

---

① 吴其南:《中国童话史》,河北少年儿童出版社1992年版,第5页。
② 李标晶:《我国儿童文学史研究的新创获——评〈中国当代儿童文学史〉》,《中国图书评论》1992年第4期。

洁、郑乃臧、胡霜、唐小峰、汪海涛、周忠和的相关文章。

在《关于一个流派的随想》一文中，刘绪源对儿童文学"京派"和"海派"的提法做了溯源和辨析。他在文末指出，"当我们呼唤'杰作'时，却不宜以'海派儿童文学'的旗号相召唤。因为'海派'是'前站文化'，它的任务是探路与促成文化深根的变革，再要它生产杰作，负担未免过重，事实上也是不可能办到的"①。

在《关于童话与幻想的思考》一文中，唐再兴对葛玲玲在《童话的幻想和童话的假定方式》中提出的"幻想"观点予以批评。他特别提出，"不能把'幻想'仅仅当作是形式，它既是内容，又是形式。在文学作品中，内容和形式之间的区别是相对而不是绝对的。在某种情况之下，内容可以变为形式，而形式亦可变为内容"②。

张锦贻在《再谈儿童文学的民族特点——兼评〈中国少数民族儿童小说选〉》中认为，"以作家反映民族的新生活为纽结点，儿童文学的民族特点又必然地要体现时代的精神。也就是说，要反映出特定时代里蕴藏在各民族儿童的思想感情、意志愿望中的、代表了时代历史发展的客观趋势的进步思想和革命精神"③。

张静的《试论科学幻想小说的科学性、文学性及幻想性》认为，"作为科学幻想小说，科学性、文学性和幻想性三者不可缺一。此三者即为创作科幻小说的'三要素'，科学性为前提，文学性是条件，幻想性是灵魂"④。

1992年9月，王泉根在《云南民族学院学报》上发表《中国古代儿童

---

① 刘绪源：《关于一个流派的随想》，《儿童文学研究》1992年第5期。
② 唐再兴：《关于童话与幻想的思考》，《儿童文学研究》1992年第5期。
③ 张锦贻：《再谈儿童文学的民族特点——兼评〈中国少数民族儿童小说选〉》，《儿童文学研究》1992年第5期。
④ 张静：《试论科学幻想小说的科学性、文学性及幻想性》，《儿童文学研究》1992年第5期。

文学探赜》。对于"中国儿童文学究竟何时滥觞"问题,王泉根认为,"主要原因是人们对于儿童文学的概念认识还不一致,存在着以今衡古的偏颇"。他概括了中国古代儿童文学的两个特点:一是民间创作的口头儿童文学十分丰富,二是文人著作的书面儿童文学非常稀少。他还归纳了古典儿童读物的三种用途:一是启蒙识字用的普及读物,二是预备将来应科举考试用的或注重"修身养性"方面的读物,三是富于文学色彩用以陶冶、教育、娱乐孩子的读物。对于《千家诗》这类"经过编纂硬塞给儿童看的成人文学读物",他认为这些作品的"中心读者是成人而非儿童,因而也不能算作儿童文学"。而对于《西游记》这类"确实存在着某些适合儿童欣赏情趣的作品",他则认为,"古代儿童对于精神食粮饥渴的需求,时常从这类读物中得到某种程度的补充。遗憾的是,我们的祖先忽视了这些特殊现象,他们只是让孩子们自己去发现、去选择,没有做过专为孩子们辑录、改写古典作品中适合他们阅读的作品的工作"。[①]

1992年10月,王泉根的《中国儿童文学现象研究》由湖南少年儿童出版社发行。陈伯吹对此书的评论是——"全书以史、论、评相结合的方式,对中国儿童文学作了多方位、多角度的研究:既梳理考察了'五四'以来现当代儿童文学的发展思潮、外来影响、文学流派等重要的文学现象,又对古代儿童文学的状况及特色提出了富于思辨色彩的理性思考;既以实事求是、详辨慎取的态度,对一些现代作家的儿童文学实践进行了新的探讨,又对当今儿童文学的新精神、新景象作了精深的个案评析。"[②]

---

① 王泉根:《中国古代儿童文学探赜》,《云南民族学院学报》1992年第3期。
② 陈伯吹:《不断求索,不断进取——序王泉根新著〈中国儿童文学现象研究〉》,王泉根《中国儿童文学现象研究》,湖南少年儿童出版社1992年版,第Ⅱ页。

1993 年

1993年1月,《儿童文学研究》新一期出刊。本期刊发了李燕昌、郑春华、鲁风、圣野、周晓波、贺嘉、朱自强、柳叶、戎林、邱易东、刘兴诗、马力、金燕玉、刘忆芬、黄可、毕冰宾、王泉根的相关文章。

李燕昌在《儿童小说：读者视角与选家视角比较》中指出,"通过读者和选家对儿童小说评价视角的比较,我们发现他们之间存在的差异,其中最主要之点在于：读者(当代少年儿童)要求儿童小说反映他们的生活、他们的感情,希望通过小说来理解周围的世界,而选家则要求小说在艺术上达到一定的高度,从作品中能找到作家的艺术个性"[1]。

郑春华的《幼儿文学之呼唤》论及幼儿文学与生活真实的关系,她认为,"贴近生活是指贴近幼儿的情感而不是贴近幼儿具体的生活,后者是对现实主义较为肤浅的理解;反映生活是指反映幼儿的心声、幼儿的渴望,而不是反映幼儿的无知和失误。艺术地反映生活是把孩子许多杂乱无章的生活糅合起来重新组合,而不是照抄照搬。况且美的,并不一定都是真实的"[2]。

在《近年少年小说文体嬗变轨迹》一文中,周晓波对近年创作的少年小说文体嬗变的背景和特点做了梳理,"我们不难看出少年小说文体嬗变的背景是与近年成人小说文体嬗变的大背景密切相关的。域外文学的观念和表现技巧不同程度地影响着中国文学的变化,其中一个很重要的方

---

[1] 李燕昌：《儿童小说：读者视角与选家视角比较》，《儿童文学研究》1993年第1期。
[2] 郑春华：《幼儿文学之呼唤》，《儿童文学研究》1993年第1期。

面,便是少年小说观念性的突破,从原先较单一地注重内容的再现性艺术转向形式与内容密切配合的表现性艺术的创造,更加重视小说语言的表现功能,不再以为形式是被动地为内容所决定的,而把形式也同样提到一种特殊重要的位置上来看待,认为形式本身便包含着'意味',是一种'完成了的内容',选择好形式,就更有利于内容的展示与完成。"①

在《新时期儿童文学理论的误区——吴其南的儿童文学观质疑》一文中,朱自强对吴其南在《错位的批评》中的观点予以批评。他指出"儿童文学的自身特点越是在年龄小的儿童那里,越是表现得突出,从幼儿至儿童至少年,是呈逐渐淡化的趋势。因此,儿童文学忽略了年龄较小的儿童读者,把兴奋点过多地放在少年读者那里,无疑是读者观念上的战略失误。而进一步偏重少年中的高年龄层,以及把兴奋点放在少数'文学少年'那里,则更是舍本逐末了"。他的结论是,"应该承认,吴其南这样的理论,《鱼幻》这样的作品其要提高儿童文学的文学性这一主观动机是值得充分肯定的,但作为客观效果,由于过于将自己封闭于狭窄的艺术思维空间而缺乏合理性与可行性"②。

1993年3月,《儿童文学研究》新一期出刊。本期刊发了陈伯吹、任大霖、沈虎根、骆之恬、侣承军、费润民、娄齐贵、陈子君、钱红林、傅春生、蒋风、韩进、阿丁、李玲、郝志诚、盛如梅、王泉根的相关文章。

本期设"少年儿童出版社四十周年纪念专辑"。

傅春生在《民间童话的叙述方式与童话创作(以张天翼童话为例)》中指出,"童话脱胎于民间故事的出身,使其对神话这一原型批评的最终审美旨归具备一种特别亲近的血缘关系,探求传统的童话故事的情节结构、

---

① 周晓波:《近年少年小说文体嬗变轨迹》,《儿童文学研究》1993年第1期。
② 朱自强:《新时期儿童文学理论的误区——吴其南的儿童文学观质疑》,《儿童文学研究》1993年第1期。

人物形象和叙述方式在当代童话创作中的变形,无疑是童话研究与评论的一条重要途径"。并据此对张天翼的童话创作做出了分析和评价,"适应于儿童生理-心理特征制约下的审美,是对作家创作儿童文学作品的一个具体要求。而历代相传的民间传说、童话故事中所采用的叙述方式无疑是在无数成功的创作经验中积淀而成的,最适宜于儿童认识心理和欣赏水平的表述方式,采用它来进行创作既有文学上的秉承关系,又适应了儿童的审美水平,而且从时代需求出发类似张天翼先生那种'以子之矛攻子之盾'的创作方法,其艺术效果也是成几何级数地增长的。张天翼所提出的艺术标准借助这种方法获得了极大的成功"[1]。

蒋风、韩进的《"写自己的真情实感"——任大星、任大霖童年母题文学创作初探》对任氏兄弟在创作中彰显的童年母题予以归纳:"一、抒写苦难。二、礼赞童年。三、乡土气息。四、忏悔意识。"并将他们的艺术追求概括为"真,情,趣,美"[2]。

1993年4月,方卫平在《宁波师院学报(社会科学版)》上刊发《开拓新的接受空间——关于近年来探索性少儿文学作品的思考》。在方卫平看来,"当代一部分儿童文学作家以他们的探索性作品表达了他们对当代儿童读者和儿童文学接受问题的独特观念和认识"。针对班马对新一代儿童文学作者群中对儿童文学读者的态度所作的四种类型的划分,方卫平认为:"这四种类型的划分当然不是绝对的,其中也有某些重叠的现象。仅就这四种类型的读者观念而言,除第四种态度外,前面三种无疑都将导致作家在创作中努力寻求一种新的对话姿态和接受可能。因此,当代儿童文学领域中出现的探索性作品不仅表现出作家对儿童文学艺术

---

[1] 傅春生:《民间童话的叙述方式与童话创作(以张天翼童话为例)》,《儿童文学研究》1993年第2期。
[2] 蒋风、韩进:《"写自己的真情实感"——任大星、任大霖童年母题文学创作初探》,《儿童文学研究》1993年第2期。

境界和艺术品位本身的一种理想,而且也显示了他们对当代少年儿童接受行为的一种新的理解,表现了作家同少儿读者实现新的艺术对话的愿望"①。

1993年4月,冯乐堂在《聊城师范学院学报(哲学社会科学版)》上刊发《论郭沫若早期的儿童文学理论》。他提到郭沫若的早期儿童文学观包括如下内容,"首先,郭沫若从'立人立国'的视角肯定了儿童文学的社会功能。其次,运用西方现代自然科学中化学研究的方法研究儿童文学本质。第三,创作与鉴赏,明确到儿童文学与成人文学在创作和鉴赏上的重大差异。郭沫若还提出儿童文学建设的三条途径:收集、创造、翻译"②。

1993年5月,《儿童文学研究》新一期出版。本期刊发了张天明,高学栾,穆书法,[德]王文田,方卫平,杨鹏,吴其南,张瑞华,汪习麟,张微,金近,王卉,阎春来,李运转,赵克雯,张锦贻,冉隆中,王济民,[日]猪熊叶子,彭斯远,胡昱,王泉根的相关文章。

方卫平在《儿童故事创作大有可为》一文中指出,80年代以来,儿童故事的创作较为迟缓,造成这种状况的原因主要是,"一方面,整个儿童文学界对儿童故事创作不够重视,有关的评论、研讨十分薄弱,各种儿童文学评奖更是没有故事的份儿;另一方面,不少作者也误以为故事的文学品位比不上小说、童话、诗歌等样式,对儿童故事创作的艰巨性认识不足"③。

吴其南在《小说家的童话——任大星童话刍议》中根据任大星的创作谈到了"新童话"的探索:"童话是以用假定性的艺术形象构筑艺术世界为

---

① 方卫平:《开拓新的接受空间——关于近年来探索性少儿文学作品的思考》,《宁波师院学报(社会科学版)》1993年第2期。
② 冯乐堂:《论郭沫若早期的儿童文学理论》,《聊城师范学院学报(哲学社会科学版)》1993年第1期。
③ 方卫平:《儿童故事创作大有可为》,《儿童文学研究》1993年第3期。

基本的文体特征的。在童话中引入生活本身的形式,如具体的时空意象,具体的人物、事件、环境等——和童话的基本存在方式是矛盾的。如何既在童话世界中引入真实的现实生活的图景又不损害童话的存在方式,便是'新童话'艺术探索中首先遇到的问题。"①

1993年5月,刘绪源在《浙江师大学报》上刊发《现代教育学对儿童文学的启迪》。刘绪源指出:"我不认为儿童文学应依附于教育。但儿童文学与教育之间确实存在着不可忽视的联系。我想这不是'从属'的关系,而是一种'平行发展'(不是齐头并进,而是趋向一致但却总有先后)的关系","我们常常将儿童文学与教育作比较,在谈到教育时,我们又往往囿于一种固定不变的概念或印象。其实教育本身也是流动、变化着的"。与此同时作者结合英国哲学家洛克、法国思想家卢梭、美国哲学家杜威和瑞士心理学家皮亚杰的观点指出:"教育的进展永远不是孤立进行的,它总是尾随着思想界的发展与突破,在思想家、哲学家(其实还必然有作家和艺术家)的奔走呼号探讨实验的反复推动下。"纵观现代教育学的发展线索,作者也指出其中的一种可喜的趋势,"儿童的地位愈益提高,由儿童自己去发现或'发明'真理的教学法日益取代了抽象的灌输与单调的记诵"。而对于文学而言,作者认为:"文学则常常是跑在思想界前面的,理论还未能把握的事物,伟大的文学作品常能通过审美的方式有力地把握它们",然而,他也提醒读者注意儿童期的两重性,"它既是相对独立的、真正的人生,同时又确是要向未来的成人社会过渡的",因此,"包含一定教育价值的儿童文学,也自有它存在的理由"。总而言之,他在文章结尾呼吁:"只要我们放眼世界教育发展的必然趋势与历史潮流,即使将儿童文学与教育作各种比附,也不会得出应将儿童文学降格为教育工具的结论;相反,儿童文学倒有一种弘扬崭新的儿童观与艺术观的义务,它应以自己

---

① 吴其南:《小说家的童话——任大星童话刍议》,《儿童文学研究》1993年第3期。

的艺术成就去推动传统旧教育的彻底变革。"①

1993年5月,班马发表在《浙江师大学报》上刊发《略论中国当代少年文学的演进和格局》。文章提出,"具有永恒性意味的艺术价值,显然正在于它所对应的少年儿童心灵中那部分恒定的和原生性的审美心理结构,它将一代代重复出现在人的早期阶段心灵之中(当然,这种重复形式不会是仅仅复制);这种把定将对某些单一社会学评论的价值观作出修正。同时,无疑还存在着当代性意味的艺术价值,如果说心理结构是有深层和浅层的层次,那么它即是少年儿童审美心理结构中那部分表层的和受随机刺激影响的对应表现(这里的'深层'和'表层'只有心理学的结构含义),它便应该拥有鲜明易识的时代特色。然而,艺术价值的所谓'永恒性'和'当代性',实际上又存在一种有机转换的关系,在优秀的'当代性'表现的作品里隐含着将永恒的意味(所谓永恒的莎士比亚作品和安徒生童话在当时也即是当代性的);而带有'永恒性'意味表现的作品在被当代所接受的过程中则也附加了当代意识的渗透(有如似与20世纪社会毫不相关的中国古典诗文的自然情怀却可在当代的环保意识中复出并激动人心)——这都给了我们一种观照和把握。在确立当代少年文学的艺术表现和艺术价值的观念基点之上,我们便将高度突出有关'文学阅读效应'这一艺术评价的参照基础。这样,我们即将以当代少年文学作家针对当代少年儿童读者的'文学阅读效应'作为艺术评价基础,去观照前述整个全景格局中的中国当代少年文学的艺术发展和艺术表现——对于这种'文学阅读效应'的强调,无疑它不但涉及了艺术接受对象的方面,同时也涉及到艺术创造者的方面,从而强调两者之间所产生出的艺术效应。因而当代少年文学作家与当代少年儿童之间的时代关系,则成了一个非常

---

① 刘绪源:《现代教育学对儿童文学的启迪》,《浙江师大学报(社会科学版)》1993年第2期。

重要的因素和研究对象"①。

1993年5月,方卫平在《浙江师大学报》上刊发《输入与传播——从"儿童中心主义"到"儿童本位论"》。作者在文中概括:"从理论上说,一旦把儿童的独特性与具体的社会历史条件绝对割裂开来,那么理论的合理性与谬误性就必然会成为一对难分难解的'孪生兄弟'。在这一点上,一些'儿童本位论'者的失误在很大程度上是因为过分信任了人类学上的'复演说'。从实践上看,'儿童本位论'如果被解释成儿童文学只是以儿童世界为本位,描绘一个完美的童年之梦的话,那么它的可行性也是颇可怀疑的。'五四'时代,一些作家以儿童世界为参照、为本位,确实创作出一批初具现代品格的儿童文学作品。"②

1993年5月,周汉友在《浙江师大学报》上刊发《儿童文学理论的当代探索——评"儿童文学新论丛书"》。他的基本观点是:"从整体上看,这一套理论丛书已经摆脱了对传统儿童文学理论体系的依附,而在一个较新的理论起点上尝试以特定的论题为范围来重建儿童文学的理论命题系统和表述系统,因而在一定程度上开始改变数十年来儿童文学理论研究中概念贫乏、话题陈旧、思想平庸、表述浅陋的停滞状态。首先,表现为新的理论概念、范畴的提出和运用。其次,是新的理论命题的提出。再次,是儿童文学理论新的体系化方面的努力。"③

1993年6月,张之伟的《中国现代儿童文学史稿》由华东师范大学出版社出版。本书是其1962年写成的《中国现代儿童文学史稿》修改压缩

---

① 班马:《略论中国当代少年文学的演进和格局》,《浙江师大学报(社会科学版)》1993年第2期。
② 方卫平:《输入与传播——从"儿童中心主义"到"儿童本位论"》,《浙江师大学报(社会科学版)》1993年第2期。
③ 周汉友:《儿童文学理论的当代探索——评"儿童文学新论丛书"》,《浙江师大学报(社会科学版)》1993年第2期。

而来。张之伟在1953年考上河北师范学院的中文系,有幸听过去日本留过学的方纪生先生的儿童文学课程,从此便致力于儿童文学的相关研究。1961年时他被调回浙江瑞安,搜集、整理史料,最后整理成初稿交于中国少年儿童出版社的金近。他在"前言"中说道:"大约搁了比较长的一段时间,从来信中已经隐约感到似乎将有一场大的风暴袭来,而我所写的这些人物,似乎又都属于'横扫'的对象;于是在懊丧之中,赶紧用塑料纸张包裹,转移故乡山村平阳孙岙,束之高阁。"[①]而1978年以后,随着改革开放的到来,他受到严文井、崔坪的邀请到了北京,于是又重新开始搜集整理资料,相继拜访了当时还健在的龚炯,董林肯夫人姚慧新,陈伯吹,贺宜,范泉等人,在原稿的基础上填补了许多不足,以上事迹足以见得此书的来之不易。

1993年7月,吴其南在《温州师范学院学报(哲学社会科学版)》上刊发《漂泊少年心——班马小说的文化意蕴》。在吴其南看来,班马的小说的特色在于"大都在路上":"或是离开繁华的大都市走向荒蛮的江南腹地(《鱼幻》),或是跨越大半个中国从遥远的内地来到一座濒海的小城(《野蛮的风》),或是在一个偶然的机会闯入一座迷宫般的古园(《迷失在深夏古镇中》),或是跨着一辆老旧的'黑马'从一个山村走向另一个山村(《孤旅》)。尤其是《六年级大逃亡》中,主人公李小乔干脆是一个辍学生"。吴其南认为这些设计逃亡、流浪、离家在外的作品,"固然包含了与社会的矛盾,但这毕竟只是一个方面,而且在作品中的表现不是很清晰、明确的。就班马小说中多数处于'在路上'的少年而言,他们的离家在外主要不是与'父亲'的直接的矛盾冲突,而是由于受到来自外面的世界的召唤"、"班马不仅将他笔下的'外面的世界'人化、精神化而且将其诗化、艺术化了"。同时他还总结了班马的意义:"他是从少儿教育即人的生成的

---

① 张之伟:《中国现代儿童文学史稿》,华东师范大学出版社1993年版,第1页。

角度提出问题的,是在个体生命的源始处看到异化及这种异化的生成方式,这就使人不仅看到异化的普遍性而且将人们对异化及异化的生成的理解推到更深的层次,有一种文化透视上的精警性。"他在文中特别对《六年级大逃亡》中的李小乔作了深刻的剖析,在文章结尾,他提出意味深长的感慨:"可以设想,从派出所出来,李小乔很可能还会去流浪,班马很可能还会继续吟唱李小乔们的漂泊之歌。而美,正包含在他们永恒的追求里。"①

1993年7月,《儿童文学研究》新一期出刊。本期刊发了任大霖、黄晨、张锦贻、董国超、陈模、杨实诚、徐鲁、张洁、骆之、鲁兵、袁鹰、刘保法、杲向真、田地、程式如、肖显志、宋东辉、盛巽昌、王泉根、黎民、彭斯远、[马来西亚]爱薇的相关文章。

任大霖在《儿童文学要返朴归真》一文中指出,"我还主张儿童文学从'纯文学'的自我禁锢中解脱出来,搞一些儿童喜爱的'通俗文学''大众文学';从'纯创作'的清高氛围中解脱出来,搞一些'编编写写'的富有知识性与趣味性的儿童文艺读物"。并比较中外儿童文学创作,指出"我们的眼界扩大了,或多或少地看到了世界各国儿童文学的面貌。有比较才有鉴别,和人家比较一下,我国儿童文学'深刻'有余,'浅显'不足,'严肃'有余,'趣味'不足,'哲理'有余,'童心'不足"②。

黄晨的《儿童经验与儿童文学创作》认为,承认作家与儿童读者之间的"代沟",并深入分析了这种差异机制产生的原因及弥补手段。其结论是:"在儿童文学创作中,童年经验的作用和地位不容漠视和低估。但是,真正的儿童文学作家,不能躺在童年经验的温床上,关在屋里搜肠刮肚式

---

① 吴其南:《漂泊少年心——班马小说的文化意蕴》,《温州师范学院学报(哲学社会科学版)》1993年第2期。

② 任大霖:《儿童文学要返朴归真》,《儿童文学研究》1993年第4期。

地搞创作,否则只能是闭门造车,会步入创作的死胡同,窒息或扼杀充溢着勃勃生命力的儿童文学的艺术精神。"①

董国超的《试论儿童小说和少年小说》对儿童小说与少年小说进行了区分,他认为"尽管儿童小说是一个外延比较模糊的概念,但它仍然不能用少年小说的概念来取代。由于我们的儿童文学还没有达到按不同年龄、不同生活境况的少年儿童的心理特点,有针对性地创作儿童文学作品的水平,由于我们在儿童文学理论研究上,对不同年龄层次的儿童读者的审美心理研究、把握还不是很深很透,因而儿童小说这一概念仍不失其理论价值",并进一步提出"当前流行于儿童文学创作和批评界的少年小说的提法,应改称中学生小说才更为准确和符合创作实际"。②

1993年8月,方卫平在《浙江社会科学》上刊发《中国古代儿童诗歌理论批评掠影》。在作者看来,"在中国历史上,尤其是在明代以前,专供儿童欣赏、具有儿童艺术情趣的诗歌作品实属凤毛麟角。除了完全从成人诗歌中拿出一部分诗作供给儿童外,只有一种据说是专供儿童传唱的'童谣'"。对于古代的歌谣,方卫平结合《尔雅》、《说文》、《国语》等文献将其概括为:"传唱于儿童之口的、没有乐谱、也不用乐器伴唱的歌谣(徒歌)"。同时,他结合《晋书》、《后汉书》、《宋书》等史料认为:"古代童谣的产生首先并非是为了适应儿童欣赏的需要,而常常是社会政治生活的直接产物。"但吕坤父子的《小儿语》一书,方卫平也指出其三项成就:"首先,在杨慎否定了在传统神学天人感应说影响下形成并统治童谣研究领域一千多年的'荧惑星说'的基础上,它对民间流传的儿歌童谣的特质作了初步的也是比较正确的揭示和概括";"其次,作者肯定了儿歌童谣对儿童所

---

① 黄晨:《儿童经验与儿童文学创作》,《儿童文学研究》1993年第4期。
② 董国超:《试论儿童小说和少年小说》,《儿童文学研究》1993年第4期。

具有的教育功能";"再次,通过总结自己收集、改编、创作儿歌童谣的体会,对儿歌童谣的艺术特点作了论述"。在对中国古代儿童诗歌理论批评作了梳理之后,方卫平概括了中国古代儿歌的特点:"首先,从具体的理论内容来看,中国古代儿童诗歌理论批评与整个传统文化背景之间有着千丝万缕的联系,这种联系不仅规定了儿童诗歌批评所能达到的理论范围,而且也规定了它所拥有的特定的理论观念";"其次,从内在的思维操作特征来看,中国古代儿童诗歌理论批评对客观对象的认识和把握表现为一种朦胧的、直觉式的感悟,而不善理论的分析和推理";"最后,从理论批评的外部形态来看,中国古代儿童诗歌理论批评的展开是零散的、随意的,并且,这种情形作为一个历时性的过程,曾经延续了很长的一段时间"。①

1993年8月,方卫平的《中国儿童文学理论批评史》由江苏少年儿童出版社出版。该著为中国第一部个人的儿童文学理论批评专著。方卫平撰史的理念和方法可概括为:"在中国儿童文学及其理论批评走向自觉之前,中华民族已经拥有几千年的文明史。在这个历史过程中,围绕着儿童的生存、教育、成长等内容建立起来的各种观念、准则、机构、设施等等,早已构成了一种独特的、绵延不断的文化现实,而儿童文学及其理论批评作为一种具体的儿童文化现象,或隐或显,或消或长,一直是其中一个不可分离和忽视的组成部分。只是,作为一种与现代儿童文学及理论批评形态相对而言的史前期文学形态,它们常常是零散的、不自觉的,甚至是被扭曲的,而且,它们早已被沉重的历史帷幕所遮掩,以致对我们来说显得如此遥远而陌生……理论思维应有的历史感和难免会有的好奇心,都将提醒并诱使我们将目光投向那早已垂落的更为幽深的历史帷幕,发出更

---

① 方卫平:《中国古代儿童诗歌理论批评掠影》,《浙江社会科学》1993年第4期。

为深长的历史探询。"①

　　1993年9月,《儿童文学研究》新一期出刊。本期刊发了束沛德、刘杰英、赵立中、朱自强、吴其南、杨实诚、梅子涵、竺洪波、张子樟、薛大桥、韩进、杜凤、周锐、王紫千、金波、樊发稼、徐鲁、冉隆中、赵镇琬、徐朴、王泉根的相关文章。

　　朱自强在《故事:儿童文学的现代追求》一文中指出:"世界儿童文学的潮流表明,儿童文学越是发展到现代,越是表现出对故事的归属而不是疏离。"并强调在当下的创作中"舍弃生动的故事,想在象征、哲理、诗化上去建功立业的做法,在创造趣味性(最终也包括文学性)这一点上,与营造故事相比则是事倍功半,弄得不好,甚至是费力不讨好的"②。

　　梅子涵在《关于儿童小说写作的几个问题》一文中再次提到了"叙述面向"的概念及其在创作中的重要性,他指出,"写儿童的故事(我在使用'故事'这个概念时,有时不是局限在原本的意义上),和是否一定构成与儿童的'主题'接位并不存在必然关系。它取决于角度,取决于怎样切入,取决于叙述的选择,以及所确定的'主题'意味本身"③。

　　竺洪波的《天真与稚拙——论儿童文学的文化哲学意义》认为,"儿童文学中的天真与稚拙是一组完美的结合。天真的情感只能以稚拙的形式来表现,儿童的趣味、幻想如果用成人的思维和语言,用符合现代科学的方式表现出来,那就显得不伦不类、老气横秋了。那不是'正常的儿童',而是不可理喻的人精。而稚拙的形式只能在表达天真的情感时才是一个精美的形式,离开那种儿童特有的强烈而天真的情感,稚拙就沦落为真正

---

① 方卫平:《中国儿童文学理论批评史》,江苏少年儿童出版社1993年版,第15页。
② 朱自强:《故事:儿童文学的现代追求》,《儿童文学研究》1993年第5期。
③ 梅子涵:《关于儿童小说写作的几个问题》,《儿童文学研究》1993年第5期。

意义上的笨拙和低劣"①。

韩进在《关于儿童文学批评的态度》一文中将儿童文学的批评标准归结于以下三方面："(一) 文学价值(二) 教育价值(三) 趣味价值。"②

1993年10月,韩进在《鲁迅研究月刊》上刊发《论周作人的儿童文学观及其悲剧品格》一文。他的基本观点是:"首先,周作人的儿童观与以其为基础的儿童文学观自身潜伏着危机。周作人倡导'以儿童为本位'的儿童观,在很大程度上是他的'自然人性论'的发展。其次,周作人儿童文学思想中的上述严重缺陷,他本人始终是不自知的,也就无所谓要去克服与改进,在他所有的文字里是见不到他作过有关的自我批评,而且至老不悟,始终坚持着、自信着。第三,客观上,以鲁迅、茅盾、叶圣陶等开创的现实主义儿童文学观高举着'要能给儿童认识人生'的旗帜,不仅从理论上纠正了周作人儿童文学观的偏颇,还从创作上为中国的儿童文学创作开辟了一条现实主义的宽广大道,更以其与那个时代民族命运的特殊联系,而具有强大的生命力,终于成为代表着时代方向的一种理论。"③

1993年11月,梅子涵的《儿童小说叙事式论》由湖北少年儿童出版社出版。该书属"儿童文学新论丛书"之一。儿童小说叙事问题是作者一直关注的话题。作者在本书的"全书说明"中也指出,把叙事方式放在一个独立的位置上来进行,"是全面的关注,并且明确指出首先是关注、强调大的结构方面(秩序)以及它们的变化、它们的创新。即便是小的技巧运用,我们也注意提醒与通常认识所不同的着眼点和角度"④。梅子涵在很

---

① 竺洪波:《天真与稚拙——论儿童文学的文化哲学意义》,《儿童文学研究》1993年第5期。
② 韩进:《关于儿童文学批评的态度》,《儿童文学研究》1993年第5期。
③ 韩进:《论周作人的儿童文学观及其悲剧品格》,《鲁迅研究月刊》1993年第10期。
④ 梅子涵:《儿童小说叙事式论》,湖北少年儿童出版社1993年版,第1页。

多场合中也强调:"我反对儿童小说写作遵循'单一'的形式思维,但并不反对那种'单一'形式存在的本身。它们是'单一'的,但它们却是一类。它们有缺点,但任何新的形式也有缺点",相反,"事情往往恰好是,某种形式的意味,正不能没有其缺点"。他的基本观点是强调创新,"作为小说家、儿童小说家、儿童文学作家,他的存在价值不仅仅在于提供一篇一篇一本一本的读物、故事、小说,还在于推动、发展他所从事的那种形式"、"而任何的'那种形式'的发展,毫无疑问都是和它的'叙事式'的发展有关的"。① 他也指出:"究竟什么是儿童小说,现在尚未有一个明确、可靠的基本标准。"在他看来:"我们可以提出'要求'和'原则',但写作和文学现象却要复杂得多。大量的不是为儿童写的作品都被在儿童小说儿童文学的文库中端放着,何况是为儿童写的——又怎能以'面向'的效果来进行唯一的判断!"因此,作者提醒:"不要简单地看待我对《独船》、《我要我的雕刻刀》的分析、批评。"②

1993年11月,《儿童文学研究》新一期出刊。本期刊发了松谷美代子、李楚城、朱彦、长谷川潮、陈模、四方晨、萧平、鸟越信、吴怡、刘绪源、方卫平、潘延、乔传藻、知白、冉隆中、王泉根的相关文章。

本期刊登了"第二届中日儿童文学研讨会"的部分论文。第二届中日儿童文学研讨会于1993年5月15—19日在上海举行,会议肯定了"战争儿童文学"研讨主题的重要意义,交流了近年来中日两国关于战争儿童文学的创作实况。李楚城在《我看战争题材》一文中对以往战争作品公式化的原因作出了探寻,"战争是政治的继续,也是政治斗争的特殊手段。因此,战争题材的作品往往具有鲜明的政治色彩。在强调文艺为政治服务,

---

① 梅子涵:"全书说明",《儿童小说叙事式论》,湖北少年儿童出版社1993年版,第2页。
② 梅子涵:"全书说明",《儿童小说叙事式论》,湖北少年儿童出版社1993年版,第3页。

政治标准第一,艺术标准第二的文艺方针指导之下,作家写战争题材受到的约束尤多"①。

方卫平的《儿童文学接受研究的当代思考》对当代儿童文学理论中涉及接受的部分概括出以下几点特征:"首先,从研究的具体内容看,主要讨论的是儿童文学创作如何顾及儿童的接受能力、作品如何让儿童读者乐于接受等一类课题上。其次,从研究所涉及的理论层面看,主要是借助了对儿童心理学、教育学等理论的输入和介绍,而对儿童文学接受活动作为一种特定的审美活动类型,其构成要素、审美机制、发展特征等等,研究还是很不够的。再次,从具体的理论操作方法看,人们对儿童文学接受活动的研究和了解在很大程度上还处于一种经验型的水平上,即凭自己的主观经验、想象和愿望去推断接受活动的状况和作品对读者的影响,而不是从实际的接受情况出发来导出相应的理论分析。最后,当代儿童文学接受研究在理论视角、成果形式等方面都还处于相对零散、随意的状态,作为儿童文学研究的一个独立切入视角和理论分支的接受学研究还没有得到自觉的重视和系统的展开。"②

1993年12月,陈子君、贺嘉、樊发稼主编的《论儿童小说》由江苏少年儿童出版社出版,本书属"全国少年儿童文化艺术委员会理论丛书"之一。在本书的"前言"中,编者指出当时"左"的思想主要体现的三个方面:"第一,在儿童小说创作与政治的关系方面,一些理论把儿童小说创作的政治方向片面地理解成为某些具体的政治运动服务";"第二,在创作与生活的关系方面,由于'紧跟形势','配合政治',有的儿童小说评论不是鼓励作家从生活出发,塑造真实可信的人物形象,而是鼓吹那些为了'政治

---

① 李楚城:《我看战争题材》,《儿童文学研究》1993年第6期。
② 方卫平:《儿童文学接受研究的当代思考》,《儿童文学研究》1993年第6期。

需要'而编造虚假的生活的作品和在现实中难以找到的'小大人'式的儿童形象";"第三,在如何认识儿童小说的创作规律方面,儿童小说之所以不同于现代成人小说,主要是从其读者对象决定的"。① 本书基本展示我国儿童小说理论研究的现状:一方面帮助读者了解我国儿童小说理论发展的轨迹;另一方面,对于如何积极建设儿童小说理论将会有一定的启示。②

---

① 陈子君、贺嘉、樊发稼主编:《论儿童小说》,江苏少年儿童出版社1993年版,第2页。
② 陈子君、贺嘉、樊发稼主编:《论儿童小说》,江苏少年儿童出版社1993年版,第5页。

1994 年

1994年2月,金燕玉的《大世界中的小世界》由南京出版社出版。全书分为"我与儿童文学"、"我看儿童文学"、"我看童话"、"我看儿童小说"等几部分。她在"我与儿童文学"中讲述了早年经历对其儿童文学事业的影响:"小学三年级时,开始订《少年文艺》,开始有了自己的书,我一篇篇看,一本本收好,保存了许多年也舍不得丢掉。初中到城里读书,二年级领到一张市图书馆的借书证,天天进进出出,俨然是个老读者,从各个国家的民间故事读起,直读到莎士比亚,初识安徒生,初识格林。"①

1994年2月,王泉根在《西南师范大学学报》发表《80年代以来海峡两岸儿童文学的交流》。随着80年代以来海峡两岸的关系开始解冻,儿童文学的交流得到明显的发展。王泉根认为,1989年是一个值得关注的界标,因为这一年的元月,北京《儿童文学》、上海《少年文艺》等大陆多家报刊与台湾刚刚创刊的《小鹰日报》联合举办"中华儿童文学创作奖"的征文评奖活动。同年3月24—25日,香港儿童文艺协会与香港作家联谊会联合主办"儿童文学研讨会",邀请大陆、台湾儿童文学作家出席,由于签证原因,后来他们在香港见面,这是两岸儿童文学作家的第一次会面。②

1994年2月,蒋风、韩进在《鲁迅研究月刊》上刊发《鲁迅周作人早期儿童文学观之比较——兼论中国现代儿童文学发展的鲁迅方向》。作者

---

① 金燕玉:《大世界中的小世界》,南京出版社1994年版,第1页。
② 王泉根:《80年代以来海峡两岸儿童文学的交流》,《西南师范大学学报》1994年第1期。

认为:"鲁迅、周作人的儿童文学思想,结合他们的儿童文学实践,不难看出,鲁迅、周作人都从'儿童本位观'与培养'完全的人'出发,强调儿童文学与儿童教育的关系,强调儿童文学必须以尊重儿童接受者的智力水平为前提,这无疑是对几千年来'父为子纲'的以'长者本位'的旧儿童观、旧道德观、旧教育观的有力声讨与抨击,催促了中国现代儿童文学的发生与发展,同时为中国儿童文学理论的建设打了最初而又扎实的基础,其功其德必将永载史册。然而,对儿童、儿童教育的不同理解,他们的儿童文学思想在相近的表述却有着实质性的分野。"在论者看来,"社会的、民族的、未来的、教育儿童的文学"与"个人主义的、人间本位的、供儿童消遣的文学"是鲁迅与周作人儿童文学思想的本质特征与根本分歧。这是两种性质的儿童文学思想的分歧,中国现代儿童文学之所以沿着鲁迅的方向发展,根本原因也正在这里。鲁迅、周作人的儿童文学思想在他们共同倡导儿童文学运动的"五四"时期就已经有着性质上的差异与发展趋向的不同。也正是这一分歧所引起的矛盾运动,才进一步推动了人们的探索,成为中国儿童文学发展的内动力之一。从这一时期他们在儿童文学思想的差异上,人们看到了中国儿童文学自她诞生的那一刻起,就潜在着两条道路与两个方向的论争,而在第二个十年里,中国儿童文学为什么是沿着鲁迅的方向发展,而不是周作人,这实在也是"进化"的必然,而不能脱离赖以存在的社会,在文学以外去找原因。[①]

1994年3月,朱自强在《东北师大学报》上刊发《"童话"词源考——中日儿童文学早年关系侧证》。该文主要针对"最早指出'童话'一词源于日语一词的是周作人"进行考证。对于"汉语中的'童话'最早出现在哪一年"的问题,朱自强认为,"新村彻的1908年11月的说法,根据比较确

---

① 蒋风、韩进:《鲁迅周作人早期儿童文学观之比较——兼论中国现代儿童文学发展的鲁迅方向》,《鲁迅研究月刊》1994年第2期。

凿",并且"一些研究者认为《童话》丛书出版截止于1916年的说法"也被新村彻的说法所推翻。关于"'童话'的词源来自何处"的问题,他根据日本儿童文学史的相关资料,认为现下的两种观点:周作人的"'童话'来自日本"说与洪汛涛的"'童话'有由中国传过去的可能性"说,根据具体论据来看,"基本可以说'童话'来自日本语词汇,而洪汛涛所说的'童话''由中国传过去'的可能性几乎没有"。在重视文献学方面的实证的同时,朱自强还坚持"大的历史条件和文化背景也必须纳入我们的视野"的观点。在朱自强看来:"考证'童话'一词是否源于日语,与语言学上的意义相比,更具重要的儿童文学史的意义","因为'童话'一词源于日语这一事实,典型地说明了中国儿童文学在诞生期里的受动性格"。[①]

1994年3月,日本儿童文学学者鸟越信在《东北师大学报》上刊发《成人的逻辑与儿童的逻辑》,该文由朱自强翻译。在鸟越信看来,"为儿童创作的文学,与读者对象的年龄相适应,一般可以分为少年文学和幼年文学。而且,进一步划分幼年文学,有时又可以分为只以讲述为目的的低幼童话和幼儿自己也能阅读的幼年童话"[②]。

1994年3月,方卫平在《东北师大学报》上刊发《论"五四"时期中国儿童文学理论批评的现代自觉》一文。作者在文中认为"五四"时期儿童文学理论批评表现为:"第一,从理论形态的生存面貌看,现代儿童文学理论经过古代,尤其是近代的漫长铺垫和准备,已开始由过去零散的、尚未独立的研究形态进入了一个相对独立的、系统的建设阶段。第二,从理论形态的构成基础看,'五四'儿童文学研究所处的是一个西方文化学术思潮大量涌入国门的时代,因而现代儿童文学理论的自觉是通过广泛借鉴、

[①] 朱自强:《"童话"词源考——中日儿童文学早年关系侧证》,《东北师大学报》1994年第2期。
[②] [日]鸟越信:《成人的逻辑与儿童的逻辑》,《东北师大学报》1994年第2期。

吸收、融合近代西方心理学、教育学、儿童学、人类学、文艺学等学科的理论成果而实现并以此奠定自身的学术基础的。第三，从理论形态的构成内容看，当时的儿童文学理论研究已涉及了众多的研究课题，为儿童文学研究开拓了较为宽阔的理论空间。第四，从理论批评的研究方法看，'五四'时期的现代儿童文学理论批评已结合自身的学科特点，初步择定了合适的研究方法；不同研究方法之间的互补和支持，为当时的儿童文学研究提供了一个多层面的、立体的研究视角。"①

1994年3月，孙建江在《东北师大学报》上刊发《周作人对中国儿童文学的理论贡献》。文章总结了周作人主要的儿童文学的理论贡献：一、"儿童的文学"概念的明确提出，加快了中国儿童文学由非自觉状态向自觉状态转变的进程。二、开拓性的研究，为儿童文学成为一个独立的学科奠定了基础。三、文化人类学方法的运用为中国的儿童文学研究提供了重要经验。当然，文化人类学理论也有其自身的局限性。比如这一理论往往将生物的进化程序与文化的发展步骤等同起来，带有某种机械唯物主义倾向。他们强调，人类文化发展与生物进化一样，基本上遵循着由低级到高级的程序，是单线性的，这就忽略了不同地域的文化存在着差异性以及这种差异性之间互为影响、互为交流这一事实。当周作人将这一理论运用到他的儿童文学研究中时，其研究的缺陷也显露了出来。比如他强调儿童的心理、生理特性，就不无偏颇地将儿童从现实社会这一特定的时空情境中分离了出来，把儿童只看作孤立于现实社会之外的单一的存在物，儿童精神生活只与原始人"相似"而不与现实人相通，这样一来，儿童与现实之间的联系便被割断了；儿童本应具有的社会属性便不存在了，无疑，这是周作人的局限，也是我们在运用文化人类学理论进行儿童

---

① 方卫平：《论"五四"时期中国儿童文学理论批评的现代自觉》，《东北师大学报》1994年第2期。

文学研究时须特别注意的问题。①

1994年4月,吴继路的《少年文学论稿》由首都师范大学出版社出版。对于"少年"这一概念,作者指出:"'少年'的称谓,同'儿童'一样,历来存在并且通行多种含义,大体看则有广义的泛指和狭义的特指这两重区别,人们在不同的场合各择其宜地使用。就通常约定的理解,儿童、少年均指未成年人,同于口语中的'孩子';而'儿童'常指未成年人的前段,'少年'则常指后段。这是广义、泛指。狭义的、特指的'儿童'、'少年',则有科学的具体认定,它们各指未成年人的一个特定年龄阶段。"②"少年阶段在人生漫长途程的各阶段中,处于由幼小到成熟的过渡期,具有特殊重要的意义;而少年阶段划分的基础与前提,又同人生各阶段的划分相一致。"③对于"少年"这个概念,作者认为"中国古代的伟大思想家、教育家孔子,最早提出了人生阶段的观念"④。

1994年4月,吴其南在《温州师范学报》上发表《走向澄明——新时期少儿文学中的成长主题》,该文围绕儿童"成长"问题展开。论者认为,新时期儿童文学发生了很大的变化,这些变化"反映出现代中国人的成长观念与西方人的成长观念正在有某种程度的接近"。同时,他也注意到新时期的少儿文学"注意对人的感性的开掘"、"批判、反思可以说是作为基本精神贯穿始终的"、"'独行'作为少年儿童的一种行为方式是近年才在少儿文学中表现出来的"等特点,这种呈现在主题中的变化"更为整个少儿文学的发展描绘出一个崭新的世界"。⑤

---

① 孙建江:《周作人对中国儿童文学的理论贡献》,《东北师大学报》1994年第2期。
② 吴继路:《少年文学论稿》,首都师范大学出版社1994年版,第7页。
③ 吴继路:《少年文学论稿》,首都师范大学出版社1994年版,第1页。
④ 吴继路:《少年文学论稿》,首都师范大学出版社1994年版,第2页。
⑤ 吴其南:《走向澄明——新时期少儿文学中的成长主题》,《温州师范学报》1994年第1期。

1994年6月,张锦贻在《集宁师专学报》上刊发《中国儿童文学研究今昔谈》一文。作者指出,"本世纪中国儿童文学在呼吁→立论、译介→创作的历程中,终以其受人注目的实绩摆脱它作为中国传统文学的附庸角色。如果以被鲁迅赞誉为'给中国的童话开了一条自己创作的路的'叶圣陶童话《稻草人》作为儿童文学在中国兴起的标志算起,已经经过了从'五四'→新中国建立→改革开放的新时期的三大高峰时期。其间儿童文学的发展是跨时代的,期待于儿童文学理论的,就是在前人研究的基础上,不断地作突破性的发展"。对儿童文学的研究首先是对儿童文学的含义(定义)、属性的研究,其次是对儿童文学特性的研究,第三,对儿童文学艺术形式的研究与儿童文学的特性相一致,大多数的研究者注意到了儿童文学是一个具有多层次内涵的概念,面对不同年龄、不同层次的儿童读者,不同的作品各以自己的独特表现方式去观察现实。第四,儿童文学史的研究。第五,对具体的作家、作品的研究。第六,新领域拓展的研究。[①]

1994年6月,罗培坤、左培俊主编的《儿童文学创作与研究》一书由华中师范大学出版社出版。编者指出:"本书的编写目的并不是为了培养专业的儿童文学作家、艺术家,儿童文学鉴赏家、评论家和研究家,而是为了培养高层次的教师。最终目的是提高幼儿教师、小学教师和初中语文教师的儿童文学素养,有利于他们的教学或其他工作。"[②]但作为一门课程的教学,编者也强调读者注意三点:"一、把文学的一般原理熔铸到对儿童文学创作、欣赏、评论和研究的特殊规律的研讨中";"二、重点讲授儿童文学创作的特殊规律,并结合对典范儿童文学作品的赏析,培养学员的欣赏水平和创作能力,以利于他们将来或现在的教学,以利于他们将来或现在对少年儿童文艺创作活动的指导";"三、在教学方法上,要始终贯

---

① 张锦贻:《中国儿童文学研究今昔谈》,《集宁师专学报》1994年第1期。
② 罗培坤、左培俊编:《儿童文学创作与研究》,华中师范大学出版社1994年版,第9页。

彻理论与实践并重的原则,促使学员将所学得的儿童文学理论运用到儿童文学的创作、欣赏、评论和研究中去。要为学员提供较多的实践机会,以便于他们在短时间内或工学矛盾的情况下较快地提高创作(包括改编)、赏析、评论和科研的能力"。①

1994年9月,黄云生在《浙江社会科学》上刊发《历史提供了今天,今天塑造着未来——读方卫平的〈中国儿童文学理论批评史〉》。作者认为:"他比较全面地占有史料,更可贵的是,方卫平进行这一课题研究的立场和眼光。他从一开始就站在现实的立场,从考察我国儿童文学研究现状开始他的批评史研究的。"方卫平指出:"当代儿童文学研究正萌动、酝酿着一种超越传统、重建中国儿童文学批评理论形象的创作冲动。毫无疑问,这种冲动如果不以对历史的了解和反思为背景和依据,那么它将可能是幼稚的、盲目的。"在方卫平看来,研究历史、了解历史,是为了现在,更是为了未来,而"对未来的探询首先应该是对历史的探询,中国儿童文学理论批评的未来理想、形态和构架无疑将从它的历史积累和传承中获得某种灵感、教训和启示,从而确定自己走向新的批评历程的理论起点"②。

1994年9月,束沛德在《文艺报》上刊发《寻求新的突破:略谈战争题材的儿童文学》。该文系作者于1993年5月在上海召开的第二届中日儿童文学研讨会上的发言。他对战争题材的儿童文学的定义是:"战争题材的儿童文学是以爱国主义、集体主义、英雄主义精神教育少年儿童一代的文学,是给予少年儿童以美好理想和坚定信念的文学,是鼓舞少年儿童奋发向上、勇往直前的文学。"在他看来,进入新时期以后,"我国战争题材的儿童文学又有新的进展、新的收获"。他在文中提到的长篇小说有:陈模

---

① 罗培坤、左培俊编:《儿童文学创作与研究》,华中师范大学出版社1994年版,第10页。
② 黄云生:《历史提供了今天,今天塑造着未来——读方卫平的〈中国儿童文学理论批评史〉》,《浙江社会科学》1994年第5期。

的《奇花》、王一地的《少年爆炸队》、严阵的《荒漠奇踪》、杨啸的《鹰的传奇》三部曲、吴梦起的《小响马传》等；短篇小说有：张映文的《扶我上战马的人》、谭元亨的《抓来的老师》、徐光耀的《少小灾星》、海笑的《那年我十六岁》等。但令他感到遗憾的是："近几年来战争题材的儿童文学似乎被冷落了，没有得到应有的重视，无论是作品的数量还是质量，都呈现一种停滞不前的态势，不仅没有出现交口称赞的名篇佳作，而且发表、出版的园地和作者队伍的规模似有日益萎缩的趋势。"面对这种创作困境，他主要提出三点意见："一、寻求新的表现角度、新的艺术构思；二、着力展现小战士性格的丰富性、独特性和战火烛照的人性美；三、弘扬新时代的英雄主义。"[1]

1994年10月，程式如的《儿童剧散论》由中国戏剧出版社出版。本书属"中国儿童戏剧系列丛书"之一，是作者的一本散文集。刘厚生为本书作序。他在序中指出："我不认为式如同志已经为中国儿童剧建立了完整的理论体系：一来这是一本十几年的文章结集，并非提纲挈领的章节之作，二来目前儿童剧的理论建材远不充分和完备。与其框架宏大而内容单薄，不如踏踏实实撷取一得之见逐渐积累。先聚集零散的断金碎玉，一旦成熟，经过筛选，就能够水到渠成地成为珠花珠串或者金玉楼台了。"同时，刘厚生也认为："中国儿童几十年来受到公式化、概念化创作模式和为政治服务的指导思想的深重影响甚至伤害，绝不亚于成人戏剧，在某种意义上甚至可以说超过成人戏剧。"[2]

1994年11月，刘绪源在《浙江师大学报》上刊发《鲁兵论——一个作家与一个艺术难题》。虽然鲁兵的一些理论观点在学界仍有分歧，并且也有学者提醒作者："不要忘了'儿童文学是教育儿童的文学'的提出者鲁兵

---

[1] 束沛德：《寻求新的突破：略谈战争题材的儿童文学》，《文艺报》1994年9月24日。
[2] 程式如：《儿童剧散论》，中国戏剧出版社1994年版，第4页。

先生是主要从事幼儿文学创作的,这一口号在幼儿文学领域的合理性要比在少年文学领域中大得多。"但刘绪源对于"儿童文学究竟要不要强调儿童特点"的问题,也提出了如下看法:"这一问题,就像'儿童文学究竟是不是文学'一样,听上去不免滑稽。从句子本身的逻辑看,结论分明已经包含在大前提——'儿童文学'中了。既然叫'儿童文学',那当然属于'文学',那当然是需要强调'儿童'特点的文学。"针对依旧有学者提出"儿童反儿童化"这一观点,他认为:"对于任何事物某一属性(儿童文学特点就是儿童文学的一个基本属性)的过分或者片面强调,都有可能走向反面,反过来破坏该事物的发展与完整性",由此作者特意指出强调儿童化过程中的三忌:"一忌做作";"二忌低估";"三忌空泛","儿童读者之所以会'反儿童化',不是因为儿童文学不该特别强调儿童特点,而只是从反面证明我们强调儿童特点时,在以上三方面'忌'得不够"。与此同时,他也总结了所出现过的三种理论:"第一种认为儿童文学是'教育的',艺术作为手段完全服务于教育目的";"第二种认为艺术既然是手段同时也是目的,作为手段它运载教育的内容,作为目的它本身就具有审美的价值";"第三种则认为,艺术(注意,不是艺术技巧)并非手段,应当将艺术品作为审美整体来对待,艺术审美就是它的最高目的,虽然其中也包含一些教育的意义,但那只是审美整体中的有机部分而已"。结合鲁兵的作品的发展历程,刘绪源也发现:"鲁兵先生是持第二种观点的,并且在创作中比较自觉地遵守这样的观点",他认为"他的许多作品既然有较高的审美价值,又有比较明确的教育目的,但我们读后又觉得不够满足,感到作为一个作家虽然'尽责'但还未能'尽才'"。因为在他看来,"有些优秀的儿童文学作品几乎是找不出'教育意义'来的,但它们仍然优秀,甚至比有'教育意义'的作品更加优秀"[①]。

---

① 刘绪源:《鲁兵论——一个作家与一个艺术难题》,《浙江师大学报》1994年第6期。

1994年11月,吴其南在《浙江师大学报》上发表《中国少儿文学也在走向后现代主义?》。针对李国伟所谓的"少年自我历险小说",吴其南并不认同,他认为该文体"是以读者完全认同小说中的主人公为基本前提和主要特征的"。对于《狮面神像》这类作品,他认为,"特点并不在所谓的'自我历险',而在情节发展的每一关节点上设计不同的选择,使故事因读者的选择的不同有不同的方向"。但他也肯定这类小说的新特点,例如在"情节"、"结构"、"真实性"等方面。他认为这类作品出现的真实意义却在于:"都以放逐最终极价值、追求消遣娱乐、向现代化的文化消费靠拢为主要特征"、"将它们放在一起,说中国少儿文学中也在兴起一股后现代主义思潮"。而后现代在吴其南看来是"一种以俗文学、大众文学为主要阵地的文学思潮",他坚持"大众文学和精英文学都有自己的领域,它们可以竞争但不能彼此替代"。① 2008年,朱自强对吴其南此文进行评价,他认为"吴其南发表于二十世纪九十年代中期的《中国少儿文学也在走向后现代主义?》一文中的那个既有先见之明,又'羞羞答答的'的问号,今天,我们已经毫不犹豫地将其删去"②。

1994年11月,朱自强在《浙江师大学报》上刊发《二十世纪日本少年小说纵论》。全文以论述"少年小说"为主要范畴,针对这个概念,他认为:"在日本儿童文学用语中,'少年小说'有时是指作为大众儿童文学的小说作品,有时则是指艺术儿童文学中以少年为读者对象创作的小说作品。"③

1994年11月,杨佃青在《浙江师大学报》上刊发《"张天翼模式"论》。他这样定义"张天翼模式":"其幽默热闹的风格与夸张、怪诞、变形等具有

---

① 吴其南:《中国少儿文学也在走向后现代主义?》,《浙江师大学报》1994年第6期。
② 朱自强:《论中国儿童文学的后现代和产业化问题》,《中国海洋大学学报(社会科学版)》2008年第3期。
③ 朱自强:《二十世纪日本少年小说纵论》,《浙江师大学报》1994年第6期。

游戏精神的艺术手段在新时期的'热闹派'童话中得到了充分的继承和发展。'热闹派'童话更加重叙述,重动作,重故事,叙述速度快,时空变幻大,表现出荒诞、紧张、热闹的美学特点,突破了传统的神仙、拟人等方式,更多地运用荒诞组合和物质化手法,大量使用具有现代化色彩的宝物,拟人化形象更加富有生命力,更加活跃有弹性。他们呼唤童话幻想本质的回归,追求童话功能的全面归宿和发展,实现教育功能、认识功能、娱乐功能、宣泄功能的并重和融化,从观念上改变了中国儿童文学的现状,新时期中国儿童文学的一系列变化可以说都是由此引发的。"[1]

1994年12月,杨实诚的《儿童文学美学》由山西教育出版社出版。该书是第一本系统阐释儿童文学美学的理论专著。该书主要从范围、发生、创造、实质、形态、童话、儿童小说、儿童诗、寓言等方面来阐述儿童文学及其相关美学问题。在作者看来,"儿童文学美学自然是研究儿童文学中的审美关系。儿童文学是以儿童为读者对象的一门儿童语言艺术。儿童文学美学应该是研究成人作家如何以语言为工具,为儿童创造了儿童文学作品之美,应该是研究儿童文学作品作为存在物有着哪些进一步构成读者心中的美的条件,儿童读者又有哪些接受美的条件,作品和读者如何达成默契,最后创造出儿童文学之美"[2]。

---

[1] 杨佃青:《"张天翼模式"论》,《浙江师大学报》1994年第6期。
[2] 杨实诚:《儿童文学美学》,山西教育出版社1994年版,第344页。

1995年

1995年1月,林飞在《广西右江民族师专学报》上刊发《建设有中国特色的儿童文学理论的构想》。他的基本观点是:"首先,要建设具有中国特色的儿童文学理论,当前就要在政治上坚持四项基本原则,创造一个安定团结的政治局面,并要搞好改革开放,建设经济繁荣的物质基础。其次,正本清源,澄清长期以来困扰儿童文学理论研究中的一些问题,以达到共识。这是建设有中国特色的儿童文学理论的一个重要前提。其三,建设和发展具有中国特色的儿童文学,是建设和发展具有中国特色的儿童文学理论的一个重要前提。其四,发展壮大现有儿童文学理论研究队伍,这是建设具有中国特色的儿童文学理论的一个重要和必要的条件。其五,中国的儿童文学事业,是中国社会主义文学事业的一个重要组成部分。其六,有中国特色的儿童文学理论体系是一个开放的系统,不是封闭的、孤立的系统。因而它在发展建设的过程中与相关的学科有互相影响、互相渗透的关系。其七,学习和借鉴外来文化和外国儿童文学理论,继承我国民族文化和文学理论的民族传统,这也是建设具有中国特色的儿童文学理论的一个重要条件。"①

1995年1月,韩进在《中国文学研究》上刊发《"周作人与儿童文学"研究述评》。他的基本观点是:"对周作人的反思与对周作人儿童文学论的肯定,是建立在批判社会功利价值的儿童文学论基础上的,这也许难免

---

① 林飞:《建设有中国特色的儿童文学理论的构想》,《广西右江民族师专学报》1995年第1期。

其矫枉过正的偏激,然而历史发展的进程往往正是一个'曲线中的直线',历史的正义感也往往是通过某种偏激或迷乱等非常规形式曲曲折折地体现出来。就像克罗齐曾指出的:'历史像从事工作的个人一样,一次只做一件事情',对于当时来不及照顾的问题则加以忽视或临时稍加改进,任其自行前进,但准备在腾出手来的时代给以充分的注意。从五四到当代的20世纪中国儿童文学的发展也是这样前行的。二、三十年代,历史将救亡图存的时代主题提到每位儿童文学家的面前,强调儿童文学的社会功利价值;这是时代对儿童文学作家最庄严的召唤,也是作家对那个时代的一份真诚与责任。当代中国的中心任务是建设与发展,人们最为关心的是儿童文学在促进儿童生理心理健康发展,推动儿童向理想人格健全发展等方面的作用,强调儿童文学的审美性与娱乐价值,这同样也是时代赋予儿童文学家的神圣使命。两者是中国儿童文学在不同历史发展进程中所面临的不同时代主题,两者不是完全对立的,而是发展中的不同过程。"[1]

1995年2月,王泉根在《西南师范大学学报》上发表《当今海峡两岸童话创新现象之比较》。当时台湾童话文学的创新,给王泉根留下最深印象的是"护生童话"与"环保童话"的出现,"护生"即"保护生灵","环保"即"保护环境",对此他特别提到了邱杰的获奖作品《地球人与鱼》:"构思平淡无奇,但却涵盖着深刻的反思意识。"对于这些童话中出现的一些动物形象,王泉根总结出了几个特点:第一,在人与动物的关系上,它们与我们习见的文学作品中的动物形象判然有别;第二,这些动物虽然是"自然化的动物",但都"成了弱者";第三,"作家再也没有兴趣来讴歌人类战胜动物、征服自然的无谓斗争与力量"。而对于大陆儿童文学,王泉根介绍了六种童话的新品种:"(1)热闹型童话(2)诗意型童话(3)小巴

---

[1] 韩进:《"周作人与儿童文学"研究述评》,《中国文学研究》1995年第1期。

掌童话(4) 双面体童话(5) 魔方体童话。"①

1995年3月,束沛德的《儿童文苑漫步》由江苏少年儿童出版社出版。全书分为"第1辑 书林拾叶"、"第2辑 文苑扫描"、"第3辑 园丁履痕",另外本书还有几则附录,分别为"中国作家协会关于发展少年儿童文学的指示"、"中国作家协会关于改进和加强少年儿童文学工作的决议"、"中国作家协会首届(1980—1985)全国优秀儿童文学奖获奖作品篇目及评奖委员会名单"、"中国作家协会第二届(1986—1991)全国优秀儿童文学获奖作品篇目及评奖委员会名单"、"1978年中国作家协会恢复活动以来历届儿童文学委员会成员名单"。②

1995年3月,林焕彰在《亚洲华文作家》上刊发《踏出第一步的必要——踏出最艰难的第一步,达成历史性的意义》。该文是"亚洲华文儿童文学研讨会"的综述。该研讨会的主题是"儿童文学为华文文学的曙光",并且本次会议所提交的论文,包括林焕彰的《儿童文学是世世代代的文化事业——"亚华文学"中的儿童文学之未来》、谢武彰的《亚洲华文儿童文学展望》、班马的《让语言的工具性超越地区文化的困境》、孙建江的《光荣与梦想——从中国大陆新时期少年文学的崛起看亚洲华文儿童文学的曙光》、林琼的《新加坡儿童文学的发展与儿童读物概况》、马汉的《让儿童文学的养分来培育文学的幼苗》、年红的《为马华幼儿文学播种》等。这些论文从不同的角度"对于亚洲地区的华文儿童文学以及华文文学的未来发展,都表现了关心和使命感"。与此同时,林焕彰还指出本次研讨会的收获与意义:"一、'亚洲华文儿童文学'的推展工作,已经踏出最艰难的第一步";"二、'亚洲华文儿童文学'的概念已经成形,并成为亚洲地区国家华人关心华文文化的新课题";"三、'亚洲华文文学'的延续与发

---

① 王泉根:《当今海峡两岸童话创新现象之比较》,《西南师范大学学报》1995年第1期。
② 束沛德:《儿童文苑漫步》,江苏少年儿童出版社1995年版。

展,有赖于华文儿童文学的推广";"四、'亚洲华文儿童文学研讨会'已成为定期举办的文学工作"。①

1995年3月,林玉蓉在《亚洲华文作家》季刊第44期上刊发《儿童文学为亚洲华文文学的曙光——亚洲华文儿童文学研讨会纪事》。作者指出:"虽然这次研讨会由于筹备的时间短促,而且宣传方面也做得不够,导致参加者寥寥无几,这是令人遗憾的。不过,主讲人发表内容丰富和具有深度的论文,引起了参加者的热烈讨论,也使与会者获益不浅,诚属令人欣慰。谨希望下一届在曼谷举行的亚洲华文儿童文学研讨会,继承本届会议的经验和成果,办得更出色,并且进一步提升本区域儿童文学的发展。"②

1995年3月,瑞士作家麦克斯·吕蒂的《童话的魅力》由社会科学文献出版社出版。译者在"前言"中强调了童话的当代意义:"今天,童话已不再像从前那样广为流传并在成年人中间讲述。但它依然是人们渴望得到的东西。它是孩子们不可缺少的精神食粮。艺术家和科学家们从中汲取创作的源泉","童话摆脱表面现实的统治和压力,自己建立起一个美好的世界"。颇有意味的是,作者也指出其中所包含的矛盾之处:"一方面我们认为童话一词只是经过特殊艺术编造而成的谎言的一种婉转表达方式,常常会轻蔑地说:'不要对我胡扯啦!'另一方面我们在赞叹某些异常美丽的东西时会情不自禁地用上'童话般的'这个词。此时的'童话'不再具有不真实的含义,而是含有超凡之意。"③

1995年3月,《儿童文学选刊》第2期(总第80期)出版,本期刊发了

---

① 林焕彰:《踏出第一步的必要——踏出最艰难的第一步,达成历史性的意义》,《亚洲华文作家》1995年第44期。
② 林玉蓉:《儿童文学为亚洲华文文学的曙光——亚洲华文儿童文学研讨会纪事》,《亚洲华文作家》1995年第44期。
③ [瑞士]麦克斯·吕蒂:《童话的魅力》,张田英译,社会科学文献出版社1995年版,第1页。

方卫平、吴天、常星儿、杨玉祥、于家臻、卢振中、任溶溶、江治荣、林染、关劲潮、徐国志、金本、郑望春、郎弘、冬婴、金波、孙迎、小河、赖晓珍、石节、寄华的相关文章。方卫平在《一份刊物和一个文学时代——论〈儿童文学选刊〉》一文中回顾了20世纪以来儿童文学杂志的发展历史。

1995年5月，方卫平的《儿童文学接受之维》由湖北少年儿童出版社出版。该书属"儿童文学新论丛书"之一。在本书的导论"走向读者之维"部分中，作者对于当代儿童文学研究的理论中涉及接受的部分总结出了几方面特征："首先，从研究的具体内容看，主要是把文学接受问题归结为儿童文学创作如何顾及儿童的接受能力、作品如何让儿童读者乐于接受等一类课题上"①；"其次，从研究所涉及的理论层面看，仍停留在对儿童心理学、教育学等理论的一般性的、浅层次的输入和搬用水平上。也就是说，儿童文学接受活动作为一种特定的审美活动类型，其构成要素、审美机制、发展特征等等，并未获得真正的、深刻的揭示"②；"再次，从具体的理论操作方法看，人们对儿童文学接受活动的研究和了解在很大程度上还处于一种经验型的水平上，即凭自己的主观经验、想象和愿望去推断接受活动的状况和作品对读者的影响，而不是从实际的接受情况出发来导出相应的理论分析"③；"最后，当代儿童文学接受研究在理论视角、成果形式等方面都还处于相对零散、随意的状态，作为儿童文学研究的一个独立切入视角和理论分支的接受学研究还没有得到自觉的重视和系统的展开"④。针对这个议题，作者还指出几方面需要考虑的策略："一、关于儿童文学接受研究的理论个性与学科定位问题"；"二、关于儿童文学接受研究的操作对象问题"；"三、关于接受研究中读者与作者、作品之间的关

---

① 方卫平：《儿童文学接受之维》，湖北少年儿童出版社1995年版，第15页。
② 方卫平：《儿童文学接受之维》，湖北少年儿童出版社1995年版，第16页。
③ 方卫平：《儿童文学接受之维》，湖北少年儿童出版社1995年版，第17页。
④ 方卫平：《儿童文学接受之维》，湖北少年儿童出版社1995年版，第18页。

系问题";"四、关于儿童文学接受研究的理论意义和目的问题"。

1995年5月,孙建江在《当代作家评论》上刊发《光荣与梦想——从中国新时期少年文学的崛起看亚洲华文文学的曙光》。作者在文中总结了新时期中国少年文学的特点:"内容方面,其一,承认传递主体意识的重要性;其二,文学属性的强化;其三,题材的拓展;其四,文学主题的多样化;其五,审美指向的多元化:阳刚、象征、空灵、神秘、幽默。在形式方面,其一,从篇幅容量上展开;其二,从叙述语言上展开;其三,从叙述结构上展开;其四,从叙述视角上展开;其五,从不同文体手段、不同表现方法的借鉴上展开。"①

1995年6月,蒋风在《文科教学》上刊发《一段艰难曲折的前进道路——四十年来的中国儿童文学研究》。他的基本观点是:"近十多年来中国儿童文学研究的内部发展,主要体现在理论观点和理论体系本身的演进。学者们在继承传统的同时,接受了当代科学文化思潮的影响,摆脱了过去封闭狭窄的研究格局,而从当代文化思潮为背景,从观念、方法、体系等方面推动了当代儿童文学理论研究的进程。这一进程反映了中国儿童文学研究的基本走向。首先,儿童文学研究更多地关注着发展变化中的儿童文学创作实践,并从现实的创作实践中不断吸取新的理论滋养。其次,近十年来的中国儿童文学研究正在使基本理论课题向纵深推进。第三,努力建设和发展具有中国特色的儿童文学理论体系。这是从"五四"开始,经过几代人努力的一个共同的目标。第四,方法论的问题也开始引起中国儿童文学研究者们的重视。学者们感到过去方法陈旧单一,也是阻碍儿童文学理论研究繁荣的原因之一。在充分肯定近十多年来中国儿童文学研究所取得的成就的同时,当然也应看到它的不足。主要有

---

① 孙建江:《光荣与梦想——从中国新时期少年文学的崛起看亚洲华文文学的曙光》,《当代作家评论》1995年第3期。

四点表现:(1)跟整个世界文艺理论大潮相比,仍有不少薄弱的环节,例如对儿童文学本质的探索,如何从接受者和创作者两个方面来理解和把握儿童文学以及对儿童文学作家的创作思维和创作规律的研究,都很不够。(2)有些论文搬用新名词新术语过多,而对儿童文学本身的艺术规律的探索却少进展。(3)与整个儿童文学实践仍有脱节的现象,儿童文学理论不能及时地捕捉和反映儿童文学创作中的最新动向和存在问题,不能指导和影响儿童文学创作的发展趋势。(4)与建立具有中国特色的完整的儿童文学理论体系这一宏伟的目标,还有一段很大的距离。而这正是中国学术界的殷切期望,也是世界儿童文学界翘首以待的事。"①

1995年6月,石节在《文科教学》上刊发《评两部新出的〈中国当代儿童文学史〉》。作者认为,一部完整的儿童文学史应包括以下三个部分:一、文学发展脉络,文学史必须从芜杂的文学事实中概括出文学发展的主流。二、文学发展中有突出地位的但又不属于主流的作家作品。在很多时候,有那么一些作家独立于我们所认定的主流之外孤峰似的存在着。他们以自己卓越的创作丰富了一个时代的文学。他们自应在文学史上占有一席之地。这是"块"。三、在文学发展过程中具有重大意义的讨论、争鸣。由于对这些"热点"的论争往往处于文学发展的关节点上,每一次讨论都预示着文学对以前道路的偏转甚至逆转。所以,这些处在文学岔路口的现象有必要被详细地分析研究。②

1995年7月,刘绪源的《儿童文学的三大母题》由少年儿童出版社出版。作者将三大母题分为"爱的母题"、"顽童的母题"、"自然的母题"三部分构成。作者指出从事母题研究的目的在于:首先是为探寻各个母题下的

---

① 蒋风:《一段艰难曲折的前进道路——四十年来的中国儿童文学研究》,《文科教学》1995年第1期。
② 石节:《评两部新出的〈中国当代儿童文学史〉》,《文科教学》1995年第1期。

儿童文学作品的同等合法性;其次是探寻各个母题的独特意义;再次是摸索不同母题的审美特征;最后是把握这些母题的过去与未来的发展。①

1995年7月,《儿童文学选刊》新一期出刊。本期刊发了黄云生、老臣、余衡、谢华、乐晓薇、左泓、陶永灿、城子、须一心、高平、第广龙、张梅、肖琬琦、赖晓珍、王东、杨红樱、方圆的相关文章。

黄云生的《孩提梦,孩提梦——读〈儿童文学选刊〉1990年以来连载的幼儿文学》认为,"幼儿文学是人生初始阶段的生命形式,灌注其间的是天真烂漫的游戏精神。作为幼儿的美感心态,它还很'野',无拘无束,活跃、好奇而天真,幻想自由飞翔,热衷于摹拟、改造万事万物的生存和运动。这种美感心态,存在于幼儿的游戏生活,同时也成了幼儿文学的审美品格"②。

1995年8月,汤锐的《现代儿童文学本体论》由江苏少年儿童出版社出版。汤锐指出:"本世纪初儿童文学在中国的诞生是以'发现'儿童为前提的,而现在,当中国儿童文学存在了半个多世纪之后,我们仿佛才渐渐'发现'了成年人。"③她首先将儿童文学的基本逻辑支点确定为"成人—儿童"④,并以此来作为理论思考。

1995年8月,黄钲在《南方文坛》上刊发《编第一部〈中国当代儿童文学文论选〉》。文章认为:"经过评选者整整两年的辛勤劳动,《中国当代儿童文学文论选》终于编辑完成。这是第一部由国内学者评选的全面系统而清晰地勾勒20世纪下半叶我国儿童文学理论建设发展轨迹与学术风貌的专书,全书80余万字,纵探源流,横诠诸说,取精用宏,自成体系,有力地显示了儿童文学自己辽阔的艺术版图与研究领域,丰富的学术内涵

---

① 刘绪源:《儿童文学的三大母题》,少年儿童出版社1995年版,第18—20页。
② 黄云生:《孩提梦,孩提梦——读〈儿童文学选刊〉1990年以来连载的幼儿文学》,《儿童文学选刊》1995年第4期。
③ 汤锐:《现代儿童文学本体论》,江苏少年儿童出版社1995年版,第9页。
④ 汤锐:《现代儿童文学本体论》,江苏少年儿童出版社1995年版,第18页。

与具有理性深度的学理层面,显示了其与一般学术研究所共有的累积性、探索性、创造性特征以及彼此激发、相互参与所形成的学术层圈和各家之说。此书与《中国现代儿童文学文论选》配套,可使我们对20世纪中国儿童文学的研究成果与研究现状有更为清晰、完整的认识。这对于提升儿童文学的学术品位,促进儿童文学的学科建设,并进而把我国儿童文学推向世界,有着重要的学术意义和现实意义。"①

1995年9月,刘绪源在《书城》上刊发《儿童文学中爱的母题》。作者曾经在《儿童文学的三大母题》一书中将儿童文学的母题分为"爱的母题"、"顽童的母题"、"自然的母题"三部分。而在这三大母题中,有关"爱的母题"的作品最多,因而作者将"爱的母题"分为"母爱型"与"父爱型"。对于"母爱型"的特质,作者认为其"解决方式往往是虚幻的、随意的";而"父爱型"的作品"对于危机的解决——或者'不解决'(在很多情况下恰恰是'不解决'),却是现实的,深刻的","'父爱型'作品的最大特征,是'直面人生'","与'母爱型'相比,'父爱型'作品朝成人文学的方向大大地跨进了一步。这些作品的读者年龄层次明显提高了,阅读、审美的方式也必然引起了许多变化。虽然它还在根本上保持儿童文学的特点,但是同成人文学一样,它的最高审美追求,也开始转向'揭示人生的难言的奥秘'","'母爱型'作品中那些比较成熟的现代的创作","笔端也渗进了人生的奥秘,但还不准备让孩子深刻地接受它们,不准备让孩子在这些沉重的(有些常常是人类所难以排解的)奥秘中经受心灵的炼狱"。而"父爱型"作品"往往具备着'摄人心'的力量"。对于二者的地位,在刘绪源看来:"正如儿童既需要母爱也需要父爱一样,它们应各有自己的文学地位,如只用一种标准评判作品,就有可能将其他类型的作品排斥在外,或牵强附会地乱加诠释,任意褒贬。"②

---

① 黄钲:《编第一部〈中国当代儿童文学文论选〉》,《南方文坛》1995年第4期。
② 刘绪源:《儿童文学中爱的母题》,《书城》1995年第5期。

1995年12月,马力、吴庆先、姜郁文的《东北儿童文学史》一书由辽宁少年儿童出版社出版。作者在"导论"中指出,"我们只有用辩证唯物主义与历史唯物主义的观点去研究东北儿童文学的历史发展,才能正确揭示它的内在本质及演变规律"。同时,作者指出了东北儿童文学的特殊性:"一、东北历史上特殊的政治变革及少数民族特殊的生活方式决定了东北儿童文学发展的特殊轨迹"[1];"二、东北儿童文学思潮与流派的演变及文学本体从古老向现代的转化"[2];"三、东北儿童文学在其自身发展中,民族化、地方化特色不断得以增强"[3]。因为东北儿童文学历来不受到重视,因此在史料方面常常出现奇缺的状况,作者认为主要分为几方面原因:"第一,在生产力极不发达的古代,社会的道德价值取向是以成人为本位,儿童的社会地位极低";"第二,东北的少数民族文化不发达,个别少数民族没有自己的文字,有些少数民族即便有文字也是识者寥寥";"第三,古代东北的少数民族多以游牧为生,逐水草而居。书籍之类在迁移途中难免受到损失,或者处于轻装需要而遭抛弃"。[4]

1995年12月,张锦贻在《文科教学》上刊发《中国当代儿童文学概观》一文。作者认为:"当历史进入了社会改革、对外开放的新时期,由于社会环境的改变和新思潮的产生和涌入,使长期政治运动中形成的儿童观、儿童文学观受到强烈的冲击。儿童文学开始从单一的政治视角转向开阔的社会视角;并由此重新理解儿童文学多样的审美功能;突破了单一的创作方法的局限,出现了创作方法多元状态的变化;也突破了狭窄的家庭、学校题材的局面,打碎了僵化的思维模式。正是在旧观念解体、新观念建立的具体氛围中,中国当代儿童文学跨出了自我封闭的门槛,于是,

---

[1] 马力、吴庆先、姜郁文:《东北儿童文学史》,辽宁少年儿童出版社1995年版,第2页。
[2] 马力、吴庆先、姜郁文:《东北儿童文学史》,辽宁少年儿童出版社1995年版,第4页。
[3] 马力、吴庆先、姜郁文:《东北儿童文学史》,辽宁少年儿童出版社1995年版,第7页。
[4] 马力、吴庆先、姜郁文:《东北儿童文学史》,辽宁少年儿童出版社1995年版,第3页。

看到了、意识到了中国当代儿童文学决不可只着眼于中国大陆的当代儿童文学，它还包括了台湾、港澳地区的当代儿童文学。这是当代儿童文学在认识上的一大进步，是它跨入历史新时期的重大嬗变和突出标志。当代儿童文学的进步，自然与当代中国不同地区对儿童文学发展的重视分不开，从而又促使不同地区、不同人们的儿童观、儿童文学观的发展和飞跃。这种进步和重视，这种发展和飞跃，也是一个历史过程。当它作为中国当代儿童文学史中一个巨大转折的开端时，儿童文学就在实际上获得了一次大的解放。儿童文学观念内容的根本性变化，为艺术思维敞开了广阔的大门，使当代儿童文学表现出多种美学情趣和多种风格发展的势头；不同体裁、样式的儿童文学全面发展、儿童文学观念内容的变化对当代儿童文学队伍的构成也产生了重大影响。在尊重艺术规律的前提下形成了一支包括来自革命斗争与和平建设的不同年代，来自内地沿海和边陲的不同地区、不同民族的阵容强大的儿童文学作家队伍。"[①]

1995年12月，蒋风在《文科教学》上刊发《中日儿童文学交流的回顾及前瞻》。文章的基本观点是：中日两国儿童文学的交流，能使两国儿童通过儿童文学读物增进了解，增进友谊，建立起友好的氛围，从小成为亲密的朋友。这对今后中日友好的进一步发展，定能起到难以估量的作用。基于以上的共识，中日两国儿童文学交流的前景，是非常光辉灿烂的。过去已经做的，仅仅是一个开头，还有更多的工作等待我们去做。蒋风提出，至少下列几个方面都有待进一步加强：一、及时沟通创作、评论、出版的信息。二、相互推荐优秀作品并组织翻译出版。三、组织学者、作家、评论家互访。四、互派留学生进修、研习儿童文学。五、互派教授讲学，合作进行科学研究。六、经常组织共同感兴趣的问题，开展学术讨论会。[②]

[①] 张锦贻:《中国当代儿童文学概观》,《文科教学》1995年第2期。
[②] 蒋风:《中日儿童文学交流的回顾及前瞻》,《文科教学》1995年第2期。

1996 年

1996年1月,《儿童文学选刊》新一期出刊。本期刊发了毕淑敏、秦文君、薛涛、韩蓁、车培晶、黄一辉、孙文圣、汤素兰、苏永智、蔡泥真、爱薇、邱勋、庄大伟、朱效文、董宏猷、戎林、魏滨海、阿漫、张长年、琼瑶、吴宇昆、李东、陈松秋、杨小川、周晓波的相关文章。

本期根据"少年儿童出版社三大期刊联合笔会"的相关发言设"温州笔会五人谈"专栏,其中董宏猷在《森林与成长》一文中谈到儿童小说与"启迪"的关系,他指出,"我所说的'启迪'不是一般的道德教化,更不是政治课本的文学演绎。我所说的'成长'是生命的成长,一如森林中植物与动物的生长一样。成长首先是一种超越历史时空的生命意识。这样的理解便可排除许多给森林饲喂牛奶或'娃哈哈'之类的慈善。儿童小说中的'成长'亦应是少年成长的生命形态,而不应是成人眼中的各种成长模式。森林给予我成长的启迪,主要就在于大森林中生命的多样与生存的多元,大森林对生存空间的尊重与个性发展的尊重"[①]。

1996年2月,朱自强在《社会科学战线》上刊发《二十世纪中国儿童文学理论走向——中西方儿童文学关系史视角》。作者在文中强调:"中国儿童文学研究对西方儿童文学理论的吸收和借鉴既已经积淀为一段历史,也正在形成新的现实要求。必须认识到,作为人文科学的文学理论的吸收和借鉴决不同于自然科学技术的引进,即中国儿童文学研究吸收和借鉴西方儿童文学理论,必须是保持自身主体性的一种能动行为,而绝不

---

① 董宏猷:《森林与成长》,《儿童文学选刊》1996年第1期。

是盲目追求西方化。儿童文学是既具有广泛的世界性,也沾染民族特色的一种文学。虽然与五四时代相比,借鉴、移植的社会土壤条件有了极大改善,但是全盘西化无论在理论上还是在现实上,都是'东施效颦'之举。结论只能是,中国儿童文学理论的发展必须借助于对西方儿童文学理论的吸收和借鉴,但是这种吸收和借鉴的根本目的在于提升自身的水准,形成自身的特色并进而实现对自身局限的超越。"①

1996年3月,《儿童文学研究》新一期出刊。本期刊发了余秋雨、方卫平、班马、刘绪源、黄云生、韦苇、杨佃青、金波、朱效文、圣野、黄亦波、东达、殷健灵、吴其南、汪习麟、萧萍、南驼、郭六轮、平静的相关文章。《儿童文学研究》从1996年起改版,恢复定期出版,全年推出4期,并设立了一系列新的栏目,以崭新的面貌与读者见面。

班马在《缺失本体根基的浮游与无奈靠泊》一文中提到,"实际上总会有填补物。若以我对这一'思想填补'的观照把握,我认为即出现有一个可称隐形于八十年代、并继而笼括九十年代新生力量的思想借助概念——那就是'童年性'的宽泛审美意识。这种'童年性',实际成为各种步入、创造、沉潜、投射、玩味、逃避,抑或阶段性寄寓的庞杂依托物(因而它一时会有壮大'儿童文学'的有益功能)"。从"'本体'的缺失与'童年性'的错补"、"质疑一个无实本体'儿童性'探索的错落格局"、"直面'非现实'及艺术传播"、"'原生生命'和'社会性'的本位识辨"、"紧要的'信息与资讯'问题"几个方面对儿童文学创作做出分析和评价。②

刘绪源在《明天的研究向哪里深化——与诗人班马对话》一文中提出,"在讨论儿童文学的儿童特征时,非但不应削弱,反而要更进一步地强

---

① 朱自强:《二十世纪中国儿童文学理论走向——中西方儿童文学关系史视角》,《社会科学战线》1996年第1期。
② 班马:《缺失本体根基的浮游与无奈靠泊》,《儿童文学研究》1996年第1期。

调与成人文学的密切联系。——我甚至感到,只有强调儿童文学也是成人文学的一部分,强调儿童文学就是成人文学,这一儿童特征的问题才会真正得以解决"①。

方卫平在《形式及其他》一文中谈到"新体验小说"时进行了详细论证,"'新体验小说'既然被标示为'新体验',就应该力求创造一种具有自身质的规定性和形式意味的独特文本,力求在人们已经熟悉的叙事常规之外建立起一种新的文学感知和表达形式。我以为,这种文本形式至少应包括两个相互关联的层面。一是小说语言和叙事的技术操作层面。二是感知存在、理解现实和人生的精神体验层面"②。

韦苇在《衡量儿童文学发展水准的尺度及其他》一文中提出,"儿童文学和成人文学的终极标准,都是艺术生命力——由文学灵气、艺术才华、魅力、震撼力、渗透力和影响力所决定的艺术生命力"③。

杨佃青在《意象:童话艺术体系的第一块基石》一文中提出,"童话意象犹如童话的词汇,童话就是一个以意象为基本单位运转组合起来的体系,即童话意象体系。童话创作的过程也就是一个符号化的过程,这一过程包括给童话构造词汇,即营造童话意象来传达人生体验的过程,也包括用语言符号来传达童话意象的过程,及用'语法'把'词汇'组合运转起来的过程"④。

1996年3月,张锦贻在《内蒙古社会科学(文史哲版)》上刊发《20世纪中国儿童文学研究略论》。文章的基本观点是:"首先,关于对儿童文学的涵义(定义)、属性的研究。儿童文学既然从文学整体中分出来,自然有

---

① 刘绪源:《明天的研究向哪里深化——与诗人班马对话》,《儿童文学研究》1996年第1期。
② 方卫平:《形式及其他》,《儿童文学研究》1996年第1期。
③ 韦苇:《衡量儿童文学发展水准的尺度及其他》,《儿童文学研究》1996年第1期。
④ 杨佃青:《意象:童话艺术体系的第一块基石》,《儿童文学研究》1996年第1期。

其独特之处。这独特处,主要指什么,从二十年代至今,许多论文、论著中都论及了这个问题。这个问题看似简单,其实是内涵丰富而深刻的儿童文学观的问题。第二,对儿童文学特性的研究,对儿童文学的特性有比较一致的认识,但又并非完全一致。或强调儿童文学要顺应儿童心理,尤其要注重不同年龄阶段儿童的心理特征。第三,对儿童文学艺术形式的研究。与儿童文学的特性相一致,大多数的研究者注意到了儿童文学是一个具有多层次内涵的概念。面对不同年龄、不同层次的儿童读者,不同的作品各以自己的独特表现方式去观照现实。第四,儿童文学史的研究。这一工作的开展,以八十年代为最兴盛。在中国,儿童文学这名称,始于'五四'时代。儿童文学观由此确立,儿童文学创作由此兴起,儿童文学理论探讨由此展开。丰富的作品积累,明朗的论点对峙,使众多的研究者瞩目于中国现代儿童文学这一范畴。第五,对具体的作家、作品的研究。这种研究早在本世纪二三十年代即已展开。五十年代以来则引起普遍关注。这种研究包括对儿童文学作家创作道路、创作特色及对具体作品的诸多方面的评论与专题研究。第六,新领域拓展的研究。在改革开放的时代背景下,在中西方文化的交汇与碰撞中,在编辑、教学、科研岗位上的中青年儿童文学理论工作者,面对新时期迅猛发展的儿童文学创作,从不同的视角出发,运用不同的参照系统和价值标准,采取不同的研究方法和手段,发现并提出新的见解。"[1]

1996年6月,《儿童文学研究》新一期出刊。本期刊发了邵燕祥、郑开慧、秦文君、任大星、方卫平、班马、汤锐、孙建江、叶碧、朱效文、梅子涵、王伯方、周锐、张弘、鲁兵、刘绪源、黄云生、金波、黑马、郭六轮、吴岩、李东方、杨鹏的相关文章。

---

[1] 张锦贻:《20世纪中国儿童文学研究略论》,《内蒙古社会科学(文史哲版)》1996年第2期。

方卫平的《儿童文学本体建构与九十年代创作走势——与友人班马对话》对班马在《浮游与靠泊》一文中的部分观点进行了商榷，"对于他在文章中所表达的儿童文学本体观，我有两个方面的异议。其一，儿童文学的本体、艺术根基或审美心理原则，并不是单单对准'儿童性'就能获得确立的，或者说，儿童文学审美本体论的建立，不能仅仅以'儿童性'为依托。其二，'儿童性'的内容是十分丰富的，在'现实'与'非现实'、'原始'与'社会'等儿童性问题上，也应取一种辩证的观点。"[1]

班马的《开发自身本体的"儿童美学"艺术价值——与刘绪源对话"成人文学"评论意识》从成人文学与儿童文学的关系与刘绪源展开探讨。他认为儿童文学所凸现的重大标志性之差别，在于：儿童文学的艺术本体需要拥有自身的"儿童美学"基础，以及相反，儿童文学的艺术本体本身体现"成人文学"基础。[2]

汤锐在《儿童文学创作心态探幽》一文中对导致作家产生创作冲动的内在素质进行了分析，认为有如下几个要素起到了重要作用："一、永远的儿童。二、童年情绪。三、游戏冲动。四、重造童年。"[3]

1996年7月，孙建江在《当代文坛》上刊发《儿童文学层次的划分及其研究》。作者在文中表明："从某种意义上说，是少年文学的崛起促成了儿童文学层次的明确划分。当然，随着儿童文学各类作品的平衡发展，不少论者又提出了儿童文学划分为四个层次的主张，即将与儿童零至三岁这一年龄相对应的儿童文学空档划分为婴儿文学；另一方面，人们又在层次划分的基础上，重新探讨儿童文学的共性。然而，无论是何种情况，重

---

[1] 方卫平：《儿童文学本体建构与九十年代创作走势——与友人班马对话》，《儿童文学研究》1996年第2期。
[2] 班马：《开发自身本体的"儿童美学"艺术价值——与刘绪源对话"成人文学"评论意识》，《儿童文学研究》1996年第2期。
[3] 汤锐：《儿童文学创作心态探幽》，《儿童文学研究》1996年第2期。

要的是，儿童文学层次划分说已明确建立了起来。"①

1996年7月，《儿童文学选刊》新一期出刊。本期刊发了[新加坡]怀鹰、[新加坡]孟紫、沈石溪、秦文君、周锐、崔晓勇、曾一珊、王巨成、刘六良、张之路、郑春华、李想、王铨美、金建华、吴怡、陆弘、王芸美、温泉源、卢晓天、刘泽安、江音、戴珩、马及时、谭圣林、高洪波、鲁枢元、周介人、班马、徐德霞、黄云生的相关文章。

在《小鬼与男孩》一文中，班马从张品成的《赤色小子》出发，探讨了儿童文学创作的"日常性"和"非日常性"叙述，他提到"反映针对于当代日常性的当代少年儿童生活，无疑是一个重要的方面；这也正是中国当代儿童文学界目前所主导，甚至有所单一化的创作景观。但就仅此切入的这一点而言，这种当代'日常性'却也不能不往往含有某种平白、狭窄，以及不无乏味而流俗的时代病之形态。这种当代'日常性'还表现有一种并非完全良性的城市型气质——我从不反对当代性、日常性及其艺术表现。但我同时也质疑它所在'精神边疆'之上的格局性。少年儿童和儿童文学的'精神边疆'并不是当代性和日常性所能独一而可框架与呈现的。非日常性的、历史的、幻想的、虚拟的一种表现形态之价值，正可补足和体现于儿童文学在拓展、激发少年儿童精神边疆之上重要而独特的功能性，就因为它正独具一种特殊和特显的精神力之刺激性"②。

1996年8月，王泉根在《台声》上发表《美丽眼睛看世界——记台湾著名儿童文学作家桂文亚》。该文主要对桂文亚的儿童文学生涯作了推介。桂文亚身兼作家、编辑、理论家等多项职务，对台湾儿童文学的发展有着不可磨灭的贡献。在王泉根看来，"桂文亚的名字在今天大陆儿童文学界、出版界已具相当知名度，这不仅因为桂文亚是一位著名儿童文学作

---

① 孙建江：《儿童文学层次的划分及其研究》，《当代文坛》1996年第3期。
② 班马：《小鬼与男孩》，《儿童文学选刊》1996年第4期。

家、资深编辑,而且还是一位辛勤沟通两岸儿童文学、文化交流的有心人、有志者"①。

1996年9月,《儿童文学研究》新一期出刊。本期刊发了舒芜、金燕玉、王泉根、徐迪南、曾镇男、明照、温溪、高洪波、周政保、唐兵、周晓波、刘绪源、桂文亚、方卫平、班马、汤锐、孙建江、李建树、管家琪、郑春华、朱自强、萧萍、朱效文、殷健灵、孙淇、陈文颖、李新的相关文章。

金燕玉在《跨世纪儿童文学构想》一文中谈到儿童文学的文化关怀应该从四个方面去体现,"第一,儿童文学应该融汇优秀的民族文化,要让民族文化走进儿童文学。第二,儿童文学应该具有正确的价值观念。第三,对于建设跨世纪的儿童文学来说,积极的生命意识十分重要。除此之外,还有一个方面是理想的人格力量"②。

刘绪源在《再说"双重标准"——兼论研究现状并致班马学兄》一文中,继续强调了"双重标准"对弥合儿童文学与成人文学间裂隙的意义,"所谓'双重标准',也就是在衡量儿童文学作品时,既要用成人文学(这是一个虚假的概念,如我上文所言,正确的概念应是'文学')的标准,又要用合乎儿童性的标准"③。

周晓波在《经济大潮冲击下的九十年代少年小说的新视点》一文中将新视点概括为以下几点:"视点之一:作品视角由单一转向——多角度与多义性。视点之二:关注生活崇尚——平静与淡泊。视点之三:深入内宇宙揭示——人性的弱点与心理的误区。视点之四:历史小说的新视

---

① 王泉根:《美丽眼睛看世界——记台湾著名儿童文学作家桂文亚》,《台声》1996年第8期。
② 金燕玉:《跨世纪儿童文学构想》,《儿童文学研究》1996年第3期。
③ 刘绪源:《再说"双重标准"——兼论研究现状并致班马学兄》,《儿童文学研究》1996年第3期。

点——再现本色。视点之五：总是难忘——那悠悠的乡土情结。"①

1996年10月，班马的《前艺术思想——中国当代少年文学艺术论》由福建少年儿童出版社出版。在"关于本书撰述的导言"中，作者概述了本书三卷的整体结构关系。作者将其结构关系概括为："通过考察当代的艺术思想的表现，从问题的方面来凸现和论证艺术现象之中的某种非本体性。'文革'后与'五四'以后的景象堪称相似；而且正来源那里"②；而回寻世纪初的前艺术观念，作者认为："必须考察中国儿童文学界艺术思想根源和传统的发生状态，从中将折射出由中国动荡社会所派生的本体艺术思想的离逸性，并直接影响到当代。同时重整'五四'原有的前艺术观念，指出这一传统的被中断性。"作者认为在分析了前艺术思想的审美发生论后才能"得出本书的重要判断，即中国儿童文学界的艺术思想结构性地缺失'儿童美学'的本体艺术根基，尚未建立自身规律的艺术理论。我们因而从基础理论入手，构建以前审美心理机制为依据的'感知理论'和'游戏精神'；成为拥有审美发生论基础的少儿文学'前艺术思想'"③。

1996年11月，陈模编著的《陈模与儿童文学》由北京少年儿童出版社出版，束沛德为本书作序。在本书的序言中，对于陈模的儿童文学的主张，束沛德将其概括为四个方面："一、鲜明地提出'儿童文学是为儿童服务的文学'"④、"二、弘扬主旋律，提倡多样化"⑤、"三、坚持深入生活，熟

---

① 周晓波：《经济大潮冲击下的九十年代少年小说的新视点》，《儿童文学研究》1996年第3期。
② 班马：《前艺术思想——中国当代少年文学艺术论》，福建少年儿童出版社1996年版，第2页。
③ 班马：《前艺术思想——中国当代少年文学艺术论》，福建少年儿童出版社1996年版，第3页。
④ 陈模编著：《陈模与儿童文学》，北京少年儿童出版社1996年版，第2页。
⑤ 陈模编著：《陈模与儿童文学》，北京少年儿童出版社1996年版，第3页。

悉儿童"、"四、保持、发扬优良传统与民族特色"①。全书分为"第一辑 关于战争与儿童文学的研讨"、"第二辑 我国新时期儿童文学的来龙去脉"、"第三辑 儿童文学需要创新、适应时代和小读者的要求"、"第四辑 发展少先队文学,从小培养千万个儿童文艺新苗"、"第五辑'过来人的寸草心(对陈模儿童文学作品的评论)'"、"第六辑 陈模儿童文学创作研讨会专辑"。另外本书还附有两则附件:"尽快地把少儿读物出版工作抓上去——国务院批转《关于加强少儿儿童读物出版工作的报告》"和"努力做好少年儿童读物的创作和出版工作——1978年11月12日《人民日报》社论"。

1996年12月,刘鸿渝主编的《云南儿童文学研究》由晨光出版社出版。他指出:"在我们的国家里,党和政府把儿童文学的创作提到文艺三大件之一的重要地位,号召文艺家创造出更多更优秀的儿童文学作品来满足未来一代人今天的需要。"②而对于当时儿童文学的创作困境,编者也指出:"儿童文学创作不可能像成人文学那样容易引起轰动,儿童文学的创作又要比成人文学更艰难、更辛苦,除了必需有共同的艺术上的锐气外,还需要一种特殊的能打开儿童心灵的才干。儿童文学是给下一代以良好营养的'豆奶',它不能掺XO,不能掺蜜糖,不能掺海鲜,更不能掺海洛因,一切时髦的文艺流派、主义、手法,对儿童文学基本上都是无缘的。更何况,现今时代儿童的思想、行为、爱好、志向及社会环境都更难把握,董存瑞、刘胡兰、雷锋等已不是那么轻易地能成为儿童崇拜的偶像,商品大潮的冲击,不仅使过去那些美丽的言辞和崇高的道德规范难以简单地让儿童们接受,而且还使儿童文学的作者和读者同时大量流失。"③

---

① 陈模编著:《陈模与儿童文学》,北京少年儿童出版社1996年版,第4页。
② 刘鸿渝主编:《云南儿童文学研究》,晨光出版社1996年版,第1页。
③ 刘鸿渝主编:《云南儿童文学研究》,晨光出版社1996年版,第3页。

1996年12月，孙建江在《云南教育学院学报》上刊发《略论二十世纪初叶中国儿童文学的价值取向》一文。作者的基本观点是："本世纪初，翻译与改编所依据的原则，或者说草创时期中国儿童文学所遵循的价值观主要体现在以下两个方面。首先，翻译与改编强调的是作品的功利价值，注重作品是否能够激励人们奋起，从而塑造新形象，振兴国家。其次，翻译与改编强调的是为'童子所用'，取中外古今供儿童阅读的作品，以促进中国儿童文学自身的发展。"①

1996年12月，《儿童文学研究》新一期出刊。本期刊发了宗璞、樊发稼、吴其南、彭懿、王蒔骏、孙建江、沈碧娟、王泉根、梅子涵、班马、朱效文、刘绪源、魏滨海、张洁、方卫平、陈苏、王方、黄旻祎的相关文章。

吴其南在《儿童文学是什么》一文中通过各类观点的梳理得到以下结论："一、儿童文学是一个根据成人与儿童读者的对话类型的特殊性而形成的文学样式，它有大致的范围却无确切的界限。二、儿童文学能够成为一体首先在于其接受者少年儿童的年龄相近导致他们文化、文学能力上的相近，这一相近又使他们和其他的非少年儿童的接受群体区别开来。三、儿童文学有儿童文学的特点，但特点不等于优点。四、儿童文学是什么？儿童文学是具有或大致具有儿童文学特点的作品之和。"②

王泉根的《共建具有自身本体精神与学术个性的儿童文学话语空间》对班马、刘绪源、方卫平等人围绕儿童文学展开的理论争鸣进行了梳理和评价，从以下四个方面谈论了儿童文学当下面临的一些关键性问题，"一、怎样理解儿童文学的本质特征；二、怎样看待儿童文学自身的'特殊性'以及与成人文学的'关系性'，儿童文学是否应向成人文学靠泊；

---

① 孙建江：《略论二十世纪初叶中国儿童文学的价值取向》，《云南教育学院学报》1996年第6期。
② 吴其南：《儿童文学是什么》，《儿童文学研究》1996年第4期。

三、今天和未来的儿童文学研究应如何深化;四、如何评估90年代涌现的年轻儿童文学创作群体"①。

班马的《对儿童文学主流评论界缺乏本体构建力之我见》回应了刘绪源等人对其"本体建构论"观点的批评,并从以下几个方面作出解释:"一、我为什么要批评当代主流评论界的某种误导?二、这种当代倾向和情绪何以形成?三、我批评'单一化'的萎缩性及其造成'新的自我封闭'的旨意何在?四、我指责别人'成人化',别人指责我'成人化',这是怎么回事?"②

---

① 王泉根:《共建具有自身本体精神与学术个性的儿童文学话语空间》,《儿童文学研究》1996年第4期。
② 班马:《对儿童文学主流评论界缺乏本体构建力之我见》,《儿童文学研究》1996年第4期。

1997年

1997年2月15日,王泉根在《中国现代文学研究丛刊》上发表《"五四"与中国儿童文学的现代转型》。作为带有现代意义的"五四"儿童文学,王泉根认为它们的"总特点是以理论发其端,实践继其后的"。而当时"理论建设的首要之务是努力改变中国人传统'儿童观'的误区,先驱者'别求新声于异邦',从西方的教育思想中借鉴了'儿童本位论'的合理内核"。全文以文学理论、文学创作、文学翻译、学术方法、社会思潮等方面作为切入儿童文学现象研究的线索,对"五四"时期的儿童诗、寓言、小说等文体作了细致的考察,在他看来:"综观'五四'时期的儿童文学现象,可以看出,翻译(重译与直译)外国儿童文学、采集民间口头创作、改编传统读物,这三者构成了五四文坛儿童文学的基本内容;而创作儿童文学,则刚刚起步,显得较为稚嫩。"[1]

1997年2月,孙永丽在《中国现代文学研究丛刊》上刊发《中国现代儿童文学的萌芽期研究——从晚清到"五四"》。作者在文中提出:中国现代儿童文学的发生与发展,是一个从发现儿童重要性到发现儿童及儿童文学独特个性的过程。和世界儿童文学的发展进程相似,中国现代儿童观念的演进和儿童文学的诞生,是中国现代化进程中的重要环节,它和"女性的觉醒"及女性文学的崛起一样,都是现代启蒙精神感召下"人的发现"的重要组成部分。晚清到"五四"时期,是中国现代社会的萌芽期,也

---

[1] 王泉根:《"五四"与中国儿童文学的现代转型》,《中国现代文学研究丛刊》1997年第1期。

是中国现代儿童文学的发生期。从发现"儿童是人"到发现"儿童是儿童",人们对儿童的思考重心由以成人为本位转向了以儿童为本位;儿童文学作品也从成人文学中分离、独立出来,由比较被动的盲目性的译介到积极性的创作尝试,由模糊混杂的观念表达到具体形象的文学展现,由边缘形态逐渐净化为纯文学形态,最终完成了中国现代儿童文学的独立与成熟。①

1997年3月,《儿童文学研究》新一期出刊。本期刊发了曹文轩、朱自强、许文郁、彭懿、朱效文、宗二兵、王莳骏、丁晓玲、周合、汪习麟、布而、吴其南、袁丽娟、周国愉、孙建江、张洁、郁雨君、程世波、王林、杨向明、林晶的相关文章。

朱自强在《儿童文学:儿童本位的文学》一文中提出,"应该把儿童看作独特文化的拥有者,应该在承认儿童在成长的路途上与成人世界存在着紧密联系的同时,最大限度地划清儿童与成人之间的界限,建立起相对独立的儿童王国,这种划分对儿童文学研究来说,不仅是必要的,而且是必须的,它尤其是儿童文学本质论(本体论)所无法超越的一个重要理论环节。从根本而言,儿童文学的本体论只有在区别而不是联系中才能建立"②。

1997年3月,李涵主编的《任德耀研究》由中国戏剧出版社出版。本书是当时首部对于儿童文学剧作家的专门研究。但编者也指出任德耀研究的现状:"眼前的成绩,并不值得我们津津乐道。这些年来儿童戏剧在创作和演出上的成绩很难认为已经同我们这么一个大国相协调,而对于儿童戏剧的研究,相对说起来也许更滞后一些。"③对于任德耀的贡献,李

---

① 孙永丽:《中国现代儿童文学的萌芽期研究——从晚清到"五四"》,《中国现代文学研究丛刊》1997年第1期。
② 朱自强:《儿童文学:儿童本位的文学》,《儿童文学研究》1997年第1期。
③ 李涵主编:《任德耀研究》,中国戏剧出版社1997年版,第1页。

涵指出："任德耀是我国儿童戏剧事业的开拓者之一。在宋庆龄的指引下，任德耀以其毅力和智慧，在这块园地上辛勤耕耘半个世纪，从而将我国儿童戏剧的水准在总体上提高了一个层次。毫无疑问，我们现在对任德耀的成就从各个层面进行研究，对于帮助我们认识儿童戏剧的本质，理解儿童戏剧家与社会、与儿童、与教育之间的关系，从而推进当前儿童戏剧事业的发展，都会有很大的助益。"①本书收录金安歌的《目标："托起明天的太阳"——任德耀的业绩及给予我们的启示》、李庆成的《儿童剧就是应当这样写——任德耀剧作及其理论文章读后随笔》、李涵的《爱的艺术美的艺术——任德耀的创作道路》、程式如的《传递生命旗帜的园丁——任德耀剧作的特色》等文章15篇，另外本书还附有任德耀的《关于舞台美术设计问题》《"六一"抒怀》《"我们要有成百个儿童剧团"——记宋庆龄同志对儿童戏剧事业的关怀和抱负》等文章13篇，具有珍贵的史料价值。

1997年3月，陈晖在《广州师院学报（社会科学版）》上刊发《论中国文学童话的产生》。作者的观点是：中国文学童话的产生，不是孤立、偶然的文学现象，它与时代的发展、社会的变革、文化思想的变迁息息相关，与儿童观、教育观演变密切相关。20世纪20年代中国文学童话产生，是多种历史、社会、文学力量综合作用的结果。中国文学童话与西方文学童话（世界文学童话）不仅存在时间上的差别，产生过程也有明显差异性。这在一定程度上决定了中国文学童话的发展，会有和西方文学童话（世界文学童话）不同的走向，呈现不同的面貌与特征。"难产"的中国文学童话一经诞生，有着较高的起点和良好的发展势头，也必有曲折的成长道路。这已被以后的童话发展历史部分地证实。②

1997年4月，李涵的《儿童戏剧艺术的魅力》一书由中国戏剧出版社

---

① 李涵主编：《任德耀研究》，中国戏剧出版社1997年版，第2页。
② 陈晖：《论中国文学童话的产生》，《广州师院学报（社会科学版）》1997年第1期。

出版。罗英在为本书作序时也指出:"在这本文集中,贯串始终的是他对中国福利会儿艺的创办人宋庆龄同志的儿童戏剧观的研究以及对中国福利会儿艺的艺术实践的评论和总结,其中特别记叙了任德耀院长的成就、艺术道路和经验。这些内容应该说是具有独特价值的部分。"①"他的理论来自艺术实践,同时又指导艺术实践,剧作家、导演、演员从他的评论中不同程度地受到了启示。因为他的文章不是空泛的理论,没有官样文章,有的是密切联系实际、实事求是、恰如其分的评述。"②除此之外,罗英又指出:"李涵不仅是儿童戏剧评论家,而且他为成人话剧、沪剧、滑稽戏、评弹以及影视等诸多艺术门类的作品写了不少评论文章","他不仅写剧评,还喜欢写短文、评述、艺术家传记等,也曾写过儿童短剧和成人短剧,均受到了好评"。③

1997年4月,王泉根在《西南师范大学学报》上刊发《三十年代中国儿童文学现象的历史透视》。他认为三十年代中国儿童文学的突出现象主要有三点:"一是左翼文艺运动给儿童文学注入新鲜血液,二是张天翼创作的三部长篇童话把现实主义儿童文学创作推向了新的高度,三是伴随着'科学救国'的思潮出现了科学文艺创作热。"④

1997年6月,王泉根在《当代文坛》的"儿童文学园地"一栏中刊发《少儿参与:儿童文学创作的一种新现象——兼评一种错误的"儿童文学"观念》。文章指出,李国伟推出一种新文体——"少年自我历险小说",在当时引起了一定的反响。该文体的独特之处在于:"每当故事情节发展到关键之处,就会出现数种进展方案,小读者可根据自己的判断或兴趣,然

---

① 罗英:"序",李涵《儿童戏剧艺术的魅力》,中国戏剧出版社1997年版,第4页。
② 罗英:"序",李涵《儿童戏剧艺术的魅力》,中国戏剧出版社1997年版,第5页。
③ 罗英:"序",李涵《儿童戏剧艺术的魅力》,中国戏剧出版社1997年版,第6页。
④ 王泉根:《三十年代中国儿童文学现象的历史透视》,《西南师范大学学报》1997年第2期。

后翻到对应的页码继续往下读,这个故事就会出现新的组成与新的结构。"当时甘肃的少年儿童出版社也在筹划儿童文学新作《少年绝境自救故事》丛书,王泉根认为这个方案"虽然不免有'策划'的其他意味",但"无疑是一个富有创意、勇于标新立异的出版方案"。主要原因如下:"第一,可以促进创作主体与接受主体之间的双向精神对话和心理沟通"、"第二,由于孩子的大面积直接参与,作品自会体现出更浓郁的儿童化、生活色彩和游戏精神"、"第三,通过这一实践,也可从中发现儿童文学的'新苗'"。王泉根在文中还特地提到当时的一次少年儿童征文比赛:"将孩子们写的'作品'一律冠之为'儿童文学',并广而告之",但王泉根认为"两者之间不能简单画等号",因为"儿童文学是自足的,拥有独立的艺术法则和审美品格"。①

1997年6月,冯乐堂在《烟台师范学院学报(哲学社会科学版)》上刊发《关于儿童观和儿童文学观的简略思考》。作者回顾了几种有代表性的儿童观和儿童文学观:一、"预成论",也就是视儿童为"缩小的成人"。二、"原罪说",在这种观念引导下创作的文学只能是一种压抑儿童天性、束缚儿童成长的赎罪文学。三、"自然论",卢梭强调儿童世界的独立性,强调尊重儿童的人格,认为教育应当按照儿童的年龄特点和兴趣需要的自然规律促进儿童的成长,让孩子们去探索自己的天性,去探索自己的周围环境。四、童心主义,德国浪漫派把表现幻想力和诗的精神的童话作为文学的最高形式。五、儿童本位论,是"五四"时期中国儿童文学理论界提出的具有现代性自觉意义的儿童文学观。六、教育工具论。七、"儿童反儿童化"。并在文章最后总结道:"儿童是个体人生发展的特殊阶段。既要看到其发展的取向,又要看到其作为一个完全的人的独立存在的意

---

① 王泉根:《少儿参与:儿童文学创作的一种新现象——兼评一种错误的"儿童文学"观念》,《当代文坛》1997年第3期。

义和价值。应当把儿童心理发展的阶段性与连续性、独立性与可变性辩证统一起来,并由此确立科学的儿童观和儿童文学观。"①

1997年6月,冯乐堂在《四川大学学报(哲学社会科学版)》上刊发《"儿童本位论"的历史考察与反思》一文。作者在文中总结:"60年代,'儿童本位论'和'儿童中心主义'连同陈伯吹提出的'童心论'一起,被当作资产阶级人性论在儿童文学领域当中的表现,再一次受到围剿批判。80年代中期,'儿童本位论'虽然被基本肯定,但仍然受到了某种指责。现在,我们应当给予'儿童本位论'充分的肯定。在我看来,迄今为止,在各种儿童文学观中,'儿童本位论'是最贴近儿童文学本质的一种儿童文学观。诚然,'儿童本位论'在解释中还存在着相对忽视作家主体地位和社会文化背景作用的缺陷,但它毕竟促成了中国现代儿童文学的诞生和发展,成为中国儿童文学理论批评史上最可纪念的一面旗帜。"②

1997年6月,徐敏在《浙江师大学报》上刊发《论冰心散文的审美观照方式及其形成——读〈寄小读者〉》。作者认为:"五四"新文化运动才真正发现与发展了儿童文学。"儿童的解放"的提出,使儿童读物与儿童文学受到了极大的关注。在新文化运动浪潮中的冰心,以恳切、率真、平易可亲的抒情形象出现在读者面前,突出体现了与读者平等对话的时代风尚。冰心的审美观照更是体现了她的平等、诱导的教育观、儿童观,直接指导和制约着创作主体的儿童文学实践。《寄小读者》以其创新的形式、高度的审美价值,冲击了陈腐、僵硬的旧儿童读物,在"五四"文坛上开出

---

① 冯乐堂:《关于儿童观和儿童文学观的简略思考》,《烟台师范学院学报(哲学社会科学版)》1997年第2期。
② 冯乐堂:《"儿童本位论"的历史考察与反思》,《四川大学学报(哲学社会科学版)》1997年第2期。

了一簇芬馨的花,具有不可磨灭的永久的艺术魅力。①

1997年6月,《儿童文学研究》新一期出刊。本期刊发了金燕玉、孙建江、方卫平、陈晖、朱效文、张洁、殷健灵、谢倩霓、张弘、古耜、周晓、徐鲁、刘杰英、肖显志、王定天、吴其南、刘绪源、王泉根、汤锐、平静、欧阳志刚、吴美琴、杨宁的相关文章。

在《论童话的逻辑》一文中,陈晖将逻辑分为"隐性"逻辑和"显性"逻辑,"'隐性'逻辑是作为幻想基础的潜在客观生活规律性。主要表现为事件的一系列演进或人物内涵。'显性'逻辑是幻想情节中被强调、被突出的客观生活的某一点规律性。主要表现为某个情节或特征"②。

1997年8月,王泉根在《西南民族学院学报(人文社科版)》上发表《抗战儿童文学的时代规范与救亡主题》。王泉根认为,抗战时期文艺运动的兴起使儿童文学出现了转机,并随着战事的深入,儿童文学的队伍与报刊出版机构从原来集中在上海等沿海大都市开始逐渐走向"以重庆为中心的大后方"、"'孤岛'上海"和"延安根据地"。对于当时抗战儿童文学的特色,他有如下评价:"不同区域的抗战儿童文学新格局,民族救亡的共同目标使儿童文学的主题、风格表现出空前的一致性,不同地域的作家共同讴歌民族未来一代的觉醒和奋起,讴歌抗战大时代中成长的小英雄、小战士和新的民族性格,呈现出一种少有的昂扬激奋气氛与慷慨悲壮的英雄主义色彩。"③

1997年9月,《儿童文学研究》新一期出刊。本期刊发了周晓、方卫平、秦文君、谢倩霓、班马、彭懿、浦漫汀、曹文轩、蒋风、朱自强、周蜜蜜、

---

① 徐敏:《论冰心散文的审美观照方式及其形成——读〈寄小读者〉》,《浙江师大学报》1997年第4期。
② 陈辉:《论童话的逻辑》,《儿童文学研究》1997年第2期。
③ 王泉根:《抗战儿童文学的时代规范与救亡主题》,《西南民族学院学报(人文社科版)》1997年第4期。

彭斯远、周晓波、肖显志、朱效文、柏文涌、徐黎的相关文章。

其中,有一篇文章与前述儿童文学批评和美学密切相关。班马的《儿童美学"一"的本体性与开放度》从"艺术取法、以生命艺术质疑'形而上'、'前艺术'的本体魅力与开放空间、'前审美'机制的原理贯通多媒体"几个方面谈了他心目中的"儿童美学"理论建构。①

1997年11月,黄云生的《人之初儿童文学解析》一书由少年儿童出版社出版。本书属"跨世纪儿童文学论丛"之一。全书分为"鼠篇/历史之迹"、"牛篇/生命之象"、"虎篇/文化之源"、"兔篇/文体之型"。"鼠篇/历史之迹"包括"第一章 柳暗花明的历史轨迹"、"第二章 中国幼儿文学寻踪"、"第三章 世界幼儿文学扫描";"牛篇/生命之象"包括"第四章 初始生命的心理解剖"、"第五章 作家的生命体验"、"第六章 艺术的生命符式"、"第七章 两种生命的投射";"虎篇/文化之源"包括"第八章 古老的记忆:探寻人类童年艺术"、"第九章 独特的文化创造(上)"、"第十章 独特的文化创造(下)"、"第十一章 社会文化的负面干预"、"第十二章 传统的当代继承";"兔篇/文体之型"包括"第十三章 文体类型及其形成"、"第十四章 儿歌"、"第十五章 童话"、"第十六章 传达方式"。②

1997年11月,吴其南的《转型期少儿文学思潮史》由少年儿童出版社出版,本书属"跨世纪儿童文学论丛"之一。对于"转型期"这个概念,他认为,"称某一时期为'转型期',意味着在它之前的社会生活和在它之后的社会生活应有明显的不同。尽管目前中国的'转型期'很可能才刚刚开始,对转型期以后的社会生活究竟是什么样子我们还难以作出明确的解说,但这两个时期社会生活的一些主要的不同点及由此形成的转型期的

---

① 班马:《儿童美学"一"的本体性与开放度》,《儿童文学研究》1997年第3期。
② 黄云生:《人之初儿童文学解析》,少年儿童出版社1997年版。

社会生活的主要特征,已逐渐显露出来"[1],作者将之概括为:"一是从较为单一的、主要依靠政治力量组织社会生活的社会向较为多元的、主要依靠经济力量组织社会生活的社会转变"[2];"二是从单一的计划经济向市场经济转变"[3];"三是从传统的农业社会向现代的工业社会转变"[4]。除此之外,吴其南还指出:"少儿文学要比其他类型的文学困难一些",原因在于"少儿文学中的文学思潮不能像在成人文学中那样明显地表现出来","加之中国目前的儿童文学创作队伍不大,要形成一种或几种创作倾向,本身就有难度。但文学总是有差异的,在一个时代,总有一批有自己追求的人由于种种原因而走到一起。尤其是在转型期,社会思潮、哲学思潮、文学思潮变化迅速,人们受到的束缚也相对较小,各种个性有较多的机会得到表现,思潮的兴起和更替就常常不仅在中心,而且也在边缘表现出来"。[5]

1997年11月,汤锐在《百科知识》上刊发《90年代的中国儿童文学》。文章的最主要观点是:"90年代与80年代相比最大的一个不同点在于,中国正在快步进入多媒体时代,三维卡通、VCD等声光影像不仅打破了书籍报刊等印刷媒介一统天下的局面,而且正在影响一代新的、拥有不同文化背景、不同生活方式、不同价值观念、不同审美趣味的少年儿童。固守传统形式的儿童文学日益面临严峻的挑战,传播手段的多样化导致的信息分流也给儿童文学的生存和发展带来了一些难题。但若换个角度看问题,说是时代赋予儿童文学新的发展机遇也未尝不可。儿童文学与广播、影视的联姻早已不是什么新鲜事了,但这毕竟还只是外部的合作,而

---

[1] 吴其南:《转型期少儿文学思潮史》,少年儿童出版社1997年版,第4页。
[2] 吴其南:《转型期少儿文学思潮史》,少年儿童出版社1997年版,第4—5页。
[3] 吴其南:《转型期少儿文学思潮史》,少年儿童出版社1997年版,第6页。
[4] 吴其南:《转型期少儿文学思潮史》,少年儿童出版社1997年版,第7页。
[5] 吴其南:《转型期少儿文学思潮史》,少年儿童出版社1997年版,第15页。

电子媒介,特别是电子游戏、互联网络等带来的'交互式'的概念,正在带来儿童文学的新型审美空间,必将引发儿童文学的创作和出版模式的深刻变革。"①

1997年12月,王文宝主编的《中国儿童启蒙名著通览》由中国少年儿童出版社出版。本书收录中国传统启蒙作品总共五十四种(含附录十种),其中包括蒙学教材、流传于社会上的儿童读物和家庭教育的文章,都是历代最有影响和代表性的作品。编者在本书的序言中指出:"传统蒙学书籍的大量出版和广为流传,说明读者喜爱这类读物。文化史、教育史的研究者越来越强烈地意识到,蒙学读物是中华传统文化的重要载体,在产生和流传于某一时代的作品中,往往潜藏着这个时代的文化秘密","传统蒙学读物以其广博的内容,汇集了各种类型的传统知识","可以说,一部综合性的蒙学读物,就是传统知识的缩影,称得上一部百科全书。阅读和利用这类读物,是当今人们了解传统文化知识最便捷的途径"。而对于传统蒙学读物历久不衰的原因,编者认为"还在于它广泛采用了人们喜闻乐道的写作和编纂形式。如有的是韵语,有的是诗歌,有的是偶句,有的是寓言,读起来顺口,听起来悦耳。为了适应蒙童的阅读水平,大多数编写者还刻意去文就俗,因而能引起儿童和一般读者的共鸣和兴趣"②。

1997年12月,《儿童文学研究》新一期出刊。本期刊发了蒋风、马力、[日]鸟越信、[日]四方晨、[韩]宣安那、吴然、张继楼、汪习麟、陈模、方卫平、孙自筠、徐助敏、张锦贻、王泉根、潘金英、唐兵、黄云生、梅子涵、张洁、郁雨君、平静的相关文章。

其中,蒋风在《东西方文化撞击下的中国儿童文学》一文中从三个角度谈了东西文化碰撞对中国儿童文学发展的影响,"一,在第一次东西文

① 汤锐:《90年代的中国儿童文学》,《百科知识》1997年第11期。
② 王文宝主编:《中国儿童启蒙名著通览》,中国少年儿童出版社1997年版,第2—3页。

化撞击下诞生中国现代儿童文学。二,中西儿童文学的比较。三,在第二次东西文化的撞击下,中国儿童文学走向多元。四,明天的展望"①。汪习麟在《境界构成》一文中提到,"童话境界的构筑,一面固然是渲染童话氛围,一面也是为童话人物的活动提供特定的环境,并为故事的开展设下伏笔"②。

---

① 蒋风:《东西方文化撞击下的中国儿童文学》,《儿童文学研究》1997年第4期。
② 汪习麟:《境界构成》,《儿童文学研究》1997年第4期。

1998 年

1998年1月,蒋风编写的《海外鸿爪录》一书由希望出版社出版。本书收录《着眼于未来》、《21世纪儿童读物的走向》、《跟新加坡朋友谈儿童文学》、《为了孩子 为了未来——祝贺鸟越信先生荣获格林姆奖》、《中日儿童文学交流的回顾及前瞻》、《在"光荣的荆棘路"上跋涉——中国现代儿童文学四十年的足迹》、《一段艰难而曲折的前进道路——四十年来的中国儿童文学研究》、《中国现代儿童文学的历史和现状》、《中国儿童文学研究如何走向世界》、《我们为孩子们做了些什么——中国儿童的读书环境现状及存在问题》、《走向21世纪的香港儿童文学》、《日本儿童文学的主流及现状》、《儿童文学能生存下去吗——日本儿童文学现状之一》、《反战儿童文学的新趋向——日本儿童文学现状之二》、《尼泊尔儿童文学的主流及现状》、《国外儿童文学研究机构简介》等文章26篇。[1]

1998年1月,曹文轩的《曹文轩儿童文学论集》由二十一世纪出版社出版。本书是作者近十多年来对中国儿童文学的一些所思所想。本书分为"序"、"附"两部分。"序"部分包括《回归艺术的正道》、《觉醒、嬗变、困惑:儿童文学》、《1959年以后的中国儿童文学》、《我和中国的儿童小说》、《儿童小说的兴盛》等文章12篇。"附"部分包括"曹文轩的少年小说写作演讲·座谈会"记录》、《女性与理性》、《现代化情景中的文学》、《荒漠的回响》、《还给孩子雕刻刀》等文章21篇。另外本书还附有"曹文轩写作年表"[2]。

---

[1] 蒋风:《海外鸿爪录》,希望出版社1998年版。
[2] 曹文轩:《曹文轩儿童文学论集》,二十一世纪出版社1998年版。

1998年1月,《儿童文学选刊》新一期出刊。本期刊发了谢倩霓、曹文轩、石邦雄、王巨成、盛飞鹤、闵小伶、李晋西、张嘉骅、刘思源、卜京、梅子涵、彭懿、班马、秦文君、贾平凹、梅子、陈苏、肖铁、周晓波的相关文章和部分读者习作。

彭懿在《走近幻想文学》一文中谈到了优秀幻想文学作品的特性,他指出,"优秀的幻想文学作品摒弃了令人生厌的说教,它使读者沉浸在故事的一种醍醐灌顶的兴奋之中。然而,叫人欲罢不能毕竟不是幻想文学的终极目的,它不是一口诱捕读者的陷阱,而是捕捉作家的人生观的一口陷阱。它在惊异中表现的是作家的'第三只眼'。所谓的第三只眼,就是构筑支撑想象力的心象,把我们的心和现实世界连接起来。幻想文学超越一般文学的地方在于,它有一个深邃而熠熠闪耀的核,即'内宇宙'"[1]。

1998年2月,曹文轩在《浙江师范大学学报》上刊发《走出形而下——在96海峡两岸儿童文学研讨会上的发言》。文章中提到了"形而下的思维习惯"给中国文学包括儿童文学所带来的困境,他认为:"因为强调文学必须面对现实,强调文学的实用价值,使作家的姿态一律变成了面对存在的单一姿态,从而使文学的无限可能性的程度大大降低了。一味强调面对,时间既久,创造力开始渐渐萎缩,直至失去了创造力。"在他看来,"如果我们能够形而上学些,我们就会失去许多面对这不断变化的生活时所有的不安。因为形而上一点看时,人的基本生存方式、形态没有变","从形而上的观点来看,基本人性是固定的,是没有变化的"。他在文中提出了几点声明:"我绝不反对深入生活,但我反对对生活的狭隘理解,把一部分生活看成是生活,而把另一部分生活看成不是生活";"我绝不反对现实主义,但我反对在现实主义之名掩盖下的实用主义";"我绝不反对关心问题,但我反对关心不是'从前',也不是'将来'的当前问题(当前问

---

[1] 彭懿:《走近幻想文学》,《儿童文学选刊》1998年第1期。

题要关心,但不是小说、童话,更不是诗要关心的。可以有另外的形式去关心)"。①

1998年1月,黄建斌在《编辑之友》上刊发《外面世界的精彩与无奈——谈儿童文学的引进与输出》一文。作者在文中提出设想:"在21世纪,中国儿童文学的轨迹会和世界儿童文学作家、出版家、发行家一起迈出步伐,和世界'对话',让世界看到我们给小朋友写的故事、童话、寓言,听到我们给小朋友朗诵的散文和诗歌。中国应当成为儿童文学的世界大国,中国的儿童文学界能够丢掉拘谨与局促,拿出汉唐之气魄,博采天下之精华,铺设儿童文学的'丝绸之路'。"②

1998年2月,王泉根在《当代文坛》发表《生命的拷问——评沈石溪动物小说的生命意蕴兼与吴其南商榷》。沈石溪在当时已经连续获得三届中国作家协会"全国优秀儿童文学奖",1998年江苏少年儿童出版社又一次性买断了他未来10年动物小说的独家出版权。当时吴其南认为,"沈石溪的动物小说简直不值一提",理由有两点:一是"沈氏作品的主题意蕴'总体上只能在通俗文学的话语系统内操作'"、二是"艺术上的不足"。但王泉根对此表示质疑,在他看来,儿童文学主要有两种向度:第一个向度是通过多种力量和要素,"引导儿童生命合理地进入社会人生,由一个'自然人'生命成长为'社会人'生命",第二个向度是"寻求儿童心灵深处所潜伏的幽远隐秘的原始生命密码与人类往昔生命历史的血脉联系"。同时他还补充了两个亚向度:其一是执着于"儿童性",其二是执着

---

① 曹文轩:《走出形而下——在96海峡两岸儿童文学研讨会上的发言》,《浙江师范大学学报》1998年第1期。
② 黄建斌:《外面世界的精彩与无奈——谈儿童文学的引进与输出》,《编辑之友》1998年第1期。

于"文学性"。①

1998年2月,孙建江与马来西亚作家爱薇的对话《何谓艺术的儿童文学?何谓大众的儿童文学?——访中国孙建江先生》刊发在马来西亚的《教育天地》上。在孙建江看来,"'艺术'和'大众',不是一个截然对立的概念","无论是从儿童文学的产生或发展来看,艺术与大众从来都是彼此依存。换句话说,艺术中有大众,大众中有艺术。不过,在儿童文学的阅读过程中,确是存在着好懂与不好懂,通俗与非通俗的情况——也即是'艺术'与'大众'的分别。也因为这样,所以我们就把儿童文学分为'艺术'的与'大众'的"。同时,孙建江也对他曾经阐发的"纵向接受"的观点作了深度的解读:"乃是指读者对作品的接受是历时性的。就是说,作品所显示的意蕴、美感等,并非当时一定为读者所接受、认可。作品针对的读者,是纵坐标上的读者,其阅读的倾向,是理想化的,强调的也是历时效应。"而对于"横向接受"这个观念,孙建江补充道:"所谓的'横向接受',是指读者对作品的接受是即时性的。作品所显示的意蕴、美感等,在当时就很容易为读者所接受、认可。作者针对的读者是横坐标上的读者,其阅读的倾向是通俗化的,强调的是即时效应。"②

1998年2月,冉红在《首都师范大学学报(社会科学版)》上刊发《世纪之交的儿童文学回顾与前瞻》。文章认为,新一代读者对儿童文学有了新的要求:其一,不再满足于写自己。过去的儿童文学都是把视野局限在儿童本身的具体生活空间,忽略了儿童的精神空间,而现在的孩子则是想把自己放到社会、自然的背景中去寻找新奇、发现美。孩子们对精神空间

---

① 王泉根:《生命的拷问——评沈石溪动物小说的生命意蕴兼与吴其南商榷》,《当代文坛》1998年第1期。
② [马来西亚]爱薇:《何谓艺术的儿童文学?何谓大众的儿童文学?——访中国孙建江先生》,《教育天地》(马来西亚)1998年第1期。

的需求,要求儿童文学作家不是把眼光局限在儿童本身的状态上,而是采取一种未来的发展的眼光来看待"儿童"。把追求"儿童"的未来表现作为自己的审美价值追求。其二,不再满足于编造故事。在商品经济冲击下,少年儿童都盼望自己有创造力,他们希望从阅读中得到启迪,因此不再满足于编造故事情节的作品,面是追求作品的象征意义和空灵感。少年儿童的阅读定势往往期待着发生心理转换,犹如进入一个未知的精神世界。只有具有象征意义和言犹未尽的空灵感,才能让小读者充分地思考。昔日惯于粉饰与过滤生活的编造故事的儿童文学已受到小读者的冷遇。商品经济传输给现实的斑驳复杂,儿童文学不应以封闭的心态去阻隔孩子与社会的联系,而应该把纷繁变幻的世界展现在小读者面前,让他们去作出评判,作出是非爱憎抉择,那才是他们所欢迎的。其三,追求陌生化。现实生活折射到想象的世界中去,想象的世界对孩子来说是新奇的,因为它是一个陌生的世界。寓言、童话、神话传说、动物题材小说、科幻等等大受孩子们的喜欢的原因就在于有一个超越题材的意蕴。想象的世界是现实世界的象征,非人的形象中赋予了许多人性的内容,成为人类世界的一面镜子。这满足了小读者好奇的需求。[1]

1998年3月,《儿童文学研究》新一期出刊。本期刊发了高洪波、樊发稼、周基亭、刘绪源、方卫平、周晓波、梅子涵、周汉友、陈子典、圣野、王瑾、肖显志、郁雨君、王林、李学斌、汪露露、李开杰、徐鲁的相关文章。

本期设"97上海儿童文学创作、出版研讨会特辑(一)"。刘绪源的《基础理论的基础在哪里———一项紧急呼吁》认为,"儿童文学的儿童特征(也就是审美特征)的问题",他提出"现在我们谈到儿童特征,大都停留在感性的印象阶段,零碎而不系统,浮泛而不深刻;关于儿童性的理论论述,

---

[1] 冉红:《世纪之交的儿童文学回顾与前瞻》,《首都师范大学学报(社会科学版)》1998年第1期。

往往还只在猜想阶段,没有切实可靠的根据"。①

方卫平的《守望与逃逸——关于九十年代儿童文学的生存境况》对九十年代儿童文学的艺术实践和创作表现给予了肯定,并提出这些实绩是基于以下因素产生的:"一是面对着九十年代的文化情势,几代儿童文学作家仍然顽强地坚守在儿童文学的艺术疆土上。二是,九十年代的儿童文学创作,从表面看,在艺术思想的活跃和创造激情的抒发方面似乎不如八十年代,但是,认真比较起来,我以为,就创作灵感之独特、艺术思想之沉稳、美学表达之精熟等层面而言,九十年代取得了中国当代儿童文学发展史上十分重要而独特的成就。三是出版界作为儿童文学社会化生产过程中的最强大的支持者,在九十年代的相当困难的情况下,给予了儿童文学创作以自觉的和决定性的支持;在一个日趋商业化的社会里,这种纯正的文学扶持和出版支援有时候甚至是相当惨烈的。"②

1998年4月,张美妮、巢扬主编的《中国新时期幼儿文学大系》(6卷7册)由未来出版社出版。该大系包括幼儿童话卷(上、下册)、幼儿故事卷、幼儿散文卷、幼儿儿歌卷、幼儿诗歌卷、幼儿文学理论卷,基本上收入了新时期以来即1978年至1995年前,幼儿文学各主要体裁中的富有代表性的作品。"编者的话"指出,"新时期幼儿文学从80年代崛起发展到90年代末的大繁荣,已成为不容人们忽视的一个重要时期。因此,对中国新时期的幼儿文学作一个总结,不仅是十分必要的,而且是责无旁贷的"③。《大系》各卷入选作品以发表先后为序编排,不仅在一定程度上勾勒出了新时期幼儿文学的艺术足迹,而且入选作品本身的艺术性、可读性

---

① 刘绪源:《基础理论的基础在哪里——一项紧急呼吁》,《儿童文学研究》1998年第1期。
② 方卫平:《守望与逃逸——关于九十年代儿童文学的生存境况》,《儿童文学研究》1998年第1期。
③ 张美妮、巢扬:《中国新时期幼儿文学大系》,未来出版社1998年版,第1页。

均较高,是一套适合小读者和家长、教师收藏和阅读的幼儿文学的大型选本。

1998年5月,王泉根在《文艺评论》上发表《儿童文学:新潮与传统》。对于儿童文学的新潮与传统及其关系问题,王泉根的态度非常明确:第一,新潮与传统之间不是一种你争我斗的对立关系,而是继往开来、变革创新的共存关系;第二,新潮不但没有割裂传统,而且是继承了传统;第三,新潮又进一步发展了传统,激活了传统。①

1998年5月,杨鹏的《转型期童话的游戏品格》刊发于《文学评论》第3期。就"抒情派"与"热闹派"之争,杨鹏认为,其来源于任溶溶翻译《长袜子皮皮》这一形象的引入"对习惯于塑造积极向上的'好孩子'、集多种美德于一身的'小英雄'形象的中国童话界本身是一个冲击"。同时任溶溶在当时"阐述这一译作背景的文章中第一次使用了'狂野的想象'这一对国内有冲击力的艺术观念,并在后来的一次儿童文学创作讨论会上提出了创作'热闹派'童话的艺术主张"。杨鹏认为两派童话"对于80年代中期童话创作多元格局的形成都起到功不可没的作用"、"转型期童话创作的一个高峰,是孙幼军的长篇系列童话《怪老头儿》"。在他看来,"孙幼军童话中的叙述语言、人物形象、作品情节、童话构思都带有很强的游戏性,充满了狂野的游戏精神"、"孙幼军作为老作家的那种开放、创新的艺术影响力向青年作家们昭示出一种少见的游戏精神,其启示性和示范性的意义十分重大"。他认为郑渊洁的艺术特点在于:"他以其童话大胆的幻想、奇怪的夸张、怪诞的幽默、缤纷的色彩、蹦迪式的节奏表达了'文革'后一代青年作家对儿童文学功能的某种理解。他那数量惊人、创造了巨大经济价值并仍在源源不断创造利润的童话可谓转型期儿童文学的一大景观。"作者认为自80年代中期,"幻想被提到童话创作应有的位置上",

---

① 王泉根:《儿童文学:新潮与传统》,《文艺评论》1998年第3期。

他提及了周锐、郑渊洁、冰波、彭懿、葛冰、班马等作家,他认为他们的意义在于:"单一创作格局被打破,为中国的童话创作带来了无限生机。作家们的创新,也体现出一种后来少见的锐气。转型期童话的创作在这一时期被推向了高潮。"作者认为"新生代"的崛起,主要分为两个时期:"90年代初期和90年代中后期","第一时期崛起的'新生代'童话作家以女作家为多","90年代中后期崛起的第二批童话作者,和第一批相比,可谓异军突起"。可同时他也指出,"新生代"作家们的童话也有许多不足之处:"首先是他们的生活经历和社会经验相对于他们的前辈们来说显得单薄";"其次,他们在童话写作的艺术上缺乏比较有突破的创新","童话写作的处女地却几乎被开垦尽了";"一些作者虽然年纪尚轻但在写作上已经显出模式化倾向";"一些作者为了作品好发表与得奖,一味地迎合报刊既定的风格,缺乏个性";"还有一些作者在创作上缺乏主见,跟着评论家的评论跑"等。[1]

1998年5月,王泉根与徐迪南在《台湾研究集刊》中发表《困惑的现代与现代的困惑——当今台湾童话创作现象管窥》。作者对台湾的童话有如下总结:"虽然由于历史的原因,在近半个世纪的岁月中,一道海峡令使用同一母语的两岸作家天各一方但对中国人文传统的承继与传播仍是这数十年间台湾童话的中心话语。同时,台湾独特的历史机遇、地理位置、经济环境和外来文化的影响,又令当代台湾童话形成了自己某些特殊的形态和演进过程。但无论是接续传统的教育童话、吸纳西方儿童文学精髓的游戏童话,还是新近出现的环保童话、心理童话、宗教童话,都以其衍于母体而又异于母体的诸种特质,丰富了当代中国童话的精神内涵和

---

[1] 杨鹏:《转型期童话的游戏品格》,《文学评论》1998年第3期。

艺术版图。"①

1998年5月,《儿童文学选刊》新一期出刊。本期刊发了周锐、戴嘉人、彭学军、星天、班马、陈丹燕、戴珩、金曾豪、[马来西亚]马汉、席慕蓉、金波、王军、林海音、周蒋锋、刘绪源、周晓波的相关文章及部分读者习作。

刘绪源的《论幽默》辨析了幽默与讽刺、滑稽的不同,"幽默只是喜剧性的一种,它不同于讽刺,更不同于滑稽。我想这区别在于它的'不激动'。只有高于自己的描写对象而又不激动,幽默才得以产生。稍稍有些激动,哪怕是努力压抑着的激动,一落笔就往往成为讽刺,人们是很容易从中感觉出那拐了弯儿的愤怒和轻蔑来的。至于滑稽,那是离不开夸张和变形的,这也需要'激动',是作者在运用表现形式上的激动;而幽默的表现形式则是不动声色。如果是在舞台上,过于滑稽的语言和动作,万一引不出相应的笑声,表演者就难以收场,那是相当尴尬的。滑稽需要表演者豁出去,幽默则只需表演者保持常态,他不必迎合或讨好受众,也不必过于担心效果,别人笑与不笑,对他都不会有大的损害。所以幽默是一种很潇洒,很绅士风的表达方式"②。

1998年6月,方卫平的《论童话及其当代价值》刊发于《文艺评论》。方卫平认为,童话的价值的探讨应该有两个基本的视角或支撑点:"一是童话的历史发生机制,它酝酿、隐含或是提供了童话艺术的原初品质和价值;二是童话的现实生成逻辑,它提供或告诉我们童话价值生成的当代背景和内涵",前者"提供的是童话悠远的、原始的、相对稳定的历史品性和价值特征",后者"展示的是童话当下的相对活跃的现实精神和价值状态"。针对80年代以前的童话,他认为,"20世纪的中国社会文化现实,

---

① 王泉根、徐迪南:《困惑的现代与现代的困惑——当今台湾童话创作现象管窥》,《台湾研究集刊》1998年第2期。

② 刘绪源:《论幽默》,《儿童文学选刊》1998年第3期。

以及重视'教化'功能的文学观念,从总体上决定并塑造了80年代之前中国儿童文学的主导美学性格:强调儿童文学对现实的关怀与服务,强调儿童文学的艺术教化功能"。对于80年代热闹派童话的兴起,方卫平的判断是:"实质便是这一代童话作家普遍意识到,童话提供的不仅是一个具有教化功能的艺术课堂,它同时也应该成为一个童年时代艺术游戏与精神狂欢的场所。"其"新的美学内容"主要表现为:"一是它们以及其丰富的想象力,开拓了中国当代童话的艺术想象空间;二是伴随着艺术想象力的解放,它们最大程度地张扬了儿童文学的游戏精神;三是在审美心理方面确立了'释放'(宣泄)的功能观。"[1]

1998年6月,《儿童文学研究》新一期(第2期)出刊。本期刊发了束沛德、浦漫汀、任大星、周晓、郑开慧、陈思和、汤锐、王泉根、刘绪源、谢清风、唐兵、李春林、安武林、朱效文、邓滨、彭懿、班马、周晓波、郭英州、陈苏的相关文章。本期设"97上海儿童文学创作、出版研讨会特辑(二)"。

1998年8月,马力的《童话学通论》由辽宁大学出版社出版,蒋风为本书作序。本书主要分为四编。分别为"认识论"、"价值论"、"审美范畴论"、"本体论"。作者力图从哲学认识论的角度来解读童话的本质,特别是对于口述神话研究成果的"微乎其微",但又如作者所说"当我们深入到口述童话认识论的研究领域之后,就发现这是一个博大精深的认识领域"[2]。对于没有定论的"艺术童话的价值是什么"的问题,作者指出在解决此问题的认识视角上"主要不采用以往人们通常采用的美学视角"、"而采用文化学的视角论述艺术童话的价值",同时在此部分作者"力图对世界口述童话多项度文化价值给予一个总体性的说明"。以往的研究主要"处于对文本单体、单项度的研究阶段",而作者"则力图从审美范畴的视

---

[1] 方卫平:《论童话及其当代价值》,《文艺评论》1998年第3期。
[2] 马力:《童话学通论》,辽宁大学出版社1998年版,第4页。

角,对艺术童话进行综合性的、多项度的研究"。作者指出,"以往人们对艺术童话进行艺术研究多是个体的、微观的",而"本书则要进行整体的、宏观的研究"。①

1998年8月,周晓波在《当代作家评论》上刊发《一个执着的艺术探索者——薛涛儿童文学创作论》。针对"薛涛小说的形式技巧",作者总结出两点:"(一)虚构性(二)蒙太奇式的叙事方法"。对于薛涛小说的主题与哲理境界,她指出:"要使少年儿童理解清楚这些深奥的哲学命题显然是相当不易的,因此作者所选择的角度通常是对于美好生命的歌颂来映照死亡的永恒意义","对善与恶的生死主题,薛涛有时候表现得相当激化"。但作者也指出薛涛小说的不足:"扩大创作的视野,在关注艺术形式探索的同时,也能更多一些关注现实少年儿童丰富多彩的生活:他们的生存状态、精神风貌、思想意识等等,让自己的创作更丰富、更厚实起来,更受到小读者的喜爱。"②

1998年8月,《儿童文学研究》新一期出刊。本期刊发了陈子善、束沛德、张明照、何龙、汪习麟、曹文轩、唐兵、梅子涵、王瑾、沈飚、任溶溶、朱效文、孙建江、张子樟、许建崑、玉清、李莉、李学斌、李利芳、萧萍等的相关文章。

沈飚在《换一种视角谈"碎片"》一文中谈道,"如果说新时期儿童文学的主流意识可以概括为'呼唤';当下的文学精神之一我要称它为'拷问'。作家拷问现实,拷问历史,也拷问灵魂"③。

李利芳的《形象的意义——比较〈男生贾里〉与〈纽约少年〉中的主人公形象》认为,"新时期以来,在西方文化的第二次冲击下,传统的儿童教

---

① 马力:《童话学通论》,辽宁大学出版社1998年版,第5页。
② 周晓波:《一个执着的艺术探索者——薛涛儿童文学创作论》,《当代作家评论》1998年第4期。
③ 沈飚:《换一种视角谈"碎片"》,《儿童文学研究》1998年第3期。

育观念发生了深刻的裂变。它突破了'成人中心论'的一元价值论,注意到了在儿童与成人对话中的双主体性规律。既要重视儿童自身的主体性特征,发挥他们的主观能动性;又要重视成人作为社会经验积累者的主体性作用,去能动地引导、激发、调动儿童潜在主体的发展"[1]。

1998年9月,美国的艾伦·奇南的《秋空爽朗——童话故事与人的后半生》由东方出版社出版。作者首次从世界民间故事的丰富宝库中以"老人"为主的童话故事为线索,对于童话学长期以来被学术界忽略的课题作了深入的研究。作为医学博士的艾伦·奇南,他在阐释以"老人"为主题的童话学理论时,巧妙地运用荣格的老年发展心理学理论,对于这些故事的心理学意义及其精神意义作了巧妙的阐释。译者在前言中也指出:"作者在本书还描绘了有关人的后半生的理想,为读者呈现出一幅前后连贯、条理清晰的心理任务图——自我分析、自我超越、返璞归真和为社会的解放多做贡献。这是每个人在后半生所要完成的心理发展任务,是对面临的困难和危险的告诫,也是对希望、前途和潜能的一种预观。"与此同时,"本书不仅用悬念和戏剧性的情节使孩子们感到愉悦,更重要的是它饱含了心理学的深刻见解,从而满足了中老年人为完成后半生的精神任务而抗争的心理需求"[2]。

1998年9月,《儿童文学选刊》新一期出刊。本期刊发了车培晶、肖显志、张年军、唐兵、星河、安武林、戎林、李志伟、陈国先、张秋生、曹文轩、吴超、彭斐、胡廷楣、高洪波、梅子涵、付佳、李忠魁、张悦、彭斯远的相关文章和部分读者习作。

胡廷楣在《对"可读性"的艰难分离》一文中指出,"对'可读性'特别界

---

[1] 李利芳:《形象的意义——比较〈男生贾里〉与〈纽约少年〉中的主人公形象》,《儿童文学研究》1998年第3期。
[2] "译者前言",[美]艾伦·奇南:《秋空爽朗——童话故事与人的后半生》,刘幼怡译,东方出版社1998年版,第2页。

定是很没有意思的,可读性在小说中的存在是很自然的。一篇很可读的小说,与其说是情节可读、对话可读、语言可读,还不如说是情感可读。可读是为了开通理解之门"①。

1998年10月,彭斯远在《重庆师院学报(哲学社会科学版)》上刊发《世纪之交的中国儿童文学》一文。文章指出:"世纪之交呈现出被称为建国以来又一个'繁荣时期'的可喜局面。主要表现在三个方面:一、大气之作批量涌现;二、'上帝'观念更加深入;三、悖论促进艺术创新。总之创作观念的更新,表现方法的丰富,艺术风格的多样化,必将给我国的儿童文学创作带来更加繁荣的光明前景。"②

1998年11月,《儿童文学研究》新一期出刊。本期刊发了方卫平、金燕玉、黄宝富、彭斯远、郑开慧、周晓波、张美妮、陈恩黎、徐鲁、韩进、沈重、薛涛、车培晶、梅子涵、欧阳志刚、年红、吴文艳、林晶、郁雨君、李学斌、郭英州的相关文章。

方卫平在《二十世纪:中国幽默儿童文学之艺术发展》一文中提到,"中国现代儿童文学幽默品格的相对贫弱在总体上又呈现出下述特征。首先,现代儿童文学较明显地受到民间幽默文学的影响,而较少作家个人的幽默创造。其次,从现代儿童文学(尤其是早期)幽默艺术的构成因素看,它主要借助的是机智和智慧,即理性因素,而较少调动想象、情感等非理性因素。再次,中国现代幽默儿童文学作品(尤其是进入三四十年代后)往往与讽刺艺术相结合,构成一种尖锐、辛辣的讽刺性幽默。最后,即使将上述幽默品格或强或弱的作品全部算上,其数量在整个中国现代儿童文学作品中所占的比重也是很少的。很显然,一旦我们了解了中国现

---

① 胡廷楣:《对"可读性"的艰难分离》,《儿童文学选刊》1998年第5期。
② 彭斯远:《世纪之交的中国儿童文学》,《重庆师院学报(哲学社会科学版)》1998年第4期。

代社会的具体情状，了解了现代儿童文学作家的创作心态和艺术旨趣，那么，这种数量上的稀少，就是不足为怪的"①。

金燕玉在《不再是很久很久以前……——论童话的当代性》一文中提出，"我认为，童话对生活的反映和表现，通常有六种方式：一是概括式，像一副只有脸部轮廓而没有五官的面具；二是象征式，像一副或美、或丑、或善、或智、或愚的具有审美特征的面具；三是寓言式，像一副隐约可见五官模样的面具；四是变异式，或夸大、或缩小、或荒诞组合，像一副变形面具；五是凝物式，用动物、植物、各类生物各种物体作为面具；六是半真半幻式，面具只用半面，露出半个真实面孔"②。

在《试论儿童本真的智慧特征及其生动表现》一文中，黄宝富从"童心童趣中蕴含的思维原型和儿童时代稚拙形态的幽默效应"两方面对儿童纯真心性与文学创作的关系进行了分析。③

彭斯远的《儿童诗的两种审美语符应该互补》通过具体文本对繁复派童诗的优缺点进行了比较并指出，"解决童诗被少儿读者疏离的一个关键，在于明快与繁复两种诗派诗风实行认真的对话与交流。明快派应尽量吸取繁复派诗歌充分展示诗美语符的技巧，引进移情通感，引进散文入诗，让主体内在情愫得以毫无阻滞的释放和抒发。反之，繁复派也要努力吸取明快派诗家推敲词句的简洁洗练和追求音韵格律的匠心，特别还要吸取明快派诗人常用但差不多已被文坛忘却了的某些艺术形式，如梯式诗，信天游，十四行体，类似山歌童谣的'豆腐块'，以及熔长短句于一炉的杂言诗，等等"④。

---

① 方卫平：《二十世纪：中国幽默儿童文学之艺术发展》，《儿童文学研究》1998年第4期。
② 金燕玉：《不再是很久很久以前……——论童话的当代性》，《儿童文学研究》1998年第4期。
③ 黄宝富：《试论儿童本真的智慧特征及其生动表现》，《儿童文学研究》1998年第4期。
④ 彭斯远：《儿童诗的两种审美语符应该互补》，《儿童文学研究》1998年第4期。

自1998年12月始,希望出版社陆续出版"中国著名儿童文学作家评传丛书"(共11册),丛书主编为浦漫汀。分别为马力的《任溶溶评传》,巢扬的《严文井评传》,张锦贻《包蕾评传》、《张天翼评传》,韩进的《高士其评传》、《陈伯吹评传》,汪习麟的《贺宜评传》、《鲁兵评传》、《洪汛涛评传》,郁青的《金近评传》,王炳根的《郭风评传》。

1999年

1999年1月,叶君健的《我与儿童文学》由中国妇女出版社出版。本书属"叶君健儿童文学作品集"系列书目之一,由李保初作序。全书分为三辑,其中第一辑主要分为《我与儿童文学——终生不解之缘》、《我和儿童文学》、《儿童文学创作和我》、《我和安徒生童话》等文章33篇;第二辑主要收录《〈安徒生童话和故事选〉序》、《〈真假皇帝〉前言》、《〈新同学〉后记》、《〈盗火者的遭遇〉前言》等文章30篇;第三辑主要分为《谈谈外国儿童文学——在儿童文学作家讲习会上的讲话》、《外国儿童文学现况——在北师大儿童文学研究班上的讲话》、《提高儿童文学创作和理论水平——在全国儿童文学座谈会上的发言》、《儿童文学的新生力量——在儿童文学〈作家班〉上的讲话》、《质量是关键——在"儿童文学创作会议"上的发言》讲话5篇。另外本书还附有由张宏琴编纂的"叶君健儿童文学作品出版目录索引"①。

1999年1月,张天明在《理论与创作》上刊发《童话的天空——写在〈新时期湖南童话寓言精选〉出版之际》。作者的观点是:"童话创作的低迷、误区或高潮,是童话本身的事,也是与童话相关的各个环节的事。出版社在推动童话创作前进的过程中,负有很重要的责任。出版社有责任积累童话理论、推动童话创作,积极推动富于色彩、分量很重的文本。《精选》一书的面世是湖南少年儿童出版社心怀我国的儿童文学事业,重视童话精品和童话论著的推出的一贯实践的一个小小的注脚。以热闹型童话

---

① 叶君健:《我与儿童文学》,中国妇女出版社1999年版。

为标志的时代虽然过去,但是,童话的创作不会消沉。相信,只要童话作家、理论家、出版社及其各种力量,拧成一股绳,像《精选》中显现出来的亮丽希望火星一定会催生和培育出一个新的更加热闹和绚丽的童话天空。"①

1999年1月,张文彦在《世界华文文学论坛》上刊发《台湾儿童文学发展概述》。作者提出:"台湾各类儿童文学工作者的比例,大约呈金字塔型,越往上层越少。底层是儿童诗创作,第二层是童话,第三层是儿童读物插画,第四层是少年小说,第五层是儿童文学教学,最上层是儿童文学史料整理和理论研究工作。从中不难看出,从事儿童文学创作的是大多数,而从事史料和理论工作的人数则相当少,这是台湾儿童文学领域中最为薄弱的环节。"②

1999年1月,《儿童文学选刊》新一期出刊。本期刊发了李建树、张婴音、萧萍、周锐、徐建华、杨楠、邱易东、朱效文、王立春、翛顼、高崇玉、张成新、邢抒然、梅子涵、冰心、安武林、纪慎言、张兴武、周晓波的相关文章及部分读者习作。

其中,梅子涵在《儿童的文学儿童的文学》一文中谈到了对儿童文学本体的探索,他指出:"我在前面讲过了,儿童文学的探索,其最终目标应该是走向真正的儿童文学,因而也便是说,走向真正的儿童文学比起走向文学,对于儿童文学来说,理应属于一个更高的境界。"③

1999年3月,《儿童文学研究》新一期出刊。本期刊发了曾卓、王瑾、樊发稼、萧萍、朱自强、古耜、谢清风、李潼、周姚萍、黄旻祎、梅子涵、林晶、王永洪、周晓波、郑欢欢等人的相关文章。

在《一部作品与一种文体》一文中,朱自强从彭懿的作品出发,谈论了

---

① 张天明:《童话的天空——写在〈新时期湖南童话寓言精选〉出版之际》,《理论与创作》1999年第1期。
② 张文彦:《台湾儿童文学发展概述》,《世界华文文学论坛》1999年第1期。
③ 梅子涵:《儿童的文学儿童的文学》,《儿童文学选刊》1999年第1期。

幻想的要素："1.表现的是超自然的，即幻想的世界；2.采取的是'小说式的展开'方式，将幻想'描写得如同发生了一样'；3.Fantasy与童话不同，其作品世界具有'二次元性'，有着复杂的组织结构。"①

王瑾在《运动与节奏：儿童文学审美响应中介说》一文中论析了运动、节奏与儿童文学创作、接受的关系，文中提到"构成文学文本节奏的运动基本元素有——外形式层（装帧层）——（直接的视知觉节奏）色彩的冷与暖、线条的粗与细、字体的大与小、开本的长与宽、材质的硬与软。内形式层（语符层）——（多为外部运动节奏、或唤起表象运动节奏）语音的高与低、韵律的平与仄、句子的长与短、语词的动与静、篇章的疏与密、剪裁的详与略。内蕴层（心理感知层）——（表现为内心情感节奏）悬念的强与弱、情节的张与弛、共鸣的宽与窄、延留的久与短"②。

1999年3月，《儿童文学选刊》新一期出刊。本期刊发了张之路、张国龙、李有干、汤素兰、李志伟、林良、林焕彰、刘正盛、冯辉岳、杜荣琛、路卫、邢抒然、程逸汝、张海迪、张玉庭、袁敏、许学政、徐鲁、吴其南的相关文章及部分读者习作。

其中，吴其南的《谈诗性体验》对诗性体验做了界定："诗性体验或就是对超越性价值有一种充满情感的关注。超越性价值是超越了具体的、有限的实用功利的价值。如人的自由、解放、幸福、苦难、战争、和平、拯救、我从哪里来、我到哪里去等等。但这种关注又不是纯理性的。它通过具体的生活、具体的情感过程，深挚而又贴切地表现出来。"③

1999年2月，方卫平在《民生报》上刊发《近十年来大陆儿童文学研究学术走势一瞥》。对于"近十年来，大陆儿童文学理论界的变化"，他认

---

① 朱自强：《一部作品与一种文体》，《儿童文学研究》1999年第1期。
② 王瑾：《运动与节奏：儿童文学审美响应中介说》，《儿童文学研究》1999年第1期。
③ 吴其南：《谈诗性体验》，《儿童文学选刊》1999年第2期。

为可以归纳为几个方面:"一是学术心态由相对'浮躁'走向'沉稳'";"二是学术目标和行为方式由注重'破坏',逐渐转向注重'建设'";"三是学术成果由零散逐渐转向系统化、体系化"。①

1999年3月30日,方卫平的《幼儿文学的集中展示——读〈中国新时期幼儿文学大系〉》一文刊登于《人民日报》。对于幼儿文学的研究现状及其历史境遇,方卫平指出:"从幼儿文学的角度看,虽然当时已经有人意识到,适应不同年龄阶段儿童读者需要的文学作品,具有不同的艺术特征,但是,中国现代儿童文学在整体上并未明显地分化为几种归属不同年龄层次读者的文学形态。这是因为,那时的人们往往更习惯于通过与成人文学的比较去认识和把握儿童文学的特征,而其内部各阶段的差异就显得不那么重要了。对于当时的人们来说,重要的是儿童文学与成人文学有什么不同(由此才能确定儿童文学的独立存在价值),而不是儿童文学系统内部各部分之间有什么不同。这种状况在五六十年代同样没有引起人们的真正注意。"而这套《中国新时期幼儿文学大系》中,方卫平简要地概括出其多重价值:"(一)历史文献价值";"(二)美学欣赏价值";"(三)艺术借鉴价值";"(四)学术研讨价值";"(五)文化交流价值"。②

1999年3月,王永洪在《北京师范大学学报》上刊发《朦胧的群像——20世纪中国儿童文学人物形象论》。文章的主要观点是:来源于中国传统文化思想(主要是儒家思想)中过强的"社会角色"意识,导致中国儿童文学中作家主体性的缺失,并进而导致作品中类型化的成人人物形象和类型化的儿童人物形象,这是20世纪中国儿童文学发展中的一个致命弱点。因此,在强调"儿童观"的同时,反省我们的"成人观",走出"成

---

① 方卫平:《近十年来大陆儿童文学研究学术走势一瞥》,《民生报》1999年2月7日。
② 方卫平:《幼儿文学的集中展示——读〈中国新时期幼儿文学大系〉》,《人民日报》1999年3月30日。

人本位"的观念误区,是走向21世纪的中国儿童文学所面临的最迫切的任务之一。从这个意义上说,汤锐在《儿童文学本体论》中提出的"成人的发现"命题就具有了更为深刻的含义。事实上,儿童永远是成人"眼中"的儿童,它与成人对自己的看法有着紧密的关系,当我们说封建时代不注重儿童时,我们其实省略了另外一句话:封建社会同样是漠视"成人"的存在的,当成人都不知道自己是不是活得像"人"时,他怎么去"发现"儿童呢?因此在儿童文学领域大力倡导作家的"主体意识",显然是再次发现儿童的必要前提。由此,我们或可以从另一个角度看80年代的"文体试验派"作品:这些带有试验性质的作品,在突显作家的主体意识时,或许也隐含着对读者主体意识的潜在肯定,它或许是不自觉的,但却为一种"艺术常态"下的创作提供了一个值得参照的模板。①

  1999年4月,周晓波的《当代儿童文学面面观》由湖南少年儿童出版社出版。该书的侧重点主要在于少年文学研究,并且以小说与童话为主。在为该书作的"序"中,黄云生并不认为少年小说是儿童文学的主体,"因为它作为一种文体形态已经与儿童文学的本质相去甚远,而与成人文学尤其是青年文学愈来愈接近,甚至可以说没有多少区别。但是,它在八九十年代的儿童文学领域占据着霸主的地位,这却是一个不争的事实。我们得承认这个事实",但"童话的情形就不同了"。黄云生指出:"尽管它和科幻小说相似,也可以生存于青少年文学中间;但它的本质是属于儿童文学的。周晓波对童话的关注,似乎并不在意它的读者年龄层次的归属,而更重视它的文体特征及其历史演变……强调童话的游戏精神和荒诞品质,是周晓波认真反思传统教育童话所得出的结论。"②

---

① 参见王永洪:《朦胧的群像——20世纪中国儿童文学人物形象论》,《北京师范大学学报(社会科学版)》1999年第2期。
② 黄云生:"序",周晓波《当代儿童文学面面观》,湖南少年儿童出版社1999年版,第6页。

1999年4月,顾建美在《文教资料》上刊发《新时期以来儿童文学研究述评》。文章的基本观点是:新时期以来,儿童文学的研究成果是喜人的,特别是80年代后期以来,儿童文学的研究成果倍出。当然,就具体成果而言,水平是参差不齐的,而且儿童文学的研究中还存在着一些失衡和不足之处。如儿童文学至今还没有形成有自己特色的完整的理论体系,有的理论著作在力图建立儿童文学新论题的同时,未跳出成人文学理论的思路,用一般文学规律去俯合儿童文学的特殊规律,其结果是不但对创作起不了指导作用,而且令人迷惑。再如,在幼儿文学理论的系统研究上,幼儿文学应该是儿童文学中最具有儿童特色的一部分,幼儿文学理论也应该是儿童文学理论中特点最鲜明、最特殊、最活跃的部分,但是,这里却很冷清,有影响、成定论的研究文章很少,至今未见有关专著面世。有些老议题,如儿童文学和教育的关系问题,儿童文学界讨论了十几年,虽然也有了初步的共识,但还未形成一个完整的理论系统。在注重儿童文学理论建设的同时,缺少新的理论立足点和深度,有些新论题提出后得不到充分的论证;儿童文学的创作理论也明显滞后于儿童文学的创作实践。在作家作品论方面,许多作品评论多介绍性文字,就事论事,溢美之词盖过理论论述,几乎成为赏析文章,同时,缺少全面的作家作品论。儿童文学史的研究中也有许多地方尚待开拓。[①]

1999年5月,王泉根与陈晓秋在《小说评论》发表《激扬少儿世界的生命正道——李凤杰少儿文学创作片论》。在本文中,作者对八九十年代几位创作儿童小说的代表性作家作了概括:"秦文君走入城市少男少女之间,随意讲述着青春阳光型的轻松话题;执着于'重塑民族性格'的使命感,曹文轩在乡村题材的眷恋之中,表现着震撼人心的人格力量与追求探索;张之路在儿童的关照中,折射出现实的讽刺,释放出永恒的良知;沈石

---

① 顾建美:《新时期以来儿童文学研究述评》,《文教资料》1999年第2期。

溪的动物小说则是人间的延伸,许多人间的主题在动物世界里得到了最充分的渲染与揭示。"对于李凤杰,文章认为其特色首先是为"一向清新细腻的儿童文学文坛吹进了阳刚与粗犷的西北风";其次是把"极具地域色彩的文化形式都引入了创作的审美表现领域"。①

1999年5月,吴效马在《辽宁教育学院学报》上刊发《个性主义与五四时期的儿童文学》。文章认为,"五四"时期个性主义思潮的勃兴,对于中国儿童文学的建设和发展产生了至关重要的影响。在改造病态的国民性、呼唤"人的发现"和个性解放的过程中,新文化人本着"儿童是人"、"儿童是儿童"的个性主义儿童观,确立了以尊重儿童年龄、心理和个性特点为核心的个性主义儿童文学理论,并在儿童文学的创作中发出了尊重儿童独立人格、关注儿童个性发展的时代心音,从而有力地推动了儿童文学作为中国文学的一个独立门类的诞生、发展和繁荣,促进了中国儿童文学的现代化。综上所述,"五四"时期的儿童文学无论在理论上还是在创作上都浸润着个性主义的深刻影响。对于"五四"时期个性主义儿童文学的合理内核和理论误区进行深入研究和总结,对于当代儿童文学的建设和发展有重要的借鉴和启迪意义。②

1999年5月,《儿童文学选刊》新一期出刊。本期刊发了薛涛、王巨成、王月礼、冰波、车培晶、秦文君、罗怀和、姜忠华、邢抒然、萧萍、鲁彦、韩石山、张弘、刘保法、周晓波的相关文章及部分读者习作。

其中,萧萍的《关于想象力的三个片段》将想象力与儿童文学创作的关系进行了辨析,并进一步指出,"真正的儿童文学,是在真正强大的想象力的支撑下成长的。如果说博尔赫斯小说所体现的想象,是成人在时间

---

① 王泉根、陈晓秋:《激扬少儿世界的生命正道——李凤杰少儿文学创作片论》,《小说评论》1999年第3期。
② 吴效马:《个性主义与五四时期的儿童文学》,《辽宁教育学院学报》1999年第3期。

和空间上的迷失和不确定,更多的有着写作者观念、信仰的暗示与投射;而对于真正优秀的儿童小说,它所要追求的往往体现为写作者在细节处理上不动声色的想象力,玄机就在儿童的现实逻辑和假想趣味中,而更多地隐去写作者观念的外衣,这同样是写作者对现实的自我挑战,表现出来的一种面貌迥异而内在相同的品质:是想象力技术和精神在故事与情境展现中的含而不露,以及异峰突起"①。

1999年6月,汤锐在《博览群书》上发表《把握儿童文学创作与接受的最佳结合点》。该文是"中国幽默儿童文学创作丛书"的推介文章。文章指出90年代中国儿童文学整体发展的状况:从追求创作主体最大限度的自我表现,转向创作主体与接受主体的最佳交流方式、最佳沟通途径。②

1999年6月,《儿童文学研究》新一期出刊。本期刊发了周晓、汤锐、郑开慧、李学斌、高洪波、郭剑敏、王黎君、周晓波、张义先、[日]谷悦子、[日]彭佳红、唐兵、张洁的相关文章。

其中,李学斌的《幻想的游戏——试论儿童的童话审美阅读心理》认为,"童话与儿童:一种审美的双向选择"。他进一步解释说,"童话,儿童文学最本真的形式。它以对童年生命的无限逼近和不断提升为审美追求。以浓郁的幻想色彩和童话叙事的趣味性与童年生命形态达成了天然的契合,从而在二者之间体现了一种浑然天成的亲缘关系、一种审美的双向选择。如果说儿童是天生的童话家,那么,某种程度上就可以说,童话就是流自他们灵魂深处的声音,就是他们面对自然万物的心灵絮语;就是他们未经雕琢、过滤、未经理性浸染的心灵图景的审美表达"③。并详细论述了幻想和游戏在儿童生命历程中的分量。

---

① 萧萍:《关于想象力的三个片段》,《儿童文学选刊》1999年第3期。
② 汤锐:《把握儿童文学创作与接受的最佳结合点》,《博览群书》1999年第6期。
③ 李学斌:《幻想的游戏——试论儿童的童话审美阅读心理》,《儿童文学研究》1999年第2期。

1999年7月,孙建江在《浙江师大学报》上刊发《从海峡两岸儿童文学整体格局的消长演变看中国儿童文学的未来可能》。作者总结了中国儿童文学的未来可能性特点:"一、从儿童文学的接受对象上看,幼儿文学将有大发展。二、从儿童文学的基本立足点及其与读者的根本发生关系上看,'本位'作品将有大发展。三、从儿童文学创作和理论的互动关系上看,理论将有大发展。四、从儿童文学品种上看,综合性文本将有大发展。"[①]

1999年9月,陈子君在《重庆大学学报(社会科学版)》上刊发《论儿童文学的中国特色》一文。作者在文中提出:"从目前的情况看,'四个统一'的基本框架已经大体上形成,并在多数作家中取得共识。但在具体实践中还需要进一步努力探索。特别是在当前市场经济全面深入发展的情况下,儿童文学又碰到了如何适应、如何生存和发展的一系列新的问题。同时,儿童文学作品读者太少的问题又比较复杂,并不完全由于作品本身的问题引起。这首先牵涉到教育制度的改革滞后,'应试教育'仍然压倒'素质教育',因而广大少年儿童很少或者根本没有时间阅读儿童文学作品。对于少年儿童的阅读兴趣和阅读要求,也不能完全放任自流和听其自然,孩子毕竟是孩子,其阅读需要老师、家长的提倡、指导和辅导。当然,儿童文学的创作、出版、发行、理论批评研究和少年儿童的阅读辅导等问题,应当看作是比较完整的系统工程,需要综合治理,而这恰恰是过去和现在都作得很不够的,今后应当加倍努力,争取在21世纪的头十年有较大的突破。"[②]

1999年9月,《儿童文学研究》新一期出刊。本期刊发了方卫平、秦文君、唐兵、曾镇南、孙云晓、沈虎根、王泉根、陈晓秋、杨实诚、梅子涵、陈

---

① 孙建江:《从海峡两岸儿童文学整体格局的消长演变看中国儿童文学的未来可能》,《浙江师大学报》1999年第4期。
② 陈子君:《论儿童文学的中国特色》,《重庆大学学报(社会科学版)》1999年第3期。

恩黎、包鹏程、晓冰、安武林、徐鲁、夏真、张燕、杨鹏的相关文章。

方卫平的《早慧的年代》归纳了儿童文学理论构成的特征:"一是概念、范畴、命题等思想部件构成具有整体性、系统性的特点。二是思想逻辑的内在统一性。三是解释效力的有效性与有限性的辩证统一。四是生存形态的历史变异性。"①

陈恩黎的《缪斯的家园——论儿童诗的灵性》论析了儿童诗中的灵性内涵及表现,"儿童的这种与生俱来的特征为人类的审美活动开启了一道希望之门:人必须通过活生生的个体的灵性去感受世界,而不是通过理性逻辑去分析阉割世界。无疑,这也将是现代诗歌艺术的最终归宿"②。

包鹏程的《童话中的诗性智慧》梳理了童话、幻想和诗性的关系,他在文中提出,"幻想将'诗性的智慧'熔铸到跃动的情节里,锲入生动、鲜明的形象里。幻想将现实在童话里放大、变形。幻想不仅表现为自由与整合的能力,而且也将人类的集体无意识带入到童话中,因此'一部作品中的任何成分或成分集体可被视为表达了人类经验中重复出现的基本意象'"③。

1999年9月,《儿童文学选刊》新一期出刊。本期刊发了伍美珍、李树松、谭元亨、范锡林、李志伟、陈启金、桂文亚、任大星、黄永玉、秦文君、林清玄、小渔、周敏、王泉根、周晓波的相关文章及部分读者习作。

其中,王泉根的《世纪之交中国儿童文学的十大现象》列举了儿童文学界备受瞩目的十大现象:"现象之一:买断沈石溪。现象之二:走向成长。现象之三:男生贾里,女生贾梅。现象之四:花季雨季热。现象之五:幽默总动员。现象之六:大幻想文学。现象之七:动物大战。现象之八:

---

① 方卫平:《早慧的年代》,《儿童文学研究》1999年第3期。
② 陈恩黎:《缪斯的家园——论儿童诗的灵性》,《儿童文学研究》1999年第3期。
③ 包鹏程:《童话中的诗性智慧》,《儿童文学研究》1999年第3期。

四、五两代唱主角。现象之九：科学文艺和寓言空缺。现象之十：《红帆船》之旅。"①

1999年10月，张锦贻在《内蒙古师大学报（哲学社会科学版）》上刊发《中国儿童文学50年》一文。作者的基本观点是："新时期儿童文学的现代化与民族化程度已超过本世纪的任何一个时期。具体表现在：第一，从儿童文学的外部环境来说，新时期儿童文学发展到目前已进入一个真正的创作自由的时期。开明、开放的现代精神和现代意识已成为儿童文学的主旋律，这既是人们对本世纪后半叶中国儿童文学进行反思的一个结果，也是国家进入市场经济自由竞争的一个必然。第二，与开明、开放的时代精神气氛相适应，从80年代中期开始，儿童文学观念和儿童文学创作都呈现出了令人惊喜和振奋的新气象。对题材和体裁的各种各样的选择摆在作家面前。无可框定的审美意识和由此呈现的多样化的创作风格炫人眼目。当然，也有一些严峻的问题摆在21世纪中国儿童文学面前：第一，迎接市场经济的挑战还是畏缩屈服？第二，是做真正的儿童文学作家，还是做以儿童文学为敲门砖的作家？第三，是只须有儿童生活体验，还是须体验儿童生活？第四，追随永恒：永远地强调和重视儿童文学作家整体素质的提高。"②

1999年11月，方卫平在《中华读书报》上刊登了《今天的儿童文学》。方卫平总结了最近十年的儿童文学界所创造的新的艺术高峰："意识原创性儿童文学作品，尤其是中长篇作品的创作空前飞跃，许多出版社都推出了规模不等的原创性儿童文学作品丛书"；"二是儿童文学的艺术面貌不断丰富、美学特质不断强化"；"三是出现了以《男生贾里》《草房子》等为代表的一批具有广泛影响力，在艺术上取得相当成功的文学精品"。但方卫

---

① 王泉根：《世纪之交中国儿童文学的十大现象》，《儿童文学选刊》1999年第5期。
② 张锦贻：《中国儿童文学50年》，《内蒙古师大学报（哲学社会科学版）》1999年第5期。

平还是发现一个问题:"这种发展并未制造出相应的乐观主义情绪和美学上的成就,相反,在总体描述和估价当代儿童文学现状时,人们往往觉得处境尴尬或危机四伏",究其原因,方卫平认为"从80年代到90年代,儿童文学领域的主要矛盾已经发生了重要的现实转换",即从"非艺术的歧途回归艺术的正途"到"90年代的创作心理中有着深刻而必然的积淀",但他又指出一个残酷的状态,"在整个儿童文学传播和接受领域,儿童文学的被迫撤退已是一个显而易见的事实"。而解决这种问题的建议,方卫平也提出了三点:"其一,今天的儿童文学创作和出版从内容看,应更贴近当代少年儿童的现实生活和心灵生活";"其二,今天的儿童文学创作和出版从内容上看,应更重视幻想、幽默、神秘、惊险、疯狂、神奇等等特质的发掘";"其三,从体裁看,应更重视童话、科幻文艺等门类的创作和出版";"第四,从作品推广看,应更重视文学作品与其他传播媒介如影视、卡通等的结合";"其五,在出版作品的涉及方面,应注重作品呈现方式的观赏性、游戏性和操作性";"其六,应重视读书活动的组织"。[①]

1999年12月,《儿童文学研究》新一期出刊。本期刊发了王泉根、方卫平、樊发稼、刘保法、金波、朱自强、周晓波、谢倩霓、马力、萧萍、郁雨君、王林、玉清、沈飙、汤素兰、李潼、欧阳志刚的相关文章。

王泉根在《九十年代中国儿童文学的走向》一文中指出了四个应该引起关注的文学现象:"第一,走向当代少年儿童的内心世界,表现一代新人多姿多彩、健康向上的生命气象与精神成长。第二,走向多元共生的创作状态,营造百鸟齐鸣、和而不同的艺术格局。第三,走向多层次、多渠道的儿童文学建设,尽一切努力激活儿童文学创作生产力。第四,走向儿童文学的国际对话,提升儿童文学的全球观念与可持续发展意识。"[②]

[①] 方卫平:《今天的儿童文学》,《中华读书报》1999年11月24日。
[②] 王泉根:《九十年代中国儿童文学的走向》,《儿童文学研究》1999年第4期。

方卫平的《回归正途——二十世纪中国儿童文学理论体系建设回眸之二》对彼时儿童文学理论建构的成果进行了梳理与评价,他指出:"中国儿童文学理论界的这一代学人对儿童文学的一些'基本问题'也表现了相当的兴趣和敏感。由于儿童文学理论学科发展的特殊性,这些'基本问题'既包括了本学科发展史上频频出现的那些问题,例如儿童文学的本质、儿童读者的特征,等等,也包括了以往较少被谈论而实际上却十分重大的一些问题,例如审美、视角、母题、游戏性等等。这些基本问题被这一代学人揉捏、融合到各自的论述语境和思维焦点之中,成为推进当代儿童文学学科系统建设的最基本的内驱力。"①

1999年12月,王泉根在《西南师范大学学报(人文社科版)》上刊发《八九十年代中国儿童文学的新潮与传统》。文章的基本观点是,新时期以来的中国文坛,五光十色,八面来风,改革开放的时代精神与异彩纷呈的文学新潮同样冲击、影响着处于相对弱势地位和滞后局面的儿童文学,尽管这种冲击还小了一点,迟了一步,但透过半开的门,我们同样感受到了这种冲击对于儿童文学艰难探索的推进力量,其中最重要的收获之一即是:世纪末的儿童文学终于找到并回到了世纪初由鲁迅、郑振铎等"五四"新文化运动与现代儿童文学运动的先驱者所倡导的那个中国儿童文学的传统精神——"一切设施,都应该以孩子为本位",使断续的"五四"传统在新时期心智创造力的修正下重新得到了延续。②

---

① 方卫平:《回归正途——二十世纪中国儿童文学理论体系建设回眸之二》,《儿童文学研究》1999年第4期。
② 王泉根:《八九十年代中国儿童文学的新潮与传统》,《西南师范大学学报(人文社科版)》1999年第6期。

2000 年

2000年1月,马力等人的《儿童文学的教育价值论纲》由辽宁少年儿童出版社出版,由朱自强作序。朱自强在序言中认为,儿童文学与教育问题"论者历来见仁见智,执论不一",但他指出其对立的根本点在于:"是把儿童文学的教育性作为一种本质论还是作为一种功能论。"对于这本书而言,朱自强强调:"这部著作在总体上对儿童文学的'教育价值'具有弹性的理解,并将这一问题置于功能论的理论框架上来论述,我认为是符合儿童文学理论的进展方向的。"[1]

2000年1月,樊发稼的《追求儿童文学的永恒》由河北教育出版社出版。本书主要收录作者的《儿童文学正在走向新的繁荣》、《迎接21世纪中国儿童文学的新发展、新辉煌》、《以幼儿童话为中心,促进新世纪幼儿文学的全面繁荣》、《以精品开路,力促少儿读物出版事业新发展》、《儿童文学的选择和利用》等文章102篇,另外本书还附有"樊发稼作品系年"[2]。

2000年1月,《中国儿童文学》出刊。2000年后《儿童文学研究》和《儿童文学选刊》合并为《中国儿童文学》。本期刊发了曹文轩、常新港、沈石溪、张之路、梅子涵、余衡、葛冰、孙继忠、笑笑、胡若凡、刘东、孙文圣、张弘、李志伟、刘绪源、严吴婵霞、唐兵、周锐、[法]柯莱特、汤锐、方卫平、李

---

[1] 朱自强:"序",马力等《儿童文学的教育价值论纲》,辽宁少年儿童出版社2000年版,第3页。
[2] 樊发稼:《追求儿童文学的永恒》,河北教育出版社2000年版。

学斌的相关文章。

在《关于21世纪儿童文学走向的思考》一文中,汤锐从三个方面对儿童文学的发展提出问题,并尝试作出解答:"第一个问题:社会文化背景的后现代走向是否会销蚀新一代的人文精神和历史感?第二个问题:下一个世纪的中国儿童文学是否应建立新的价值体系和艺术准则?第三个问题:电子媒体对儿童文学创作的介入乃至网络文学的异军突起将给下一个世纪的中国儿童文学带来什么?"[1]

李学斌在《奇趣童心——论幽默儿童文学的审美效应》一文中,对幽默儿童文学的接受机制进行了分析,他指出,"幽默儿童文学是作为儿童幽默的对应物出现的。而儿童文学幽默文本是儿童文学的幽默效应得以实现的客观物质基础,是阅读中审美快感、游戏愉悦产生的必备物质条件。儿童文学幽默效应的实现离不开客观文本的内在支持和诱导。因为文本中的幽默场景相对于具体的幽默效应而言,仅仅是提供了一种潜在的可能,它是幽默效应的潜在状态,是一种'召唤性的空框结构'。而这种'召唤性的空框结构'则有待于读者介入生成"。并结合四种不同的"笑"分别作以阐释。[2]

2000年2月,李利芳在《兰州大学学报》第1期上刊发《论中国现当代儿童文学中的儿童观》。在她看来,"考察中国现当代儿童文学的儿童观的发展脉络,一个鲜明的特征已呈现在我们面前。即儿童观总是从两个不同的角度、两个截然对立的领域交错更替、互为补充地平行发展。这两个相对立的研究方向即是'重群体'——'儿童教育'与'重个体'——'儿童本位'"。前者在作者看来,"着重从社会历史批评角度,以时代、民族的大文化背景为理论基点来生发自己的儿童观。这种理论尺度将儿

---

[1] 汤锐:《关于21世纪儿童文学走向的思考》,《中国儿童文学》2000年第1期。
[2] 李学斌:《奇趣童心——论幽默儿童文学的审美效应》,《中国儿童文学》2000年第1期。

看成是一个处于成人中心话语边缘的特定群体,以成人的价值尺度对儿童进行规范划一的集体教育,从而实现儿童之于民族、之于社会的价值与意义。它更突出成人的主体地位,突出儿童的群体性与社会性";而后者在作者眼中,主要是"重个体",这种"儿童本位观"主要"从美学哲学批评立场来关注儿童作为独立存在的个体的本体生命价值。这一儿童观在现代的代表人物主要是周作人。他重视儿童作为主体的人的自然性这一面,从生物学的角度来解释儿童的种种行为意识,以尊重儿童的自然天性为其'儿童本位观'的理论内涵。到了当代,以班马为代表的颇具理论建树的中青年学者在受周作人'儿童本位'思想的启发影响下,以美学批评的方法建立了更为全面深入的儿童观"①。

2000年3月,张锦贻在《内蒙古大学学报》上刊登了《新中国少数民族儿童文学的主题嬗变与创作衍变》。作者认为:新中国少数民族儿童文学彰显着活跃的时代精神、民族精神与儿童精神,具有独特的生命力。它所显示的"时代·民族·儿童"的鲜明主题,经过半个世纪的发展已成为中国和世界儿童文学中的重要话题。文章以民族儿童文学的创作实绩证明,"时代·民族·儿童"既是民族儿童文学选材立意的题旨概括,也是民族儿童文学审美形态的创作特征。它在传统与现代的交汇、交融中的嬗变与衍变,显示出民族儿童文学在现代化进程中的勃勃朝气,显示了儿童文学民族性理论的丰富和深化。②

2000年3月,蒋风在《学术研究》上发表了《东亚儿童文学百年回眸》。作者以中国、朝鲜、日本,三个东亚国家的儿童文学发展史和作品书写为例,认为东亚儿童文学百年来虽然受政治影响,经历了战乱与炮火,

---

① 李利芳:《论中国现当代儿童文学中的儿童观》,《兰州大学学报》2000年第1期。
② 张锦贻:《新中国少数民族儿童文学的主题嬗变与创作衍变》,《内蒙古大学学报》2000年第2期。

发展举步维艰,但在战争结束后终于也迎来了胜利的曙光。在科技日新月异发展的今天,它又面临着信息时代和市场经济伴随而来的挑战和机遇。并且作者还认为尽管作为书籍形式的儿童文学日趋萎缩,但它绝不会因此而消亡。"儿童文学可以在不同国度、不同文明的孩子们中间充当大使的角色,这有利于不同国籍、不同民族人民从小得到感情沟通,使得各国人民之间的共情能力不断增强,为人类走向更美好的明天作出伟大贡献。"①

2000年4月,《中国儿童文学》新一期出刊。本期刊发了张之路、秦文君、牧铃、薛涛、余衡、汤素兰、王蔚、祁智、徐莉萍、许佳、竺洪波、樊发稼、刘嘉俊、李佳、韩寒、任晓雯、赵婷婷、刘绪源、周晓波、谢华、[美]弗兰克·麦科特、王泉根、王林、徐永泉、潘明珠、周汉友、[瑞典]玛丽亚·尼古拉耶娃的相关文章。

王泉根的《高扬儿童文学幽默精神的美学旗帜——兼评〈中国幽默儿童文学创作丛书〉》认为,幽默是儿童的一种天性,"儿童的自我中心思维导致他们产生诸如泛灵论、人造论、任意结合、非逻辑思维等不同于文明时代成年人的思维模式而与原始思维模式同构对应的'儿童——原始思维'。当儿童以这种思维方式去观察外部的客体世界,并进而去认识事物、解释现象时,就必然会与真实的客体世界产生程度不等的错位、反差、逆转、任意结合、概念混杂等现象,并从非逻辑、不协调中得出似是而非、背理反常的结果,这就不免会产生笑与幽默。因之,我们可以说,儿童特殊的思维机制及其认识世界、解释世界的特殊方式,已经有意无意地造成了产生幽默的重要因素。从这一角度说,幽默实在是儿童的一种天性,一种最富于人类

---

① 蒋风:《东亚儿童文学百年回眸》,《学术研究》2000年第3期。

自由意志和最接近人类思维原始特征的活生生的本质精神"①。

2000年6月,王泉根在《中国图书评论》中发表《21世纪儿童文学要研究什么?》一文。对于进入新的千年来所要面对不同的文化现象和社会想象,他提出了四个"需要",并且特别强调研究"儿童文学在保护地球母亲、拯救生态环境、营造绿色文化的世纪行动中,如何有所作为,把一个和平、绿色、充满蓬勃生机的地球还给儿童"②。

2000年5月,方卫平在《中国图书商报》上发表《李拉尔的高级故事》。对于梅子涵的"李拉尔故事系列",作者认为:"一方面,作者小心翼翼地发掘、把握并呈现了今天低龄孩子们的生活本相和生命灵性";"另一方面,作者又以灵巧传神的艺术笔墨,凸显了一个独具审美情趣的幼儿形象"。同时,他也补充道:"由于幼儿读者通常还缺乏独立的文学阅读能力,因此幼儿文学实际上是亲子共读的一种文学样式。从这个角度上,这套李拉尔系列故事不仅是写给孩子们的,同时也是写给曾经是孩子的所有大人们的。"③

2000年5月,周晓波在台湾的《儿童文学学刊》上发表《20世纪90年代少年长篇小说创作热现象透视》。作者指出了当前存在的五种现象:"现象之一:由单部向丛书、套书热的发展"、"现象之二:亮起旗帜,标明观点——成熟创作者的艺术追求"、"现象之三:青春风情,书写自我——年轻作家的创作特色"、"现象之四:崇尚自然与重写历史"、"现象之五:幽默品格、渐受青睐"。对于上世纪末儿童文学的状态,作者指出:"伴随着'长篇热'的兴起,也为使图书的出版更具有商业的竞争力,大型长篇丛书、套

---

① 王泉根:《高扬儿童文学幽默精神的美学旗帜——兼评〈中国幽默儿童文学创作丛书〉》,《中国儿童文学》2000年第2期。
② 王泉根:《21世纪儿童文学要研究什么?》,《中国图书评论》2000年第3期。
③ 方卫平:《李拉尔的高级故事》,《中国图书商报》2000年5月16日。

书的现象开始悄然出现"、"在长篇创作热中似乎出现了这样两种截然不同的创作心态：一种是成竹在胸，敢于亮出旗帜；另一种则是摸着石子下河，走一步是一步，作试探性的尝试，不愿放弃来临的一切机会"。对于新一代作家，周晓波概括道："比之第四代儿童文学作家，第五代作家就要来得幸运得多，他们的生活道路大都一帆风顺，从学校到学校，大都接受过高等教育，有很好的文学功底和艺术感悟力。安定的社会环境和宽松的文化大环境，为他们提供了发挥文学创作才能的最好机遇。当然，他们也凭自己的努力把握住了这难得的机遇，初步显露出把握生活素材的创作能力。90年代一批颇具才华的青年作者开始在长篇创作上初露才华，他们大都第一次尝试长篇小说的创作。"并且作者还指出"90后"的少年长篇创作中的两种现象："一种是崇尚自然，崇尚'自然教育'与'逆境教育'，在广阔、险恶的大自然背景中去抒写不平凡的人生；另一种则是以新的历史观和表现手法来重写历史，意欲再现历史的本色。"同时，随着80年代游戏精神和喜剧精神的提倡，周晓波指出："在90年代少年长篇小说的创作中已初见成效"、"这表现在轻喜剧式的幽默品格已逐渐得到作家们的青睐，并在行文中自觉或不自觉地显露出来"。[1]

2000年6月，郝月梅在《上海大学学报》上刊发《电子传媒文化与儿童文学》。作者敏锐地发现了一个问题："尽管儿童文学做出了种种努力，却始终难以摆脱困境"、"小读者日益被卡通片、成人电视剧、MTV、电子游戏、网络文化等分流"。而在作者看来，儿童文学发展的首要问题在于："儿童文学的生存和发展，就不能沿袭旧有的传统模式仅仅从创作自身找原因，打破艺术门类的固有格局，横向研究参照，吸收对方存在发展的合理因素，不断更新和完善儿童文学的创作以赢得小读者。"作者认为，小读

---

[1] 周晓波：《20世纪90年代少年长篇小说创作热现象透视》，《儿童文学学刊》（台湾）2000年第3期。

者的流失不单单是电子媒介的诱惑,更在儿童文学自身的缺陷和不足,最突出的表现在于"因作者过强的主体意识而导致的儿童文学严重的成人化"。其主要表现在几点:1.作品内容的成人化;2.作品形式的成人文学化;3.文学形象的弱化。在作者看来,可读性的儿童作品主要具备几个艺术特点:1.趣味性;2.故事性;3.直观性。[①]

2000年7月,王泉根在《北京师范大学学报》上发表《中国新时期儿童文学的深层拓展》。他认为新时期中国儿童文学的拓展表现在三个方面:一是"突破'教育工具论'的束缚,确认儿童文学具有多元的价值功能和美学目的,提升作家的使命意识和人文关怀";二是"摆脱了'成人中心论'的羁縻,确认儿童文学必须以切合少年儿童的精神世界与思维特征为基准的主体性原则,重建人的意识,塑造未来民族性格";三是"校正了儿童文学标准单一性与创作现象丰富性之间的矛盾错位,确认以少年儿童年龄特征与接受心理的差异性来建构多层次的儿童文学分类,以推进儿童文学创作的发展繁荣"。[②]

2000年7月,谈凤霞在《南京师范大学文学院学报》上刊发《朦胧诗中的"孩子"》。作者指出:"朦胧诗中'孩子'的意义可指向过去、未来及反面,包含着作者们对民族的历史与未来、人类生存的困境与救赎等问题的思考。'孩子'意象的选择造成以单纯寓丰富的美学效应。"在作者看来,"'孩子'这个语码常用的两种意义即指向未来,象征着希望、思想、幸福的前景。这个层面的意义在朦胧诗中用得最为广泛,而且在抒情或叙述的人称上,'孩子'被用作第一、二、三人称的指代,其思想含义、审美效果也各有不同",作者主要总结为三类:"第一种,孩子作为第一人称即抒情主体或叙述者,用孩子的眼睛看待世界、用孩子的脚步来丈量世界、用孩子

[①] 郝月梅:《电子传媒文化与儿童文学》,《上海大学学报》2000年第3期。
[②] 王泉根:《中国新时期儿童文学的深层拓展》,《北京师范大学学报》2000年第4期。

的心灵来思考世界";"第二种,孩子作为未来的指向,也被用作第二人称的所指对象,即抒情对象'你'";"作为第三人称所指出现的'孩子',就更多地被赋予了理性的色彩"。①

2000年7月,《中国儿童文学》新一期出刊。本期刊发了王巨成、李中林、饶雪漫、伍美珍、孙幼军、余衡、周锐、张弘、唐兵、王一梅、叶潇、刘绪源、桂文亚、王淑芬、徐鲁、鹿子、方卫平、朱自强、[英]内斯比特、程世波、浦漫汀、杨火虫的相关文章。

方卫平的《经典·经典意识》谈到了经典作品在儿童文学艺术领域的重要性:"在儿童文学艺术领域,由于早期阅读对于精神发展的重要性,经典的确立和阅读显得尤为必要。经典之作不仅以其无与伦比的艺术魅力对孩子们产生着永远的吸引力,而且以其特殊的经典品质为早期的人格成长提供着丰美的文化滋养和精神影响。"并进一步提出了"经典意识","经典意识"包含两方面:"一是对于经典及其意义、价值的自觉认识。二是对于经典性和经典品质的自觉实践和追求。"②

2000年10月,《中国儿童文学》新一期出刊。本期刊发了星竹、彭学军、常新港、张洁、彭懿、董宏猷、冰波、[日]三田村信行、曹文轩、梅子涵、孙云晓、高洪波、余衡、刘绪源、周锐、东达、刘保法、朱效文、刘之杰、任溶溶、[德]米切尔·恩德、樊发稼、王富仁、朱自强的相关文章。

王富仁在《呼唤儿童文学》一文中从自身经历出发,谈到了中国儿童文学的曲折发展,并提出了自己基于童心主义的儿童观。他还深入剖析了儿童文学发展的内在困难:"中国成人文学发展的困难是显在的,而儿童文学发展的困难则是内在的。儿童文学不但不是由儿童自己创作的,同时也不是由儿童自己选择的。儿童文学是为儿童创造的一个语言的世

---

① 谈凤霞:《朦胧诗中的"孩子"》,《南京师范大学文学院学报》2000年第3期。
② 方卫平:《经典·经典意识》,《中国儿童文学》2000年第3期。

界,但儿童却无力自己走进这个世界,他们是要靠家长和教师领进这个世界的,而家长和教师则是成人,则是负责儿童的教育的,他们往往主要为儿童选择那些'有用的',而不是为儿童选择那些'有趣的'。"①

在《"解放儿童的文学"——新世纪的儿童文学观》一文中,朱自强提出,"'解放儿童的文学'将成为新世纪的儿童文学观。……这一说法是套用了鲁兵的著名的'教育儿童的文学'一说。我这样做为的就是在新世纪到来之际,旗帜鲜明地提出一种与'教育儿童的文学'相对立的儿童文学观"。他认为"中国儿童文学在改革开放的近20年中的发展,显示出向文学性回归和向儿童性回归这两大走向(关于两大走向的看法,我与白冰、孙建江不谋而合),而上述'教育性是儿童文学的本质'、儿童文学要对儿童进行'框范'、'规范'这种儿童文学观在90年代的出现,说明中国儿童文学在理念上仍然需要进一步向文学性和儿童性回归,以使儿童文学真正成为'解放儿童的文学'"②。

2000年12月,朱自强的《中国儿童文学与现代化进程》一书,由浙江少年儿童出版社出版。本书包括"绪论 儿童文学与现代化进程"、"第一章 中国儿童文学史前论"、"第二章 晚清:中国儿童文学的受动性发蒙"、"第三章 五四:建设主体性的'现代'"、"第四章 周作人:中国儿童文学的普罗米修斯"、"第五章 新中国八年:教育工具主义的时代"、"第六章 新时期:向文学性与儿童性回归"、"结语 '解放儿童的文学':新世纪的儿童文学观"。③ 该书是朱自强的博士论文,他力图将中国儿童文学置于现代性的语境中,探讨中国儿童文学发生发展的进程,也试图以"儿童观"的变迁来勾连儿童文学与现当代文学的关系。俞义发表了《中国儿童文学史论

---

① 王富仁:《呼唤儿童文学》,《中国儿童文学》2000年第4期。
② 朱自强:《"解放儿童的文学"——新世纪的儿童文学观》,《中国儿童文学》2000年第4期。
③ 朱自强:《中国儿童文学与现代化进程》,浙江少年儿童出版社2000年版。

的开拓与创新——简评朱自强的〈中国儿童文学与现代化进程〉》,他认为朱自强的《中国儿童文学与现代化进程》一书与众不同的地方在于:"它不做儿童文学史料的堆砌和现象分析,而是打破了儿童文学史论研究中存在的史料不能在理论框架下被结构的藩篱"①,从而对此给予了较高的评价。

2000年12月,刘为民的《科学与现代中国文学》由安徽教育出版社发行。本书虽属现当代文学研究,但其中的若干章节与儿童文学有关。在"第十章'口语化''传播科学'的革命先驱——高士其现象初探"中,作者高度评价了高士其在中国现代文学史中的意义:"高士其的创作与终身努力,承继了鲁迅生前这一未竟的事业;随着今后的历史进程和'科技兴国'的现实发展,我们将会越发认识清楚高士其对于中国现代文学史的独特贡献,以及科普文艺在现代科技传播中无与替代的文化战略地位。"②在"第十三章'幼者本位'的'进化诗章'"中,作者论述了鲁迅、周作人、老舍等的儿童观,他认为鲁迅的"幼者本位"的思想在小说创作中的相关特点:"一是孩子形象往往成为全篇最后的聚焦点";"二是孩子形象内聚着作品的文化批判主旨";"三是对待'孩子'的态度,反映出人物形象与性格塑造的整体文化价值"。③ 其中在描述半个多世纪后被收入叶永烈主编的《中国儿童文学大系》的《猫城记》的一部分值得我们关注:"我们且不去推敲这里'儿童文学'视角是否过于单一,值得深度探讨的是,小说突出的'科幻'色彩往往在相关讨论中被淡化而急待'拾遗'。"④

2000年12月,杨锋在《北京大学学报》上刊发了《中国儿童诗三议》一文,作者从情感、意境、语言三个传统的诗学范畴角度,对中国古代儿童

---

① 俞义:《中国儿童文学史论的开拓与创新——简评朱自强的〈中国儿童文学与现代化进程〉》,《文艺争鸣》2002年第4期。
② 刘为民:《科学与现代中国文学》,安徽教育出版社2000年版,第224页。
③ 刘为民:《科学与现代中国文学》,安徽教育出版社2000年版,第265—266页。
④ 刘为民:《科学与现代中国文学》,安徽教育出版社2000年版,第279页。

诗进行了细致分析和探讨。传统诗学认为"诗缘情",作者认为儿童诗也不例外,儿童诗是"缘情"之作,抒的是儿童身上特有的纯真质朴之情;儿童诗又是"情景交融"之作,创造富有儿童情趣的可爱、清新意境;儿童诗同时又有声响美、色彩美的特点,读起来朗朗上口,意象色彩明艳、清新,得出"中国儿童诗虽起步稍晚,但自其诞生之时起,就一直受本民族诗艺的美学传统的熏陶,无论是台湾还是大陆的儿童诗,都一脉相承,共同吸吮民族诗学的乳汁"的结论。①

2000年12月,王泉根的《现代中国儿童文学主潮》由重庆出版社出版。本书由王富仁作序。王富仁感到,他所设想的在中小学语文教学改革方面所希望的儿童本位的教育是不太切合实际的。在他看来,"这里忽略的却是有关教育的整体认识的问题",主要分为三个方面:"其一,教育永远是一个完整的过程,而作为一个完整教育过程的学校教育,它永远不是也不可能是以儿童为目的";"第二,现代学校教育,是一种集体性的教育,是把不同的儿童编入同一年级、同一个班级进行集体教学的形式"②;"除了学校教育之外,家庭教育在儿童的身心发展中也具有关键性的作用"③。王富仁也指出中国成人对孩子的两种态度:"一是'教'孩子,一是'哄'孩子,这两种态度与儿童文学的创作是格格不入的"④,在他看来,"儿童文学家没有把自己置于儿童之上以教育者的姿态对待儿童的权利"⑤。在序的最后,王富仁呼吁:"我呼唤儿童文学!呼唤中国的儿童文学!呼唤中国真正的以儿童为本位的儿童文学!"⑥

---

① 杨锋:《中国儿童诗三议》,《北京大学学报(哲学社会科学版)》2000年第A1期。
② 王富仁:"序",王泉根《现代中国儿童文学主潮》,重庆出版社2000年版,第2页。
③ 王富仁:"序",王泉根《现代中国儿童文学主潮》,重庆出版社2000年版,第3页。
④ 王富仁:"序",王泉根《现代中国儿童文学主潮》,重庆出版社2000年版,第9页。
⑤ 王富仁:"序",王泉根《现代中国儿童文学主潮》,重庆出版社2000年版,第11页。
⑥ 王富仁:"序",王泉根《现代中国儿童文学主潮》,重庆出版社2000年版,第14页。

2001年

2001年1月,吴其南的《童话的诗学》由中国文联出版社出版。在本书的"绪论"中,作者强调,"将童话作为一个整体来讨论其诗学,在理论上大体属于一种体裁学或文学类型学的研究"。他又补充道:"这是一种古老的研究方式,但也是一种在现代越来越多地受到质疑、因而充满了矛盾和挑战"[①],"体裁研究,寻找类属性是寻找稳定性,寻找千变万化的现象后面的不变因素。但是,绝对稳定、绝对不变的东西又是不存在的"。对于"本质论",吴其南又解释道:"本质是从现象中抽象出来的,类属性是从同类作品中抽象出来的。但同类作品不仅在横向上没有确定的疆界,更在纵向上随时间的运动而改变自身的特征。这种改变有时候不仅仅是现象上或一般的外部特征的改变。"[②]"面对这一现象,'本质论'的认识方式便显出了它的局限。因为本质论是以对同一类属不同个体的不断抽象为基本原则的。其前提是将被抽象的对象看作是一个相对静止的存在。这方面,还是维特根斯坦的'家族相似'理论显得灵动些。同一家族的成员肯定有相似之处,但这种相似又并非作为'本质'存在于每一个人身上并决定着这个家族的特征。它们更像一块石子投进湖里激起的涟漪,中心处清楚,而后渐远渐淡。B像A,C像B,D像C,层层扩展开去,从一者到另者并无确切的界限。任何范畴都是历史地形成的,也只能在历史中存在。本质与现象,空间与时间,天空与大地,这是对永恒的矛盾,也是推动

---

① 吴其南:《童话的诗学》,中国文联出版社2001年版,第1页。
② 吴其南:《童话的诗学》,中国文联出版社2001年版,第4页。

人们的认识不断深入的永恒的动力。"①

2001年1月,《中国儿童文学》新一期出刊。本期刊发了张之路、余衡、彭建生、吴天、李志伟、庄大伟、[日]城户典子、[美]阿丽达·埃里森、秦文君、祁智、刘绪源、[英]J·K·罗琳、班马、林晶、徐鲁、金波、竺洪波的相关文章。

在《近乎无限的幻变可能》一文中,班马从"幻想"引述到"幻变",认为,"在近年谈论打开儿童文学艺术空间的时候,我是不使用'幻想'的,而常常表达为'幻感',或'迷幻',或'真幻',最明确的则是提出'亦真亦幻'。这不是用词的问题,而是意思的重大问题。即使是在推展'幻想文学'的行为中,也曾出现令人遗憾的误会,也即强调'幻想'而所造成概念失准。其实,可以想像一下,只是'幻想',就能对中国儿童文学界产生重大突破吗?幻想文学的中国传播者彭懿喜欢讲'二次元',日本儿童文学界的朋友们喜欢用中文表达为'现实世界中发生的幻想故事'。可见,正在我们这里出现的这种艺术新形态——并非只是'幻想',而还有'现实',对两者的'界'如何相叠和穿越,才是它的艺术真谛"②。

2001年3月,王泉根在《西南师范大学学报》上发表了《崛起的西南儿童文学》。作者认为,"地处我国西南角的云贵川渝三省一市的儿童文学,在20世纪八九十年代奇迹般地崛起,其创作带有地方特殊的地理风貌特点和西南民族传统心理影响。西南地区成为继北京、上海(以及江浙)之后我国又一个儿童文学研究的重要基地。就西南儿童文学创作的整体景观而言,题材上以动物小说、儿童诗与儿歌、童话寓言与科幻取得的成绩最大,体现了西南儿童文学的整体的美学个性以及审美心理,并在

---

① 吴其南:《童话的诗学》,中国文联出版社2001年版,第5页。
② 班马:《近乎无限的幻变可能》,《中国儿童文学》2001年第1期。

全国的儿童文学创作舞台上产生了实质性影响"[1]。

2001年4月,周晓波的《现代童话美学》由未来出版社出版。在"前言"中,作者认为,"自从现代,随着儿童文学的独立,童话也成为一门独立的文学样式以来,它的独特性就一再引起研究者们的兴趣",与以往研究者比较关注于童话的史论与艺术表现手法不同的是,作者提出:"如果从美学角度来审视童话,童话或许比任何文学体裁都更具有美学上的丰富涵义,它那变化无穷的幻想性、独特的叙事方法、丰富多彩的形式特征和风格特征都为美学提供了极为丰富、生动的原形研究材料。"[2]作者对童话作深入研究后发现:"现代童话与古代的、民间的传统童话无论在美学观念、美学形态与美学价值上都存在着较大的差异,把它们笼统地混在一起研究其美学形态显然是不合适的。"[3]"但古代与民间传统的童话对现代童话的发生、发展显然也有着不可分割的联系与巨大影响,因此,完全撇开这部分也是不可能的。"[4]

2001年6月,《中国儿童文学》新一期出刊。本期刊发了常新港、范锡林、余衡、谢倩霓、马丁、中跃、李治中、秦文君、梅子涵、刘绪源、张洁、唐兵、李学斌、[美]路易斯·萨奇尔(赵永芬译)、孙云晓、刘秀英、孙宏艳、张之路、张宁、方卫平的相关文章。

张宁的《〈狼来了〉与〈三声枪响〉的比较研究——兼及儿童文学中的两种叙述模式》聚焦《狼来了》和《三声枪响》,探讨了两种存在于儿童文学中的叙述模式及其表达效果,并进一步探讨了儿童与成人的关系。"儿童文学并不是儿童的言说,而是成人关于儿童的言说。这一言说本质上应

---

[1] 王泉根:《崛起的西南儿童文学》,《西南师范大学学报》2001年第2期。
[2] 周晓波:《现代童话美学》,未来出版社2001年版,第1页。
[3] 周晓波:《现代童话美学》,未来出版社2001年版,第1—2页。
[4] 周晓波:《现代童话美学》,未来出版社2001年版,第2页。

该是诗性的和存在性的,它在儿童的成人化的语言过程中应该始终起着调节、软化和柔和的作用。正如巴雷特说的那样,'瞬时的欢乐和痛苦'虽然属于儿童,但成人可以'保留这种儿童似的直接反应,这种只在瞬时存在的能力'。至少,记忆和反思可以部分地使成人沟通于儿童——同时也敞开了成人自身的诗性的存在。因此,儿童文学应是成人对自己业已失去的时代的回望,是与诗性和存在的接续。"①

在《简论儿童文学的美学特质》一文中,方卫平阐明了儿童文学的美学特质不同于成人文学:"首先,儿童文学的美学特质是指那些相对于成人文学而言,在儿童文学中表现得更为普遍、更为集中、更为典型的艺术品性。这些艺术品性与儿童的生命内蕴和精神特征之间有着更为深刻和内在的联系。其次,儿童文学与成人文学的某些具体审美要素构成具有共同性,但是,当这些要素以不同的途径和方式、以不同的意义和作用分别出现在儿童文学和成人文学作品中时,它们就可能获得一种体现各自艺术面貌的审美效果。由于儿童文学作品的创作必然要以儿童审美趣味为接受模型和美学依据,所以它所提取和运用的艺术要素总是或显或隐地体现了儿童审美趣味和阅读能力的特殊规范和要求,而这些要素的特殊组合方式和构成状态,也就形成、提供了儿童文学有别于成人文学的整体审美特点。"并进一步提出"我以为,儿童文学的美学特质,主要表现在纯真、稚拙、欢愉、变幻、质朴这几个方面"②。

2001年9月,收录了梅子涵、方卫平、朱自强、彭懿、曹文轩等5人观点对话的《中国儿童文学5人谈》由新蕾出版社出版。本书是根据谈话记录整理而来,历时半年之久。李海霞在本书的"五人谈记事"中介绍了本

---

① 张宁:《〈狼来了〉与〈三声枪响〉的比较研究——兼及儿童文学中的两种叙述模式》,《中国儿童文学》2001年第3期。
② 方卫平:《简论儿童文学的美学特质》,《中国儿童文学》2001年第3期。

书对话的缘起:"从 2000 年 6 月份开始,《阅读导刊》上面连续几期发表的颇有锋芒的关于儿童文学的对话——基本上是 1999 年全国儿童文学创作会议期间,我利用这难得的机会,邀请到几位活跃的儿童文学作家,面对面地就当前儿童文学中大家所关注的热点问题进行的现场谈话的整理——在儿童文学圈内引起不少人的关注。"①梅子涵在本书的"代序"——"我们关怀不朽"中指出:"人类的每一个事业都在关怀自己未来的盛况或是衰落。儿童文学永远都是面对年幼生命的,世世代代总会迎接生命的出生,而且盼望他们快活、如诗地长大,所以儿童文学不会有太阳落山的时间。只要优秀,那就不朽;而只要不朽呢,那么童年陪伴的意义就会是难以量析的。"②陈恩黎在《中国图书评论》第 6 期中刊发《朝圣的旅程——读〈中国儿童文学 5 人谈〉》一文。在本文中,作者认为本书中所涉及的十二个话题,"从最抽象的基础理论到最现实的商业运作方式,互不粘连而又休戚相关,直面当代中国儿童文学的成长"。在文章的最后,对于本书的先锋、创新、深刻与真诚,陈恩黎强调:"良药苦口,这是经验,也是真理。"③

2001 年 9 月,《中国儿童文学》新一期出刊。本期刊发了王蔚、汤素兰、廖雪林、余衡、董宏猷、谢华良、萧萍、张洁、金波、张俊以、杨火虫、周锐、王一梅、宋雪蕾、任大星、周晓、[美]柯蒂斯(黄乔生译)、刘绪源、袁崑、金燕玉、张美妮的相关文章。

金燕玉在《儿童文学的世界性与民族性》一文中谈到儿童文学与民族文化和世界文学的关系,她的结论是:"民间口头创作是儿童文学的源头,这种血缘关系使得儿童文学先天地具有民族文化的面影,是民族文化的

---

① 梅子涵等:《中国儿童文学 5 人谈》,新蕾出版社 2001 年版,第 279 页。
② 梅子涵等:《中国儿童文学 5 人谈》,新蕾出版社 2001 年版,第 2 页。
③ 陈恩黎:《朝圣的旅程——读〈中国儿童文学 5 人谈〉》,《中国图书评论》2002 年第 6 期。

产物。儿童文学固然有着这种与生俱来的与文化母体的血肉联系,然而,如果没有一代又一代作家、一批又一批作品在强化、扩大这种联系,甚至反而弱化、缩小这种联系,那么,很显然,儿童文学的文化面貌就会越来越模糊不清,很难寻觅到母体的影子。民族文化能否进入儿童文学,当然依赖于作家的民族文化的修养、文化意识的觉醒和文化视角的建立。民族文化在儿童文学中的体现,从形式来看,是语言文字问题;从内容上看,包含着显性和隐性两个层次。具有民族色彩的风土习俗、人情世相、生活起居、娱乐游戏属于显性层次,而民族文化精神属于隐性层次。"①

2001年12月,张锦贻的《张天翼评传》一书由希望出版社出版,本书属"中国著名儿童文学作家评传丛书"之一,浦漫汀主编。在本书的"引言"中,作者指出张天翼作品风格非常独特:"一是在于张天翼观察与了解儿童生活的视角的独特、取材的独特;二是张天翼体验、感受儿童心灵的情绪的独特、想象的独特;三是张天翼采撷、提炼儿童语言的本领的独特、运用的独特;四是用儿童式的幽默,来反映社会现实和时代精神,来宣扬真理和伸张正义。"②

2001年12月,郁青的《金近评传》由希望出版社出版,本书属"中国著名儿童文学作家评传丛书"之一。作者指出:"金近已经离开我们11年了。人们没有忘记他,他似乎经常无声无息地出现在我们身边,他的童话活着,那些跳龙门的小鲤鱼、学游水的黄毛小鸭、办好事的小公鸡,以及胆小怕死的猎人、送葡萄的狐狸、爱'臭美'的蝴蝶……这些正面的或者反面的典型形象,始终留在一代一代孩子们的心里,陪伴着他们成长,不断地提醒孩子们应该做一个怎样的人。他对童话的观点理论也活着,坚持童话植根于现实生活、坚持童话的幻想与夸张、坚持童话的教育作用、坚持

---

① 金燕玉:《儿童文学的世界性与民族性》,《中国儿童文学》2001年第4期。
② 张锦贻:《张天翼评传》,希望出版社2001年版,第1—3页。

童话思想性与艺术性的紧密结合……正在潜移默化地影响青年作者,使童话创作逐渐走向健康发展的道路。"①

2001年12月,汪习麟的《鲁兵评传》一书由希望出版社出版,本书属"中国著名儿童文学作家评传丛书"之一。作者在"后记"中对鲁兵的儿童文学生涯作了简要的概括:"作为一位作家,鲁兵在儿童文学的崎岖道路上,艰辛地跋涉了半个世纪,他所遭遇的一切,又恰恰反映了这几十年来儿童文学发展的是非曲直,由他的经历,一如重温一部儿童文学史略。他不但在多次争论和运动中处于漩涡中心,在儿童文学特别是幼儿文学创作上,他也是具有代表性的人物。他的理论,有着鲜明的个性色彩,他所归结的许多创作经验,都紧紧联系儿童的年龄实际和阅读实际。他是圈内人士公认的多面手,书画、杂文、旧体诗、古典文学等方面,都有所成就。"②

2001年12月,韩进的《陈伯吹评传》一书由希望出版社出版,本书属"中国著名儿童文学作家评传丛书"之一。在本书的最后,他指出:"在写作过程中,考虑到陈伯吹先生及有关于他的一些作品或论述,读者可能没有机会看到,或根本不了解,甚至是现在就很难找到,而不了解这些,也许就不能真实地反映陈伯吹先生的功过是非,对陈伯吹先生的人品与文品作实事求是的评价,因此笔者有意作了些必要的转述和摘录,一为论证观点,二为保存一些史料,三为他人的研究提供一点线索。"③

---

① 郁青:《金近评传》,希望出版社2001年版,第240页。
② 汪习麟:《鲁兵评传》,希望出版社2001年版,第338页。
③ 韩进:《陈伯吹评传》,希望出版社2001年版,第378页。

2002 年

2002年1月,《中国儿童文学》新一期出刊。本期刊发了车培晶、余衡、饶雪漫、唐兵、姬妮、吴然、刘绪源、[加拿大]露西·蒙哥玛利、薛涛、马力、孔凡飞、沈飙、玉清、安武林、张敏、任哥舒、彭懿、朱自强、梅子涵、徐鲁的相关文章。

在《童年和儿童文学消逝以后……》一文中,朱自强围绕着童年、儿童文学的生成和消逝阐述了看法,他提出"儿童文学的本质不是先天给定的,而是历史生成的。儿童文学的本质蕴藏于儿童文学的历史发展中,生成于自身不断变革更新之中"。并且进一步强调"儿童文学不是'自在'的,而是'自为'的"①。

朱自强的《叙述与成长——彭学军的〈你是我的妹〉的叙述特色》从具体文本出发,从"一、叙述'成长'的动力。二、复线叙述结构与'成长'主题。三、双重叙述视角与'成长'关怀"三个部分,分析了《你是我的妹》这篇小说的叙述艺术。②

马力的《相似嵌套结构与童话创作》比较了古今中外神话及童话创作的模式,提出了神话与童话的嵌套结构,"总之,童话思维就是整体思维。整体所具有的自相似嵌套结构,就是童话的结构机制,它像一张疏而不漏的网一样,遍布童话机体的每一个角落。无论是童话形象的塑造,还是童

---

① 朱自强:《童年和儿童文学消逝以后……》,《中国儿童文学》2002 年第 1 期。
② 朱自强:《叙述与成长——彭学军的〈你是我的妹〉的叙述特色》,《中国儿童文学》2002 年第 1 期。

话情节的设置无不渗透着这种结构意识。无论在神话时代,还是在口述童话时代,亦或在艺术童话时代,它自始至终都对童话创作施以似不可见然而又坚不可摧的影响。正是它决定了童话文体迥异独特的艺术风貌,织就了童话非凡的艺术之美,成为童话艺术魅力的真正源泉"①。

2002年3月,谈凤霞在《江西师范大学学报》上刊发了《论中国五四文坛的"童心崇拜"》。在探究五四时期中国文坛中"儿童的发现"和外国儿童文学对中国本土儿童文学作品的影响后,她得出如下结论:"童心作为反封建专制的突破口和反污浊人世的避风港而被礼赞。'童心'寄寓着新文学时期作家们的社会抱负和人格理想。'童心崇拜'极大地张扬了儿童的主体地位和童心之美,以儿童为主体的儿童本位观点得到了张扬,进而加速了中国儿童文学获得现代意义和审美品位的进程。"②

2002年4月,谈凤霞在《中国现代文学研究丛刊》上刊发《评〈中国儿童文学与现代化进程〉》一文。作者特别提醒读者注意朱自强由"现代化"理论视角出发构建的理论方法:"首先表现在跨国界的世界眼光的采用";"在描述分析中国儿童文学的性质、发生发展规律以及走势中,都注意适时适地导入'西方'这一纬度,从而使得中国儿童文学的现代化进程在与西方的比较中能得以准确而清晰地展示和揭示";"作者很有创见地提出儿童文学是一个历史概念,中国儿童文学只有'现代'而没有'古代'",同时也"辩证地指出中国儿童文学与社会现代化此二者之间的互动关系:中国儿童文学因受到社会现代化进程的深刻影响而发生变化,另一方面也以自身的现代化能动地对社会的现代化进程施加影响"。③

2002年4月,《中国儿童文学》新一期出刊。本期刊发了常新港,沈

---

① 马力:《相似嵌套结构与童话创作》,《中国儿童文学》2002年第1期。
② 谈凤霞:《论中国五四文坛的"童心崇拜"》,《江西师范大学学报》2002年1期。
③ 谈凤霞:《评〈中国儿童文学与现代化进程〉》,《中国现代文学研究丛刊》2002年第2期。

石溪、余衡、李学斌、阎耀明、熊磊、徐建华、刘绪源、[英]玛丽·诺顿、彭懿、梅子涵、唐池子、周晓波、谢华、四平、王蔚、安武林、王宜振、梁燕、吴文艳的相关文章。

彭懿在《关于Fantasy一词的比较研究》[①]一文中从Fantasy一词的译法入手,梳理了古今中外的相关材料,并最终提出将之译为"幻想小说"最为妥当。同时他还总结了幻想文学的几个要素:"1.幻想文学表现的是超自然的即幻想的世界;2.采取的是'小说式的展开'方式,将幻想'描写得如同发生了一样';3.幻想文学与童话不同,其幻想世界具有'二次元性',有着复杂的组织结构"。

周晓波的《童话家:一个特殊的审美感受者》提出了童话作者审美感受的重要性以及它对童话创作的影响,她认为,"每个作家都有自己的独特的心理结构,这种心理结构是个性、生活、思想、学识、文化、艺术素养、创作才能等长期积淀的结果。这种心理结构在接受外来的信息、异质感觉时常常会激活储存在记忆仓库中的大量旧的印象,促使原有印象集群活跃起来,构成新的形象图式。新的信息通过主体的感受不断介入,与原有的印象群不断化合,使主体的心理结构-形象图式不断拓展和更新。这是主体的'心理流'、'情感流'与客体'信息流'双向回流、反复回旋、螺旋上升的过程。在这基础上,便形成了童话家艺术创造的契机。没有深厚的生活体验,没有敏感独到的艺术感受和丰富的想像力,童话创作也就根本无从谈起;而有了一定的生活积累,没有或缺乏童话艺术感受和想像的能力,同样也不可能获得创作上的成功"[②]。

2002年8月,方卫平在《益阳师专学报》上刊发《略谈儿童文学的民族性与现代性问题研究》。方卫平认为:"中外儿童文学研究中对儿童文

---

① 彭懿:《关于Fantasy一词的比较研究》,《中国儿童文学》2002年第2期。
② 周晓波:《童话家:一个特殊的审美感受者》,《中国儿童文学》2002年第2期。

学民族性课题的探讨,仍然是相对零散的、单薄的。"同时,对于"现代性"这个问题,他指出:"作为一种现代现象,儿童文学现代艺术自觉还未引发出相应的知识学建构。"相对于它们之间的关系,方卫平的观点是"儿童文学的民族性与现代性是两个既不相同,又具有十分紧密的相关性学术论题……民族性问题更侧重联系着传统的维度,现代性问题更多指向现实的层面",在另一方面,他认为,"民族性包含了一个传统与现代的变迁与转换问题,而不同民族国家的现代性问题则可能包含着不同的历史具体性和不同的文化背景问题"。在他看来,"儿童文学的民族性与现代性问题的设置本身,就为当代儿童文学研究的学术推进,提供了一个新的、别致的理论目标"[①]。

2002年9月,浦漫汀的《浦漫汀儿童文学论稿》由河北少年儿童出版社出版。全书包括《叶圣陶和儿童文学》、《刘大白和儿童诗》、《刘半农和儿童诗》、《张天翼童话的喜剧风格》、《评严文井的童话近作》、《吴向真前期儿童文学创作》等文章。金波在为此书所作的序言中也指出:"她把儿童文学和自己的评论看作是'为了孩子,为了未来'的崇高事业,这既是她的文学主张,又是她毕生矢志不渝的信念"、"从她的评论文字中,我们可以追踪到中国儿童文学发展的足迹。从追溯中国古代儿童文学的历史到评介现当代儿童文学作家作品,从研究、评析外国儿童文学作品到儿童文学的专题专论,都会让我们感受到这位评论家对儿童文学的耽爱和追求"。[②]

2002年10月,哈斯巴拉等编写的《蒙古族儿童文学概论》由辽宁民族出版社出版,由宝音巴达拉呼、蒋丽君译。编者在本书的"绪论"中指出:"纵观蒙古族儿童文学的起源和发展历史,它与许多民族的儿童文学

---

① 方卫平:《略谈儿童文学的民族性与现代性问题研究》,《益阳师专学报》2002年第4期。
② 金波:"序",浦漫汀《浦漫汀儿童文学论稿》,河北少年儿童出版社2002年版,第2页。

一样,大体上经历了口头文学和文字文学两个阶段"、"古代蒙古族儿童文学的特点是以儿童口头文学为主要形式。这是由于当时少年儿童在社会中经济地位低,对社会公众的影响力小所形成的。同时也与当时儿童口头文学从属民间文学,儿童文学从属于成人文学的历史状况有关。但当时的少年儿童也有喜欢听、读成人作品的现象",而"近代蒙古族儿童文学史是由儿童口头文学和文字文学并行发展形成的"、"黄教文化于16世纪末传入蒙古族地区并逐渐得到发展。整个19世纪和20世纪初是黄教文化最兴盛的时期。所以黄教文化对蒙古族文学艺术乃至蒙古族儿童口头文学和文字文学都有很大的影响"。[1] 编者也指出:"目前,记载于蒙古文学的古代蒙古族儿童口头文学作品约有20余册。其中涉及范围广、内容较为丰富的当属舍·宝音涛克涛夫、王金花整理出版的《蒙古族儿童口头文学选编》(内蒙古教育出版社2006年出版,旭仁花编辑,该书分为上、下两册,共1293页)。"还有德沃扎布整理出版的《谜语荟萃》(内蒙古人民出版社出版,乌云编辑),该书共1486页。[2]

2002年10月,韦苇的《世界童话史(修订本)》由福建教育出版社发行。本书不仅在国内的外国儿童文学研究领域影响巨大,并且在台湾等地区也广受欢迎。如韦苇在本书的"后记(二)"中所说:"我原来也不甚了然这些情况。是世纪末年的春节年初四那天,台湾的一大批儿童文学研究者、学习者在台东师范学院林文宝教授的率领下,来到浙江师范大学洽谈儿童文学学术交流事宜,当我前往出席欢迎会的时候,在等待欢迎会开始的几分钟里,台湾的年轻学人们纷纷邀我同他们合影留念。这种场面令我不解,也令在场的同事看不懂。我婉问其原委,却原来是他们都曾研

---

[1] 哈斯巴拉等编:《蒙古族儿童文学概论》,宝音巴达拉呼、蒋丽君译,辽宁民族出版社2002年版,第6—7页。
[2] 德沃扎布等编:《谜语荟萃》,乌云编辑,内蒙古人民出版社1989年版。

读过我的这本书,并说,为了考试,还背过它。"①刘绪源在本书的"序"中阐明了本书的三个特点:"首先,这是一部结构十分独特的童话史";"其次,这又是一部充满新意的童话史";"再次,这还是一本厚积薄发的书"。② 在本书的修订版中,作者特地加上了具有参考研究价值的附录,并加上"中国童话史略:从传道走向审美"一章。

2002年10月,《中国儿童文学》新一期出刊。本期刊发了彭学军、余衡、常新港、李志伟、雷抒雁、高洪波、叶辛、王小鹰、王蔚、戎林、刘绪源、[美]雷切尔·韦尔(柳闻莺译)、彭懿、王西敏、方卫平、曹文轩、徐妍、徐鲁、安武林、俞义、谈凤霞的相关文章。

其中,方卫平的《恐怖美学及其艺术策略》从具体文本出发,探讨了儿童文学中的恐怖元素及其叙述策略,他指出"儿童文学的美学构建与儿童精神世界的构建之间有着深刻的内在联系。虽然成人作家的艺术创造力同样是儿童文学美学构成的有机组成部分,但儿童文学美学构建的逻辑起点却是童年——童年世界的精神深度和广度,童年时代的心理原型和谱系,在很大程度上决定了儿童文学美学构建的基本方向和面貌"。而恐怖作为儿童精神的一种,也不能被摒弃在外,"恐怖美学的确立和成熟,为当代儿童文学美学建构的不断丰富和完善提供了新的可能"③。

---

① 韦苇:《世界童话史(修订本)》,福建教育出版社2002年版,第350—351页。
② 刘绪源:"序",韦苇《世界童话史(修订本)》,福建教育出版社2002年版,第4—5页。
③ 方卫平:《恐怖美学及其艺术策略》,《中国儿童文学》2002年第4期。

2003 年

2003年1月,《中国儿童文学》新一期出刊。本期刊发了张国龙、余衡、殷健灵、张弘、杨鹏、秦文君、笑笑、刘绪源、王立春、薛卫民、肖显志、朱天文、[日]四方晨、朱自强、张嘉骅、霍玉英、[美]王娟、[美]吴玲瑶、林阿绵、王泉根的相关文章。

其中,张嘉骅的《文化研究:切入儿童文学的一种视野》提出可以借助文化研究的方法介入儿童文学研究,他认为:"'童年'从一开始就不是一个纯粹的概念,其中掺杂不少异质性的因素,特别是来自于成人对儿童的期望值,可以说,'童年'从发明以来就和'成年'离不开关系,是始终交叠在一块的两个概念范畴。在文化体系中的儿童不断地遭受着成人对他们的强力他塑。但儿童自己本身却也拥有对自我的自塑能力,接收与调整,同化与顺应,这使得儿童的'童年'一时还不至于消亡,却总免不了要发生或大或小的变化——事实上,'童年'一直不都是处在变化的状态吗?"[1]

2003年3月,李利芳在《兰州大学学报》上刊发《论童话的本质及其当代意义》。在本文中,作者"从理论角度对20世纪中国儿童文学界一直热切关注的一个美学命题——'童话的本质'给予了全新的理解。认为传统的以成人为中心的童话立足点与思维方式所产生的童话观片面狭隘,没有透彻把握住童话的本质属性。突破这一思维定势的局限,应当从两个观察点重新切入:考察童话的历史发生、追溯其原初艺术品质;以儿童视角切入透视童话的现实生成。这样就会发现'童年精神气质'是童话一

---

[1] 张嘉骅:《文化研究:切入儿童文学的一种视野》,《中国儿童文学》2003年第1期。

以贯之的、亘古不变的本质属性,这一本质属性对于当代人类精神家园的营建会产生重要的意义"[1]。

2003年4月,唐池子的《第四度空间的细节》由湖北少年儿童出版社出版,本书属"儿童文学新论丛书"之一。所谓"儿童文学的第四度空间",这个词原来是物理学术语,出自爱因斯坦的相对空间理论。一度空间是线,二度空间是平面,三度空间是立体,而四度空间则是超越现实的幻想世界。著者之所以将"第四度空间"这个物理学术语引入儿童文学,是因为"这个术语的特征与儿童特征和儿童文学文体特征的双重契合","儿童世界是一个童心浪漫的世界,是一个混淆了现实世界、物理世界和心灵世界的幻想世界,借助丰富的想象,儿童毫无阻隔地突破了现实的藩篱,即便在最平常的日常游戏里也可以尽情领略想象的快活"。在作者看来,"儿童文学,是以童心为基点,以传达儿童的生命天籁为旨要,最大可能地复活一个真正的儿童世界"。"儿童文学的第四度空间",是"指一切优秀儿童文学最本质的文体特征,即儿童文学发掘出来的、蕴藏于儿童心灵中的、童心的诗意和想象力的飞扬"[2]。作者还提出了"第四度空间的细节"的概念,她认为"复活儿童文学第四度空间的细节,是最好的儿童文学细节。它仿佛既是平常的,同时又是出人意料的,既是早已熟悉的,又好像是第一次发现的。它让我们越过阅读的中间障碍,剥离我们与儿童之间的距离(写儿童的作品),或者剥离我们与物体之间的距离(诸如写物的童话),产生巨大的阅读想象推动力"[3]。

2003年4月,唐兵的《儿童文学中的女性主义声音》由湖北少年儿童出版社出版,本书属"儿童文学新论丛书"之一。本书通过对文本的细读,

---

[1] 李利芳:《论童话的本质及其当代意义》,《兰州大学学报》2003年第2期。
[2] 唐池子:《第四度空间的细节》,湖北少年儿童出版社2003年版,第3—4页。
[3] 唐池子:《第四度空间的细节》,湖北少年儿童出版社2003年版,第4页。

用女性主义研究的问题、立场与方法细致地分析了儿童文学作品中的女性主义的思想。作者在理论上的启发主要来自两个方面:"一个是西方女性主义文学批评理论,一个是儿童文学本身的理论。"全书分为 ABCD 四篇。A 篇主要"梳理出女性与儿童共同的历史文化际遇以及女性与儿童文学书写的关系,这是本书的基础";B 篇主要"历时态描绘儿童文学中的女孩形象链,描绘她们从自在走向自觉的主体生成过程,并复制或重构这个过程背后的历史情境与时代意识形态内容";C 篇主要"考察儿童文学中的女性角色在群体中的位置,特别是女性与女性之间的关系和纽带,譬如姊妹情谊(sisterhood),倾听的是女性在群体中发出的声音";D 篇主要讨论"性别对于儿童文学叙事文本的作用。性别视角一旦凸现,必然会强调女性作为创作主体的经验的重要性及其在创作中的投射、渗透和预设作用,这个作用不仅会发生在内容上,也会发生在文本的形式上,譬如叙述权威、叙述视点等"[1]。

2003 年 4 月,《中国儿童文学》新一期出刊。本期刊发了张洁、余衡、韩青辰、简平、阎耀明、张之路、肖定丽、葛冰、萧萍、刘绪源、孙云晓、李玲、王一梅、吕丽娜、朱自强、王巨成、汤锐、彭懿、李红叶、李利芳、胡丽娜的相关文章。

其中,吕丽娜在《低幼文学的可能性》一文中提出:"原创低幼文学作品的问题是一种艺术上的'闭锁'状态。这种状态的具体表现是:局限于'童稚状态'的描绘;局限于'童稚生活'的摹写,局限于'童稚情趣'的再现。"并对这一问题的产生原因和解决方法进行了分析。[2]

2003 年 6 月,《中国儿童文学》新一期出刊。本期刊发了常新港、饶雪漫、余衡、靳凤羽、秦文君、徐鲁、唐兵、不语不行、李志伟、蜘蛛、明照、

---

[1] 唐兵:《儿童文学中的女性主义声音》,湖北少年儿童出版社 2003 年版,第 7 页。
[2] 吕丽娜:《低幼文学的可能性》,《中国儿童文学》2003 年第 2 期。

［日］黑柳彻子、刘绪源、梅子涵、王巨成、李学斌、朱自强、肖定丽、郑春华、吕丽娜、烦恼中、汤丽花、张金晶、张弘、孙建江、方卫平、王玉的相关文章。

朱自强的《被"压抑"的"自我"与被"解放"的艺术——曹文轩的性意识小说的精神分析》采用精神分析的方法对曹文轩的相关小说作分析,他指出:"曹文轩的少年小说创作具有明显的先锋性质、探索性质和个性化特征……曹文轩的这些创作,体现出儿童文学艺术的辩证法。曹文轩通过压抑地表现'自我'而成功地打破了儿童文学创作的一个禁区,解放了儿童文学在一个层面上的艺术束缚。"①

2003年8月,唐英在《西南民族大学学报(人文社科版)》上发表了《从动物小说的兴起看我国儿童文学的发展》。作者认为:"在传统的动物小说创作中,动物形象不具有独立的主体地位,仅仅被视为人类社会道德观念的形象符号。然而,随着工业化、城市化的飞速发展,环境的日益恶化,物种的濒临灭绝,人们逐渐地意识到自然的重要,更加关注野生动物,人们更多地深入动物的内心世界,动物逐渐成了小说的正面主体。同时环保意识的增强也促进了在创造动物小说中作家对动物角色命运的关注。我国动物形象从作为象征符号到以动物为主体体现了观念的变化由封闭到开放和多元,动物小说的崛起拓展了我国儿童文学的视野,促进了我国儿童文学的发展。"②

2003年10月,《中国儿童文学》新一期出刊。本期刊发了林彦、郁雨君、余衡、施雁冰、乐渭琦、黄磊、孙卫卫、王蔚、北董、王一梅、周锐、高洪波、刘绪源、［英］乔治·麦克唐纳、安武林、杨火虫、朱效文、金波、孙毅、方军、金莉莉、孙建江、王泉根、吴喜佳、万岩竹的相关文章。

金莉莉的《儿童、动物与成人的文化想像——对现当代童话中动物形

---

① 朱自强:《被"压抑"的"自我"与被"解放"的艺术——曹文轩的性意识小说的精神分析》,《中国儿童文学》2003年第3期。
② 唐英:《从动物小说的兴起看我国儿童文学的发展》,《西南民族大学学报(人文社科版)》2003年第8期。

象的文化解读》分析了动物形象进入童年文本对儿童和成人产生的影响及文化意义,她的结论是:"儿童文学是想像的产物,这种想像不仅是艺术手法,而且在内容和形式上深刻体现了成人对儿童一种意识形态的输入。童话亦然。作为最具儿童文学本质特色——幻想的文体,文本中的主要形象总是现实中没有或极度夸张变形的生物及无生命物体,动物形象就是其中一类。"①

2003年12月,王宁在《河北大学学报(哲学社会科学版)》上刊发《论安徒生童话创作的悲剧心理》。作者在文章结尾对安徒生的悲剧心理作出一番概括:"当他站在人生的顶峰回顾他的一生时,那些当时的苦难与磨折都变成了上帝的馈赠。当人生的大海渐渐退潮,它们就像是闪闪发亮的贝壳,镶嵌在生命的沙滩上。超越了自卑的骄傲,替代完满爱情的崇高理想,于不完满中找寻完满,这就是安徒生童话的悲剧心理。"②

2003年12月,潘延在《苏州科技学院学报(社会科学版)》上刊发《安徒生后期童话试探》一文。作者在文章的开头就指出:"中国读者对安徒生的认识还是有片面性的,安徒生研究中存在着一个盲区,那就是安徒生的后期童话创作。"作者对于安徒生后期作品概括出几个特征:"首先童话的主人公已不再是神秘世界里的仙女、巫婆、公主和王子,而是我们日常生活里的常见之物,特别是那些非生命的物件";"其次,有简单的故事,绝不复杂,叙事常常用对话或独白来完成,简洁明快。叙述者不介入,以一个旁观者的立场向读者展示一幕幕的场景,让角色们自己来表演";"第三,诙谐幽默的喜剧品格"。③

---

① 金莉莉:《儿童、动物与成人的文化想像——对现当代童话中动物形象的文化解读》,《中国儿童文学》2003年第4期。
② 王宁:《论安徒生童话创作的悲剧心理》,《河北大学学报(哲学社会科学版)》2003年第4期。
③ 潘延:《安徒生后期童话试探》,《苏州科技学院学报(社会科学版)》2003年第4期。

2004 年

2004年1月,《中国儿童文学》新一期出刊。本期刊发了杨红樱、李丽萍、王巨成、余衡、吕丽娜、周锐、朱效文、李晓艳、保冬妮、徐迅、彭懿、陈丹燕、钟麦、王丹枫、钟代华、谭旭东、刘保法、刘绪源、李学斌、竺洪波、任哥舒、周晴、周桥、孙建江、王宜振、周晓波、徐鲁、董宏猷、冉红、[意大利]万巴的相关文章。

其中,李学斌的《儿童文学——儿童喜欢才是硬道理》论述了"儿童文学作品的优劣高下,究竟该不该由儿童读者来判定"的问题。他指出:"我们的儿童文学在骨子里常常还摆脱不了那种故步自封而又居高临下的架势。潜意识里,我们总是喜欢从成人自我出发,试图塑造、导引、提升、熏染。我们始终摆脱不了一种深入骨髓的使命感和教科书意识。我们的儿童文学多的是成人意识渗透下的满面沧桑和一脸忧郁,少的是设身处地、心领神会、知情知意的感动、抚慰和欣悦。"[1]

2004年2月,李红叶在《娄底师专学报》上刊发《严文井童话创作论》。李红叶认为,严文井创作"不但要构建一个充满儿童情趣的艺术空间以满足儿童想象力的需求,作家的责任感更使他将笔触最终落实在对孩子的品性、情感和意志的'教育'与'引导'上,他的作品充分表达了一个严爱有加的师长情怀"。作者认为安徒生对中国儿童文学的影响,"突出的表现便是他的早期童话的轻灵与诗意",在"叶圣陶早期的童话里可明显看到如《拇指姑娘》一类童话的轻灵意境",并且"严文井的童话创作受

---

[1] 李学斌:《儿童文学——儿童喜欢才是硬道理》,《中国儿童文学》2004年第1期。

安徒生的影响相对于叶圣陶所受的影响而言,表现得更深刻也更多层次"。并且她还认为,"严文井童话寓言的哲理性质是值得注意的"、"严文井的创作无疑是着重思想内涵的,这一方面使他的作品有非常突出的教育与嘲讽的意味,另一方面,他的诗情将帮助他获得意义的深度,获得哲理的深度"。①

2004年2月,张锦贻在《民族文学研究》上发表了《中国少数民族儿童文学:与现代化同步》。作者认为,"少数民族的儿童文学作品在自身特有的民族性之外还融合着现代性,其民族化也时刻伴随着现代化的脚步。少数民族儿童文学在继承传统文化,吸收外来文化,反映新时代精神上表现出与现代化同步的特点"②。

2004年4月,刘绪源的《文心雕虎》由少年儿童出版社出版。本书是为刘绪源的《文心雕虎》专栏而出的一本书。唐兵在本书的序言中指出:"在刘绪源的世界里,我想有两个理论原点至关重要,它们就像一对巨大的翅翼,带着他遨游广袤的文学天地,无往而不利。这就是'真'和'美'。"③对于"真"的概念,唐兵的解读是:"由'真实'延伸开去,他提出了儿童文学也应是'不掩饰'的文学,他反对只给儿童以'美好'的假象,更反对所谓'净化'的倾向,他还引入了别林斯基关于'分裂时期'的概念,认为儿童文学有责任让孩子更顺利地度过'分裂时期',以成长为真正的人。"对于"美"的概念,唐兵的理解是:"刘绪源早期的理论探讨,差不多都围绕着这一个'美'字。为冲破长期禁锢儿童文学界的'教育工具论',他写出了《对一种传统的儿童文学观的批评》,此文拖了一二年才得以发表。他在文中一针见血地指出:儿童文学的本质不是教育,而只能是审美"④,同

---

① 李红叶:《严文井童话创作论》,《娄底师专学报》2004年第1期。
② 张锦贻:《中国少数民族儿童文学:与现代化同步》,《民族文学研究》2004年第1期。
③ 唐兵:"序",刘绪源《文心雕虎》,少年儿童出版社2004年版,第6—7页。
④ 唐兵:"序",刘绪源《文心雕虎》,少年儿童出版社2004年版,第7页。

时,"他强调了审美(文学性)的本体作用,突出了审美(文学性)的整合性与统摄力。这就把长期争论不休的理论难题理清楚了"[1]。刘绪源一直认为新时期以来儿童文学的两大问题便在于:"其一即回归'文学性',其二则是回归'儿童性'。"特别是在当时引起很大争议的"双重标准"论等上。但在唐兵看来,刘绪源对于儿童文学的主要贡献,"还是在于上述的'审美本质'与'双重标准'这两点上"[2]。

2004年4月,《中国儿童文学》新一期出刊。本期刊发了韩青辰、余衡、曹文轩、伍美珍、孙卫卫、张国龙、王蔚、李晋西、葛亭、薛涛、朱效文、宋雪蕾、冰波、张秋生、王一梅、萧袤、安武林、刘绪源、孙云晓、梅子涵、李志伟、杨鹏、童喜喜、孙建江、马力、方卫平、张洁、张锦贻、谷斯涌的相关文章。

马力的《论儿童文学中"他者"意识的殖民性》认为,"从古至今,儿童文学一直是'他者'赐给儿童的一个恩物。'他者'的儿童意识就决定了儿童文学的面貌与命运,从某种意义上说,也决定了儿童的命运。在儿童文化的建构、儿童文学创作与理论研究领域,'他者'与儿童读者之间一直没有取得平等的地位。这看上去是一种定数,其实也不是不可改变的。倘若'他者'放弃霸权立场和霸主地位,真正以儿童代言人的姿态与儿童读者站在同一地平线上,平等地交流认识与兴趣,那么这一领域的面貌就会有很大的改观。儿童文化与儿童文学才会有我们期待的更理想的景观出现。儿童文学理论才能因有儿童的独特性而真正走向成熟。显然这有待于儿童作为'人'在文化意识层面、文学创作与理论研究层面的进一步解放"[3]。

---

[1] 唐兵:"序",刘绪源《文心雕虎》,少年儿童出版社2004年版,第8页。
[2] 唐兵:"序",刘绪源《文心雕虎》,少年儿童出版社2004年版,第8—9页。
[3] 马力:《论儿童文学中"他者"意识的殖民性》,《中国儿童文学》2004年第2期。

2004年7月,《中国儿童文学》新一期出刊。本期刊发了周锐、饶雪漫、肖曦、余衡、张之路、庄大伟、肖定丽、朱效文、冯笑之、金曾豪、殷健灵、周伟、张秋生、钟代华、东达、魏捷、木马、佟希仁、刘绪源、秦文君、孙雪晴、方卫平、彭懿、陈恩黎、李学斌、任哥舒、王泉根、[日]安房直子的相关文章。

陈恩黎的《穿越神话的迷魅空间——对〈魔戒〉〈纳尼亚王国传奇〉和〈哈利·波特〉的比较阅读》就幻想文学提出如下观点:幻想文学不仅仅意味着想像力的无限拓展,它还意味着与传统深刻的联系。诺思罗普·弗莱认为,任何文学作品都是在由人类的希望、欲求和忧虑构成的神话世界中写成的。幻想文学同样遵循着这一文学的本质属性,以本文所讨论的文本为例,如果把《魔戒》、《纳尼亚王国传奇》和《哈利·波特》放在同一视域内加以考量,我们发现在各自精彩纷呈的故事叙述中隐含着若干极其相似的信念和以这种信念为核心所建构的世界。善与恶永久对抗与依存的神话母题使中洲、纳尼亚和霍格沃茨,这三个以非生活本身形式所创造出来的世界简单而又意义深远。幻想文学不是一种自足、凝固的文学样式。尽管从《魔戒》到《哈利·波特》,西方主流文学的阵营中一直有声音在批评和拒绝幻想文学,但它还是以不断演变的态势达成了与时代文化的共谋。如《哈利·波特》的轰动不只是文学艺术的成功,而是一个标志着新世纪文化冲突与文化走向的重要信号。[①]

王泉根的《高扬儿童文学"以善为美"的美学旗帜——论儿童文学的基本美学特征》认为,"与成人文学大致倾向于'以真为美'的美学取向不同,儿童文学作为一种寄予着成人社会(创作主体是成年人)对未来一代(接受主体是未成年人)文化期待与殷殷希望的专门性文学,其美学取向

[①] 陈恩黎:《穿越神话的迷魅空间——对〈魔戒〉〈纳尼亚王国传奇〉和〈哈利·波特〉的比较阅读》,《中国儿童文学》2004年第3期。

自然有其不同于成人文学之处,我认为,这就是'以善为美'——以善为美是儿童文学的基本美学特征"①。

2004年11月,《中国儿童文学》新一期出刊。本期刊发了三三、余衡、庞婕蕾、阎耀明、李志伟、朱效文、萧萍、刘保法、湘女、曾小春、李潼、阿浓、陈惠丽、朱自强、伍美珍、杨鹏、安武林、谭旭东、[英]斯蒂文森、刘绪源、张之路、李学斌、王泉根、孙幼军、俞愉、蒲华清、闵小伶、尹正茂、熊筱星、王一梅、吕丽娜、刘东、孔凡飞、韩进、张锦江、蒋风的相关文章。

朱自强的《"成长故事":21世纪中国儿童小说创作的艺术富矿》提出了21世纪儿童小说创作更应该倾向于"成长叙事",他指出:"与淡化小说文体特征的'反复故事'相比,'成长故事'则拥有巨大的强化小说文体特征的艺术功能。一个成长故事,往往包含着这样几个要素:(1)艺术地表现出成长中的少年自我意识的建设过程;(2)需要呈现出主人公精神上的磨难和寻路状态;(3)具有充满逻辑推助力量的故事情节。如果'成长故事'表现出了成长中的少年的自我意识的建设过程,那么,人物的性格必然不是停滞的、平面的、单薄的,而是发展的、立体的、丰满的。要呈现'成长故事'里的主人公精神上的磨难和寻路状态,所讲述的故事必然要反映生活的复杂性,进而出现波澜起伏、变化多端的情节。讲述'成长'过程的故事,一定要有来龙去脉、前因后果。"②

2004年12月,方卫平在《浙江师范大学学报(社会科学版)》上刊发《幼儿文学:可能的艺术空间——当代外国幼儿文学给我们的启示》。方卫平认为,"在看似天真简单的故事中隐藏着深邃的意义,是幼儿文学最基本的艺术智慧之一,也是当代外国优秀的幼儿文学作品留给我的最深

---

① 王泉根:《高扬儿童文学"以善为美"的美学旗帜——论儿童文学的基本美学特征》,《中国儿童文学》2004年第3期。
② 朱自强:《"成长故事":21世纪中国儿童小说创作的艺术富矿》,《中国儿童文学》2004年第4期。

刻的印象之一"、"哲学为幼儿文学提供了一种大气的精神格局和深邃的艺术情怀"。这种简单的哲学的艺术效果是,"正如幼儿心理看似幼稚、单纯,却蕴涵和传递着某些深刻而隐秘的关于人类生命的、文化的内容和消息一样,幼儿文学也保留和反映了深邃的艺术审美规范。这里往往没有精巧的修饰,没有严谨的逻辑,没有深藏的城府,而全然是一派最本真、最自然的生命感觉和意趣,一种大巧若拙的文学形式意味"。除此之外,方卫平阐释了自己的想法:"除了多样的外观、精美的印制等外在因素之外,如何不断提升幼儿文学创作的思想和美学内涵,不断拓展幼儿文学的艺术空间,应该是我国幼儿文学创作一个重要的努力方向。只有不断创作出思想艺术俱佳的作品,我们才有可能彻底破除那些对于幼儿文学的歧视态度,才有可能真正地拥有读者和我们这个时代,并且最终拥有幼儿文学真正的艺术生命力。"[1]

2004年12月,方卫平在《新民晚报》上刊登《童书出版的困惑》。方卫平认为:"随着经济发展和社会进步,财富增加实际上为图书提供了一个巨大的潜在购买市场,而文化产业如果能进一步完善产业链,准确把握住读者的需求,引导作家再学习、再思考,创作出真正适合当代读者的作品,那么无论是财富空间还是产业空间,都将有很大的提升潜力。在获取产业利益的同时,也给孩子带去了一个充满书香的童年。"[2]

2004年12月,由方卫平主编的《中国儿童文化》创刊,该辑刊由浙江少年儿童出版社出版发行。创刊号设置了"儿童哲学"、"儿童文学"、"年度话题"、"影视戏剧"、"焦点作家"、"学界对话"、"经典重温"、"海外视域"、"出版广角"等栏目。

---

[1] 方卫平:《幼儿文学:可能的艺术空间——当代外国幼儿文学给我们的启示》,《浙江师范大学学报(社会科学版)》2004年第6期。
[2] 方卫平:《童书出版的困惑》,《新民晚报》2004年12月27日。

朱自强在本刊物的"儿童哲学"栏目中刊发《童年的诺亚方舟谁来负责打造——对童年生态危机的思考》一文。在他看来:"儿童的童年生态在功利主义的应试教育的破坏下,正面临着深刻的危机,童年的许多愿望和权利正在被功利主义的应试教育无情地剥夺。要保护童年的生态性,就要建立以童年为本位的生态人生观,这种人生观尤其要包含成人对儿童生命形态的敬畏。重返童年正是战胜应试教育这场洪水的诺亚方舟。"

对于儿童诗及其儿童诗教问题,《中国儿童文化》刊发了李咏吟的《诗教与儿童精神生活的自由》、陈恩黎的《生命的欢歌——对儿歌游戏性的研究》、冯海的《从"本位"到"交谈"——新时期童话创作观念的演变》、周晓波的《意象与意境的创造——儿童诗美学漫谈》等文章。[1]

---

[1] 《中国儿童文化》第1辑,浙江少年儿童出版社2004年版。

2005 年

2005年1月,何卫青的《小说儿童——1980～2000:中国小说的儿童视野》一书由中国海洋大学出版社出版。作者认为:"'儿童'这个词语,既指某个现实的经验儿童,又是一个经过成年人探讨、形成、解释和表达的概念","经验儿童是一个个个体的存在,他们体态各异、性情各异、命运各异。在日常生活中,成年人常常称之为'孩子'。然而,无论他们在社会历史进程中的真实境遇如何,人们已对之进行了各种各样的想像"。同时,作者也指出:"在这些想像的过程中,尘俗气、烟火味浓厚的'孩子'称谓被学理性的'儿童'所取代,有血有肉的个体差异逐渐被淡化成社会问题、教育问题或心理(生理)问题中的一个年龄族群。"[1]

2005年1月,李利芳在《兰州大学学报》上刊发《与童年对话——论儿童文学的主体间性》。作者认为:"儿童文学具有主体间性之内在属性。因以'童年'作为审美发生的艺术视角与艺术表现对象,儿童文学产生了有别于成人文学的主体间性品格。"对于"主体间性",作者指出,"经典儿童文学在关注存在于对立世界中的权势对弱势群体的独白这一问题时,它始终保持的是永不妥协的批判姿态"、"儿童文学在间性意识的观照中,具有着以弱势的立场去摒弃丑恶、呼唤解放美景的内在动力。因此,对儿童'在世'场景的真实描述与对'童真'世界的真实描述一样,构成了儿童文学间性结构互为补充的两个方面"。在论及成人与儿童的权力话语时,

---

[1] 何卫青:《小说儿童——1980～2000:中国小说的儿童视野》,中国海洋大学出版社2005版,第1页。

作者的观点是："在处理现实的生存问题，在科学技术、社会经济层面，成年人是优于儿童的；而在精神维度上，在精神境界的'修炼'上，成人可能永不及儿童。"①

2005年1月，杨剑龙在《扬州大学学报（人文社会科学版）》上发表了《论建国初期上海的儿童文学创作》。作者认为，"建国之初上海的儿童文学创作内容既有对于儿童思想品德教育的，也有对儿童学习劳动生活描写的；既有揭露黑暗社会摧残儿童的，也有叙写革命战争时期儿童斗争生活的，呈现出多姿多彩的面貌"。在他看来，建国初期上海儿童文学取得的成就在于，"拓展了中国现代儿童文学创作的题材、主题、形式，为中国现代儿童文学的发展作出了贡献"②。

2005年2月，谭旭东在《涪陵师范学院学报》上刊发《当代儿童小说发展述论》。作者认为："中国当代儿童小说自然形成了三个主要发展阶段——二十世纪五六十年代、八十年代、九十年代，每个阶段也分别有各自的阶段性特点和有代表性的作品。五十年代至六十年代初是当代中国儿童小说的第一个繁荣期，其主要特点是表现集体主义的时代主题。七十年代一大批在内容和形式上都令人耳目一新的优秀作品。九十年代的儿童小说的创作不再像八十年代那么热闹喧哗，而更多地显露出平静状态。这一来受惠于八十年代儿童文学观念的重建，二来也表明我们的儿童文学作家走向了艺术成熟。"③

2005年3月，王昆建在《云南民族大学学报（哲学社会科学版）》上刊发了《民间文学：云南儿童文学的文化母体》。作者认为，"与内地比，云南儿童文学在文学视野、表现内容等方面都有自己的特色，这和云南民间文

---

① 李利芳：《与童年对话——论儿童文学的主体间性》，《兰州大学学报》2005年第1期。
② 杨剑龙：《论建国初期上海的儿童文学创作》，《扬州大学学报（人文社会科学版）》2005年第1期。
③ 谭旭东：《当代儿童小说发展述论》，《涪陵师范学院学报》2005年第1期。

学对云南儿童文学创作的文化影响有着极大的关系。研究云南地区的儿童文学作品可以以云南民间文学与云南儿童文学的关系为视点,探寻并透视出云南民族文化与云南儿童文学的血缘关系。并且还需要考察民间文学对云南儿童文学的当代影响,从而思考作为民族文化大省的云南儿童文学在当今全球化语境中如何坚守自身民族特性,体现时代性及如何具有世界性等问题"①。

2005年4月,柯岩、束沛德、金波等著的《浦漫汀与儿童文学》由北京燕山出版社出版。在为本书所作的序言中,束沛德概括了浦漫汀的儿童文学主张:"其一,强调儿童文学的审美功能"、"其二,倡导精品意识"、"其三,尊重小读者的阅读心理、审美需求"、"其四,追求完整、合理的儿童文学格局"、"其五,主张文学评论多谈优点"。②

2005年4月,杰拉·莱普曼的《架起儿童图书的桥梁:一位杰出女性激励人心的自传》由中国少年儿童出版社出版。原国际儿童读物联盟主席岛多代指出:"本书讲述了孩子们的活力是如何帮助一个遭受过可怕压迫和毁灭性战争的国家重获生机。它是一部人类社会的编年史,令我们满怀希望、信心百倍地去应对挑战。"同时,作者也补充道:"我们看得出,为了儿童的幸福,她(莱普曼)付出了自己全部的才华和情感。本书中所描述的众多杰出人物,诸如埃莉诺·罗斯福、埃里希·凯斯特纳和西奥多·霍伊斯,都是战后德国重建的重要历史时期对莱普曼伸出了援助之手,他们有力地证明了在人类历史进程中,书籍是人与人之间重要的桥梁。"③

---

① 王昆建:《民间文学:云南儿童文学的文化母体》,《云南民族大学学报(哲学社会科学版)》2005年第2期。
② 柯岩、束沛德、金波等:《浦漫汀与儿童文学》,北京燕山出版社2005年版,第2页。
③ [德]杰拉·莱普曼:《架起儿童图书的桥梁:一位杰出女性激励人心的自传》,苏静译,中国少年儿童出版社2005年版,第7页。

2005年4月,赵霞在《浙江师范大学学报(社会科学版)》上刊发《死亡:断层与永恒——以安徒生三则童话故事为例》。作者认为:"死亡意象在安徒生的童话故事中并不少见,这本身已是一个值得深思的问题,与梦境的结合更加厚了其中的蕴涵。结合文本分析和作家生平,物质和精神家园的双重失落为主人公死亡的必然性铺下了第一层基石;梦幻的出现作为愿望的满足或补偿,在很大程度上平衡了前者产生的焦虑和失望,更由于它导向死亡的独特性而被赋予了非同一般的永恒性质;主人公最后的归宿完全符合安徒生本人的基督教信仰,死亡的恐惧感被天国的体认所克服,安宁平和的氛围降临,但解脱的不彻底性也伴随其间。带着对人世的绝望和眷恋进到上帝之国,主人公们最后仍未能走出他者意识的框范。"①

2005年4月,《中国儿童文学》新一期出刊。本期刊发了金波、孙建江、韦苇、安武林、东达、张之路、朱自强、许廷旺、鲁奇、王曼玲、王巨成、北董、孙幼军、沁涵、冰波、汤素兰、周晓波、杨佃青、刘绪源、殷健灵、南妮、张秋生、秦文君、闵小伶、刘丙钧、宋海英、林颂英、谢倩霓、李学斌、苟天晓、谭旭东、孟凡明、谷童、郁雨君、姬妮、张锦贻、张国龙、徐丹、胡丽娜的相关文章。

其中,张国龙的《成长小说:回归"成人式"及其他》考据了"成长小说"的发展过程及中西异同的叙述模式。他的观点是:"这种因文化语境不同而产生出的'成长小说'的主体性差异景观,客观上导致了中西方'成长小说'在审美等功能层面上的差距。难怪有论者说,具有本体意义的'成长小说'至今还未在中国诞生。尽管进入二十世纪九十年代之后,由于中国社会体制和传统价值观念的转型,以'成长'为书写主题的'成长小说'从

---

① 赵霞:《死亡:断层与永恒——以安徒生三则童话故事为例》,《浙江师范大学学报(社会科学版)》2005年第2期,第14页。

本质上发生了裂变,作为主体的成长者表现出了全新的精神面貌,但是,他们的成长仍旧是迷茫、混沌的,精神的超越仍旧亟待完成。"①

2005年5月,杜传坤在《山东社会科学》上刊发《论晚清至三四十年代的儿童科学文艺》。她的基本观点是:"三个时期虽然都重视'科学',皆有'科学救国'的口号,但各期科学文艺中'科学'的含义或指向是不同的。"从宏观角度看,作者概括道:"儿童科学文艺从晚清历经五四至三四十年代,是从不自觉走向初步的自觉,由笼统的'科幻'走向具体的'科普',从改造国民'梦想'到救助危亡'现实'。借助这种文学类型实现某种外在目的的功利意识,始终伴随着启蒙与救亡的时代主旋律或隐或显。如果说,'儿童性'、'科学性'和'文艺性'是构成儿童科学文艺的三要素,而且是筛选和衡量此类作品的三个标准,以此去分析和评价三个时期的作品时就会发现:能兼顾并较好融和这'三要素'或达到这'三标准'的佳作并不太多。中国早期几十年的儿童科学文艺犹如文学史上一道'倾斜的风景',有成就亦有太多缺憾;对其后半个世纪的儿童科学文艺来说,既提供了经验,也预置了功利的枷锁。"②

2005年5月,李红叶的《安徒生童话的中国阐释》由中国和平出版社出版发行。李红叶认为:"安徒生童话在中国的广泛传播和深远影响(尤其是对儿童文学)是20世纪中国文学发展史中具有丰富文化意味的文学现象",但这样一个显赫的文学现象,并未得到学术界应有的重视,"安徒生童话与中国人及与中国文化建设的深广联系从未得到系统的梳理与论述,安徒生童话的本体研究也与它无上的声名极不相称"。③ 王泉根对本书给予了较高的评价:"《安徒生童话的中国阐释》涉及外国文学/儿童文

---

① 张国龙:《成长小说:回归"成人式"及其他》,《中国儿童文学》2005年第2期。
② 杜传坤:《论晚清至三四十年代的儿童科学文艺》,《山东社会科学》2005年第5期。
③ 李红叶:《安徒生童话的中国阐释》,中国和平出版社2005年版,第12页。

学/比较文学/现代文学研究的诸多层面,这是一部完全意义上的跨学科研究专著,填补了外国文学/儿童文学/比较文学/现代文学研究方面的一个空白。"①

2005年5月,陈晖的《通向儿童文学之路》一书由新世纪出版社出版发行。对于"儿童的文学阅读"的概念,作者的观点是:"源于人类自然天性的文学欣赏活动,自人类伊始,就客观存在于儿童生活中";而对于"儿童文学的产生"这个概念,作者指出:"世界儿童文学作为一种明显而独立的文学形式出现在18世纪的欧洲","在儿童文学产生的历史进程中,社会开始承认儿童拥有与成人平等的权利,儿童教育开始注重儿童心理年龄特征,儿童的情感需要,审美要求得到尊重,是最根本的因素"。②

2006年6月,赵霞在《中国图书评论》上刊发《童年死亡之后?》。作者的核心观点是:"就儿童和童年概念的存在方式来讲,帕金翰的观点跟波兹曼基本一致,即认为它们是在对立于成人、成年概念的同时被'制造'出来的。"对于波兹曼著作的观点,她这样概括:"在波兹曼的论说中,由印刷媒体生产出来的童年一经成形便不再改变,或者说这一童年的历史是与印刷媒体时代等长的。"而帕金翰的观点,"则巧妙地将童年被造的过程拉伸到与整个人类社会历史等长,从而不动声色地否定了童年消逝的论断","帕金翰凭借其乐观、自信、完满、自足的论述体系,成功地将童年从消逝的命运中挽救了出来","但有一点是毋庸置疑的。新的媒体促成了成人世界向童年世界的完全曝光,曾经以秘密守护同时也监禁着的童年已经无法再回到它单纯天真的太初"。③

---

① 李红叶:《安徒生童话的中国阐释》,中国和平出版社2005年版,第2页。
② 陈晖:《通向儿童文学之路》,新世纪出版社2005年版,第2页。
③ 赵霞:《童年死亡之后?》,《中国图书评论》2006年第6期。

2005年7月,《中国儿童文学》第3期(总第23期)出版。本期刊发了马昇嘉、朱效文、饶雪漫、韩辉光、薛涛、李志伟、卢颖、魏捷、王立春、陈莉、樊发稼、成雅明、胡建文、王宜振、薛卫民、彭斯远、东达、金波、圣野、谭旭东、萧萍、郑春华、简平、刘绪源、任大霖、任大星、[俄罗斯]阿·阿列克辛(陆肇明译)、汤素兰、陈恩黎、方卫平、秦文君、桂文亚、陈启淦、林武宪、林焕彰、曹文轩、殷健灵、徐鲁、程式如、孔凡飞、李利芳、邱慧琳的相关文章。

其中,方卫平的《青春的书写》指出了一个现象:"当代少儿文学中青春期叙事的出现,就是对当代生活中青春期文化的形成所作出的一种文学上的回应。"[①]

2005年8月,方卫平在《中国图书评论》上刊发《一个恒定的方向》。在阅读《青铜葵花》时,作者一直在思考两个问题:"一是随着对生活发现和驾驭能力的提高,曹文轩对作品的构思和感受都在不断完善。二是曹文轩在这二十年儿童文学的发展中扮演什么角色?"但作者还是肯定地认为:"他是一个先锋的、明亮的,具有个人风格的作家。"在作者看来,"曹文轩生活的、精神的背景结构连着苏北、连着童年、连着乡村,乡村的记忆构成一个巨大的存在,一个无处不在的背景,它的影响是全方位的"。但他也指出曹文轩作品的一些值得商榷的地方:"在《青铜葵花》中,曹文轩的作家意识有一些不协调的存在。比如写青铜、葵花的孤独,好像是作家有意给予的。作品写到死亡和火灾时也带有一些偶然性,我想以自然灾害为主的描写对作品的力度是不是会产生一定的影响?是不是要思考一下什么是人生的大苦难?我们的童年是快乐而清苦的,在这些苦难的叙述中有没有作家自己的主观意识?"[②]

2005年9月,侯颖在《文艺争鸣》上刊发《儿童文学创作中存在的问

[①] 方卫平:《青春的书写》,《中国儿童文学》2005年第3期。

[②] 方卫平:《一个恒定的方向》,《中国图书评论》2005年第8期。

题》。作者认为:"中国儿童文学对死亡的关注意识越来越清晰明了,作家在表现技巧上,是纯儿童文学式的,作品直面人生的悲悯情怀和美学追求上,也是纯中国式的。与世界经典的儿童文学作品相比,中国儿童文学死亡叙述的符号意义远远大于它的审美意义,对生命意义生命存在状态缺少宗教般形而上的思索和诉求,往往停留在现实和精神世界的交叉点上,进一步说,只是拘泥于人物的偶然命运和个人性格,没有西方文学的悲剧意识和对人存在和异化的精神求索,更没有西方现代作品中为当下的人寻找一个精神的出口。"①

2005年10月,杜传坤在《山东师范大学学报(人文社会科学版)》刊发《论周作人的儿童文学观》。作者认为:"由周作人首先提出的'儿童本位'的儿童文学观达到了那个时代儿童文学理论的制高点。在其后的大半个世纪里,它虽常被淹没在大量的意识形态话语之中,但其生命力是异常强大的。新时期以来,儿童文学理论话语的关键词基本没有超出周作人的话语体系。"②

2005年10月,《中国儿童文学》新一期出刊。本期刊发了李学斌、谭旭东、常新港、伍美珍、高洪波、彭懿、佟希仁、朱效文、韩青辰、关云匀、杨鹏、史衍成、吴然、殷健灵、林彦、周晴、谢倩霓、孙卫卫、张锦贻、刘绪源、童喜喜、李西西、格日勒其木格·黑鹤、冰波、吕丽娜、王蔚、杨冶军、郑春华、鲁冰、安武林、常智奇、董国超、冯海、杜肖楠、朱自强、郝月梅、汤锐、侯颖的相关文章。

其中,朱自强的《童年的身体生活与童年的生态性成长》提出,"关于身体生活,我们需要达到这样一个认识高度,即尊重身体生活是一种健全

---

① 侯颖:《儿童文学创作中存在的问题》,《文艺争鸣》2005年第5期。
② 杜传坤:《论周作人的儿童文学观》,《山东师范大学学报(人文社会科学版)》2005年第5期。

的人生观。儿童教育,不仅要给儿童以身体生活的时间,而且更要承认这是最为重要的人的生存方式。承认、尊重身体生活,就是承认、尊重歌唱、跳跃、嬉戏的孩童的生活方式,就是回到童年生命本真的状态,也就是回到人类生命本真的状态"①。

2005年11月,郭泉的《解构主义的童话文本——一项以自由为中心对〈海的女儿〉进行的哲学阐释》一书由群言出版社出版。在"自序"中,作者对童话下了一个定义:"童话是一种适合各年龄阶段人群阅读和欣赏的文学形式。儿童从童话中了解、学习善良、正直的优秀品格;成人从童话中思考人类的理想生存状态和人类生存的意义。"同时,他将本书细分为四个世界:海底、地上、天空和天国四部分,"但是安徒生童话《海的女儿》里真正区分这四个世界的并不是地理阈限问题,而是对身体和灵魂之间关系的视阈问题,即这四个地理阈限里身体、灵魂以及身体和灵魂的关联问题"②。

2005年12月,张之路的《中国少年儿童电影史论》由中国电影出版社出版,本书属"百年中国电影研究书系"之一。作者认为:"在中国大陆,'儿童电影'是一个总体的概念性习惯用语,在这里谈到的'儿童'在实际中包括了幼儿(学龄前,小学低年级)、儿童(小学中高年级,初中低年级)、少年(初中高年级和高中)三个年龄段的人群,'儿童电影'也就是以这三个年龄段儿童为受众的电影。"③但同时,作者又补充道:"虽然他们都属于未成年人的范畴,但在这个十几年的年龄段跨度里的未成年人无论从生理或者心理上都存在着巨大差别。他们的知识积累和文化结构,对生

---

① 朱自强:《童年的身体生活与童年的生态性成长》,《中国儿童文学》2005年第4期。
② 郭泉:《解构主义的童话文本——一项以自由为中心对〈海的女儿〉进行的哲学阐释》,群言出版社2005年版,第1页。
③ 张之路:《中国少年儿童电影史论》,中国电影出版社2005年版,第6页。

活的认识程度,判断能力,对艺术的欣赏趣味等诸多方面都是不同的。"[1]除此之外,张之路还强调:"年龄的确认是容易的,但按照年龄'量身定做',从而生产出'增一分则长,减一分则短'的影片几乎是不可能的。"[2]

---

[1] 张之路:《中国少年儿童电影史论》,中国电影出版社2005年版,第6页。
[2] 张之路:《中国少年儿童电影史论》,中国电影出版社2005年版,第7页。

2006 年

2006年1月,陈晖在《海南师范学院学报(社会科学版)》上刊发《论绘本的性质与特征》。作者的基本观点是:"作为一种新的文学艺术形式的绘本具有特殊的性质和特征。大部分绘本将儿童预设为主要作者,反映和表现儿童生活与心理,成人绘本内容形式的儿童化,令绘本普遍具有鲜明的儿童性;绘本作为图文合一的艺术整体,以简明之文和形象之图协同讲解故事,在具象与抽象、表象与意象的矛盾统一中呈现丰富性和多义性;具有思想艺术独特性的绘本,同时为读者预留了广阔的阅读理解空间,让绘本的阅读具有开放互动的特质。"[1]

2006年1月,《中国儿童文学》新一期出刊。本期刊发了巴金、彭学军、萧萍、李秋沅、邓湘子、赵书花、吴然、陈所巨、迟子建、孙雪晴、王蔚、王一梅、薛卫民、邱易东、刘保法、尹世霖、王宜振、谭旭东、黄美华、杜虹、唐兵、王林、谭旭东、李东华、杨鹏、李学斌、阿甲、陈恩黎、刘绪源、陈丹燕、薛涛、李利芳、马力、杨佃青、韦苇、周晓波、王衡霞、郑欢欢、王冰的相关文章。

马力的《原型·儿童·儿童文学》认为,"关于原型、儿童、儿童文学的关系问题,是从现代心理学视角观察儿童与儿童文学提出的一个新问题,对这个问题的认识,牵涉到我们儿童与儿童文学本质的认识,是儿童文学的一个基本理论问题。并从原型与儿童、原型与儿童文学、形式创新:表

---

[1] 陈晖:《论绘本的性质与特征》,《海南师范学院学报(社会科学版)》2006年第1期。

现原型之本三个方面阐释了'原型'理论对儿童文学的启示。"①

韦苇的《中国儿童文学"从无到有说"》对比古今中外的儿童文学的发展历程,对中国儿童文学的发展提出了自己的见解:"第一,'五四白话文运动'对我国儿童文学发生的重要意义。第二,我国儿童文学发生的一大驱动力来自教育的平民化。第三,20世纪初期外国经典性儿童文学读物和儿童文学理论的舶来,对于随西方儿童文学之后崛起的我国儿童文学具有催生意义。第四,发现儿童和儿童文学独立体的鼎定,需有一批能用作品给儿童以快乐的作家。"②

2006年1月,朱自强的《对中国儿童文学理论研究方法论的思考》在《东北师大学报》上刊发。作者认为,"儿童文学作为一门具有独立性的学科,拥有自身的研究范畴和自己特有的研究范式。对目前的中国的儿童文学学科建设来说,理论研究的方法论显得尤为重要。建立中国儿童文学理论研究方法论,依然要像五四当年那样,采取'拿来主义',处理自身问题。跨学科的儿童文学研究对研究者的理论知识结构有着特殊的要求"③。同时,他还归纳总结出一般文学研究的绝大多数方法,都可以运用于儿童文学研究,而具有儿童文学自身特殊性或特效性的研究方法则主要有:儿童哲学的方法、深层心理学的方法、人类文化学的方法、童年历史学的方法。

2006年1月,侯颖的《试论中国原创儿童文学的危机》刊发在《东北师大学报》上。作者认为,中国原创儿童文学从"五四"发端至今,从无到有,从小到大,走过了一条曲折艰难的道路。新时期以来,中国儿童文学的创作达到了空前的繁荣,导致许多作家和理论家持盲目乐观态度。作

---

① 马力:《原型·儿童·儿童文学》,《中国儿童文学》2006年第1期。
② 韦苇:《中国儿童文学"从无到有说"》,《中国儿童文学》2006年第1期。
③ 朱自强:《对中国儿童文学理论研究方法论的思考》,《东北师大学报》2006年第1期。

者认为从童年生态、作家思想力和表现力、儿童文学阅读现状等几个方面考察可以发现,中国原创儿童文学的内部潜藏着巨大的危机。最后得出结论:中国原创儿童文学要想摆脱危机,就必须走向"儿童本位"的发展道路。[①]

2006年2月,金波的《能歌善舞的文字——金波儿童诗评论集》由河北教育出版社出版。对于诗教思想,金波认为:"对于儿童来说,生理的成长固然是重要的,但同样重要的还有心理、精神的健康成长。学会诗意地生活,对儿童同样重要。用心灵去感受生活、热爱生活,就会发现我们赖以生活的环境中,人与人之间存在着许多美好的东西,心会变得柔和起来,变得敏于感受幸福与苦难,因而更有正义感,更富同情心——这是丰富的心灵世界,诗可以引领我们走向这个世界。"[②]

2006年3月,谈凤霞在《南京师范大学文学院学报》上刊发于《论清末民初"童子"文学的美学品格》。作者指出:"清末民初至'五四'是现代儿童文学的雏形阶段,'五四'至革命文学兴起前的儿童文学才逐步确立了现代儿童文学的形态。后一阶段已多为人们所关注,而清末民初萌芽期的儿童文学雏形则往往有所忽略。"为了区别"五四"时期提出的"儿童文学"的命名,作者在本文中沿用的是当时所用的"童子"的说法,她将"童子"文学的美学品格主要归纳为:"(一)豪情美"、"(二)奇幻美"、"(三)稚趣美"。对于这一时期的儿童文学的内容,作者认为,"不管是爱国救国之心的宣扬,还是鼓励冒险探寻,都充溢着一股英雄主义激情,表现出盛气、侠义、飒爽、豪迈的崇高美"。另外,作者还指出与成人文学界在当时因为辛亥革命到"五四"运动期间出现的"骂世、警世、混世、避世与售世"

---

① 侯颖:《试论中国原创儿童文学的危机》,《东北师大学报》2006年1期。
② 金波:《能歌善舞的文字——金波儿童诗评论集》,河北教育出版社2006年版,第2—3页。

的清醒不同,儿童文学的"创作和翻译虽也受到影响。但与当时的成人文学比,还是尘世间的一片净土"。①

2006年3月,杜传坤在《中国现代文学研究丛刊》上刊发《生活的太"真"与艺术的太"假"——重读叶圣陶童话》。作者认为,叶圣陶的童话有两种感觉:"一是太'假',二是太'真'。"对于"假",作者认为是"指童话故事情节的不可信,有'生造'的嫌疑";而对于"真",作者认为"是指童话题材主题的当前性、写实性、实用性,有'不像童话'之感。"同时,作者也指出"'假'的感觉多集中于《稻草人》,至《古代英雄的石像》技法明显圆熟,'虚假'的硬伤少了,但太'真'的感觉一以贯之,只是含义上稍有些区别"。作者认为,"过于'泥实'的儿童文学传统不但伤害了作品本身的文学价值,而且还塑造了'泥实'的读者",她列举了一个例子"《古代英雄的石像》入选语文课本后,很有些老师和同学写信问作者'石像影射了谁'之类的问题",对此,杜传坤发问:"这是语文教育的悲哀?文学的悲哀?还是儿童的悲哀?"②

2006年3月,杜传坤在《理论学刊》上刊发《论晚清的儿童诗歌创作》。作者的基本观点是:"中国现代儿童文学的发生过程始于晚清,以'学堂乐歌'歌词形式存在的儿童诗歌提供了第一批原创性作品。其'浅而有味''通俗而不俚''味隽而言浅''斟酌(雅俗)两者之间'的价值取向,既有'古风格'的影子,又体现'新意境'的内容,而且顾及了儿童的年龄特点,然而不管是笼统的美学标准,还是基于国家和新民教育需要而非儿童自身文学需要的出发点与归宿,都意味着晚清的儿童诗歌还未走向自觉,

---

① 谈凤霞:《论清末民初"童子"文学的美学品格》,《南京师范大学文学院学报》2006年第1期。
② 杜传坤:《生活的太"真"与艺术的太"假"——重读叶圣陶童话》,《中国现代文学研究丛刊》2006年第2期。

中国现代儿童文学还在'发生'的过程中。"①

2006年4月,谭旭东的《重绘中国儿童文学地图》由西北大学出版社出版发行。在本书的"引言"中,作者提出文学批评想要真正对文学起到建设性作用,应该有三方面的思考:"1.寻美还是求疵"、"2.是独白还是对话"、"3.是片面的还是系统的"。对于"如何去做儿童文学批评",作者认为也应该做到三点:"1.如何寻找理论资源"、"2.如何坚持批评的品格"、"3.如何避免'伪命题'"。②

2006年5月,《中国儿童文学》新一期出刊。本期刊发了玉清、韩青辰、肖道美、李学斌、流火、朱效文、金波、普飞、赵益花、张秋生、白冰、葛冰、尹慧文、薛贤荣、班马、韦伶、吴其南、李红叶、冰波、钱淑英、孙亚敏、孙绍振、公曰、王泉根、鲁兵、圣野、刘绪源、[美]托马斯·拉科尔的相关文章。

其中,吴其南的《中国儿童文学的三次"原始主义"倾向》梳理了中国儿童文学在发展过程中的几次"原始主义"倾向及影响:"一、原始主义在中国儿童文学中的最初出现是在上个世纪初,正是它为儿童文学的存在提供了理论依据,直接孕育和导致了儿童文学的产生。二、原始主义作为一种思潮在儿童文学中的再次出现是在上世纪的八十年代,时值'十年动乱'刚刚结束之后。三十年代以后,时称革命现实主义、革命浪漫主义的创作方法成为中国文学的主旋律,至文化革命成为钦定的惟一的创作方式,儿童文学也将作品的题材和内容完全地放到社会生活的领域,学校、家庭生活成了儿童文学的主要表现对象。三、几乎就在班马等人钟情于神秘幽古、在野外和神魔巫幻的远古文化中流连忘返的时候,儿童文学中悄悄地出现一股同样带有原始主义倾向但和班马等人'野出去'的主

---

① 杜传坤:《论晚清的儿童诗歌创作》,《理论学刊》2006年第3期。
② 谭旭东:《重绘中国儿童文学地图》,西北大学出版社2006年版,第1—2页。

张有着许多不同的思潮,这就是从精神分析的角度分析儿童文学作品(主要是民间童话)并对儿童文学的理论基础和文体特征重新进行考量和定位的倾向。这一思潮在进入新世纪后逐渐浮出水面,至今仍在发展中。"①

王泉根的《中国儿童文学的百年脚印》提到现代中国儿童文学的创作特色,将之归结为:"第一,直面现实,直面人生,始终紧贴着中国的土地,背负着民族的希望。这中间有一个转换。第二,强调文学的认识、教化功能与作家作品的社会责任意识。第三,不断探索,不断创新,不断追求民族化与现代化的统一,思想性、艺术性与儿童性的统一,追求儿童文学至善至美至爱的文学品质。"②

2006年7月,王泉根的《百年中国儿童文学的历史经验与人文价值》刊发于《重庆社会科学》。作者认为,现代中国儿童文学已经走过了整整一个世纪的道路,形成了自身鲜明的民族特色、时代规范与审美追求,概括起来有如下特点:一是始终直面中国社会的现实人生,紧贴中国的大地;二是强调儿童文学对于未成年人的认识、教化功能与作家的社会责任意识;三是不断追求民族化与现代化的统一,思想性、艺术性与儿童性的统一,追求儿童文学至善至美至爱的文学品质。百年中国儿童文学的经典作品哺育了一代又一代少年儿童,今天依然是培育中华民族未来一代精神生命健康成长的宝贵财富,因而在当今仍然闪耀着独特的人文价值。③

2006年8月,钱淑英在《浙江师范大学学报》上刊发《互文性透视下的儿童文学后现代景观——以改编自〈三只小猪〉的图画书为考察对象》。

---

① 吴其南:《中国儿童文学的三次"原始主义"倾向》,《中国儿童文学》2006年第2期。
② 王泉根:《中国儿童文学的百年脚印》,《中国儿童文学》2006年第2期。
③ 王泉根:《百年中国儿童文学的历史经验与人文价值》,《重庆社会科学》2006年第7期。

本文主要从互文性的角度,对于《三只小猪》的图画书进行个案分析。对于后现代对于儿童文学的冲击,作者指出:"我们也应该看到,当代儿童文学并未受制于对科技冲击的恐惧以及大叙述结构的瓦解,相反,在某方面来说,它积极拥抱了后现代艺术的活力,以不断挖掘新的表现可能。"究其因,"儿童文学后现代话语中的解构不是破坏,而是一种有意识揭示文本虚构的开放行为,同时借助故事的展开实现一种对于想象与逻辑、虚构与现实的洞察"。同时,她也指出,"后现代的儿童文学叙事从读者那里形成了新的诠释能力,以便获得让文学文本成为经典的方式,即作品拥有一种适应于读者阅读的开放,同时让它们在无穷尽的各种配置之下常保鲜活"[①]。

2006年8月,《中国儿童文学》新一期出刊。本期刊发了李丽萍、常新港、漪然、孙丽萍、王宜振、高洪波、宋雪蕾、张国龙、梅子涵、公曰、朱自强、谭旭东、陈恩黎、林清、张蕾、刘绪源、巢扬、[美]卡勒德·胡赛尼的相关文章。

朱自强的《童年的身体生态哲学初探——对童年生态危机的思考之二》论证了童年与儿童身心发展之间的辩证关系。他认为,"今天的童年生态面临着根本性危机。这一危机所在,不是如被称为'思想狂徒'的黎鸣所言,是儿童自身的道德沦丧,而是成人社会的环境和教育造成了儿童的'自我'的迷失"[②]。

谭旭东的《关于儿童文学类型化趋势的思考》对儿童文学创作类型化趋势进行了评价:"'类型化文学'是必然的,就儿童文学而言,一部分作家走出经典创作的艺术象牙塔,去追逐文学产业化、商业化的浪潮,这不仅

---

① 钱淑英:《互文性透视下的儿童文学后现代景观——以改编自〈三只小猪〉的图画书为考察对象》,《浙江师范大学学报》2006年第4期。
② 朱自强:《童年的身体生态哲学初探——对童年生态危机的思考之二》,《中国儿童文学》2006年第3期。

仅是其主体自足自由性的体现,还包含了一种生存策略和时尚艺术定位。但需要警惕的是,'类型化'也可能是一个陷阱。如果作家强调过头,并对这种'娱乐系'写作(杨鹏语)过于看重,就可能给自身、给文学带来消极影响。"[1]

2006年8月,吴其南的《守望明天——当代少儿文学作家作品研究》由宁夏人民出版社出版。本书是一本作家作品论,主要筛选了当代一批最为活跃的少年儿童文学作家和作品进行研究。吴其南认为,新时期的一些作品的变化在于"野出去","野出去"主要指"对学校、家庭、社会题材的一种悬搁,自然也是对包含在这些题材中的社会意识形态、道德教训内容的悬搁",这主要表现为"一是普遍人性"[2];"一是文化意识"[3];"再一就是游戏精神"[4]。在他看来,"以往儿童文学的非个性化","更大的原因还在'代圣贤立言'式的宏大叙事","'代圣贤立言'排斥作者个性,宏大叙事使作者无法在作品中表现自己的个性,非艺术化的文学观念又使儿童文学无需有自己的个性"。[5] 对于儿童文学的接受主体,吴其南还指出:"'读者'从来都是建构起来的。"[6]而且"近年的儿童文学读者不仅在走向

---

[1] 谭旭东:《关于儿童文学类型化趋势的思考》,《中国儿童文学》2006年第3期。
[2] 吴其南:《守望明天——当代少儿文学作家作品研究》,宁夏人民出版社2006年版,第3页。
[3] 吴其南:《守望明天——当代少儿文学作家作品研究》,宁夏人民出版社2006年版,第4页。
[4] 吴其南:《守望明天——当代少儿文学作家作品研究》,宁夏人民出版社2006年版,第5页。
[5] 吴其南:《守望明天——当代少儿文学作家作品研究》,宁夏人民出版社2006年版,第7—8页。
[6] 吴其南:《守望明天——当代少儿文学作家作品研究》,宁夏人民出版社2006年版,第10页。

丰富,更在走向主动"①。本书的亮点在于每篇专论后所附上的作家访谈录。

2006年9月,徐妍在《海南师范学院学报(社会科学版)》上刊发《曹文轩小说的叙述美学:单纯形式下的复杂美感——以长篇小说〈细米〉为个案》。作者认为:"曹文轩的小说一向以单纯的形式追求一种复杂的情感,长篇小说《细米》与曹文轩的许多小说一样,依然以美感作为故事的永恒内核。但是,它更自觉地内化了中国古典美学精神,小说以单纯的形式为特色,但单纯的形式下却包含了复杂的情感,由此,呈现出一种独特的叙述美学。"②

2006年11月,李利芳在《新疆大学学报(哲学社会科学版)》上刊发《现代中国儿童文学的三大来源——中国20世纪前期儿童文学理论研究透视》一文。对于儿童文学翻译的特点,作者将其总结为:一是外国儿童文学发达早,好作品多,翻译过来供儿童阅读,二是供编者之借鉴,作家之观摩,三是培养儿童的世界观念。

2006年11月,俄国的弗拉基米尔·雅克夫列维奇·普罗普的《神奇故事的历史根源》由中华书局出版,本书属钟敬文主编的"外国民俗文化研究名著译丛"之一。本书初版于1946年,属作者的第一部著作《故事形态学》的姊妹篇,本书也标志着作者对于俄罗斯的神奇故事由结构类型学研究转向历史类型研究,堪称20世纪以人类学方法研究民间故事的典范之作。在本书的"序言"中,作者虽然认为"引证现有的情节索引或母题索引,似乎可以避免这一困难",但也指出其中所存在的两方面问题:"一方

---

① 吴其南:《守望明天——当代少儿文学作家作品研究》,宁夏人民出版社2006年版,第11页。
② 徐妍:《曹文轩小说的叙述美学:单纯形式下的复杂美感——以长篇小说〈细米〉为个案》,《海南师范学院学报(社会科学版)》2006年第5期。

面,这些索引所采用的按情节划分故事和按母题划分情节的方法,常常完全是相对的;另一方面,故事引文在书中要遇到成百次,那好象就得成百次地给出引文索引。"这两个因素也迫使作者"放弃引用每个情节类型号码的传统"①。

2006年12月,由张治、胡俊、冯臻三人合著的《现代性与中国科幻文学》一书由福建少年儿童出版社发行,该书属"科幻新概念理论丛书"之一,丛书主编吴岩。在本书的序言中,吴岩指出:"研究科幻文学如果不从现代性入手,就不能真正接触它的内核","现代性话语不但能分析中国科幻文学基本思想这一宏观状态,也能深入到文本通性这一中观状态"。②从王德威、陈平原、杨联芬等人对于科幻的研究中,吴岩总结出:"他们虽然看似初步、但却已经轮廓清晰的分析表明,中国科幻文学的确是中国现代性方案的一个组成部分。"③而对于中国科幻文学失去本土立场这个问题,吴岩认为这恰好是"中国科幻小说独特代表性的体现","正是这一比我们先进得多的'他者'世界,主宰了我们对未来的想象力,导致了中国科幻小说中的'未来'发生起'时空转换',导致了西方人的现在出现在我们的未来"。而对于从徐念慈、老舍到刘慈欣、韩松等作家对于科幻文学中的强国梦而津津乐道的现象,吴岩反问道:"这难道不与现代化进程中的掉队有关?"令他狐疑的倒是,"当这些作家义愤填膺地用文字打击他们认定的'帝国主义他者'时,他们是否意识到自身所期望赶超的那个时间彼

---

① [俄]弗拉基米尔·雅克夫列维奇·普罗普:《神奇故事的历史根源》,贾放译,中华书局2006年版,第1页。
② 吴岩:"序言",张治、胡俊、冯臻:《现代性与中国科幻文学》,福建少年儿童出版社2006年版,第2页。
③ 吴岩:"序言",张治、胡俊、冯臻:《现代性与中国科幻文学》,福建少年儿童出版社2006年版,第3页。

岸中的世界,恰恰又是以西方帝国主义世界为原型的?"①这个问题发人深思。

2006年12月,陈洁的《亲历中国科幻——郑文光评传》一书由福建少年儿童出版社出版,本书属"科幻新概念理论丛书"之一,主编为吴岩。作者认为郑文光的科学幻想小说"首先是小说,属于真正的文学创作"②,郑文光的作品,"不刻意追求惊险离奇,也不苦心设置'悬念';没有纷杂的头绪,不靠曲折的情节,读来却饶有兴趣,清新隽永"③。但作者也强调:"称道郑文光科幻小说的文学性,并不是说,他的作品缺乏科学性。正相反,他的小说里既有神奇的科学幻想,又有丰富的科学知识。而且,这些科学内容与人物故事水乳交融,浑然一体,不见斧凿痕迹。"④在作者看来,"尽管对于科学文艺的地位、作用及美学观点有种种争论,在要求科学性和文学性结合这一点上却大致相同。可是,做到两者的真正结合却非易事。显然,这需要创作者同时具备两种学问:科学的和文学的,缺一不可。最理想的是:既是作家又熟知自然科学,或者既是科学工作者又擅长文学创作"⑤。

2006年12月,朱自强和何卫青合著的《中国幻想小说论》由少年儿童出版社出版。在"导言"中,朱自强对幻想小说这一类型作了相关定义:"幻想文学是一个大类,不仅包括了幻想小说,还有童话、寓言等。"但他还是指出:"当然文类的划分并不意味着存在一个个排列整齐的抽屉,某一

---

① 吴岩:"序言",张治、胡俊、冯臻:《现代性与中国科幻文学》,福建少年儿童出版社2006年版,第2页。
② 陈洁:《亲历中国科幻——郑文光评传》,福建少年儿童出版社2006年版,第297页。
③ 陈洁:《亲历中国科幻》,福建少年儿童出版社2006年版,第299页。
④ 陈洁:《亲历中国科幻》,福建少年儿童出版社2006年版,第300页。
⑤ 陈洁:《亲历中国科幻》,福建少年儿童出版社2006年版,第302页。

位作家或某一部作品并不能完全放入其中一个而不与别的抽屉发生任何关系。"①从小说艺术的角度看,他认为,"幻想小说也有着与其他小说的不同之处。在幻想小说中,幻想性因素——不管是魔法、超自然现象还是不可思议的人、物、场景——是很重要的构成因素,是推动情节发展的关键成分,可以说处于叙事的主要功能层面"②。在论及幻想小说与儿童之间的关系时,作者认为:"虽然从它的起源发展来看,幻想小说并不是儿童文学的专属,但毋庸置疑的是,它不仅在儿童中间产生了一个大的读者群,而且也吸引了越来越多的作家(无论他们是不是儿童文学作家)创作适宜儿童阅读的幻想小说。"③在本书的"导言 II"中,对于"幻想小说的定义",朱自强结合不同学者对 Fantasy 的不同理解,他将其归纳为如下要素:"1. Fantasy 表现的是超自然的,即幻想的世界;2. 采取的是'小说式的展开'方式,将幻想'描写得如同发生了一样';3. Fantasy 与童话不同,其幻想世界具有'二次元性',有着复杂的组织结构。"④

---

① 朱自强、何卫青:《中国幻想小说论》,少年儿童出版社 2006 年版,第 14 页。
② 朱自强、何卫青:《中国幻想小说论》,少年儿童出版社 2006 年版,第 15 页。
③ 朱自强、何卫青:《中国幻想小说论》,少年儿童出版社 2006 年版,第 17 页。
④ 朱自强、何卫青:《中国幻想小说论》,少年儿童出版社 2006 年版,第 23 页。

2007 年

2007年1月,武文刚和李利芳在《中国现代文学研究丛刊》第1期上刊发《现代中国儿童文学理论的发生》一文。对于发生期的儿童文学理论,作者归纳出三个特点:"1.引进西学";"2.结合本土文化资源的理论发现";"3.回到文学事实"。而这种"理论建设的主体时期"主要体现在:"1.从现实教育情境出发,讨论儿童文学的迫切性";"2.分体讨论的深入";"3.话题的深入与理论的系统建设"。而对于20世纪30年代的儿童文学理论专著,作者认为这是"重要的成果收获期,占到了整个发生期的多一半"。这些理论著作的特点主要表现为:"1.理论资源的整合";"2.理论的时代、现实性特征"。[1]

2007年1月,谭旭东在《石家庄学院学报》上刊发《论电子媒介时代儿童文学的精神困境》。作者认为:"当前儿童文学作家的创作普遍陷入三大主体的'矛盾'之中:第一,艺术自觉性与商业欲望的矛盾。即作家在商业化写作与出版语境里无法保持自己的艺术自觉性,模仿与跟风,或者基本按照出版商的要求或完全根据当下读者的流行口味来创作,陷入主体迷失的困境,致使作品缺乏艺术作品所应有的价值尺度与精神境界,有些作家完全朝着通俗文学方向滑动。第二,语言的探索与封闭的知识系统的矛盾。即一些青年作家一方面试图形成自己的语言风格,但由于其缺少基本的知识积累和文化素养,特别是缺乏大量中外文学经典的阅读

---

[1] 武文刚、李利芳:《现代中国儿童文学理论的发生》,《中国现代文学研究丛刊》2007年第1期。

经验,对儿童艺术理论和相关知识的不消化,而且其创作的范本基本上是儿童文学圈内的少数作品,缺少对文化精髓的领悟,因此其创作实际上是刻意的模仿,有的甚至是粗糙的搬用。第三,建构个性美学空间与追求潮流的矛盾。即有的作家缺少艺术的眼光和判断力,写作随波逐流,没有自己的个性,缺乏自己的艺术主张和建构个性风格的意识。如有些冠以'青春文学'之名而走入市场的一些青年作家的作品,就受到'小资纯情写作'和'少年写作'的影响。创作主体以上方面的矛盾,再加上外部环境的影响,儿童文学自然面临着精神的困境。"①

2007年2月,王泉根在《重庆社会科学》上刊发《国际儿童文学澳门论剑》。文章认为:"在经济全球化、政治多元化、交通立体化、信息网络化的'全球化'浪潮中,承担着比以往任何时期更为重要而实际的关心、化育人类未来一代精神生命健康成长的使命。儿童文学是没有国界的,儿童文学是最能沟通人类共同的文化理想与利益诉求的真正意义上的世界性文学。"正是在这样一种背景下,王泉根提出"21世纪世界儿童文学应当把'以善为美'作为自己的美学旗帜与价值理念,把以善为美——劝人向善、与人为善、避恶趋善、惩恶扬善、择善而从,这样的信念通过艺术形象化的审美途径,生动地传达给孩子们"②。

2007年3月,刘绪源在《文艺报》上刊发《什么是儿童文学的深度》一文。对于学界关于儿童文学的"深度"问题,他提出自己的看法:"关于儿童文学的深度,从来就有许多误解。比如,把某种思想的、理念的灌输,把某些外在的道德教训,甚至只把与当时当地领导人的讲话精神的契合与否,拿来作为衡量深度的标准,这都曾经通行于一时。它们与文学的深度之间的差距,是一眼就能看出来的……可叹的是,我们终究还是健忘的,

---

① 谭旭东:《论电子媒介时代儿童文学的精神困境》,《石家庄学院学报》2007年第1期。
② 王泉根:《国际儿童文学澳门论剑》,《重庆社会科学》2007年第2期。

近一两年来,那些陈腐的'深度'的概念,又在悄悄地回潮了,虽然一时还成不了什么气候。"在回顾新时期儿童文学的发展后,刘绪源指出,"最能体现深度的'少年小说'最显红火,而最需清浅但需求量最大的低幼文学则十分薄弱"。作者的核心观点是:"第一,儿童文学的深度,是文学的审美的深度,是关于人生和人性的深度,这和成人文学是相去不远的";"第二,我们还是要深度,就像我们说,'人间要好诗'";"第三,追求深度应有度,度就是儿童能够接受"。①

2007年3月,谈凤霞在《宁夏社会科学》上刊发《论中国儿童文学审美现代性的确立》一文。作者认为,虽然"论者都津津乐道于'儿童本位'的现代儿童观的确立和中国儿童文学的现代转型之关系"的确抓住了核心问题,"但仅仅从儿童观这一理论维度上来论证'五四'儿童文学现代性的获得,而不顾及创作状况的考察,不仅不全面,而且可能还会存在偏误,因为一时期的理论倡导与创作实绩并不一定完全同步","作为文学之一种的儿童文学,若论其现代性,还是应该立足于文学本体特征,即'审美'这一维度。儿童文学的审美性应该是特定的儿童性与本体的文学性的融合"。对于中国儿童文学审美现代性的特质,她概括如下:"其一,清新的自然之美";"其二,柔和的情感之美";"其三,活泼的游戏之美"。但作者还是指出:"'五四'儿童文学的审美现代性尚不完全成熟,并没有达到以周作人为代表的西方式的儿童本位的完美境界,实际创作水平落后于先行提倡的理论追求。"②

2007年4月,谭旭东在《出版发行研究》上刊发《少儿出版要为儿童塑造良好的阅读文化》一文。作者指出:"有的少儿出版人就在文章里提出了'文学地球村'的概念,并认为由地球作为载体的世界是千姿百态的,

---

① 刘绪源:《什么是儿童文学的深度》,《文艺报》2007年3月8日。
② 谈凤霞:《论中国儿童文学审美现代性的确立》,《宁夏社会科学》2007年第2期。

是千变万化的。它可以是物质的,也可以是精神的;可以是动物的,也可以是植物的;可以是艺术的,也可以是文学的。人们可以和平相处,可以共同发展,可以共享人类社会创造的文明。少年儿童作为人类的未来和希望,更可以从睁开眼睛看世界之时,就用世界文明的一流成果来启蒙、来熏陶、来培育。在当今的世界上,四个孩子中就有一个是中国孩子。一个国家的文学是一个国家人文地理的浓缩。让中国的孩子从小就拥有一个包括东西方最优秀的儿童文学的'地球村',从小就拥有一个'文学地球',既是为了中国的未来,也是为了世界的未来。如果世界真正变成了一个'儿童文学的地球',那么童年生命的快乐是无可比拟的。"①

2007年5月,方卫平在《上海师范大学学报(哲学社会科学版)》上刊发《儿童文学先锋作家的激情、困惑和反思——兼谈当今儿童文学创作的主要艺术症结》。作者指出当今儿童文学创作在艺术上的主要症结是两个方面:一是思想的缺席,二是美学的乏力。对此,他认为对策在于:"对于中国儿童文学创作来说,我们还有一个更为重要、更为关键的思考方向,那就是如何更好地清理我们对儿童文学艺术特征和美学力量的认识,如何更好地在创作实践中去展现儿童文学本体特有的、非凡的艺术可能和美学魅力。这是一个耐人寻味的历史怪圈:20世纪80年代,中国儿童文学的先锋作家们以'回归艺术'的名义,在儿童文学的艺术疆域里纵横驰骋,深耕细作,几乎试遍了儿童文学创作的十八般武艺——我们曾经坚信,中国儿童文学创作已经登上了前所未有的艺术高峰。但是今天,当我们面对世界经典和优秀的儿童文学作品时,我们突然发现,儿童文学最基本的艺术面貌和最独特的美学魅力,其实就是源自一种天真而质朴的性情,一种简单而又智慧的巧思;儿童文学的最基本的美学,其实也就是儿童文学的最重要、最深刻的美学。也许,这就是儿童文学的美学宿命。

---

① 谭旭东:《少儿出版要为儿童塑造良好的阅读文化》,《出版发行研究》2007年第4期。

我相信,这也是儿童文学先锋作家们的历史宿命。"①

2007年6月,侯颖在《文艺争鸣》上刊发《网络儿童文学的正负文化价值透视》一文。作者在文中指出当下网络儿童文学的三种姿态:浪漫传奇的娱乐姿态、叙传式悲剧审美姿态、"童言"无忌式的无礼姿态。作者认为:"当下网络儿童文学确实取得了一定的成绩,比如:具有娱乐性、审美性与教育性结合较为完美的佳作,并以真情动人,为我们开拓出一片心灵的净土,从而让人眼前一亮。但由于很多作品从最初的心灵追求,到最后公开发行而对销量的追求,于是有了作家心态的转化,表现在文本上有了喧嚣热闹好看和充满曼妙想象的呈现,但这些表面的好看由于文本深度智慧和教育因子的缺乏,导致了作品思想教育价值的降低,事实上也使作品的艺术价值停留在浅薄的表面,而使这些作品常常成为好看的空洞或唯美的花瓶,这似乎已经形成了我们当下网络传媒时代的一个时尚的潮流,势必难以阻挡。而且这些作品也没有给我们塑造出理想人性的中国儿童文学的人物形象,似乎还存在着传统文化底蕴不足的嫌疑。当然,我们相信,网络儿童文学作家有能力来弥补这些缺憾,使他们的童话作品既有高度智慧的教育性又有极具审美高度的娱乐性,可以达到贺拉斯所推崇的'寓教于乐'。如果我们的作家就只能以激情和各种奇特复杂的故事动人,以浪漫传奇和曼妙奢华的想象让我们晕眩和迷惑,以对西方童话的模仿与追随来获得网友的支持和点击,这样的写作永远不会成为大气的写作,且终有黔驴技穷的一天。"②

2007年6月,《中国儿童文学》新一期出刊。本期刊发了梅子涵、钱淑英、薄尊娥、张晖月、杨文芳、李书丽、韦娅、曾维惠、叶军、谢倩霓、张秋

---

① 方卫平:《儿童文学先锋作家的激情、困惑和反思——兼谈当今儿童文学创作的主要艺术症结》,《上海师范大学学报(哲学社会科学版)》2007年第3期。
② 侯颖:《网络儿童文学的正负文化价值透视》,《文艺争鸣》2007年第6期。

生、金建华、王蔚、佟希仁、张国龙、谭旭东、唐池子、刘绪源、方卫平、李学斌、陈恩黎、徐妍、侯颖、韦苇的相关文章。

谭旭东的《成长小说应如何突破》对成长小说的艺术突破提出了看法:"首先要解决的问题,不是去批评'成长小说'的命名到底有多少可行性,文学理论批评术语之所以诞生,有的时候并不是为了给某种现象以准确的定义,而仅仅是为了评论家话语的便利。因此,'成长小说'这一名词本身也没有必要用新的术语来置换。但我想,儿童文学作家既然将自己的文字归纳于成长文学范畴,就必须对'成长'两个字的内涵和外延有所了解。必须冲破'成长仅仅是性'的思维,也必须走出'成长仅仅是从不懂事到懂事'的理解,更要废除'成长就是成年'的概念。"[1]

2007年8月,李利芳的《中国发生期儿童文学理论本土化进程研究》一书由中国社会科学出版社出版,该书系作者的博士论文修改而来,后来被列入"中国社会科学博士论文文库"。本书立足于一手文献的收集、整理和归类研究,理清了我国发生期儿童文学理论研究的主要成就,较大程度上展现了儿童文学发展的历史面貌,并且问题集中于"中国发生期儿童文学理论本土化进程研究",不仅如此,本书还用跨学科的视角,将儿童文学延伸至教育学、美学、历史学、图书馆学等科目,展现了儿童文学学科发展的整体格局,因此获得较高的评价。温儒敏对本书给予了较高的评价:"论文探讨我国发生期儿童文学理论本土化的进程,是儿童文学学科的基础性研究课题,有重要的学术价值。以往学界对这类课题也有过一些成果,但相比之下,这篇论文显然更系统、全面和扎实。"[2]不仅如此,李利芳在本书中提出不少重要观点,例如"教育学的发展是对儿童文学学科的直

---

[1] 谭旭东:《成长小说应如何突破》,《中国儿童文学》2007年第2期。
[2] 李利芳:《中国发生期儿童文学理论本土化进程研究》,中国社会科学出版社2007年版,第3页。

接推动"、"教育学是儿童文学理论的研究起点"等,都为后来儿童文学研究开辟了新的范式。

2007年8月,刘绪源在《北方音乐》上刊发《"发现童年"还是"发明童年"——波兹曼的失误与中国式的误读》。对于王泉根的《"成人化"剥夺了童年的滋味》和《高扬儿童文学"以善为美"的美学旗帜》两篇文章,刘绪源指出:"在王泉根的论述中,成人文学的'以真为美'其实是个假命题,而作为它的对立物,儿童文学的'以善为美'则很有可能是一个危险的命题。这不是危言耸听,因为既然是区别于'以真'为基础的善良,那么,它完全可以是以'不真'为基础的善,那么,它完全可以是以'不真',或以'假'为基础的,这样的善,还会是真善吗?随后,儿童文学又要以这样的'善'为基础,那会是怎样的文学呢?我们儿童文学吃'伪善'的亏还少吗?"对于波兹曼的难题,刘绪源指出:"他的结论之所以如此悲观,与他在逻辑前提上有一个根本的失误有关。就在此书问世12年之后,他已隐隐感觉到了这一失误。""其实,在他当年动笔写下'童年的发明'这一章的标题时,就已混淆了一个基本的概念:童年,那是客观的存在,400年前的启蒙思想家们'发现'了童年,但那不是他们的'发明'。在成人们不承认不明白不理解儿童与成人间的区别时,这些区别仍然是存在的!"[1]

2007年9月,《中国儿童文学》新一期出刊。本期刊发了刘东、张国龙、张秋生、柳絮、安宁、高巧林、向辉、王宜振、王忠范、唐池子、林彦、金炳华、李东华、谭旭东、高洪波、刘绪源、李利芳、李红叶、王珏、[瑞士]于尔克·舒比格的相关文章。

李东华的《少儿散文:寂寞中的美丽花朵》梳理了少儿散文的分类,并归纳了新世纪以来的少儿散文创作的三个特点:1.对真诚的坚守。散文

---

[1] 刘绪源:《"发现童年"还是"发明童年"——波兹曼的失误与中国式的误读》,《北方音乐》2007年第8期。

贵"真"。2.鲜明的艺术个性。3.注重文字之美。①

谭旭东在《新世纪儿童诗的诗学与美学追求》中提到了新世纪儿童诗的三种语言形态"一、明快语言。二、优美语言。三、幽默语言",以及五种美学追求"一、教育主义的。二、社会关怀式的。三、童年梦想式的。四、快乐体验式的。五、艺术探索式的"。②

2007年9月,李学斌在《中华读书报》上刊发《包蕾和他的童话》一文。李学斌认为,包蕾选择以《西游记》为蓝本进行创作,"不仅需要勇气,胆识,更需要才情和创造力。因为稍不留心,就有可能弄巧成拙,招致画蛇添足、狗尾续貂的结局",但包蕾"深入把握《西游记》的神韵,完全依托原作《西游记》人物个性的原型展开,不随意添加,任意变形,但也不局限于原作的故事脉络和情节发展,而是忠实中有发展,虚拟中有创造,既体现了对原作的充分尊重和理解,也显示出作家在把握儿童阅读审美特点之后的独特的艺术发挥"。并且包蕾在儿童文学的教育性上,也作出有益的探索,例如《小金鱼拔牙齿》《理发的故事》,在李学斌看来:"包蕾先生从来不避讳孩子的弱点和短处,但同时又侧重刻画其善良和天真不断发展的生命形态。他的作品现实性很强:或以生动的故事引导孩子日常生活的言行;或以善意的嘲讽揭露现实生活中的缺陷;或以鲜明的对比刻画童年人生的弱点;或以优美的意境感染懵懂孩童的心胸……"他还特别强调:"对待'寓教于乐'的儿童文学,我们还需具体分析。要从客观的、历史的角度看待它们;要用辩证的、宽容的目光去批判它们。"③

2007年9月,陈晖在《文艺争鸣》上刊发《〈遍地枭雄〉:从成长叙事的角度看》一文。虽然王安忆的这部作品并不算严格的儿童文学,但陈晖指

---

① 李东华:《少儿散文:寂寞中的美丽花朵》,《中国儿童文学》2007年第3期。
② 谭旭东:《新世纪儿童诗的诗学与美学追求》,《中国儿童文学》2007年第3期。
③ 李学斌:《包蕾和他的童话》,《中华读书报》2007年9月26日。

出:"从'成长叙事'的角度看王安忆的创作,也许并不是一个很有'生长性'的视角,因为她作品中的人物描写通常都并不专注于青少年时期,所注重的内容也主要是社会历史方面、女性命运与伦理思考方面的比较重大的主题。所以,把她的某部或某些作品视作'成长小说',显然有勉强之处。但其近作《遍地枭雄》则似乎有所例外,它可以说既深度切入了当代中国——特别是作为一个资本积累与发展时代缩影的上海——的历史与社会现实,又比较明显地触及了这一背景下一代青年人的成长问题。"[①]

2007年10月,谭旭东在《江汉大学学报(人文科学版)》上刊发《当代儿童诗对纯美想像空间的构建》一文。作者指出:"想像是艺术的生命,也是儿童诗得以存在和发展的灵魂。中国是一个诗的国度,数千年历史的沉淀,使富于想像的诗歌成为中华文化中的一朵奇葩。中国儿童诗不缺乏诗歌想像因子的传承,只要儿童诗诗人用心寻找,打开与儿童精神世界对话大门的钥匙,真正理解和尊重儿童的独立人格,潜心研究儿童奇妙的精神世界,在努力构筑的想像空间中与孩子共同体验生命的质感、分享生活的美好,新世纪中国儿童诗将会是润泽孩子心灵、成长和生命的优美的篇章。金波曾用爱与美来描述儿童诗创作,愿新世纪里诗人们带着爱与美的情怀与孩子一同构筑纯美的想像空间。"[②]

2007年11月,李玮在《名作欣赏》上刊发《谁为"灰姑娘"的死负责——中国上世纪二三十年代"灰姑娘的故事"之叙事模式探析》。作者指出了一个文学现象:"中国上世纪二三十年代文坛上,许多作家都描写过类似'灰姑娘的故事'的文本。从周作人的《初恋》、巴金的《家》、老舍的《微神》、叶鼎洛的《双影》、蒋光慈的《田野的风》等文本中,我们看到具有

[①] 陈晖:《〈遍地枭雄〉:从成长叙事的角度看》,《文艺争鸣》2007年第8期。
[②] 谭旭东:《当代儿童诗对纯美想像空间的构建》,《江汉大学学报(人文科学版)》2007年第5期。

不同创作观念和政治倾向的作家不约而同地叙述了'灰姑娘'死掉的故事。"①虽然这篇文章并非专门研究儿童文学，但这一现象值得儿童文学学术界参考。

2007年11月，谈凤霞在《南京师大学报（社会科学版）》上刊发《论中国现代儿童文学发生期的语言变革》一文。作者的基本观点是："从清末民初与'五四'这两个阶段探讨中国儿童文学现代性发生过程中语言的变革及其启露的美学情境，必须从外来文学翻译的语言影响与本土创作的语言风貌这两方面来考察各阶段的得失。清末民初'使童蒙闻而笑乐'、半儿童化的语言姿态，是对封建训蒙读物的超越；'五四'时期'小儿说话一样的文体'、对'美'的崇尚，则标志着中国儿童文学以儿童性、艺术性为基点的现代性的获得。"作者对于清末民初儿童诗歌创作的特色和贡献作出总结："第一，本时期儿童诗歌创作已注意儿童心理，而且还体现出对儿童年龄阶段的留意"；"第二，语言已改古奥为通俗，即多用浅白之词，让儿童易懂易诵，朗朗上口"；"第三，注意不失诗歌语言的'味隽'特性。在文章结尾，作者归纳道："'五四'儿童文学的语言虽然相较之前取得了飞跃性的质变，然而这种'脱胎换骨'并不十分彻底，即使在一些标志性作品中，有时'儿童化'也不够完全和地道"。作者以冰心的《寄小读者》和叶圣陶的《小白船》为例，认为他们这些作品有着"太过哲理化的陈词"，"明显不是出自于幼儿，实乃作者在借孩子之口发自己感慨。尽管这样写会深化主题，但对孩子而言太过生分，而不真切的东西也就不具备很强的亲和力，因此损伤了'儿童性'这一对于儿童文学来说举足轻重的审美特性。导致这个过失就是绵延数千年的'教化'主题，而这个弊病也是贯穿几乎整个20世纪中国儿童文学的一个痼疾。要彻底摆脱这种历史的'阴影'，

---

① 李玮：《谁为"灰姑娘"的死负责——中国上世纪二三十年代"灰姑娘的故事"之叙事模式探析》，《名作欣赏》2007年第22期。

走向真正的现代化,中国儿童文学还需要从语言到内容进行不断的修正和突破"。①

2007年12月,《中国儿童文学》新一期出刊。本期刊发了汤汤、韩青辰、汤宏英、铁凝、毛芦芦、流火、许萍萍、周锐、张月、任溶溶、冰波、王一梅、王泉根、汤素兰、李学斌、刘绪源、萧萍、华倩、方卫平、张锦贻的相关文章。

王泉根的《新世纪中国儿童文学研究的主要趋向》梳理了新世纪以来中国儿童文学的研究方向,主要为:一、开拓新的研究空间。二、选择新的研究方法。三、重绘新的文学图志。四、打造新的学科平台。②

李学斌的《弘扬儿童文学的核心价值》总结了新时期儿童文学在创作上面临的瓶颈和挑战,他认为,"经过了上个世纪八九十年代狂飙突进的'儿童文学审美化、艺术化'洗礼后,近年来,原创儿童文学,尽管在市场层面花团锦簇,成就显赫,但是就思想艺术来说,很大程度上却不进则退……再具体一点说,就在于当前许多原创儿童文学作品中,不同程度存在着文学表达肤浅、乏力、单一、雷同的状况(这种倾向还大有愈演愈烈的趋势),这就使得当前的原创儿童文学在一定程度上愈来愈趋向于空壳化、浅表化、庸俗化、粗鄙化。面对出版和市场的双重干预、裹挟,原创儿童文学的自主意识和担当意识也比较薄弱,面向当代孩子的生存处境和成长危机,也愈来愈丧失判断能力、言说能力、预警能力、引导能力。当此际,跟风、摇摆、媚俗、炒作等等非文学行为也纷纷盛装登场,招摇过市,蛊惑儿童文学在娱乐与玩闹的狂欢中走向自我麻痹和精神衰竭……凡此种种,令人忧虑"。并结合具体作品提出要坚守儿童文学的"核心价值"。③

---

① 谈凤霞:《论中国现代儿童文学发生期的语言变革》,《南京师大学报(社会科学版)》2007年第6期。
② 王泉根:《新世纪中国儿童文学研究的主要趋向》,《中国儿童文学》2007年第4期。
③ 李学斌:《弘扬儿童文学的核心价值》,《中国儿童文学》2007年第4期。

2007年12月，陈晖在《语文教学通讯》上刊发《谈小学语文教师的儿童文学修养》一文。作者认为教师的儿童文学的修养主要包括："一、对儿童文学的基本情感和态度""二、对儿童文学的全面认识和理解""三、丰富阅读儿童文学的经验""四、组织学生开展阅读活动的能力和技巧"。[①]

[①] 陈晖：《谈小学语文教师的儿童文学修养》，《语文教学通讯》2007年第36期。

2008 年

2008年2月,梅子涵的《相信童话》一书由少年儿童出版社出版。本书为作者对经典童话的解读。作者在本书的前言中用诗意的语言表达了本书的旨趣:

"这些都是我精致做出的一只只面包。我喜欢这面包的比喻和感觉。做完了还没有搁进烤炉的时候,我已经在闻它们的味道。我是特别在乎味道的。渐渐地,就有了这样的很大一盘。一大提篮。一大筐。

现在的味道是一大盘的,一大提篮的,一大筐的了。

它们全是给童年的。

我也把这些味道给成年人。

这么些年了。我在儿童文学里,我在世界的童话中。干干净净地呼吸着。天真地看着生命,天真地分析日子。也缓缓地写下了许多热情、许多心愿。

我有很幸福的感觉。"[1]

2008年1月,《中国儿童文学》新一期出刊。本期刊发了曾小春、张洁、于家臻、高洪波、王立春、李志伟、朱效文、李丽萍、陆梅、漪然、周衍辉、胡磊、毛芦芦、龚房芳、李晋西、宋雪蕾、张秋生、顾鹰、秦文君、王宜振、樊发稼、李东华、刘绪源、谢华、姜若华、方卫平、齐童巍的相关文章。

2008年3月,杜传坤在《山东社会科学》上刊发《考察与构想:中国儿童文学史的研究与写作》一文。作者指出:"儿童文学客观上从来就不是

---

[1] 梅子涵:《相信童话》,少年儿童出版社2008年版,第1页。

一种'纯粹'的文学形态,它始终处于历时与共时的文化'互文性'中。儿童文学作为'文学',一切视角自然都应以'儿童审美'为其出发点与归宿。但在这当中,还可以借鉴相关学科,比如叙事学、儿童接受美学、儿童心理学、儿童教育学等的视野、方法,并将其整合到具体的文化语境中综合分析,从而使研究对象在不同层面、不同高度被'照亮',以其为中介,最终实现一种新型而深刻的审美阐释。"就中国儿童文学史的写作而言,作者也认为:"'任何一种研究(解释)都只能部分地接近文学史本体(包括作家作品本体)而不能全面地把握与穷尽文学史本体,一切科学的文学史研究只具有包含着若干绝对成分的相对价值。文学史研究本身就是一个不断地接近文学史的本体,又永远没有终结的运动过程'——这是'重写'文学史的必要性与意义之所在,同时它也宣告了每一次'重写'都不会是一种话语'终结'。"①

2008年3月,谭旭东在《石家庄学院学报》上刊发《论儿童文学理论批评本体建构的乏力及学科建设维度》。作者认为:"中国儿童文学理论批评还处于观念的故步自封与方法的裹足不前的状态,理论批评家面对新的文化场域,面对电子媒介和大众文化对童年生态的冲击,显示了在理论批评本体建构方面非常乏力的窘相:一是陷入本质主义的迷途,二是诗学苍白,三是为'伪命题'所纠缠。要解决本体建构问题,需要加强儿童文学学科建设,使儿童文学理论批评走向开放的视野。"②

2008年5月,方卫平在《浙江师范大学学报(社会科学版)》上刊发《论一个可能的儿童文学学派》。方卫平在本文中介绍了浙江师范大学的儿童文学研究发展脉络及其成就,他将其学术特点总结为几个方面:"其

---

① 杜传坤:《考察与构想:中国儿童文学史的研究与写作》,《山东社会科学》2008年第3期。
② 谭旭东:《论儿童文学理论批评本体建构的乏力及学科建设维度》,《石家庄学院学报》2008年第2期。

一,注重学术研究的基础性"、"其二,注重理论研究的系统性"、"其三,注重儿童文学研究的当代性"。但他还是指出:"从'学派'一词严格意义上来看,就其现实性而言,浙江师范大学儿童文学学者群还不构成一个真正意义上的学派";"首先,这个群体是相对松散的";"其次,研究对象、学术个性、理论成果之间的交叉和区别,还只是表面上的松散,更为重要的是,浙江师大儿童文学学者群并没有像一个学派所要求的那样,具有共同信仰和遵守的学术立场、研究方法、理论观点,或者说,作为一个学术共同体,他们还没有自觉地设计出并形成自己的研究范式和解释体系"。而从学派培育的角度看,方卫平认为应该把握和处理好两组关系和矛盾:"一是理论上的借鉴与创新之间的关系";"二是学术团队中个体与群体之间的关系"。①

2008年6月,方卫平在《浙江社会科学》上刊发《媒介中的课艺:一个变革时代的文化现象及其历史解读——以早期〈学生杂志〉(1914—1918)为例》。在方卫平看来,"作为学术研究对象,学生的练习本在中国的学术研究体制中一直没有得到过系统的保存、关注和研究"。由此,他认为从学生练习本研究的角度看,有三种文化动态所构成的历史背景值得关注和思考:"首先,晚清学术文化进入了一个'旧学派权威既坠,新学派系统未成,无定于一尊之弊,故自由之研究精神特盛'(梁启超语)的时期";"其次,在晚清的各项社会改革中,教育改革是其中颇具成效的一项改革";"最后,近现代传播媒介的兴起和发展,尤其是近现代学生杂志的大量创办和出现,不仅为当时的教育改革实践提供了具体的传播媒介和展示舞台,同时也在有意无意之间,为当时学生练习的呈现和保留,提供了一个

---

① 方卫平:《论一个可能的儿童文学学派》,《浙江师范大学学报(社会科学版)》2008年第3期。

独特的媒介空间和传播场所"。①

2008年6月，谈凤霞在《江淮论坛》上刊发《朝向母亲镜像的认同危机——当代女性作家童年叙事中的母女关系论》。作者指出："上世纪八十年代末以来的女性童年成长叙事中，对母亲形象和母女关系的表现呈示出与之前迥异的风貌。这种文学书写相较非关童年的其他叙事中的母亲形象塑造，有着更为特殊和深广的文化意蕴。关于成长中的女儿对母亲这一'镜像'的审视、背弃与另寻的叙述，其实质是一种关及自我认同的文化叙事，揭示了主体（不仅是个人，也可延及文化）建构过程中隐藏的困境及其突围的可能，具有重要的现实启示意义。"对于上世纪女性作家在童年成长叙事中对母女关系的书写所蕴含的文化含义，她的观点是："一方面，个人童年成长的历程映射着一个民族/社会成长的寓言，文学形象的塑造与变迁常常参与着文化想象积淀、变迁的过程；另一方面，它也折射着更为宽泛的'人'的话语的意旨，即关于主体的建构问题。"②

2008年6月，《中国儿童文学》新一期出刊。本期刊发了三三、李东华、薛涛、胡继风、汤汤、范锡林、金波、王宜振、何静、徐鲁、李亚、高巧林、王巨成、肖邦祥、李慧、张秋生、曹路燕、郭蔚瑜、方素珍、秦文君、梅子涵、沈石溪、刘绪源、朱效文、彭懿、谭旭东、何丰、樊发稼、任溶溶、宇岚、李西西、杨实诚、金建华的相关文章。

谭旭东的《儿童文学格局新变与艺术位移》从儿童文学创作的角度谈论了两个问题："一个是关于儿童文学格局的变化；一个是关于儿童文学的艺术定位。"在儿童文学新格局部分他讲了三个方面："（一）艺术的代

---

① 方卫平：《媒介中的课艺：一个变革时代的文化现象及其历史解读——以早期〈学生杂志〉（1914—1918）为例》，《浙江社会科学》2008年第6期。
② 谈凤霞：《朝向母亲镜像的认同危机——当代女性作家童年叙事中的母女关系论》，《江淮论坛》2008年第3期。

际分化。(二)创作的地理性重组。(三)儿童文学权威的弱化"①。

何丰的《有所变有所不变》谈到面对市场冲击儿童文学的新变化,"儿童文学的核心价值是不以市场取向为转移的,当多变的市场将儿童文学写作引导到非文学的道路上去的时候,那些没有文学价值的作品就不是文学,不是儿童文学了。但这并不妨碍它们的存在,它们可以是游戏,可以是玩具,依然可以拥有它们自己的文化价值。只有在它们依然坚称自己仍是文学,甚至坚称只有像它们那样才是真正的文学时,争议才会产生"②。

2008年6月,胡丽娜在《中国出版》上刊发《丛书出版与新时期儿童文学格局构建——兼谈当下儿童文学丛书出版之忧思》。作者指出了当前的丛书出版状况:"首先,丛书出版选题的创意性和品牌意识尚待加强。新时期以来出版的众多丛书在选题上存在重复、接近等现象,跟风严重,为了追求市场效应一哄而上的现象屡见不鲜。如随着'哈利·波特'在全球的风靡,国内的出版社蜂拥而至,大量引进了魔幻系列丛书,但却良莠不齐;同时国内的青春文学中也开始出现魔幻色彩,一时间恐怖、魔幻、青春相互交织渗透,成为出版的卖点、创作的风潮、儿童阅读的热点,但是深究现象背后却显示出诸多问题,并对儿童文学的发展造成一定程度的负面影响。其次,丛书选题的可持续开发性不强,很多很好的策划选题没有深入挖掘。许多丛书选题都是一次性生产,持续开发并形成成熟品牌的选题不多。从成功的案例来看,选题挖掘开发培育需要一段时间,就目前较为成熟的丛书品牌如'中国幽默儿童文学创作丛书'、'大幻想系列'都经过了近十年甚至更长时间的培育,这就要求出版者在确立丛书选题的时候要有一种持续发展的眼光,要有一种长远出版战略的考虑,把丛书出

---

① 谭旭东:《儿童文学格局新变与艺术位移》,《中国儿童文学》2008年第2期。
② 何丰:《有所变有所不变》,《中国儿童文学》2008年第2期。

版的选择和儿童文学现状、出版社的定位、品牌、市场等充分结合,创造经济效益和社会效益的最佳结合点。最后,儿童文学丛书出版的整体格局存在明显的失衡。就丛书出版年龄层次分布来说,目前开发较多的是青春段和幼儿段,适合小学年龄段的出版物数量上相对较少;同时,针对少数民族和农村儿童的出版明显不足,理论研究丛书出版在纷繁复杂的创作出版面前显得滞后和微弱。当然,还有诸如丛书定价偏高、内容上存在暴力等不健康因素等现象都是丛书出版中存在的问题。"①

2008年7月,吴岩主编的《科幻文学理论和学科体系建设》一书由重庆出版社发行。本书属"科幻文学理论和学科体系建设丛书"之一,同时该丛书也属国家社会科学学术基金重大研究项目。在"总序"中,吴岩认为,"科幻文学是科学和未来双重入侵现实的叙事性文学作品",这种作品发源于"人类'认识自然'和'改造自然'的活动速度显著提高,开始对质朴自然的生活产生影响的时刻"。在内容上,"它所包含的'启蒙'、'理性'、'进步'和'科学'等宏大主题,将其牢牢地镌刻在现代性大厦的相应位置";而从手法上,他认为科幻作品"所采纳的各种前卫性美学尝试,对古典小说核心特征所进行的种种反抗,又使它不容怀疑地处于各个时代新旧美学更替的'刀锋边缘'"。不仅如此,作者还论述了科幻文学的发展的本土特色:"早在20世纪初,中国最早的科幻翻译和创作就已经展开",而"新中国建国之后,科幻文学几度繁荣,几度衰落,甚至常常被政治运动所殃及","即使在政治环境良好的时期,社会舆论和学术视野中的科幻文学也呈现出永恒的边缘化趋势"。②诚如编者所说:"本丛书的编辑宗旨不是面面俱到,而像丛书名字中所陈述的,是期望在新思维方面给科幻文学

---

① 胡丽娜:《丛书出版与新时期儿童文学格局构建——兼谈当下儿童文学丛书出版之忧思》,《中国出版》2008年第6期。
② 吴岩:《科幻文学理论和学科体系建设》,重庆出版社2008年版,第1—2页。

研究领域一些启迪"①,"本书的特点是兼容并蓄,不强调编者的观点","这样的编纂方式,有利于打消读者预设的种种偏见,便于获得比较广泛的、来自不同方面的信息"。②

2008年8月,徐丹的《倾空的器皿——成年仪式与欧美文学中的成长主题》由上海三联书店出版。"成长"是本书的一个关键词,作者认为:"成长是由个体种质和文化机制共同决定的,现代社会和原始社会所处的文明阶段和文化条件不同,其成长面貌也必然不同。当仪式在现代社会渐趋衰微,没有明确的成年仪式作为一种稳固的文化体系去限定成长时,个体成长便越益纷繁,带有一定的多元化和复调倾向"③、"尽管现代文明中不存在原始成年仪式,它依然以破碎或变形的形式进入青春期。而有关青春期成长的小说也相应地呈现了成年仪式,体现在小说的意象、主题和结构等方面"。因而,"成年仪式的原型意义使它与民间童话和小说的连接具备了理论上的可能性"④。

2008年8月,谈凤霞在《南京社会科学》上刊发《启蒙思想与中国现代儿童文学之发生》。作者认为:"中国现代儿童文学的诞生主要得益于人学思想的变革和美育理念的导引(对外来儿童文学的吸收乃是源于上述两种本土的启蒙思想)。从清末民初到'五四'时期,随着对'人/儿童'、'美/文学'的不断探索和重新定位,对儿童文学的两大要素即儿童性和艺术性逐步取得了明确的认识并高度尊重,使得中国现代儿童文学终于从封建时代的彻底蒙昧境遇和清末民初的半明半昧状态中冲决而出,审美

---

① 吴岩:《科幻文学理论和学科体系建设》,重庆出版社2008年版,第2页。
② 吴岩:《科幻文学理论和学科体系建设》,重庆出版社2008年版,第426页。
③ 徐丹:《倾空的器皿——成年仪式与欧美文学中的成长主题》,上海三联书店2008年版,第4页。
④ 徐丹:《倾空的器皿——成年仪式与欧美文学中的成长主题》,上海三联书店2008年版,第5页。

的旗帜在新立的山头上迎风(时代风潮)飘扬,这面旗帜召唤着幼小之人走向儿童文学营造的真、善、美以及'乐'的人生境界。从长远看,针对'人之初'的儿童文学乃是以其自身的'绵薄之力'承担起了关于未来民族、国家和人类的启蒙重任。"①

2008年9月,《中国儿童文学》新一期出刊。本期刊发了高洪波、金波、黄亚洲、王宜振、谭旭东、商泽军、蒲华清、舒辉波、周晓波、王德宝、汤汤、邱易东、萧袤、吕金华、两色风景、米吉卡、谢华、朱效文、云想、吕丽娜、魏捷、张之路、秦文君、冰波、周锐、汤素兰、王一梅、王泉根、刘绪源、吴其南、萧萍、薛涛、侯颖、齐童巍的相关文章。

齐童巍的《儿童文学中的儿童视角及其陌生感》探讨了儿童视角在儿童文学作品中的特殊性,"儿童视角里的儿童,由许多作家笔下鲜活的人物形象所组成,在年龄上人物总是处在进入成人社会和进入青年阶段之前的阶段;儿童视角的内容既体现了儿童阶段本身的特质,也体现了儿童走向成人的进程;儿童视角既包含了儿童形象个体的差异,又包含了有关童年的普适性看法,当然这种普适性带有时代性和社会性的差异。这是在文学中界定儿童视角值得注意的几个方面"②。

2008年9月,方卫平在《昆明学院学报》上刊发《在体制的边缘生长——论世纪之交的中国儿童文学理论批评》一文。作者的基本观点是:"20世纪90年代以来的儿童文学学术建设在视野、话题、方法、知识生产、学科推进等方面,都有了不同程度的提升。但就批评和要求而言,一方面是儿童文学研究的理论话题不断更新和丰富,另一方面在对当代儿童文学进程诸方面的感应程度、阐释能力和知识建构水平上还处于较为初级的阶段。同时,我们在引进当代学术话语拓展儿童文学研究方面表

---

① 谈凤霞:《启蒙思想与中国现代儿童文学之发生》,《南京社会科学》2008年第8期。
② 齐童巍:《儿童文学中的儿童视角及其陌生感》,《中国儿童文学》2008年第3期。

现出了相当的热情和进步,但在借用相关理论资源的时候,还仍会有勉强的尴尬情形。如何继续发现和提出真正切近儿童文学研究对象、属于儿童文学学科自身具有原创性和独特性的理论命题,仍旧是当代儿童文学研究面临的理论任务之一。"①

2008年9月,王泉根在《当代文坛》上刊发《新世纪中国儿童文学创作症候分析》一文。作者指出:"新世纪中国儿童文学原创生产呈现出多方面新的症候:童年文学创作异军突起,彻底改变了儿童文学'两头大,中间小'的格局;幻想文学挑战现实主义一元独尊的局面,但同时存在诸多困惑;精品化与类型化、现实性与幻想性多元共生的创作新格局正在形成;第五代作家的崛起,预示着新世纪儿童文学繁荣的可能。"②

2008年9月,谭旭东在《现代传播(中国传媒大学学报)》刊发《语境、文化实践与问题缘起——电子媒介对童年及儿童文学的影响之研究》。作者指出:"我国当代文学批评界和文化研究专家对电子媒介对儿童和儿童文学的影响也缺乏研究。儿童文学学者也基本上没有意识到电子媒介的影响,在考察现代儿童观和儿童文学观的生成关系时往往把现代儿童观当作现代儿童文学观生成的绝对性的条件,而忽视了现代媒介和其他社会因素的作用。一个最简单的事实是,五四时期现代儿童文学的诞生与现代儿童报刊杂志的产生有着密切关联。应该说,电子媒介(包括网络)对于近年来儿童文学创作产生了不可忽视的影响。可惜儿童文学界却很少有人意识到这一点。有几篇涉及到电视、网络与儿童文学的论文,甚至有人明确以'电子传媒与儿童文学'为题发表了论文,可惜只是停留在现象描述上,没有真正对媒介文化和网络文化进行深刻的思考,也就是

---

① 方卫平:《在体制的边缘生长——论世纪之交的中国儿童文学理论批评》,《昆明学院学报》2008年第3期。
② 王泉根:《新世纪中国儿童文学创作症候分析》,《当代文坛》2008年第5期。

说,还没有从媒介哲学角度切入儿童文学现象研究。需要指出的是,虽然儿童文学界对媒介与儿童文学的内在或外在关联的思考并不多见,至少上述当代文学批评界和文化研究界关于媒介、媒介文化研究的观点对媒介与儿童文学这一课题的研究具有启发意义。"①

2008年9月,侯颖在《吉林省教育学院学报》上刊发《缪斯的诞生——中国儿童教育催生儿童文学》。作者认为:"中国现代儿童文学的诞生无论是理论还是创作,无论是作家还是理论家,都是文学与教育的拓荒者在担此重任,促使了中国儿童文学在以后近百年的发展过程中,一方面依托教育得以萌芽、成长、壮大,蜕变为一门比较成熟的独立学科,成为中国现当代文学和中小学语文教育甚至是幼儿教育不可或缺的组成部分,另一方面,脐带的教育血液又使中国儿童文学总是依赖教育,自身的文学品质发展不足,不能以纯粹的文学姿态出现在渴望文学的儿童面前。两者之间的矛盾关系对中国儿童教育和儿童文学的利弊得失,一直是说不完的理论课题和现实困惑。"②

2008年11月,陈恩黎在《浙江师范大学学报(社会科学版)》上刊发《2007年度中国儿童文学研究的双重迷局》。对于2007年儿童文学研究的总体状况,作者在文章开头就指出:"相比社会潮流的汹涌澎湃,2007年的中国儿童文学研究界可谓波澜不惊,尽显其作为边缘学科的一贯风格。"对于这种风格的形成,作者认为其原因来源于"儿童文学从其获得合法地位的那一刻起就被戴上了神圣的金箍——必须要有利于儿童的成长"。对于具体的特征,陈恩黎认为呈现出"某种与其母体文学的自由本性相疏离的异质感":"首先,它要经受来自道德、伦理、意识形态等多种精

---

① 谭旭东:《语境、文化实践与问题缘起——电子媒介对童年及儿童文学的影响之研究》,《现代传播(中国传媒大学学报)》2008年第5期。
② 侯颖:《缪斯的诞生——中国儿童教育催生儿童文学》,《吉林省教育学院学报》2008年第9期。

神维度的拷问与检验,并向这些审判官证明自身具有安全、清洁、道德、优雅、光明等多种优良品质";"其次,它还要通过字、词、句篇等一系列的技术测定,从而保证其外部表现与内在肌理能够吸引并适合那个智力尚未成熟的群体"。正因为如此,儿童文学才会"经过对社会文化各种现象的层层过滤、删除与延宕,儿童文学在成功地建构起一座足够美丽、安全的岛屿的同时,也不可避免地走向了边缘化的宿命。这一宿命构成了对儿童文学研究者的严峻挑战"①。

2008年12月,美国的杰克·齐普斯的《作为神话的童话/作为童话的神话》一书由少年儿童出版社出版,由赵霞翻译。本书属"浙江师范大学儿童文化研究院红楼书系(第二辑)"之一,由方卫平担任主编。方卫平认为本书所展示的,"已经远不仅仅是对于相关学科理论知识的一般借用,而是站在学术的高度,就相关理论进行批判性的检视和反思,继而做出具有创造性的运用与整合"②。对于童话、神话概念的区别,齐普斯指出"童话即神话"的观点:"古典童话经历了一个神话化(a process of mythicization)的过程。我们社会的任何一则童话,假如它想成为自然的和永恒的,就得变成神话。只有革新性的童话是反神话的,它抵抗神话化,并对童话成为神话这一现象做出评判"③,"当代神话作为一种信息的传递,作为一类有声的或视觉的言语,乃衍生于一个符号系统,这个系统经历了并且还在继续经历着一种历史-政治性的发展。矛盾的是,这类神话本身却努力否认这一历史的和系统的发展过程。它取来已经具有某种

---

① 陈恩黎:《2007年度中国儿童文学研究的双重迷局》,《浙江师范大学学报(社会科学版)》2008年第6期。
② 方卫平:"总序",[美]杰克·齐普斯:《作为神话的童话/作为童话的神话》,赵霞译,少年儿童出版社2008年版,第7页。
③ [美]杰克·齐普斯:《作为神话的童话/作为童话的神话》,赵霞译,少年儿童出版社2008年版,第5页。

意义的材料，寄生于其上并对它进行改造，使之适用于在某一意识形态模式下的交流，又使这种交流显得仿佛与意识形态无关"①。虽然难以找到童话的源头是什么，但作为一种文体，其演变过程在作者看来被文明进程（civilizing process）中的传统、价值、性别等方面因素设定界限，他指出："这些界限以及各个故事又是怎样被冻结或者被标准化，仅在对于它们的复制（duplication）和修订（revision）过程中才有可能遭到颠覆。"②对于一则童话的复制，作者总结道："对一则童话的复制就是对它所传递的信息和形象的复制，就是制造出它的一个相似物，复制一则古典童话就是复制一系列观念和形象模式，这些模式强化着传统的认识、信仰和行为方式。"③而对于"修订"这个概念，作者认为，"创作修订童话的目的在于创造某种包含着创作者自身的批判和创新意识的、也是与读者的需求和爱好变化相适应的新事物……不了解童话被修订和复制的方式，就不可能把握童话的历史以及童话与神话之间的关系"④。对于今天所讲的童话故事，作者认为，"只是口头故事传统中的一类，即Zaubermärchen，或称魔法故事，这类故事又有许多分支"⑤，而当"文学童话在17世纪末、18世纪初的法国被'体制化'时，口头传统并未消失，也没有被吞并入这一新的文类，而是继续为作家提供着素材，同时也受到文学传统的影响"。到了

---

① ［美］杰克·齐普斯：《作为神话的童话/作为童话的神话》，赵霞译，少年儿童出版社2008年版，第6页。
② ［美］杰克·齐普斯：《作为神话的童话/作为童话的神话》，赵霞译，少年儿童出版社2008年版，第8页。
③ ［美］杰克·齐普斯：《作为神话的童话/作为童话的神话》，赵霞译，少年儿童出版社2008年版，第9页。
④ ［美］杰克·齐普斯：《作为神话的童话/作为童话的神话》，赵霞译，少年儿童出版社2008年版，第10页。
⑤ ［美］杰克·齐普斯：《作为神话的童话/作为童话的神话》，赵霞译，少年儿童出版社2008年版，第11页。

19世纪之初,作者又特别指出文学童话被体制化是在"格林兄弟开始借助本国的民间故事来弘扬德国文化时"[①]。对于19世纪末的文学童话,对于其主要的规则和标准,作者的观点是:"首先应当就口头传统向文学传统的这一具有'破坏性'的转变做些一般性的说明,而不是仅仅把对于魔法民间故事的这种挪用看作是一个辩证的过程";"与口头传统不同,文学童话是被写下来供私人阅读的,尽管在某些情况下,它们也被用于客厅朗诵,但其书本形式却使读者有机会从其周围的社交圈中抽身出来,而只与故事相伴"[②];"文学童话倾向于排除民众中没有识读能力的大多数,而民间故事则是对所有人开放的"[③]。与此同时,作者又指出在作为体制的文学童话中,想象力并不是完全被驯化,与此相反的是,在19世纪末,童话文类承担着各种不同的功用,"从总体上看,它成为了一种多声部的话语网络,在这一网络中,作家们使用熟悉的母题、旨意、主角和情节来象征性地评论其各自国家的文明和社会化进程"[④]。

2008年12月,《中国儿童文学》新一期出刊。本期刊发了谢倩霓、刘秀娟、格日勒其木格·黑鹤、李学斌、葛冰、梁慧玲、流火、金波、高凯、漪然、翌平、范锡林、顾鹰、束沛德、樊发稼、任溶溶、徐鲁、唐池子、张秋生、童喜喜、汤汤、朱效文、刘绪源、赵霞、唐兵、王珏、肖显志、周锐的相关文章。

其中,肖显志在《呼唤·渗透·启迪——儿童文学走向生态文学的尝试与实践》一文中提出,"在生态儿童文学创作时,应认真考虑'生态整体

---

① [美]杰克·齐普斯:《作为神话的童话/作为童话的神话》,赵霞译,少年儿童出版社2008年版,第12页。
② [美]杰克·齐普斯:《作为神话的童话/作为童话的神话》,赵霞译,少年儿童出版社2008年版,第13页。
③ [美]杰克·齐普斯:《作为神话的童话/作为童话的神话》,赵霞译,少年儿童出版社2008年版,第14页。
④ [美]杰克·齐普斯:《作为神话的童话/作为童话的神话》,赵霞译,少年儿童出版社2008年版,第15页。

主义'的价值取向问题。所谓'生态整体主义',是针对'人类中心主义'而言的,它要求人类这个地球上的理性动物必须跳出狭隘的'人类中心主义'而进行自我约束,担当建构和维护生态家园的重任"①。

2008年12月,加拿大的佩里·诺德曼和梅维丝·雷默的《儿童文学的乐趣(第三版)》由上海少年儿童出版社出版,本书由陈中美翻译。本书第一、二版分别出版于1992和1996年,纳入本次译丛的系诺德曼与同事梅维丝·雷默合作修订的第三版。与前两个版本相比,第三版在内容上有了更大的扩充,结构体例上也有了新的改进,除了将儿童文学各种文体更为全面地纳入其中外,关于西方文学理论资源的借鉴部分也显得更为独立和系统,同时,20世纪末和21世纪初以来儿童文学领域出现的一些学术话题也得到了新的探讨。该书已经成为目前北美地区高校儿童文学专业的主要教材。② 本书主要是为教育系、英语系和图书管理学系的本科生和研究生的课程而写作。在本书的"总序:西方学术资源与当代中国儿童理论建设"中,方卫平对本书的内容与特色作了精要的评价:"《儿童文学的乐趣》是一部论题组合新颖、开放,论述方式严谨而又不失个性的概论性著作。该书涉及对儿童文学概念和范畴的理解、儿童文学教学活动、儿童文学阅读与接受、童年概念、儿童文学与市场、儿童文学与意识形态、儿童文学基本文类及其特征等内容,并提供了将各种当代文学理论应用于儿童文学研究的示例与可能。"③对于佩里·诺德曼的学术思想,方卫平也指出:"他在书中所提出的对于儿童文学文类特征的再认识,对于

---

① 肖显志:《呼唤·渗透·启迪——儿童文学走向生态文学的尝试与实践》,《中国儿童文学》2008年第4期。
② 方卫平:"总序",[加拿大]佩里·诺德曼、梅维丝·雷默:《儿童文学的乐趣(第三版)》,陈中美译,上海少年儿童出版社2008年版,第4页。
③ 方卫平:"总序",[加拿大]佩里·诺德曼、梅维丝·雷默:《儿童文学的乐趣(第三版)》,陈中美译,上海少年儿童出版社2008年版,第3页。

'儿童文学的乐趣'及其实现途径的思考,以及对于如何将当代文学批评的理论资源运用于儿童文学批评的尝试,对当代英语儿童文学教学和批评产生了广泛的影响。"①在本书中,作者对儿童文学也提出过两个信念:"第一个信念,不管大人还是孩子,对儿童文学的体验和回应都能够是,并且也应该是,一项极具乐趣的经验。第二个信念,儿童文学所提供给大人和孩子的乐趣大多来自对话,即与别人一起谈论、思考甚至是争辩。在表述这些信念的时候,我们描述了文学,尤其是儿童文学,所带来的种种乐趣,从徜徉于虚构世界的基本乐趣,到通过各类阐释性策略和语境(context)所获得的深层思考和理解的满足,这些乐趣是所有年龄阶段的读者都能体会得到的。"②

2008年12月,伍美珍、谭旭东在《江淮论坛》上刊发《改革开放三十年的儿童文学之路》。作者的基本观点是:"改革开放这三十年,儿童文学取得了非凡的成就,第一是为中国儿童文学的发展提供了一支坚强有力的队伍,使儿童文学真正成为新时期文学的重要一翼。第二是儿童文学逐渐摆脱了对成年人文学的依附与追随,而走上了艺术独立之路。就是儿童文学的主体性发生了根本性的位移和转变。第三是从80年代作家的启蒙主义立场,到90年代的个性化艺术,到新世纪读者为中心的写作取向,儿童文学的内在性品质经受到了多重考验。"③

---

① 方卫平:"总序",[加拿大]佩里·诺德曼、梅维丝·雷默:《儿童文学的乐趣(第三版)》,陈中美译,上海少年儿童出版社2008年版,第3页。
② [加拿大]佩里·诺德曼、梅维丝·雷默:《儿童文学的乐趣(第三版)》,陈中美译,上海少年儿童出版社2008年版,第1页。
③ 伍美珍、谭旭东:《改革开放三十年的儿童文学之路》,《江淮论坛》2008年第6期。

2009年

2009年1月,王泉根在《中国图书评论》上刊发《童年文学的难度与杨红樱的意义》一文。作者在文中指出:"杨红樱是中国儿童文学三个层次(少年文学/童年文学/幼年文学)中童年文学创作的杰出代表。坚守'儿童本位'的写作立场,选择'儿童视角'的叙事方式,倾注'儿童情结'的诗性关怀,践行'儿童话语'的审美追求,向往'儿童教育'的理想形态,使杨红樱的作品水乳大地般地浸透到孩子们的心田,她所创造的'马小跳'与'笑猫'已成为新世纪中国儿童文学的品牌。一个儿童文学作家,难道还有比受孩子们衷心欢迎和喜爱更为荣耀、幸福的事吗?现代中国儿童文学的历史,由于杨红樱的出现,已被重新改写。杨红樱的创作证明:真正儿童本位的儿童文学不但是属于中国儿童的,也是属于世界儿童的。"[1]

2009年2月,谈凤霞在《常州工学院学报(社科版)》上刊发《中国现代儿童文学发生期的美学走向》一文。作者指出:"中国儿童文学在清末民初和'五四'时期经历了两次美学转型而趋向现代,其美学走向大致表现为审美意向的儿童化、审美理想的和谐化、审美范式的现代化。然而这种'现代'范式并不彻底,存在着不可忽略的与之相左的因素。"在作者看来,"20世纪初期中国儿童文学经历的两次审美转型分别担负着不同性质、不同程度的破旧与立新的重要使命。'五四'儿童文学的审美范式相较清末民初有了质的跃进,范式的义项之一是表示整套信仰、价值和技术

---

[1] 王泉根:《童年文学的难度与杨红樱的意义》,《中国图书评论》2009年第1期。

的语义,区分清末民初与'五四'这两个转型期儿童文学的审美范式,其关键就在于二者对'儿童'和'文学'的信仰、价值也包括技术均发生了质变"。对于这次"现代转型",作者认为主要表现在:"第一,审美视角已由成人立场多于儿童立场转向儿童立场多于成人立场,儿童性的表现愈益丰富;第二,在儿童文学的功能认识上已由政治认同转向文学本体认同,由较多的功利性转向较多的艺术审美性传达。"①

2009年3月,刘绪源在《博览群书》上刊发《"杨红樱现象"的回顾与思考》。杨红樱现象已经成为中国童书界与出版界的一个专有名词了,在刘绪源看来,"杨红樱作品在商业上的成功,拉动了中国童书的出版和销售,这是一件大事,销售商和出版商感谢她,更是无可非议。然而,因为她商业上的成功,就一定要'反思童书评价体系',要承认她的作品是'优秀的儿童文学',要文学批评界改变'评价标准',这就有些荒唐了",刘绪源认为,"商业上的成功,与作品文学性强不强,本来就是两回事。文学性要通过艺术分析来把握,商业成功要通过市场来把握。想通过市场来把握文学性,是不可能的"。②

2009年3月,杜传坤在《学前教育研究》上刊发《建构的"儿童"——试论教育对儿童年龄特征的建构》一文。作者指出:"'教育要适应儿童的年龄特征'是近现代教育中的一个'常识'。分析其理论前提与逻辑假设,可知这是一种本质论的观点。对儿童观进行历史考察,可以发现'儿童'及其年龄特征都不是纯生物学意义的,而是被象征性地置于生物学隐喻中的一种社会文化建构,教育在实然和应然两方面皆非仅仅是在适应儿童的年龄特征,它同时也在建构儿童的年龄特征,并借助心理科学的研究

---

① 谈凤霞:《中国现代儿童文学发生期的美学走向》,《常州工学院学报(社科版)》2009年第1期。
② 刘绪源:《"杨红樱现象"的回顾与思考》,《博览群书》2009年第3期。

成果将其本质化。"①

2009年3月，钱淑英在《江西社会科学》上刊发《理解魔幻：儿童文学语境中的描述》。在作者看来，"魔幻在儿童文学中的存在源远流长，它既是一种归于传统的言说方式，也是一种面向现代的艺术精神。结合当下的魔幻文化热潮，以魔幻与儿童文学内在关系的探讨作为切入点，对'魔幻'概念展开理论阐释，十分有必要"。对于"魔幻"这一语词的内涵，作者指出："'魔幻'首先是一种思维方式，它主要根植于西方的文化传统，依赖于魔法信仰而发生。'魔幻'所对应的英文词汇是 magic，通常含有'魔法'、'巫术'、'魔力'、'魅力'等意思"，"在拥有魔法传统的西方人眼中，'魔法既不好，也不坏，全在于怎么看待它，怎么使用它而已'。与此相反，中国人对于魔法的理解具有一种明显的好恶判断，常常用'魔'来形容很多邪恶的人和事"。同时，作者也指出："'魔幻'作为一种艺术表现形态，其意旨是极富张力的。因此，'魔法'一词的表层意义，还不能涵盖本文所要阐述的'魔幻'概念，前者只是构成后者的语义基础。而且，在文学范畴内，由于存在与此相关的多种概念的模糊混淆，所以，只有通过概念间的比较、参照，才能显示儿童文学视阈中'魔幻'的内在含义。"因此，在本文中，作者从"世界观"、"超自然存在"、"关注焦点"三个方面对魔幻的特殊性作了详细的阐述。

2009年4月，《中国儿童文学（理论评论专刊）》（春季号）出版。本期刊发了方卫平、魏钢强、彭学军、孙建江、韩进、马力、王宜振、李利芳、晓宁、郑开慧、倪树根、萧萍、金建华、向美林、吴雯莉的相关文章。

其中，方卫平的《西方学术资源与当代中国儿童文学理论建设》梳理了西方学术文化资源对中国儿童文学理论批评建设的影响和启示，同时

---

① 杜传坤：《建构的"儿童"——试论教育对儿童年龄特征的建构》，《学前教育研究》2009年第3期。

提到"今天,中国当代儿童文学研究知识体系的创新和构建,仍然面临着一个如何继承已有的学术传统和知识积累,以本土儿童文学的创作和传播现实为依据,结合当代儿童文化生活实际不断推进的过程和任务。在这一过程中,如何面对和处理来自西方的儿童文学学术资源,同样是中国当代儿童文学理论界必须面对的任务和挑战"[1]。

2009年6月,方卫平和赵霞在《文艺争鸣》上刊发《论新媒介与当代儿童文学的发展》。在作者看来,新媒介的特征基本可以概括为四个方面:"在技术基础的层面上,新媒介是以现代电子和数字技术为核心的;在信息传输的层面上,新媒介能够实现一种即时性的迅捷传播;在信息呈现的层面上,新媒介具有声像整合的特点;在信息发送-接受的层面上,新媒介在某些方面为其使用者提供了一个具有互动性的交流平台。"而新媒介对于儿童文学的发展的意义,作者认为这主要表现在三个方面:"(一)新媒介为儿童文学提供了新的创作空间";"(二)新媒介为儿童文学提供了新的传播载体";"(三)新媒介加强了儿童参与儿童文学创作与接受的主动性"。并且作者认为:"近十年来较受关注的少年和青少年写作现象,也与新媒介有着十分密切的关联",与此同时,"发表在博客、网页上的那部分代表儿童意愿、情感和想法的文字,尽管不属于儿童文学创作,却能够为儿童文学作家提供真实、鲜活、当下的儿童生活与儿童思想内容"。对于国际的学术界动态,作者认为:"近年来,国内外许多儿童媒介研究者已经开始关注从积极而非消极方面从事儿童与媒介的关系研究",他们认为"对于儿童文学界来说,也有必要首先公允地认识、理解新媒介带来的弊与利,继而探讨如何将新媒介与儿童文学的关系、新媒介与纸质阅读的关

---

[1] 方卫平:《西方学术资源与当代中国儿童文学理论建设》,《中国儿童文学(理论评论专刊)》2009年春季号。

系,尽可能导向一个互惠的良性格局"。①

2009年6月,朱自强在《中国教师》上刊发《儿童文学与儿童观》。作者认为:"在人类思想史上,对儿童概念的发现是人类认识自己的最伟大的进步之一。人类在现代化进程中发现了儿童,而儿童的发现又反过来促进了人类对自身认识的现代化进程。儿童文学的发生,有赖于诸多的社会条件,比如现代学校制度的设立、中产阶级的勃兴、核心家庭的出现,等等,但是最为根本的催生力是来自于成人社会应对儿童的观念。没有思想启蒙运动以来对儿童的渐次'发现',儿童文学这种崭新的、独特的文学样式将不会出现和发展。""儿童观是儿童文学的原点。我们只要考察世界儿童文学的发展史,就会清晰地看到,儿童观总是在制约着儿童文学的发展,决定着儿童文学的方向。整个一部儿童文学史就是在这只无形而有力的手的操纵下发生着演变。"②

2009年7月,《文艺报》刊发陈恩黎的《从"黎锦晖现象"谈中国儿童文学研究》一文。作者结合"黎锦晖现象"与当代儿童文学批评现状提出:"儿童文学预设读者'儿童'并不是统一的、同质性的存在,任何一种儿童文学理论也和其它领域中的理论一样具有其不可克服的局限性。因此,放弃理论的普适性追求成为我们必须完成的思维转向,它将帮助研究者摆脱自我身份缺失的焦虑,并由此获得一种坦然的批评心态。"也正因为如此,"重建中国儿童文学独立批评的合法性,并同时清醒意识到批评的局限性,这也许是今日语境下我们透过历史所能做出的选择"。对于儿童文学理论的演进,作者强调:"中国儿童文学的理论话语多年来是在精英文化的总体框架下演绎的。如果说它在上个世纪二三十年代对黎锦晖儿童歌舞的漠视与否定显示了其时代的某种必然性的话,那么,在21世纪

---

① 方卫平、赵霞:《论新媒介与当代儿童文学的发展》,《文艺争鸣》2009年第6期。
② 朱自强:《儿童文学与儿童观》,《中国教师》2009年第11期。

的今天,这必然性似乎正在逐渐消亡。学界已经意识到20世纪的中国现代化进程不仅仅只是'五四'或'新文化运动',它还同时包括了市民文化或大众文化的出现,而黎氏歌舞无疑属于后者。因此,随着中国新一轮消费文化的兴起,我们有必要重新细细打量黎氏歌舞。"①这个观点对当下依旧具有一定的参考价值。

2009年7月,朱自强在《南方文坛》上刊发《论"分化期"的中国儿童文学及其学科发展》。作者认为:"中国儿童文学的已经露出端倪的分化还在进行,今后一定还会出现新的分化,比如,可能会分化出儿童教育的儿童文学、中国现代文学的儿童文学(儿童文学进入中国现代文学史研究)、网络儿童文学等等。'分化'有助于儿童文学成为具有结构性、辐射性、多元功能性的一个学科,从而使自己不是作为一个孤立的存在,而是成为'社会性'的存在。同时也要意识到,儿童文学的分化是对儿童文学现有学科能力的一种严峻考验。面对分化,既成的儿童文学研究者需要进入新领域、新学科的再学习,甚至可能需要学术上的转型;年轻的学人一方面需要获得儿童文学的整体性学养,一方面要在某一两个领域深扎根须,凝神聚力,成为专才;最为重要的是,儿童文学整体需要打破与其他学科的壁垒,一方面主动融入相关学科,另一方面以开放的姿态,接纳相关学科的研究力量,结成跨学科的'儿童文学共同体',把学科做大做强。"②

2009年7月,朱自强在《昆明学院学报》上刊发《儿童文学的双重读者结构及其对创作的影响》一文。作者的基本观点是:"儿童文学是读者意识最强的文学样式。儿童文学的读者研究是儿童文学研究的重要领域。儿童文学的读者群是一种双重结构,由儿童读者、成人读者构成。儿

---

① 陈恩黎:《从"黎锦晖现象"谈中国儿童文学研究》,《文艺报》2009年7月7日。
② 朱自强:《论"分化期"的中国儿童文学及其学科发展》,《南方文坛》2009年第4期。

童读者有两个基本特征：他们是儿童文学的主体读者；具有年龄阶段性。成人读者包含两种类型：主动的读者和被动的读者。儿童文学的双重读者结构一方面使儿童文学变得更加难以创作，一方面又可以使这一创作获得活力和张力。"①

2009年7月，谈凤霞在《当代作家评论》上刊发《论女性童年身体话语的文化意蕴》。在文章开头，作者便指出一个文学现象："上世纪八十年代以来，随着性话语的解禁，关于性的书写已成为令人瞩目的文学'盛事'。而一批年轻女作家在其极具个性特色的私人写作中，又以前所未有的胆量进一步突破藩篱，对隐秘的身体经验进行探幽发微。"而"童年之性"这一维度的女性私人书写也不例外。作者指出，"之所以选择女性文本来论述童年之性，是因为她们私人化写作有着较为浓郁的自传性色彩，能更贴近地反映出创作主体本身的精神状态；而且，作为'第二性'的女性文本中自我童年的身体话语比之男性文本传达出了更为深广的文化意蕴"。而"女性作家的童年身体话语因其敏感的性别特征而对传统的挑战显得更加突兀和锐利，同时又因其自觉的超性别写作追求而使这种'爆破'呈现出了更宏阔的启示意义"，"上世纪末兴起的个人化甚至私语化的对生命本体成长的低语细诉，让生命源头即童年中'某些隐蔽的、被压抑的、被忽视或者被歪曲的东西'在回忆之光中被照亮呈现，至此，在上世纪初始被发现的童年生命直到上世纪末才使其'灵与肉'得到了更为真实、深入和内在的发掘，使从前'残缺'的人（真实生命被遮蔽）开始走向'完整的人'（从隐秘处敞开）"。②

2009年7月，徐妍在《南方文坛》上刊发《市场化潮流中儿童文学开

---

① 朱自强：《儿童文学的双重读者结构及其对创作的影响》，《昆明学院学报》2009年第4期。

② 谈凤霞：《论女性童年身体话语的文化意蕴》，《当代作家评论》2009年第4期。

放的底线与碑石——论当下儿童文学的批评尺度》。作者指出:"在市场化潮流中,当下儿童文学作品相逢了开放性的机缘,同时也陷入了封闭性的危机",与被边缘化的成人文学相比较,"儿童文学在市场中的读者群、发行量一直呈现出良好的态势,甚至有一种增长的势头。尤其,最近几年,随着中国儿童文学原创力的增强,儿童图书文化市场已经改变了国外引进出版物一统天下的格局,由此拉动了对本土童书的内需"。虽然出版景象繁荣,但作者也指出:"儿童文学界固然可以相信销量就是硬道理的市场化逻辑,但是否可以据此漠视自身存在的问题或困境?如何理解儿童文学在市场化潮流中的开放性?如何理解儿童文学开放性中的文学性、经典性?"基于以上问题,作者归纳道:"当下儿童文学批评的声音固然微弱,但理性的尺度依然不可放弃。那就是应该坚持这样的儿童文学批评观:儿童文学作品可以被看作商品,故事模式可以最大程度地调动读者的看点,语言可以时尚化、娱乐化,但文学创作的底线不能逾越,对经典的敬畏意识不该消解。"①

2009年8月,王黎君的《儿童的发现与中国现代文学》由中国社会科学出版社出版,本书是基于作者的博士论文修改而来。在本书的引言中,作者指出本书的主要写作思路:"儿童的发现对于现代文学的意义可从五个维度来探讨,即儿童观的历史沿革及其文学呈现、儿童视角对文学表现力的延展、儿童形象造成了现代文学形象的多元化、儿童文学的文体与精神对现代文学形式与内蕴的充实以及儿童观念对现代哲思的烛照。在这五种维度当中,儿童的发现是导致儿童视角、儿童形象、儿童文学的文体形式与精神内核以及蕴含童心的成人哲思的历史成因。儿童视角和儿童形象是两种相互对举的文学表达的基石;文体形式与精神内核是儿童文

---

① 徐妍:《市场化潮流中儿童文学开放的底线与碑石——论当下儿童文学的批评尺度》,《南方文坛》2009年第4期。

学向成人文学渗透的实质内容；蕴含童心的成人哲思是儿童发现对现代哲思的丰富和开拓。此四者共同构成了儿童的发现的崭新视野。"①

2009年9月，谈凤霞在《南京师范大学文学院学报》上刊发《论"文革"时期战争题材儿童片的美学成就》。作者指出："'文革'时期'三突出'原则束缚了电影艺术的美学创新。拍摄于'文革'后期的战争题材的儿童片尽管仍免不了在'三突出'的原则里打转，但已开始试图冲破樊篱，在人物形象塑造、叙事方式和创作方法诸方面进行了某种'变通'，为单调的'文革'影苑奉献了几许质朴、清新的声色，表现出对'十七年'同类型电影美学特征的延续和变异，反映出电影创作者在'红色'规训下的无奈及其进行突围的努力。"②

2009年9月，方卫平在《昆明学院学报》上刊发《30年：新生代作家的存在及其意义》一文。作者认为："任何一个时代的文学，都必然是由不同代际作家们的共同参与来写就的。我曾经在《青春的出场》一文中提到过'代际存在是社会生活的一个重要形式'。同样，它也是文学生活的一个重要形式——回顾近30年来儿童文学的发展历程，情况依然如此。每一代人都拥有过自己生命的青春，青春的涌动构成了文学创作和学术传承的内在精神脉络之一。虽然中国儿童文学发展的未来路径还有待几代作家的共同探索和寻觅，但是我相信，作为一代写作者，作为世纪之交的新生代儿童文学作家，这一代人与他们的前辈一样，同样担当着文学先锋的名义和责任。"③

2009年9月，《中国儿童文学（理论评论专刊）》第2期出版。本期刊

---

① 王黎君：“引言”，《儿童的发现与中国现代文学》，中国社会科学出版社2009年版，第3页。
② 谈凤霞：《论"文革"时期战争题材儿童片的美学成就》，《南京师范大学文学院学报》2009年第3期。
③ 方卫平：《30年：新生代作家的存在及其意义》，《昆明学院学报》2009年第5期。

发了樊发稼、刘绪源、梅子涵、萧萍、朱效文、李学斌、晓宁、马力、赵郁秀、蒋风、郭剑敏、简平、徐鲁、方卫平、彭懿、周龙梅、罗翠新的相关文章。

李学斌的《儿童审美与游戏精神》结合游戏精神的产生和关于游戏精神的理论建设的问题提出自己的看法："儿童文学中真正的'游戏精神'代表了儿童文学美学的基本主题、核心元素。它在写作的层面上既是作家对儿童生命需求的审美呼应和引领,也寄寓了作家再造童年的游戏冲动。而在读者层面上,游戏精神则不仅是儿童现实渴望的替代性满足,现实游戏的心理转移,更是童年人格的审美建构和精神自我的实现与超越。从这个意义上说,儿童游戏发生的心理机制是错综复杂的,其情感需求是丰富多样的。因此,游戏精神在儿童文学中,也自然呈现出多元而前瞻的形态、风貌……"同时呼吁创作者"不断了解孩子,理解孩子,走近孩子,做孩子游戏的参与者、见证者;通过对'游戏精神'的描绘和传达,参与孩子心灵的建构与精神的放飞,让游戏精神真正成为伴随孩子成长的灵犀相通的心灵憩园和生命依托"。[1]

2009年11月,王蕾的《安徒生童话与中国现代儿童文学》由华东师范大学出版社出版,本书基于作者的博士论文修改而来。对于"中国现代儿童文学"的概念,作者作了如下界定:"一是从时间上界定,指进入现代时期的中国儿童文学;二是从性质上界定,指现代化的中国儿童文学。"[2]在本书的"绪论"中,作者介绍了该著的主要内容:"在专题研究中首先是探讨安徒生童话与中国现代儿童观的形成"[3];"其次是探讨安徒生童话与中国现代儿童文学理论的构建";"此外,安徒生童话对初创期中国现代儿童文学创作也起到了重要作用,这主要体现在其对中国现代文学的童

---

[1] 李学斌:《儿童审美与游戏精神》,《中国儿童文学》2009年第2期。
[2] 王蕾:《安徒生童话与中国现代儿童文学》,华东师范大学出版社2009年版,第17页。
[3] 王蕾:《安徒生童话与中国现代儿童文学》,华东师范大学出版社2009年版,第19页。

话创作的影响上"。①

2009年11月,杜传坤的《中国现代儿童文学史论》由中国社会科学出版社出版,本书是基于作者的博士论文修改而来。在作者看来,当时存在的不少史著基本是"填补空白之作",基本具有史料价值而缺乏"史识"。而"史识"的处理在作者看来需要有三点要求:"首先,这种儿童文学史观决定了对不同阶段儿童文学特质的认识,由此也决定了对材料——儿童文学现象的取舍"②;同时,"这一儿童文学史观还使'反帝反封建'的'思想进步性'成为唯一的价值标准,文学史呈现为井然有序的'不断进步或进化的历史'图景,并由'思想的进步'推演出文学的艺术性也是不断进步的"③;"再者,既然儿童文学被认为是'反帝反封建'这一国家政治或社会革命发展史的消极效应,文学史分期便无法摆脱政治标准:大多数既有儿童文学史的分期几乎一致"④。她还在"引言"中提出,对文本的阐释与评价方面尤其需要重视,"既往儿童文学史对儿童文学概念的内涵与外延的界定比较模糊"。作者认为,"儿童文学恰恰就是一个集中体现成人-儿童之间权力关系的典型'文本'"⑤,"不同时代和社会的人们对于儿童及其年龄特征的概括常常是不一致的,甚至是截然相反的","儿童文学就是一种基于儿童假设或想象对儿童进行'建构'的文本形式",⑥"'童年'或'儿童'确实是一项历史的发明,不同的时代和社会拥有不一样的儿童和童年"⑦。另外,作者还认为"儿童观与儿童文学之间绝非是 A 决定

---

① 王蕾:《安徒生童话与中国现代儿童文学》,华东师范大学出版社2009年版,第20页。
② 杜传坤:《中国现代儿童文学史论》,中国社会科学出版社2009年版,第3页。
③ 杜传坤:《中国现代儿童文学史论》,中国社会科学出版社2009年版,第4页。
④ 杜传坤:《中国现代儿童文学史论》,中国社会科学出版社2009年版,第6页。
⑤ 杜传坤:《中国现代儿童文学史论》,中国社会科学出版社2009年版,第14页。
⑥ 杜传坤:《中国现代儿童文学史论》,中国社会科学出版社2009年版,第15—16页。
⑦ 杜传坤:《中国现代儿童文学史论》,中国社会科学出版社2009年版,第17页。

B,或由 A 必然推导出 B 的简单的表层逻辑关系。这种推论首先不符合儿童文学史事实"[1],她认为这会带来两种问题:首先,"它可能会简化儿童文学史"[2];其次,"它还可能导致一种儿童文学史的逻辑:先寻找并确定某一时期的所谓儿童文学观,然后由此推演此期的儿童文学特点,并排列成史"[3]。

2009 年 12 月,由方卫平、刘宣文主编的《2008 中国儿童文化研究年度报告》由浙江少年儿童出版社出版。方卫平在前言中阐述了当时儿童文化研究的状况:"当代儿童及其文化生存、发展环境都已发生了巨大的变化;当代国际儿童与儿童文化研究领域出现了许多影响巨大的思想成果。随着诸如尼尔·波兹曼《童年的消逝》、大卫·帕金翰《童年之死》等西方相关著作在中文世界的译介和引进,尤其是进入 21 世纪以来,中国儿童生存和发展的社会文化背景、中国儿童成长所呈现的历史特质和文化容量,对当代儿童文化理论研究者提出了一系列新的课题和挑战;在此背景下,新的一轮儿童文化研究热潮正在中国儿童文化研究领域蓬勃兴起。"[4]同时,他对本书的编辑思路作了如下概括:"第一,关注年度儿童文化研究中的重大理论问题研究;第二,关注与当代儿童生活密切相关的新政策、新思潮、新问题的研究;第三,重视多学科研究成果的整合和整体呈现;第四,力求表达选编者和有关专家、研究者的立场和思考。"[5]

2009 年 12 月,彭懿的《图画书与幻想文学评论集》由接力出版社出版。该书分为"上篇"和"下篇","上篇:图画书"辑录了作者对 19 本经典

---

[1] 杜传坤:《中国现代儿童文学史论》,中国社会科学出版社 2009 年版,第 20 页。
[2] 杜传坤:《中国现代儿童文学史论》,中国社会科学出版社 2009 年版,第 21 页。
[3] 杜传坤:《中国现代儿童文学史论》,中国社会科学出版社 2009 年版,第 22 页。
[4] 方卫平、刘宣文主编:《2008 中国儿童文化研究年度报告》,浙江少年儿童出版社 2009 年版,第 1 页。
[5] 方卫平、刘宣文主编:《2008 中国儿童文化研究年度报告》,浙江少年儿童出版社 2009 年版,第 1—2 页。

图画书的技术解读、文本的解读，其间插进对图画书理论与技巧的深邃识见。"下篇：幻想文学"娓娓诉说了作者对幻想文学的推崇和敬仰。作者撑起时间之舟，引渡读者穿越一连串恒星般经典的幻想文学，启迪读者重新发现深深尘封在心底的想象力。对于《西方现代幻想文学论》一书，作者这样定位："这是中国大陆第一部关于幻想文学的理论著作，我作了如下的尝试：第一，将西方众多的理论及流派糅合到一起，并按照幻想文学的种类诸如妖精文学、幽灵文学……分章一一加以叙述。第二，打破了成人文学与儿童文学的框架，以所谓的'成人——儿童'双逻辑支点来构建整个骨架。第三，因为书中提及的绝大部分书目没有译成中文，为了便于读者理解，提供了较为详尽的内容梗概。第四，我让枯燥乏味的理论弥漫出一种小说或是散文的色彩。"[1]

---

[1] 彭懿：《图画书与幻想文学评论集》，接力出版社2009年版，第315—316页。

2010 年

2010年1月,陈恩黎在《中国现代文学研究丛刊》上刊发《都市文化的早期图像记忆:1935年的三毛漫画——兼谈中国现代儿童文学未完成的探索》。作者结合三毛漫画的研究现状指出:"作为20世纪最为成功的儿童读物,三毛漫画在中国儿童文学的既有文学史谱系中却不曾占有重要的地位,也不曾被研究者深入分析与探讨。"这种现象在作者看来,与中国儿童文学近百年来的审美价值取向有着密切的联系:"无论是周作人倡导的儿童本位论还是文学研究会推动的儿童文学运动,无论是'十七年'文学期间兴盛的教育儿童的文学还是80年代的儿童文学艺术化潮流,它们都共同表现出对市民文化的一种疏离与否定。因此,虽然三毛漫画享有巨大的读者声誉,但它依旧属于一种高度大众化和娱乐化的文化而无法纳入文学史的既定话语体系中。"虽然这种"对市民文化的疏离与否定从其积极意义而言保证了中国儿童文学某种精英文化的血脉",但作者也指出其负面影响:"阻碍了中国儿童文学对现代童年生活的多向度探索与表达"。[①]

2010年1月,陈平原的《中国现代学术之建立——以章太炎、胡适之为中心》(第二版)由北京大学出版社出版发行。对于"回忆录"这种特殊的文体,陈平原作了精妙的概括:"只是除了自述生平,还可以观察世态、描摹人情。蓦然回首,儿时生活最容易成为追忆的目标。学术的'朝花夕

---

① 陈恩黎:《都市文化的早期图像记忆:1935年的三毛漫画——兼谈中国现代儿童文学未完成的探索》,《中国现代文学研究丛刊》2010年第1期。

拾',与其专业著述距离最为遥远;再加上对于'故乡'、'童年'的诗意想象,因而最容易获得审美效果。"这种特殊的文体在他看来,"与廖平专门介绍其经学思想的自述截然相反,齐如山、鲁迅、周作人、赵元任、梁漱溟等之讲述童年故事,充满感情色彩,多细节描写,甚至平添几分小说意味",并且"'童年故事'在作者脑海里呈现时,场面完整,且充满诗情画意,但互相之间缺乏逻辑性,很容易分割成各自独立的篇章"。在论及《朝花夕拾》这部书时,他指出虽然这部小说的"十篇文章构成一个整体,可各篇之间其实只是遥相呼应,并无统一的布局"。而相比与齐如山和周作人,他认为他们的自述"不若鲁迅的专注于童年故事与故乡风物,也不若鲁迅之将其作为'诗的散文'来经营。就文章风韵而言,绝大部分学者自述,实难与《朝花夕拾》比肩"①。

2010年1月,杜传坤在《学前教育研究》上刊发《现代性中的"儿童话语"——从中国现代儿童文学的起源谈起》。该文指出,新时期以来中国儿童文学的"发生论"有四种观念:"晚清"说、"清末民初"说、"五四"说、"古已有之"说。但作者认为:"究其实际,诸观点皆是从现代性的'内部'看儿童文学的起源。作为其理念支撑的'现代性'意识恰恰遮蔽了儿童文学的起源。儿童文学的产生不是先有儿童,才有为了儿童的写作,而是儿童文学本身即为现代性中'儿童'的一种生产与建构方式。儿童是立法者的一种文化想像,是成人世界的一个'他者'。"②

2010年1月,李玮在《南京师大学报(社会科学版)》上刊发《30年代文学语言"口语化"运动与童话文体的发展》。作者指出:"就1930年代思想潮流整体状况而言,是不利于'童话'文体的发展的,但当时的文学语言

---

① 陈平原:《中国现代学术之建立——以章太炎、胡适之为中心》,北京大学出版社2010年版,第374页。
② 杜传坤:《现代性中的"儿童话语"——从中国现代儿童文学的起源谈起》,《学前教育研究》2010年第1期。

'口语化'运动却维持着'童话'的文体独立性,促进了'童话'文体的修辞建设,并影响着'童话'文体'泛化'的发展方向。对1930年代文学语言运动与童话文体的发展关系的揭示,有助于我们更好地理解文学语言变迁对于中国现代文学文体发生发展的决定性作用。"①

2010年1月,《儿童文学选刊》新一期出刊。本期刊发了董恒波、朱效文、赵菱、马昇嘉、麦子、郝天晓、李维明、孙君飞、张晓玲、马进、常新港、羽戈、晏苏、谢华、刘保法、王蓓、王立春、高巧林、谢倩霓、金波、吴稻子的相关文章。本期是《儿童文学选刊》自1999年停刊以来的第一次复刊。本刊《新年致辞》一文中写道:"坚守《儿童文学选刊》的精神,继承《儿童文学选刊》的传统,是新的《儿童文学选刊》对读者的不变承诺。我们将信守文学的立场,竭诚为儿童服务,不断推出足以代表当前儿童文学创作最新成果的精品力作,同时以开放的眼光发现新人,鼓励创新,推动儿童文学创作在新起点上的新繁荣和新发展。"②

2010年1月,王泉根在《理论与创作》上刊发《论儿童文学审美创造中的艺术真实、艺术形象、艺术视角》。作者认为:"文学作品是作家审美意识物态化的产物。儿童文学是'大人写给小孩看的文学',有其自己审美创造的特殊性:就儿童文学创作者而言,他们既需要彰显成人的主体审美意识,又必须自觉地从接受对象那里吸纳儿童的审美意识;就儿童文学的接受者而言,他们既兴致勃勃地咀嚼和体味文本中属于自身的儿童审美意识,又潜移默化地体验和接受文本机智地传达出陌生的成人审美意识。成人审美意识与儿童审美意识是构成儿童文学审美意识系统的基本要素,这两种审美意识的对话沟通、互补调适与交融提升,是儿童文学审

---

① 李玮:《30年代文学语言"口语化"运动与童话文体的发展》,《南京师大学报(社会科学版)》2010年第1期。
② 《儿童文学选刊》2010年第1期。

美创造成功与否的关键所在,也是理解与实现儿童文学审美创造的'阿基米德点'。"①

2010年1月,朱自强在《中国文学研究》上刊发《"儿童的发现":周氏兄弟思想与文学的现代性》。作者指出:"在中国现代文学的发生期,'儿童'的发现是一件具有决定意义的历史事件。周氏兄弟能够超出他人,分别站在理论和创作的前沿,成为五四新文学的领袖,一个重要原因是他们深刻地发现了'儿童'。五四时期的新文学是包括'儿童'的发现和儿童文学的发现在内的。'儿童'是周氏兄弟的思想与文学中的巨大存在。在思想上,对'儿童'的发现是周作人的现代性思想的根基;在艺术上,对'儿童'的发现构成了鲁迅文学深厚的人生哲学的底蕴。"②

2010年2月,彭懿的《走进魔法森林——格林童话研究》一书由外语教学与研究出版社出版。本书主要采用文献学和版本学研究的方法,逐一比照格林童话各个版本,发现其中的差异。彭懿指出:"没有人会怀疑格林童话不是儿童文学",但"发现其中的差异,得出初版《格林童话集》不是儿童文学,第7版《格林童话集》才是儿童文学以及格林童话是在格林兄弟确立了现代儿童观之后的产物的结论;并且本书在儿童文学的语境下,借用现代民间童话的理论,寻找出格林童话的主要特征及叙事规律,构建一个收集、整理及改写民间文学的模型,从而为今后中国儿童文学改写民间文学提供一个可参考、可借鉴的范例"。③

2010年2月,谈凤霞的《历史苦难的边缘性诠释——"文革"背景的童年叙事考察》一文刊发于《南京社会科学》第2期。作者指出:"'文革'

---

① 王泉根:《论儿童文学审美创造中的艺术真实、艺术形象、艺术视角》,《理论与创作》2010年第1期。
② 朱自强:《"儿童的发现":周氏兄弟思想与文学的现代性》,《中国文学研究》2010年第1期。
③ 彭懿:《走进魔法森林——格林童话研究》,外语教学与研究出版社2010年版,第6页。

背景的童年叙事在上世纪80年代中期以后不断涌现,对童年生命的苦难的揭示成为其一大主旨。这类童年叙事着意表现儿童在历史中沦为'非人'的境遇,在普遍人性畛域和政治历史语境之间寻找苦难成因。这种立足于个人童年记忆的生命言说,从边缘性的一个新维度深化了对'文革'历史苦难的挖掘和诠释。"而"这种着眼于童年生命境遇、有着鲜明的伦理向度的'文革'叙事,虽然立足于身份的边缘位置,但实际却能直抵历史中心的深层地带,为反思'文革'造成的历史苦难提供了另类的诠释法则与叙事方式,而童年生命的困境,也为寻绎'六十年代生人'在长大成人之后遭遇的内心惶惑和危机成因提供了重要的线索"①。

2010年4月,刘绪源在《编辑学刊》上刊发《药、可乐还是水果——关于儿童文学出版布局的一点意见》。刘绪源对当时的出版市场现状作了分析:"搞笑的流行书胡编硬凑,快速复制,只注重市场效益,缺乏起码的文学性,亦即没有审美价值,而那些说教型的作品和置教育性于儿童文学性之上的文学主张,同样掩盖或损害了儿童文学的审美价值。"在他看来,"这二者之病,可归之于同一点——审美"。进而他认为至少有三种主张值得注意:"一、强调教育价值的;二、强调市场价值的;三、强调审美价值的。"在他看来,真正具有很高的审美价值的儿童文学佳作,"它是真正的美味,但吃起来必须用力,也就是要'亲口尝一尝',不像药片那样一吞就得,也不像可乐那样喝下去就是"②。

2010年4月,美国的彼得·亨特主编的《理解儿童文学(第二版)》由上海少年儿童出版社出版。本书由郭建玲、周惠玲和代冬梅翻译,本书属"浙江师范大学儿童文化研究院红楼书系(第二辑)"之一,主编为方卫平。

---

① 谈凤霞:《历史苦难的边缘性诠释——"文革"背景的童年叙事考察》,《南京社会科学》2010年第2期。
② 刘绪源:《药、可乐还是水果——关于儿童文学出版布局的一点意见》,《编辑学刊》2010年第2期。

方卫平指出:"《理解儿童文学》一书是编者彼得·亨特从《儿童文学国际指南百科》(International Companion Encyclopedia of Children's Literature)中精心选摘的14篇论文,它们在一定程度上代表了当代西方儿童文学研究的基本面貌。这些论文主要涉及儿童文学传统概念(如儿童文学、童年等)的理解以及新历史主义批评、意识形态批评、语言学与文体学批评、读者反应批评、女性主义批评、互文性批评、精神分析批评、文献学批评、元小说理论等在儿童文学领域的应用等等","这一组从该《儿童文学国际指南百科》第一部分'理论与批评方法'中摘取的学术论文,其作者都是英语儿童文学研究相关领域具有一定代表性的学者,它们从一个多维的研究角度展示了当代儿童文学研究在理论上的拓展可能,也在很大程度上反映了当代西方儿童文学研究的最新进展。它们在运用、借鉴不同批评方法进行儿童文学理论阐发的同时,也显示了这种借鉴和运用所可能具有的理论上的创造性"。[①]

2010年4月,王泉根在《语文建设》上刊发《儿童文学中的类型形象与典型形象》一文。作者认为:"对待儿童文学中的'类型'与'典型'问题,我们必须实事求是,不能抛开不同年龄阶段少年儿童的特点与阅读接受心理,不能用'典型化'的一刀切去苛求为不同年龄段孩子服务的所有作品。儿童文学审美创造艺术实践的一个重要课题应当是:如何在少年文学尤其是在少年小说、成长小说中塑造出富有当代意识的共性与个性高度统一的新的典型形象,而没有必要,更用不着去指责为什么幼年文学、童年文学总是由类型形象唱主角。我们期待着新世纪少年小说、成长小说中能出现更新更多的典型形象,同时也期待着为幼儿园小朋友服务的幼年文学与为小学生服务的童年文学也能涌现出更多的为孩子们由衷

[①] [美]彼得·亨特主编:《理解儿童文学(第二版)》,郭建玲、周惠玲、代冬梅译,上海少年儿童出版社2010年版,第4页。

欢迎的鲜明的类型形象,共建多元共生、百鸟和鸣的良性儿童文学生态环境。"①

2010年4月,《中国儿童文学(理论评论专刊)》(春季号)出版。本期刊发了安武林、方卫平、张锦江、彭懿、流火、张国龙、汤锐、谢倩霓、周晓波、李学斌、徐鲁、齐童巍、大嘴鸦等人的相关文章。

方卫平的《图文之间的权力博弈——图画书中的禁忌与童年美学建构》从图画书和童年禁忌以及和童年美学建构的关系入手,进行了分析梳理。他在文末提出:"今天,图画书的创作者们或许已经意识到,'禁忌'所引发的权力之争事实上并非一定会衍化成作品中激烈的权力对抗和充满硝烟气息的画面传达与故事讲述。在一个儿童与成人之间的权力关系结构不断趋向多元的文化背景中,关于'禁忌'题材的美学呈现,也拥有了多元面貌的表现可能。在许多作品中,儿童与成人间的上述权力抗衡往往并不是以显在、激烈的对抗形态出现的,而表现为一种较为隐蔽、或者较为轻捷、幽默的艺术表达。同时,批判的锋芒也已悄悄收起或不再那么刀光毕露,而是被转化为一种更加趋向并回归艺术和美学自身价值的文本策略和诉求形态。我想说,在这样的隐蔽、轻捷、幽默的艺术表达之中,童年的天性和创造力却往往可以得到更加自然和充分的发掘和表现。"②

张锦江的《低幼童话美学初探》从以下几个方面探讨了低幼童话的美学特征:"一、低幼童话审美对象的界定。二、低幼童话人物的稚气美。三、低幼童话语言的形声美。四、低幼童话故事的游戏美。五、低幼童话意境的诗韵美。"③

---

① 王泉根:《儿童文学中的类型形象与典型形象》,《语文建设》2010年第4期。
② 方卫平:《图文之间的权力博弈——图画书中的禁忌与童年美学建构》,《中国儿童文学(理论评论专刊)》2010年春季号。
③ 张锦江:《低幼童话美学初探》,《中国儿童文学(理论评论专刊)》2010年春季号。

2010年5月,王泉根在《语文建设》上刊发《谈谈儿童文学的叙事视角》一文。作者指出:"叙事视角最早由美国小说家亨利·詹姆斯作为小说批评的一个概念提出来,之后引起了小说理论家的重视。珀西·卢鲍克在其《小说写作技巧》里,把叙事视角看做在错综复杂的小说写作技巧中起支配作用的一个问题,认为只有在持什么叙事视角的基础上,叙事者才得以发展他们的故事。一般认为小说叙事视角的选择和运用也会影响到小说的思想性和艺术性,关系到艺术构思的巧妙与拙劣、成功与失败、全局与基础。叙事视角能使叙事者有效地叙述故事,描画场景,刻画人物,升华思想。叙事视角既是统一作品形象的枢纽,又是显示作家艺术个性与写作立场的手段。叙事视角的多样化选择是现代文学包括现代性儿童文学确立起独立品质的标志之一。不同叙事视角的选择与运用,既与叙事者的儿童观、儿童文学观密切相关,又与创作技巧和艺术趣味不可分离。叙事视角的运用集中体现在少儿小说、童话、少儿散文等叙事性文学中。"[①]

2010年5月,侯颖在《小说评论》上刊发《"她的眼泪比我的同情高贵得多"——论萧红儿童小说〈手〉的现代性》。作者的基本观点是:"在文学与政治纠缠的年代,往往以作品政治性和思想倾向来评价文学,《手》却被文学界和理论研究者所忽视,小说沿用《生死场》中'越轨'的笔致,通过染坊店女儿王亚明的手——一双涂了颜料的被人嘲笑的黑色蓝色或紫色的手,把一个阶层种种不幸用这个符号诠释了出来。《手》以其复杂的文化内涵、透彻的人性批判和超越时代呼声的主体自觉,成为萧红构筑的文学世界中令人敬慕的篇章,也可以说是中国现代儿童文学史上,真正意义上的儿童小说现代性的开篇之作,即使放在世界儿童小说之林,也有深长的

[①] 王泉根:《谈谈儿童文学的叙事视角》,《语文建设》2010年第5期。

意味和特殊的价值。"①

2010年6月,李丽的《生成与接受——中国儿童文学翻译研究(1898—1949)》由湖北人民出版社出版发行。本书"首先对1898—1949研究时段内的儿童文学概貌展开描述。然后从诗学、赞助者、语言和译者性情等四个视角对儿童文学翻译活动的生成过程进行描述与分析。选取了夏丏尊译的《爱的教育》、鲁迅译的《表》和'俄罗斯/苏联儿童文学在中国'等三个具体的个案,对儿童文学翻译作品在中国的接受进行考察。'影响'部分则利用比较文学影响研究中的渊源学和流传学,从技巧影响、内容影响、形象影响等三个方面具体考察儿童文学翻译作品对中国儿童文学创作所产生的影响。"②

2010年6月,谭旭东在《编辑之友》第6期上刊发《幼儿文学创作与出版的现状和走势》。作者认为:"幼儿文学作为真正意义上的启蒙文学,将会越来越被家长和幼儿教育工作者重视,幼儿文学的出版空间一定会得到深度的挖掘。到时候,我们国家的幼儿文学一定会出现美国的'贝贝熊'、英国的'彼得兔'和'咕噜牛'、比利时的'蓝精灵'、捷克的'小鼹鼠'等这样的童话形象和幼儿读物出版符号,而且还可以预测到,随着出版界对幼儿图书认识的加深及儿童图书市场的细分,将来可能会出现非常专业化的幼儿图书出版社。"③

2010年7月,杜传坤在《东岳论丛》上刊发《论现代性视野中儿童本位的文学话语》。在作者看来,"确立以谁为本位才是儿童文学的'正宗'只是一种话语之争。'中心'或'本位'是一个坚锐的立场,它总是以排除

---

① 侯颖:《"她的眼泪比我的同情高贵得多"——论萧红儿童小说〈手〉的现代性》,《小说评论》2010年第A1期。
② 李丽:《生成与接受——中国儿童文学翻译研究(1898—1949)》,湖北人民出版社2010年版,第1页。
③ 谭旭东:《幼儿文学创作与出版的现状和走势》,《编辑之友》2010年第6期。

'对象'的存在价值为前提和标志"。由此,她提出疑问:"我们究竟应该追求一种何样的童年?从而应追求一种何样的儿童之文学?"她的观点是,"在儿童与成人'二分'的那一刻起,以'欠缺'为主要特征的儿童就被置于一个'他者'的位置,他既是成人自我的对立者,又是现实的对立者——'未来',这两个维度中,儿童都是不确定的、需要控制与规划的。而控制者或规划者,或曰立法者、园丁、牧人,就是圣贤、教师、作家或专家",在向现代性的情境下,"儿童文学无论如何(当然不是独自地)还是建构了教育世界的稳定性以及儿童生活世界的普遍伦理性,虽然这一世界的建构在当下流行的后现代哲学中广受质疑;而后现代性中的儿童文学生产在解构了成人对于儿童的立法之时,也剥夺了儿童的可教育性。这种两难其实已经建基于现代性不可克服的矛盾之中,由此在某种意义上我们可以说,后现代性是现代性的未完成状态。即便在后现代视野中,儿童文学的话语之争依然还将延续下去"。①

2010年7月,李利芳在《青海社会科学》上刊发《当前中国西部儿童文学的文化多样性》。在作者看来,"西部儿童文学表现的典型题材领域在:美丽的自然、故乡情结、苦难与贫困童年、民本与民间立场、乡土中国情怀、游牧与英雄历险,以及现代童年涌动中的生态意识、全球意识、理想情怀、本位童年等,这与西部特有的自然空间、历史传统、土地伦理、社会世相等地域特征都有密切的关系"。但作者也指出"因为跨越地域众多,城乡分布与文化背景不同,西部儿童的生活与生存状态是多样的,但儿童文学对其所作的表现其实非常有限",作者认为现有作品在几个方面的关注有典型意义:"一是'留守儿童'问题";"另一种文化差异还体现在民族宗教问题上,体现在少数民族儿童与汉族儿童、少数民族儿童与少数民族儿童之间的文化身份上"。而对于西部作家杨红樱,作者也认为"杨红樱

---

① 杜传坤:《论现代性视野中儿童本位的文学话语》,《东岳论丛》2010年第7期。

在科学童话与童话阶段已经将'科学知识、东方美感的童话意境、现代思想'等作了有机的融通","同时,有关东西方儿童的接触与交流,东西方教育理念的碰撞等,在杨红樱笔下也有前瞻的观照"。并且她认为《笑猫日记》是杨红樱创作的最新阶段,"这一系列集合了杨红樱此前创作的所有经验,形成了一种具有崭新审美风格的新童话状态"①。

2010年7月,王舜日、侯颖在《渤海大学学报(社会科学版)》第4期上刊发《〈女巫〉的恐怖美学与情感指向》一文。作者在文章的最后指出:"《女巫》就是这样一部达尔晚年倾力写成的巅峰之作,它为全世界小朋友提供了一道儿童文学的盛宴,达尔超乎寻常的想象力和艺术表现力在这部作品中达到了极致,而《女巫》也奠定了达尔在世界儿童文学史上不可磨灭的地位。作品可读性极强。故事情节新异、幽默,惹人发笑,有一种让人一读就爱不释手的魔力。情节的恐怖感在让小读者深深着迷的同时,也积聚着身体里战胜一切邪恶的勇气和力量,给小读者带来一种前所未有的新奇阅读感受。达尔对成人与儿童间矛盾的深刻揭示和刻意夸大,体现了作者立足于儿童本位的写作立场,高扬大爱,在每一位儿童读者的心中播洒下爱的种子。总之,达尔的《女巫》以其很强的可读性、独特的恐怖性及健康的思想内涵,当之无愧地成为世界儿童文学宝库中难得的精品,陪伴小读者们度过童年的美好岁月。"②

2010年8月,方卫平和刘宣文主编的《2009中国儿童文化研究年度报告》由浙江少年儿童出版社出版。本系列丛书的编纂工作持续了三年,方卫平在"前言"中也指出本书对前两年的研究思路所作的微调:"一是尽可能地使本年度报告能够较全面地反映和覆盖当代中国儿童文化研究的

---

① 李利芳:《当前中国西部儿童文学的文化多样性》,《青海社会科学》2010年第4期。
② 王舜日、侯颖:《〈女巫〉的恐怖美学与情感指向》,《渤海大学学报(社会科学版)》2010年第4期。

主要学术领域；二是依据中国儿童文化研究现状及学科发展的总体趋势，努力勾勒当代中国儿童文化研究的理论疆域和学术地图；三是使年度报告的学术构架与浙江师范大学儿童文化研究院的学科建设规划、学术研究重心等有所呼应，以更好地依托研究院的专业积累和学术理念，支撑和保障本年度报告的编撰工作得以顺利、专业、持续地进行下去。"[1]全书分为文件报告、学术前沿、热点聚焦、论文索引四个板块。其中"文件报告"板块收录的是该年度国家有关儿童的法规和重要政府公报、规划和通知等。"学术前沿"板块，从儿童文化理论与政策研究、儿童发展与教育研究、儿童文学与艺术研究等三大方面梳理本年度儿童文化研究的重要理论成果，涉及儿童哲学、儿童社会学、儿童教育学、儿童心理学、儿童传播学、儿童文学、儿童艺术学等研究领域。第三个板块聚焦于性别教育研究、震后儿童心理危机研究、高中研究与文理分科问题研究三个年度热点话题，以关注、凸显当下儿童的生存现状及学术界的相关研究和思考。最后一个板块是 2009 年度儿童文化研究论文资料性的索引。

2010 年 9 月,李学斌在《昆明学院学报》上刊发《一场游戏,一场梦——试论幼儿文学的游戏精神》。作者指出："幼儿不断发展的认知能力和不断喷涌的想象力是能量无限的游戏'永动机'，是趣味和快乐得以产生的心理源泉。具体到儿童文学阅读接受，幼儿文学可谓幼儿的一种想象游戏。其内在精神旨趣和价值趋向，就是建立在表层'快乐体验'基础上的游戏精神。在幼儿文学中，游戏精神往往具有两种形态：'无意思之意思'和'有意思之意思'。游戏精神在幼儿文学审美范畴里的表达，核心是文学性和教育性的多元融合，其游戏意味是复合、多元的。"[2]

---

[1] 方卫平、刘宣文主编：《2009 中国儿童文化研究年度报告》，浙江少年儿童出版社 2010 年版，第 1 页。
[2] 李学斌：《一场游戏,一场梦——试论幼儿文学的游戏精神》,《昆明学院学报》2010 年第 5 期。

2010年9月,赵霞和方卫平在《南方文坛》上刊发《美国〈儿童文学〉杂志与当代西方儿童文学研究走向》。本文是作者对于美国的《儿童文学》及其当代儿童文学研究的相关思考。作者指出:"《儿童文学》杂志始终致力于保持与当下儿童文学和儿童文化现实的紧密联系。我们能够从这份刊物的发展中清楚地看到西方儿童文学理论批评演进的一部分历史",与此同时,"该刊也关注对于传统理论话题的新的开掘和探索,尤其是如何在新的理论背景下重新理解和诠释属于儿童文学研究领域的一些永恒的话题",而"作为一份以儿童文学的自由批评为归属的刊物,《儿童文学》杂志通过对于当下现实的积极回应,记录了当代西方英语儿童文学理论批评最重要的一段历史;而通过对于新的学术话题的开辟和拓展,它也成为这段历史本身的创造者之一"。①

2010年10月,《中国儿童文学(理论评论专刊)》(秋季号)出版。本期刊登了刘秀娟、东达、方卫平、陈恩黎、方卫平、谈凤霞、王泉根、彭懿、韦苇、金波、张国龙、唐兵、晓宁、张锦贻、冯与蓝、薛涛、朱效文的相关文章。

方卫平的《论图画书中的画面视角升降技巧及其启示》谈到了西方视角升降技法的具体应用及对中国图画书创作的启示,他在文中写道:"这种由绘画技法向图画书艺术的转变,为中国当代图画书的创作提供了艺术反思的素材。近十年来,中国本土图画书经历了一次前所未有的艺术跨步,在图画书插画质量的提升、文图关系的丰富、叙事能力的拓展、民族元素的发掘等方面,均取得了非常大的进步和收获。一方面,我们没有必要否认,正是在不断借鉴和汲取世界优秀图画书所提供的艺术养料的基础上,原创图画书较为迅速地走完了这一段路程的艺术迈进。另一方面,在这个过程中,图画书作家们也在愈来愈意识到从本土文化中发掘艺

---

① 赵霞、方卫平:《美国〈儿童文学〉杂志与当代西方儿童文学研究走向》,《南方文坛》2010年第5期。

资源的重要意义。"①

2010年12月,侯颖在《文艺争鸣》上刊发《图画故事对儿童诗性心灵的守望》。作者认为:"在儿童识字不多审美情感急需丰富的幼儿期,一幅精美的图画能使孩子想象力得到无限可能的拓展;特别是在儿童生存环境日益远离自然的当下,儿童越来越远离自己的身体生活,图画故事书可以使儿童保持冒险的、开放的、潜在的性灵来感知世界和自我,确认自我。黑格尔所说的人之为人的本质在于自由意志和对自我的认同。图画故事对文字和概念的策略,无疑为读者感知世界和想象生活提供了更大的可能性。而图画故事书里的无字图画故事书受到儿童的追捧,恰恰说明了儿童对文字本能的抵御与对儿童诗性心灵的守望。"②

---

① 方卫平:《论图画书中的画面视角升降技巧及其启示》,《中国儿童文学(理论评论专刊)》2010年秋季号。
② 侯颖:《图画故事对儿童诗性心灵的守望》,《文艺争鸣》2010年第24期。

2011 年

2011年1月,宋莉华的《传教士汉文小说与中国文学的近代变革》刊发于《文学评论》。虽然本文并非专门介绍儿童文学,但她针对晚清时期传到中国的大量儿童福音小说作了相关论述:"清末女性传教士所译福音小说,完全突破了中国传统的童蒙读物的范畴。无论在数量上还是文学性和可读性上,也是之前的作品无法企及的,她们对儿童进行伦理道德及爱的启蒙教育的成分已经超越了阐释宗教教义的意图",尽管其中的宗教意图是显而易见的,"但并没有削弱作者对现代儿童形象的塑造和儿童观念的表达。小主人公们虽然幼年失怙却自强自立,不甘沉沦,试图进行自我救赎"。[1] 陈恩黎对该文作出如下解读:"这类福音小说的翻译文本则呈现了传教士为了融入中国文化语境所作出的妥协,这种妥协从积极意义来讲,确实很大程度上提高了基督教义,并消解了基督教信仰的力量。"[2]

2011年2月,李学斌在《兰州学刊》上刊发《原型结构及其文学意义——洪汛涛经典童话〈神笔马良〉的当代解读》一文。李学斌认为:"只有充分意识到'故事原型'对民族儿童文学的潜在意义,面对未来,我们才有可能在继承与发展的前提下重绘中国儿童文学地图;才有可能在理论上高屋建瓴,重构民族儿童文学的价值向度;或者说,只有在现实的儿童文学实践中不断寻求与民族文化、民间文学传统的精神对接,神话、民间

---

[1] 宋莉华:《传教士汉文小说与中国文学的近代变革》,《文学评论》2011年第1期。
[2] 陈恩黎:《大众文化视域中的中国儿童文学》,浙江大学出版社2013年版,第57页。

文学等民族文学资源在新的历史条件下才有可能重新焕发生机,才有可能真正成为中国原创儿童文学高高飘扬旗帜上灿烂而持久的底色。"①

2011年3月,方卫平和赵霞在《当代作家评论》上刊发《穿越历史的童年叙事——评黄蓓佳"五个八岁系列长篇"》一文。对于黄蓓佳的"五个八岁系列长篇",作者指出:"她以五个孩子的童年串起一个世纪的历史,不同时期的个体儿童及其命运在各自的时代背景上获得了生动的演绎,而透过这些孩子的眼睛,历史也向我们展露出它的另一些复杂、细微的日常生活和社会文化内容。小说从历史的角度观照童年,从童年的视角阐释历史,既贴紧儿童生命的真实感觉,又把文字的根须伸入广阔的历史时空中,从而实现了其作为儿童小说与童年文献的双重意义。"②

2011年3月,李玮在《南京师范大学文学院学报》第1期上刊发《文学语言变革与"儿歌"文体的自觉》一文。作者指出:"在现代文学发生期,思想变革为'儿歌'的诞生提供了契机,而文学语言变革则是决定'儿歌'能否获得'自觉'的决定性因素。本文通过分析文言制约下'儿歌'发展的困境、文学革命作用下'儿歌'文体规约的确定和文学性对于思想性的超越,揭示出'儿歌'文体自觉与文学语言变革之间的紧密联系。这有助于我们更好地理解文学革命对于儿童文学发生的作用。"③

2011年3月,侯颖在《当代文坛》上刊发《为童年留下一片绿洲——论儿童文学的诗性品质》。作者认为:"儿童文学作为整个文学家族里最富有诗质的语言艺术,一方面它的文学史年龄较小,充满了勃勃生机而

---

① 李学斌:《原型结构及其文学意义——洪汛涛经典童话〈神笔马良〉的当代解读》,《兰州学刊》2011年第2期。
② 赵霞、方卫平:《穿越历史的童年叙事——评黄蓓佳"五个八岁系列长篇"》,《当代作家评论》2011年第2期。
③ 李玮:《文学语言变革与"儿歌"文体的自觉》,《南京师范大学文学院学报》2011年第1期。

又脆弱娇嫩,另一方面它与人类的童年一起诞生,它的精神力量古老悠长而又容易被忽视。当电子媒介时代人类的童年出现危机时,拯救儿童文学的诗性,无疑是维护我们人类童年的一片绿洲。"①

2011年4月,方卫平和赵霞在《文艺争鸣》上刊发《文化视角与童年立场——当代西方儿童文学研究中的文化批评》。作者认为,"来自文化批评的资源与方法对于儿童文学研究的理论意义是不言而喻的",这主要体现在几个方面:"首先,针对儿童文学作品、现象等的文化批评的兴起,促使儿童文学研究在一个较短的时期内迅速摆脱了理论资源的欠缺与理论思考的狭隘,同时也获得了更为开阔的文化视野";"其次,文化批评对于古典文学批评和评价传统的背离,使得一部分关于儿童文学的理论及其批评从一种通常被默认的低级状态中堂皇地走了出来,进入到整个文化批评的大语境中,而其独特的文本对象不但促成了其自身批评发现的独特价值,也为文化批评提供了一个新的视角";"此外,在儿童文学的文化批评大受关注的同时,关于儿童文学传统的文学、审美特质的思考在公共学术领域所得到的探讨则大为减少"。②

2011年4月,李利芳在《中国文学研究》上刊发《乡土童诗的艺术可能——论高凯的儿童诗》。作者指出:"甘肃诗人高凯的乡土童诗创作已自成一体,围绕中国西北农村特有的自然、人文、童年生态状况,诗人以素朴的审美理想开掘出了自在唯美的乡土童年风貌。在感悟理解并创造诗语的游戏性这一层面,诗人也作出了积极的探索并取得了较好的成绩。诗人对童年精神特征的勘探有两大路向:一是在其乡土童诗的脉络内,从多个角度对童年精神特征作出透视;二是在现代语境中,就一般童年属性

---

① 侯颖:《为童年留下一片绿洲——论儿童文学的诗性品质》,《当代文坛》2011年第3期。
② 方卫平、赵霞:《文化视角与童年立场——当代西方儿童文学研究中的文化批评》,《文艺争鸣》2011年第7期。

问题作出探知,这一向度的创作仍在开拓中。"①

2011年4月,徐兰君与美国安德鲁·琼斯(Andrew F. Jones)主编的《儿童的发现——现代中国文学及文化中的儿童问题》一书由北京大学出版社出版发行。在徐兰君看来:"'儿童的发现'不应只限制在中国现代儿童文学发生及建立的有限范围内,而应作为更广泛意义上的文化实践来考察和研究。"②

陈平原、夏晓虹和梅家玲的文章主要从小学教材和蒙学报刊入手,对当时的历史文化作出了深度的解读。在《〈蒙学课本〉中的旧学新知》一文中,夏晓虹厘清前人与今人记述中的各种错误,"探讨了1897年版与1901年版通过《编辑大意》以及课文本身所呈现出来的晚清教科书编纂者的教育理念和新知识观";梅家玲的论文主要以《蒙学报》与《启蒙画报》为中心,"分析讨论了晚清蒙童教育中的文化传译、知识结构与表述方式",并且她还在"比较《新译日本小学校章程》与《奏定小学堂章程》基础上辨析了日本对中国童蒙教育的影响"③;陈平原的文章主要"从'儿童相'入手,以1902—1904年间存在于北京的《启蒙画报》为中心,探讨转型期中国的'儿童相'"。全文"以图像为中心,兼及相关文字,探索'养正小史'(专栏)与传统蒙书的关系,解读《小英雄歌》等歌谣的精神意蕴,关注'游戏'怎样成为儿童教育的重要内涵、'知识'可否变得有趣、采用版刻而非石印对于《启蒙画报》的利弊得失等"④。

---

① 李利芳:《乡土童诗的艺术可能——论高凯的儿童诗》,《中国文学研究》2011年第2期。
② 徐兰君、[美]安德鲁·琼斯(Andrew F. Jones)主编:《儿童的发现——现代中国文学及文化中的儿童问题》,北京大学出版社2011年版,第15页。
③ 徐兰君、[美]安德鲁·琼斯(Andrew F. Jones)主编:《儿童的发现——现代中国文学及文化中的儿童问题》,北京大学出版社2011年版,第16页。
④ 徐兰君、[美]安德鲁·琼斯(Andrew F. Jones)主编:《儿童的发现——现代中国文学及文化中的儿童问题》,北京大学出版社2011年版,第17页。

安德鲁·琼斯和谢晓虹的文章聚焦"童话"这一特殊的文体作了相关考察。安德鲁·琼斯的论文主要从"教育童话"这一文体出发,将其置于中国(半)殖民地语境中作深入的讨论和分析,在作者看来:"被视作'小说的童年',也即故事叙述起源的童话是进化史源头的佐证,总是与天真、原始和野兽特征相联系,也关涉现代中国最核心的命题:发展问题",同时他还认为"童话是教育家对儿童乃至民族进行文明开化的启蒙的重要工具"。谢晓虹的《五四的童话观念与读者对象——以鲁迅的童话译介为例》一文以鲁迅童话为例,从读者对象的角度切入来重审五四时期的童话观念,她提出了一个重要的问题"童话在五四时期是否真如通常所认为的那样是'专为儿童用的文学'?",而作者的结论极富创意:"'儿童'作为一个独立于'成人'的阶段被'发现'的同时,也使得刚刚确立的'儿童文学'在理论及实践上变得自相矛盾而极富暧昧性",以此为基础,"一个崭新的读者群——拥有'赤子之心'或'童心'的成人——也被建构出来"。[①]

冯素珊(Susan R. Fernsebner)的《儿童游戏:中华民国早期的娱乐观念》一文认为:"在20世纪早期的中国,孩童游戏意味着什么?各种不同的声音如何诠释玩乐、如何界定儿童适当或不适当的娱乐,以及如何建构一个虚幻的世界?"对于这些问题,作者主要"考察分析了当时有关儿童游戏的言论、理论和教法指南,从而揭示出儿童游戏的价值从晚清到抗战是如何被逐步诠释的"[②]。

徐兰君的《"风景的发现"与"疾病的隐喻"?——冰心的〈寄小读者〉(1923—1926)与1920年代中国文学中的抒情现代性》一文主要分析冰心如何把各种不同的话语包括基督教教义、西方浪漫主义诗歌及中国传统

[①] 徐兰君、[美]安德鲁·琼斯(Andrew F. Jones)主编:《儿童的发现——现代中国文学及文化中的儿童问题》,北京大学出版社2011年版,第17页。

[②] 徐兰君、[美]安德鲁·琼斯(Andrew F. Jones)主编:《儿童的发现——现代中国文学及文化中的儿童问题》,北京大学出版社2011年版,第18页。

诗词融合在一起,并创造出一种在她看来可以被孩子理解的情感话语。针对冰心写给儿童的书信,她发现冰心的书信"在当时却多为青年成人读者所阅读",徐兰君认为:"冰心所建构出来的'小读者'概念不仅仅指称生理意义上的儿童群体,更重要的是代表了1920年代中国还未充分发展起来的非精英的普通读者群。"[1]

对于新中国建立以后的儿童文化研究,该论文集收录了傅朗(Nicolai Volland)的《"卓娅"的中国游记——论建国初期苏联青少年文学的翻译与传播》。苏联儿童文学曾经影响了一代人,特别是当时的青少年小说《卓娅和舒拉的故事》。该文以《卓娅和舒拉的故事》为例,探讨苏联青少年文学中的翻译及其中国化。徐兰君认为:"从苏联原著与在中国发行的各种简写本的对照可见,苏联的儿童形象在1950年代中国的接受是选择性的,卓娅及其成长过程被删减与改写,以至中国儿童所认识到的卓娅是被规范化和英雄化的,跟原文中的卓娅区别很大。"

包卫红的《演绎殖民儿童:性别,自然,和东亚殖民现代性》巧妙地从东亚文化史的视野切入,重点讨论电影是如何通过儿童的形象来塑形殖民地臣民人格,儿童的存在如何帮助重塑银幕内外的社会景观和社会互动——尤其通过表演(performance)和观影行为(spectatorship)的概念,来关注这些人物有没有以相似的方式被构想,这些电影是否运用相同的电影手法等问题。[2]

2011年4月,胡丽娜在《新闻知识》上刊发《影视改编与儿童文学的跨媒介传播》一文。作者指出:"在影视盛行的当下,儿童文学以内容资源形式进入儿童电影实现其跨媒介传播。儿童文学的影视之旅,不仅有效

---

[1] 徐兰君、[美]安德鲁·琼斯(Andrew F. Jones)主编:《儿童的发现——现代中国文学及文化中的儿童问题》,北京大学出版社2011年版,第19页。
[2] 徐兰君、[美]安德鲁·琼斯(Andrew F. Jones)主编:《儿童的发现——现代中国文学及文化中的儿童问题》,北京大学出版社2011年版,第20页。

拓展了儿童文学的传播渠道,扩大了其社会影响力,而且通过改编的方式,使中国儿童电影创作获得'源头活水'。本研究通过对儿童文学影视之旅历程的回顾,探析儿童文学影视改编的问题,以期更好促进儿童文学的多元传播,探寻到儿童电影新的生长点。"[1]

2011年4月,《中国儿童文学(理论评论专刊)》(春季号)出版。本期刊发了徐鲁、樊发稼、谢丽、晓宁、李学斌、周晓波、彭懿、徐雅菲、郑开慧、孙建国、齐童巍的相关文章。

李学斌的《审美指令与心灵交往——论儿童文学的游戏功能》谈到了儿童语言与成人语言迥异的个性,"实际上,儿童文学的语言形式和成人文学相比,呈现的是一种复合形态:一是洋溢着童年生命气息、表征着童年思维、认知状态的'儿童语';二是作家富含文化底蕴、审美张力、个性色彩的'成人语'。而当作家作为成人的生命意识达成了与童年审美的叠合,或者作家在创作中复归童年状态,化身为儿童的时候,'儿童语'往往就在行文中、故事里全面绽放了。此时,那种感性而稚拙的,率真而动感的,不拘一格而又神使天成的语言,就如小溪流水一样,开始涓涓不尽"。同时他将儿童文学的审美游戏性分成了三个范畴:"创造、愉悦、净化。创造即儿童读者阅读、理解的多元阐释、再创造;愉悦则复活了儿童读者在走向社会化过程中或多或少失去的感性的敏锐、细腻和丰富;净化则是由儿童文学审美阅读所构成的精神交流的极致与终点,是儿童文学影响儿童读者心灵结构、行为方式的体现。"[2]

孙建国的《论清末民初中国儿童文学的现代性转型》认为,"学术界大都根据茅盾先生'儿童文学这名称始于"五四"时代'的论断,将'五四'新

---

[1] 胡丽娜:《影视改编与儿童文学的跨媒介传播》,《新闻知识》2011年第4期。
[2] 李学斌:《审美指令与心灵交往——论儿童文学的游戏功能》,《中国儿童文学(理论评论专刊)》2011年春季号。

文化运动作为中国儿童文学现代性转型的标志。然而,从大量的史料来看,我们认为,'五四'其实并不是它的起点,清末民初的儿童文学活动才是它真正的起点"。并从"一、对清末民初儿童文学活动的相关争论。二、清末民初儿童文学活动的主体力量。三、清末民初儿童文学活动的文学思想。四、清末民初儿童文学活动的创作实践。五、清末民初完成了中国儿童文学的现代性转型"几个方面进一步论证了这一观点。[①]

2011年5月,钱淑英在《浙江师范大学学报(社会科学版)》上刊发《魔幻文学:在传统与现代之间》一文。在作者看来,"魔幻文学是神话叙事传统的延续,在传统和现代之间演绎着有关人类、自然以及生命主体的重大命题,它使传统活跃在现代人的心灵世界,同时又接受不可逆转的现代性,并且试图超越现代性,这是一种后现代的世界观。行走在传统与现代之路上的魔幻文学呈示出丰富的内涵,影响着儿童文学的发展轨迹;魔幻文学所呈现的后现代世界观,对于现代人及儿童来说也具有精神上的导引作用"[②]。

2011年5月,李学斌的《儿童文学与游戏精神》由二十一世纪出版社出版。"游戏精神"是儿童文学研究中的重要话题,李学斌认为:"'游戏研究'是当今世界范围内童年研究的一个富有启示性和前瞻性的研究视角,其不同层面的深入展开,不仅有助于儿童生命状态的把握及精神人格的建构,而且对推进儿童文学基础理论建设意义重大。至于'游戏精神',则更是儿童文学理论研究的核心话题之一,其所关涉的'儿童观'、'童年幻想'、'儿童幽默'之于儿童文学创作与研究具有本体价值。"[③]

---

① 孙建国:《论清末民初中国儿童文学的现代性转型》,《中国儿童文学(理论评论专刊)》2011年春季号。
② 钱淑英:《魔幻文学:在传统与现代之间》,《浙江师范大学学报(社会科学版)》2011年第3期。
③ 李学斌:《儿童文学与游戏精神》,二十一世纪出版社2011年版,第10页。

2011年5月,刘绪源在《中国图书商报》上刊发《将儿童引向自主阅读的书——〈美国国家地理·少年儿童版〉的启示》。华东师大出版社的《美国国家地理·少年儿童版》已经出到第二辑,第二辑主要包括《海豚》、《熊猫》、《蝙蝠》、《蚂蚁》、《非洲探险》、《赛车》、《飞机》。与第一辑相比,"第二辑的选题和画面更引人入胜,也显得更明朗了"。在作者看来,"这是给学龄前和低年级儿童看的科普类图画书,但也适合大孩子看","它的画面和文字是十分浅显的,是孩子一看就能懂,并且容易被吸引的;然而,这些书的知识,确是新鲜的,有深度的,即使大人在阅读时也会有大开眼界的感觉。我以为,这是有着编者的良苦用心的"。作者在文章结尾指出:"平时一味阅读童话的孩子,再读这类没有情节的科普书时,则难免产生轻微的阅读障碍。当然,最好是各类书都读,这样他们将来才不至有偏科之虞。"[1]

2011年5月,吴翔之、吴其南在《理论与创作》上刊发《新时期以来少儿文学中的身体叙事》。作者认为:"身体是少年儿童文学中最敏感最重要的内容之一。在现实生活中,儿童、少年与成人的不同,首先是从身体上表现出来的;这一儿童和那一儿童的差异,也首先是身体上的差异;说一个孩子的成长,也首先指身体上的长大。但身体不只是生物学意义上的身体,它更是一个文化上的概念,'是我们拥有一个世界的一般方式。'新时期以来少儿文学中的许多变化,都是通过身体叙事表现出来的。"[2]

2011年6月,中国青年出版社重印叶圣陶编纂的《少年国语读本》,该书的初版发行于1947年7月,发行者为开明书店,代表人为范洗人。该书采取"典藏版"与"阅读版"二合一的模式,并且在该书"阅读版"中,出

---

[1] 刘绪源:《将儿童引向自主阅读的书——〈美国国家地理·少年儿童版〉的启示》,《中国图书商报》2011年5月27日。
[2] 吴翔之、吴其南:《新时期以来少儿文学中的身体叙事》,《理论与创作》2011年第3期。

版社特地说明了《老开明国语读本全系列》的编辑出版："以'整理、传承、适用'为基本方针,采取繁简对照编排;对底本讹误处校勘订正,生僻字词、民国用语加以注释;为儿童、少年版选插丰子恺先生的画。本系列图书的出版,旨在把蕴含于老课本中的质朴的教育思想与理念以及中国传统文化的真、善、美传递给读者。"[1]该书属"开明小学国语读本"系列之一,这一次所发行的开明小学国语读本,包括了幼童版、儿童版、少年版,分为初小八册,高小四册,共四百四十篇课文。

2011年6月,刘绪源在《社会科学报》上刊发《通俗化:儿童文学不得不走的路》一文。作者认为:"儿童文学转向通俗未必不好。"究其原因,"通俗文学因借助了商业机制,有了出版方的商业利益的推动,所以,很难说还完全是'为了我心中的艺术'了,也很难说完全是'为了儿童'。至少,有一半是为儿童,有一半是为销售","它在创作上追求的目标,就已不再是作品的单纯的'好',而已转向了'好看'(即可读性)。为了增强可读性,当然要牺牲一部分的'好',这则是无可奈何的事"。但在作者看来,通往通俗化有一条重要的道路,那便是"类型化"。他指出:"'类型化'是通俗文学不得不走的路",对于"纯文学"而言,"作家通过写作把灵魂的一部分奉献出来,它是作家对于人生的独到发现和体验","但通俗文学不是这样,它有大众性和商业性的要求,所以要尽可能吸引眼球,就要有抓人的故事,要以故事性取胜,它不再突出'真诚的表达',突出的恰恰是一个'编'字",但这种通俗文学"是挣脱了纯文学的束缚,从此可以海阔天空了,任意编织了,其实却不那么简单"。这种通俗文学常常会落入"相近相似的故事"的窠臼。[2]

2011年6月,郑蕙苡的《温州童谣研究》由浙江大学出版社出版。对

---

[1] 叶圣陶:《开明少年国语读本(阅读版)》第一册,中国青年出版社2011年版,第72页。
[2] 刘绪源:《通俗化:儿童文学不得不走的路》,《社会科学报》2011年6月2日。

于温州童谣的价值,作者指出:"温州童谣,作为一种具有民间文学和儿童文学双重性质的文学形式,其价值首先体现在美学内涵与文学品质上;再者,它也和其他文学样式一样,具有多方面地再现社会生活与历史文化、承载各种民俗事象的作用,这又使其具备了社会学、历史学与民俗学研究的价值;同时,地域方言的背后总蕴涵了与之相关的特色文化,温州童谣以温州方言作为载体来进行传播的流行方式,对于我们研究渐趋边缘化的温州方言,抢救这种方言所蕴涵的社会文化,也颇具学术价值。更为重要的是,童谣作为儿童喜闻乐见的歌谣样式,它不可避免地对儿童的言行与成长产生影响,因此,传承与发扬温州童谣中所蕴含的优良品质,以此教化代代温州儿童,也是广大教育工作者应当重视的问题。"①

2011年6月,赵霞和方卫平在《东岳论丛》第6期上刊发《后现代的文本狂欢及其困境——从〈扁镇的秘密〉系列谈当代童话的艺术创新》一文,本文是对刘海栖的童话《扁镇的秘密》系列所作的批评文章。在作者看来,"刘海栖的童话新作《扁镇的秘密》系列是迄今为止当代儿童文学界鲜见的一部借鉴后现代叙事技法的长篇童话","作家在这部作品中尝试运用了拼贴、戏仿、元叙事等多种后现代叙事手法,并以富有个性的文学语言展示了这一叙事技法对于当代童话的艺术创新意义。同时,作品在拼贴等互文技法运用及文本意义建构上的某种缺憾,也展示了这种创新所需要应对的艺术困境"。但作者也指出刘海栖作品的若干不足:"它的早熟状态也暗含了其艺术上的某种难以避免的不成熟。面对这样一种对中国童话和整个儿童文学创作界来说都还显得过于新鲜的'后现代'的叙事技法,我们显然还需要一个很长的尝试、探索和思考的过程,来寻找和

---

① 郑蕙苡:《温州童谣研究》,浙江大学出版社2011年版,第247页。

确定它在中国童话艺术创新中的合适位置。"①

2011年6月,方卫平在《贵州社会科学》上刊发《图文之间的权力博弈——图画书中的禁忌与童年美学建构》。作者认为:"作为一种成年人的创作,图画书对童年禁忌及其所呈现的权力之争的图文表现,其实是一种成年人自身的'代言式'写作和思考的产物。作品中所表现的童年对于成人作为统治者所拥有和展现的种种'暴力'的或公开或隐秘的反抗和解构努力,其实也是创作者基于理解和尊重童年的立场所表达的哲学和美学诉求。而在笔者看来,承认和接纳童年欲望、想象和要求的合法性,保持和维护童年与成人之间某种'生存—文化'权力关系的平衡,才是破解成人统治与儿童成长之间的权力迷思和文化焦虑的一剂良药。"②

2011年7月,刘绪源在《文艺报》上刊发《现代儿童文学一个被遗忘的高峰——凌淑华和她的〈小哥儿俩〉》。作者认为"《小哥儿俩》中的儿童文学部分,实在堪称精品。当年周作人对冰心的期许,周作人的理论对冰心的文心的召唤,都体现在这另一位燕大学子凌叔华上了","也许可以说,周作人所希望的作家本人拥有'赤子之心',以此解决作家'说自己的话'和作品'为儿童'之间的矛盾,这在凌叔华的小说创作中,第一次得到了较为完美的体现。凌叔华的童心童趣,保持得细微丰满;而她的表达,显得平实、清浅,适合儿童的接受"。作者在文中也提到一个现象,他说:"我听到一位儿童文学专业的博士愤愤地说:'看凌叔华的作品,难看死了。'我闻之一惊。回家再看《搬家》,还是欣悦异常。这引起了我的反思。于是我渐渐发现,儿童文学的那种静美、斯文、深邃、悠远,好像在渐渐离

---

① 赵霞、方卫平:《后现代的文本狂欢及其困境——从〈扁镇的秘密〉系列谈当代童话的艺术创新》,《东岳论丛》2011年第6期。
② 方卫平:《图文之间的权力博弈——图画书中的禁忌与童年美学建构》,《贵州社会科学》2011年第6期。

我们远去,似乎只有儿童图画书中还保留了几分。"而对于当时的儿童读物,作者指出,"不是热闹打斗,就是肆意搞笑;小说故事的骨骼大多外露,只怕人看不出情节线索;有的小说开头就是骂人,通篇吵骂不休,唯恐一静下来抓不住眼球……读者,包括研究者的口味,已深受这种通俗风气的影响了"。作者希望"今后中国的儿童文学教学,能把凌叔华的小说纳入视野,这样我们才有可能从文学史和文学理论的角度,把握'纯文学'的真髓"①。

2011年7月,赵霞和方卫平在《南方文坛》上刊发《论消费文化背景下的儿童文学创作与出版》。对于当代消费文化对儿童文学的创作与出版的影响,作者主要提出两点:"其一,与'大众消费'相伴随出现的各类视像与电子媒介日益挤对着儿童阅读的时间,并间接地构成了对于传统儿童文学出版空间的某种挤压;其二,'消费文化'所包含的'符号消费'内涵使原本更多地属于高雅文化范畴的'文学阅读'变成了一种普及性的文化消费观念与行为,从而间接地推动了当下的儿童文学阅读与出版事业。"②

2011年7月,吴其南在《淮阴师范学院学报(哲学社会科学版)》上刊发《大众传媒和儿童文学存在论上的危机》一文。作者在文章的"摘要"中指出:"在大众传媒时代,儿童文学存在论上的危机是真实存在的。一是音像艺术导致的成人与儿童间界限的销蚀,二是大众文化导致的文学性的失落。但这应只是一种可能性而非必然性。因为上述理论是建立在现代性的成人/儿童、精英文化/通俗文化二元对立基础上的,从后现代的视

---

① 刘绪源:《现代儿童文学一个被遗忘的高峰——凌淑华和她的〈小哥儿俩〉》,《文艺报》2011年7月6日。
② 赵霞、方卫平:《论消费文化背景下的儿童文学创作与出版》,《南方文坛》2011年第4期。

角看，上述二元对立的消解不一定导致儿童文学的消逝，反而可能给我们提供一种新的机会。"①

2011年8月，王泉根在《文艺报》上刊发《动物文学的精神担当与多维建构——〈中国动物文学〉总序》一文。在作者看来，动物文学的主要特征集中在三个方面："一是动物中心主义"；"二是强烈的荒野意识"；"三是动物文学有自己独特的文学形式和语言"。对于动物文学的逐渐火热，作者指出，是与动物文学独特的价值及其这种价值在当今世界所彰显出来的重要性分不开的。他归纳了动物文学创作中呈现的艺术倾向与创作风格："一是关注生态文明、力倡生态道德的作家"；"二是一批以创作人间社会为主业同时也将目光转向动物世界的作家"；"三是以儿童文学作为自己目标与志业的作家"。并且"对于自然生态、动物的态度和重视，儿童文学比之成人文学似乎觉悟得更早"。与此同时，作者也将生态文学的发展轨迹分为三个阶段："第一阶段的动物小说蕴涵着较为明显的社会学含量（这与同时期成人文学中的动物小说有相似之处），重在人的主体性，以人的视角看动物，以人与动物的关系隐喻人间社会，动物形象通常具有象征性和寄寓性，更多地承载着现实人世与文明秩序的道德理想和世俗期待"；"第二阶段的动物取得了艺术'主体'的地位，从动物的视角看动物、看世界；作品的场景完全是动物世界，只有动物与动物的生命较量、冲突与丛林法则，动物的生死离别、爱恨情仇、荣辱悲喜等错综复杂的'兽际'关系成为描写的重点"；"第三阶段的动物小说延续至今，还在不断探索、实验之中，其特点是力图从动物行为学的'科学考察'角度，深入动物内部

---

① 吴其南:《大众传媒和儿童文学存在论上的危机》，《淮阴师范学院学报（哲学社会科学版）》2011年第4期。

本身,还原动物生命的原生状态"。①

2011年9月,李利芳在《文艺评论》上刊发《常新港:历史与现实童年之重》一文。作者指出:"在当下中国儿童文学发展的大语境下呈现常新港创作的价值非常有现实意义。当一股很'轻'很'浅'的儿童文学思想倾向逐步蔓延于这块文学阵地时,深度写作的呼唤会愈来愈响亮而热烈",而"常新港是新时期以来中国儿童文学界的重要作家。他的创作一直以来秉持鲜明的本土问题意识,体现着儿童文学视域内挚诚的人文关怀,因而在文本中镌刻着很清晰的'中国儿童文'印痕,一种很执著的从个体性到民族性的主体身份建构精神"。在作者看来,"对孩子隐秘的精神世界的关注,是常新港创作的重心。他在中国的语境中关注了童年主体性诸方面的问题,留下了深刻丰富的中国童年主体性的精神体验,这是最具有文学价值与社会意义的",但作者认为需要注意的是,"常新港的创作面临着新的突破,如何在现实与幻想之间寻找更好的结合点,是他在未来一段时间需要磨砺的"。②

2011年10月,王泉根在《人民日报》上刊发《为了孩子,请慎出恐怖读物》一文。王泉根指出:"进入新世纪以来,我国儿童文学创作与出版传播取得了骄人业绩,一大批优秀作品成为少年儿童精神生命健康成长的良师益友。但同时我们也应看到,由于种种复杂原因,也有一类劣质童书正在伤害着我们的孩子,其中包括从国外引进的充满僵尸、吸血鬼、恐怖鬼、幽灵的童书。"由此,作者呼吁:"少年儿童精神生命的健康成长,永远需要阳光,需要温暖和爱,需要优秀文学作品的滋润,而不需要僵尸与鬼

---

① 王泉根:《动物文学的精神担当与多维建构——〈中国动物文学〉总序》,《文艺报》2011年8月5日。
② 李利芳:《常新港:历史与现实童年之重》,《文艺评论》2011年第9期。

魂的纠缠。持续升温的恐怖文学引进与炒作,应当退烧了。"①

2011年11月,林文宝和邱各容的《台湾儿童文学一百年》一书由富春文化事业股份有限公司出版。邱各容在本书的"序"中指出:"一世纪的台湾儿童文学,经历过'去中国化'、'再日本化'的日本殖民统治,也经历过'去日本化'、'再中国化'的国民政府统治。是以,台湾儿童文学自然地融合了日本儿童文学、中国儿童文学,以及台湾在地的民间口传文学,呈现多元而丰富的儿童文学风貌。"②作者将台湾儿童文学分为五个阶段:"1912—1945(日治时期)、1945—1963(台湾光复到经济起飞前一年)、1964—1986(经济起飞到'解放'前一年)、1987—1995('解放'后到儿文所通过设置前一年)、1996—2010(儿文所通过设置到2010)"。在本书的"绪论"中,作者指出:"儿童文学的产生是缘于教育儿童的需要。"③

2011年11月,胡丽娜在《文艺争鸣》上刊发《消亡抑或重构——童年变迁与儿童文学生存危机论》。作者认为:"而媒介时代童年生态变迁或者说儿童受众的变化仅是推动儿童文学发展变化的一元,儿童文学绝非一成不变的概念。抛开受众维度的变化不论,儿童文学的存在形式就受惠于媒介技术发展而不断推陈出新:从口传形态的民间文学到安徒生等开创的创作童话,再到图画书、动漫书刊以及方兴未艾的网络儿童文学等诸种儿童文学的存在样式,儿童文学的外延和内涵都随着时代发展有着明显的变化。而就儿童文学创作主体来说,长期以来成人主导的格局也逐渐被打破,依托网络、博客等新媒体的开放性,传统文学生产的'把关

---

① 王泉根:《为了孩子,请慎出恐怖读物》,《人民日报》2011年10月25日。
② 林文宝、邱各容:《台湾儿童文学一百年》,富春文化事业股份有限公司2011年版,第3页。
③ 林文宝、邱各容:《台湾儿童文学一百年》,富春文化事业股份有限公司2011年版,第12页。

人'功能淡出,青少年群体的创作被赋予更自由平台,低龄化写作、商业化写作、通俗化写作等蔚为大观。媒介时代儿童文学一直在创造这些层出不穷的新变,如果静态地以传统儿童文学概念、审美特质来衡量以上现象,难免会得出儿童文学存在危机的结论。为此,媒介时代的儿童文学需要以更开放的姿态重新建构儿童文学的版图,在认可儿童受众维度的变化的同时,接纳来自儿童文学生产转型、存在形态更新等诸多方面的变化。"[1]

---

[1] 胡丽娜:《消亡抑或重构——童年变迁与儿童文学生存危机论》,《文艺争鸣》2011年第17期。

2012年

2012年1月,林美琴的《绘本有什么了不起——绘本入门必备案头书》一书由新疆青少年出版社出版。对于不少人所提出的质疑:"读绘本真的会成为文字学习的障碍吗?"她的观点是,"一本优秀的绘本不只是具象地呈现图画,绘本创作者常以丰富的图像信息来传递思想和用意。如果读者在阅读绘本时,可以从对图像的感知展开想象与思考,结合生活经验,召唤相关的思维来响应图像的信息,阅读就能由外而内,发展成为心智的活动,并能将具体的图像转化为特定的意象,理解作者传递的思想,掌握主旨与意义。通过这样的阅读历程,就可以培养出从具体形象掌握抽象的思维和观念的高层次阅读能力"[①]。

2012年1月,李学斌在《上海师范大学学报(哲学社会科学版)》上刊发《游戏精神:再造童年和自我超越——论童年文学的审美价值取向》。在作者看来,"广义的'儿童文学'中,童年文学特指为小学阶段儿童提供的、适合他们阅读的文学作品"。作者在"摘要"中也指出:"童年文学的价值核心是游戏精神。它是作家在'自我表现'与'再造童年'基础上,对儿童读者的审美呼应、精神引领;它通过'出走'与'回归'的叙事结构实现其内在的游戏效应;并最终借'顽童'和'能者'的形象达成完满价值实现。基于此,文章认为,童年文学的游戏精神不仅在于描绘、传达儿童成长中的愿望和体验,更在于通过对童年文学游戏精神效应的自觉追求,参与儿

---

① 林美琴:《绘本有什么了不起——绘本入门必备案头书》,新疆青少年出版社2012年版,第4页。

童的心灵建构,最终实现童年人格审美塑形与内在自我的精神超越。"①

2012年1月,美国的斯蒂芬·克拉生(Stephen D.Krashen)的《阅读的力量》一书由新疆青少年出版社出版发行。斯蒂芬·克拉生曾经提出过"自由阅读"的理论,并且该理论在学术界引起了重大的反响,对语文教育与儿童阅读推广都有着重要的参考价值。王林在本书的"序言"部分对于克拉生的理论作出了精要的概括:"作者通过大量研究资料,揭示了一个残酷事实——直接教学对提高学生的语文能力(Literacy)没有功效。也就是说,大部分老师花了大量时间,在课堂上教字词句、语法规则、语文知识、阅读方法,基本上是浪费时间,远不如让孩子自由阅读成绩更突出。"②

2012年1月,方卫平在《南方文坛》上刊发《乡土的意义——评王勇英"弄泥的童年风景"系列》。作者指出:"读罢王勇英的'弄泥的童年风景'系列,掩卷之余,我有一种强烈的感觉:作品中这个名叫'大车'的普通客家村落,或许将成为作家本人儿童文学创作以及中国当代儿童小说艺术版图中一个具有标志性的文化记号。作者笔下这座被广西博白的青山绿水和它自己的文化紧紧环抱着的小村,其呼吸脉动间有一种令人难以忘怀的淳朴之美和文化韵味,使它一旦经过我们眼前,就会长久地驻留在我们的阅读记忆中。作为一个乡土题材的儿童小说系列,'弄泥的童年风景'提供了关于广西博白地区客家生活和文化的生动书写,也描画了那些生长、奔忙于其中的蓬勃的童年生命的独特足迹。特殊的自然环境、生活方式和文化背景赋予了该系列作品以特殊的文学面貌,可以说,正是这

---

① 李学斌:《游戏精神:再造童年和自我超越——论童年文学的审美价值取向》,《上海师范大学学报(哲学社会科学版)》2012年第1期。
② [美]斯蒂芬·克拉生(Stephen D.Krashen):《阅读的力量》,新疆青少年出版社2012年版,第1页。

一点促成了'弄泥'系列天然的艺术优势。但与此同时，对于这一文化独特性的沉迷，恰恰也是作品实现进一步的艺术提升所需要跨越的屏障。"①

2012年2月，陈晖在《汕头大学学报（人文社会科学版）》上刊发《继承发扬中国诗歌艺术传统的纯美童诗——评中国诗人金波的儿童诗创作》。作者认为："中国当代诗人金波的儿童诗歌创作凝聚融汇着自然美、童心美和诗歌艺术美。金波儿童诗作情感的含蓄表达、意境的营造、哲理的意蕴及对韵律乐感的追求，都反映出其儿童诗歌艺术更多建立在继承中国诗歌传统的基础上，而通过对国外诗歌格式与手法的吸取，金波的儿童诗有了多样的形式和更为丰富的审美内容及层次。"②

2012年2月，方卫平和赵霞在《社会科学报》上刊发《童话幽默美学日臻成熟》一文。作者认为，"20世纪90年代以后，'热闹派'童话的创作潮流悄然退去，但它们所唤起的童话的幽默精神，却在其后的童话创作探索中默默地延续了下来。整个90年代的长短篇童话创作是在一种不事张扬的自我艺术探寻中，悄然走过了世纪的门槛。而从20世纪90年代尤其是进入新世纪以来，童话的幽默美学不断得到创作者和评论者们的关注，并显示出日臻成熟的面貌"。而对于当时逐渐兴起幽默童话的事实，作者也指出："与80年代及以前的童话相比，近年来的童话创作在幽默美学的经营方面，开始在'热闹'、'好笑'的基础上，更多地考虑故事本身的文学质量，以及如何通过叙事安排本身巧妙地传达幽默效果。在这里，童话的幽默不再仅仅意味着某个好笑的故事角色或某些滑稽的场景、对白，而是与作品的整体文学构架结合在一起，渗透在它的文学肌理和故

---

① 方卫平：《乡土的意义——评王勇英"弄泥的童年风景"系列》，《南方文坛》2012年第1期。
② 陈晖：《继承发扬中国诗歌艺术传统的纯美童诗——评中国诗人金波的儿童诗创作》，《汕头大学学报（人文社会科学版）》2012年第1期。

事纤维当中。"①

2012年2月,方卫平和赵霞在《文艺争鸣》上刊发《政治语境中的美国当代儿童文学批评——以种族批评为例》。作者的基本观点是:"由于历史文化背景和文学批评传统等方面的原因,美国当代儿童文学界对自身内外的社会政治语境一向保持着比其他许多地域的同行更为敏感的参与意识。这其中,种族问题作为美国历史上一个受到普遍关注的政治话题,也自然成为美国儿童文学领域一个重要的批评议题。美国儿童文学种族批评的历史与现状为我们一窥政治语境下美国当代儿童文学的批评抉择及其批评展开方式提供了一个典型的样本,也为我们进一步思考儿童文学、儿童文学批评与政治现实、社会公平之间的关系提供了一种有益的参考。"②

2012年3月,谈凤霞在《南京师范大学文学院学报》上刊发《中英两部成长小说中母女冲突的比较研究》。作者指出:"英国当代少年文学女作家安·卡西迪的获奖小说《寻找JJ》和中国当代女作家迟子建的成长小说《岸上的美奴》都是涉及少女'弑'母的叙事。女儿的过激行为与其对母亲的女性身份的认同危机休戚相关,而其背后均有一个冷面'杀手',即他者或公众的权力压迫。这两个关于'严肃主题'的文本属于反乌托邦性质的成长叙事,但都指向'温暖和爱意',着眼于呈现女儿内心世界的叙事方法等也都表现出作者同情兼批判的写作立场。"本文就是通过对于这两个文本的主题做深入的解析和比较,"来探讨女儿对母亲产生认同危机的隐秘内因和重要外因,并探讨这类文本(尤其是中国文本)读者定位的

---

① 方卫平、赵霞:《童话幽默美学日臻成熟》,《社会科学报》2012年2月2日。
② 方卫平、赵霞:《政治语境中的美国当代儿童文学批评——以种族批评为例》,《文艺争鸣》2012年第2期。

可能性"①。

2012年3月,吴其南在《东岳论丛》上刊发《红色儿童文学的时间维度》一文。作者指出:"红色儿童文学表现着革命阶级对红色国家和红色接班人的想象。其时间安排主要是用公历纪年又对其内容进行了改造;强调公共时间淡化个人时间;用未来时间统率现在时间。这使红色儿童文学成为红色接班人的成人仪式,也在一定程度上压抑了人的个性的生成。"②

2012年3月,方卫平在《南方文坛》上刊发《从"事件的历史"到"述说的历史"——关于重新发现中国儿童文学的一点思考》。作者认为:"无论如何,就我个人的学术思虑而言,关于重新发现、评价中国儿童文学,重新梳理、建构中国儿童文学史的思考,是由上述选本工作所引发的;我知道,对于中国儿童文学及其历史重构的任何学术念想,都意味着它将要面对的是一整套系统而复杂的历史梳理和理论清算工作。据我所知,近年来,一些学术同行也正在从事着有关重新勾勒中国儿童文学史的研究工作,关于中国儿童文学发展的'一个人的文学史'著作正在撰著之中。我想,中国儿童文学发展作为原生态的'事件的历史',也将在这样不断出现的重新'述说'与'评价'中,变得越来越真实、丰富和立体。"③

2012年3月,谈凤霞在《南京师大学报(社会科学版)》上刊发《突围与束缚:中国本土图画书的民族化道路——国际视野中熊亮等的绘本创作论》。作者指出:"上世纪末以来,中国本土图画书创作在汹涌而来的外国图画书的影响下逐渐得以发展,但难与之抗衡。熊亮等怀有民族文化

---

① 谈凤霞:《中英两部成长小说中母女冲突的比较研究》,《南京师范大学文学院学报》2012年第1期。
② 吴其南:《红色儿童文学的时间维度》,《东岳论丛》2012年第3期。
③ 方卫平:《从"事件的历史"到"述说的历史"——关于重新发现中国儿童文学的一点思考》,《南方文坛》2012年第3期。

焦虑感的创作者选择民族化道路来突围,致力于给中国孩子一个'可记忆的中国',其不断拓进的系列图画书创作轨迹显现了民族化道路的多种可能性。这类充满中国文化精神和艺术旨趣的原创图画书开创了本土图画书的新局面。然而相比世界经典图画书,这种探索存在着某些误区或束缚。如何处理好文化与童心、民族性与国际性、现代与传统及其文与图的关系,是关键所在。"[1]

2012年4月,刘绪源在《文艺报》上刊发《重新认识张天翼——〈大林和小林〉中的"坏人"与"间离效果"》。在作者看来,张天翼受《爱丽丝漫游奇境记》的影响,"因为许多掩也掩不住的相似之妙,在作者笔下汨汨流出,自然而然,既相似又独到,这是一个天才激发另一个天才的奇妙现象"。作者认为,"像《大林和小林》中的这种审美,与现实保持着明显的距离,这是带有现代主义性的艺术手法,与德国戏剧家布莱希特的'间离效果'十分相似",这样的文学审美,"虽然不合于将文学直接置于现实中的理论要求,却也并非'将屠户的凶残,使大家化为一笑',而在游戏中,在笑中,在非现实中,让儿童看到屠户的荒谬、可笑;当儿童回到现实中,看到相似的情景,他会变得十分敏感,能马上意识到其中的荒谬性和可笑性。所以,这同样是通过审美'将人提高',同样是以文学推进社会,但这是审美间接的推进,而不是实用的、直接的、工具式的"。但作者也指出张天翼作品的不足,"不论先后,不论中外,结局也只能是一个,这样,雷同就将越来越严重"[2]。

2012年4月,吴其南的《20世纪中国儿童文学的文化阐释》由中国社会科学出版社出版。作者认为,"古代没有自觉的、作为一个类型的儿童

---

[1] 谈凤霞:《突围与束缚:中国本土图画书的民族化道路——国际视野中熊亮等的绘本创作论》,《南京师大学报(社会科学版)》2012年第2期。
[2] 刘绪源:《重新认识张天翼——〈大林和小林〉中的"坏人"与"间离效果"》,《文艺报》2012年4月6日。

文学,因为那时没有现代型的儿童教育,没有一个儿童的'知识集',也没有相应的能与儿童沟通的艺术媒介,这些都在进入20世纪后发生转折性的变化并获得解决,而解决这些问题的原动力便是中国社会的现代化进程"①。

2012年4月,李学斌在《阴山学刊》上刊发《内在同构与多元契合——试论儿童游戏与文学审美之关系》。作者指出:"游戏是人类文化的母体,也是人类精神活动的隐喻和象征。它以自身的存在为目的,因而具有超功利的特性。对于孩子来说,游戏不仅激发儿童的想象力、创造力、满足并释放孩子的情感;而且还促进了儿童认知的发展和思维的建构,极大程度提升了儿童自我探索、自我把握、自我超越的能力。"通过结合儿童认知心理学、审美发生学等多方面的学科知识,他认为可以从四种角度来看待问题:(一)从儿童游戏把握世界的方式看,儿童游戏与文学审美具有内在同构性;(二)从儿童游戏的表现形式看,儿童游戏与文学审美具有形态的类似性;(三)从儿童游戏的内部结构看,儿童游戏与文学审美是内在重合的;(四)从儿童游戏的现实功能看,儿童游戏与文学审美也有诸多迭合之处。②

2012年4月,胡丽娜的《大众传媒视阈下中国当代儿童文学转型研究》由中国社会科学出版社出版,该书是基于她的博士论文修改而来。针对不同时期的儿童文学批评,胡丽娜概括道:"发生期儿童文学批评体系的构建就已自觉融入跨学科的意识,时至今日,儿童文学发展进入了融合态势,跨学科研究更成为一种必需。只是,就当前儿童文学批评现状来说,跨学科研究这一优良传统并未在当代批评实践中很好地发扬,或者说

---

① 吴其南:《20世纪中国儿童文学的文化阐释》,中国社会科学出版社2012年版,第279页。
② 李学斌:《内在同构与多元契合——试论儿童游戏与文学审美之关系》,《阴山学刊》2012年第2期。

批评的自觉省思、构想与困顿乏力的批评现实之间有着巨大的落差。"①而从媒介的角度切入儿童文学研究,在她看来意味着"能够从一个更为广阔的空间来言说儿童文学的可能,但这也意味着需要一个更大的学科构架和更为深厚的学理基础,以及对于儿童文学批评品格构建的思索"②。对此,她提出两点:"首先,儿童文学批评定位的问题,即儿童文学批评应该建立怎样的批评品格。是要密切追踪动态、服务现状发挥及时效应的批评,还是对儿童文学的整体发展能起到预示甚至引导作用的长效批评?""其次,有效整合与运用传播学理论资源,并进而建构完善的儿童文学批评本性",虽然哈贝马斯的"公共空间"理论、布尔迪厄的"文学场"理论、埃斯卡皮的"文学社会学"理论等均能为"儿童文学的传媒研究和跨学科研究的实现带来理论启迪",但"问题在于,如何有效整理理论资源并真正做到'为我所用'"。③

2012年4月,吴其南在《阴山学刊》上刊发《"复演说"和成人对儿童的殖民》。作者指出:"清末民初,中国处在从传统走向现代的关键时刻,人们迫切需要将自己和传统区分出来,采取的主要办法之一就是为传统命名,相对自己的现代、都市、成熟将传统命名为原始、乡村、孩子,由此发明出一个'原始社会',将原始社会的文学称为'童话',并将原始人、童话和儿童、儿童文学等同起来,无意中却将'儿童'、'儿童文学'发明出来了。这原主要是为着成人自己的需要,在发明'儿童'的同时又完成了对儿童

---

① 胡丽娜:《大众传媒视阈下中国当代儿童文学转型研究》,中国社会科学出版社2012年版,第216页。
② 胡丽娜:《大众传媒视阈下中国当代儿童文学转型研究》,中国社会科学出版社2012年版,第219页。
③ 胡丽娜:《大众传媒视阈下中国当代儿童文学转型研究》,中国社会科学出版社2012年版,第219—220页。

的殖民。"①

2012年5月,刘绪源在《南方文坛》上刊发《重评童话集〈稻草人〉——兼论叶圣陶何以中断1922年的童话创作》。在作者看来,叶圣陶的童话"除了《小白船》,作者创作初期所写的《燕子》、《芳儿的梦》、《梧桐子》等,都属于这类'母爱型'童话。这些作品说不上有什么深度,但写得天真、优美,所表现的都是善良、友爱、亲情等正面情感,又清浅可读,很受家长和幼稚园欢迎。这些最初的创作,深深地影响着后来中国低幼文学的发展。上世纪50年代走上文坛的葛翠琳等作家的创作风格,继承的也是这一传统"。但叶圣陶后来之所以不写这样的作品,原因在于"这有时代风气的原因,也有艺术创作自身的原因。上世纪二三十年代,是激进的、批判的、反抗的,稍有进步倾向的作家,很难持续地写世外桃源式的作品,哪怕躲在儿童文学的伞下也不行","在不到半年的时间里,他的童话从'母爱型'迅速转向了'父爱型'"。但在作者看来,叶圣陶真正失败的作品,就是《稻草人》,他认为:"'稻草人'的形象是中国式的,是本土的,原创的,这是它讨巧的地方。《稻草人》是一个悲剧,结尾相当凄惨,但童话并非不能这样写,西方'父爱型'文学中悲剧故事也很多(如斯坦贝克《小红马》就是),我以为最大的问题,还是在于图解","社会确实有黑暗,文学也确实不能光写世外仙境,但不能光靠人为的堆砌","而要细心地、真实地理出黑暗的由来、黑暗的特质,要有真实的发现才行,这应是'父爱型'创作的题中应有之义"。对于叶圣陶后来童话创作停手的原因,作者认为,"可能也是因为他无法再往下写了吧。因为这样一种发展趋势,确是将他自己带到了绝境","叶先生写不下去了,这样的写法却留存下来,并发扬开去。我想,这本身,也和《稻草人》结局相似,这也应是一个

---

① 吴其南:《"复演说"和成人对儿童的殖民》,《阴山学刊》2012年第2期。

文学史的悲剧"。①

2012年6月,陈恩黎在《文艺争鸣》上刊发《颠覆还是绵延?——再论〈小孩月报〉与中国儿童文化的"现代启蒙之路"》。在陈恩黎看来,"发轫于18世纪的'西方现代儿童观'秉承了其文化母体'启蒙运动'的多元与流动性。以洛克的'新教派'与卢梭的'浪漫主义派'为基础的两组关于童年概念的知识旋律之间的互补与竞争是以后西方文化现代儿童观的主要框架",而到了20世纪之后,"随着1910—1940年欧美文学的现代运动的兴起,以及世界大战后西方文化对成人理性的一种普遍反思与反动,'童年'作为一个现实生命体所蛰伏的许多层状堆积物被现代文学发现并承认。由此,20世纪的童年概念获得了本体意义上的转折"。而对于《小孩月报》的历史价值,她认为其"所开启的'启蒙之路'并没有完成一种对传统中国文化形成挑战、颠覆和互补的横向文化移植,而是变异为在现代化名义下继续绵延的纵向繁殖,进一步加大了传统中国对童年的不信任以及意欲多方规范、塑造与利用的文化惯性"②。

2012年6月,金波的《天造地设顽童心——任溶溶》由上海锦绣文章出版社出版,本书属"海上谈艺录"丛书之一,是金波为任溶溶所写的个人评传。全书由艺术访谈和艺术传记两部分组成,生动地描绘了任溶溶的创作与翻译的经历及其在其中所遇到的坎坷,描绘了他的心路历程,也体现出他对于中国儿童文学事业的热爱,同时也展现出他对中国儿童文学的发展所作的贡献。另外本书还有两则附录,分别为"从艺大事记"、"后记",具有珍贵的史料价值。在本书的"艺术访谈"中,任溶溶讲述了他的

---

① 刘绪源:《重评童话集〈稻草人〉——兼论叶圣陶何以中断1922年的童话创作》,《南方文坛》2012年第3期。
② 陈恩黎:《颠覆还是绵延?——再论〈小孩月报〉与中国儿童文化的"现代启蒙之路"》,《文艺争鸣》2012年第6期。

阅读史："我识字前读了大量连环画。后来我又喜欢上了武侠小说。我最爱读的小说是《济公传》,《西游记》、《水浒传》、《三国演义》也是我很喜欢读的。《西游记》我只是读情节,不喜欢的地方就跳过去。《三国演义》么,诸葛亮一死,我就不大有兴趣读了。读《水浒传》,我很感谢金圣叹,因为他把水浒腰斩了,不然眼看一个个梁山好汉死去,会很伤心。我最不要看的是《红楼梦》,我对婆婆妈妈的东西不感兴趣。读名著使我从中得益匪浅,所以我一直提倡小孩要多读古典文学作品。"①

2012年6月,侯颖的《论儿童文学的教育性》由中国社会科学出版社出版。儿童文学的教育性一直是儿童文学研究所争论不休的基本理论话题。本书将儿童文学放置于多种文化关系中作出考量,其中的范围包括:儿童自身精神生命空间、儿童文学基本理论、儿童文学经典文本、小学语文教育儿童阅读和少年儿童读物出版等多个方面,梳理出儿童文学教育复杂的呈现方式和丰富内涵,提出儿童文学现场学的理论,从而探究出儿童文学独特的品格。侯颖认为:"儿童文学研究要对少儿读物编辑出版、儿童阅读、儿童文化、儿童教育、儿童哲学以及语文教育等,有一种责任意识和担当,才能够成为相关学科的学术资源。儿童文学不仅是文学场域中的一族,也应该是健全儿童人格的精神家园,更应该是提升民族品格打底色的工作。希望本书能够给儿童文学理论工作者、教育工作者、家长,以及少儿读物出版编辑些微的启迪。"②

2012年6月,王泉根的《抗战题材儿童小说的审美追求》一文刊发于《光明日报》。作者总结了三代写抗战题材小说作家的特点:"第一波抗战题材儿童小说,直接诞生于战火纷飞、全民抗战的激情燃烧岁月。与战争的'零距离'接触,是第一波小说的显著特点:作家本身就是这场战争的亲

---

① 金波:《天造地设顽童心——任溶溶》,上海锦绣文章出版社2012年版,第4页。
② 侯颖:《论儿童文学的教育性》,中国社会科学出版社2012年版,第279页。

历者、参与者、目击者,因而作家本人与作品中的人物同处于战争环境,作品的题材、内容、形象完全来自战争一线,呈现出时代生活与英雄事件的本真状态";"第二波抗战题材儿童小说的作者,他们在战争年代还是青少年,有的亲历过战争,也有的尚未成人,但对那场战争都有着刻骨铭心的感受。因而他们是'近距离'地观察抗战、回忆抗战、叙述抗战,所反映的人或事,有亲历、有目击也有虚构";"创作第三波抗战儿童小说的作家,以'70后'和'80后'为主体,那场战争早已成为历史。他们只是从传媒以及长辈的口述中,才了解到战争的存在"。①

2012年6月,《中国儿童文学(理论评论专刊)》(春季号)出版。本期刊发了方卫平、李学斌、张锦贻、薛贤荣、刘绪源、彭懿、吴正阳、徐丹、陈敏、王蕾、齐童巍、石诗谣、周怡然的相关文章。

方卫平的《儿童文学作家的思想与文化视野建构——关于当下儿童文学创作的一种思考》认为,"对儿童文学写作来说,童年观、教育和文化的三重视野构成了其思想的眼界。应该说,当代原创儿童文学格外需要这样一种眼界的拓展"②。

李学斌的《试论儿童文学阅读的内在动因与现实策略》从儿童为什么阅读文学、如何激活儿童的阅读灵性、儿童文学阅读的基本策略三个方面梳理了儿童阅读的内在机制。③

2012年9月,钱淑英在《浙江师范大学学报(社会科学版)》上刊发《"在家"与回归——现代魔幻文学中的日常生活叙述》。作者认为:"将日常生活作为探讨魔幻文学的视角,可以把握现代魔幻文学在日常生活叙

---

① 王泉根:《抗战题材儿童小说的审美追求》,《光明日报》2012年6月5日。
② 方卫平:《儿童文学作家的思想与文化视野建构——关于当下儿童文学创作的一种思考》,《中国儿童文学(理论评论专刊)》2012年春季号。
③ 李学斌:《试论儿童文学阅读的内在动因与现实策略》,《中国儿童文学(理论评论专刊)》2012年春季号。

述中所反映的美学追求。'在家'与回归构成日常生活叙述的两个层面，分别揭示了现代魔幻文学的审美内涵和价值取向。现代魔幻文学以微妙的方式建构了对日常生活的理解，通过魔幻式的远离反思儿童的成长和现代人的生活，体现魔幻文学自身的现代品格。"①

2012年9月，方卫平和赵霞在《当代作家评论》上刊发《商业文化深处的"杨红樱现象"——当代儿童小说的童年美学及其反思》。在作者看来，"从商业文化的深处来考察杨红樱的儿童小说写作以及中国当代儿童小说的美学发展，我们对于商业文化语境下中国儿童小说的美学走向或许会生出一种新的期待和理解"。在此情境下，儿童文学常常也处于一种非常尴尬的处境："很多时候'商业'和'经典'成为了被用来指称儿童文学艺术判断的一对反义范畴。在这样的背景下，商业文化带给当代儿童文学写作的深层美学意义，始终没有得到充分的探讨；而与此相应地，有关商业文化所参与促成的一种新的当代儿童文学表现艺术的深入推进，也还没有获得创作界和批评界应有的关注。从这个意义上说，中国当代儿童小说发展所面临的问题不仅仅是在商业文化下如何保持对儿童文学艺术传统的敬意，更是如何使正在发生的这一场美学新变能够在自我认识和反思的过程中实现艺术上的进一步沉淀、提升，并通过借力商业文化，最终推动儿童文学整个文类在当代的经典化进程。"②

2012年9月，陈晖在《语文教学通讯》上刊发《儿童文学课程资源教学应用的理论和实践》。作者指出："在国家倡导儿童素质教育、推行基础教育改革的背景下，儿童文学（绘本）作为优质教育资源的性质、地位和作用得到进一步确认。儿童文学（绘本）特别针对儿童身心发展的需要及兴

---

① 钱淑英：《"在家"与回归——现代魔幻文学中的日常生活叙述》，《浙江师范大学学报（社会科学版）》2012年第5期。
② 方卫平、赵霞：《商业文化深处的"杨红樱现象"——当代儿童小说的童年美学及其反思》，《当代作家评论》2012年第5期。

趣爱好,具有文学、艺术、科学、审美等方面的丰富内蕴,对促进儿童精神成长、培养儿童情感态度价值观、促进儿童多元智能等都有突出的意义和作用。应用儿童文学(绘本)开展阅读活动、自主创建校本课程已成为各级各类学校及教育机构的共同选择和趋向。"①

2012年10月,芮渝萍和范谊的《成长的风景——当代美国成长小说研究》一书由于商务印书馆出版发行。作者认为:"在我国,'成长小说'作为文学作品的分类术语,20世纪90年代后才开始频繁出现,而在我国外国文学评论界出现的时间更晚一些。国内的许多美国文学史、外国文学史、工具书和教科书,均没有'成长小说'这一词条,更没有'美国成长小说'的词条。相对来说,德国的同类小说'教育小说'较早被介绍进国内。冯至先生1943年与人合译了《维廉·麦斯特的学习时代》。"②在作者看来,成长小说研究的关键在于:"对当代成长小说的研究既应该有文内研究,研究这一文类特殊的内在结构和艺术肌理;也应该有文外研究,从宏观上理解它们在社会、文化、历史和个人生活中的作用。毕竟,文学的主要动力源自对社会生活的体验,其目的也是为了对社会产生影响。"③作者也介绍了本书的研究内容:"当代美国成长小说的基本面貌,重要作家和作品;当代美国成长小说的思想主题;当代美国成长小说的道德取向,尤其是对美国文学和文化传统的继承与扬弃;当代美国成长小说与美国当代社会思潮的关系,重点讨论当代美国成长小说中的性别、身份和政治意识;成长小说与青少年认知发展的关系;当代美国成长小说的艺术特征,如结构特征、话语特征和叙事特征;当代美国成长小说与青少年教育

---

① 陈晖:《儿童文学课程资源教学应用的理论和实践》,《语文教学通讯》2012年第27期。
② 芮渝萍、范谊:《成长的风景——当代美国成长小说研究》,商务印书馆2012年版,第8页。
③ 芮渝萍、范谊:《成长的风景——当代美国成长小说研究》,商务印书馆2012年版,第12页。

和社会化等问题。"①

2012年10月,方卫平在《文艺争鸣》上刊发《童年写作的厚度与重量——当代儿童文学的文化问题》。作者认为:"当代儿童文学的艺术发展已经走到了这样一个门槛上:如果不启动有关文化问题的思考,那么留给这一文类的艺术提升空间已经显得十分有限。这不仅仅是当代中国儿童文学的艺术问题,也是当前世界儿童文学写作者共同面临的艺术课题。不过,相比于世界儿童文学在文化底蕴和文化思考的层面所达到的最高位置,中国儿童文学还远远地落在后面。我们甚至可以说,目前中国儿童文学与世界优秀儿童文学的最大艺术距离,不是文学的距离,而是文化的距离。"②

2012年10月,刘绪源在《文艺争鸣》上刊发《作为理论家的方卫平》一文。刘绪源指出:"在儿童文学界,当时的理论环境严格地说,也就是没有理论,几近于一片空白。中国儿童文学曾经有过很好的理论,它们非常早熟,与国际先进理论也可说是同步的,而且时至今日也并没有过时。"对于当时所存的理论,刘绪源主要归结为两种:"一是做加法同时做减法的理论,二是充满激情但缺乏研究的理论。"作者以王元化与李泽厚为例,认为"卫平关于儿童文学基础理论的思考,就多少有点向子期'刚开头却又煞了尾'的味道,以后未见继续下去"。在他看来,方卫平"似可参照王先生和李先生的道路,再狠狠往前走几步的"③。

2012年10月,吴其南在《文艺争鸣》上刊发《为一个学科寻找逻辑起点——评方卫平的儿童文学研究》。作者指出:"《大英百科全书·儿童文

---

① 芮渝萍、范谊:《成长的风景——当代美国成长小说研究》,商务印书馆2012年版,第12—13页。
② 方卫平:《童年写作的厚度与重量——当代儿童文学的文化问题》,《文艺争鸣》2012年第10期。
③ 刘绪源:《作为理论家的方卫平》,《文艺争鸣》2012年第10期。

学》条目说,判断一个国家、一个地区儿童文学是否成熟有许多标准,其最后一个重要标准是看它是否有一支专业的儿童文学理论队伍。以此为标准,当下中国儿童文学是属于较为成熟的行列的:它不仅有一支儿童文学理论队伍,队伍中还有一些很成熟的学者,方卫平便是这队伍中较突出的一位。"①

2012年11月,谈凤霞在《当代作家评论》上刊发《"无所谓"还是"有所畏"——关于彭懿幻想小说的问题评判》一文。作者指出:"作为中国幻想儿童文学的开拓者之一,彭懿从二十世纪九十年代就开始了颇具先锋色彩的童话创作,新世纪以来保持了旺盛的创作势头,写出了一系列的长篇幻想小说","但是这累累硕果中并非个个完美无瑕,比如《魔塔》等就明显存在一些值得商榷的问题,而这些问题也是当下幻想儿童文学创作普遍应该注意的问题"。作者认为,"幻想意味着一种超越现实常规的自由,但这种天马行空的'自由'并不等于无法无天、僭越一切的'无所谓'"。她呼吁:"给孩子们的文学应该摒弃过于阴暗的'邪风黑云'、过于恐怖的'腥风血雨'、过于迷离的'风花雪月',也摒弃甚嚣尘上的娱乐调侃与无操守的媚俗迎合,摒弃没有底线的'无所谓'!"②

2012年11月,吴其南的《故乡是一段岁月》一书由阳光出版社出版。在本书的"前言:告别'本质论'"中,作者对于建构论提出自己的看法:"中国儿童文学曾经有过理论,并一度走在创作的前面,那就是周作人等在五四前后张扬的'复演说'和'儿童本位论',但不久后即被阶级斗争理论绑架,直到80年代后才稍显复苏。复苏后的儿童文学理论没有太跳出周作人的藩篱,主要在浪漫主义的文学观念里想象儿童和儿童文学,回归自

---

① 吴其南:《为一个学科寻找逻辑起点——评方卫平的儿童文学研究》,《文艺争鸣》2012年第10期。
② 谈凤霞:《"无所谓"还是"有所畏"——关于彭懿幻想小说的问题评判》,《当代作家评论》2012年第6期。

然,回归乡村,回归儿童,回归未开化、半开化的乡野人,同时也回归人的潜意识,用荒野文化来校正园艺文化。作为一种源远流长的儿童想象世界的方式,这种建构儿童和儿童文学的方式无疑有巨大的合理性,代表着20世纪儿童文学想象的最高水平。"[1]作者在"后记"中指出:"儿童文学当然也需要理论,但如周作人五四时期就已说过的,儿童文学是很容易流于保守的。铁打的营盘流水的兵,儿童读者以很快的速度变化着,而儿童文学的内容、形式却较少改变。加之真正有造诣者关注较少,20世纪儿童文学理论,除周作人等少数几个人外,真正值得阅读者,委实不多。这种状况到20世纪末也无质的改观。20世纪末的儿童文学理论,其最优秀者,多半也还在本质论、浪漫主义文学观的圈子里打转。我自己的一些论文,如'前言'中已检讨的'写给春天的文学'等也如是。"[2]

2012年11月,《中国儿童文学(理论评论专刊)》(秋季号)出版。本期刊发了方卫平、周晓波、王泉根、胡丽娜、彭懿、徐丹、林清、汤汤、王昆建、张国龙、许丽勇的相关文章。

周晓波的《论童诗审美情趣的构成与艺术传达》提出了童诗与成人诗的迥异之处:"童诗与成人诗诗美表现的最大差异和区别,可能就是童诗特别注重儿童情趣美的构成与传达,这其实也是最能体现出童诗审美价值的核心所在。成人诗所谈的情趣美或许主要指的是性情、志趣或情感;但童诗的情趣美则主要表现为儿童情趣,即童心与童趣在作品中的艺术传达,与成人诗的情趣美大相径庭。"并从童心、想象、幽默、情理、形式五个方面作进一步分析。[3]

王泉根的《儿童歌词的审美世界》认为,"儿童歌词是指适合儿童情趣

---

[1] 吴其南:《故乡是一段岁月》,阳光出版社2012年版,第3页。
[2] 吴其南:《故乡是一段岁月》,阳光出版社2012年版,第260—261页。
[3] 周晓波:《论童诗审美情趣的构成与艺术传达》,《中国儿童文学(理论评论专刊)》2012年秋季号。

与咏唱的诗歌,是儿童诗歌的重要艺术类型。歌词的价值主要体现在'应歌而生'的功能上,因而歌词与音乐相伴。儿童歌词自然而然是为儿童音乐艺术服务的一种特殊儿童诗,富于歌唱性,宜于歌舞,对于陶冶学生审美素质、丰富校园文化具有重要价值"①。

2012年11月,张心科编著的《民国儿童文学教育文论辑笺》由海豚出版社出版。在"前言"中,作者指出一类现象:"'儿童'是与'成人'相对的一个概念。但是,在诸多学者的论述中,二者之间的界限较为模糊,甚至有人将25岁之前的人都划入'儿童'的行列。"而在本书中,"儿童"多指小学生,儿童文学一般"是指小学生在教材中所学的文学作品,包括纯文学作品和文学化作品"②。对于"文学教育"这个概念,作者首先强调这本书中所说的"教育"是狭义的"教育"。如果以"education"(教学)的层面来界定"文学教育",作者认为"人们对此的理解也并不相同",具体分为几个方面:(1)文学教育是审美教育;(2)文学教育是与以培养"语文"能力为目的的教育相对的、借助文学作品所施行的教育;(3)文学教育是借助文学作品、采用特定的阅读策略(如知人论世、以意逆志、补充想象、诵读涵泳等)以培养学生获取文本信息能力的教育。③ 而以上的分歧,源于论者对被定义项的认识存在着"实然"("实际是")和"应然"("应该是")之别。对于"儿童文学教育"这个概念,编者认为:实然的"儿童文学教育"就是在国文、国语科内借助儿童文学作品所进行的教育,或者说是借助文学文本所进行的以获得审美愉悦、各种知识,接受道德训诫和培养语文能力等为目的的教学;应然的"儿童文学教育"是指,以涵养性情为主,兼以启发德智,并习得文学阅读的技能为目的的阅读教学。作者将

---

① 王泉根:《儿童歌词的审美世界》,《中国儿童文学(理论评论专刊)》2012年秋季号。
② 张心科编著:《民国儿童文学教育文论辑笺》,海豚出版社2012年版,第9页。
③ 张心科编著:《民国儿童文学教育文论辑笺》,海豚出版社2012年版,第10—11页。

民国的儿童文学教育分为几个阶段,分别为:第一阶段,成人本位实用主义儿童文学教育阶段(1912—1921)[①];第二阶段,儿童本位审美主义儿童文学教育阶段(1922—1936)[②];第三阶段,国家本位民族主义儿童文学教育阶段(1937—1949)[③]。

2012年12月,钱淑英的《雅努斯的面孔:魔幻与儿童文学》由海燕出版社出版,本书属于"红楼书系第三辑"的"儿童文化研究文库"之一,基于作者的博士论文修改而成。在方卫平看来,"《雅努斯的面孔:魔幻与儿童文学》探讨作为一种叙说方式和艺术精神的'魔幻'与作为一个文类的儿童文学之间的历史渊源与当下关联。作者的思考中包含了针对当下少儿文学和文化现象的十分切近的现实关怀起点,但其理论的触角却伸向历史深处,研究对于儿童文学艺术场域内的'魔幻'范畴的技术和艺术解读,清理了儿童文学的一个重要艺术传统"[④]。针对"魔幻艺术为何方兴未艾,它能给现代人带来什么"等问题,钱淑英认为:"一方面,这些魔幻文学作品与古老的神话传说有着密切的联系,而且大部分属于儿童文学的范畴;另一方面,魔幻想象的复兴已不再只是儿童文学领域中的事件,其对现实社会的介入程度及影响力引人深思。"[⑤]

2012年12月,陈恩黎的《儿童文学中的轻逸美学》一书由海燕出版社出版,本书属于"红楼书系第三辑"的"儿童文化研究文库"之一。方卫平认为,"《儿童文学中的轻逸美学》是作者对于自己若干年来一直思考的儿童文学美学观的一次系统的探究和观念的升华。这部著作从童年美学、儿童文学的艺术精神以及具体的儿童文学文本三个层次来展开关于

---

① 张心科编著:《民国儿童文学教育文论辑笺》,海豚出版社2012年版,第12页。
② 张心科编著:《民国儿童文学教育文论辑笺》,海豚出版社2012年版,第17页。
③ 张心科编著:《民国儿童文学教育文论辑笺》,海豚出版社2012年版,第24页。
④ 钱淑英:《雅努斯的面孔:魔幻与儿童文学》,海燕出版社2012年版,第3页。
⑤ 钱淑英:《雅努斯的面孔:魔幻与儿童文学》,海燕出版社2012年版,第2—3页。

儿童文学'轻逸美学'的探讨,并以此来重新观照中国儿童文学的历史和当下书写。书中轻灵飞举而又饱含精神重量的'轻逸'范畴,道出了儿童文学的某种本质性的艺术特征"①。作者认为,"儿童文学,这是一个以预设的读者对象为其性质限定和特点的文学种类","这种特殊的发生与存在原因使得儿童文学呈现出互为依存的两重性":"首先,作为一种文学存在,儿童文学的内在血脉和成人文学具有高度的一致性";"其次,作为一种有限定词的文学存在,儿童文学表现出既消极又积极的存在意义"。②

2012年12月,陈莉的《中国儿童文学中的女性主体意识》一书由海燕出版社出版,本书属于"红楼书系第三辑"的"儿童文化研究文库"之一。方卫平认为:"陈莉的《中国儿童文学中的女性主体意识》内在地糅合了传统文学研究与当代文化研究的方法,来书写20世纪中国儿童文学中女性主体意识的建构过程。作者援引了当下女性主义研究的多种理论资源,将它们转化入有关历史文本的艺术和文化思考中。这一研究尝试体现了年轻一代学院派研究者针对'理论'的儿童文学化和本土化的努力。"③

2012年12月,王晶的《经典化与迪士尼化》一书由海燕出版社发行。本书属于"红楼书系第三辑"的"儿童文化研究文库"之一。方卫平认为:"王晶的《经典化与迪士尼化》从一个经典化了的历史文本出发,考察多媒体尤其是当代新媒介环境下这一文本的经典化过程。作为该研究关键词的'经典化'和'迪士尼化',都鲜明地体现了当代文化研究的方法论路径。目前看来,这一路径很有助于启发当下许多儿童文学和文化现象的解读。"④作者在本书的"引言"中指出:"本书一方面从历史语境出发,将《宝葫芦的秘密》置于广阔的审美文化视野之中,作为一个儿童文学经典化问

---

① 陈恩黎:《儿童文学中的轻逸美学》,海燕出版社2012年版,第3页。
② 陈恩黎:《儿童文学中的轻逸美学》,海燕出版社2012年版,第1页。
③ 陈莉:《中国儿童文学中的女性主体意识》,海燕出版社2012年版,第4页。
④ 王晶:《经典化与迪士尼化》,海燕出版社2012年版,第4页。

题的代表性案例进行研究，揭示作为儿童文学经典的《宝葫芦的秘密》的经典建构过程；另一方面则出于对当下问题的现实关注，即儿童文学经典与儿童文化产业之间的关系问题，而'迪士尼化'则正是对这个问题的高度概括。"①

2012年12月，郑素华的《审美教育行为特征探析——人类学美学的视野》一书由海燕出版社出版。本书属于"红楼书系第三辑"的"儿童文化研究文库"之一。方卫平认为："郑素华博士的《审美教育行为特征探析》是一部十分厚重的审美教育基础理论研究著作。审美教育是与儿童文学和儿童文化密切相关的活动，从某种意义上说，它也是儿童文学和儿童文化最为根本的精神归属。该研究从人类学的视野来探讨作为一种'文化行为'的审美教育的特征及实施的原则、方法等。作者在研究中所运用的全文化、全生活的观念和方法，内在地应和了世界范围内儿童文化研究的方法论趋向，对于当前的整个儿童文化研究领域也富于启迪。"②

2012年12月，刘绪源在《文艺报》上刊发《古风恰与童心合——略评金曾豪、王一梅的儿童文学》一文。在作者看来，江苏文风的奢华特有一种"高雅的士气"，这种"高雅的士气"是最适合儿童文学的，而"近代二三十年间，活跃于江苏文坛的金曾豪与王一梅，也得益于这种古风与童心相合的文学风气"。金曾豪在新时期之初走上文坛，不久之后便发表《小巷木屐声》这一代表性作品。在刘绪源看来，"这篇小说从题目到韵致，都有陆文夫式的江南风格"。对于"乡土儿童文学"，作者认为"在中国文学发展史上是早有传统的，从鲁迅的《社戏》发端，到任大霖的《童年时代的朋友》、沈虎根的《新米饭》等，都属此类。但'乡土'二字，恰恰让人看到了苏

---

① 王晶：《经典化与迪士尼化》，海燕出版社2012年版，第2页。
② 郑素华：《审美教育行为特征探析——人类学美学的视野》，海燕出版社2012年版，第4页。

州以至浙江文风中那种'高雅的士气'的魅力"。但到了90年代,因为受到"魔幻现实主义"思潮的影响,刘绪源认为金曾豪的很多作品"开始了动物小说的创作,其中有很多作品,也充满了惨烈和死亡的氛围",从总体的风格走向来看,"似乎有点失去自己,而更接近于北方作家的写法了",特别是"对于儿童读者来说,'死亡'是一个很复杂的话题,需要作出与成人文学不一样的处理",在这一方面,刘绪源认为作者做得不够,他还是希望"作者在经历了这十几年的探索后,能返璞归真,回归自我,写出更多虽未必轰动或畅销,却能在文学史或文学爱好者的心底长留的佳作"。而对于另一位江苏作家王一梅,刘绪源指出,"她还是保持了特有的乡土气的,在骨子里仍有着我们本土当下的'时代精神'"。但他还是发现王一梅少数作品的别扭之处,究其原因,他认为:"是不合于'人物'的天性,即使他们愿意为他人作贡献,这在他们自己也还是一种牺牲,而且这不应是件轻易的无所谓的事。在这些地方,我认为作者还是受了过去那些'教育儿童的文学'的影响,显出了一点简单化。"①

2012年12月,王泉根在《出版参考》上刊发《儿童文学的转折点》一文。作者认为:"对未来儿童文学发展趋向的认识,我认为百年中国儿童文学发展到了今天,在一个市场经济与世界密切结合的大环境下,儿童文学已经到了转折点,体现在三个'多'。第一多是原创儿童文学的多元共生,多元共赢。今天的儿童文学是多元的,既有现实主义的,又有浪漫主义的。可以说,百年中国儿童文学到了最好的发展时机。第二多是多层次的发展,儿童文学面对18岁以下的少年儿童,这个广义的概念,幼年文学、童年文学以及少年文学,今天的儿童文学是良性的三个层次的发展。上世纪50、60年代儿童文学的核心是小学生为主体,到了80年代是少年

---

① 刘绪源:《古风恰与童心合——略评金曾豪、王一梅的儿童文学》,《文艺报》2012年12月10日。

文学的层次,整体上是新文体都为少年文学,80年代为小学生服务的儿童文学是比较弱的,进入到90年代以后,中国儿童文学三个层次的发展又回归到了小学生为核心。这是一个良性回归,是一个常态,我们的核心读者就是小学生。第三多就是儿童文学与多媒体新媒体的融合,这是重要的话题。时代变了,科技变化了,整个世界变化了,这个时代中,我们一定要认清形势,如果不跟随时代步伐,儿童文学的发展将举步维艰,当然如果我们拥抱,主动融合,儿童文学将走一条康庄大道,那么我们今天儿童文学主动与多媒体融合就是一个重要的方向。这也是中国儿童文学发展所需要的。"[1]

---

[1] 王泉根:《儿童文学的转折点》,《出版参考》2012年第34期。

2013 年

2013 年 1 月,刘绪源的《中国原创图画书的"短板"》一文刊发于《文汇报》。作者认为,"看西方图画书,想象的、非现实的、童话类的作品所占的比重,是非常大的。再来反观还处于起步阶段的中国原创图画书,我们惊异地发现:它们恰恰是以现实题材为主的——写实的、写乡土民俗的、写普通日常生活的,比例至少在 50%以上"。作者在本文的结尾还说了几句题外话:"现在不是有很多人热衷于'建构论'吗?说一切都是人为建构出来的,伟大的尼尔·波兹曼我觉得也部分地上了这种理论的当","但后来,事实证明,童年并未消失,这也反证,童年是本来就存在的,并不完全是由那些理论家发明的。比如现在我们就看到,儿童爱看儿童,包括儿童不爱看自己的环境,这难道是谁发明的,或建构出来的吗?不是,这是天性,是人的本性,或者也可说是本质!不是要完全消除建构论,但建构论只能是本质论的一种补充,一种再推进,而不可能是取代"。①

2013 年 1 月,刘绪源撰写的《中国儿童文学史略(一九一六——一九七七)》一书由上海少年儿童出版社出版,该书属"风信子儿童文学理论文丛"之一。按照刘绪源的计划,本书"应写到 1976 年,这样在时间上正好一个甲子,凑成整数",而之所以要写到 1977 年,原因在于"为的是加上《班主任》"②。值得玩味的是,本书的写作中间还插入《今文渊源》和《周

---

① 刘绪源:《中国原创图画书的"短板"》,《文汇报》2013 年 1 月 10 日。
② 刘绪源:《中国儿童文学史略(一九一六——一九七七)》,少年儿童出版社 2013 年版,第 232 页。

作人论儿童文学》的编写工作,正因为如此,刘绪源认为:"好在插进来这两件工作,对于本书都有助益,以前写《今文渊源》也有助于本书——这些跨界选题之间的奇妙的内在联系,实在是很有趣的。"[1]并且他还提醒读者如能将本书与他的另外几部作品《儿童文学的三大母题》、《文心雕虎》及《周作人论儿童文学》对读,"则此书中语焉不详处或可解"。另外,本书还附一篇《"建构论"与"本质论"》的文章。针对本质论,刘绪源认为好处在于"打破了原有理论的凝固性"、"从而使过去的很多定论能够融入新的生机",同时,该理论还"打破了既有理论的权威性,一个新人要提出新的论点,再也不用战战兢兢,因为谁都可以建构,谁都可以打破"。而对于这种观点的缺陷,他认为在于"再也没有什么可以值得相信的东西了"。面对这种矛盾,刘绪源的结论是:"有存在的理由,但须有一前提,即在'本质论'的基础上存在。"同时,他发现"在儿童文学界,这样的建构论也渐渐多起来了",杜传坤的《中国现代儿童文学史论》就是一个经典的例子。他还指出:"我们如果不是一把推开本质论,而是更谨慎地对待既有的关于儿童本质和儿童文学本质的文化积累,那我们就不难发现现代中国的许多'建构',其实恰恰是人为的、失败的、背离儿童特性与文学特性的,是从主观意愿出发的,是经不起时间考验的。"[2]不仅如此,刘绪源也对尼尔·波兹曼的《童年的消逝》予以评析,"关于儿童天性的本质论还是存在的,这存在是不以人的意志为转移的。这也说明当年以卢梭为代表的'发现儿童'的理论是无法推倒的(推倒即'解构'),它也未被新理论的建构所取

---

[1] 刘绪源:《中国儿童文学史略(一九一六——一九七七)》,少年儿童出版社2013年版,第231页。

[2] 刘绪源:《中国儿童文学史略(一九一六——一九七七)》,少年儿童出版社2013年版,第226页。

代"①。除此之外,刘绪源又指出一个有趣的现象:"为什么源于西方后现代的建构主义理论,用以审视中国现代文学中的那些现象,竟会这么合拍?"他给出的解释是:"因为,后现代理论也好,中国现代的激进文艺理论也好,其实出于同一源头,用的是同一思维方式,那是一种想从根本上否定既有文化成果的思维,是今天新生的创作和理论将取代过去的一切的思维,亦即'我花开后百花杀'的思维。"同时他认为这些思想"对于十九世纪及更早的人类优秀文化成果缺乏根本的尊重,而这些成果其实是不应也不可能被抹杀的。这都是二十世纪激进思潮的遗存,虽然我们是在讨论文学或儿童文学问题,但其实已经接触到了上一世纪的许多根本的教训"。对此,他呼吁:"只有谦虚地承认既有的'本质',充分尊重人性的和文学的传统,在本质论的基础上尝试新的建构","才有可能达到新的境界"。②

2013年1月,王倩的《隐形的壁垒:大众传媒语境下儿童文学传播障碍归因研究》由中国社会科学出版社出版,本书基于作者的博士论文修改而来。温儒敏在为本书作序时阐明了儿童文学的研究现状,"读图"为主的阅读方式使"童年的生态已经遭到前所未有的严重冲击,当今印刷文化与电子文化相交织的复合型媒介环境可能对儿童的成长有难以把握的负面影响"。同时,他也对当前的一些研究提出他自己的看法:"许多研究都陈陈相因,跳不出约定俗成的框架","我们平时也许都会对这些新的现实的问题有所感触,但也仅是说说而已,很少转化为学术问题。我们的学术

---

① 刘绪源:《中国儿童文学史略(一九一六——一九七七)》,少年儿童出版社2013年版,第227页。
② 刘绪源:《中国儿童文学史略(一九一六——一九七七)》,少年儿童出版社2013年版,第228页。

反应还不够敏感"。① 温儒敏在肯定这部研究著作所采用的实证调查方法的扎实可靠的同时,也指出本书存在的一些问题:"该研究关于突破'障碍'的构想还不够具体,比如在现有体制下,到底应当有哪些政策的改动或设置可用于限制大众传媒对儿童成长的不良影响,以及可以采取哪些措施去保护儿童文学的出版传播,都很关键,还需要更多的讨论。"②这些问题在当今的儿童文学与大众传媒关系研究中依旧存在。对于"传媒时代,儿童文学研究何为"的议题,王倩指出:"它表面看上去似乎属于自身的外部研究,其实与内部研究密切关联甚至是内部研究的重要组成部分,它有别于文学研究之外的文化研究,不是借助儿童文学来谈媒介文化,而是以媒介文化为通道进入儿童文学的内外机制的学理思辨,是跳出儿童文学作家、作品研究的固有模式来对儿童文学进行由外而内审视的一种文学的文化研究,说到底是对儿童文学文化场域的分析。"③

2013年2月,陈晖在《文艺争鸣》上刊发《中国当代儿童观与儿童文学观》一文。对于教育与儿童文学,作者指出:"纵观中国儿童文学观的变迁,与西方儿童文学20世纪中期逐渐弱化教育与训导目的总体趋向不同,'教育'一直是中国儿童文学观的中心构成与影响因子,是中国儿童文学创作与研究基本而核心的元素。'教育'在中国儿童文学性质、地位与意义上的主导,与儿童文学题材主题的紧密结合,对中国儿童文学内容、形式的潜在制约,贯穿于百年中国儿童文学的发展进程中。"作者呼吁:"儿童文学应该首先从性质与意义上回归文学本体,儿童文学不必把教育

---

① 王倩:《隐形的壁垒:大众传媒语境下儿童文学传播障碍归因研究》,中国社会科学出版社2013年版,第1页。
② 王倩:《隐形的壁垒:大众传媒语境下儿童文学传播障碍归因研究》,中国社会科学出版社2013年版,第3页。
③ 王倩:《隐形的壁垒:大众传媒语境下儿童文学传播障碍归因研究》,中国社会科学出版社2013年版,第248页。

儿童当作首要的责任与义务,而应更多承担陪伴儿童成长、慰藉儿童心灵的使命。"①

2013年2月,赵霞在《文艺争鸣》上刊发《童年权力的文化幻象——当代西方童年文化消费现象的一种批判》。作者指出:"现代西方童年文化是伴随着一种童年自决的美学追求逐渐发展起来的。20世纪后期以来,在消费经济的推动下,这一自决的美学得到了空前的促进,它突出表现为当下童年文化生产和消费过程对于儿童文化权力的高度肯定,以及对儿童相对于成人的独立文化地位的颂扬。从经济和文化的双重收益考虑出发,当前西方童年文化产品越来越倾向于通过强化儿童与成人之间的文化对立,来寻求童年文化自主性的经济运转和价值实现。在这一过程中,一种生长性的童年文化逐渐为另一种独断性的童年文化所取代,后者以儿童赋权的名义,实际上剥夺着童年真正的文化权力。"②

2013年3月,李学斌在《宁夏大学学报(人文社会科学版)》上刊发《"诗意童年"与"社会启蒙"——从〈稻草人〉〈大林和小林〉看中国近现代儿童观演变》。作者指出:"20世纪之前,中国社会主流儿童观'目的论'与'功能论'倾向异常显著。五四新文化运动催生出中国社会对于儿童的'发现',其标志之一就是童话集《稻草人》与长篇童话《大林和小林》。前者体示了'童心'与'启蒙'的交汇,后者则表达了'想象'对'时政'的涵容,两者都是新型儿童观复现、传播、迁移、衍生的表征。尽管如此,但就内在构成与价值蕴含而言,《稻草人》与《大林和小林》都还不是真正意义上'儿童本位'之儿童观。"对此,作者认为"中国现代儿童观演变之路只走完了

---

① 陈晖:《中国当代儿童观与儿童文学观》,《文艺争鸣》2013年第2期。
② 赵霞:《童年权力的文化幻象——当代西方童年文化消费现象的一种批判》,《文艺争鸣》2013年第2期。

最初几步，前路依旧崎岖而漫长"①。

2013年4月，钱淑英在《昆明学院学报》上刊发《追寻魔幻文学的意义》。作者指出："尽管有许多成年人担心魔幻文学会带给孩子逃避现实的负面影响，但广泛的阅读事实证明，魔幻文学对少年儿童的成长有着不言而喻的价值。借助魔幻文学的形式、结构和形象，儿童不仅可以开辟想象的新领域，而且还可以由此展开心灵世界的历险，积极地面对成长。与此同时，魔幻文学是对神话叙事传统的传承和延续，它以不变的信念听从英雄的召唤，体现了复魅时代人们的文化需求。"因此，魔幻文学在作者看来，"于少年儿童的意义不可忽视。借助魔幻文学的形式、结构和形象，儿童可以构造幻想，开辟想象的新领域，并通过幻想展开心灵世界的历险，从而更好地面对生活，积极地迎接成长"②。

2013年4月，李利芳的《中国西部儿童文学作家论》由中国社会科学出版社出版，林文宝为本书作序。在"序"中，林文宝对本书给予了较高的评价："绝大部分的研究者，仍随时捏取西方理论，加以改装演进，论述缤纷灿烂，好不美丽。相对而言，李利芳选择较为朴直的态度，选择逐字研读西部儿童文学作家的作品，将话语权交还给历史本身，透过李利芳的细心耙梳，使得作家与作品自长成树，风景美丽。"③对于西部儿童文学的本土化特质，李利芳概括出如下三个特点："（一）西部生存事实资源是作家们取材的主要路径"④；"（二）西部儿童文学将叙述视野伸向西部历史，借鉴与表现的精神资源有两个方面。一是古老乡土中国童年，二是西部民间文学资源的自然进入与转化"；"（三）西部儿童文学的现代意识使其突

---

① 李学斌：《"诗意童年"与"社会启蒙"——从〈稻草人〉〈大林和小林〉看中国近现代儿童观演变》，《宁夏大学学报（人文社会科学版）》2013年第2期。
② 钱淑英：《追寻魔幻文学的意义》，《昆明学院学报》2013年第1期。
③ 李利芳：《中国西部儿童文学作家论》，中国社会科学出版社2013年版，第2页。
④ 李利芳：《中国西部儿童文学作家论》，中国社会科学出版社2013年版，第2页。

破了地域局限,获得了前瞻而开阔的文学视野,也正因此产生了优秀的儿童文学文本,在国内占有重要的位置,在国际上也占有一席之地"。①

2013年4月,法国菲力浦·阿利埃斯的《儿童的世纪:旧制度下的儿童和家庭生活》一书由北京大学出版社出版,由沈坚和朱晓罕两人共同翻译,本书属"历史—人类学译丛"之一。本书最初由 Plon 出版社于1960年出版,1973年 Seuil 出版社再版此书,本译本是在第二版基础上的删节本,在本书中阿利埃斯通过考察四个世纪的绘画、日记、游戏、礼仪、学校和课程等方面的演变内容,追溯了童年的观念在西方思想文化史的发展及其价值意义。本书对于西方儿童史研究具有里程碑意义,耶鲁大学资深史学教授彼得·盖伊(Peter Gay)对本书曾给予过较高的评价:"无论从任何意义上而言,这部伟大的著作都是当之无愧的先驱。我们应感谢《儿童的世纪》,不仅仅是因为它提供了一部精彩的儿童史,更由于它引领着我们发现当下最有趣、最有价值的历史。"在本书的总结中,作者认为"在中世纪和现代的开端时期,在下层阶级中,儿童和成人混处的状况保持了很长时间。一旦儿童被认为可以离开他们的母亲或乳母独立生活的时候——那时断奶比较晚,因此大概在断奶后没过几年,一般是在七年左右——儿童就和成人混杂在一起了"②。而到了现代开端及其之后的时期,由于对于教育的兴趣开始兴起,儿童开始逐渐进入他们的视野。在当时人看来,"对于生活,儿童还不够成熟。在让他们进入成人世界之前,儿童必须受到一种特殊的对待,一种保护性的隔离"。由于一种对于新的教育方式的关注,"家庭不再是一种仅用于传承姓氏和地产的私人权利性制度,它保证了一种道德和精神上的功能,它塑造身体,也塑造灵魂",与此

---

① 李利芳:《中国西部儿童文学作家论》,中国社会科学出版社2013年版,第3页。
② [法]菲力浦·阿利埃斯:《儿童的世纪:旧制度下的儿童和家庭生活》,沈坚、朱晓罕译,北京大学出版社2013年版,第328页。

同时,"传统的学徒制被学校取代","它以严格的纪律为手段,受法律和警察的保护","在那里,他们将成为自己命运的设计师,成为他的祖国、家庭和朋友们的荣耀"。总而言之,"家庭和学校一起将儿童从成人社会拉回"①。除此之外,作者还敏锐地发现家庭和阶级之间也存在着微妙的关系,原因在于:"家庭在道德上的统治地位起源于中产阶级:位于社会阶梯两端的贵族和下层阶级,保持旧式习俗的时间更长,对外部世界的压力更加迟钝。下层阶级几乎至今仍保持对共同生活的喜好。因此,家庭的观念和阶级的观念之间存在联系。"②而对于家庭的观念和阶级之间的联系,作者指出:"家庭和阶级,通过共同的道德相似性和对生活方式的认同,将靠近的人联合起来。而原先统一的社会共同体中则包含了千差万别的不同年龄和不同阶级的群体。由于各阶级在空间上更接近,他们之间的差异性和等级性也就越明显。精神距离取代了物理距离。外在尊卑和不同服装的严格标记对共同生活的亲密性进行调整。"尽管这种对立与差异异常明显,但作者还是强调这种"万花筒式的混杂不会引起惊异","这属于世界的多样性,人们完全可以把这种多样性作为大自然的恩赐来接受"。③

2013年4月,谈凤霞在《南京社会科学》上刊发《论京派乡土童年书写中的女儿崇拜》。作者指出:"20世纪30年代以来的京派作家在乡土童年书写中倾情歌咏纯美少女,表现出'女儿崇拜'的潜在情节。钟灵毓秀的小女儿是凝聚其生命理想和美学理想的'自然之子'、'人类之子',也

---

① [法]菲力浦·阿利埃斯:《儿童的世纪:旧制度下的儿童和家庭生活》,沈坚、朱晓罕译,北京大学出版社2013年版,第330页。
② [法]菲力浦·阿利埃斯:《儿童的世纪:旧制度下的儿童和家庭生活》,沈坚、朱晓罕译,北京大学出版社2013年版,第331页。
③ [法]菲力浦·阿利埃斯:《儿童的世纪:旧制度下的儿童和家庭生活》,沈坚、朱晓罕译,北京大学出版社2013年版,第332页。

印证了作家本身女儿化的精神气质,他们以尚弱用柔的美学取向来实现对单纯的生命与文学信念的诗性守护。京派乡土童年书写中的女儿崇拜与之前'五四'时期的童心颂歌内涵的时间意识不同,二者以不同的主体姿态担当着矢向不同的启蒙要义。"①

2013年4月,李利芳在《东岳论丛》上刊发《论杨红樱儿童文学创作的四个阶段》。作者认为:"纵观杨红樱三十年四个阶段的创作历程可以发现,她始终在儿童的圈地里发现、反映、想象、思考、表达着自己的童年情怀与文学理想。她曾言自己毕生的愿望在'破解童心'。正是对儿童持有如此纯朴美丽的价值关怀,才从根部为她打稳了建造一座辉煌大厦的强固基石"。而对于三十年来杨红樱的创造成就,作者认为"杨红樱立足中国语境,关注中国儿童,发现中国问题,塑造中国儿童文学形象,从'世界之中',到'现实之外',从走进'儿童自体',到勘探'存在之上',她的创作均在整体上体现出显著的本土审美特征。她培养了孩子们的科学精神、探索精神。她赋予了中国儿童文学以深刻的现代儿童教育思想。她在作品中有机植入中国传统文化,东方哲思心灵意境,这些都潜移默化地影响了孩子们对中国文明的传承。"②

2013年5月,英国的薇薇安·嘉辛·佩利的《共读绘本的一年——孩子如何在故事里探索世界》由新星出版社出版,本书由枣泥翻译。对于记录讲述故事的薇薇安,阿甲在本书的序言中指出:"我想她起到了一个真正的教育家的作用。她是整个事件的幕后策划者,却把舞台交给了学生,虽然他们不过是五六岁的娃娃","当我们看到,孩子们借助李奥尼创造的想象世界不断挖掘到如金子般的真谛时,就好像看到一朵一朵智慧之花在争先恐后地开放","最美妙之处就在于,薇薇安老师好像什么也没

---

① 谈凤霞:《论京派乡土童年书写中的女儿崇拜》,《南京社会科学》2013年第4期。
② 李利芳:《论杨红樱儿童文学创作的四个阶段》,《东岳论丛》2013年第4期。

做,一切如此自然地发生了。这不正是老子所说'处无为之事,行不言之教'的秘诀吗?"①

2013年5月,李利芳在《当代文坛》上刊发《苦难的两种表达——李凤杰、郭文斌儿童小说创作比较》。在作者眼中,"今天,关注西部儿童生存苦难的作家太少了,更准确点说,在中国,关注儿童苦难境遇的作家太少了"。而"在当代西部儿童文学的整体格局中,陕西的李凤杰与宁夏的郭文斌以各异的审美思考和感觉方式,落实了对西部苦难的儿童文学表述"。从阅读的直感看,作者认为李凤杰和郭文斌的创作路数有着本质的差异:"李凤杰是传统现实主义的写法,第一人称亲历者的叙事切入,个体经历历时性的回溯,流淌出对苦难经验的感知性确认",而"非常有对比质感的是,郭文斌的苦难写作带有了现代主义的怀疑因子。同样是面对现实、反映现实、再现生活的真实,但是郭文斌的艺术处理达到的绝对不是传统现实主义的审美效果"。正是两种相异的创作方法,作者认为"二人形成了两种审美风格迥然有别的苦难童年的范式,对比这两种范式的美学效果,可以启迪我们透视童年经验的深度文学价值,反思童年经验文学表达的可能性"。在本文中,作者也讨论到"苦难"对于儿童文学的意义,这主要体现在:"首先是社会效应的问题";"其次,'西部'苦难指向的精神力度是中国文学精神更新的潜在资源,对于冲刷、净化当下文坛泛感官、媚俗的不良风气不啻是一剂良药"。因此,作者认为"苦难的童年生活与经验是儿童文学艺术呈现的必然价值尺度之一",这主要是因为"人类还有大量的儿童生活在苦难之中";"共时存在的幸福儿童们有权利也有义务知晓这一切",同时,"对于苦难的儿童文学表达,世界儿童文学史上已经留下了经典的范例。这些珍贵的艺术作品为人类恒久地提供着苦难童

---

① [英]薇薇安·嘉辛·佩利:《共读绘本的一年——孩子如何在故事里探索世界》,枣泥译,新星出版社2013年版,第5页。

年的纯真文学体验"。①

2013年5月,李利芳在《光明日报》上刊发《杨红樱写给女儿的童话——评〈杨红樱画本——好性格系列〉》一文。本文是作者对于湖北少儿出版社出版的20册《杨红樱画本——好性格系列》的书评。作者指出:"这个系列中主人公笨笨猪的原型是杨红樱女儿幼时最喜欢的一个小猪手偶玩具。这个手偶小猪陪伴了女儿的成长,也成就了妈妈一个系列的精彩故事。让一个物质的手偶艺术活化,并赋予它丰满的形象内涵,这个过程的确显示出杨红樱的文学功力。但是这种显示的意义显然并不仅仅体现在文学层面,它更多呈现的是杨红樱与孩子切实交往对话的可贵态度。"②

2013年5月,张美红的《萌生·汲取·绽放:中韩现代儿童文学形成过程比较研究》由文化艺术出版社出版,本书基于作者的博士论文修改而来,王泉根为本书作序。他将本书概括出三个关键词:"一是中韩现代儿童文学"、"二是现代儿童文学的发生与形成"、"三是比较研究"。③ 张美红也指出本课题研究的现状:"因同属亚细亚圈、同属汉字文化圈的缘故,中国与韩国从政治、经济、文化等方面一直以来都密切地联系在一起。自然而然的,相关的比较研究从古到今也磅礴地进行着,然而,令人遗憾的是对于儿童文学的比较研究则屈指可数。尽管有关民俗学方面的神话、传说等方面的比较研究不能说没有,但寥寥无几,特别是从比较文学角度

---

① 李利芳:《苦难的两种表达——李凤杰、郭文斌儿童小说创作比较》,《当代文坛》2013年第3期。
② 李利芳:《杨红樱写给女儿的童话——评〈杨红樱画本——好性格系列〉》,《光明日报》2013年5月26日。
③ 张美红:《萌生·汲取·绽放:中韩现代儿童文学形成过程比较研究》,文化艺术出版社2013年版,第1页。

来讲,中韩两国儿童文学成为学问对象是刚刚起步状态。"①

2013年5月,由钱理群为总主编,陈子善为分册主编的《中国现代文学编年史——以文学广告为中心(1937—1949)》由北京大学出版社出版发行。该书所收的《抗战时期关于中学国文教育的讨论》《〈和平的梦〉与中国科幻小说》《〈虾球传〉的轰动效应》三篇文章与儿童文学研究有关。

《抗战时期关于中学国文教育的讨论》一文是钱理群依据北京大学於俊杰的硕士论文《从〈国文月刊〉看国文教育及其与新文学的关系》编写而来。该文开篇摘录了刊登在1940年6月《国文月刊》第1期卷首语中的一则广告,这则广告特别提到"现在青年的国文程度的低落实在为国家的隐忧"这一现象,该刊为此展开了激烈的讨论,其中包含朱自清、叶圣陶、罗根泽、李广田等的文章。钱理群认为,"这样的忧虑,是和抗战时期迫切要求回归传统文化,以增强民族意识,挽救民族危机的时代情绪交织在一起的。这样,国文教育中的文、白之争,就变成了一个'民族、文化'的问题",于是也就有了1941年教育部"部颁中学生国文课程标准"的修订,增添了"文化"的要求和内容,开始"向传统文化和白话文倾斜"。② 但这一现象又引来了李何林的"再来一次白话文运动"的呼声,由此又引发了一系列激烈的讨论。讨论提出"将中学国文课程分科设置与教材分科编写"的主张,这也促使国文教科书"文白分编"的尝试:先后出版了供初中使用的《开明新编国文读本》,其"甲种本"为白话读本(叶圣陶、周予同、郭绍虞、覃必陶编),"乙种本"为文言读本(叶圣陶、徐调孚、郭绍虞、覃必陶编)供高中学生使用的《开明新编高级国文读本》,专选白话(朱自清、吕叔湘、

---

① 张美红:《萌生·汲取·绽放:中韩现代儿童文学形成过程比较研究》,文化艺术出版社2013年版,第6—7页。
② 钱理群总主编、陈子善本卷主编:《中国现代文学编年史——以文学广告为中心(1937—1949)》,北京大学出版社2013年版,第166页。

叶圣陶、李广田编),另有《开明文言读本》,专选文言(朱自清、吕叔湘、叶圣陶编)。这种分科分编的思路和探索,直接影响了中华人民共和国成立后1956年的"文学"、"语文"分科试验。①

《〈和平的梦〉与中国科幻小说》一文的作者为汤哲声,开头引用了顾均正的《和平的梦》的封底中的一则广告:"青年读物丛刊《和平的梦》,顾均正著,定价三元,发起人吴文林"。这部小说收录了三则科幻故事:《和平的梦》、《伦敦奇疫》、《在北极底下》,并且"三则故事都是写一些阴谋家、野心家怎样利用科技手段欺骗人类、征服人类"②。对于这部小说,汤哲声认为:"如果就从这样简单的广告词来看,绝对看不出这部小说的价值。可是读这部小说就会发现,这是中国现代文学中一部优秀的科幻小说,在中国科幻小说发展史上具有里程碑的意义。"③他指出中国科幻小说的一个有意思的地方——"中国科幻小说创作虽然受到科幻小说翻译的影响,却并没有接受'享乐科幻',而是宣扬一种'强国科幻',并由此产生一种浓厚的忧患意识",他认为这部小说的成功之处在于:"一是有人类关怀的视角,一是有科学知识,一是有科技的想象,而且还要将这三者合理地融合在一起,才能创造出合格的科幻小说,顾均正是中国科幻小说创作中第一位做到这样要求的作家。"④

《〈虾球传〉的轰动效应》一文的开头来自1948年3月28日《华侨日报》中标题为"十来岁女生的读后感"的一则广告。关于《虾球传》出版后

---

① 钱理群总主编、陈子善本卷主编:《中国现代文学编年史——以文学广告为中心(1937—1949)》,北京大学出版社2013年版,第167页。
② 钱理群总主编、陈子善本卷主编:《中国现代文学编年史——以文学广告为中心(1937—1949)》,北京大学出版社2013年版,第398页。
③ 钱理群总主编、陈子善本卷主编:《中国现代文学编年史——以文学广告为中心(1937—1949)》,北京大学出版社2013年版,第397页。
④ 钱理群总主编、陈子善本卷主编:《中国现代文学编年史——以文学广告为中心(1937—1949)》,北京大学出版社2013年版,第400页。

引起的效应,不只是当时的"落后的小市民阶层",就连茅盾、萧乾、冯乃超等作家均对此发表过不同的言论。但钱理群认为:"这样的情有独钟,在1948年的香港文化界,却有着特殊的意义。"因为当时"香港正在大力宣传毛泽东在《延安文艺座谈会上的讲话》所倡导的'为工农兵服务'的文艺方向,《白毛女》等解放区作品所创造的以农民为主题的民间故事,对香港文艺界,特别是进步文艺界产生了巨大的影响力"[1],但同时也面临着一系列问题:面对广大的市民阶层,他们能否接受这种新的文艺方式? 正因如此,钱理群认为"进步文艺界对《虾球传》的肯定和欢迎,也主要集中在这一方面"。可当时"革命性特别强的批评家坚持革命意识形态的纯正性",也有作家对该书提出一些质疑,主要集中在两方面:首先是论者"模糊了时代的阶级斗争本质",其次是"不从生活斗争中发现伟大的阶级爱,而从资产阶级的伪人道主义中寻找什么人类爱和人情味"。[2] 钱理群认为这样的判断决定了该书的命运:"尽管茅盾在全国第一次文代会的报告里,把黄谷柳的《虾球传》和袁水拍的《马凡陀山歌》、陈白尘的《升官图》一起列为国统区革命文学运动的主要收获,但建国后由于前述批评家所代表的文学观、历史观,已经成为国家主流意识形态,《虾球传》的被遗忘和抛弃,就是必然的。"[3]

2013年5月,陈恩黎的《大众文化视域中的中国儿童文学》由浙江大学出版社出版。本书从大众文化的角度对中国儿童文学作了不同角度的分析,基本框架如下:

---

[1] 钱理群总主编、陈子善本卷主编:《中国现代文学编年史——以文学广告为中心(1937—1949)》,北京大学出版社2013年版,第492页。
[2] 钱理群总主编、陈子善本卷主编:《中国现代文学编年史——以文学广告为中心(1937—1949)》,北京大学出版社2013年版,第493—494页。
[3] 钱理群总主编、陈子善本卷主编:《中国现代文学编年史——以文学广告为中心(1937—1949)》,北京大学出版社2013年版,第494页。

一、以"蒙学中的儿童"、"图像中的儿童"以及"《世说新语》中的神童形象"为三个着力点对传统中国文化中的儿童生活以及童年观念展开探索,从而较为立体地呈现现代中国儿童文学与传统文化之间千丝万缕的联系。

二、以19世纪末到20世纪初的两份画报——《小孩月报》和《点石斋画报》为个案,借以考察"西学东渐"背景下的中国儿童文学萌蘖期中国儿童文化的诸种症候以及它们对新文化运动以后的中国儿童文学的某种潜在影响。

三、20世纪20年代的"黎锦晖儿童歌舞"和30年代的"三毛漫画"在以往的文学史叙述中并未引起研究者的注意。事实上,如果从大众文化的视角而言,这两个文化现象在很大程度上演绎了中国现代儿童文学的另一种可能性。

四、"十七年"期间的中国美术电影和20世纪70年代的电影《闪闪红星》是传播极为广泛的儿童影视作品。它们不但构成了一代人的童年记忆,而且在成人世界中也享有盛誉,成为中国儿童文学的另一种大众文化实践。

五、20世纪80年代对中国社会的各个领域而言都意味着某种"转折"与"重新启动"。当代文学也终于摆脱了近半个世纪以来不断被"一体化"的固定轨道,走上重视个体经验与表达的"解放"之路。在这种文化语境下,80年代的中国儿童文学开始了自己的话语叛逆,进入一个语言狂欢的实验阶段。

六、随着文化产业日益被经济发达国家视为21世纪的"黄金产业",儿童文化产业更是被寄寓了巨大的期望。……1904年,商务印书馆以一套在中国教育史上前所未有的小学教科书为基点实现了从印刷业到出版业的飞跃,并由此成为近现代中国影响最深广的图书出版机构。这家深度介入20世纪中国现代化历程的民营出版机构在其起步之初敏锐把握了新兴的商业缺口——学校和儿童市场,这一历史记忆可以说为今天的中国儿童文化产业研究提供了值得借鉴与深入思考的早期实践。①

2013年6月,李利芳在《学术界》上刊发《当前儿童文学理论批评建设的几点思考》。作者认为,"儿童文学这门学科经过一个世纪的探索,发展到今天,逐步形成下述四个亚系统:1.儿童文学理论;2.儿童文学史;3.儿童文学批评与鉴赏;4.儿童文学文献与资料"。而"近三十年学科的发展在上述几个方面都取得了重要成绩",而围绕这些工作,作者也有如下思考:"(一)对三十年学科的发展需要进行系统总结研究"、"(二)多种途径启动研究项目,获得系统性、综合性的学术成果"。作者认为,"近年来我国儿童文学创作繁荣发展,而理论批评则相对滞后"的状态,是"急需引起理论界重视并尽快提出解决方案的问题",对此,她主要围绕"本土文学精神的提炼与凝聚"、"文化多样性的研究"、"细读文本是增进理论问题意识、研究儿童文学文学性的可靠手段"、"理论研究与少儿出版状况的对接"四部分展开。在文章结尾,作者总结道:"儿童文学国际交流的空间很大。自然,这一方面需要我们文学实力与研究实力的加强与夯实,另一方面也需研究界与文化各界的努力。本土儿童文学的繁荣发展与走向世界是一个相辅相成的过程。文化交流的意识越早,行动越快,可能我们就越不被动。对研究,对创作,这都是一样的。"②

2013年6月,日本松居直的《打开绘本之眼》由南海出版公司出版发行。在"什么是绘本"中,作者认为绘本"是喷涌而出的语言的世界。绘本让孩子感受生的欢乐,给予孩子生的力量,也是让成人恢复青春活力的语

---

① 陈恩黎:《大众文化视域中的中国儿童文学》,浙江大学出版社2013年版,第1—2页。
② 李利芳:《当前儿童文学理论批评建设的几点思考》,《学术界》2013年第6期。

言的源泉"。对于作为书的绘本,"有从儿童文学的角度来理解的,有从插图等儿童美术的角度来看的,从这些不同的角度出发,就有了绘本的作品论、作家论、画家论等各个领域的研究。还有人将绘本作为出版文化的一部分来进行研究,有的把绘本作为综合艺术来研究,甚至还可以尝试从历史中去追寻绘本源流的发展和变化。另外,还有人从比较研究的角度来给绘本划分主题,并进行分类。绘本作为书,已经受到了来自各个角度的分析和解读"①。

2013年6月,胡丽娜在《中国出版》上刊发《儿童文学的返观与重构——基于当下民国童书开发的思考》。作者指出:"叶圣陶晚年对《开明国语课本》的编撰工作及其作为儿童文学价值的强调,在相当长一段时间内都未得到有效回应,或者说其作为儿童文学重要文献的被认可尚未有适合的历史契机。2005年上海科学技术文献出版社出版了'上海图书馆馆藏拂尘·老课本'系列,《商务国语教科书》《世界书局国语读本》《开明国语课本》等尘封已久的老课本再次进入出版和大众阅读的视野。叶圣陶编撰的《开明国语课本》作为儿童文学的价值也随之为研究界逐渐关注并重视。更为重要的是,这次重出民国老课本的试水之举,开启了民国童书轰轰烈烈的当代之旅,进而为儿童文学的新发现开辟了更为宽广多元的路径。"②

2013年7月,李学斌在《南方文坛》上刊发《竹韵悠悠的童年挽歌——评王勇英儿童小说〈水边的孩子〉》。在作者看来,王勇英的《水边的孩子》,"把孩子放在时代变迁的环境中,以简捷、朴素的忆态叙事结构写出动态的生活和童年成长;通过矛盾冲突来推动情节发展,从而使小说

---

① [日]松居直:《打开绘本之眼》,南海出版公司2013年版,第2页。
② 胡丽娜:《儿童文学的返观与重构——基于当下民国童书开发的思考》,《中国出版》2013年第11期。

脉络清晰,悬念跌宕,具有较强的可读性;围绕矛盾冲突刻画人物,婆花、笠麻等儿童形象个性鲜明,栩栩如生,让人过目不忘……所有这些,聚合一处,构成了《水边的孩子》这部儿童小说艺术上的斑斓光点"。但作者也指出该作品的若干缺陷:"首先一点,基于写实,作品中的乡村生活场景丰富多彩、鲜活灵动,而校园童年活动情节却相对单调、刻板";"其次,在人物形象的塑造上,小女丫婆花的形象因过于理想化而几近失真",尽管如此,作者还是认为:"就总体而言,《水边的孩子》还是成功的。作为写特定时代乡村生活的儿童小说,作品在情节、语言、形象等诸多方面拥有自己的特点,给人留下了深刻的印象。这样的作品无论在王勇英自己的创作版图上,还是在当代乡村题材儿童小说领域中,都显示了自己存在的价值和意义。"[1]

2013年7月,孙幼军的《孙幼军论童话》由海豚出版社出版发行。本书由孙建江笺注。孙建江在本书的序言中从六个角度来审视孙幼军的童话观:"幼儿思维特征"、"大教育观"、"长篇幼儿童话"、"童话文体及其他"、"口语化"、"民族形式"。对于孙幼军童话的"幼儿思维特征",孙建江总结出三点:"第一,现实意义。拨乱反正,即使不被人理解,也要公开表明自己的观点,力促创作者们思考童话写作最该注重的是什么";"第二,本原意义。强调幼儿思维特征,其实质是强调儿童本位的写作。童话是写给儿童看的一种特殊的文学样式。要回到本原,回到真正为儿童而写作。唯有这样,才能真正赢得读者";"第三,理论本身意义。这是典型的来自创作实践的感悟和阐释。创作经验型思考是童话理论不断充实丰富的重要组成部分"。[2]

---

[1] 李学斌:《竹韵悠悠的童年挽歌——评王勇英儿童小说〈水边的孩子〉》,《南方文坛》2013年第4期。
[2] 孙幼军:《孙幼军论童话》,海豚出版社2013年版,第5页。

2013年7月,朱自强在《南方文坛》上刊发《挽救"附魅的自然"——汤素兰〈阁楼精灵〉的后现代思想》。在作者看来:"现代性理论也好,后现代理论也好,都不是理论的凭空虚构,而是对其面临的现实问题的真实、深切的反应。在儿童文学创作中,如果一个作家是有良知和思想力的,其创作也必然会在一定程度上,触摸到身处时代的脉搏。我读汤素兰的幻想小说《阁楼精灵》,就感觉到这是一部耐人寻味的思想性的作品。《阁楼精灵》以其对人类在现代社会面临的重大问题的表现,在汤素兰的儿童文学创作中,占据一个特殊的重要的位置。我认为,评论这部作品的思想性,有必要将其置于现代性与后现代性的交集语境之中。"①

2013年7月25日,朱自强在《上海师范大学学报(哲学社会科学版)》上刊发《论新文学运动中的儿童文学》。朱自强指出"在中国的现代文学史著作中,鲜有研究者论及儿童文学",在他看来:"儿童文学是现代文学,它不仅是中国现代文学有机的一部分,而且还标示出中国现代文学的现代性高度。"他在文中探讨了周作人、鲁迅等人新文化运动中所主张的儿童观,也论述了《新青年》、《小说月报》对于儿童和儿童文学给予的关注,同时也提及文学研究会的"儿童文学运动"在童话、诗歌、散文等方面取得的巨大的成就。对于"儿童文学的被发现"的意义,他认为:"儿童文学给中国现代文学带来的不是'量'的增加,而是'质'的生成。"②

2013年7月,刘绪源在《东吴学术》第4期上刊发《"战争中的孩子"和"孩子的战争"》。对于儿童文学"如何'走出战争'"这一问题,作者指出:"事实上,战争过后,对于全体人民,尤其对于儿童还有一个从生活上和心理上走出战争的工作要做。战争终究是生活的特殊形态,是违背日

---

① 朱自强:《挽救"附魅的自然"——汤素兰〈阁楼精灵〉的后现代思想》,《南方文坛》2013年第4期。
② 朱自强:《论新文学运动中的儿童文学》,《上海师范大学学报(哲学社会科学版)》2013年第4期。

常人生的常规常理的，即使是正义战争的参与者，在战后也仍需要逐渐平复，放下战争激情回归日常生活，要让对日常生活的渴望、让日常生活之美重新回到心灵的最重要的位置。这个任务，我们的儿童文学没有完成（《长长的流水》《玉姑山下的故事》等少量作品则较好地暗示了这样的方向）。"①

2013年7月，谈凤霞在《当代外国儿童》上刊发《认同危机中的挑战——论当代美国校园小说对少年主体性的建构》。作者阐明了美国校园小说在塑造少年形象上的方略："生物性和社会性向度上的原点回归，及儿童向成人精神转变的拐点求索，其核心是对处于自我认同危机中的少年主体身份的多向度建构，指出小说多采用互文对话的叙事策略和多元交织的话语模式来显示少年在认同危机中主体身份建构的混杂性及艰难性，着意于塑造少年思想者/挑战者形象，同时又暗含了对隐含少年读者主体性的积极建构，体现了不退避的现实主义姿态。"②

2013年7月，方卫平在《上海师范大学学报（哲学社会科学版）》上刊发《商业文化精神与当代童年形象塑造——兼论中国当代儿童文学的艺术革新》。作者指出："20世纪70年代末以来的中国儿童文学经历了基础性的艺术话语变迁，在这一过程中，商业文化话语的影响不容忽视。从20世纪90年代起，中国城市生活题材儿童文学作品中的童年形象塑造越来越显示出商业文化精神的影响，它主要表现在儿童文学中童年形象的'日常化'、'肉身化'和'成人化'趋向。这类童年形象是对于传统儿童文学童年美学的一次积极和意义重大的解放，但它还有待于转化为对当

---

① 刘绪源：《"战争中的孩子"和"孩子的战争"》，《东吴学术》2013年第4期。
② 谈凤霞：《认同危机中的挑战——论当代美国校园小说对少年主体性的建构》，《当代外国儿童》2013年第3期。

代社会童年命运的更为深刻的思考。"①

2013年8月,徐妍辑笺的《鲁迅论儿童文学》由海豚出版社出版发行。在本书的"前言"中,编者对于鲁迅的儿童文学观作了简要的概括:"鲁迅是中国现代儿童观的经典中心。"在她看来,"鲁迅的儿童观不仅传达了鲁迅对儿童观的洞察力超群出众,而且其思想的深刻性、矛盾性和复杂性无人可比"。同时,编者却指出:"鲁迅儿童观的矛盾性、复杂性与鲁迅思想的矛盾性、复杂性一样,长期以来被忽视或漠视",甚至在"上个世纪八十年代中期得到深入辨析的同时,鲁迅儿童观中的矛盾性与复杂性仍然处于被遗忘状态"。② 编者认为鲁迅毕生追寻的"立人"思想可以概括为"'立人'旨归下'儿童本位'的多种矛盾冲突"。相比于周作人将"儿童"作为"人"的构成的原点和终点,鲁迅的儿童观总体"则选择了批判性的立场表现出'人之父'对'人之子'的理解、期待与爱意,因此不可抑制地内含了更深刻、更复杂的矛盾冲突"③。

2013年8月,张国龙的《成长小说概论》一书由安徽大学出版社出版。在"前言"中,作者对于成长小说的历史发展作了简要的概括:"作为一种重要小说样式的成长小说,在西方迄今已有200多年的历史。纵观世界成长小说史,经典作品可谓琳琅满目、蔚为大观。然而,作为舶来品的成长小说在中国的发展却不足100年。在西方,曾肩负过启蒙使命、承载着浪漫主义情怀的成长小说,在现代化进程中竟然面临退守边缘之尴尬。其存在的合法性遭到质疑,其存在的有效性大大降低。在中国,成长小说从未跻身主流,因其从来不曾繁荣过,自然就谈不上衰微了。然而,

---

① 方卫平:《商业文化精神与当代童年形象塑造——兼论中国当代儿童文学的艺术革新》,《上海师范大学学报(哲学社会科学版)》2013年第4期。
② 鲁迅:《鲁迅论儿童文学》,徐妍辑笺,海豚出版社2013年版,第3页。
③ 鲁迅:《鲁迅论儿童文学》,徐妍辑笺,海豚出版社2013年版,第4页。

成长作为一种存在无处不在，始终处于发展、变化之中。与爱和死亡等永恒的主题一样，成长主题毋庸置疑是文学（主要是小说）书写无法回避的关键词。"①对于当下集中研究趋向，作者主要总结为几种：一是成长小说概念、美学特征和源流探究。二是对中国成长小说书写状貌的系统研究。三是对国外成长小说书写状貌的系统研究。四是从儿童文学视阈研究成长小说。对于成长小说的相关理论研究，作者强调其主要存在以下几方面的不足：一是缺乏系统的成长小说理论建构。目前，大多数学者所操持的成长小说理论，不过是对西方经典成长小说理论的模仿，未能给成长小说理论注入新鲜血液。二是有关作品解读的论文居多，但大多依托的成长小说理论失之偏颇。由于对成长小说和成长主题等基本理论问题缺乏准确把握，从而导致解读的失效。三是缺乏对中西成长小说的比较研究。囿于文化语境的差异，中西成长小说书写势必在许多方面存在质的不同。四是对世界成长小说发展史的研究几乎是一片空白，成长小说概论之类的专著至今还没出现。②

2013年8月，陈晖在《中国图书评论》上刊发《网游图书：互联网时代的游戏阅读》。作者指出一类文学现象："2012年，由中国少年儿童新闻出版总社、中国少年儿童出版社策划出版的《植物大战僵尸——武器秘密故事》系列发行超过500万册，引发业界的热烈反响。儿童网游图书又一次成为社会特别是文化传媒关注的热点。"作者认为这种类型的读物的成功之处则在于，"努力打造并实现游戏与文学、文学与教育的高品质连接，书系以幼儿文学名家创作为特点和亮点，邀约包括金波、高洪波、葛冰、白冰等在内的多位国内儿童文学知名作家专为幼儿读者编创作品"。并且，作者认为，这种成功范例值得展开思考和讨论："比如这套书系的畅销是

---

① 张国龙：《成长小说概论》，安徽大学出版社2013年版，第1页。
② 张国龙：《成长小说概论》，安徽大学出版社2013年版，第2页。

否本质上关联着其儿童网游图书的性质？社会究竟该如何面对和看待儿童网游读物的热销及儿童的相关阅读？相对于其非常明显的教育功能附加,书系文学的效能究竟如何？在这套书系中文学到底有怎样的意义与价值？儿童对这套书系的喜爱与阅读快感体验,更多的来自游戏有多少来自文学？我们到底能赋予网游读物怎样的文学品相？在游戏中建构文学是否有必要是否有可能？网络文学是否能有效疏导沉迷于网络游戏的孩子？"①

2013 年 9 月,眉睫的《童书识小录》由海豚出版社出版发行。刘绪源认为本书所收录的文章可以分为四类:"第一类虽然也是谈儿童文学或儿童文学界的事,其实却是对整个社会发言的,所谈问题有普遍性,能激起'外界'广大读者的兴趣";"第二类,是与作者的现代文学兴趣和素养有关的评论";"第三类,是狭义的儿童文学评论,即对一篇篇作品或一个个作家的批评和分析";"第四类,则是工作性的书介文章,如对一些新版图书作例行的宣传介绍等"。②

2013 年 9 月,朱自强在《东北师大学报》上刊发《民间文学:儿童文学的源流》。朱自强认为:"民间文学是儿童文学的源流之一,它在儿童文学的起源和发展中发挥了极其重要的作用。先行者们对儿童文学的最初想象大多是以民间文学为原型的。但是,古代民间文学并不就是儿童文学,民间文学要成为儿童文学,一定要经过思想和艺术方面的现代性转化。"③

2013 年 9 月,刘绪源在《文艺报》上刊发《以孩子的眼看复杂人生——林海音与朱氏姐妹的儿童文学》。作者指出:"在林海音与朱氏姐

---

① 陈晖:《网游图书:互联网时代的游戏阅读》,《中国图书评论》2013 年第 8 期。
② 眉睫:《童书识小录》,海豚出版社 2013 年版,第 v—vi 页。
③ 朱自强:《民间文学:儿童文学的源流》,《东北师大学报(哲学社会科学版)》2013 年第 5 期。

妹的笔下,儿童读者能看到一个相对完整的世界;而在同一时期台湾儿童文学作家林焕彰的诗中,则能看到相对完整的儿童。二者的长处,都在于真实(完整)。相对于中国大陆的儿童文学界来说,它们的出现,都有突破的意味。此间之所以未有这样的突破,主要还是教育的观念控制着文学,既想着自己是教育者,自不免常要为孩子罩掉一点什么,或引导一点什么了。但这不应该成为创作思维的起点;惟忠于生活,才可作为原初的、本真的出发点。"在文章的结尾,作者还特别指出:"萧红的《呼兰河传》也采用童年视角,而且运用了优美的近似儿童文学的语言,但她的叙事角度并不是严格单一的。其第一第二章仍用全知全能角度介绍故乡诸般事物,第三章开始以'我'的角度叙述,到第五章又用了全知全能的写法。在结构上,它也过于散文化,前面近3万字都是散漫的叙述,到第三章才开始进入故事,所以它不可能成为儿童文学,我视之为优秀的长篇散文。林海音写《城南旧事》,可能受到《呼兰河传》的影响,二者在韵味上颇有相近之处。"①

2013年9月,杜传坤在《东岳论丛》上刊发《论中国近现代儿童小说》。作者指出:"中国近现代儿童小说发端于晚清'兼及'儿童的小说译介,其出发点在于'小说需要儿童'而非'儿童需要小说'的新民教育需要,客观上却提供了一个崭新的儿童阅读世界。三四十年代儿童小说创作秉承了这一强烈的现实功利性,具有'生活教科书'性质,但因成功的叙事艺术和儿童典型形象塑造,堪称我国现代儿童小说的第一批奠基之作。"但作者也认为:"五四时期受儿童本位文学观的影响,儿童小说创作与翻译皆近乎空白。"②

---

① 刘绪源:《以孩子的眼看复杂人生——林海音与朱氏姐妹的儿童文学》,《文艺报》2013年9月27日。
② 杜传坤:《论中国近现代儿童小说》,《东岳论丛》2013年第9期。

2013年9月,徐妍、孙巧巧在《中国海洋大学学报(社会科学版)》上刊发《鲁迅,为何成为中国现代儿童观的经典中心》。作者认为:"鲁迅的确不是一位严格意义上的儿童文学研究者和儿童文学作家,但他所确立的'立人'为旨归的启蒙主义儿童观不仅具有丰富的现代性内涵,而且还具有矛盾的现代性特征,可谓一个复杂、多义的意义世界。无论'后来者'认同与否,都无法绕过鲁迅的儿童观。无论'后来者'如何解读鲁迅的儿童观,鲁迅所确立的'立人'为旨归的启蒙主义儿童观都居于中国儿童文学的经典中心位置。特别是,在当下复杂的文化环境下,鲁迅的儿童观不再仅仅成为学术的研究对象,已经延展为中国儿童文学界的思想资源。"①

2013年9月,朱自强在《中国海洋大学学报(社会科学版)》上刊发《"反本质论"的学术后果——对中国儿童文学史重大问题的辨析》。作者指出:"近年来,儿童文学学术界出现了反本质论这一重要学术动向。对反本质论者的学术研究展开富于学理的深入讨论,这是谋求儿童文学学科的学术深化的一个契机。借鉴实用主义'真理'观的哲学方法,不针对本质论和反本质论作孰是孰非的理论论证,而是对'反本质论'这一工具的实际使用效果进行具体考察,揭示当下的反本质论者在中国儿童文学史的一些重大问题研究上出现的学术失据状况,以期引起学界对反本质论的负面学术效果的反思,并倡导学界保持凝视、谛视、审视这三重学术目光。"②

2013年9月,方卫平在《南方文坛》上刊发《我们所不知道的童年更深处——重新解读班马》。作者认为:"班马的创作中有着当代儿童文学

---

① 徐妍、孙巧巧:《鲁迅,为何成为中国现代儿童观的经典中心》,《中国海洋大学学报(社会科学版)》2013年第5期。
② 朱自强:《"反本质论"的学术后果——对中国儿童文学史重大问题的辨析》,《中国海洋大学学报(社会科学版)》2013年第5期。

写作最缺乏的东西,那是一种建基于人类文化的大视野之上的深刻的童年理解,以及从这童年理解出发而抵达的对于人类精神的深入解读。这与他身为儿童文学理论家的专业学养密切相关,但在根本上更与他自己内心深处长期以来的精神思考和追寻有关。我一直觉得,班马作品中丰富的文化指涉并不来自一般的写作素材准备过程,而就是作家自己多年来的知识兴趣和人生积累,同样,这些作品中所传达的对待世界和生活的观念、信仰等,也不只是出于童年教化的意图,而同时是作家本人的生命思考所指。阅读《孤旅秘境》中的散文,我们能够感受到这些思考在班马生命中所占据的位置。换句话说,作家是在把自己的灵魂写出来给孩子们,这样的写作是认真的,诚恳的,把孩子们看作平等的交流者和对话者的。因为这个原因,班马早期的一些作品(比如《鱼幻》)甚至显得太过凝重了些。但在李小乔的故事里,他寻找到了将这种思想的凝重感与童年最轻灵的身体和精神姿态相结合的方式。小说中李小乔的叙述是对于一种地道的当代童年幽默精神的演绎,但这幽默中又无时不透露出童年备受压抑、不被理解的深刻悲伤。它写出了当代童年生存的某种渺小而又巨大的'悲壮'感,这'悲壮'不只是与童年有关,也关系到我们全部文化的问题和未来。"①

2013年10月,孙建江的《童话艺术空间论》由四川少年儿童出版社再版。在作者看来,"童话艺术空间的研究,有可能使我们过去许多关于童话问题的讨论找到一种新的解决途径,并使童话的研究朝着更加科学化的方向发展"。除此之外,作者也认为通过对于文本的空间问题的研究,能够使得成人文学和儿童文学的边界得以贯通:"因为任何文学形式,不管你是否意识到,它都有其各自独特的空间形式的存在。我们对童年

---

① 方卫平:《我们所不知道的童年更深处——重新解读班马》,《南方文坛》2013年第5期。

空间意识的把握,实际上也是对文学整体形态的一种把握。"①但作者也指出,在本书出版了二十多年后,依然很少有人作深入研究。②

2013年10月,孙建江的《飞翔的灵魂:解读安徒生的童话世界》由四川少年儿童出版社出版。朱自强指出本书与孙建江的其他作品相比,"在篇幅上是最轻薄的,但是,在仔细阅读、体会这些像是在茶前灯下对一、二友人娓娓而谈的文字之后,薄薄的书稿竟变得厚重起来"。同时,他也认为,"在儿童文学作家、作品论中,建江的《飞翔的灵魂——解读安徒生的童话世界》是一本清新可喜且独一无二的书"③。

2013年10月,李学斌主编的《幼儿文学理论与实践》一书由上海交通大学出版社出版。本书为高等院校学前教育专业幼儿文学课程教材。上篇"基础理论"重点阐释幼儿文学的基础理论、发展脉络;中篇"文体阐释"主要介绍九种幼儿文学文体类型的概念、渊源、分类、艺术特征等文体知识;下篇"教育实践"全面阐述幼儿文学在幼儿教育教学与早期阅读活动中的实施路径、指导策略。李学斌在本书的"前言"中也指出本教材试图解决的四点问题:

(1)规避以往"幼儿文学"课程教学中多以儿童文学一般理论嵌套幼儿文学的做法,强化对幼儿文学独特存在方式和艺术特性的理论阐释。

(2)通过教材例文分析,大量呈现经典、精粹、优秀的中外幼儿文学文本,为幼儿教育专业大学生课程学习提供优质资源。

---

① 孙建江:《童话艺术空间论》,四川少年儿童出版社2013年版,第1页。
② 孙建江:《童话艺术空间论》,四川少年儿童出版社2013年版,第174页。
③ 朱自强:《举重若轻:思想力量和艺术感觉——读孙建江的〈飞翔的灵魂——解读安徒生的童话世界〉》,《湖南人文科技学院学报》2005年第2期。

(3) 通过理论融合与文本赏析,让课程学习落到实处,最终切实提高幼教专业学生幼儿文学文本鉴赏、把握能力。

(4) 以幼儿文学不同文体的创编和教学实例激发大学生对幼儿文学的兴趣,增进他们对幼儿文学作为幼儿教育优质资源和方法论的认同感,以此培育他们良好的幼儿文学教育实践技能。①

2013年10月,赵霞在《探索与争鸣》上刊发《景观的规训——当代童年身体影像消费批判》。作者指出消费社会中的童年的状况:"在视像媒介高度发达的消费社会,影像消费越来越成为大众消费生活的一种基本方式,而童年身体的影像无疑为这一现代消费生活提供了一场颇富新意的视觉筵席。童年身体的景观化是当代童年文化与视像媒介相互作用的产物。这一被景观化的童年身体构成了一个醒目的当代视觉审美符号,它既是童年身体的一种解放,也是对于它的另一种全新的规训。在消费经济的推动下,后者的影响很快越过前者,成为主宰童年身体景观的主要因素,并以影像特有的强大力量,诠释和塑造着成人和儿童关于童年身体的理解,进而损害着当代童年的现实生存及文化精神。"②

2013年11月,闫春梅的《童话精神与儿童审美教育》由山东人民出版社出版。在"绪论"的"研究的缘起"中,作者指出:"童话蕴含的趣味和美妙、幻想和诗意等特性契合了儿童的精神世界,因而才成为儿童长期以来最喜爱的文学样式。儿童欣赏、阅读童话的过程就是审美的过程。教化不是童话的终极目标,审美才是童话的本体功能,它是童话发挥其他功能如教育、政治、心理治疗等功能的必然中介,但由于种种原因,童话的功能被本末倒置,教育掩盖了审美,童话精神被遮蔽,童话异化成了一般的

---

① 李学斌主编:《幼儿文学理论与实践》,上海交通大学出版社2013年版,第2页。
② 赵霞:《景观的规训——当代童年身体影像消费批判》,《探索与争鸣》2013年第10期。

教育故事。"①

2013年11月，方卫平在《南方文坛》上刊发《童年时光的魅影——评陆梅长篇儿童小说〈格子的时光书〉》。作者指出："面对一部书写童年时光的儿童小说，我期待着从作品中读到对于这一时间话题的更为小说化的处理。我之所以提出这样的期待，是因为《格子的时光书》是一部真正意义上的长篇儿童小说，而不是像许多冠名长篇的作品那样，实际上是一批短篇故事的组合。这样的作品，是我们可以真正拿来探讨儿童文学的长篇艺术的作品。因此，我所表达的这些感想，其实也是对当代儿童小说写作的一种期待。"②

2013年11月，谈凤霞在《求是学刊》上刊发《转型中的焦虑与建构——论新时期后期童年书写繁荣之成因》。作者注意到一种现象："五四时期儿童的发现催生了关于童年的文学书写，20世纪20年代诞生了首批歌颂童心、眷恋童年的抒情性诗文，而童年书写的第二波则发生在三四十年代主流文学的边缘，主要是京派作家和东北作家群的乡土童年书写。"而在作者看来，"这种关于个体成长的童年书写是对主体困境的一种内在抒发和勉力拯救。同时，童年书写这一文学选择还表征着创作者对文学主体性的追求，因为文学的主体性仍基于创作者对个人主体性的追求，它与创作主体的抒情能力、反思能力、内省能力密切相关，表达着创作者独特的文化立场以及文学取向"③。

2013年11月，刘绪源在《文学报》上刊发《〈童年河〉：意外的收获——读赵丽宏儿童文学新著》一文。《童年河》是赵丽宏创作的首部童

---

① 闫春梅：《童话精神与儿童审美教育》，山东人民出版社2013年版，第4页。
② 方卫平：《童年时光的魅影——评陆梅长篇儿童小说〈格子的时光书〉》，《南方文坛》2013年第6期。
③ 谈凤霞：《转型中的焦虑与建构——论新时期后期童年书写繁荣之成因》，《求是学刊》2013年第6期。

年成长小说，在刘绪源看来，"作者用诗一般的语言，散文一样温和的节奏，将一个生活在上世纪五六十年代的普通男孩童年中至关重要的一次成长展现在读者面前"、"但我的意外更在于这部小说的成熟和成功，它没有许多名家忆童年之作那种自哀自怜自赏的陈旧气息，更没有一些成人文学作家偶或垂顾儿童文学时信手拈来的轻率态度，他在下笔之时，是真正回到了童年的，所以，这不是回忆，这就是文学，是以过去那段岁月为题材的面向当下的活的文学"。令刘绪源赞赏的是，"作者所追求的并非一般的真，他追求一种深入到自己心底的真实，是经过生命体验和岁月淘洗的记忆，所以，它常能'真实到令人害羞的程度'（别林斯基语）。把这样的记忆写出来，才可能接近真文学"。但作者还是指出："这本小说作为儿童文学仍有不够经典的地方，如书中的景物描写有时略显铺张（尤其是作品开始的时候），整个结构以生活片断连缀而形成完整的情节，但终是瑕不掩瑜。而这也恰恰体现了作者的大气和自信，他敢于自创新格。"①

2013年11月，钱淑英在《文艺争鸣》上刊发《"十七年"童话：在政治与传统之间的艺术新变》一文。在作者看来，"'十七年'童话作家在政治主题的自觉表达和童话艺术的继承发展之间，找到了一条创作的通道，他们在复归传统的民族化写作、包含儿童视角的主旨传达以及文体形式的创作实践等方面，为中国当代童话创作提供了可供借鉴和反思的重要经验"。并且面对充满"意识形态"的"十七年"童话，她认为我们可以看到两方面事实："一方面，'十七年'童话以其强烈的意识形态干预着读者的道德价值判断，其中的很多作品由于时代的隔阂会被阻挡在当下及未来读者的视野之外；另一方面，经过时间淘洗的'十七年'优秀童话文本，既包含了意识形态又超越于意识形态之上，才拥有经典的品质。这样的经验

---

① 刘绪源：《〈童年河〉：意外的收获——读赵丽宏儿童文学新著》，《文学报》2013年11月7日。

和教训,对于今天的童话创作而言,仍具有启示意义。"①

2013年11月,胡丽娜在《文艺争鸣》上刊发《西方儿童文学的中国化——以〈伊索寓言〉的考察为例》。作者认为:"传教士开启的西方儿童文学的中国之旅,是西方儿童文学在中国文化语境中落地生根、融入、影响、渗透到中国现代儿童文学发展进程的过程。在回溯西方儿童文学中国化的同时,不能回避另一个重要的问题,即转换成中国本土儿童文学的立场,西方儿童文学中国化对中国儿童文学有着怎样的意义?西方儿童文学的中国之旅是催生本土儿童文学诞生、滋养儿童文学发展、影响本土儿童文学审美品性生成的重要因素。与此同时,在西方儿童文学渐次进入中国大地、逐渐扩大影响甚至成长为'霸权',并以西方儿童文学的内涵、分类来统摄儿童文学整体时,中国本土那些具有深刻的民族根基性的民间故事、武侠小说等的生存就岌岌可危了。现代儿童文学的诞生和发展在吸收西方儿童文学滋养的过程中,对本土传统的资源并未给予充分的承继,致使很多历史上喜闻乐见的文学形式如笔记小说、武侠小说、民间故事的式微。也就是说,那些滋生于中国文化语境下具有中国传统文化特质的儿童文学遗存,以及与儿童文学特质相通的传统的中国文学形式并未能在现代儿童文学中强壮地延续下去。这一现象背后的深意在于,这些蕴含传统文化和民族特色的丰富文学遗存失落之后,中国儿童文学如何寻觅能与西方儿童文学进行对话、抗争的异质的'底色'呢?而这也是探讨西方儿童文学中国化问题不可规避的另一个重要话题。"②

---

① 钱淑英:《"十七年"童话:在政治与传统之间的艺术新变》,《文艺争鸣》2013年第11期。
② 胡丽娜:《西方儿童文学的中国化——以〈伊索寓言〉的考察为例》,《文艺争鸣》2013年第11期。

2014 年

2014年1月，刘绪源在《文学报》上刊发《儿童观：一次哥白尼式的突破——吕丽娜童话〈好奇小女巫〉价值评估》一文。吕丽娜的《好奇小女巫》一书曾获得上海作协第九届幼儿文学奖，在刘绪源看来，"此乃实至名归"、"它不止是一篇成功的作品，这还意味着一种儿童观的突破——不仅是作家个人创作上的突破，也是中国儿童文学整体出现的突破——这甚至是一种哥白尼式的突破，亦即，预示着一场儿童文学与儿童文化上哥白尼式的革命"，"作者肯定了小女巫七拐八拐、顺从自己好奇心的做法，非但没有提出批评，还给以积极的肯定。我以为，这一观念本身，就是石破天惊的，她让我们吃惊，并继而醒悟"。[①]

2014年1月，赵霞在《南方文坛》上刊发《从童年消费到消费童年——当代童年审美经济及其文化问题》。对于消费文化对于现实童年生活的影响，作者主要提出两点："第一，消费文化日益淹没和吞噬着童年的日常生活"；"第二，消费文化也日益改变和书写着童年的生存体验"。在作者看来，"消费经济对于童年审美文化的侵占和对于童年现实生活的吞噬，无不以消费的形式发生着，也就是说，这种侵占和吞噬不是通过冷酷的剥夺，而是通过热情地给予，不是造成失去的痛苦，而是充满了得到的欢乐。消费社会并没有取走童年，相反，它以前所未有的激情维护着童年独一无二的社会身份以及与此相连的消费权利。很多时候，这一丰饶

---

① 刘绪源：《儿童观：一次哥白尼式的突破——吕丽娜童话〈好奇小女巫〉价值评估》，《文学报》2014年1月9日。

的表象遮蔽了其丰盈和快感背后的匮乏与问题，以及它所造成的对于个体生命的实际压迫。我们理应看到当代童年审美经济相对于童年生存的现实意义和价值，但正因为这样，由这一经济形态所导致的当前童年文化消费现象的内在症结，才格外值得我们予以关注和深思"[1]。

2014年1月，吴翔宇在《山东师范大学学报（人文社会科学版）》上刊发《五四儿童文学建构中国形象的现代生成》。作者指出："五四儿童文学的历史生成是与中国的现代转型紧密关联的。认同危机内在驱动了包括儿童文学在内的中国新文学寻找和建构国家形象的文学实践。儿童本体的书写折射了中国现代作家对现代中国历史及民族'新生'的思考。在西方形象与古典形象的双重他者的制导下，五四儿童文学建构中国形象体现了社会性与自然性的融合与冲突，其性质是对现代中国的一种价值重建与意义重构。"[2]

2014年1月，汤素兰在《中国文学研究》上刊发《中国儿童文学中儿童观的多重面相与当代使命》。作者认为："中国儿童文学中的儿童观受中国传统儒家文化、中国文学的'言志'与'载道'传统的影响，同时和每个时代的政治意识形态、国家对未成年人的教育目的紧密相关，因而呈现出复杂的多重相面。当代中国儿童文学的儿童观虽然已经逐渐向儿童本位回归，承认儿童是独立的存在，但是作家个人的创作中呈出的儿童观依然会受到传统文化基因与社会政治氛围、教育目的的制约，使中国儿童文学的繁荣发展曲折艰难。当代儿童文学中的儿童观在变革自身的同时，也承担着特殊的历史使命——启蒙民众的儿童观、保护儿童的天性、鼓励儿童享受童年快乐、充分发挥其文学的审美功能而作为现有学校教育的修

---

[1] 赵霞：《从童年消费到消费童年——当代童年审美经济及其文化问题》，《南方文坛》2014年第1期。

[2] 吴翔宇：《五四儿童文学建构中国形象的现代生成》，《山东师范大学学报（人文社会科学版）》2014年第1期。

正与补充,成为一种爱的教育,为儿童一生的幸福奠定基础。"①

2014年2月,赵霞在《山东社会科学》上刊发《卢梭:作为一种乌托邦的童年》一文。在作者看来,"卢梭的童年观使现代童年意象脱却了宗教原罪观的束缚,并开启了现代浪漫主义童年观念的源头。但卢梭的童年观并不只是一个关于儿童成长的概念,也是其启蒙思想的一个核心构件",在作者眼中,"卢梭笔下与'自然人'概念联系在一起的,同时包含了人类个体与群体两个精神层面、向前与向后两个历史向度的童年乌托邦意象,为我们理解其思想的整体构架及其复杂性、矛盾性提供了一个特别的视角"。因此,作者在文章的开头也指出:"深入解读卢梭的童年观,并以这种童年观为契点,重新进入对于卢梭思想体系的读解和梳理中,将使我们对卢梭笔下的'童年'范畴有一个新的、更完整的理解,同时也能够为身处当代的我们接近卢梭提供另一个有价值的思考路径。"②

2014年2月,杜传坤在《教育学报》上刊发《"捍卫童年":必要的界限与弱化差异》一文。在作者看来,"虽然我们具备了心理学、社会学、教育学、人类学、精神分析等视角的童年研究,但这些主要是从'发展'与'社会化'着眼,旨在追求一种'更有效'的童年教育"。作者认为,"我们对伦理学视角的关注还很不够,而这是一个更为根本的角度。后现代教育理论正尝试超越质量话语,走向意义生成话语,但是如何超越,超越之后如何生成意义,生成何种意义,这些问题的探索还都尚显朦胧。而且,到今天为止,'捍卫童年'的命题及理论资源基本都是西方视野的"③。

2014年3月,方卫平主编的《红楼儿童文学对话——浙江师范大学

---

① 汤素兰:《中国儿童文学中儿童观的多重面相与当代使命》,《中国文学研究》2014年第1期。
② 赵霞:《卢梭:作为一种乌托邦的童年》,《山东社会科学》2014年第2期。
③ 杜传坤:《"捍卫童年":必要的界限与弱化差异》,《教育学报》2014年第1期。

儿童文学新作系列研讨会纪要》由明天出版社出版,本书是在浙江师范大学红楼举行的历次儿童文学研讨会的会议记录。方卫平在"序:向'批评'致敬"部分中指出:"探索和建构一种独立的学院研讨和批评机制,其最终目的绝不是为了彰显儿童文学批评本身的地位,或是凸显批评相对于创作的理论优势,而是反过来,想要为儿童文学艺术思考和创作实践的进步提供可靠的基底。我相信,文学创作与批评的精神在根本上是一体的,真正高明的写作者对创作、对文学一定有着独到、深入的理解,从而必定也会是高明的批评家;反过来,一位作家如果是真正高明的批评家,那么他的写作也会因此而更加如鱼得水。"①全书讨论的书目有《腰门》、《小猪大侠莫跑跑》、《1937·少年夏之秋》、《白天鹅红珊瑚》、《黑天鹅紫水晶》、《福官》、《到你心里躲一躲》、《狂欢节,女王一岁了》、《今天明天》、《后天大后天》、《萝铃的魔力》、《谁要跟我去散步》等。

2014年3月,吴其南的《从仪式到狂欢:20世纪少儿文学作家作品研究》由人民文学出版社出版发行。作者在书中指出:"本书是一本作家作品论,主要是想通过对一些少儿文学作家作品较为细致的阅读和探讨,增进对这些作家作品的感受和理解;稍进一步,自然也希望对整个中国现当代儿童文学,包括文学思潮、文学观念、文学演变等有更多的认识。"②在"后记"中,吴其南也袒露了自己学术思想观念的转变历程:"中国儿童文学,真正自觉后的历史不过一个世纪,其中至少一半的时间还为阶级斗争的理论所绑架,可说的东西非常有限,真正有价值、值得说的东西主要在最近这二三十年,因此对当下作家作品的关注自然显得尤为重要。以前,我接触过'史',也留意过基本理论,进入新世纪以后,主要转向对少儿文

---

① 方卫平主编:《红楼儿童文学对话——浙江师范大学儿童文学新作系列研讨会纪要》,明天出版社2014年版,第4页。
② 吴其南:《从仪式到狂欢:20世纪少儿文学作家作品研究》,人民文学出版社2014年版,第1页。

学领域作家作品的探讨,很大意义上便是意识到上述内容而作的一种调整。"①正因为如此,全书涉及20世纪各个时期、各种体裁、各种思潮的相关演变,同时以此为线索勾勒出整个少儿文学发展的整体面貌。

2014年3月,王家勇的《中国儿童小说主题论》由中国社会科学出版社出版,该书系作者的博士论文修改而来。本书主要通过主题学研究的方法来对中国儿童小说作了系统的考察。关于主题学研究与主题研究的区别,王泉根在"序一"中指出:"一般的主题研究探讨的是某一部具体作品或某一个具体人物典型所表现的思想,即重在文学的一个点,独特的'这一个'。而主题学研究则着眼于一条线,甚至一个面,即主题学研究探讨的是不同历史时期、不同地域、不同民族的不同作家,对同一主题、题材、情节、人物典型的不同处理手段及其形式,即文学的外部。"②马力在本书的"序二"中概括了本书在史料处理上的两大特点:"一是从繁复多样的小说文本与研究资料中,提取最有典型意义的文本,以确保观点提炼不出现偏颇;同时,作者非常注重自己对于史料的阅读体验。论文中提到的新文本,都是作者不拘常见,对大量史料重新阅读、遴选的结果,使读者的阅读耳目一新";"二是史料处理视野宽阔。该论文的资料收集涵盖中国,又兼顾西方。既包括同时期的或是同题材的西方文学文本,也包括西方的历史与现代文化资料"。③

2014年3月,金波的《金波论儿童诗》由海豚出版社出版,本书由汤锐作笺注。在汤锐看来,金波在儿童诗领域的建树主要在三个方面:"第一,金波先生的全部文论形成了一个比较完整的独具特色的儿童诗歌理

---

① 吴其南:《从仪式到狂欢:20世纪少儿文学作家作品研究》,人民文学出版社2014年版,第328页。
② 王家勇:《中国儿童小说主题论》,中国社会科学出版社2014年版,第2页。
③ 王家勇:《中国儿童小说主题论》,中国社会科学出版社2014年版,第3页。

论框架";"第二,金波先生对于儿童诗文体本质的研究和探索,对于丰富和深化中国儿童诗文体美学做出了重要的贡献";"第三,金波先生极其重视中国传统诗歌艺术遗产,尤其对于中国民间童谣做了大量搜集、分类、钩沉与研究,强调继承传统对于当代儿童诗歌创作的积极作用"。①

2014年3月,计敏的《任德耀与上海儿童剧创作》由上海书店出版社出版。本书由荣广润作序,在荣广润看来,"儿童剧对于开启儿童心智,陶冶儿童情操,提高儿童素养,净化儿童灵魂有着特别有效的功能,所以在现代文明社会是一项十分重要的文化事业,然而在实际生活中往往得不到足够的关注和重视。有志于终身从事儿童剧创作的剧作家为数甚少,他们精心写就的作品也常常会被忽视"②。对于大众文化在1990年代的崛起,作者指出其对戏剧所产生的巨大影响:"诚然,大众文化应该具有商业性和娱乐性,但事实是,这些年来不少商业戏剧一味地把娱乐性降格为身体的刺激快适和欲望的虚幻满足。在市场利益的驱动下,在'票房第一'的追求中,艺术审美价值下滑,话剧舞台上已经出现了庸俗化、低俗化现象。有些制作完全置戏剧创作的基本规律于不顾,不讲情节,也不写人物,热衷于将无聊甚至丑陋的笑料或小品、网络语言堆砌起来,取悦观众;也有人以'后现代剧场',或'推进文化产业'的名义,放弃了艺术应有的审美追求和社会价值取向,实际上艺术的自由精神极度衰竭"③;"另一方面,在竭力推行戏剧的市场化、商业化的同时,真正有自由独立思想、有艺术探索精神的低成本、小制作却始终得不到鼓励和支持,逼得眼下许多民营剧团或小剧场演出几乎清一色采取'市场路线',炮制各色便当快餐"④。

---

① 金波:《金波论儿童诗》,海豚出版社2014年版,第1—3页。
② 计敏:《任德耀与上海儿童剧创作》,上海书店出版社2014年版,第1页。
③ 计敏:《任德耀与上海儿童剧创作》,上海书店出版社2014年版,第9—10页。
④ 计敏:《任德耀与上海儿童剧创作》,上海书店出版社2014年版,第10页。

2014年3月，杜传坤在《山东社会科学》上刊发《论中国近现代儿童诗歌艺术的变迁》。作者认为："自晚清民初到20世纪三四十年代，儿童诗歌呈现出鲜明的阶段性艺术特点。晚清的'学堂乐歌'以'浅而有味'为价值追求，是'诗界革命'在儿童诗歌领域的创造性实践。五四时期的儿童诗歌追求童心童趣，以白话之'新风格'取代晚清的'古风格'，且赋予了'新意境'以新的内涵。20世纪三四十年代，主流的儿童诗歌风格与意境皆迥异于此前两个阶段，歌谣变成了'歌谣化'，从文学的主体变成了文学形式和'手段化'的东西，而边缘化的童话诗则代表了这一时期儿童诗歌艺术的更高成就。"①

2014年4月，谈凤霞在《南京师范大学文学院学报》上刊发《从"百草园"到"后花园"：论现代乡土童年书写的精神底蕴》。作者指出："从五四起始的现代乡土童年书写，追怀作家童年时代的生命经验与人事见闻，对已逝的童年乐园的忆念多源于现实中成年人生的困境。从鲁迅童年的'百草园'到萧红童年的'后花园'的记忆书写中，寄寓了作家的生命理想，也蕴藏其'失乐园'的沉痛。萧红在表现的深广度上体现了与鲁迅相接的精神底蕴，不仅传递着'励己'及'立人'的愿望，而且对个体生存和整个人类命运之荒凉底色有着深邃的洞察。现代作家的乡土童年书写大多体现了对'失乐园'的清醒意识和力求振拔的内心挣扎。"②

2014年5月，崔昕平的《出版传播视域中的儿童文学》由中国社会科学出版社出版发行，本书是基于作者的博士论文修改而来。在"序"中，王泉根坚持要用以作家作品为基点的"系统论"看待儿童文学，他将这项工程的流程概括为：作家作品→编辑出版（图书出版/报刊发表/网络在线）

---

① 杜传坤：《论中国近现代儿童诗歌艺术的变迁》，《山东社会科学》2014年第3期。
② 谈凤霞：《从"百草园"到"后花园"：论现代乡土童年书写的精神底蕴》，《南京师范大学文学院学报》2014年第1期。

→评论研究(评论/评选/评奖)→学校教育(课程资源/课外阅读/校园文化)→阅读推广→作品再生产。①针对童书在出版业中的地位,他认为:"童书虽只是出版业中的一个板块,但却是涉及到亿万少年儿童以及家庭、学校、乃至全社会的'大板块''大事业',直接影响着我们民族下一代的精神生命成长,影响着孩子们的价值观、世界观、道德观、审美观、生态观,因而任何一个负责任的民族与政府,对童书自然不会等闲视之。"②但少儿图书出版史研究本身也存在不少特点,给相关研究提高了不少挑战与难度,正如崔昕平在"后记"中所说:"出版学本身的多重属性,少儿出版本身的无史可循,使得该研究对象与该时段的政治、经济、法令、教育、文化、艺术等方面均相互勾连。由此带来甚为庞杂纷繁的关注对象、关联对象。"③对于童书发展的趋势,她认为:"在经历了来自经济方面的改头换面的变革后逐步适应市场的童书出版发展历程中,又一次更大的来自媒介的变革将极大刺激并改变未来的童书生态,童书出版将面临专业边界消弭、书业边界模糊、以媒介力量领跑的第四个全新的阶段,并将掀动童书创作步入适应媒介融合的生态性变革。"④

2014年9月,李利芳在《中国现代文学研究丛刊》上刊发《现代中国儿童文学整体观——评〈担当与建构——王泉根文论集〉》。作者指出:"这些论文从儿童文学思潮史论、基础理论问题、学科建设、儿童文学的跨学科研究等多个层面建立起了现代中国儿童文学整体观。这一观念及其理论成果为我国儿童文学在文学、艺术、教育、出版传媒等相关学科领域

---

① 崔昕平:《出版传播视域中的儿童文学》,中国社会科学出版社2014年版,第1页。
② 崔昕平:《出版传播视域中的儿童文学》,中国社会科学出版社2014年版,第3页。
③ 崔昕平:《出版传播视域中的儿童文学》,中国社会科学出版社2014年版,第323页。
④ 崔昕平:《出版传播视域中的儿童文学》,中国社会科学出版社2014年版,第314页。

中搭建起了具有自身学术个性与本体精神的话语空间。"①

2014年4月,刘绪源在《中华读书报》上刊发《〈少年的荣耀〉:书写"惊魂岁月中的孩子"》。《少年的荣耀》一书的作者为李东华。刘绪源认为本书是"以全新的观念描写战争与儿童的长篇,她写的不是'孩子的战争',而是'战争中的孩子',这是让文学回归生活的一次艰苦努力,是一次创造性、根本性的突破","作品的突破不仅是在观念上,同时也体现在小说艺术上"、"作者不是在'写故事',而是在'写生活',她让我们看到的是活生生的充满细部的生活,故事的线索隐在其中,需要我们自己在阅读中梳理。这在儿童文学中相当难得,在当下通俗文学泛滥的时候更为难得"。但刘绪源指出李东华的新书存在的一些问题:"小说在总体结构上还可以更匀称,中间部分安排得不够周密的地方也有一些,最后一章则写得过于匆忙,以致许多需要细细交代的内容没有很好展开。"刘绪源希望"再版时作者能鼓其余勇,把作品修改得更为完整,更纯粹,使其成为中国儿童文学史上一部里程碑式的佳作"②。

2014年4月,赵霞在《学术月刊》上刊发《童年的消逝与现代文化的危机——新媒介环境下当代童年文化问题的再反思》。"童年的消逝"这一学说出自西方学者尼尔·波兹曼,对于这一学说,作者认为,"既是对童年文化当代命运的一种富于洞察力的论断,也从一个特殊的视角揭示了作为童年文化母体的现代文化自身所面临的某种内在危机",这种学说在作者看来,"实际上直指对于新媒介环境下现代文化自身精神危机的批判"。但到了21世纪之后,作者认为其"受到一种媒介乐观主义思潮的影响,这一富于批判深意的童年文化观似乎已经被人们遗忘了"。但在作者

---

① 李利芳:《现代中国儿童文学整体观——评〈担当与建构——王泉根文论集〉》,《中国现代文学研究丛刊》2014年第9期。
② 刘绪源:《〈少年的荣耀〉:书写"惊魂岁月中的孩子"》,《中华读书报》2014年4月16日。

看来,"重温波兹曼的传统在今天显得意义重大":"首先,现代童年的概念内含了一种与个体深度有关的现代发展观,亦即个体的成长是他在持续的文化学习、理解和思考中使自我理性不断臻于完善的过程,这一过程进而构成了文化自身的深度";"其次,对于童年的现代伦理关切牵连着我们的社会、历史、文化以及人性的某个核心范畴"。不仅如此,作者还认为:"在以自由化的快感生产为重要特征的当代新媒介文化中,这样的提问和反思大概显得不合时宜,但它却代表了技术时代一种正在失落的文化责任感、判断力以及对文化何所作为的信仰。"①

2014年4月,李学斌在《首都师范大学学报(社会科学版)》上刊发《儿童文学:中小学语文教育的"助推器"——高师院校小学教育专业儿童文学课程建设》。作者结合大量的数据以及调查结果后指出:"我们的中小学语文教育确实存在很大问题。这其中,既有教材的因素,也有教法的原因,但更多的,则来自语文教师语文素养和能力结构上的局限。"他认为语文素养和能力要落实到现实的语文教育实践中,就需要中小学语文教师至少应具备三方面的素养和能力:"第一,观念上,推崇'能力本位',倡导'文学教育',实行'儿童中心',打破'教材主义'";"第二,知识结构上,应具备甄别、鉴赏、应用儿童文学作品的素养和能力";"第三,教学方式上,除了应具有对儿童文学作品进行优质设计的能力之外,还需掌握对优质阅读资源进行深度拓展及阅读指导的策略"。②

2014年5月,德国的杰拉·莱普曼的《架起儿童图书的桥梁》由安徽少年儿童出版社出版,本书由苏静翻译,属"国际安徒生奖大奖书系"之一,主编为方卫平,本册主编张明舟。对于这套"国际安徒生奖大奖书

---

① 赵霞:《童年的消逝与现代文化的危机——新媒介环境下当代童年文化问题的再反思》,《学术月刊》2014年第4期。
② 李学斌:《儿童文学:中小学语文教育的"助推器"——高师院校小学教育专业儿童文学课程建设》,《首都师范大学学报(社会科学版)》2014年第2期。

系",方卫平指出,这是"迄今为止中国范围内以安徒生奖获奖作家、插画家的作品为对象的最大规模的一次引进出版行为,也是首次得到该奖项主办者国际儿童读物联盟官方授权并直接合作支持的安徒生奖获奖作家作品书系","整个书系由文学作品系列、图画书系列、理论和资料书系列三大板块构成,其中文学作品系列呈现了安徒生奖获奖者的文学作品,图画书系列包括了获奖者的图画书作品,理论和资料书系列则意在展示相关的研究成果和资料"。[1] 对于这套图书的出版,方卫平也指出其经典的意义:"在我看来,这项工作的意义不仅仅在于对经典文本的介绍和转译,更在于寻找到一条从世界儿童文学经典通往中国儿童读者的最完美的路径,它能够在引进经典作品的过程中,从一切方面为中国的孩子们尽可能地保留那份来自原作的经典感。这是一种对经典的继承,也是一种对经典的再造。它所播撒开去的那一粒粒儿童文学经典的种子,将成为孩子们童年生命中一种重要的塑形力量。对成长中的孩子来说,这样的经典阅读带给他们的,将是最开阔的思想,最宽广的想象,最丰富的文化体验以及最深厚的语言和情感的力量。"[2]

2014年5月,蒋风主编的《新世纪的足迹——蒋风的儿童文学世界》由安徽文艺出版社出版。本书主要研究和报道了儿童文学研究学者蒋风的治学成就及其他对中国儿童文学的学科发展所作出的贡献。全书分为"蒋风与儿童文学"研究文论选和"中国儿童文学研究中心·全国儿童文学讲习会"记实两部分内容,在本书的后面还附有以编年的形式汇编的"'蒋风与儿童文学'媒体报道编年文选",对于研究蒋风的学术履迹和心路历程有着极其重要的学术史价值和思想史价值,如韩进在本书的《追寻蒋风先生30年(代序)》一文所概括的:"蒋风精神"应该有更丰富的内容

---

[1] [德]杰拉·莱普曼:《架起儿童图书的桥梁》,安徽少年儿童出版社2014年版,第4页。
[2] [德]杰拉·莱普曼:《架起儿童图书的桥梁》,安徽少年儿童出版社2014年版,第5页。

和更深刻的内涵,更能体现先生与时俱进的人生观、幼者本位的儿童观、坚持导向的文学观、筑梦未来的事业观,这份重要的中国儿童文学的宝贵财富,应该得到业界的关注、研究、学习与推广,形成中国儿童文学的理论品牌,对中国及世界儿童文学的建设和发展做出贡献。[①]

2014年5月,朱自强在《中国海洋大学学报(社会科学版)》上刊发《论"儿童本位"论的合理性和实践效用》。作者认为:"近年,儿童文学学术界有学者提出了以'主体间性'来'超越''儿童本位'论这一理论主张",但同时他也对其可能性、合理性深为怀疑。他特别提到了杜传坤的《中国现代儿童文学史论》和吴其南的《20世纪中国儿童文学的文化阐释》。他认为这两位作者所主张的"走出现代性"与"超越'儿童本位'论"时,不约而同提出"以'主体间性'来替代'儿童本位'论"的观念后,同时也存在着"推倒了'儿童本位'论""却并没有建构起属于自己而不是照搬西方后现代概念的'主体间性'的理论"。朱自强所采取的立场不是"在现代性理论和后现代性理论之间作非此即彼的选择,而是对二者进行整合,取其可以有效阐释儿童文学的那部分理论"。对于当代"儿童本位"论,朱自强也是"当代倡导者、阐释者和建构者之一",他在《儿童文学概论》中曾经对"儿童文学=儿童+文学"与"儿童文学=儿童+成人+文学"这两个公式作出了否定,他认为"儿童文学=儿童×成人×文学",儿童文学"重要的是在儿童与成人之间建立双向、互动的关系",因此"在这个公式中不用加法而用乘法,是要表达在儿童文学中'儿童'与'成人'之间不是相向而踞","而是你中有我,我中有你的生成关系"。但他认为这不同于杜传坤和吴其南的"你/我"关系的"主体间性",因为在他看来,"在儿童文学这里,离开了'儿童本位'这一立场,所谓'主体间性'是难以成立的","儿童的精神

[①] 蒋风主编:《新世纪的足迹——蒋风的儿童文学世界》,安徽文艺出版社2014年版,第20页。

世界与成人的精神世界不同,儿童文化与成人文化存在着深刻的矛盾,在现实生活中,成人是儿童的压迫者","不以儿童为本位,儿童文学这个世界就必然缺少一个维度即'儿童'世界,而只剩下了'成人'世界,'第三的世界'就不可能被创造出来"。对于"以儿童为本位,会不会导致儿童文学世界里'成人'主体的丧失"的问题,他认为不必要担心,"因为在儿童文学创作中,纯然表现儿童的世界是不可能的","为儿童创作的文学作品,只可能存在两种形态:表现了成人的世界;表现了融合儿童与成人这两个世界的'第三的世界'"。针对吴其南的《"儿童本位论"的实质及其对儿童文学的影响》,他认为吴其南的儿童文学观给我们的启示是:"中国儿童文学克服成人本位,走向'儿童本位'之路,必然是漫长而艰难的。"针对方卫平的《儿童文学本体观的倾斜及其重建》,朱自强认为方卫平对于儿童本位论内涵的理解存在着一定的误区:"可能是失之于没有对周作人全部儿童文学论述进行整体性梳理、考察和辨析",而"更深层的问题还不在于方卫平把周作人的'儿童本位'论的局部当成了整体,而是在于他对周作人的'儿童本位'论的思想神髓是比较隔膜的。"[①]

2014年6月,李利芳在《中国出版》上刊发《孙建江儿童文学研究之研究》。在作者看来,"孙建江对新时期以来我国儿童文学事业的整体推进是意义特殊而重要的。他属于新时期成长起来的儿童文学理论批评工作者中个性鲜明、成就独特的'这一个'。这不仅仅是因为他儿童文学研究气度、理念与成绩的'唯一性',同时还有其'文化身份'的个别性,他是国内将儿童文学'理论、创作、出版'三种身份集于一身,且在每个领域都作出不菲成绩的少数者之一。最主要的是,这三种精神创造实践经验的体悟与融通,为他的各项儿童文学事业都注入了别开生面的创造力与独

---

① 朱自强:《论"儿童本位"论的合理性和实践效用》,《中国海洋大学学报(社会科学版)》2014年第3期。

具慧眼的辨识力,铸就了他开放包容的童年文化价值视野,使其在中国儿童文学的艺术版图中留下了独属于自己的深刻的文化印痕"①。

2014年6月,曹文轩的《曹文轩论儿童文学》由海豚出版社出版,本书由眉睫编。眉睫对内容作了如下介绍:"在第一辑有关外国文学的论述中,似已透露出若干消息,虽则不是那么显露";"第二辑则收录了'曹文轩如是说',都是'夫子自道'的文章,我们可以看到作品背后的曹文轩秉持着何种文学观念,以及这些作品是如何写出来的";"第三辑是曹文轩关于儿童文学的文体、儿童阅读、儿童文学的意义,甚至儿童文学史等相关问题的论说";"第四辑则是曹先生关于同时代作家的评论,我们可以看到他是如何看待同行的作品的"。②

2014年6月,朱自强的《黄金时代的中国儿童文学》由中国少年儿童出版社出版。在"绪言"中,作者对于"黄金时代"作了如下定义:"指自1978年改革开放以来的这段时期",而中国的儿童文学"也在这个时期里取得了前所未有的蓬勃发展,创造了一个史无前例的'黄金时代'"。③ 对于这个时代的总体特征,朱自强概括道:"在这个时代里,中国儿童文学继承和发展'五四'时期被大力提倡的'儿童本位'的思想,克服了以往'儿童文学是教育儿童的工具'这一观念的束缚,经过向'文学性'回归、向'儿童性'回归,建构了'儿童的文学'。"本书主要以幻想儿童文学、写实儿童文学、儿童诗歌和图画书为主要评介内容,用作者的话说,本书"不是查户口簿式地罗列作家作品,而是讨论那些给我理解、阐释黄金时代的儿童文学带来启示的作家和作品"④。

2014年6月,刘绪源在《文艺报》上刊发《"拿来"最好的儿童文学》一

---

① 李利芳:《孙建江儿童文学研究之研究》,《中国出版》2014年第11期。
② 曹文轩著,眉睫编:《曹文轩论儿童文学》,海豚出版社2014年版,第526页。
③ 朱自强:《黄金时代的中国儿童文学》,中国少年儿童出版社2014年版,第5页。
④ 朱自强:《黄金时代的中国儿童文学》,中国少年儿童出版社2014年版,第6页。

文。河北少年儿童出版社在2013年曾推出一套"欧美当代经典文库",这套文库规模庞大,共有50多种,同时时间的跨度也非常大,几位19世纪末出生的作家也被收录其中。作者曾经在《儿童文学的三大母题》中提出"爱的母题""自然的母题""顽童的母题",但令作者感到欣喜的是,"在河北少儿社的这套'经典文库'中,'三大母题'都有丰满的体现,一眼望去,满目灿烂,应接不暇。这里既有《小熊温尼普》《哎呀疼医生》《风先生和雨太太》《蜜蜂玛雅历险记》《小袋鼠和他的朋友们》等'母爱型'作品,也有《表》《野丫头凯蒂》《疯狂麦基》《老人与海》等'父爱型'作品;更有《阿丽思漫游奇境记》《小飞侠》《马戏小子》《傻瓜城》《列那狐》等顽童型作品;还有《黎达动物故事集》《我所知道的野生动物》《狗狗日记》等合于'自然母题'的佳作。有些作品可以说是不同母题的结合,如翻译家李士勋先生新译的《魕蝠小子》四部曲,细致生动地刻画了吸血蝙蝠的特性,却又加入了合理地改造这种动物的构思和设想,这就在'自然的母题'基础上添入了'父爱型'的内容,使其具有了一点近乎'科幻'的成分,这是很有趣的文学现象"。作者还特别指出:"为什么在完成《儿童文学的三大母题》时,我想到的可与之对读的是一套优秀翻译作品集,而不是一套中国原创作品集?"他对此问题作出解释:"那是因为,当年(上世纪90年代初)中国作家的儿童文学创作,还不足以证明儿童文学的确存在这样三大母题,它们应具有同样的合法性。如前所说,那时强调更多的恰恰还是'有用',即有'教育意义',这些作品中的佼佼者或可归入'父爱型'的母题中去,但儿童文学怎能只有这'半个母题'?这不太单调了吗?所以我才会投入这样的研究。我研究中所参照的,正是全世界的我所能看到的最好的儿童文学。"①

2014年7月,李学斌在《宁夏社会科学》上刊发《在儿童与文学之

---

① 刘绪源:《"拿来"最好的儿童文学》,《文艺报》2014年6月20日。

间——试论儿童文学对童年成长的意义》。在作者看来,"童年不仅对于整个人生具有'人性基础'和'生命拓展'的价值,而且其本身也自有浑然天成、拙朴磊落的独立意义","这首先在于童话具有'基础性'","其次,童年还具有'独立性'"。就文学对童年成长有什么用的问题,作者认为其意义在于"诉诸儿童情感、心理等精神需求方面的功能",主要体现在:"(一)儿童文学是童年喜闻乐见的想象游戏"、"(二)儿童文学是儿童成长的精神通道"、"(三)儿童文学为儿童提供了一种阐释的娱乐"、"(四)儿童文学是儿童语言学习的'芳草园'"。因此作者认为文学的特质正在于,"那种'化影无形、润物无声'的浸染和抚慰,那种'形神兼备、继往开来'的昭示与引导,都是生命成长所需要的,都会随着时光的流逝,沉潜在童年生命里,并最终化合为一生的精神结构与心灵气质"[1]。

2014年7月,朱自强在《中国文学研究》上刊发《"儿童文学"的知识考古——论中国儿童文学不是"古已有之"》。作者认为:"对作为观念的儿童文学的发生进行研究,要问的不是儿童文学这块'石头'(实体)是何时发生、存在的,而是应该问,儿童文学这个观念是在什么时候,在什么样的历史条件(语境)下,出于什么目的建构起来的,即把儿童文学概念的发生,作为一个'事件'放置到特定的历史语境中进行知识考古,发掘这一观念演化成'一整套社会机制'的历史过程。而且,如果如罗蒂所言,'只有对世界的描述才可能有真或假',那么,我对儿童文学这一观念的现代发生的描述,和一些学者对儿童文学这一观念的古代发生的描述,两者就很可能一个是'真'的,另一个是'假'的。"[2]

2014年8月,陈蒲清的《中国古代童话小史》一书由岳麓书社出版。

---

[1] 李学斌:《在儿童与文学之间——试论儿童文学对童年成长的意义》,《宁夏社会科学》2014年第4期。
[2] 朱自强:《"儿童文学"的知识考古——论中国儿童文学不是"古已有之"》,《中国文学研究》2014年第3期。

本书由汤素兰作序。对于"如何为中国孩子甚至全世界孩子创作更优秀的童话作品"的问题,汤素兰的观点是:"中国原创儿童文学在发展的过程中,逐渐从外国的影响中摆脱出来,逐渐本土化,是必经之路。但我们似乎还是没有找到我们自己的艺术武库。"①而对于中国而言,这种武库则是"根植于中国丰厚的传统文化土壤中、独具中国特色的故事"②。但要追溯、收集、整理传统童话,确是难度极大又意义重大的工作,而陈蒲清的贡献正在于此。在汤素兰看来,纳入陈蒲清研究视野的古代童话有两个部分:"中国古代典籍里的童话和中国各民族民间童话。"③在本文结尾,汤素兰指出:"虽然也有学者坚持说中国古代没有儿童文学,中国儿童文学没有古代,只有现代。从这种观点出发,中国古代也就没有童话。但是,我更同意陈蒲清老师的观点:中国古代没有'儿童本位'的观念,没有现代意义上的儿童文学——即作家专门为儿童创作的儿童文学,但是并不等于说中国古代没有儿童文学,尤其是不能说没童话。"④

2014年9月,刘绪源在《中华读书报》上刊发《动物文学应是纪实文学》一文。在作者看来,"黑鹤在动物文学领域中出现,正如另一位年轻作家汤汤在童话领域出现一样,都可说是中国儿童文学发展的重要事件。他们在一定程度上改变了这一领域的文学走向"。对于黑鹤之前的动物小说,作者认为,"较早的本土原创动物小说,大多是从教育童话变异而来的,所写无非是有着动物外衣的儿童",后来,"好看些的作品出现了,但仍是围着人类转的动物,处处以人类道德为指归,不过故事的编织上比过去狂野多了",再往后,"动物开始离开人类准则,有了它们自己的故事,但这故事又往往背离动物的本性,成为一种类似于幻想小说的东西"。对于动

---

① 陈蒲清:《中国古代童话小史》,岳麓书社2014年版,第1页。
② 陈蒲清:《中国古代童话小史》,岳麓书社2014年版,第2页。
③ 陈蒲清:《中国古代童话小史》,岳麓书社2014年版,第3页。
④ 陈蒲清:《中国古代童话小史》,岳麓书社2014年版,第4页。

物小说对儿童的重要意义,作者也指出:"对于儿童来说,这样的作品会给他们以惊异感和新奇感,让他们看到在人类之外还有那么丰富、奇妙、严酷、强悍的世界,这会扩大他们的眼界,看清人类只是宇宙万物中的一种;同时,这样的作品也会给他们以特殊的亲切感,因动物身上往往有'类人'的特点,人并不是大自然中孤立的存在,人本来就是从自然中走出来的。这样的审美会让儿童的心怀更其广阔,也体验到世间事物并不都在自己掌握之中,这将使之以新的眼光看取自己的人生。这样的文学是其他文学所不能取代的。"①

2014年10月,张锦江的《童话美学》由上海教育出版社出版,本书属"中国童话教育丛书"之一。在作者看来,"童话不是一般的'幻想故事''奇异故事''神仙故事''动物故事',童话这一种文学样式自有其自身的科学规律。童话的幻想、夸张、变形、象征等艺术手法与小说、戏剧等文学样式有类似之处,但又不尽相同。童话特有的科学性、逻辑性、审美个性鲜明地与其他文学样式分开来"。对于童话的起源,作者认为:"'童话'一词,我国最早见于孙毓修编撰的《童话》丛书,时间是1909年,即宣统元年三月"②,但"童话的起源远远在'童话'一词出现之前","童话源于民间故事与民间神话,始于劳动生活。童话与其他文学形式一样,起初经历了'口头创作'阶段,以后才见诸文字","我国的文学童话创作始于'五四'前后。1918年,现代文学巨匠茅盾写的《寻快乐》,是我国现代第一篇创作的文学童话"。③

2014年10月,陈世明等所著的《儿童戏剧的多元透视》由复旦大学出版社出版,韦苇为本书作序。韦苇认为这门课程的意义在于:"这门课

---

① 刘绪源:《动物文学应是纪实文学》,《中华读书报》2014年9月10日。
② 张锦江:《童话美学》,上海教育出版社2014年版,第1页。
③ 张锦江:《童话美学》,上海教育出版社2014年版,第2页。

程将儿童戏剧的元素渗透到艺术、人文和学科教学中去,从根本上改变了艺术教育游离于人文与知识学科之外的格局。如此,那里儿童戏剧的创作、表演已经与多元的儿童教育文化融为一体,让孩子们在戏剧课程教育的快乐活动中领受教益、获得人生体验、感受力和创造力。"编者在本书的"前言"中,也提到了儿童戏剧的相关思想:"儿童戏剧是一种最容易与儿童精神世界契合的综合性艺术。它综合运用了文学、音乐、美术、舞蹈和表演等艺术手段,创造出适合儿童理解水平和欣赏趣味的戏剧作品。"①

2014年10月,刘绪源的《美与幼童——从婴幼儿看审美发生》由江苏凤凰少年儿童出版社出版发行,本书属"点灯人儿童美学理论书系"丛书之一,于2019年2月第2次印刷。刘绪源在"增订版后记"中特地说明,增订版"除增加三篇附录,并将全书文字重加修订外,在正文中补写了六个章节。其中,关于早期绘画与节奏的关系、婴儿期模仿与早期秩序感、想象力如何从现实感中分化、两岁前后儿童进入的'二元阶段'、想象与创造的关系、内心自由与创造的关系、理论创新与学习的奥秘等,就是上一稿中所没有,或虽有而谈得还不充分的"②。

2014年10月,刘绪源在《文艺报》上刊发《忽略审美的学前教育是一个世界性问题》。作者的基本观点是:"世上最好的文学不就正如高尔基所说的,不论是古典主义还是现代主义,不论是浪漫派还是写实派,在最内在的层面上,它必然是'爱人'的,对人充满真情、充满同情,哪怕恨铁不成钢,也不会是对人本身充满仇视的;而对人的生存环境,却必定是不满的,甚至可能充满仇恨,但归根结底是希望它变得更好。而最坏的文学,则有可能对人是没有感情的、没有同情心的,甚至是鄙视或藐视的;而对

---

① 陈世明等:《儿童戏剧的多元透视》,复旦大学出版社2014年版,第1页。
② 刘绪源:《美与幼童——从婴幼儿看审美发生》,江苏凤凰少年儿童出版社2019年版,第343页。

现存的环境却抱着一种阿谀的态度,一味歌功颂德。坏文学因失去人道,必然得不到人民的欢迎和同情。"对于儿童审美教育这一问题,作者也与哲学家李泽厚有过探讨,李泽厚说:"儿童喜暴力正如男青年和成人男性喜网上暴力游戏和暴力电影一样,乃动物族类生存竞争中的遗传,性善如亲子爱、同情心、伙伴合作,性恶如欺骗、幸灾乐祸、暴力杀戮均如此,记得我在书上讲过,但未展开,却值得深入探究,对教育学极重要。尊文提到幼儿和儿童的形式感也极重要,可惜搞美学的根本不重视,尽写一大堆无聊的空洞文章。"①

2014 年 11 月,谈凤霞在《光明日报》上刊发《新世纪儿童幻想小说的走向》一文。作者指出:"在 20 世纪八九十年代,中国儿童文学理论界开始关注幻想小说,并将它确立为一种独立的体裁。创作界的集体行动则是出版于 20 世纪末的'大幻想文学'丛书、'小布老虎'丛书等,标志着曾经缺乏幻想气质的儿童文学发生了'质变'。由此,幻想小说成为新世纪中国儿童文学一个重要的艺术生长点。"对于这类小说的走向,她主要总结出几个特点:"倾心于生态诉求"、"立足于本土文化"、"致力于文体建构",但与西方幻想小说比较,作者认为:"从幻想的质地而言,中国的幻想小说更多呈现的是一种'轻幻想',倾向于卡尔维诺在《未来千年文学备忘录》中所言的'轻逸'的气韵,轻巧地化解了儿童文学内在的各种权力之争;而西方幻想小说的内涵更追求卡尔维诺所言的'繁复'的气象,更为复杂地架构人性的正邪之战。"②

2014 年 11 月,刘绪源在《文学报》上刊发《什么是好的儿童文学——以玉清短篇小说创作为例》。本文系作者为张玉清的"直面青春"系列短篇小说集所作。在作者看来,"河北少儿社出版了玉清的短篇集《地下室

---

① 刘绪源:《忽略审美的学前教育是一个世界性问题》,《文艺报》2014 年 10 月 22 日。
② 谈凤霞:《新世纪儿童幻想小说的走向》,《光明日报》2014 年 11 月 10 日。

里的猫》,收入他近年所写的十一篇小说。此书宣告玉清完成了一次重要突破。他终于以全新面貌出现在文坛,他的眼界更为开阔,创作路数更为多样,而作品始终处于较高水平,这真是难能可贵。我知道他为这次突破作出了怎样的努力。在商业童书泛滥的今天,已经有人怀疑儿童文学中究竟还有没有'纯文学',我想说,玉清的这批新作,正可作为'纯文学'的标本"①。

2014年12月,朱自强的《现代儿童文学文论解说》由海豚出版社出版。本书选有孙毓修、周作人、鲁迅、郭沫若、叶圣陶、赵景深等18位作者的理论批评文章,同时本书还附有一次会议记录和朱自强的《"儿童文学"的知识考古——论中国儿童文学不是"古已有之"》一文。在本书的"导言"中,朱自强认为,编选中国现代儿童文学文论并为其撰写"解说","是中国现代儿童文学理论批评史研究的一项学术工作,属于理论批评史论的范畴","由于动乱的时代和儿童文学学科被大学学术体制边缘化等诸多原因,儿童文学的学科发展长期处于缓慢甚至停滞的状态",专史仅有方卫平的《中国儿童文学理论批评史》。同时,张永健的《20世纪中国儿童文学史》一书中的"儿童文学理论"一章,也属他所定义的范畴。在作者眼中,还有一种关于儿童文学理论批评史的研究,那就是"儿童文学文论选本"。"这种选本,隐含着选编者的儿童文学观、儿童文学史观方面的眼光"。作者阐明了编选此书时的出发点:"通过选文和解说,努力建立现代儿童文学文论与当代儿童文学文论的互动性关联,进而建构一个属于我本人的中国儿童文学理论批评史的基本框架和大致走向。"②这种思考对于深入思考儿童文学史的写法,依旧具有参考价值。后来,2015年5月

---

① 刘绪源:《什么是好的儿童文学——以玉清短篇小说创作为例》,《文学报》2014年11月20日。
② 朱自强:《现代儿童文学文论解说》,海豚出版社2014年版,第1页。

27日,《中华读书报》也刊登了刘绪源的《〈现代儿童文学文论解说〉:重构中国儿童文学批评史》,该文对于本书作了较高的评价。在刘绪源眼中,本书的解说具有两大特点:"首先是作者文心之细";"本书解说的另一特点,是充满论辩性"。他特别强调朱自强对于孙毓修的《童话》丛书的出版时间、郭沫若《儿童文学之管见》一文的来源等史料问题所作出详细考证的贡献,同时也通过列举朱自强对于时人关于周作人的《儿童文学小论》一书的看法、当下学术界对于冰心的《寄小读者》的文学评估以及与吴其南等争论"儿童本位论"等方面的学术问题,指出其学术观点的创新性。不仅如此,刘绪源还对于朱自强所提出的"建构的本质论"、"一切儿童文学都是现代文学"、"儿童在人格权利上与成人平等,在心理、生理与成人不同"等观点提出自己的看法:"在朱自强所构建的未来的中国儿童文学批评史中,'儿童观'应是其逻辑起点,这与他早年入行时的思考相一致,可谓一以贯之;而真正潜伏着、发展着、有着无穷前途的理论内核,就是'儿童本位论'。"[1]

2014年12月,吴翔宇的《五四儿童文学的中国想象研究》由北京师范大学出版社出版。该著在儿童文学界较早地提出"中国想象"的议题,围绕着"为什么要想象中国"、"何以能想象中国"、"想象了怎么样的中国"、"如何评价五四儿童文学的中国想象"等内容展开。

2014年12月,谈凤霞在《江苏社会科学》上刊发《寂静、想象与对话:现代童年书写的诗学途径》。对于"童年书写",作者指出:"中国现代(成人)文学中的童年书写于五四时期浮出地表,在近百年来或隐或显的发展中以其浓郁的生命意识推进着中国现代文学中'人'的发现与建构,具有诗性的生命启蒙意旨,同时也因其回望童年生命的创作姿态而生成了独

---

[1] 刘绪源:《〈现代儿童文学文论解说〉:重构中国儿童文学批评史》,《中华读书报》2015年5月27日。

特的诗性艺术质地。回忆是富于诗的品格的一种心智活动,与文艺审美关系密切,它是作为诗化感受和理性观照的'诗与思'的聚合。回忆作为对时间的充分个性化的感知方式,凝聚着作家对于生命独特的感受与认识并形成其独特的艺术世界。"[1]

---

[1] 谈凤霞:《寂静、想象与对话:现代童年书写的诗学途径》,《江苏社会科学》2014年第6期。

2015 年

2015年1月,朱晓进和李玮在《中国社会科学》第1期上刊发《语言变革对中国现代文学形式发展的深度影响》一文。在本文中,作者特别提到:"白话代文言的文学语言变革更应被看作是儿童文学发生的标识。'向来中国成人教导儿童的是一些圣经贤传,没有什么儿童读物'的原因,多少可以归结为'语言和文字不一致的原故'。'小儿说话'是一切儿童文学的语言要求,它标示着儿童文学的边界。而'小儿说话'的一个根本特征就是'口语化'。在书面化的语言环境中,儿童文学很难发展。周作人指出文言改译对安徒生童话审美趣味的损伤:'误译与否,是别一问题,姑且不论;但勃阑特思所最佩服,最合儿童心理的'一二一二',却不见了。把小儿的言语,变了八大家的古文,安得森的特色,就'不幸'因此完全抹杀。'而文学语言变革可以直接彰显'小儿的言语'的修辞特色,促成儿童文学文体的自觉。可以说,中国儿童文学的发生,与以白话代文言的五四文学语言变革密不可分。"[①]

2015年1月,杜传坤在《人民日报》上刊发《以新"儿童观"重塑儿童文学》一文。作者指出当代儿童文学处境所表现出来的两重性:"一方面,儿童文学因其指涉对象和叙事艺术的特殊性,已在文学王国取得'独立主权',合法且自足;另一方面,自足也意味着一定程度的隔绝,正如媒介理论所认为的,儿童文学通过它的独特编码,将儿童与成人隔离在彼此的场

[①] 朱晓进、李玮:《语言变革对中国现代文学形式发展的深度影响》,《中国社会科学》2015年第1期。

景之外，儿童文学逐渐成为极具特殊性的文学类型，意味着这是儿童能够阅读的唯一一种类型的文学，而且通常也只有儿童才阅读。前者强调儿童认知能力的欠缺，后者则突出儿童文学的简单贫乏。"在作者看来，只有"在尊重儿童与成人、儿童文学与成人文学必要界限的前提下，寻找二者之间可以对话的语言才更具现实意义"①。

2015年1月，杜传坤在《陕西师范大学学报（哲学社会科学版）》上刊发《童话中的道德隐喻与儿童道德教育——以"彩虹鱼"故事为例》。作者指出："童话因其普遍存在的道德立场和隐喻叙事可以作为儿童道德教化的重要形式。然而当代儿童道德叙事对童话中的道德隐喻缺乏深入省察，这可能比低效或无效的道德教育更有害。以'彩虹鱼'故事为例，它作为'分享'主题的童话影响深远，但本故事所隐含的群体与个人之道德关系表明这是一种'伪分享'。在分享的名义之下隐藏着自私、掠夺与平庸，显示出群体道德的可疑与危险。'彩虹鱼'故事揭示了人性中相通的东西，具有打动人心的文学品质，这是一个好故事，但不是一个关于分享的好故事。错误地解读这一故事不但无益于真正的分享品质的培养，还会破坏儿童的同情心与正义感。借助童话故事对儿童进行道德性教化应有审慎的态度。"②

2015年1月，方卫平在《南方文坛》上刊发《中国式童年的艺术表现及其超越——关于当代儿童文学写作"新现实"的思考》。作者认为："中国当代社会生活与文化的复杂性，分化出了中国当代童年生存境况的复杂性。在短短三十余年的时间里，我们的孩子们从一个相对单纯的生长年代进入到了另一种充满复杂性和变数的社会生活环境中。这个环境的

---

① 杜传坤：《以新"儿童观"重塑儿童文学》，《人民日报》2015年1月23日。
② 杜传坤：《童话中的道德隐喻与儿童道德教育——以"彩虹鱼"故事为例》，《陕西师范大学学报（哲学社会科学版）》2015年第1期。

若干显在表征包括：中国独特的现代化进程对于当代城市和农村儿童生活及其精神面貌的持续影响和重塑；主要由经济方式变迁导致的中国社会分层和流动对于传统童年生活方式的根本性改变；迅速发展变更中的新媒介文化施加于儿童群体和个体的日益广泛的影响；以及所有这些因素之间的交互影响和协同作用导致的更为复杂的各种当代童年生存问题。中国当代儿童文学亟须对这些独属于中国童年的新现象和新命题做出回应。或者说，对于中国式当代童年的关注和思考，应该成为中国儿童文学的一个核心艺术话题。这一话题不只是关于中国儿童文学应该写什么的问题的思考，它也在衍生出对中国当代儿童文学艺术发展而言具有重大意义的新的美学问题。可以想见，这样的思考和实践拓宽的不只是中国儿童文学艺术表现的疆域，更将提升这一表现的艺术层级。"①

2015年2月，刘绪源在《文艺报》上刊发《儿童小说的早春天气》。考察2013年和2014年的儿童文学出版，作者认为最大的亮点"就是'纯文学'的回归已成为一种自觉、一种共识"。回想2006年至2007年的童书出版，他陈述了自己的感受："伴随着商业上的成功的，是品种的极其单调和文学质量的明显下降，许多出版社都围着一两位畅销作家转，抓不到这些作家书稿的就抓几个仿写者，一时间书店里都是花花绿绿大同小异的书，读来令人丧气。这种商业童书铺天盖地的现象背后，有'金钱至上'的经营思想在力推。"到了2013年之后，刘绪源指出："几乎所有专业少儿出版社都不再以大量推销商业童书为满足，转而竭力寻求儿童文学精品，希望能尽快推出高质量高品位的书。这一变化是显而易见的"，"与此相适应，儿童文学作家的纯文学创作积极性重又高涨起来。但即便如此，仍满足不了出版的需求，一些高质量图书的重复出版即与此相关"。在本文

---

① 方卫平：《中国式童年的艺术表现及其超越——关于当代儿童文学写作"新现实"的思考》，《南方文坛》2015年第1期。

中，作者对于青春文学也提出过自己的观点："不知从几时起，青春文学成了少男少女恋爱或准恋爱故事的代名词，成了一种美艳的软性文学，题材单一，写法单调，煽情描写多，故事曲折而雷同。有一段时间，书店里堆满大同小异的'青春文学'和浅薄搞笑的'校园小说'，此中的商机早已是公开秘密。这时，除少数几位作家（如谢倩霓和她的获奖小说《喜欢不是罪》等）在此类题材中注入了较多的心理发掘和探讨，更多的作者和出版社关注点都只在作品的销路了。"虽然青春文学种类多样，但作者还是要强调两种不同的"青春文学"："一种是从生活出发，努力发掘青春的奥秘，因其真诚而感人，又因其真实让人读出苦涩的滋味，它们多不是轻巧甜腻之作，反倒因作者的尽心尽力而显得'笨拙'"；"另一种是拿青春作原料，加点甜，加点酸，加以聪明的搅拌，怎么可心怎么催泪怎么来，太多的深度反倒有碍畅销"。在作者眼中，"谈近年的儿童小说，不得不提李东华的《少年的荣耀》（希望出版社2014年3月版）"，虽然有关的论题已经有不少，但作者所要强调的是，"它在战争题材儿童文学上的突破——我以为这是根本性的突破"。①

2015年2月，方卫平在《昆明学院学报》上刊发《后现代文化语境中的儿童与儿童文学》一文。作者指出："'后现代'是一个最早在先锋艺术领域兴起、后来逐渐蔓延到社会文化各领域的词语。要完整地理解后现代语境中儿童与儿童观的变化，应从本质论和建构论的辩证视角，来看待和分析当代童年生存现实的新问题。当代童年生存现实及儿童观的变化，对儿童文学创作的童年精神、表现题材、艺术手法等产生了深刻的影响。但值得警惕的是，艺术技法上的创新，绝对不是为新而新，而是应当与一种深厚的当代童年和儿童文学的精神结合在一起。"②

---

① 刘绪源：《儿童小说的早春天气》，《文艺报》2015年2月13日。
② 方卫平：《后现代文化语境中的儿童与儿童文学》，《昆明学院学报》2015年第1期。

2015年3月,朱自强在《中国海洋大学学报(社会科学版)》上刊发《论周作人的"儿童文学"观念的发生——以美国影响为中心》。作者认为:"正如中国社会的现代化是外源型一样,中国儿童文学的发生也受到西方的直接影响。作为中国儿童文学理论的奠基人——周作人的儿童文学观的建构过程中,就可以清楚看到来自美国的影响。这些影响可以大致归纳为两个方面:一是周作人借鉴以斯坦利·霍尔为代表的美国儿童学的观点,'主张儿童的权利',强调'儿童在生理心理上''和大人有点不同',进而发展出'顺应自然,助长发达,使各期之儿童得保其自然之本相'这一'儿童本位'的儿童文学观;二是直接借鉴麦克林托克、斯喀特尔等美国学者的应用研究成果,从小学校的文学教育的角度论述儿童文学,呈现了更加完整的儿童文学的文体面貌。周作人从美国的儿童学和小学校的文学教育研究中接受的影响,在其'儿童本位'的儿童文学观中,发挥着十分核心、十分重要的作用。"[1]

2015年3月,姚伟的《儿童观及其时代性转换》由东北师范大学出版社出版。本书虽然属教育学研究著作,但其对于儿童观深入梳理的成果对于儿童文学研究具有一定的参考价值。在作者看来,"儿童观作为对儿童总的看法与观点,是建构教育理论的基础,是进行教育实践的前提。在我国的教育学体系中,没有关于'儿童'的命名研究,有的是'受教育者'、'教育对象'、'学生'。'儿童'在我们的教育里是以概念化的形式出现的,而不是以本真生命状态形式出现。儿童教育总是按照事先设定的儿童该怎样成人和儿童该成为什么样的人的模式去实施影响,在按照标准去塑造儿童的过程中,作为儿童的真正意义在塑造性的教育中失落了"[2]。与

---

[1] 朱自强:《论周作人的"儿童文学"观念的发生——以美国影响为中心》,《中国海洋大学学报(社会科学版)》2015年第2期。
[2] 姚伟:《儿童观及其时代性转换》,东北师范大学出版社2015年版,第3页。

此同时，"儿童观是在哲学层面上对儿童这一生命存在的认识与观照。儿童观是人观的缩影，对儿童的认识就是对人类自身的认识，对儿童的看法反映着一个时代、一种文化对个体人的地位和价值的基本认识。梳理教育领域中儿童观演进的历史、构建面向未来并体现时代精神的儿童观，是人类自我意识发展成熟的表现，对儿童认识的时代性转变表征着人类对自身认识的深化"[①]。

2015年3月，谈凤霞在《南京师大学报（社会科学版）》上刊发《论当代科学绘本的美学境界》。对于科学绘本，作者认为："科学绘本以科学知识为主要题材，但并不是知识图鉴，而是具有学科兼容性的颇有难度的艺术门类，在科学性与艺术性的结合上必须十分讲究。优秀的当代科学绘本注重融合多重谱系，渗透人文情怀，召唤探索之趣，致力于创造辽阔的审美空间、生成丰富的意义域。东西方科学绘本创作各具特色，在艺术表现上显示出民族性的风格差异，隐含着创作者不同的文化身份以及美学旨趣，可以互相借鉴。"[②]

2015年3月，宋莉华在《国际汉学》上刊发《近代基督教教育小说的译介及其意义》。"本文主要回顾了近代基督教教育小说的发展历史，将之分为三类展开论述：其一表现小基督徒的成长经历，其二为小基督徒的成长提供示范与榜样，其三以对儿童进行宗教教育和道德训诫为目的。"对于教育小说，作者的理解是："'教育小说'（Bildungsroman）也称'成长小说'，发端于18世纪下半叶的德国，它与19世纪德国的统一进程和民族国家意识的崛起密切相关，是欧洲重要的小说类型之一。20世纪初，随着教育救国思潮的兴起，这类小说开始被译介到中国，称为'教育小说'。"在宋莉华看来，这些教育小说"对于道德的塑造、性格的养成，不失为一种

---

① 姚伟：《儿童观及其时代性转换》，东北师范大学出版社2015年版，第4页。
② 谈凤霞：《论当代科学绘本的美学境界》，《南京师大学报（社会科学版）》2015年第2期。

有效的途径。近代来华传教士译介的基督教教育小说,尽管不脱宗教的范畴,旨在召唤人们进入、皈依西方的宗教和文化体系,但是它们对于儿童文学极度匮乏的晚清社会无疑构成了有益的补充,使中国儿童摆脱说教性的传统童蒙读物,开始接触到真正属于儿童的文学作品。同时,小说中所包含的对于儿童的认识与教育理念具有普世性,对于中国教育的现代化不无启迪"[1]。

2015年5月,李利芳在《当代作家评论》上刊发《中国西部儿童文学现象及其精神价值》一文。对于西部儿童文学的"自然精神",她认为"'自然书写'与'儿童文学文体建设'有深度的关联":"自然书写"显著地影响了儿童文学文体选择与艺术呈现的可能性,而'文体'内涵反过来也深刻地体现出与'自然书写'审美诉求默契的配合力"。而从宏观角度看西部儿童文学,作者认为"儿童散文、童诗、动物小说、科学童话等这几类文体均与自然书写保持了高度的审美契合,且形成了在全国卓有影响力的作家作品"。作者认为西部儿童文学的乡土的审美思想呈现如下形态:"一是对苦难乡土童年的记录与叙述";"二是乡土童年的诗意关怀";"三是对乡土理想的深情瞩望"。在"三、积极建造发展一种西部精神"部分中,作者认为西部儿童文学所呈现的精神内涵主要体现在这几个向度:"首先,西部精神是一种童年精神,它内蕴着一个纯净、新生的西部";"其次,西部精神蕴含着大气磅礴的西部气度";"再次,西部精神是唯美浪漫的'幻想精神'";"最后,西部精神充满了少年英雄情怀"。[2]

2015年5月,方卫平在《时代文学》上刊发《叙事视角下的儿童文学》一文。作者认为:"儿童文学与故事之间有着至为深厚的渊源,叙事类作品也因此构成了儿童文学文类的主体部分。透过叙事的视角来看儿童文

---

[1] 宋莉华:《近代基督教教育小说的译介及其意义》,《国际汉学》2015年第1期。
[2] 李利芳:《中国西部儿童文学现象及其精神价值》,《当代作家评论》2015年第3期。

学，可以帮助我们更深入地理解儿童文学的故事艺术，进而更好地领会它对于儿童文学创作和鉴赏的意义。"①

2015年5月，方卫平在《中国图书评论》上刊发《童心、诗心与儿童文学的故事艺术——读张炜儿童小说〈少年与海〉》。作者指出："小说对于'童心'的如此书写，所着力传达的远不只是童年稚气的情趣。透过童年的目光和心性，我们不只看到了童年看待世界和生活的纯真意趣，更看到了经由这一纯真之眼所抵达的对于那被俗世欲望和功利熏染了的日常生活的诗意"，"《少年与海》是一部艺术性很强的儿童小说，它的叙述、它的描写以及它对海边日子、野地生活质感的把握与呈现，包括小说中恰到好处地流露出的童趣和幽默，都让我们感觉到这是一部精致的艺术作品。我们可以说，张炜的这部作品展示并证明了儿童小说可以抵达的毫不逊于成人文学的文学性的高度"②。

2015年5月，方卫平在《当代作家评论》上刊发《当代原创儿童文学中的童年美学思考——以三部获奖长篇儿童小说为例》。作者认为："从童年美学的视角针对以上三部儿童小说展开的讨论，不只是为了完成一次个案性的儿童文学批评实践，更是为了借助这样的批评，探讨原创儿童文学写作应该进一步关注的童年美学问题。这个问题关系到儿童文学写作对于童年生命的审美认识、价值判断以及对童年命运的理解，究竟是否真实地体现了童年自身作为一种独立的生命和文化存在的'尊严'，以及在此基础上，它是否真实地传达出了童年内在的审美精神。对于这一审美精神的文学表现，既是一个技术层面的问题，同时也超越了文学的技

---

① 方卫平：《叙事视角下的儿童文学》，《时代文学》2015年第5期。
② 方卫平：《童心、诗心与儿童文学的故事艺术——读张炜儿童小说〈少年与海〉》，《中国图书评论》2015年第5期。

法,而指向着童年写作最根本的审美关怀。"①

2015年5月,侯颖在《当代作家评论》上刊发《童年经验的治理:当成人文学作家走向儿童文学》。作者指出:"纵览中国现当代文学史,成人文学作家从来就没有远离过儿童文学,五四时期现代大作家中,鲁迅、周作人、叶圣陶、冰心等都有经典的儿童文学作品,新中国'十七年文学'中,也有一些游离于政治和主流意识形态之外的经典儿童文学作品,新时期文学的代表作刘心武的《班主任》,从思考儿童的命运开启了伤痕文学之后的反思文学。近二十年来,出现了儿童文学和成人文学所谓的'壁垒',不只是也不可能是人为的壁垒,从某种程度上来说,这是文学发展到一定时期的必然结果,儿童文学读者对象的年龄跨度大,从零至三岁的婴幼儿到十五—十六岁的青少年,需要与他们年龄段相适应的文学作品,读者的需求也越来越精细。有像奶粉一样的婴幼儿文学,也有像牛奶和可乐一样的青少年文学,两者都很难互换。当下的成人作家集体向着儿童文学出发,是儿童文学的母集?并集?交集?子集?补集?最好不是空集。因作家的鲜明创作个性和多种复杂的因素使然,现在下结论还为时过早,还需假以时日。"②

2015年6月,毕海和陈晖在《北京社会科学》上刊发《北京童谣的文化教育意义》。随着"唱响北京新童谣"等活动的开展,作者认为,"北京童谣记录着北京的历史变迁,承载着深厚的民俗文化内涵,具有突出的文学审美价值,是极为重要的文化教育资源。通过对传统童谣的选择与品鉴,将北京童谣更多纳入教学资源系统,推进儿童传唱童谣的活动,有助于探

---

① 方卫平:《当代原创儿童文学中的童年美学思考——以三部获奖长篇儿童小说为例》,《当代作家评论》2015年第3期。
② 侯颖:《童年经验的治理:当成人文学作家走向儿童文学》,《当代作家评论》2015年第3期。

讨中华本土文化及地方特色文化对儿童进行精神教化的功能与价值、途径与成效"①。

2015年6月,杜传坤在《当代教育科学》上刊发《论现代性话语中儿童的学习与玩耍》。作者认为:"关于儿童的学习和玩耍自古就有论述,一方面发现儿童喜欢游戏玩耍,而且相信'知之者不如好之者,好之者不如乐之者',同时又很难容忍儿童自由地嬉戏玩耍:'业精于勤,荒于嬉','勤有功,戏无益'。"然而,随着现代儿童教育观的确立,作者认为:"对于儿童的学习与玩耍之关系的探讨愈加深入,然而因现代性话语自身的局限所导致的认识与实践的短板亦需要我们慎思明辨。"在作者看来,"儿童学习的游戏化与玩耍的课程化,皆是在现代性话语框架之中的理论与实践。儿童学习的游戏化把学习变成游戏,消解了学习的严肃性,可能导致某些可贵学习品质的丧失,作为手段的游戏也无法提供真正的游戏愉悦。玩耍的课程化造成儿童玩耍的高度结构化、严密监视化与缜密计划性等特点,异化为成人间接控制的教育实践。儿童学习与玩耍问题的现代性起源在于工作与玩耍的二分法,它既表现也导致了儿童世界与成人世界的分隔"②。

2015年6月,李利芳在《中国出版传媒商报》上刊发《"画本":打造最美中国童书》。长江少年儿童出版社于2011年1月开始推出一种新的儿童文学出版形态——"画本"。作者在文中对此作了介绍:"最早的代表作是一套8本的《杨红樱画本——科学童话系列》,之后发展为64本规模的'杨红樱画本馆',再有曹文轩画本《草房子》9本,刘先平大自然文学画本《美丽的西沙群岛》4本,到2015年5月,推出沈石溪画本第1辑10本。短短几年,'画本'已经打造为'最美中国童书'的高端品牌,成为原创童书

---

① 毕海、陈晖:《北京童谣的文化教育意义》,《北京社会科学》2015年第6期。
② 杜传坤:《论现代性话语中儿童的学习与玩耍》,《当代教育科学》2015年第11期。

版权输出的优秀典范。"而这种新的儿童文学形式的出现,在作者看来,其价值主要体现在:"'画本'的出现标志着中国出版人童书出版理念的一个彻底的本位转型。作为成人'提供'给儿童阅读的精神产品,童书的整体品质直接决定于出版方对儿童认识、理解、关爱的水准与程度。将'画'全面而精致地引入儿童文学的设计与制作中,精雕细刻,细致打磨出全新的儿童书籍样态,显著地代表了长江少年儿童出版社在出版大时代中自觉而坚定的文化理想。"[①]

2015年7月,杜传坤在《全球教育展望》上刊发《民间童话〈三只小猪〉百年变迁中的教育叙事》。作者指出:"给儿童阅读的童话故事隐含着成人的童年想像和教育理想。民间童话的文字版本在流传过程中经历了多种改编,以独特的方式记录了童年及教化观念的变迁。英国民间童话《三只小猪》在当代各国有多个编译版,与一百多年前约瑟夫·雅各布斯的版本相比较,区别在于道德教化的加强、暴力的弱化、情节的简化、卡通图画主导的世俗化与幼稚化的突显。这些差异表明一种倾向,即儿童文学正成为儿童唯一能够阅读的文学以及只有儿童才阅读的文学,两个异质的阅读世界正在被建构起来,由此可能导致儿童阅读的'贫民窟'化。这主要是基于现代性话语框架的发展理论及社会化理论所主导的童年假设的结果,阅读实践反过来也强化了这些假设,对此我们应进行深刻反省。"[②]

2015年7月,徐妍在《南方文坛》上刊发《"水"之子与他的古典"水域文学"——论曹文轩的文学世界》。作者认为:"曹文轩的'水域文学'从故乡的'油麻地'出发,经由中国古典主义源头重新诞生,在80年代以单纯、

---

① 李利芳:《"画本":打造最美中国童书》,《中国出版传媒商报》2015年6月2日。
② 杜传坤:《民间童话〈三只小猪〉百年变迁中的教育叙事》,《全球教育展望》2015年第6期。

静美之'水'复活了沉睡于我们心中的童年原型意象,然后,在90年代宿命地遭遇了中国传统现实主义和西方现代主义文学两大文学主潮的双向冲击,几经弯曲,进入到新世纪古典主义与现代主义这两大水系汇合处,形成一个无限开阔的'中流'地带。"但在这个地带,作者认为,"无论曹文轩创作出了多少优秀作品,都面临着罗兰·巴特所说的尚在'中途'的写作阶段"、"大成之后前行的每一步也充满危险:中国古典主义能够一如既往地整合起曹文轩日益矛盾的文学世界?""曹文轩作品自《天瓢》告别了中国古典主义庇护后,如何与西方现代主义潮流对决?"作者在文中并没给出明确的答案。可是对于曹文轩,作者还是认为,"这样不断探索新形势、新样式、新思想的中国当代名家实在稀缺"。正因为如此,"曹文轩在'中途'写作阶段所面临的考验也就越大,同样希望也就越大。'中途'之后,曹文轩的写作世界与他的梦想世界一道将充满无限的可能性"[1]。

2015年7月,李利芳在《江苏师范大学学报(哲学社会科学版)》上刊发《论王泉根儿童文学学术发展研究》。作者指出:"王泉根在新时期以来的中国儿童文学学术格局中占有着核心的位置。这建基于他30多年来勤奋的学术活动与丰硕的成果。其学术成就集中表现在从儿童文学思潮史论、基础理论问题、学科建设、作家作品研究、儿童文学的跨学科研究等多个层面,以及在此之上所建立的现代中国儿童文学研究的整体观。这一观念及其理论成果,为我国儿童文学在文学、教育、新闻出版等相关学科领域搭建起了具有自身学术个性与本体精神的话语空间。王泉根直接创建、主持、参与、见证了中国儿童文学研究自新时期以来的全部历程。他对中国儿童文学的理论研究与学术谱系建构,为这一学科在当前良好的发展态势打下了坚实的根基。其学术研究始终坚持'问题意识、原创品

---

[1] 徐妍:《"水"之子与他的古典"水域文学"——论曹文轩的文学世界》,《南方文坛》2015年第4期。

格、中国话语、'有我'写作',这使得他对中国儿童文学全局发展的任一学术问题的关注,都深深地打上了开拓者的印迹。"①

2015年7月,方卫平在《文艺评论》上刊发《论儿童文学中的另类叙事》。作者指出:"在儿童文学的叙事类艺术作品中,常常包括了一些相对'另类'的叙事作品。这里的'另类',是指相关儿童文学作品在叙事题材或手法的运用上越出了儿童文学的叙事常规,进而触犯了这一文类的传统叙事边界。它们的存在构成了儿童文学的一个特殊的叙事部落,也对传统的儿童文学艺术形态和面貌带来了不容忽视的影响。"②

2015年8月,杜传坤在《当代教育科学》上刊发《儿童文学想象儿童身份的教育学意义与可能》。作者指出:"儿童身份问题是教育学具有本体性意义的问题。对儿童身份的假设不同,决定了教育观念、对于儿童教育态度的根本差异。'儿童'不仅是生物学意义上的,也是社会文化意义上的。成人对于儿童身份的定义,基于儿童/成人文化的冲突与不对称的二元对立话语体系,是成人对儿童的一种文化想象。这种本质主义的想象只能是现代性的。儿童文学中隐含着成人的童年观念和教育理想,从儿童文学角度考察儿童身份的发现与建构是教育学对于儿童研究的一种崭新尝试。儿童身份在儿童文学中的遮蔽与澄明与教育学中儿童身份的遮蔽与澄明具有意义相关性,而且儿童文学中所显示的童年经验可能超越主流意识形态所赋予的童年内涵。"③

2015年9月,刘先飞的《深嵌的面具:创始期中日儿童文学比较研究》由人民出版社出版,该书系作者的博士论文修改而成。作者感慨,"中

---

① 李利芳:《论王泉根儿童文学学术发展研究》,《江苏师范大学学报(哲学社会科学版)》2015年第4期。
② 方卫平:《论儿童文学中的另类叙事》,《文艺评论》2015年第7期。
③ 杜传坤:《儿童文学想象儿童身份的教育学意义与可能》,《当代教育科学》2015年第16期。

国没有一本专门的儿童文学研究杂志",以她当前所见,"只有《浙江师范大学学报》比较集中地刊发儿童文学的研究论文。儿童文学理论及儿童文学史的论文数量也很少"。同时她也以《中国现代文学研究丛刊》为例,发现"从2001年至2007年之间发表的约730篇文章中,论及儿童文学的仅3篇,连0.01%都不到,可见儿童文学研究比诸文学研究领域的各中心论题,是如何门前冷落"①。她还对儿童文学研究中存在的若干问题作出了批评:"首先,1993年以前的著作,多持进步-落后的线性历史观,以'反帝反封建'、'揭露黑暗的社会'为叙述框架","大多著作对所选作品都正面赞扬,鲜见对作品的客观分析与批评"②;"其次,过度阐释文学史上地位较高的作家"③;"无论用作品作者连接起来的儿童文学史,还是以现代性为切入点、以儿童观的变化解释儿童文学的诞生,都没有解释清楚中国现代儿童文学诞生过程中,各阶段作品间的连续与断裂"④。

2015年9月,齐亚敏的《中国当代儿童文学关键词研究》由中央编译出版社出版。作者认为:"虽然五四时期文人们反对传统的'文以载道'的文学观,但在一个民族徘徊在十字路口的大时代中,文学的使命感也使得很多作家不自觉地肩负起了传道的角色"⑤;1949年以后"十七年"儿童文学,"此时期的儿童文学作品,教育性、政治性都格外突出,其目的不外是'培育社会主义接班人'以及'教育儿童健康成长'等等。所以此时的儿童作品常常具有某种'成人化'倾向"⑥。对于新时期儿童文学的发展,作者总结道:"这三十年中,儿童文学的发展速度丝毫不亚于当代成人文学的

---

① 刘先飞:《深嵌的面具:创始期中日儿童文学比较研究》,人民出版社2015年版,第2页。
② 刘先飞:《深嵌的面具:创始期中日儿童文学比较研究》,人民出版社2015年版,第4页。
③ 刘先飞:《深嵌的面具:创始期中日儿童文学比较研究》,人民出版社2015年版,第5页。
④ 刘先飞:《深嵌的面具:创始期中日儿童文学比较研究》,人民出版社2015年版,第7页。
⑤ 齐亚敏:《中国当代儿童文学关键词研究》,中央编译出版社2015年版,第1页。
⑥ 齐亚敏:《中国当代儿童文学关键词研究》,中央编译出版社2015年版,第2页。

发展,其繁荣景象也让我们看到了我国未来儿童文学的希望。"她总结出三大特点:"首先,作家众多";"其次,众体兼备";"第三,风格迥异"。① 在热闹而又繁荣的儿童文学中提炼关键词,作者认为"一方面可以使我们对当代儿童文学的发展有一个提纲挈领的认知";"另一方面,也能让我们对于未来儿童文学的发展有一个高屋建瓴的判断"。本书主要分为上下两编,"上编为现象关键词,主要是提炼当代儿童文学发展过程中曾经引发热议和讨论的若干现象;下编为主题关键词,主要是从当代儿童文学主要是儿童小说写作的内容方面总结梳理出一些重要的主题,通过对这些主题的总结,我们可以看到儿童文学涉足了哪些话题、哪些领域,这些话题的呈现对于当代的儿童文学发展以及儿童关怀事业都有怎样的意义等等"②。

2015年9月,方卫平在《浙江师范大学学报(社会科学版)》上刊发《伦理学视域下的儿童文学》。作者指出:"现代人格外关注儿童生活与成长中的伦理问题。儿童文学与伦理学的关系,突出表现在它与儿童道德教化及道德养成之间的关系上,并因此导致了针对儿童文学的普遍的伦理审查行为。今天,我们应更全面地理解儿童文学伦理审查的必要性、可行性及有效性。"③

2015年9月,吴翔宇在《学术月刊》上刊发《"五四"儿童文学接受外国资源的机制、立场与路径》。作者指出:"'五四'儿童文学的发生与中国的现代转型密切相关,在'儿童的发现'归并于'人的文学'的主潮的同时,亟待将'儿童文学的发现'纳入中国现代文学体系之中予以观照和审思,以凸显其本有的价值。在接受外国儿童文学资源时,'为儿童'还是'为成人'混杂特性影响现代知识分子的译介动机及运思方式。由于无法

---

① 齐亚敏:《中国当代儿童文学关键词研究》,中央编译出版社2015年版,第3页。
② 齐亚敏:《中国当代儿童文学关键词研究》,中央编译出版社2015年版,第4页。
③ 方卫平:《伦理学视域下的儿童文学》,《浙江师范大学学报(社会科学版)》2015年第5期。

融通儿童'自然性'与'社会性'的张力关系,儿童文学先驱陷入了思想性与艺术性的两难境地中,基于本土文化的立场,他们对外国资源进行了'中国式'的接受。传统资源与外国资源互为他者,世界性与民族性的冲突与互动被纳入到儿童话语与成人话语的动态结构之中,制导着'五四'儿童文学接受西方儿童文学资源的出发点、方式及策略,也影响着'五四'儿童文学化用中国古典儿童文化遗产所持的标准、尺度和原则。"①

2015年12月2日,刘绪源的《阿来写少年小说:少年、虫草和沉重俗世》刊发于《中华读书报》,本文是作者对阿来的儿童文学作品——《三只虫草》的一篇书评。对于成人文学作家的儿童文学作品,作者认为,"不少过去专为成年读者写作的名家,近年积极投身于儿童文学,他们创作出气象博大的作品,也给这一领域带来特有的气息"。但这本书中常常存在"一味静态的写景"这一现象,根据以往的经验,这个问题在儿童文学界是"有点犯忌的",由此而延伸出"是否阿来不了解儿童读者的阅读习惯"的问题。针对此问题,作者也提出过自己的看法:"本书这第一二章读来大觉顺畅,作者虽多写景,但一切景语皆情语,他是把景物放在儿童的心理过程中展开,这是一个逃课的孩子在悬想远处学校里点名的情形,他将眼前的景与心中的景交替地写,又伴随着对孩子家庭、经历、性格的生动介绍。这里的笔墨切换灵动自由,轻松而老到,让我们看到了一位成熟作家的文学功力。"作者将小说分成两条线,一虚一实:"实的是桑吉和他的家庭与学校,虚的是当地的官场。这官场已渗透着腐败气息,虫草的'官场旅行记'充满讽刺意味。"②

2015年12月,刘绪源在《文学报》上刊发《束沛德:真实书写曲折而"典型"的人生》。通过对于束沛德在2015年由作家出版社出版的《我的

---

① 吴翔宇:《"五四"儿童文学接受外国资源的机制、立场与路径》,《学术月刊》2015年第9期。
② 刘绪源:《阿来写少年小说:少年、虫草和沉重俗世》,《中华读书报》2015年12月2日。

舞台我的家——我与中国作家协会》一书的阅读,作者详细地勾勒了束沛德的人生轨迹与经历。在他看来,"束沛德的曲折人生,其实是很'典型'的","束先生的这本集子,除了可作小说或传记读,还有两点非常突出,不可不提:其一是真情实感之动人,其二是不容忽略的史料价值。书中写到很多名家,多为束的领导,他们间的情感很动人"。但刘绪源并非仅仅就书论书,而是将对本书的关注点从束沛德的人生经历延伸到当代文学史:"本书写了周扬、巴金、邵荃麟、张光年、严文井、沙汀、郭小川、李季、菡子、冯牧、葛洛、唐达成等重要人物,为当代文学史留下了大量第一手材料,对很多误传的史事有匡正作用。"①

2015年12月,舒伟等的《从工业革命到儿童文学革命——现当代英国童话小说研究》由中国社会科学出版社出版。在该书的序中,王泉根认为:虽然,这不是一部研究英国儿童文学的"整体史",而只是从1840年维多利亚时代以降的"断代史";同时,这也不是一部囊括小说、童话、诗歌、散文等全文体的儿童文学"全史",而只是选取了英国童话小说之一种的"门类史"②。曾思艺在本书的"序二"中指出本书所存在的若干不足,他说:"第一,英国现当代童话发展流变的规律还可总结得更鲜明突出一些;第二,两次世界大战前后的英国童话小说(1910—1949),虽然是承前启后时期,但时间长达将近四十年,而且既然已明确指出,在这承前启后的时期,英国童话小说成为英国儿童文学不可或缺的重要文类,其主要创作特征表现为从奇崛奔放走向平缓凝重,而且更趋于童趣化,体现了自觉的儿童文学意识,同时也延续了维多利亚时代的童话小说的双重性特征,那么这一时期应该是比较重要的了,将来有条件,可以进一步扩展。"③

---

① 刘绪源:《束沛德:真实书写曲折而"典型"的人生》,《文学报》2015年12月24日。
② 舒伟等:《从工业革命到儿童文学革命——现当代英国童话小说研究》,中国社会科学出版社2015年版,第2页。
③ 舒伟等:《从工业革命到儿童文学革命——现当代英国童话小说研究》,中国社会科学出版社2015年版,第7页。

2016 年

2016年1月，刘绪源在《文艺报》上刊发《听一听儿童文学的脚步声》一文。针对2015年成人文学加盟儿童文学，作者指出："2015年儿童文学的实绩，有一部分是由新加盟的成人文学作家完成的。儿童文学并不好写，一个成熟的成人文学作家需要掌握儿童文学的一些基本特点，才能在这一领域自由驰骋；但同时，他们还须拿出自己的最好作品，才可能在这一领域获得成功。"2015年是抗日战争胜利70周年，对此作者指出："2015年是抗战胜利70周年，很多出版社推出了抗战题材的长篇系列。但长篇创作很不容易，系列性专题性的组稿，往往难出精品。所以，真正成功的作品，大抵都在系列之外，并且都是早有酝酿、很个人化的创作。"在刘绪源看来，"最让人感到欣喜的，是一群30多岁的年轻作家迅速走向成熟。他们有生活、有个性、有才华，创作力极其旺盛。其中几位已成长为令文坛瞩目的一流作家，例如汤汤、小河丁丁、舒辉波和顾抒"，除此之外，作者还提到两位著名的青年作家——陈诗哥和孙玉虎。对于中长篇儿童文学小说，作者也认为："在儿童文学的中长篇中，不重视结构，草率对待总体布局，甚至写到哪算哪的问题已相当普遍和严重。这与出手太快、作品出版太容易、编辑不对作品把关是有关系的。虽然结构在作品中并不是第一位的文学要素，但有时结构上的长短的确影响着作品的质量。"[①]

2016年1月，汤素兰在《中国文学研究》上刊发《任溶溶儿童诗的语

[①] 刘绪源：《听一听儿童文学的脚步声》，《文艺报》2016年1月11日。

言艺术》。作者认为:"任溶溶的儿童诗告诉我们,好的儿童诗并不需要华丽的词藻和铺排的比拟,也不需要刻意去模仿儿童的情态。他从不刻意找诗,却能随手将生活场景变成诗。正如他自己所说,'根据我的经验,诗的巧妙构思不是外加的,得在生活中捕捉那些巧妙的、可入诗的东西,写下来就可以成为巧妙的诗,否则苦思冥想也无济于事。'任溶溶的儿童诗,除了儿童情趣,更有丰富的生活情趣。他的视野开阔,对事物的观察格外敏锐,同时又具有豁达、乐观的人生态度。他的诗中既有一个儿童文学作家对孩子的爱,又有一个睿智的长者的生命感悟和人生智慧。他把自己对世界、对生活的体验放在童诗里和孩子们一起分享。读任溶溶的童诗,同时也是在分享一个智慧长者的生命体验。"①

2016年2月,崔昕平在《甘肃高师学报》上刊发《中国儿童幻想小说的畅销书面貌与本土化思索》。作者指出:"追踪儿童受众的幻想小说阅读趋向,可俯瞰该类儿童文学作品的发展面貌。自新时期儿童幻想小说掀动幻想热,至90年代走向文体自觉,再至21世纪初海外魔幻畅销书大面积引进,儿童幻想小说已然成为阅读主流。然而,儿童畅销书榜幻想小说样貌日益单一,对儿童幻想小说中国路径的思考远未跟进。文章力图回溯本土幻想小说曾得儿童认可的根基,与其不再具有时代魅力的根源,警示异域幻想的顺理成章与文学游戏精神的过度开发,助力中国儿童幻想小说的本土发展。"②

2016年3月,谭旭东在《关东学刊》上刊发《西方儿童文学在中国的接受》。作者主要论述了我国对苏联儿童文学的接受,对欧美儿童文学经典的接受和对西方儿童文学的当代译介。作者指出:"总体来看,西方儿

---

① 汤素兰:《任溶溶儿童诗的语言艺术》,《中国文学研究》2016年第1期。
② 崔昕平:《中国儿童幻想小说的畅销书面貌与本土化思索》,《甘肃高师学报》2016年第2期。

童文学经典随着一百余年时间的推移,已经深深扎根于中国儿童读者心中,成了童年的精神奠基物,形成了巨大的文化影响力。随着全球化步伐的加快,文化交流的增多,越来越多的日本和欧美当代作品也陆续被译介、出版和接受,甚至南美洲、大洋洲和非洲的一些当代儿童文学作品也逐渐走进了中国小读者的手中。"[1]

2016年4月,陈晖在《中国教师》上刊发《教室里的图画书阅读》。作者将图画书的界定为:"英文名称'picture book',是一种以图画为主要表现内容和形式的读物。"从广义角度讲,"广义的图画书概念内涵丰富、种类多样,有文学故事、科学认知两个分支,包括概念书、字母书、立体书、玩具书等特殊品种"。但在中国大陆读者的理解中,"等同'绘本'概念的图画书,主要是指儿童图画故事书——'picture story book'——'主要是透过一系列的图画,结合较少的文字或甚至没有文字,以传达讯息或说故事'的一类图画书"。虽然在理解上存在着差异,但作者还是概括出不同研究者形成的共识:"图画书是'图画'和'文字'结合而成的'复合'文本,通常由'图像'和'语言'两个符号系统共同呈现;图画书作品会反映特定时代和社会的文学、美学、教育学理念,体现作者个人的情感、态度、价值观及艺术趣味;图画书主要为儿童创作,但许多作品适合并拥有大量成人读者;图画书艺术的新颖、独特、广阔、丰富与深刻,决定了图画书的阅读和鉴赏、图画和文字的解读、理解、感受和评价,需要专业的理论指导及艺术经验的支持"[2]。

2016年5月,朱利民在《中国出版》上刊发《儿童书局的经验与启示》。作者指出:"张一渠创办于1930年的儿童书局,是民国以来第一家以出版儿童读物为主的书局,是现代儿童读物出版的重镇。只是,这家在

---

[1] 谭旭东:《西方儿童文学在中国的接受》,《关东学刊》2016年第3期。
[2] 陈晖:《教室里的图画书阅读》,《中国教师》2016年第8期。

中国童书出版史上有过重要建树和贡献的儿童书局,长期以来都未得到应有的重视与研究,甚至关于其创设的时间都存在诸多纷争。文章从文献和实物例证两个维度考证了儿童书局创设时间应为1930年,同时考察了儿童书局在编辑队伍和作家资源建设、出版特色营造等方面的创举与经验等,以期为当下童书出版提供一些借鉴经验。"①

2016年5月,方卫平的《享受图画书》由明天出版社发行,本书属"儿童阅读专家指导书系"系列之一。方卫平认为,"我们得承认,图画书的魅力,正在被中国的小读者和大读者们迅速接受。在西方首先发展和成熟起来的图画书,近年来在中国的土地上搅起了一股气势汹涌的创作、出版和推广的热潮"。方卫平指出:"图画书不等于文字加图画。"基于此,方卫平指出:"享受图画书,是在享受一种文字和图画共同参与创造的、诉诸我们的视觉和想象力的叙事样式,在这里,我们所能获得的阅读乐趣,单纯的文字不能给予,单纯的图画也很难给予。"②

2016年5月,任冬梅的《幻想文化与现代中国的文学形象》一书由羊城晚报出版社出版。在该书的序言中,刘慈欣认为本书"是从学术上对清末和民国时期幻想文学中的国家形象进行回顾和研究的著作",对于这一时期的中国幻想文学,"以前多以科幻文学的角度来考察,认为这是科幻文学首次从西方进入中国。现在看来这个视角有些狭窄,无法反映清末和民国幻想文学中丰富的社会想象,事实上这些社会想象内容的比重大于作品中科幻的内容,甚至可以看作作品的主体。科幻视角对这种现象给予了简单化的理解,认为这是科幻的工具化,并认为中国科幻曾经发生的三种类型的工具化,即作为图解社会理想的工具、讽喻现实的工具和科学普及的工具,都源于这一时期。这种偏颇简单的视角无疑难以反映晚

---

① 朱利民:《儿童书局的经验与启示》,《中国出版》2016年第9期。
② 方卫平:《享受图画书》,明天出版社2016年版,第7页。

清和民国幻想文学中国家形象的深刻文化和政治内涵"。[①] 吴岩也评论了该书的三大特点："第一，著作对晚清、特别是民国时段的幻想小说进行的甄别和发现，给未来的科幻研究、想象力文学研究、社会发展和国家形象研究奠定了基础"；"第二，著作建立在当代文学研究方法继承和革新的基础上，一方面全面继承已有的中国小说的研究方法，重视史料的寻找和探查；另一方面则吸取国家形象等方面研究的当前成果，将已有的发现跟新理论和当前的学术热点相结合"；"第三，这个研究在分类学方面跳出了一种标准统摄全文的简单化做法，尝试了从多个不同方式进行划界"。[②]

2016年5月，钱晓宇的《幻想文化与当代中国的文学形象》一书由羊城晚报出版社出版发行，属"现代中国大文学史论"书系之一。当代幻想文学与儿童文学的不少特征具有一定的相似之处，2012年8月在北京召开的"中国幻想文学创作研讨会"就是其中一例。这个会议不止有儿童文学的作家、研究者，还包括一些科幻文学的创作者、学者。但本书作者还是发现："真正以'幻想文学'为主题进行的本土幻想小说研究还不够多"、"无论是篇幅还是影响力都不够，而且这其中还有超过五分之一是从儿童文学角度进行论述的"。[③] 作者提出的观点对于儿童文学研究而言其实非常值得反思。在回顾了20世纪科学理性和非神秘主义发展的历史脉络后，钱晓宇认为："从整体上考量幻想小说创作之前，有必要对当代科幻和奇幻两种类型小说的创作和研究现状分别加以梳理。只有在这个基础上才可能发掘幻想文学各支流的思维同源性。"而奇幻、科幻两种文类在当下主题和细节之所以出现重合，原因就在于，"成功的奇幻小说，无论是科学的还是神秘的，都不可能脱离大语境下的思潮与理念，他们兵分两路

---

① 任冬梅：《幻想文化与现代中国的文学形象》，羊城晚报出版社2016年版，第7—8页。
② 任冬梅：《幻想文化与现代中国的文学形象》，羊城晚报出版社2016年版，第12页。
③ 钱晓宇：《幻想文化与当代中国的文学形象》，羊城晚报出版社2016年版，第2页。

却抵达某些共同的空间"①。

2016年5月,徐鲁的《童话诗十二月——24堂童话诗阅读欣赏课》由明天出版社出版发行,该书系"儿童阅读专家指导书系"之一。徐鲁在"自序"中提道,俄罗斯诗人普希金以及老祖母给他讲的童话故事对他诗歌创作所产生的重要影响,他对童话诗的理解主要有三点:"首先,它应该是'诗'的,能够起到对人间的真、善、美的传播作用,能够表现出人间的智慧、勤劳、正直、追求和愿望";"其次,它应该比一般的叙事诗多一些幻想的成分和浪漫的色彩,应该具有童话的想象力和超现实的特质。而对于情节过于曲折复杂、不大适宜入诗的题材,则应尽量避开,让其他文学形式来担当好了";"第三,在语言上,童话诗应尽量朴素、自然、明快、流畅,在不影响诗的美感的前提下,多采用一点有情趣的、谐谑的民间文学风格的口语,也未尝不可"。②

2016年5月,美国拉切尔·海伍德·费雷拉编著的《拉美科幻文学史》由百花文艺出版社出版,本书由穆从军翻译。编者指出:"科幻是一种界定非常模糊的文类,拉美科幻尤其强烈倾向与相邻文类相混杂,部分原因是受到民族文学的影响,其中很多有较强的奇幻传统。"③"在拉美科幻小说分类与重新分类紧锣密鼓快速进行的过程中,出现了错误分类甚至未分类等现象。魔幻现实主义和奇幻是拉美科幻最常见的其他文类标签,这种分类有的是因为理论上的原因,有的是误解,而有的则是小说与多种文类的关系程度存在不确定性,抑或是社会文化原因,即与一种文类

---

① 钱晓宇:《幻想文化与当代中国的文学形象》,羊城晚报出版社2016年版,第3页。
② 徐鲁:《童话诗十二月——24堂童话诗阅读欣赏课》,明天出版社2016年版,第9页。
③ [美]拉切尔·海伍德·费雷拉编著:《拉美科幻文学史》,穆从军译,百花文艺出版社2016年版,第13页。

标签所具有的污名或声望有关。"①

2016年5月,刘绪源在《文艺报》上刊发的《什么是儿童文学研究最重要的工作》。在文章的开头,刘绪源对于评论者和研究者提出了自己的看法:"评论者、研究者不能把自己看得太重要,他们的主要工作也不是揭露和阻挠,而是推进——并不是自己推进,主要是作家们在推进,评论家应是作家们前进时的助力而不是阻力。"对于儿童文学研究,作者也强调:"儿童文学研究的最重要的工作,不是写文学概论,不是搞史料收集,不是概念上没完没了的论争,更不是解释政策……这一切可能都重要;前面提到的揭露'假冒伪劣',批评低质量的作品也很重要,但它们都不是'最重要'的工作。我们'最重要'的工作是让文学活起来、发展起来,让儿童文学有蓬勃的生命力,只有这样,理论、史料、教学、论争……这一切才会被'激活',理论才不会成为死的理论,材料也不至成为死的材料,学科也才有存在发展的前提","所以,在儿童文学研究中,最重要的是关注当下的创作,寻找创作前进的动因,发现创作中不断出现的'新质'。"

2016年5月,刘绪源的《也谈"泛儿童文学"——读眉睫〈丰子恺札记〉有感》一文刊发于《文学报》。作者在本文中高度评价了眉睫新著——《丰子恺札记》,尤其是本书的附编中的《关于"泛儿童文学"》一文。对于眉睫所提出的"儿童文学的许多佳作,本来并不是为儿童创作的"观点,作者指出:"如果作品不适合儿童阅读,那儿童文学的刊物其实是不会接受的,所以,投胎的实质,还是适合与否。现在,眉睫先生对此下断语说,是不是儿童文学,关键在于是否'适合'儿童阅读,这是十分高明的结论。即使作家本没有为儿童创作之初衷,但因为'适合',儿童文学界把它拉进来,儿童们喜欢读它,那就是一件顺理成章的事。"但作者也指出眉睫所提

---

① [美]拉切尔·海伍德·费雷拉编著:《拉美科幻文学史》,穆从军译,百花文艺出版社2016年版,第12—13页。

出理论的突兀之处:"一、正因为有了自觉为儿童创作的作家群,'儿童文学'这一领域才开始出现,这是人类文明到达一定时候的成果。二、自觉为儿童创作,亦即'儿童本位论',这'儿童'不是一个笼统的概念,而是按不同年龄特征分出不同的'位',作家的'自觉'要体现到这不同的'位'才行。三、有了这复杂的多层次的'本位',创作的难度大大增加,而且这并非人力所可控,如没有与这'本位'相对应的内在的童心,或没有与这'本位'相对应的生活积累,都不可能成功。"在本文的结尾,作者指出:"构建理论时最大的困难,就是与过去认知有相违处怎么办,今是昨非不行,昨是今非也不行,不能快刀斩乱麻,必须细细清理,看到它们的内在联系,可能确有一是一非,也可能二者皆非,但也可能二者恰可奇怪并存,这都不能主观硬派,而要实事求是,所以这往往是极艰苦极漫长的思考过程。"

2016年5月,陈晖在《光明日报》上刊发《儿童文学:请为孩子留下童真》一文。作者指出:"儿童文学在取得巨大成绩的同时,也伴随着一系列问题和挑战,比如在儿童图书出版市场不断做大的同时,创作中弥漫着一些浮躁的气息;优秀的儿童文学作家数量偏少、年龄偏大;一些儿童文学作品在游戏精神的影响下渐趋娱乐化。面对飞速发展的当下生活和孩子们日益多样化的阅读需求,中国儿童文学如何紧跟时代潮流,回应时代变化,讲好中国故事,写好中国式童年,是一个新的课题。"作者在文中也指出:"近年来,很多在成人文学领域颇有建树的作家,如张炜、马原、赵丽宏、阿来等,也纷纷加入到儿童文学创作者队伍中来","极大丰富了儿童文学的领地"。除此之外,她还发现当时的儿童文学界存在着"人才'断层',创作'偏科'"这一现象,她提倡"儿童阅读应该多元化","孩子不但需要读童话、小说、生活故事,也需要读读散文、诗歌、寓言和科幻文学。但现在小学生生活故事成了儿童文学写作的主要内容,儿童科幻作品、儿童报告文学、儿童传记文学作品、儿童戏剧等数量偏少"。除了创作,陈晖还认为当时"儿童文学理论尤其是儿童文学批评的滞后,制约了儿童文学的创作实践","全国专门从事儿童文学理论研究的学者少之又少,而且大部分是老人。中青年学者和批评家中,真正愿意做儿童文学理论批评的人很少,有的虽然在写书评,但一定程度的利益牵扯,也让童书的评价体系变得不那么纯粹"。①

2016年5月,陈晖在《中国出版传媒商报》上刊发《重要的是要具备儿童的立场与视角》一文。对于一些成人文学作家开始进行儿童文学创作这一现象,作者指出:"中国现当代儿童文学史实表明,成人文学作家一直参与着儿童文学创作,成人文学作家与儿童文学作家也有着彼此间的交互与交替"、"参与中国现代儿童文学的奠基"。由此,她认为:"从本质上来说,儿童文学与成人文学并没有差别,特别是基于文学表现的理想、原则及审美标准方面的差别。20世纪的世界各国儿童文学也倾向于不再将儿童文学与一般文学截然分开,除了特殊年龄段的婴幼儿文学,已不再过于强调儿童文学作品基于预设的儿童读者的针对性及适应性,特别是在题材、表现方法等可能限制和规定作家创作的纬度上。"对于长久以来的儿童文学创作,作者也概括了其中的一些倾向,她说:"相当长一段时间以来,我们的儿童文学存在着过于儿童化甚至低幼化的趋向,过于迎合儿童的浅阅读和娱乐化阅读,过于偏好表现儿童天真幼稚的情态或情趣,又缺乏必要的审美提炼和提升,容易陷入手法及表现上的狭窄、单薄与浅近,无形中降低了儿童文学作品的艺术质量,减损其阅读欣赏的价值。"而成人文学作家的加入,作者认为可以使中国儿童文学"增加一批经得起成人和少年儿童共读、经得起儿童读者成长后回望,更具有当代文学特征、更贴近儿童真实的生存状态、更具有成熟的审美品格与新锐的艺术风貌的精品力作"。但作者也给成人文学作家几条建议:"要考虑到儿童的理解力及想象力,考虑到儿童的接受心理及欣赏趣味,除了主要反映儿童生

---

① 陈晖:《儿童文学:请为孩子留下童真》,《光明日报》2016年5月28日。

活、塑造儿童主人公与角色,更重要的是具有儿童的立场与视角,反映儿童的现实生活和内心情感,具有儿童的游戏精神。"①

2016年5月,谈凤霞在《人民日报》上刊发《奔向旷远的儿童文学世界——曹文轩的创作立场、境界与路向》。在本文中,作者对曹文轩的文学历程作了一番概括:"曹文轩的文学创作在二十世纪八九十年代之时,就以其志存高远的文学精神昭示了中国儿童文学的宏阔之路。在长达三四十年的诗意向度的写作中,他以厚重之心、毫不妥协的人文情怀和始终专注的美学抱负,成为儿童文学这条'光荣的荆棘路'(安徒生语)上义无反顾且成就卓越的探索者","曹文轩缔造了一个以苦难为底色、以高雅作气质的'美'的儿童文学艺术王国"。②

2016年5月,赵霞在《当代作家评论》上刊发《曹文轩与中国儿童文学的国际化进程》一文。2016年4月4日,曹文轩获得国际安徒生奖,这在作者看来,"曹文轩的获奖让我们看到了中国儿童文学国际化进程的一个新节点:在此之前,我们关心中国儿童文学作家何时能够获得国际安徒生奖,因为那关系着中国儿童文学在全世界眼中的位置;而至此之后,我们也将开始关心中国作品何时能够真正进入世界儿童阅读的经典序列,因为那将为中国儿童文学赢得它在全世界灵魂里的位置"③。

2016年5月,钱淑英在《当代作家评论》上刊发《儿童视角与审美想象——曹文轩短篇儿童小说评论》。作者指出:"短篇小说作为最初的文学准备,孕育了曹文轩儿童文学创作的基本理念和艺术胚胎。直至今天,曹文轩仍用一种近乎倔强的态度,坚守着原有的童年观和文学观。这种倔强的姿态,为其形成自己的写作风格提供了强大的信念支撑,同时也不

---

① 陈晖:《重要的是要具备儿童的立场与视角》,《中国传媒商报》2016年5月27日。
② 谈凤霞:《奔向旷远的儿童文学世界——曹文轩的创作立场、境界与路向》,《人民日报》2016年5月30日。
③ 赵霞:《曹文轩与中国儿童文学的国际化进程》,《当代作家评论》2016年第3期。

可避免地带来了一些缺失。我们期待着，拥有悲悯情怀的曹文轩，在未来可以写出更加饱含童年精神和现实力度的作品，为中国孩子的心灵成长注入无限生长的力量。"①

2016年6月，刘绪源的《童书出版：统计数字只是参考》刊发于《光明日报》。作者结合历年对于儿童图书出版的数字统计指出，"当然有好处。但我们对数字不可迷信，统计数字反映的仅仅是某一方面的真实，有时也会掩盖更重要的真实"。对于"卡通、漫画、绘本已占全部少儿图书零售市场码洋的一半以上"这一统计，在刘绪源看来，"这样的统计是否正确且不说，把卡通书、漫画书与绘本并在一起统计，本身就是问题"。再比如对于当当网统计出来的数据："原创儿童文学与引进版图书的销售占比是5：5，原创图画书和引进版图画书的销售占比约为3：7，原创科学书和引进版科学书的销售占比约为2：8"，刘绪源提出自己的质疑："如果有人看到原创儿童文学已追平引进版，图画书却连引进版一半还不到，科学书则只占四分之一，就要求后二者急起直追，那肯定就是错误的指导。"②

2016年6月，彭懿的《我的纸上奇幻之旅》由明天出版社出版，本书属"儿童阅读指导书系"之一。彭懿在本书的"我的童年往事"中，讲述了他在童年时期的阅读经历："那时的书店里除了一本《欧阳海之歌》，就没有什么小说卖。《欧阳海之歌》说的是一个名叫欧阳海的英雄，把一匹惊马推下铁轨而自己却被火车撞死的故事。这本砖头一样厚的书，不夸张地说，我至少看了十几遍，不说倒背如流也差不多了。如果不是我们小学的一个小孩学欧阳海下河救人淹死了，我可能还会看上十几遍。那条河的名字叫浑河，就在我们家的房子后头，穿过一片玉米田和白桦林就到

---

① 钱淑英：《儿童视角与审美想象——曹文轩短篇儿童小说评论》，《当代作家评论》2016年第3期。
② 刘绪源：《童书出版：统计数字只是参考》，《光明日报》2016年6月17日。

了。那个小孩死的时候,只有十一岁。我不想死,不敢再看《欧阳海之歌》了,我开始寻找别的书。"①

2016年6月,齐亚敏的《中国当代小说中的儿童文化研究》由经济科学出版社出版发行。作者认为,"随着社会的不断发展和文明程度的进一步提高,少年儿童问题在当今社会中已经成为一个重要的甚至是非常值得关注的话题",而在当代文学中,"也在散见的众多小说中体现出这种来自成人世界的关怀"。因此,"本书主要是从内容方面来划分不同的作品,根据作品所体现的关注重心来分类进行解析"②。

2016年6月,王泉根在《河南社会科学》上刊发《现实主义:百年中国儿童文学的发展主潮》。作者指出:"自20世纪初叶迄今的百年中国儿童文学,选择的是现实型文学的路向,更多地体现为对现实的描摹、反思、批判与想象,追求逼真、传神的艺术效果,侧重于文学的认识作用与教化作用,主要影响于儿童的意识形态、价值取向、国族认同、人生态度。中国文学、文化的现实主义精神对儿童文学的直接影响,百年中国儿童文学在初创时期缺乏神话、古典童话的传统资源,百年中国儿童文学的时代规范与社会现实语境,以及儿童文学的实用主义倾向与作家使命意识,是促使百年中国儿童文学选取现实主义而不是西方式的浪漫主义、选择的是现实型而不是幻想型文学的根本性原因。"③

2016年7月,梅子涵的《童年书——图画书的儿童文学》由明天出版社出版。梅子涵用诗意而又灵动的语言描述了图画书的魅力:"阅读啊,尤其是一个孩子的阅读,还要图,还要颜色,还要景象,还要笑容,还要太阳的直接照射。树的高高耸立,人奔走,河奔流,一个故事有了这一些,孩

---

① 彭懿:《我的纸上奇幻之旅》,明天出版社2016年版,第5页。
② 齐亚敏:《中国当代小说中的儿童文化研究》,经济科学出版社2016年版,第5页。
③ 王泉根:《现实主义:百年中国儿童文学的发展主潮》,《河南社会科学》2016年第6期。

子就安静地坐下不动了。这就像那个最著名的爱丽丝的故事,如果她姐姐捧着阅读的那本书里是有这些的,那么当一只兔子走到她面前的时候,她还会跟着兔子去玩耍吗?"同时他也强调:"当然,连环画不是图画书。"①

2016年7月,梅子涵的《童年书——文字的儿童文学》由明天出版社发行。他在文章《我们都是点灯的人》的结尾呼吁儿童文学之于童年的重要性:"童年是要阅读、要故事、要文学的。童年要儿童文学!那是他们自己的。人类用了几个千年的时间只写那些让长大的人兴高采烈和泪流满面的书,后来恍然大悟了才知道也应该写让孩子们兴高采烈泪流满面的书,合乎他们的兴趣,可是又是引着他们往更高的地方走去。任何优秀的写给童年的故事,都是只往那更高的地方的,不腐朽,不轻狂,不沮丧,不坠落。儿童文学的诞生是给童年的一个现代性的幸福。"②

2016年7月,刘绪源的《绘本之美》由明天出版社出版。作者指出,"全书分两辑,上辑全是'小钉'……它们的成文过程,多是编辑将编定的书稿送来约写","先后写下的篇什很杂,各种题材样式都有,很不成系统",由于此编所写的并不是他最想写的一些书,所以"这就避免了大家谈来谈去老谈那一堆相似的书"。③ 下辑主要是"瓦碟",主要以论文为主。"第一篇是谈原创图画书与引进版的一个明显的差异:小说散文类多,童话类少";"第二篇主要谈学龄前儿童的想象力发展,并对什么是'想象'作了具体剖析";"第三篇则对理性和审美的异同作出探讨,理性的落点是'懂得',审美的落点却是'愉快',我们现在更多注重前者(即认知)而不注重后者,而学龄前更需要的恰恰是后者"。④

---

① 梅子涵:《童年书——图画书的儿童文学》,明天出版社2016年版,第7页。
② 梅子涵:《童年书——文字的儿童文学》,明天出版社2016年版,第7页。
③ 刘绪源:《绘本之美》,明天出版社2016年版,第7页。
④ 刘绪源:《绘本之美》,明天出版社2016年版,第7—8页。

2016年7月6日,刘绪源在《中华读书报》上刊发于《〈童眸〉:渡过童年人生的突变》一文。对于黄蓓佳的《童眸》,作者提出了自己的看法。"《童眸》是儿童文学吗?"他给出自己的看法:"当然是。儿童文学包括从0岁到16岁的读物,读者年龄越高的作品,与成人文学就越接近,它所表现的生活也越复杂,内涵会更丰富,气象也可以更大。本书就属于这样的作品。""儿童能适应如此沉重复杂的生活写照吗?"作者也给出自己的答案:"应该适应,必须适应,因为他们马上就要自己面对丰富复杂的人生了。"作者也特别重视别林斯基所提出的"分裂时期"这个概念,结合黄蓓佳的作品,刘绪源也呼吁:"经历'分裂时期'之前的那些孩子大都是崇高的,但经过'分裂时期'后,则大都变成了庸庸碌碌的成人,通过内心斗争和自觉,摆脱不和谐的分裂而达到灵魂的和谐,却仅仅是优秀的人的命运。让更多的孩子顺利通过他们的'分裂时期'。"[1]

2016年7月,刘绪源的《〈论儿童文学幽默效应〉:"沉潜"的功力》刊发于《文艺报》。本文是作者对李学斌的著作——《论儿童文学幽默效应》所写的书评。在作者看来,本书的价值与贡献"并不只在思考和论述的面的广阔,还在于它的探讨是有自己的重点和特色的,那就是关于儿童的幽默研究。作者经过细致开掘,逐层深入,理出了成人幽默与儿童幽默的区别,诸如:成人幽默是有意识的'假面效应',儿童幽默则是无意识之'想象倒错';成人幽默突出现实效应,儿童幽默着意游戏特征;成人幽默具有复合性,儿童幽默具有纯粹性……这都是很有创造性的发现。这里的每一条都不是抽象的推论,而是有许多实例做支撑的。虽然作者的观点还有待讨论和推敲,但这些观点的提出,以及对于这一领域的学术研究的深入,无疑有着开创性的意义"[2]。

---

[1] 刘绪源:《〈童眸〉:渡过童年人生的突变》,《中华读书报》2016年7月6日。
[2] 刘绪源:《〈论儿童文学幽默效应〉:"沉潜"的功力》,《文艺报》2016年7月25日。

2016年8月,齐童巍的《20世纪80年代中国儿童小说史论》由中国社会科学出版社出版。在"绪论"中,作者对于儿童文学史研究提出自己的看法:"研究范式、理论立场的转变,史料阅读的积累,文学欣赏口味的调整,文学史写作者在不同方向和层面上调整,都可以为儿童文学研究带来不同的文学史景观。在文学史研究的很多层面,解构的理论话语,确实能帮助我们看到原本的文学史叙述中一些没有被论述到的内容。"①但同时,作者也强调:"本书并非要解构80年代儿童小说创作中儿童性、文学性的存在,而是比较关注80年代的儿童小说中一些主题、形式,是如何在不同作者、研究者的文字中得到呼应,并汇聚成一定规模的潮流的。"②

2016年8月,李学斌在《中国教育学刊》上刊发《儿童文学"隐性课程"的价值迷失与复归》。对于儿童文学"隐性课程",他下了定义:"儿童文学'隐性课程',泛指由儿童文学阅读参与构建起来的丰赡而感性的学校和班级文化。"而儿童文学对于儿童的"隐性价值",作者认为"其不仅代表着童年的文化审美,是童年初始定位的人性底座,更是儿童终其一生的精神怀恋"。但在现实生活中,他坚持"儿童文学隐性课程却面临价值迷失的困境,表现为'教育主义'重压下,儿童文学举步维艰;'童年本位'理念下,儿童文学俯就屈从;'反教育性'思潮下,网络儿童文学主体泛滥"。为此,作者认为,立足于"语文教育全面挖掘儿童文学教育价值"、"校园文化活动充分利用儿童文学隐性价值"、"儿童阅读热潮引导培育儿童文学接受趣味"三个维度,才能够真正实现儿童文学隐性课程的价值复归,让儿童文学在基础教育中获得全面而真实的价值体现。③

---

① 齐童巍:《20世纪80年代中国儿童小说史论》,中国社会科学出版社2016年版,第11页。
② 齐童巍:《20世纪80年代中国儿童小说史论》,中国社会科学出版社2016年版,第12页。
③ 李学斌:《儿童文学"隐性课程"的价值迷失与复归》,《中国教育学刊》2016年第8期。

2016年8月,彭笑远的《中国少儿散文创作研究》一书由中国文史出版社出版。对于"儿童散文"的概念,作者认为,"是五四新文化运动的直接产物,主要由'散文的现代转型'和'儿童的发现'两个方面的合力形成"[①]。在作者看来,"其既具有'现代散文'的特征,又具有符合少年儿童读者阅读的'少儿性'特征,因此,'少儿散文'区别于一般的'散文',呈现出'散文性'和'少儿性'的复杂互动姿态,而成功的、优秀的'少儿散文'多为'散文性'和'少儿性'在艺术上平衡得较好的'少儿散文'"[②]。在作者看来,"强烈的读者意识"也会造成新的问题:"因为过分关注少儿读者的接受而影响到成人作家的创作个性和创作自由,进而影响到整个创作的质量和品质,同时也会影响到研究的水平。"[③]随着新媒介的兴起,作者还指出少儿散文创作迎来的新的机遇:"相对于过去的纸质媒介发表空间,现在的自媒体发表空间空前扩大,传播速度和广度前所未有,成人作家和少儿读者的即时互动也今非昔比。"[④]

2016年8月,徐妍在《中国现代文学研究丛刊》上刊发《评束沛德〈我的舞台我的家——我与中国作家协会〉》。在作者看来,"本书的结构是以共和国时间演变为经脉,以共和国时期中国作家协会的人物与事务为血脉",这主要体现在:"其一,在时间向度上,本书的文章发表于1953年至2014年间,历时60年";"其二,在内容的选取上,本书可以概括为一位共和国时期的文学组织者与中国作家协会一道经历的各种际遇"。本书虽然由一个个单篇纪实性散文构成,但在作者眼中,"当将它们合为'一体'时,还是体现出了既参与其中,又保持间距的总体历史叙事方法,由此避免了简单化的'会史'讲述","在'我'的追忆视角之下,中国当代文学的发

---

① 彭笑远:《中国少儿散文创作研究》,中国文史出版社2016年版,第1页。
② 彭笑远:《中国少儿散文创作研究》,中国文史出版社2016年版,第2页。
③ 彭笑远:《中国少儿散文创作研究》,中国文史出版社2016年版,第5页。
④ 彭笑远:《中国少儿散文创作研究》,中国文史出版社2016年版,第6页。

端的确给中国作协人带来了新生命,让他(她)们看到了共和国文学的新图景"。①

2016年9月,王泉根在《中国现代文学研究丛刊》上刊发《"曹文轩模式"与中西儿童文学的两种形态》。作者指出:"发展新世纪原创儿童文学,应取现实型与幻想型形成互补、两只翅膀一起飞翔的路向,用更加丰富多元的文学作品服务于少年儿童。曹文轩儿童文学'模式'是一种现实型构架与幻想型元素、现实主义精神与浪漫主义情怀的有机融合。这种模式对于促进我们今天原创儿童文学的艺术创新与审美表达是很有启发性的。把《草房子》《火印》《大王书》这三种具有不同审美想象特色的作品放在一起进行解读,更能进一步理解'曹文轩模式'的有机建构与艺术探索。"②

2016年9月,王泉根在《长江文艺评论》上刊发《百年中国儿童文学的三次转型与五代作家》一文。作者指出:"百年中国儿童文学史是发现儿童、解放儿童、尊重儿童的历史。我认为,在儿童文学一切现象的背后有一双无形的手在起着作用,这就是无所不在的社会儿童观,也就是如何看待儿童、对待儿童的观念。从这个角度说,百年中国儿童文学史,是中国人儿童观的演变史。"③

2016年9月,胡丽娜在《文艺争鸣》上刊发《〈妇女杂志〉与中国现代儿童文学》。作者认为:"因为女性和儿童天然亲近,在10多年的办刊历程中,《妇女杂志》一直重视对儿童文学的扶植与建设,通过《儿童领地》的创设、儿童文学作品的刊发和域外经典译作的刊载,儿童文学理论的倡导

---

① 徐妍:《评束沛德〈我的舞台我的家——我与中国作家协会〉》,《中国现代文学研究丛刊》2016年第8期。
② 王泉根:《"曹文轩模式"与中西儿童文学的两种形态》,《中国现代文学研究丛刊》2016年第9期。
③ 王泉根:《百年中国儿童文学的三次转型与五代作家》,《长江文艺评论》2016年第3期。

与建设,多重维度参与并积极推进了现代儿童文学的发展。"[1]

2016年9月,朱利民在《文艺争鸣》上刊发《严既澄与现代儿童文学——基于1921年文学活动的考察》。作者指出:"2013年,海豚出版社整理出版了民国时期的《小学生文库》等大型儿童丛书,严既澄、吴翰云、徐应昶、王人路、胡怀琛、沈百英等一大批活跃于'五四'时期儿童文学创作、编辑、翻译、理论研究领域的参与者,重新回到大众阅读和学术研究的视野。这其中,严既澄,曾撰写《神仙在儿童读物上之位置》《儿童文学在儿童教育上之价值》等论文而为儿童文学研究界所关注,但同时学术界对严既澄的了解大多仅限于这两篇论文。近年来笔者搜集、整理严既澄相关资料,发现在儿童文学活动之外,作为文学研究会会员,严既澄在翻译、创作、古诗词等方面都有很深的造诣,在20世纪二三十年代的整理国故运动、东西文化问题论战中有重要理论篇章。本文将从创作、翻译和理论研究等方面对严既澄的儿童文学活动进行考察,以期呈现其在儿童文学方面的多元建树。"[2]

2016年9月,吴翔宇在《文艺争鸣》上刊发《儿童镜像与鲁迅"新人想象"的话语实践》一文。作者指出:"鲁迅很关注'弱者'的生存处境,悲悯其深处社会边缘的非人际遇。他笔下的'儿童'既以弱者的形象出场,但又因其作为新人想象的符码而参与了现代民族国家主体身份认同的话语实践。于是,鲁迅的儿童书写的内在逻辑呈现出充满张力的路向:一方面,在现代认同环节中儿童想象暗合了由弱而强、去旧从新的宏大主题;另一方面,又因儿童不具备言说能力而被迫屈从于成人的话语体系。换言之,对儿童镜像功能的描绘,表面上契合了启蒙话语的现代与进步的诉

---

[1] 胡丽娜:《〈妇女杂志〉与中国现代儿童文学》,《文艺争鸣》2016年第9期。
[2] 朱利民:《严既澄与现代儿童文学——基于1921年文学活动的考察》,《文艺争鸣》2016年第9期。

求,但在本质上却也隐含了儿童仅仅作为被描写、被解放的他者镜像功能。在鲁迅的文学实践中,儿童往往'作为一种方法',在现代话语表述中的结构性功能被纳入成人视野而被赋予了全新的内涵,最终指向的是作家对于现代民族国家主体性想象的社会实践层面。问题是,'儿童'是如何被建构和生产的?在这个过程中,利用了哪些不同的,而且相互关联的概念?而有关儿童的惯用观念是遭受了压制,还是继续发挥着作用?通过将建构的'儿童'与想象的'中国'进行观照,鲁迅笔下的儿童又是如何在其历史、民族以及中国过渡性的文化语境中被想象性地建构起来的?这些问题的提出有助于洞悉儿童主体被言说的话语实践,以及越过儿童镜像所揭示的鲁迅儿童文学观念的丰富内涵。"[1]

2016年9月,钱淑英在《文艺争鸣》上刊发《从梦的角度解读〈宝葫芦的秘密〉》。作者认为,即使将这部童话放在世界童话的视野中,"《宝葫芦的秘密》都是一个独特的文本个案":"一方面,我们应当肯定,张天翼凭借自身的才华,完成了对中国童话传统的继承和超越,为中国儿童文学提供了一个反欲望童话的典范。另一方面,我们也应当承认,宝葫芦作为人类潜在欲望的实体呈现,拥有着从民间孕育、发展而来的强大生命力,仅凭一己之力,是难以搬动这一童话原型赖以生成的'集体的镇石'的。"而这在作者看来,"或许就能解释,为什么张天翼在宝葫芦中注入了如此多的负面意涵,但孩子们却仍然不愿放弃对这一宝物的欲望诉求"[2]。

2016年9月,方维规在《中国文学批评》上刊发《文学的潮汐》一文。在回答"如何解释品格、形式和种类截然不同的作品都被称作世界文学呢"时,作者指出一个有趣的现象:"人们既把格林童话视为世界文学,也把福尔摩斯系列侦探小说、瑞典女作家林格伦的《长袜子皮皮》,罗琳的奇

---

[1] 吴翔宇:《儿童镜像与鲁迅"新人想象"的话语实践》,《文艺争鸣》2016年第9期。
[2] 钱淑英:《从梦的角度解读〈宝葫芦的秘密〉》,《文艺争鸣》2016年第9期。

幻小说《哈利·波特》看作世界文学。在不少情况下,我们几乎很难说清楚,为何一部作品能在全世界赢得读者的青睐,而另一部作品虽能博得本土读者的喝彩,进入他乡却几乎无人问津。"在他看来,艺术品质并不出色的作品也完全有可能成为世界文学。他结合18世纪末19世纪初最受欢迎的德意志通俗剧作家,曾任维也纳、彼得堡剧院院长的柯策布在1779年至1839年间在曼海姆民族剧院就上演他的剧作次数远超过席勒、莎士比亚和歌德的现象后认为"当代的典型例子是《哈利·波特》",换句话说,在他的视野中,《哈利·波特》算不上世界文学经典,原因就在于:"现当代的畅销书通过电影改编和新媒体的呈现形式,更能进入人们的记忆,这是早先的文学做不到的。而在艺术审美上对读者要求不高,却善于讨好受众、扣人心弦的作品,正是全世界读者喜闻乐见的。"[1]

2016年9月,杜传坤在《当代教育科学》上刊发《爱与规训:图画书中的儿童教育省察》。作者指出:"提供给儿童阅读的图画书中隐含着成人的童年假设与教育观念。图画书中儿童因违规受罚的根本原因在于'不听话'而非'无知',儿童规训的实质亦在于此。故事中的惩罚从严厉到温情,并不意味着对儿童野性驯化的节制。爱的手段化降低了儿童的抵抗意识和反抗能力,提高了规训的有效性,童年越来越标准化。爱不应成为规训儿童的另一副枷锁,爱应该是将儿童从规训中解放出来的伟大力量。"[2]

2016年10月,赵霞的《幼年的诗学》由明天出版社出版,本书属"儿童阅读专家指导书系"之一。关于幼儿文学,作者认为:"幼儿文学代表的是一种幼年的诗学。它所关注、书写和呈现的那种属于幼年时代的独特生活映像、审美感觉和艺术精神,或许最为典型地体现了儿童文学有别于

---

[1] 方维规:《文学的潮汐》,《中国文学批评》2016年第3期。
[2] 杜传坤:《爱与规训:图画书中的儿童教育省察》,《当代教育科学》2016年第18期。

一般文学的艺术面貌。然而,也因为这种面貌上的距离,因为幼儿接受能力的客观限制,幼儿文学的艺术也是最容易被误解和边缘化的。"由此,作者提出疑问:"幼儿文学的'文学'与我们平常所说的'文学'是同一个概念吗？幼儿文学具有真正意义上的文学性吗?"但在作者看来,"作为一种幼年的诗学,幼儿文学中包含了对于人类幼年时代独一无二的诗学感觉和审美状态的洞察、感应与发掘、建构。它的'没有难度'的表象,实际上恰是它最大的难度,因为幼儿文学正是要从那看似没有难度的语言和意义的展开中,创造出一种与幼年时代独特的审美感觉和精神内涵紧相关联的高级的艺术。它的'没有难度'使它无从卖弄辞藻,玩转技巧,而只能凭借最简朴、素白、清浅、真切的文字和情感来与读者相对。某种程度上,那也是人类语言和情感上的一种返璞归真。透过这样的文字,我们感受到的是幼年时代那令人神往的审美世界:单纯的心灵,天真的稚气,丰富的同情,以及蓬勃的生机。这也是一切优秀的幼儿文学作品特有的魅力"[①]。

2016年10月,刘绪源在《中华读书报》上刊发《七岁以后,该给孩子读什么?》。对于七岁以后的儿童,作者认为他们已经进入"认知发展的飞跃时期",同时"也是培养自主阅读兴趣的关键期"。而接力出版社的"金熊猫儿童文学书系"要和读者见面了,作者认为这套书"虽然题材、体裁和写法并不整齐划一,但作品多有创新又清新可读,绝非过去那种为创新而创新的'实验文学'"。而回顾国内同时期的儿童文学创作,作者也总结了其发展的脉络与特性:"国内儿童文学创作在二十世纪八九十年代只注重较为艰深的少年文学而忽略低年龄读者,童书界近年热衷于图画书出版却无心兼及'桥梁书',这就使6—9岁这一关键的年龄段很难找到文学性强的高品位的原创书,小学中低年级的孩子由此迷恋一些粗制滥造的畅销读物。"虽然当时图画书的队伍也日益壮大,作者还是指出其中的问题:

---

① 赵霞:《幼年的诗学》,明天出版社2016年版,第181页。

"推广者也许是出于对自己工作的热爱,有的就把图画书的作用、适读和应用范围无限扩大开去,这就造成了一些误解。"在刘绪源看来,图画书"主要是为尚不识字、阅读还不能离开图的幼儿准备的,它的阅读对象主要是学龄前的儿童","成人(尤其是老人)也会迷恋图画书,但都不能就此否定它的阅读对象主要还是幼儿"。图画书的内容主要以童话和幻想类故事居多,在刘绪源看来原因正是在于"六七岁以前的孩子——皮亚杰称为'前运算阶段'的儿童——正处于亟待发展想象力的阶段,他们的理性还没生成,真正的学习和认知阶段还没到来"①。

2016年11月,刘绪源在《文学报》上刊发《〈我们诞生在中国〉与动物小说》一文。在本文结尾,作者对于动物小说和自然影片提出了自己的看法:"动物小说和自然影片最深层的意义,就在于打破人类的自满、自傲、自足和自以为是,以为人类高居于自然之上,却没有意识到自身的渺小。人类要继续发展自己,要像古希腊时期一样沉思宇宙人生,要像康德一样虔诚仰望星空,这时,动物生活所透露的大自然的丰富、复杂、神秘将有助于人类的惊悟与省思。它能使日渐异化为机器附属品的现代人得到审美的'超脱感',让人在阅读中获取作为人类精神生活新起源的'惊异感',同时也在类人的自然物中领悟人与自然的'亲近感'。只有在这样的意义上把握动物小说和自然电影,而不是停留在商业或其他实用层面上,我们才不会辜负如此精美独特的艺术品种。"②

2016年11月,刘绪源在《文化学刊》上刊发《情感发生论》。刘绪源通过对皮亚杰、李泽厚、别林斯基等学者的相关理论及其思想观点,初步作出一些相关的结论:"最初级的情感是什么呢? 它可能就是:情绪+想象","而这时的孩子,还没有思想,没有逻辑思维能力,理性还没生成。他

---

① 刘绪源:《七岁以后,该给孩子读什么?》,《中华读书报》2016年10月12日。
② 刘绪源:《〈我们诞生在中国〉与动物小说》,《文学报》2016年11月3日。

是靠这种情绪+想象,来把握世界,来处理自己和他人的关系",可更重要的是,"在审美活动中形象思维将须臾不能脱离。虽然对于理性生成之后的审美主体来说,会像别林斯基所说的那样由思想唤起情感,也会如李泽厚所说的总有非确定性的认识渗透于感知、想象、情感诸因素中。但在整个审美过程(我指的是能紧紧抓住你的那种最完美的过程)中,你不可能跳脱出来,作理性的、逻辑的思考,你只可能顺着审美情感往前奔涌,自然而然,愉悦而自由。那种执着冷静的思考、追问,是审美结束后,情感沉淀下来后的事"。由此,他认为"理性还没生成之前,人已可以拥有情感了,虽然那或许是不够完整的情感"。但对于"这时的孩子有没有审美"这个问题,他的回答是"当然有"。更就这个问题延伸开来,作者指出:"在成熟的艺术审美中,也可以有未及或未经充分调动思想的审美情感存在。"①

2016年11月,赵霞在《文化学刊》上刊发《得其余情,从乎本心——论刘绪源的学术研究》一文。在作者看来,"绪源先生在现当代文学与文化、儿童文学、哲学美学等领域的学术兴趣和研究实践,包括他的充满性情的散文和批评写作,始终旋绕着这同一个'人'的关切的内核——那也是'五四'以降,中国真正的'文化人'从不曾忘却的初衷与本心"②。

2016年11月,钱淑英在《浙江师范大学学报(社会科学版)》上刊发《关于"童心论"与"教育工具论"的再反思》。作者指出:"'童心论'和'教育工具论'作为'十七年'儿童文学的重要理论话语,在二十世纪五六十年代和新时期遭遇的命运各有不同。理论界对此展开的批判与反思,与当时的社会意识形态密不可分。'童心论'和'教育工具论'分别指向的儿童立场问题以及儿童文学与教育的关系问题,触及儿童文学理论的一些基本内核,仍有重新探讨的空间。它们在政治立场和儿童视角之间、教育性

---

① 刘绪源:《情感发生论》,《文化学刊》2016年第11期。
② 赵霞:《得其余情,从乎本心——论刘绪源的学术研究》,《文化学刊》2016年第11期。

和趣味性之间产生的缝隙里,蕴含着从传统指向未来的历史反思价值。"虽然到了新时期以后,学术界对于"童心论"和"教育工具论"作了相关的反思,并且也有了一些定论,但作者认为其"政治目标与文学理念之间产生的缝隙,仍留给我们言说和讨论的空间",因为"不管外部的政治环境多大程度上影响了理论与创作的现实形态,'十七年'儿童文学在观念的提出与实践的探索上都显示出了不容忽视的成效"。①

2016年11月,刘绪源在《光明日报》上刊发《儿童文学呼唤真正的校园小说》。对于当时刚刚落幕的上海国际童书展所颁发的"陈伯吹国际儿童文学奖",对于其中所获奖的五种中外图画书、五篇中国原创短篇小说、四本原创图画书,作者指出一个有趣的现象:"在评出原创童书后,评委们却普遍感到不满意,因为在这些作品中居然找不出一本直面当下校园生活的书。"回顾童书营销的历史,作者认为:"在童书营销上,校园小说一直是大头。在童书销售的黄金十年,有一个阶段,儿童文学就只剩了两个品种,一是校园小说,二是青春文学。但所谓校园小说,其实是校园笑话拼盘,大都以一段段的笑话连缀而成,并没有对校园生活的真正发掘,而青春文学则是雷同的少男少女的准恋爱小说。这种书一时成了书商最为热衷的童书,几乎将真正的儿童文学都挤走了。"由此,作者提出自己对这个现象的疑问与困惑:"校园里的现实矛盾那么多,学生所面临的生活、学习和心理困境那么突出,在儿童文学大发展的今天,为什么就没有人把它们表现在作品里呢?"虽然在一些短篇小说里还是存在比较深刻反映校园生活的作品,对于"中长篇里却没有"的问题,作者指出其中所包含的如下原因:"短篇创作受当时商业大潮的冲击较小。短篇小说创作主要由几个优

---

① 钱淑英:《关于"童心论"与"教育工具论"的再反思》,《浙江师范大学学报(社会科学版)》2016年第6期。

秀的少儿文学刊物在组织和推动，童书则更容易考虑到印数和销量。"①

2016年12月，刘绪源在《文艺报》上刊发《牧铃找到了自己——兼论〈恐龙岛〉的体裁归属》一文。作者认为："牧铃的创作是率性的。虽然他也重视外界的批评和反映，但一旦拿起笔来，他首先注意的还是自己的故事，是怎样使故事更好看，更有趣，更能吸引孩子；而同时，他又熟悉儿童生活，懂得他们的心理，他笔下的儿童总是活灵活现——所以，他的故事都是围绕人物展开的，没有纯为故事性而写的作品，他的文学素养和文学品位也决定了他的作品多有很高的文学性。"这样一种率性的创作，"使他常常能以自己的作品，向文学界提出新的、值得探讨的理论问题"。但对于这种率性，作者也指出："但这种率性，也常常使他的作品显得驳杂而难以定性，有时也确实影响了作品的质量（因许多约定俗成的'定性'其实还是有道理的）。"在本文中，作者结合牧铃的作品，对科幻文学也提出自己的看法："如果说，传统童话是'古代童话'（常以'很久很久以前'开头），幻想小说是'当代童话'，那么，科幻文学就是'明日童话'或'未来童话'——它的现代意义显而易见。只要写得好，它们受到今天孩子的喜爱也是必然的。因这一体裁的特殊性，作者似不应耽于一己的幻想，而要向科学家们学习，在每篇构思之初，也许还得做些'采访'或'补课'的工作。只要处理得当，更丰富的科学依据不但不会成为想象的障碍，还会为想象的展开提供新的契机和源源的动力。"②

2016年12月，陈晖在《中国图书评论》上刊发《让根植于现实的幻想自由飞翔——简评小河丁丁的〈老街书店的书虫〉》。作者认为，《老街书店的书虫》"整体感较为突出，看上去更像是一部多个章节与故事单元构

---

① 刘绪源：《儿童文学呼唤真正的校园小说》，《光明日报》2016年11月29日。
② 刘绪源：《牧铃找到了自己——兼论〈恐龙岛〉的体裁归属》，《文艺报》2016年12月19日。

成的中长篇幻想小说""让自己的创作根植于中国原生态的民间生活土壤,尽情书写湖湘等多民族居住地的物像物候、风情风土、俚俗方言,人们的饮食起居、生老病死、交际往来、江湖行走,底层小社会的各行各业三教九流,世间百态中微妙的人情世故,乡间隐秘的旁门左道、作法行医,人与自然之间的通灵、恩怨因果的循环往复,作品都有着或隐或现的记述与描绘"。作者认为:"小河丁丁的这部合集,在包括语言及叙述策略在内的创作技巧方面极为讲究而且颇见功力,作品的艺术水准总体趋高,适龄读者至少是小学高年级以上的少年儿童。"[1]

2016年12月,李利芳在《中华读书报》上刊发《湖湘儿童文学:诗性栖居与乡土情怀》一文。在作者看来,"浓烈的乡土情怀与脚踏大地的书写态度,是真正意义上的'有根'创作","地域儿童文学的价值体现为它的'结构性'意义,即一地域文学之美学风格特征的独特性、唯一性,成为建构整体多样性意义世界必需的价值元素"。本文是作者对于湖南少年儿童出版社的"红辣椒书系"的书评。作者认为:"这是一套很有文化内涵、值得反复品鉴的书",并且这套书"已然创造出大于个别作家存在意义的'湖湘'儿童文学印象"。其主导价值主要表现在:"浓烈的乡土情怀与脚踏大地的书写态度,全部的文学感觉滋养于民间与土地,属于真正意义上的'有根'创作。"而对于湖南儿童文学能够获得如上文学品质的原因,作者认为在于"'民族倔强'与对文学'纯诗'理想的坚守,这二者融合为一种难能可贵的人格精神风气"[2]。

2016年12月,徐妍在《平顶山学院学报》上刊发《曹文轩:在反"潮流"中创造东方正典》。在作者看来,"曹文轩的文学创作是与中国当代文

---

[1] 陈晖:《让根植于现实的幻想自由飞翔——简评小河丁丁的〈老街书店的书虫〉》,《中国图书评论》2016年第12期。
[2] 李利芳:《湖湘儿童文学:诗性栖居与乡土情怀》,《中华读书报》2016年12月7日。

学由'新时期'到'新世纪'的演变同步的。在这二十世纪三四十年间的岁月中,曹文轩先从二十世纪八十年代中国古典形态小说的继承者,变化为九十年代中国古典形态小说创作的大成者,再变化为新世纪中国古典形态小说创作的世界性作家,每一步都反'潮流'地行走在通向东方正典的路途上。而且,在通向东方正典的写作路途上,曹文轩的文学创作经历了二十世纪八九十年代的自发阶段,至新世纪进入到自觉阶段,每一个阶段都是孤寂的旅程"。对于曹文轩的文学成就,作者指出:"曹文轩在二十世纪三四十年里的文学创作不仅创造了其代表作《草房子》等长销又畅销的文学'神话',而且在西方文学和西方文化为中心的背景下,通过对中国古典主义美学精神的承继和转化,创造了具有中国古典审美风格和世界性面向的文学作品。这些贡献足以显示曹文轩的文学创作道路的文学意义和思想意义了,也足以确证他创造了既属于中国人、也属于世界人的东方正典。"[1]

---

[1] 徐妍:《曹文轩:在反"潮流"中创造东方正典》,《平顶山学院学报》2016年第6期。

2017 年

2017年1月,日本儿童文学理论家、图画书之父松居直的《我的图画书论》由新疆青少年出版社出版,本书由王林选编,郭雯霞和徐小洁翻译。王林在"序言"中认为:松居直的"推销是很高明的推广",他将其总结为两点:"一是对自己编辑的图画书很有信心,希望更多人了解";"二是他看到了图画书在教育上的巨大力量,希望日本的家长能接受"。[1] 同时,王林将松居直的图画书观总结为三点:"一、辨析了图画书文图之间的关系";"二、图画书与语言发展的关系";"三、图画书与抚育观念的革新"。[2]

2017年1月,张建青的《〈爱的教育〉(Cuore)中国百年(1905—2015)汉译简史》由上海交通大学出版社出版。《爱的教育》是一部世界儿童文学史上的名著,同时对于中国也产生了巨大的影响。本书问世130多年来,对世界青少年的精神生活产生了巨大的影响。据有关资料显示:"该书为意大利有史以来图书馆销量排行第一的青少年读物,仅在当年出版的两个月内便再版40余次。"[3]本书主要梳理了《爱的教育》一书在中国的生成与接受的情况。

2017年1月,李利芳在《中华读书报》上刊发《孙建江的独特"身份":跨学科视阈推进儿童文学研究》。作者指出:"孙建江是一个彻底透明的'儿童本位'理念的坚守者,他将本位意识贯彻实践在其儿童文学活动的

---

[1] [日]松居直:《我的图画书论》,新疆青少年出版社2017年版,第1页。
[2] [日]松居直:《我的图画书论》,新疆青少年出版社2017年版,第2页。
[3] 张建青:《〈爱的教育〉(Cuore)中国百年(1905—2015)汉译简史》,上海交通大学出版社2017年版,第1页。

任一环节中。基于这样一个本质的'站位',奠定了其儿童文学理论批评价值向度的'内倾性',即他观照阐释问题的理路总是突破外围,努力'往里走',进入对象'内部'去探究触摸其肌理结构与实在的内容,这使得他的理论发现与阐述具有了极强的原发性与创新性,由此也开拓出了属于自身的儿童文学艺术活动空间,这也是他各项儿童文学事业所以获得成功的根本原因。"尤其是在出版方面,作者这样说道:"因为其个人在此关系两方面的'亲历性',使其研究突破了纯学理性,带有一线在场的理论与实践的互动性。他以理论制造了实践,反之以新实践的现象再去开拓总结新的理论,又再次生成了新理论空间。这是其'研究与出版'两栖身份为中国儿童文学带来的一道亮丽的文化景观。"①

2017年1月,李利芳在《社会科学报》上刊发《儿童文学如何存在》一文。作者指出:"我们不再追问'儿童文学是什么',而是会关注'儿童文学如何存在'或'儿童文学应该如何'。这些提问直指当前儿童文学生态环境,以及儿童文学批评现状的焦点问题。"她认为,"'儿童文学评论价值体系建设'的提出是我国儿童文学观念发展进步的一个产物"、"'价值体系'的建设是一项理论工作,仍属于儿童文学基本原理范畴,其基本思路是在立足于既有中外儿童文学理论与批评实践的基础上……突出价值思维与价值评价观念导向去建构一个理论系统,力图去解决'儿童文学究竟对谁有用、有什么用、用处有多大'等一系列涉及价值判断和评价的根本问题"。作者将"儿童文学艺术价值的形成机制"理解为:"艺术价值形成机制研究主要聚焦的是儿童文学价值构成的'合理性',它从直接的儿童文学满足'儿童'阅读需求这一价值的一元出发,触及与探问环绕这一艺术活动可能涉及的诸多价值要素与环节"。作者对于价值观念做了深入的

---

① 李利芳:《孙建江的独特"身份":跨学科视阈推进儿童文学研究》,《中华读书报》2017年1月4日。

阐释:"儿童文学的价值观念,是评价主体有关'儿童文学有价值'之回答,它的内涵是人们有关儿童文学的价值选择和价值取向,其前提是对儿童文学价值属性及其构成要素的发现与肯定。"但作者也对价值标准提出自己的迷惑:"儿童文学的'评价标准'似乎已经成为了一个谁都可以对它指手画脚、品评论断、自说一词的评价对象。"①

2017年1月,陈晖在《中国新闻出版广电报》上刊发《培育优秀作品,陪伴儿童成长》。作者对于儿童文学作家,特别是中青年作家提出了如下建议:"第一,我们的儿童文学要全方位体察时代的脉动,感应社会的变化,直面儿童的现实,表现现代化进程中我国多姿多彩的儿童生活面貌,让创作扎根生活、贴近基层,从儿童的立场、儿童的角度表达对人生、对人性深入的观察与思考";"第二,我们的儿童文学作品要真切、全面地反映中国各民族、各地区、各社会阶层儿童的外在的生活与内心的情感,鲜活生动地刻画孩子的心理、梦幻与想象,有精彩的人物和故事,有新颖别致的艺术手法";"第三,对世界各国、各地区经典儿童文学作品,我们年轻作家要兼收并蓄,博采众长,潜心揣摩其在艺术个性、技巧与手法、新鲜创意等方面的优长,吸取其在儿童主体、儿童视角、儿童趣味方面的取向与趋向";"第四,只有中国的才是世界的,在儿童文学领域,面向世界各国的儿童文学读者,用他们可接受的表现及话语方式讲好中国故事、传递中国精神、表达中国思想与中国文化,这样的中国风格与中国气派,是我们努力的方向"。②

2017年1月,赵霞在《浙江师范大学学报(社会科学版)》上刊发《"童心说"与浪漫主义童年美学的中国传统》。在作者看来,"现代意义上的中国童年美学长期以来背负着一个沉重的文化包袱。由于客观上缺乏来自本土童年观思想的直接精神养分,在近一个世纪的发展进程中,它的文化

---

① 李利芳:《儿童文学如何存在》,《社会科学报》2017年1月12日。
② 陈晖:《培育优秀作品,陪伴儿童成长》,《中国新闻出版广电报》2017年1月20日。

脐带始终或隐或显地吸附在欧洲现代童年观的胎盘上。尤其是自卢梭以降的西方浪漫主义童年观及其诗学传统对于中国现代童年美学所产生的深远影响,借助大量西方经典儿童文学作品的流播,几乎已经溶解于我们的文化血液中。其结果是,在谈论作为现代童年美学主流的浪漫主义童年美学传统时,我们的舌尖总是为诸多来自异域的名词和术语所缠绕,以至于在勉力消化外来传统的同时,我们也在不知不觉地遗忘来自自我文化肌体内部的某些遗传密码"。在作者看来,李贽的"童心说"是"曾在中国童年美学的溯源中一再被郑重提起,却又一再被轻易放过的学说。该学说早于卢梭近200年提出了以'童心'挽救为陈腐的理性所累的俗世的观点,其立论所及的童年意象令人诧异地透着卢梭式浪漫主义童年的美学色彩"①。

2017年1月,谈凤霞在《中国图书评论》上刊发《洗尽铅华的童年烛照——评黄蓓佳长篇儿童小说〈童眸〉》。作者指出:"读黄蓓佳的长篇新作《童眸》,感觉是在读当代版的《呼兰河传》,又觉得是在读中国版的《布鲁克林有棵树》,而这部《童眸》本身亦有其独特的童年光影与力量。在当代中国儿童文学界,难得有儿童小说能把童年的生活写得如此充满人间烟火气,不刻意渲染童年的诗意,不刻意夸张童年的游戏,也不刻意挖掘童年的哲思,抒情、象征、隐喻等那些能使小说变得优雅和高深的常用手法似乎都可以被搁置,而那真实的童年——繁衍着笑与泪、爱与恨的粗粝人生,就在那段尘世中的岁月里浮现和转身,无论是其悲喜间杂的面容还是孤独离去的背影,都会留在我们的心底,因为我们也随那双清澈的童眸而深深细细地'看见'"②。

---

① 赵霞:《"童心说"与浪漫主义童年美学的中国传统》,《浙江师范大学学报(社会科学版)》2017年第1期。
② 谈凤霞:《洗尽铅华的童年烛照——评黄蓓佳长篇儿童小说〈童眸〉》,《中国图书评论》2017年第1期。

2017年2月,李利芳在《江汉论坛》上刊发《论中国现代儿童文学价值观念》。作者指出:"现代中国儿童文学自20世纪初发生,经历一个多世纪的发展以后,在不同时代的社会语境与'外在环境'的影响下,文学价值观念与评价标准呈现出非常鲜明的特征变化。在'儿童'与思想启蒙、国家、民族、人性、文学、市场等多重价值元素之间,中国儿童文学在儿童、儿童之外两大支点上建构着自身的价值取向,为'儿童文学'这一独特的文学类型诠释着'中国'的文化内涵。在中国的历史文化语境中梳理儿童文学价值观念变迁的历史,寻找厘清其中演绎的规律特征,是确立当下儿童文学评论价值体系的价值坐标与问题意识,坐实价值体系的本土精神向度的必然逻辑起点。"①

2017年3月,谈凤霞在《南京师范大学文学院学报》上刊发《文化场的差异与意义转述——论西方少年小说中译本的"变脸"》。作者指出:"20世纪80年代起,我国出现了空前高涨的西方儿童文学的译介浪潮,至新世纪更为蔚为壮观,但针对12岁以上的少年读者的少年小说翻译相对较少,而且大多不是由专门的少儿出版社出版。"究其因,"这主要跟少年小说本身的性质有关,它是跨越儿童文学与成人文学边界的文类,往往表现少年复杂而艰难的成长过程。相比于单纯明朗的儿童小说,它的题材和主题更为繁复和隐晦,多涉及社会历史的重要领域和人生、人性的敏感题材,艺术表现上也更为复杂,会有多重叙事视角和叙事声音,阅读起来有一定难度"②。

2017年4月,方卫平主编的《生活在童话中——红楼儿童文学对话Ⅱ》一书由广西师范大学出版社出版。在本书中,记者就红楼研讨会采取的

---

① 李利芳:《论中国现代儿童文学价值观念》,《江汉论坛》2017年第2期。
② 谈凤霞:《文化场的差异与意义转述——论西方少年小说中译本的"变脸"》,《南京师范大学文学院学报》2017年第1期。

标准筛选和最终决定研讨对象向方卫平请教，方卫平指出："选择'红楼对话'的研讨对象，我们会就作家、作品、文体、地域等多方面因素做出综合的考虑和比较，但首先是以作品本身为标准的。只要作品富于探讨的话题和价值，就可以成为红楼的研讨对象，绝无论资排辈的考虑。另有一点基本要求所有作品都必须是新作。新作的标准，既是为了使批评紧贴当下儿童文学的创作现场，也是为了撤却成见的约束，使批评者可以畅所欲言。"①本书主要讨论谢华、常立、薛涛、管家琪、谢倩霓、林世仁、张炜、周锐、张玉清、周翔这十位作家。

2017年5月，朱自强在《枣庄学院学报》上刊发《创新·拓展·增值——评张梅〈晚清五四时期儿童读物上的图像叙事〉》。作者指出："张梅学术专著《晚清五四时期儿童读物上的图像叙事》是中国儿童文学史研究的一个创新性成果，并带来了视野的拓展和学术的增值。首先在构建大儿童文学概念的基础上，以图像为切入点考察中国儿童文学史成为该书的一大突破。其次，重视原始资料的挖掘和考据，论从史出，史论结合。这既是作者非常可贵的严谨治学的态度，同时新材料、新方法的运用，又把中国儿童文学史研究推进了一大步。最后该书把儿童文学的发展放在思想史的脉络上考察也深化了中国儿童文学史的研究。"②

2017年5月，侯颖在《创作与评论》上刊发《非虚构的呢喃——读阮梅〈亲爱的女儿〉》。作者指出："阮梅是以写报告文学起家的作家，她创作的《世纪之痛：中国农村留守儿童调查》《拿什么来爱你，我的孩子——当代未成年人心理危机调查》《汶川记忆：中国少年儿童生命成长启示录》《天使有泪》《罪童泪》等图书已成为中国儿童文学的重要收获。她的作品

---

① 方卫平主编：《生活在童话中——红楼儿童文学对话Ⅱ》，广西师范大学出版社2017年版，第303页。
② 朱自强：《创新·拓展·增值——评张梅〈晚清五四时期儿童读物上的图像叙事〉》，《枣庄学院学报》2017年第3期。

里有一种坚硬的现实,对这种现实的切肤之痛使她的作品流露出真实的情感,在这部《亲爱的女儿》一书中,她的创作别开生面地从'他者'到'自我'转型,以书信体的形式向女儿讲述自己的童年故事,可以说,一万个妈妈有一万种花期,只是女儿面对的妈妈已经是成人,甚至担负着一个教育者的身份,使亲情的份量有些削减,静下来舒展笔墨之时,就是阮梅母性和女儿性华美绽放并收获亲情硕果之季。"①

2017年5月,赵霞的《乡土的伦理——论王勇英的儿童小说及其现代性书写》一文刊发于《南方文坛》。在作者看来,"王勇英擅写乡土题材的儿童小说。她本人的乡土童年记忆及生活经验,为这一'文字间都带有乡野味'的书写提供了独特、丰沛且生动的素材和感觉的资源。这些记忆、经验一面在作家的情感和文字里被日益摩挲得润泽而闪亮,另一面也将它的触须悄然伸入今天的童年生活世界。两者的融合为儿童小说的乡土叙事提供了新的文学视野和艺术可能"。他还指出王勇英的乡土"并非一般意义上的村野庄落,而是在地理和文化上均更为偏远、边缘的少数民族山居地,它也因此更鲜明地指向着现代人在想象中深切怀恋的那一方远离尘嚣的自然故土",但在另一方面,作者也认为,"当现代文明的强光探照入这一千百年来沉寂静默的原始领地时,后者的姿态又是开放而非封闭、包容而非抗拒的,它甚至以一种朴素的神奇本领,转化、吸纳着来自现代世界的尖锐能量。如果说在工业文明兴起后的现代文学传统中,一切乡土书写必然会触及现代性的艺术话题,那么王勇英的儿童小说或许为我们提供了当代生活视角下理解现代性的另一种路向与思考"。②

2017年6月,谈凤霞在《教育研究与评论》上刊发《凝华的谐谑:程玮

---

① 侯颖:《非虚构的呢喃——读阮梅〈亲爱的女儿〉》,《创作与评论》2017年第10期。
② 赵霞:《乡土的伦理——论王勇英的儿童小说及其现代性书写》,《南方文坛》2017年第3期。

"海龟老师"校园系列的新质》。作者指出:"程玮儿童文学创作的三个书系代表三个不同的阶段,每一段各有特色,相比于'少女红'系列的更多成长抒情,婉曲细腻,'周末聊天'系列的更多文化解说,纷繁厚重,'海龟老师'系列的则更多童趣叙述,天真轻盈。'海龟老师'作为校园题材,着意于表现属于作者独有的'一派天真',它所表现的浑厚'底气'具有多个来源。作品的形象塑造注重立体化、个性化,细节描写体现出'滑稽美学'的效果。高品质的儿童文学讲究语言的凝练而生成的诗性气息,作者对生活的深情凝视而生成的诗性目光,同时还有'凝华'式的表达而生成的诗性质地。'凝华'是将抽象的意蕴熔铸于具体的物象和事件。在具有原生性的故事发展中进行'凝华',更能使读者在故事的品玩中产生独特的兴味。"[1]

2017年6月,赵霞在《中国图书评论》上刊发《日常生活的幽默奇想——读刘海栖童话〈绿头发先生行医记〉》。作者认为,这部作品"将海栖童话向来擅长的语言幽默提升到了一个更为纯粹和明净的层次","那种日常生活的平凡琐细与童话幻想的灵妙奇异、舒展细致的场景铺写与一波三折的悬念起伏的奇巧对称,给读者带来了十分享受的阅读体验。在《绿头发先生行医日记》里,幽默的滋味是丰富的,多样的。它有时是凯斯特纳式的奇思妙想","而在作家夸张滑稽的笔触下,我们也能感受到那份洛夫廷式的温情和暖意。也许可以说,在海栖先生的童话里,始终包含着一种朝向经典的努力意识。"[2]

2017年6月,谭旭东在《出版广角》上刊发《童书出版,真的进入"黄金期"吗?——近年童书出版的思考》。作者指出:"中国童书出版取得了

---

[1] 谈凤霞:《凝华的谐谑:程玮"海龟老师"校园系列的新质》,《教育研究与评论》2017年第3期。
[2] 赵霞:《日常生活的幽默奇想——读刘海栖童话〈绿头发先生行医记〉》,《中国图书评论》2017年第6期。

很大的发展,但还处在发展阶段。需要肯定的是,童书出版的成绩归功于新闻出版管理部门和出版社,也归功于社会各方面的努力,但在成绩面前我们不要盲目乐观和自大,更不要为一时的利益而丢失了文化的追求。一句话,童书出版正走在阳光明媚的路上,童书出版产业大有希望。"[1]

2017年7月,吕佳蒙、侯颖在《当代作家评论》上刊发《浪漫的修行 温暖的感动——薛涛的儿童文学天地》。作者认为:"薛涛,黑土地倔强而坚韧的守望者。一路走来,他坚守理想主义的旗帜,以情绪化叙事展现'薛涛式'文学的宁静和安然,并以博大的胸怀剖析灵魂深处的透明与纯真。在薛涛的创作中,我们能看到他对东北文学传统的继承,他秉持萧红、萧军、端木蕻良等东北作家群的审美传统,在儿童文学这一充满希望的领域散发出别样的光彩。他以散文化的笔调淡化故事的时空与背景,讲究结构的完整与严谨,追求意蕴的丰厚与诗意,在'诗与思'中扩大儿童文学的表现领域,为儿童文学开疆扩土。他用这些清纯空灵的文字记录营造出含蓄静谧的美学风格,人物的浪漫而诗意的生活心态,与自然亲近合一的无限向往,以及在每一部小说里都存在的对月光、河流、山川、大海、天空等自然事物的审美化的表达。这些都是薛涛给孩子最好的礼物。"[2]

2017年7月,陈晖在《当代作家评论》上刊发《以理想、思想、梦想建构的儿童文学世界——常星儿创作面面观》。对于"成长小说",作者认为:"成长小说一直作为少年儿童小说最具代表性的一个类别,能够归纳出其固有的叙事模式,但从广义上来说,以少年儿童为预设读者的儿童文学,本质上都是成长的文学,成长主题是儿童文学也是少年儿童小说的永恒主题。儿童文学作家都会从自己的儿童观、儿童教育观、儿童文学观出

---

[1] 谭旭东:《童书出版,真的进入"黄金期"吗?——近年童年出版的思考》,《出版广角》2017年第10期。
[2] 吕佳蒙、侯颖:《浪漫的修行 温暖的行动——薛涛的儿童文学天地》,《当代作家评论》2017年第4期。

发,从自己的成长记忆与成长经历中获取或提取主观经验,结合对当代少年儿童的体察、感受与思考,展开自己的成长书写。"而对于常星儿的小说,作者总结道:"与社会及人文环境互为支撑,常星儿的少年成长书写还纳入了自然的力量,着意强化兼具勃发生机和残酷恶劣两面性的大自然对少年心性及品格的锻造。"①

2017年7月,朱自强在《中国海洋大学学报(社会科学版)》上刊发《西方影响与本土实践——论中国"儿童本位"的儿童文学理论的主体性问题》。作者指出:"中国儿童文学在借鉴西方的现代性的过程中,不是造成了自身主体性的迷失,而是促成了主体性价值的实现。五四时期,以周作人为代表的'儿童本位'的儿童文学理论是受西方影响下发生的,但是在本土实践的过程中,'儿童本位'理论是具有主体性的,这种主体性的最大特质就是面对'三纲主义'这一传统所进行的思想革命。改革开放以来,对周作人的'儿童本位'论的评价出现两种立场:有些学者修正了此前的全盘否定论,但是,依然认为,周作人的'儿童本位'论是需要抛弃的儿童文学观;还有一些学者主张继承周作人的'儿童本位'的思想,继续将'思想革命'当作当代的题中之义。'儿童本位'论是历史的真理。'儿童本位'论在实践中,依然拥有马克思所说的'现实性和力量'。不论从历史还是从现实来看,对于以成人为本位的文化传统根深蒂固的中国,'儿童本位'的儿童文学观,都是端正的、具有实践效用的儿童文学理论。它虽然深受西方现代思想,尤其是儿童文学思想的影响,但却是中国本土实践产生的本土化儿童文学理论。它不仅从前解决了,而且目前还在解决着儿童文学在中国语境中面临的诸多重大问题、根本问题。"②

---

① 陈晖:《以理想、思想、梦想建构的儿童文学世界——常星儿创作面面观》,《当代作家评论》2017年第4期。
② 朱自强:《西方影响与本土实践——论中国"儿童本位"的儿童文学理论的主体性问题》,《中国海洋大学学报(社会科学版)》2017年第4期。

2017年7月,徐妍和生媛媛在《中国海洋大学学报(社会科学版)》上刊发《鲁迅如何确立中国儿童形象诗学的原点》。作者指出:"鲁迅不是一般意义上的儿童文学作家和儿童文学研究者,即鲁迅的文学作品很少以儿童为主人公和以儿童为主要读者群,而只以儿童为视角,或以儿童为思想对象。但是,鲁迅以小说、散文、杂文等文学形式率先创造了中国现代文学史上的具有经典中心的'顽童'与'缩小的成人'这两种具有原型性质的中国儿童形象,探索了中国儿童形象所内含的美学原则与启蒙思想,进而确立了中国儿童形象诗学的原点。"而此后,作者也认为,"中国现当代作家继续以文学的方式,分别沿着儿童本位的审美教育和成人本位的政治教育这两种'现代'的路径建构中国儿童形象诗学。前者如陈衡哲、凌叔华等;后者如冰心、叶圣陶等"。除此之外,作者也指出:"有时也有两种'现代'路径交叉的现象,如:老舍、陈伯吹和张天翼的儿童文学创作。在此三种情况之外,更有一种主张儿童本位,也坚持审美教育的中国现当代作家废名、沈从文、汪曾祺等承继了鲁迅所确立的中国儿童形象诗学且进行非典型的儿童文学创作。尤其,上世纪九十年代以后,非典型儿童文学作家曹文轩的文学作品继承了鲁迅的中国儿童形象诗学并获得大成。"[①]

2017年8月,何家欢的《儿童文学:讲述主体与对象主体——1980—2010年代儿童文学童年叙事研究》由中国社会科学出版社出版。作者总结了自20世纪80年代以来儿童文学发展时所带有的特点,"首先,新时期以来社会的稳定发展为文学创作提供了良好的环境空间和自由氛围,经过老、中、青三代作家的共同努力,特别是青年一代作家的创新突破,这一时期的儿童文学作品已具有一定的丰富性和成熟度,无论是在作品的

---

① 徐妍、生媛媛:《鲁迅如何确立中国儿童形象诗学的原点》,《中国海洋大学学报(社会科学版)》2017年第4期。

主题内容上,还是在艺术形式上,都体现了儿童文学作为文类的独特性"①;"其次,在儿童文学作家一次次创新与突围的过程中,这一时期的儿童文学创作显现出明显的观念性转变";"最后,也是最为显著的变化是,这一时期的儿童文学创作在确立儿童主体地位的基础上,实现了对儿童主体性的自觉建构"。②

2017年9月,侯颖在《南京师范大学文学院学报》上刊发《朱自强的儿童观与儿童文学批评》一文。作者指出:"朱自强作为当代儿童文学理论家,极力倡导'儿童本位'的儿童观。他以世界经典儿童文学为参照系,对中国现当代文学史上所谓儿童文学'经典'作品大胆批评,由此拓宽了儿童文学研究视域,并以现代儿童观为原点,探索儿童文学作为一种重要思想文化资源的多重可能。"③

2017年10月,侯颖在《教育研究与评论》上刊发《"创造性的想象与野心"——评陈诗哥的〈童话之书〉》。作者认为:"陈诗哥的《童话之书》与其说是在向世界经典童话致敬,莫若说是对世界经典童话文体模式的一种颠覆、叛逆、解构、质疑、研讨、争辩、认同、重构与追问。陈诗哥把童话视为神记录孩子的话语,打破了世界儿童文学发展史对童话的文体学界定,让人耳目一新。陈诗哥的童话风格流露在字里行间,以童话人物、故事情节、丰富的细节、奇怪的形象等构成他《童话之书》创造性的想象和丰富的理趣。他对童话的思考,超越了中国以往文学史上对童话的研究疆域,即创造性

---

① 何家欢:《儿童文学:讲述主体与对象主体——1980—2010年代儿童文学童年叙事研究》,中国社会科学出版社2017年版,第3—4页。
② 何家欢:《儿童文学:讲述主体与对象主体——1980—2010年代儿童文学童年叙事研究》,中国社会科学出版社2017年版,第4页。
③ 侯颖:《朱自强的儿童观与儿童文学批评》,《教育研究与评论》2017年第3期。

的想象和诗性话语的构成,这是对童话存在方式的一种追问。"①

2017年11月,谈凤霞在《解放军外国语学院学报》上刊发《论英国当代少年战争小说的美学深度》。对于英国当代少年战争小说,她认为:"英国当代少年战争小说的创作在内容和艺术上都追求深度表现,其题材涉及严肃的历史、现实和隐秘的心理层面。创作者从少年视角重新审视战争的本质,发掘战争背景中'非常态'的少年情爱,艺术表现上多倾向于疏离性策略,采用复杂的叙事手法和多层次结构以形成文本的内在张力。这些少年小说打破了一般儿童文学所追求的明白晓畅的美学传统,以其反思性甚至颠覆性的品质来建构少年小说这一儿童文学分支所能达到的美学深度。"②

2017年11月,李利芳在《文艺报》上刊发《儿童文学要有新气象新作为》。本文是作者与行超的一则访谈。作者在文中指出:"从2000年到2006年,儿童文学论著就有110种,发表研究论文与批评文章等约3800篇。"作者的一位硕士生也做过统计:"从1999年到2011年,以儿童文学为研究对象的博士学位论文就有88篇。"但作者还是认为:"我们对儿童文学学科史、学术史的研究现在的确还有很多工作需要做,王泉根、方卫平、朱自强等在这方面作了大量的工作,现在还在继续做。"而对于当时的状况看,作者指出,"当下构成儿童文学评论队伍的力量是综合多元的,势头比较好。有儿童文学界的资深学者、作家、出版人,他们一直在辛勤耕耘,面向动态发展的儿童文学现象发言评论","更有年轻一代学者、评论家、作家、编辑、出版人的参与,这一批力量愈来愈发挥重要作用"。并且,作者对于儿童文学的跨学科性也作了分析:"它较一般意义上的'文学'更

---

① 侯颖:《"创造性的想象与野心"——评陈诗哥的〈童话之书〉》,《教育研究与评论》2017年第5期。
② 谈凤霞:《论英国当代少年战争小说的美学深度》,《解放军外国语学院学报》2017年第6期。

突出了多学科性交叉共融的特点,在最显性的层面上,它与教育学、心理学、图书馆学、艺术学等都保持着非常密切的关系,更别说在更深层面与认知科学、哲学、美学、社会学、人类学、传播学等更多学科的关联。"这"一方面使儿童文学评论阵地呈现出开放性与包容性,获得了更广泛层面的关注,充实了队伍力量,特别是近年来随着儿童阅读推广的不断深入,更多评论力量进驻这个领域;另一方面也存在着评论队伍专业化建设的问题,存在着加强评论的学术性、学理性、价值导向建设等方面的问题"[1]。

2017年12月,程诺和陈晖在《文艺争鸣》上刊发《欧美后现代主义图画书研究》。作者指出:"20世纪90年代初,一些儿童文学研究者开始把这些'突破常规'的儿童图画书与当时流行于艺术界的后现代主义联系在一起",而"相关的研究也随之蓬勃兴盛,这一过程直至今天仍在继续。相对而言,这个领域属于较新的研究范畴,比之于欧美,我国当代儿童图画书的创作和研究都起步较晚,最近十年间才开始大量出现相关研究,目前国内学界的图画书研究中,尚没有一本直接涉及图画书与后现代主义相关问题的专著,只有为数不多的文献提及了一些具有'后现代主义特质'的图画书作品"。而本文也主要对于与后现代图画书的相关研究文献作出详细的梳理与归纳。在文章最后,作者指出:"鉴于后现代主义实际上已经成为我们日常生活的一部分,不管是否心甘情愿,我们每个人都被消费主义、全球化、身份认同、性别政治、权威叙事等后现代话语紧紧地缠绕,因而通过对后现代图画书的研究,我们或许可以从一个更为原初的视角——儿童的视角——来亲近,理解,并反思后现代主义,明确自己作为一个个体在当代社会中的生存方式,在更加清醒的认识中与文化潮流共存,更好地接受并发展自己的个人潜质。"[2]

---

[1] 李利芳:《儿童文学要有新气象新作为》,《文艺报》2017年11月27日。
[2] 程诺、陈晖:《欧美后现代主义图画书研究》,《文艺争鸣》2017年第12期。

2018 年

2018年1月,吴翔宇的《沈从文小说的民族国家想象研究》一书由商务印书馆出版发行,该书属"丽泽人文学术书系"一种。本书的"第八章 民族新生的话语实践"一部分对沈从文与儿童文学之间的关系作了细致的研究。作者认为:"在讨论儿童自然品格与家庭伦理的关系问题时,沈从文一方面书写了缺父家庭里'子'见素抱朴的自然属性之于其人性纯美的影响,另一方面也阐释了他们无法完全割舍由血缘伦理而导致的矛盾与冲突。他们虽不是'离家'的'逆子',但他们却是在夹生现代性裹挟下矛盾与焦虑的精神主体。"①对于沈从文的《阿丽思中国游记》一书,吴翔宇敏锐地发现:"沈从文并未贯彻原著《阿丽思漫游奇境记》完全意识上的儿童视角,总是抑制不住自己的感情跳出来,加入个人的讨论和言说,这使得原有的童话叙事模式出现了变异:他不愿意放弃从阿丽思眼里看中国的机会,夹杂了成人诸多的价值取向。"②

2018年1月,陈诗哥的《童话真的只是一种儿童读物吗?》一文刊发于《文学报》。在本文中,作者为童话找到两种参照物:诗歌与孩子。"儿童"这个概念对于成人来说,是一个生理概念,但对于孩子来说,陈诗哥认为是"一个心灵上的概念","是对世界的重新解释和重新命名"。作者坦言:"我小时候没有看过童话,长大后还看不起童话,认为缺乏文学含量,更缺乏思想含量。这当然是一种偏见,但也代表了很多人的看法",但作

---

① 吴翔宇:《沈从文小说的民族国家想象研究》,商务印书馆2018年版,第229页。
② 吴翔宇:《沈从文小说的民族国家想象研究》,商务印书馆2018年版,第251—252页。

者自从成为一家少儿杂志的编辑和经历了2008年的汶川地震之后,他才明白其中所蕴涵的价值。①

2018年1月,谈凤霞在《江淮论坛》上刊发《再观"人之萌芽":论鲁迅儿童观的深刻性》一文。作者指出:"'救救孩子'是鲁迅毕生的一个事业目标。'五四'前后,鲁迅从生物进化论、儿童心理学、启蒙主义思想领域建构其'人之萌芽'的儿童观,探索'人之父'应有的儿童教育之道。他在小说、杂文、散文及儿童文学翻译中都渗透了对儿童问题诸多层面的思考。将其儿童观与西方多种现代学说相比较,可见其同构性渊源,亦能见其殊异性超越。全面考察鲁迅儿童观的现代内涵及其先锋性和深刻性,可对发轫于'五四'的中国现代儿童观所达到的高度和之于文学的影响作重新厘定,确认其作为文学和教育思想资源的重要价值。"②

2018年1月,杜传坤在《山东师范大学学报(人文社会科学版)》上刊发《转变立场还是思维方式?——再论儿童文学中的"儿童本位论"》。作者指出:"五四时期儿童本位论的确立是中国儿童文学走向现代的标志。这一理论不但颠覆了旧式儿童观,也奠定了现代儿童文学的理论基调,直到今天仍具有无可置疑的理论意义和实践效用。然而如果将其推向极端,就可能产生悖离初衷的负面效应。儿童本位论建立在儿童/成人具有本质差异的二分式假设之上,若片面强调其特殊性而淡化共性,将导致儿童文学成为儿童唯一能够阅读的文学以及只有儿童才阅读的文学。超越儿童本位论,其理论意义在于超越本位论。儿童本位论批判的实质不是立场批判,不是批判'以谁'为本位,而是思维方式的批判。儿童文学需要突破二元对立的现代性话语框架,尊重差异也认同共性,从本质主义的思

---

① 陈诗哥:《童话真的只是一种儿童读物吗?》,《文学报》2018年1月4日。
② 谈凤霞:《再观"人之萌芽":论鲁迅儿童观的深刻性》,《江淮论坛》2018年第1期。

维方式里走出来,走向问题,走向实践。"①

2018年2月,付冬生和彭斯远在《五邑大学学报(社会科学版)》刊发《"孩子剧团"及重庆抗战儿童戏剧理论探究》。本文主要考察"孩子剧团"在陪都重庆开展的抗日救亡宣传活动,时间主要集中在1939年1月8日至1942年9月15日。作者认为,"吴新稼、陈模、石凌鹤等人为'孩子剧团'的组织领导、宣传演出、儿童戏剧理论研究及重庆抗战儿童戏剧发展作出了杰出贡献。'孩子剧团'对抗战时期重庆戏剧演出的空前繁荣及全国儿童戏剧创作起到巨大的推动作用,也奠定了其在戏剧史上的地位"②。

2018年2月,李利芳在《文学与文化》上刊发《新时期以来我国儿童文学价值观念的发展演变》。作者指出:"儿童文学价值观念是评价主体有关'儿童文学有价值'之回答,其内涵是人们关于儿童文学的价值选择和价值取向。价值观念蕴含在儿童文学理论批评、文学思潮及创作现象中,是某一时期社会所追求倡导的儿童文学主要发展形态的精神指针。"同时,作者也指出:"近些年来,随着儿童文学创作、出版、阅读推广愈益繁荣发展,文学思想与价值观念更加趋于多元,评价混乱、价值标准模糊、批评不能及时发言等窘况愈益突出。2015年全国儿童文学创作出版座谈会重点研讨的议题就是'文学与市场纠缠不清'的问题,提出如何探寻市场化背景下儿童文学发展的价值坐标,创作、出版、批评如何各自坚守自己的价值使命等重大时代课题。"③

---

① 杜传坤:《转变立场还是思维方式?——再论儿童文学中的"儿童本位论"》,《山东师范大学学报(人文社会科学版)》2018年第1期。
② 付冬生、彭斯远:《"孩子剧团"及重庆抗战儿童戏剧理论探究》,《五邑大学学报(社会科学版)》2018年第1期。
③ 李利芳:《新时期以来我国儿童文学价值观念的发展演变》,《文学与文化》2018年第1期。

2018年3月,朱自强在《小学语文》上刊发《儿童文学:最能激活儿童潜在的语言灵性》。作者指出:"儿童与生俱来地具有潜在的语言灵性,因为有了这一灵性,儿童的语言发展成为一种可能。但是,儿童的语言灵性不会自发地发展,'狼孩'的故事就有力地证实了这一点。儿童语言发展方面的灵性不仅需要外界环境的激活,而且必须在生命的早年就得到激活。""儿童文学从语言形式到思想内容都是最容易被儿童所'同化'的语言系统。儿童文学是小学语文教育的更能体现学习者的主体性、更为珍贵、更为有效的学习资源。"①

2018年4月,崔昕平在《中国文学批评》上刊发《幻想天地里的现实行者——谈杨鹏幻想儿童文学的类型与反类型》。作者指出:"在以现实主义为主流的儿童文学创作领域,杨鹏具有极高的辨识度。他始终不遗余力地疾呼'保卫想象力',并致力于开拓儿童文学幻想世界,其创作呈现出'生活型幻想'、'科学型幻想'、'狂欢型幻想'等不同类型的特点,作品累计销量数千万册,获得20多个国家级奖项。杨鹏的儿童文学工业化观点、类型化理论,又使他相对独立于儿童文学话语圈。杨鹏深谙类型文学创作之道,作品不仅具有极强的可读性,而且又能于夸张戏仿中深蕴现实批判,在铺排幻想时始终贯穿童心关怀。作品内里反类型的、超越时代的思想内蕴与文学价值,使得他的类型化作品突破了时代的局限,具有了热闹之余的意义深度。"②

2018年4月,赵霞在《中国出版》上刊发《电子图画书:图画书创作、出版与研究的新趋向》。作者认为:"由于儿童图画书的艺术逻辑与电子媒介的技术特征之间的某种亲缘关系,电子图画书成为当代数字童书寻

---

① 朱自强:《儿童文学:最能激活儿童潜在的语言灵性》,《小学语文》2018年第3期。
② 崔昕平:《幻想天地里的现实行者——谈杨鹏幻想儿童文学的类型与反类型》,《中国文学评论》2018年第2期。

求艺术突破的一个试验场,经历了从一般电子图画书到更具操作互动性的图画书应用软件的发展。电子图画书要实现进一步的艺术突破,需要从创作方式、艺术理解、价值认识等层面,探索以文学性为核心的电子图画书美学的更高实现。"在原创图画书及数字童书持续盛兴的出版语境中,赵霞认为,"了解当前电子图画书的基本现状、出版特征、艺术问题、未来趋势等,能为数字时代的本土童书出版提供前沿的借鉴与思考"。她还指出电子图画书与传统印刷图书的不同之处:"首先,与一般印刷图书多以文学为基本的表意符号不同,图像在图画书的表意中占据了重要位置,与此相应地,图像阅读也构成了图画书阅读过程的重要部分";"其次,由于现代图画书充分运用了图像语言的独特表意能力,在同一个画面空间里开辟出多元的叙事线索,从而打破了传统文字叙事的线性逻辑";"最后,在儿童文学的各个文体中,图画书最为重视和强调儿童读者的参与"。为此,她对原创图画书未来的发展提出了三点建议:"第一,关于电子图画书的创作模式。在充分认识到媒介技术对于电子图画书发展的基础平台作用的同时,应充分认识到,电子图画书不仅是技术童书,更应是文学童书";"第二,关于电子图画书的艺术可能。电子图画书的发展,还应当深入理解、掌握现代图画书的艺术秘密";"第三,关于电子图画书的文本价值。电子图画书(包括数字童书)的兴起和发展,其价值并不在于取代纸质图画书,而在于积极探索新媒介时代图画书艺术扩容与创新的一种可能"。[①]

2018年4月,徐妍和关海潮在《中国文学批评》上刊发《"水"边少年与"水""火""土"的汇合——"曹文轩新小说"中"风景"新变的多重意义》。作者指出:"'曹文轩新小说'作为'国际安徒生奖'的获得者、中国当代作家曹文轩的最新'成长小说',不仅在'水'边少年这一特别'风景'的塑造

[①] 赵霞:《电子图画书:图画书创作、出版与研究的新趋向》,《中国出版》2018年第7期。

上发生了新变,而且在'水'的核心'风景'的审美风格上也发生了新变。不仅如此,'曹文轩新小说'实现了'水边少年'与'水'、'火'、'土'这三种不同审美形态的'风景'的汇合,进而构成了新世纪中国成长小说的新'风景'。"这些新变足以表明:"'曹文轩新小说'不仅进一步探索了新世纪中国成长小说的新路,而且在文学史意义上实现了古典主义美学精神、现代主义美学精神与现实主义美学精神的兼容,进而以'挽救性'美学思想来承担新世纪中国文学的时代使命。"①

2018年5月,崔昕平在《中国现代文学研究丛刊》上刊发《儿歌:自觉于现代文学语境的百年》。在作者看来:"童谣是儿童文学的源头之一,是幼儿最早接触的文学样式。民间口头传唱的童谣,具有浓郁的民歌风格,符合儿童心理,适合儿童吟唱。现代作家有意识地为幼儿创作儿歌,形成了相对无名的民间创作的现代儿歌,这是儿歌的现代自觉。自1918年2月刘半农、周作人、沈尹默等在北京大学设立歌谣征集处,在全国范围内征集民间歌谣起,现代儿歌自觉于中国文学视野,整整一百年。用历时的维度审视,中国现代儿歌走过了一条由从无到有摸索前行,由激情高涨到边缘沉寂,由儿童观主导到多元发展的历程。行至当下,现代儿歌发展的趋向与问题均待引起足够重视。"②

2018年5月,谈凤霞在《西南民族大学学报(人文社科版)》上刊发《隐藏的含混与张力:重释〈彼得·潘〉兼论儿童文学的悖论美学》。作者认为,"这部童话在形象欲望、情节模式、叙事方式、内蕴指向上都隐藏了含混其中的矛盾,二元对立的异质元素交叠变奏,使得思想和艺术充满张力。虽然故事的情节表层设置了童年和成年的界限,但真正的讲述却打

---

① 徐妍、关海潮:《"水"边少年与"水""火""土"的汇合——"曹文轩新小说"中"风景"新变的多重意义》,《中国文学批评》2018年第2期。
② 崔昕平:《儿歌:自觉于现代文学语境的百年》,《中国现代文学研究丛刊》2018年第5期。

破了童年和成年的分野,混合了浪漫主义的诗性建构和后现代主义的祛魅解构,从内容到形式都呈现出关于童年阐释的微妙的悖论性,印证了悖论美学是看似简单而实质复杂的儿童文学的本体特征"[1]。

2018年5月,李利芳在《西南民族大学学报(人文社科学版)》上刊发《儿童文学批评价值体系建构的问题意识与方法路径》。作者指出:"'儿童文学批评价值体系'研究'儿童文学批评'的价值评价属性,研究批评主体与批评客体价值关系的建立,以及对这一关系起关键影响作用的儿童文学价值观念、价值标准以及伴随的批评理论方法等,它是一整套和价值评价行为相关的理论范畴和意义系统。这一研究提出的背景主要基于当前我国儿童文学创作出版事业繁荣发展与理论批评滞后、评价标准模糊之间的失衡,是文学实践发展推动学科观念进步、解决时代课题的一个具体体现。"作者认为儿童文学批评体系的建构要拟定五个问题:"其一,儿童文学艺术价值形成及价值实现机制研究,这是逻辑起点;其二,儿童文学价值观念研究,这是理论基石;其三,儿童文学批评价值体系之内的批评理论研究,这是批评方法论资源;其四,儿童文学批评'评价标准'研究,这是价值体系的'硬核';其五,基于儿童批评价值体系理论的批评实践研究。"在这五点中,作者认为"前四个以逻辑递进的关系建构为'价值体系'的主体内容;第五个是对建成的价值体系的批评实践验证研究","基于从问题意识到方法路径的呈现,儿童文学批评价值体系研究切实面向我国儿童文学事业发展过程中价值评价滞后的实际问题,去建构具有自身特质的、科学实用的、真正坐实的儿童文学批评价值体系"[2]。

2018年5月,李利芳在《中国出版》上刊发《〈南村传奇〉:文化记忆与

---

[1] 谈凤霞:《隐藏的含混与张力:重释〈彼得·潘〉兼论儿童文学的悖论美学》,《西南民族大学学报(人文社科版)》2018年第6期。

[2] 李利芳:《儿童文学批评价值体系建构的问题意识与方法路径》,《西南民族大学学报(人文社科学版)》2018年第6期。

美丽生活世界》。本文是作者对于汤素兰的《南村传奇》（湖南少年儿童出版社2018年3月出版）一书的书评。作者提出："近些年来我国原创儿童文学事业整体呈现繁荣发展态势，不过在其内部却也存在着各文体发展不平衡的问题。比如'童话'这一文体的'名著'数量，就与其作为儿童文学重要文体的地位严重不相匹配。"在2017年第十届全国优秀儿童文学奖的评选中，作者指出："童话这一文体的整体面貌与预期有较大距离。而熟悉儿童文学的人其实都知道，'童话思维'与'童话感觉'在儿童文学这一特殊文类中占有着怎样的核心地位。'童话思维'其实就是'儿童思维'最朴素自然的表现，也是最有效生动的表达，特别是针对低龄孩子。因此，'童话'的创作水准很大程度上可以反映一个国家或民族最基础的理解并进入儿童世界的文学能力。"而对于汤素兰的《南村传奇》一书，作者认为"童话《南村传奇》与此前的小说《阿莲》，两个文本、两类文体交相呼应，有力地证明了这位作家的创作实力与勇于革新、突破自我的艺术精神，而这一品质，正是当前繁荣态势下的原创儿童文学最需要倡导与引领的"[①]。

2018年5月，李利芳在《社会科学报》上刊发《走向世界的中国童年精神书写》。作者指出："中国童年精神主要形成发展于与孩子相关的文学艺术事业中，如儿童文学、儿童影视作品、动漫游戏等，其精神内容与文化思想可以广及延伸至儿童生活的各个领域，甚至辐射到成人社会。童年精神自身是个历史范畴，它基于人类对童年问题的自觉发现认识而成立，在世界范围内的推进也就不到四百年的时间。中国古代思想宝库中有珍贵的对童年精神价值的经典阐述。但系统的、作为一种学科话语奠基与建设的'童年精神'则主要产生于'现代中国'，至今发展有百余年的

[①] 李利芳：《〈南村传奇〉：文化记忆与美丽生活世界》，《中国出版》2018年第10期。

历史,主要集中于儿童文学领域。"①

2018年6月,崔昕平在《太原学院学报(社会科学版)》上刊发《"朝向人类童年的文学"主题对话》。作者指出:"儿童文学图书出版热已经将儿童文学创作推向了舞台的中央,儿童文学亟待把握好这样的发展契机,沉静下来,沉淀反思,寻求自我,寻求突破。儿童文学的创作与研究,既具有鲜明的专业色彩,需要专业的学术引导,更需要多渠道的文学艺术修养的浸润。若沉浸于儿童文学自身,忽视了文学的广阔天地,会失去文学大家族整体脉络与气韵走向的观照,进而脱节于文学的时代发展。同样,若忽视了儿童本位之外广阔的文学本质论探讨、文学社会学认识、文学发展观指引,儿童文学也会陷入自说自话的狭窄圈子。"②

2018年6月,谈凤霞在《中国出版》上刊发《改革开放以来我国儿童文学的国际出版纵览》一文。作者指出:"改革开放以来,中国在儿童文学的国际出版领域中大力拓展,外来儿童文学引进和译介的规模和门类持续攀升,经典性和时效性兼顾、整体性和代表性并重的世界儿童文学的系列化出版策略深刻影响了中国儿童文学创作的时代性嬗变。至21世纪,中国原创儿童文学力争走出去成为文学创作和出版界的文化使命和迫切追求,版权输出不断扩大,跨国合作成为一种新兴现象。在经济全球化时代,中国儿童文学的出版具有日益宏阔和前沿的国际视野,形成了儿童文学国际出版多元共生的新格局,促进了国际文化的友好交流。"③

2018年6月,钱淑英在《中国社会科学报》上刊发《重视儿童视角,书写精彩故事》一文。作者指出:"作家在进行儿童文学创作时,一般多采用

---

① 李利芳:《走向世界的中国童年精神书写》,《社会科学报》2018年5月31日。
② 崔昕平:《"朝向人类童年的文学"主题对话》,《太原学院学报(社会科学版)》2018年第3期。
③ 谈凤霞:《改革开放以来我国儿童文学的国际出版纵览》,《中国出版》2018年第11期。

儿童视角,以便顺利找到进入儿童世界的路径,但其中一些作品不一定能凸显儿童的情感和意识,真正贴近儿童生活世界。一些儿童文学作家的创作中经常包含儿童视角,但它往往是作家实现成人自我表达的一种写作策略。这种策略运用到儿童文学创作中,则可能导致作品缺失儿童主体性。一些儿童文学作家并不强调儿童文学创作的独特性,其作品虽以儿童视角来统摄,但背后始终凸显一种审视儿童世界的成人眼光。过于强势的成人意识往往遮蔽和替代儿童主人公的视角。这使得这些作家创作的作品和儿童读者之间产生了一定的距离。"[1]

2018年8月17日,杜传坤在《中国社会科学报》上刊发《观念与尺度:幼儿文学史建构论析》。作者认为,"幼儿文学应该以文学的方式去表现民族文化精神,塑造富有文化底蕴的艺术形象。幼儿文学对文化精神的表现、传递与创新,很大程度上代表了幼儿文学所能达到的思想高度与艺术深度,是理解与衡量幼儿文学史的重要价值尺度"[2]。

2018年9月,陈晖在《中国现代文学研究丛刊》上刊发《爱与伤:现代女作家童年叙事的双重底色》一文。本文以冰心、卢隐、萧红、张爱玲等人为个案,对其童年回忆书写作了深入的研究。作者认为:"童年回忆写作虽在个人经验基础上生成,但跨越时空的回望中有时代社会影响的投射。女性作家性别特质在童年回忆写作中有所反映与体现,从母女情感关系表现的角度切入,引入女性主义精神分析理论,能够更好地观察这些作家及童年回忆文本的性质及状态。"文章结尾,她指出:"我们有理由相信,写下童年回忆的这些女作家无论以怎样的姿态及心情回望童年,都无法拒绝、否认、忽略童年记忆在她们生命历程及灵魂深处的回响。"[3]

---

[1] 钱淑英:《重视儿童视角,书写精彩故事》,《中国社会科学报》2018年6月21日。
[2] 杜传坤:《观念与尺度:幼儿文学史建构论析》,《中国社会科学报》2018年8月17日。
[3] 陈晖:《爱与伤:现代女作家童年叙事的双重底色》,《中国现代文学研究丛刊》2018年第9期。

2018年9月,谭旭东在《创作评谭》上刊发《重审儿童文学的价值追求》。作者指出:"儿童文学绝不仅仅是教育儿童的文学,绝不仅仅是让孩子爱与快乐的文学,也不仅仅是使儿童学会审美的文学,在儿童文学这个文字空间里,能够传达并建构意义的元素还有很多。只要儿童文学作家能够在世俗生活不丢弃童心,不失去本真的生命气质,并不断拓宽他们的艺术视野,努力发挥他们的创造力,充分张扬他们的想象力,勇敢探索童心世界和文学世界,那么儿童文学的美学价值和社会价值就会更加得到彰显。"[1]

2018年9月,田媛的《新时期儿童文学中的生态伦理意识研究》由中国社会科学出版社出版。本书从"生态伦理"的角度出发,以"儿童本位"作为基础,对新时期以来儿童文学中出现的生态伦理意识作了详细的梳理和考察,同时也对这一时期儿童文学的发展状况做了专题性的归纳。作者认为:"新时期儿童文学中的生态伦理书写表达了儿童文学对于人与自然关系走向的思考和对人类生存的终极关怀,对培养儿童以积极的态度走进自然、亲近生命、认识自我、建立整体性的生态伦理意识具有不可忽视的作用。"[2]

2018年10月26日,李利芳在《中国新闻出版广电报》上刊发《生命的探险与爱之旅》一文。本文是作者对于曹文轩的《疯狗浪》(长江少年儿童出版社2018年10月出版)一书的书评。在作者看来,本书"虽为提供给儿童的读物,但曹文轩一直以来非常注重经营小说中的意象,他的每一部或每一篇小说几乎都有一个核心意象,这些多采自自然物象的'含意之象',作为一种意义丰满的织体,总是被他创造性地、智慧地经营与使用。

---

[1] 谭旭东:《重审儿童文学的价值追求》,《创作评谭》2018年第5期。
[2] 田媛:《新时期儿童文学中的生态伦理意识研究》,中国社会科学出版社2018年版,第2页。

这使得他的创作,与一般意义上只塑造人物与讲述故事的儿童小说区别开来"①。

2018年11月,谭旭东在《中国出版》上刊发《改革开放40年中国童书出版的整体思考》。作者指出:"改革开放40年是中国童书出版一个非同寻常的发展时期,童书出版成为出版产业的大项和强项。童书出版经历了传统纸质媒介和网络媒介两个时期,发生了出版格局、出版方式、营销手段、阅读与接受主体等方面的变化,以及童书评选体系等变化。童书出版的政治方向、出版人的初心、出版的基本要素、出版的文化引领作用等都始终保持着,童书出版与儿童文学创作也保持着良性互动。"②

2018年11月,李玮在《鲁迅研究月刊》上刊发《在东/西之间"发明儿童"——论民族政治与鲁迅的儿童观》。作者在文中指出:"在东/西、旧/新的殖民语境下,鲁迅呼吁'真的要救救孩子'。这'于我们民族前途的关系是极大的!'时间本身没有意义,除了生理上衰老,年龄的增长本身也并不具有特定的价值。'儿童'这一特定的生理时间得以清晰可见,仍是缘于文化的原因。在东西矛盾和新旧转换的背景下,鲁迅才能'发现''儿童'联结新旧交替和东西沟通的暧昧性。"③

---

① 李利芳:《生命的探险与爱之旅》,《中国新闻出版广电报》2018年10月26日。
② 谭旭东:《改革开放40年中国童书出版的整体思考》,《中国出版》2018年第21期。
③ 李玮:《在东/西之间"发明儿童"——论民族政治与鲁迅的儿童观》,《鲁迅研究月刊》2018年第11期。

2019 年

2019年1月,杜传坤在《扬州大学学报(人文社会科学版)》上刊发《中国现代幼儿文学的发生》。作者指出:"现代幼儿文学作为儿童文学的一个分支,建立在成人/儿童、儿童/幼儿具有本质差异的二分式假设之上,具有双重的'异质性'。中国现代幼儿文学的发生是一个过程,直到二十世纪下半叶才从独立走向繁荣,可从三个方面考察其源流与萌发:一是古代民间文学的听赏特点与幼儿天然地亲近,蒙学读物中的韵语也与此一脉相承,听赏阅读不应被视觉化或视听结合的图像化阅读所取代。二是晚清以降新式启蒙教育尤其幼稚教育为幼儿文学提供了契机,同时也赋予其较强的教化色彩,而以心理学上的年龄阶段特征作为幼儿文学的理论基础,其适用性以及文学性与教育性的关系摆置始终是个问题。三是近现代儿童报刊图书出版市场的繁荣为幼儿文学提供了有力支撑,却也可能造成商业化与文学性之间的矛盾。梳理与反思现代幼儿文学的源流与萌发,对当今幼儿文学的发展具有启示与借鉴意义。"①

2019年1月,徐妍和生媛媛在《当代作家评论》上刊发《面对漫天"洪水"探索中国童话新途——评徐则臣的长篇童话〈青云谷童话〉》。2017年5月,"70后"代表作家徐则臣出版了长篇童话《青云谷童话》。在作者看来,"徐则臣自从事文学创作以来,其作品多是'深扎'现实的小说。而童话虽然时刻呼吸着现实的空气,但看起来一定要天马行空,可谓是文学

---

① 杜传坤:《中国现代幼儿文学的发生》,《扬州大学学报(人文社会科学版)》2019年第1期。

文体中难度和纯度都相当高的文体。这一选择真是太不讨巧了！这还不算，在《青云谷童话》中，徐则臣第一次创作童话便不再遵从中国童话的主流创作观念和创作方法，而是以文学性的形式探索新世纪中国童话创作的新途"[1]。

2019年1月，吴翔宇在《扬州大学学报（人文社会科学版）》上刊发《百年中国儿童文学演进史的研究述评》。作者指出："自'五四'开始至今，中国儿童文学已走过了百年的发展历程。百年中国儿童文学基本性质是'文学现代性'，它是中国现当代文学的有机组成部分。对于百年中国儿童文学史的书写与研究，学术界主要致力于纵向的贯通与横向的拓展，探寻其演进的历史轨迹和发展脉络。在'儿童性'与'文学性'的张力结构中，着力于从文学史的梳理向学术史的拓域转换，这极大地提升了百年中国儿童文学史研究的深度与广度。"[2]

2019年1月，李利芳在《中美人文学刊》第四辑上刊发《科尼斯伯格：儿童文学如何帮助孩子成长》一文。作者在文中认为："科尼斯伯格的书写对中国儿童文学的启示是，作家对每一个题材的掌控都必须深植于儿童文学的艺术使命范围之内，囿于'成长'的内涵性要求，作家的每一次写作必须都是'有目的的'，'有答案的'。能写'出走'而写不了'归来'的作家，从本质上看还不是称职的。而如何扩延成长中的'自我性'及其价值，是一个非常深奥的社会学乃至哲学问题，也是体现儿童文学作家的创造力的关键所在。这其中主要有一个对儿童文学中的'成人主体性'的勘探与表达问题，而儿童文学中的'成人主体性'，又是儿童与成人两大主体的融合，它是一种建构中的新主体状态。在这一点上，中国儿童文学作家是

---

[1] 徐妍、生媛媛：《面对漫天"洪水"探索中国童话新途——评徐则臣的长篇童话〈青云谷童话〉》，《当代作家评论》2019年第1期。

[2] 吴翔宇：《百年中国儿童文学演进史的研究述评》，《扬州大学学报（人文社会科学版）》2019年第1期。

最需跟进的。"①

2019年4月,王泉根在《中国现代文学研究丛刊》上刊发《"十七年"儿童文学演进的整体考察》。作者指出:"'十七年'儿童文学的发展演进,既与整个大文学合辙同构,又有其自身的作为'儿童的'文学的特殊性:共青团中央和中国作家协会双重管理的童书出版与儿童文学,少年队的文学与'共产主义教育方向性'的红色基因,苏联儿童文学从理论到创作的多方面影响,是'十七年'儿童文学最重要的现象,并直接规范与调整着儿童文学的发展演进。"②

2019年4月,韦苇在《昆明学院学报》上刊发《动物文学被儿童文学收编的合理性分析——动物文学谈片》。作者认为:"动物文学的功能从来是双重的,既有文学美的诱惑,同时又能扩大和深化对大自然世界的认知。教育工作者队伍,其数量之庞大、之遍布于广大地域的每一个角落,他们理智地、自觉地——在认识到动物文学的作用和意义的前提下,来接受动物文学、利用动物文学,搭起动物文学通往儿童读者的桥梁,是动物文学的创作者们和出版者们所梦寐以求的事。所以,动物文学成为儿童文学的组成部分,主要是因缘于动物文学数量众多的少年儿童接受者的存在,也就是说,动物文学在孩子们那里有'买方市场'。"③

2019年5月1日,徐妍在《中华读书报》上刊发《为什么今天需要重谈儿童阅读生态中的审美教育?》。作者指出:"在当代中国,儿童读物从来没有如今天这样数量增长之快。但是,儿童读物也从没有像今天这样与审美功能分离得越发厉害了。由于整个社会长期以来过于注重文字的

---

① 李利芳:《科尼斯伯格:儿童文学如何帮助孩子成长》,《中美人文学刊》2019年第1期。
② 王泉根:《"十七年"儿童文学演进的整体考察》,《中国现代文学研究丛刊》2019年第4期。
③ 韦苇:《动物文学被儿童文学收编的合理性分析——动物文学谈片》,《昆明学院学报》2019年第2期。

书写使用功能,文学世界与古风里的审美气象越来越远。儿童文学的情况好像更加糟糕,娱乐化的消费性写作虽然冲击了以往训导主义一统儿童文学的历史,可一味追求商品化的结果,使得儿童读物心安理得地放弃了自身的审美教育功能,'并且在形形色色的消费品当中,找到了安身立命的地方'(阿兰·斯威伍德语)。结果,当下儿童图书市场满目繁华的背后危机四伏:文字的内涵日渐稀薄,可以反复阅读的读本不是很多,平面化、复制化、快餐化的儿童读物触目皆是,审美品质的坚守与追求却受到全面的怀疑。"①

2019年5月,朱自强在《兰州大学学报(社会科学版)》刊发《周作人的"儿童文学"观念的发生——以日本影响为中心》。作者提出:"中国儿童文学史的发生是先有理论、后有创作,这一显著特点使得对'儿童文学'观念发生的考察变得尤为重要。周作人是中国儿童文学理论的奠基人。清末民初,他引来西方关于'儿童'的现代观念,建构了'儿童本位'的儿童文学观。'儿童本位''儿童文学',是两个中国儿童文学发生的关键词语。这两个关键词语在周作人阅读并重视的两本日文书籍《应用于教育的儿童研究》《歌咏儿童的文学》中都出现过,可以推断是周作人直接从日语借用过来的。周作人除了在观念上受到日本的影响,其'儿童本位'的情感也受到了日本文学表现儿童的俳句、小说、随笔的影响。"②

2019年5月,李利芳、付玉琪在《兰州大学学报(社会科学版)》上刊发《中国童年精神与人类命运共同体构建研究的理论构想》。作者指出:"童年精神是对童年生命的意义解释系统,中国童年精神是'中国人'以童年为价值对象的审美与思想创造。为孩子服务的文学艺术精神产品,在

---

① 徐妍:《为什么今天需要重谈儿童阅读生态中的审美教育?》,《中华读书报》2019年5月1日。
② 朱自强:《周作人的"儿童文学"观念的发生——以日本影响为中心》,《兰州大学学报(社会科学版)》2019年第6期。

构建人类命运共同体的过程中具有不可替代的特性与功能价值。人类命运共同体思想为中国童年精神赋予了更为开阔的价值视阈,促使我们更加积极地反思与阐释儿童文学的'中国身份'及其文化内涵。儿童文学的文化实践属性是当前世界儿童文学研究的热点,人类命运共同体思想在此问题领域具有关键的方法论指导价值。"①

2019年6月,山丹、侯颖在《华夏文化论坛》第1期上刊发《遥远的银河——儿童校园小说中的"另一种"童年书写》。作者指出:"校园生活作为儿童小说题材和内容的重要来源,在很长一段时期内,儿童校园小说都在着力反映城市学龄儿童的生命状态。近年来,儿童校园小说在把握社会变迁与时代更新的脉搏之时,将视野拓宽到了农村留守儿童和城乡流动儿童这群有别于城市儿童群体的'另一种'童年生存状态,精神、情感和心灵世界。'校园'不是儿童校园小说想象的故事背景,而是艺术化地表现儿童真实生命体验的生活场域。所以,儿童校园小说中的'另一种'童年书写更需要进一步走进这群被忽略的儿童群体的内心世界,体味他们的丰沛情感,展现'现实与理想'共筑的童年精神之实。"②

2019年6月,吴翔宇在《兰州大学学报(社会科学版)》上刊发《传统资源的创化与中国儿童文学范式的确立》。作者指出:"百年中国儿童文学的发生发展与中国传统资源的创造性转换密切相关。从内源性的角度来看,中国传统资源蕴含着可供化用的丰富矿藏,并成为中国儿童文学现代演进中有别于域外资源的、亟待进行话语重构的文化资源。在传统资源与域外资源的文化互视中,中国儿童文学先驱者持守着'民族化'和'现代性'的价值标尺,致力于开掘有益基因、规避不利于儿童身心发展的质

---

① 李利芳、付玉琪:《中国童年精神与人类命运共同体构建研究的理论构想》,《兰州大学学报(社会科学版)》2019年第6期。
② 山丹、侯颖:《遥远的银河——儿童校园小说中的"另一种"童年书写》,《华夏文化论坛》2019年第1期。

素、驱动儿童文学的语言变革等方面的现代创构,这对中国儿童文学的现代范式的生成有着不容忽视的重要意义。"①

2019年8月,杜传坤在《吉首大学学报(社会科学版)》上刊发《可能与边界:百年中国图画书的理论建构》。作者认为,中国图画书理论的探索主要围绕三方面展开:"首先是图画书对儿童的价值。依据儿童年龄阶段理论,年龄越小越需要图画,呈现出将图画书划归幼童文学的趋势。当代原创图画书不缺传统文化元素和绘画技法,却需要弥补'童性'的不足。其次是图画书的名称与身份归属。前者关系到这种艺术形式的自觉,后者则聚焦于图画书是否是儿童文学,其观点分歧在于是否承认图画书之图画的特殊叙事功能。当代原创图画书应超越插图式表现而探索图画的叙事艺术。最后是图画书的图文关系。当代主流观点强调图文的交互作用,'无边的绘本'这一概念反对将文图'互补叙事'视作图画书唯一正当的图文关系和至高无上的价值标准。"②

2019年8月,李利芳在《吉首大学学报(社会科学版)》上刊发《作为评价尺度的儿童文学人物形象塑造》。作者指出:"人物形象塑造是儿童文学基础理论研究的一个重要课题,在当前我国原创儿童文学形象塑造不力的背景下显得尤为迫切而重要。儿童文学特殊的文类属性及其基本功能决定其人物形象是召唤并引领儿童读者展开审美体验的关键精神力量,大量经典儿童文学呈现出这样的文学规律。总结我国百年儿童文学人物形象的变迁及发展发现,形象塑造的美学症结依然在于解决成人社

---

① 吴翔宇:《传统资源的创化与中国儿童文学范式的确立》,《兰州大学学报(社会科学版)》2019年第6期。
② 杜传坤:《可能与边界:百年中国图画书的理论建构》,《吉首大学学报(社会科学版)》2019年第5期。

会观念中的'儿童本位'问题。"①

  2019年8月,由王德威、宋明炜主编的《五四@100——文化、思想、历史》由上海文艺出版社出版。本书邀请了51位学者,分别从文学、思想、文体、人物等角度重新回顾"五四"运动,并且对五四运动100周年作了不同角度的回顾与反思。其中梅家玲的《发现青少年,想象新国家》和宋明炜的《回到未来:"五四"与科幻》两篇文章对儿童文学研究具有参考价值。在梅文中,论者从梁启超在《清议报》上发表的《少年中国》和在《新民丛报》上刊登的《十五小豪杰》出发,认为"少年中国"论述的意义,"在于它藉由'少年中国'与'老大帝国'的对比,重新'发现'了'少年';不仅视之为挑战传统,颉抗老大的新兴力量,并且将其与'中国'的国族想象相互勾连"。同时,梅家玲也发现:"'少年'话语大盛于晚清,但'青年'一词的使用,已不乏见;'五四'前后,与传统文化犹有牵系的'少年'一词渐渐功成身退,取而代之的,乃是新兴的'青年'一词,它并且顺理成章地成为'青春'喻托的载体,以及'国家'的希望所系。"②而在文章结尾,梅家玲给出了值得深思的问题:"'五四'迄今已届百年,上个世纪的青少年们早已凋零故去,新世纪的青少年们,是否仍将是新国家的希望所系? 他们将会为'想象新国家'开启怎样的风景?"③在宋文中,他将韩松的《医院》三部曲与鲁迅的《狂人日记》等作品作对比,认为这部作品同样"贯穿着韩松关于疾病与社会、现实与真相、医学与文学的思考","看似异世界的奇境,却比文学写实主义更犀利地切入中国人日常生活肌理和生命体验。语言的迷

---

① 李利芳:《作为评价尺度的儿童文学人物形象塑造》,《吉首大学学报(社会科学版)》2019年第5期。
② 王德威、宋明炜主编:《五四@100——文化、思想、历史》,上海文艺出版社2019年版,第83页。
③ 王德威、宋明炜主编:《五四@100——文化、思想、历史》,上海文艺出版社2019年版,第85页。

宫,意象的重叠,多维的幻觉,透露出现实中不可言说之真相"。①

2019年8月,吴其南在《吉首大学学报(社会科学版)》上刊发《儿童文学是一种保守的文学?》。作者指出:"成人看儿童和儿童文学类似殖民者看殖民地的人民和文化。成人为了确证自己文明、理性的现代人身份而创造了具有野蛮、幼稚、不文明、未开化等特征的原始人/乡野人/儿童这个他者形象,以将自己和他们、自己的文学和他们的文学区别开来,这自然赋予儿童文学某种保守性质。保守于儿童文学并非都是负面的。现代'并喻社会''后喻社会'的到来也为儿童文学挣脱保守主义的羁绊提供了契机。"②

2019年8月,谭旭东、韩泽伟在《文艺评论》上刊发《刘先平长篇探险小说创作中的儿童形象分析》。作者指出:"这四部长篇探索小说都是从儿童视角来进行叙述的,以儿童的眼光来观察世界,以儿童的思维来感知自然,以儿童的心灵来表达对大自然的无限热爱,书中塑造了一个个形象鲜明、生动活泼的儿童形象。刘先平在这四部作品中创造的儿童形象,与自然联系紧密,扎根土壤,鲜活生动,有其独到之处,然而细细看来,也有其局限的地方。"③

2019年8月,谭旭东在《中州大学学报》上刊发《新世纪中国儿童文学的问题及发展对策》。作者指出:"新世纪中国儿童文学进入了快速发展的时期,但也存在一些问题:国外少儿图书大量引进,原创儿童文学发展受限;儿童阅读意识增强,但商业性儿童阅读推广活动减弱了其力量。

---

① 王德威、宋明炜主编:《五四@100——文化、思想、历史》,上海文艺出版社2019年版,第259页。
② 吴其南:《儿童文学是一种保守的文学?》,《吉首大学学报(社会科学版)》2019年第5期。
③ 谭旭东、韩泽伟:《刘先平长篇探险小说创作中的儿童形象分析》,《文艺评论》2019年第4期。

儿童文学市场化、类型化、娱乐化现象越来越严重；儿童文学创作出现了严重的文体不平衡和作家队伍'阴盛阳衰'的现象；儿童文学理论跟不上创作，对创作无法起到应有的引导作用，等等。要解决这些问题，就要转变儿童文学的立场，改善儿童文学的环境，调整儿童文学的价值尺度。"①

2019年8月，吴翔宇在《吉首大学学报（社会科学版）》上刊发《百年中国儿童文学演进史的理论构想与研究路径》。作者指出："中国儿童文学是以'文学现代化'为特质的中国文学的有机组成部分，其百年演进史与现代中国的转型具有同构性。对百年中国儿童文学演进史的整体而系统的研究有效地融通了'演进''演进史'与'演进史研究'的内在关联，对重绘中国儿童文学的历史图景与文学谱系有着重要的理论价值。对百年中国儿童文学演进史的研究不是做断代史的叠加，而是以'新人想象'为主题导向，突显生成论意义上的奠基、延续、发展、变通、对立及争议的内在脉络，以儿童观、审美形态的演变来表征百年中国儿童文学的发展演变，从而在民族性与世界性的格局中展示其独特的文学魅力。"②

2019年10月，李利芳在《中国图书评论》上刊发《经验与认知：〈雪精来过〉的可读性及其深度隐喻》。作者指出："《雪精来过》富含深度隐喻，它告诉孩子们，我们在'美'的面前必须具有'止步'的意识与能力。'美'在客观上是有限定性的存在。宇宙、自然，万千世界均有其运行的法则与规律，人类切不可因满足自己的私欲而去人为破坏。人类可欣赏沉浸于万物之美，世界本是多样化的。但如果止于一端地去纯粹地占有与沉溺，于主体于对象便都是可怕的灾难"，而"汤汤在文本中通过小女孩土豆的

---

① 谭旭东：《新世纪中国儿童文学问题及发展对策》，《中州大学学报》2019年第4期。
② 吴翔宇：《百年中国儿童文学演进史的理论构想与研究路径》，《吉首大学学报（社会科学版）》2019年第5期。

'亲身'经历去做了精彩的演绎与呈现"。①

2019年11月,窦全霞在《浙江师范大学学报(社会科学版)》上刊发《"爱丽丝"在东亚的变型——以中韩童话〈阿丽思小姐〉〈雄哲的冒险〉为例》。作者指出:"以中韩为代表的东亚儿童文学所处的发生环境,与西方儿童文学是截然不同的。西方的儿童文学相对来说更重视读者的喜好,能够更突显趣味性与娱乐性;相反,当时沦为殖民地的韩国和半殖民地的中国面临的情况比较恶劣,只有极少数的儿童可以在学校接受正规教育,大部分儿童要和成人一样从事体力劳动,生活在水深火热之中。在这样的背景下,儿童文学很难像西方儿童文学那样,立足于'愉悦儿童'的'文学'而存在。所以,东亚儿童文学在最初的发展过程中,虽然把西方儿童文学的经典著作当作参考对象的事例很多,却呈现出不同的风貌。就像'爱丽丝'来到东亚,变身为'阿丽思'与'雄哲',具有很强的现实批判意义。"②

2019年11月,吴其南在《浙江师范大学学报(社会科学版)》上刊发《后殖民视域中的中国儿童文学》。作者指出:"'后殖民'是文学研究中的一种理论视角,其基本含义是:当一种文化被另一种非自身的文化所主宰,便是被殖民;从这种被殖民中走出来,对原来的殖民文化进行审视,便成为后殖民。这一理论后来也为一些研究儿童文学的学者,如佩里·诺德曼等所借用,含义被引申为:一种儿童文学,如果其主要内容和基本表现形式都从成人出发,表现成人的意愿并引导儿童也屈从于这种意愿,这种现象即可被视为对儿童的殖民;从这种儿童文学观念中走出来,并对其

---

① 李利芳:《经验与认知:〈雪精来过〉的可读性及其深度隐喻》,《中国图书评论》2019年第10期。
② 窦全霞:《"爱丽丝"在东亚的变型——以中韩童话〈阿丽思小姐〉〈雄哲的冒险〉为例》,《浙江师范大学学报(社会科学版)》2019年第6期。

进行审视,便成为儿童文学中的后殖民。""直到现代的并喻文化、后喻文化的出现,我们才有可能从原来的殖民文化中走出来,站在一定距离外对其进行审视。"①

2019年11月,杜传坤在《山东师范大学学报(人文社会科学版)》上刊发《边界与困境:定义幼儿文学》。在作者看来,幼儿文学包括的基本内涵主要是:"它是成人为幼儿创作或改编的文学,基于成人不但相信儿童与成人有本质差异,而且不同年龄阶段的儿童也非常不同;幼儿文学是儿童文学中最低幼的层次,也最能反映儿童文学的特殊性,它与成人文学及其他层次儿童文学之间的差异既是程度上的也可能是种类上的;其中的幼儿主要指学龄前的孩子,有时也延伸到七八岁的儿童;视觉化或视听结合是幼儿文学新的表现形态,不可取代传统的纯文字听赏;成人不可避免会将自己的童年想象和价值观镶嵌其中"。并且,作者还指出幼儿文学中所常常隐藏的矛盾的二元性:"即使表现幼儿的天真,也需要具备超越天真的知识才能发现和欣赏这种天真;既赞美童年的无知,又想要清除这种无知,引导童年走向成年。幼儿文学与儿童文学、成人文学之间的边界是必要的,却不是固定的和泾渭分明的,幼儿文学的艺术魅力往往存在于那些难以捉摸的边界之中。"②

---

① 吴其南:《后殖民视域中的中国儿童文学》,《浙江师范大学学报(社会科学版)》2019年第6期。
② 杜传坤:《边界与困境:定义幼儿文学》,《山东师范大学学报(人文社会科学版)》2019年第6期。

2020 年

2020年1月,吴翔宇在《文学评论》上刊发《边界、跨域与融通——中国儿童文学与现代文学"一体化"的发生学考察》。作者指出:"从发生学的角度看,中国儿童文学与现代文学具有同源性。两者的融合拓展了在'文学现代化'的整体论框架内重构'民族性'与'世界性'的研究视野。针对'泛化'与'窄化'两者关系的理论误区,本文提出'一体化'的研究思路,旨在超越纯文学的本质主义与非文学的工具主义,将两者的互动共生关系置于现代中国动态文化语境中予以考察。中国儿童文学与现代文学的一体化研究的理论前提是系统把握两者各自发生发展的演变历程。本文在此基础上寻绎区隔与融通两者的机制,梳理其分立与融合的关系形态,辨析一体化研究的可能与局限,为重构立体化的现代中国文学全息图景提供新的研究路径。"[1]

2020年2月,谭旭东在《编辑之友》上刊发《守正创新与文化设计:2019年童书出版与儿童阅读推广观察》。作者指出:"2019年童书出版依然是图书零售市场中码洋比重最大的一类,连续多年的较高增速已吸引了众多出版社和民营图书公司。市场无序竞争依然形势严峻,童书出版的高质量发展之路还任重道远。深化童书出版融合,推进童书产业高质量发展是一个大趋势。郭义强曾表示,出版是内容产业,做优内容是出版业的立身之本。不管技术如何演变,对出版内容的高质量要求不会变也

---

[1] 吴翔宇:《边界、跨域与融通——中国儿童文学与现代文学"一体化"的发生学考察》,《文学评论》2020年第1期。

不能变。出版人只有始终把高质量、高品位作为不懈追求,才能为社会、为读者提供最好的精神食粮,才能有效提升读者的阅读体验。在推进融合发展进程中,出版界要始终坚持以人民为中心,牢固树立精品意识,将更多精力、资源投向内容生产,深耕优质内容,倾力打造更多思想精深、创意精彩、技术精湛、制作精良、'两个效益'俱佳、叫好又叫座的出版精品。2019年童书出版守正创新,走在探索之路上,取得了不俗的业绩,呈现了多面的风采。2020年对童书出版来说将是更值得期待的一年。"[1]

2020年3月,李利芳在《浙江师范大学学报(社会科学版)》上刊发《艺术人类学视域下的中国儿童文学研究》。作者指出:"我国儿童文学学科迫切吁求着理论研究方法论的变革。人类学视域对我国现代早期儿童文学学科曾发生过重要的思想滋养,新时期以来有一定传承。作为一个新兴崛起的学术领域,艺术人类学引入中国儿童文学研究,聚焦于以人类性意识、整体性观念和跨文化视角确立我国儿童文学研究的文化坐标,以体现继承性、民族性为旨归,汇通我国历史文化根脉,解决儿童文学事业广博的文化资源的问题。论文对这一跨学科研究的拓展空间及其可能性议题展开了初步论证。"[2]

2020年5月,王泉根在《中国当代文学研究》上刊发《新世纪近20年原创儿童文学现场观察》。作者指出:"新世纪中国儿童文学的原创生产与出版传播进入了跨越式发展的阶段,我国正在从童书出版大国向强国迈进。原创儿童文学作品呈现出良性发展、多元共生的态势。现实性儿童文学与幻想性儿童文学交相辉映,出现了一批有影响的作品。第五代作家的崛起以及他们走向更为深广的审美世界的追求,则让人们看到了

---

[1] 谭旭东:《守正创新与文化设计:2019年童书出版与儿童阅读推广观察》,《编辑之友》2020年第2期。
[2] 李利芳:《艺术人类学视域下的中国儿童文学研究》,《浙江师范大学学报(社会科学版)》2020年第2期。

新世纪中国儿童文学繁荣的可能。但儿童文学原创生产也存在着同质化、平庸化倾向,文体发展失衡等问题。"①

2020年5月,谭旭东在《中国当代文学研究》上刊发《儿童文学研究的情形、问题域及学科期待》。作者指出:"无论是从学科构架,还是从研究状况来说,目前儿童文学研究虽有日渐趋多的走势,但总体而言还谈不上成熟,在未来的发展中存在众多值得期待之处。现有的儿童文学研究,主要从儿童文学作品的评介、儿童文学史写作以及儿童文学跨学科与周边研究三个方向展开,但这些研究中存在评介缺乏理论支撑、文学史写作学科化整体思考不足、跨学科研究还需继续深入等问题。本文从现有研究情形和问题出发,作整全视阈下的回顾与思考,对儿童文学研究的学科发展、研究方向提出几点期待。"②

2020年5月,谭旭东、谢毓洁在《新阅读》上刊发《绘本的理解、阅读与创作》。作者分别从"绘本的历史"、"绘本的理解"、"绘本的功能"、"绘本的应用"、"绘本的创作"五个方面论述了绘本的理解、阅读与创作。作者指出:"绘本在新媒体和人工智能对出版的影响日益加深的形势下,绘本的出版会不会发生质的变化呢?绘本的出版会不会走下坡路呢?我觉得不会的。绘本作为纸质童书的一个品种,它最具有童书特点且受众对象非常明确,这正是绘本的优势。绘本不会被热闹的童话、畅销儿童生活故事和科幻等覆盖的,它的幼儿读者的心理和生命特质会自然排除各种干扰,绘本作为幼儿成长的陪伴,它的教育媒介功能和文化价值是不可替代的。因此,我们有理由相信,绘本创作、出版和阅读会更好。"③

---

① 王泉根:《新世纪近20年原创儿童文学现场观察》,《中国当代文学研究》2020年第3期。
② 谭旭东:《儿童文学研究的情形、问题域及学科期待》,《中国当代文学研究》2020年第3期。
③ 谭旭东、谢毓洁:《绘本的理解、阅读与创作》,《新阅读》2020年第5期。

2020年5月,吴翔宇在《西南大学学报(社会科学版)》上刊发《思想资源与中国儿童文学的学术化建构》。作者认为:"中国儿童文学的学术化既是实现'文学现代化'的手段,也是结果。现代儿童观这一思想资源的出场,为建构起现代的儿童文学观念及学术品格提供了先决条件,从而拓展了文学范畴及人学的内涵。基于'儿童的'与'文学的'双重特性,儿童文学内蕴的双栖性制导了并非一致的学术化发展路向,思想上的'为儿童'与艺术上的'去教化'使其深陷'纯化'与'泛化'的逻辑怪圈之中。在向外译介、向内整理的一体化体系中,内外两种思想资源互为他者,并汇聚为推动儿童文学创作的复合性学术资源,驱动了中国儿童文学向'民族化'与'现代化'的方向发展。"①

2020年5月,崔昕平在《当代作家评论》第3期上刊发《当代儿童文学短篇创作得失论——以2019年为样例》。作者认为:"结合2019年儿童文学短篇作品阅读,分析儿童文学短篇创作,有几点值得关注。第一,儿童诗歌虽然在创作上呈现出逐渐的繁荣,但是刊登儿童诗歌的报刊版面仍极为有限,加之儿童诗较之于叙事类作品更需要阅读的引导,使得有限的刊登儿童诗的版面并未获得小读者的关注与反馈。儿童诗在期刊中的地位,常常仅如同童话、小说的'陪衬'。这既需要儿童诗创作者努力写出真正引发儿童关注、触动儿童共鸣的真童诗、好童诗,同时需要儿童报刊的编辑思考如何调动、引导儿童对诗歌的阅读与欣赏。第二,儿童散文创作近年来也逐渐受到关注,创作儿童散文的作家数量、出版的儿童散文集数量均有一定的提升。但是,基于儿童散文真实性的要求,儿童叙事散文如何与儿童小说呈现各自的美学面貌而不是日渐难以分辨,成人创作儿童散文能否在回忆童年的思路外获得更加开阔的情感动因,儿童散文

---

① 吴翔宇:《思想资源与中国儿童文学的学术化建构》,《西南大学学报(社会科学版)》2020年第3期。

如何拓展更加开阔的创作空间,如何呈现更加丰富的美学样貌,都仍是值得进一步以创作加以推动的问题。第三,在现实主义创作形成主流的当代文坛,儿童文学创作中的浪漫的、想象的题材应如何安放。幻想类题材始终是最切近童年期儿童思维方式的文学样式,大量现实主义的童年书写是否会导致儿童读者只得向想象恣肆、童心洋溢的外国儿童文学经典作品汲取所需;不同年龄层次的儿童读者对现实题材与幻想题材的不同需求是否应引起足够的关注,都是未来创作需要思考的问题。第四,儿童文学的跨界创作与儿童文学的基准意义之间如何进一步磨合。成人文学期刊的儿童文学专号所刊出的儿童文学作品常有令人耳目一新之作,但有作品呈现出对儿童受众的若即若离,在技法选择上也与儿童文学作家有所差异。有差异并非坏事,反而常能激发文学进一步创新的可能,但有些差异是源自对儿童文学本质的不够了解,对儿童文学经典作品阅读准备的不足。如此,则有可能既未达到成人文学艺术标准,又被儿童文学读者所排斥。儿童文学是文学,好的儿童文学必然是老少咸宜的文学,但如果无法被儿童读者所接受,它则只能是文学,而非儿童文学。"[1]

2020年6月,王泉根在《现代中国文化与文学》上刊发《中国现代儿童文学的理论深耕与多维建构》。作者指出:"儿童文学是整个文学系统中的独立门类与不可或缺的重要组成部分,就如同'失独'家庭不是完整的家庭一样,中国现代文学系统自然也不能缺失现代儿童文学这一子系统。'一切历史都是个人史',对于那一段已成为历史的现代文学,我们自然不可能有参与其中的历史机遇,但是按照历史真实和学术逻辑,试着从方法论上寻找突破,还原儿童文学的历史图景,则是一件可以尝试的工作。从某种角度说,历史观比历史的事实更真实,如同绘画比照相更真

---

[1] 崔昕平:《当代儿童文学短篇创作得失论——以2019年为样例》,《当代作家评论》2020年第3期。

实。因而从现代儿童文学'历史观(理论)'的维度,探讨与还原现代儿童文学的历史地图,可能是符合历史真相与学术逻辑的。在现代儿童文学'历史观(理论)'(专著、论文、文献、序跋、演讲等)的背后,涉及了现代中国的儿童观、儿童文学观、儿童教育教学观,涉及了儿童的社会地位、生存权、发展权、受保护权这些具有根本性的现代儿童问题与社会问题。特别是儿童观与儿童文学观的变革,直接影响与规范着现代儿童文学系统工程建设的方方面面——包括作家创作、编辑出版、学校教学、阅读推广、中外关系等。"[1]

2020年6月,崔昕平在《中国图书评论》上刊发《新时代中国原创幻想儿童文学的艺术突围——基于"大白鲸"原创幻想儿童文学的思考》。作者指出:"梳理6年来令读者过目不忘的、具有突破意义的大白鲸获奖作品,和大量不能令我们留下印象的幻想儿童文学作品,一个问题的重要性便凸显出来——如何延续对本土幻想儿童文学创作的艺术突围,后续的深耕细作如何展开。细化一下,中国幻想儿童文学的艺术突围还有哪些可能?现有突围的艺术动力与能力是否足以支撑某种突围达成最终的成熟?现有的创作中显现出哪些必须警惕的问题?基于第一点,作家的创造能力常常走在评论者的前方,我们期待看到更多的具有创新意义的中国原创幻想儿童文学作品为我们展示出更多的'可能'。基于后两点,可能的限制会来自三方面:首先,屈就于惯性或耽于模仿,创新性不足。当下的幻想儿童文学作品中存在大量雷同之作。不少故事的开头颇有新意,显而易见,作家获得了某种灵感并立意创作一部新鲜的作品。然而,故事实质性展开之后,创作之初的新鲜感与源动力逐渐匮乏,于是屈就于个人的创作惯性,或借用此类故事的惯用桥段,于是,任意的穿越,奇诡的

---

[1] 王泉根:《中国现代儿童文学的理论深耕与多维建构》,《现代中国文化与文学》2020年第2期。

怪兽,夸张的打斗,热闹的幽默,凑起了故事的后半段。一个非常优秀的创意,或者创作的出发点,就这样遗憾地淹没于了无新意的情节之中。另一类创作来自对获奖作品的浅层模仿,如在成功的神话幻想类作品的启发下,不少作家在民间幻想资源中看到了可资开采的富矿,但实际投入创作时,个人的创作准备明显不足,仅仅将对民间幻想资源的再利用停留在了'贴标签'的层面,借用了几个形象,或是穿插了几个典故,而并没有达成某种精神的内化与传达,民间幻想资源在作品中仅仅充当了'道具'或者'摆件'。其次,囿于人生或阅读视野,深度与张力不足。部分作品完全靠头脑中的幻想推动故事。无根的幻想使得故事可以任由幻想驱使,也使故事停留在了'热闹'的层面,读后的遗忘速度非常之快。究其原因,首先在于它没有可供心灵碰撞与共鸣的内蕴。内在的意蕴,是任何文学,包括幻想文学立得住的根基。最后,顾此失彼,对'幻想'用力过猛反而忽视了'文学'。部分幻想儿童文学作品因为一味地追求幻想的新奇,而滑向了刻意的搞怪。习近平总书记在中国文联十大、中国作协九大开幕式上谈'创新'时强调,'创新贵在独辟蹊径、不拘一格,但一味标新立异、追求怪诞,不可能成为上品,却可能流于下品。'这句话对于幻想儿童文学如何开拓幻想的边界,具有警示意义。还有部分幻想儿童文学作品一味强调幻想性,作品完全靠密集的情节或人物对话推动,对于艺术性、思想性的追求明显不足,故事单薄,人物概念化,甚至缺乏合于情理的逻辑真实。正所谓'初为文唯恐不奇,久为文唯恐不平。'成熟的文学表达,应力求化解'刻意',达成如盐在水,圆融自洽。"[①]

　　2020年7月,吴翔宇、卫栋在《浙江师范大学学报(社会科学版)》上刊发《百年中国儿童文学编年史撰写的实践与反思》。作者指出:"中国儿

[①] 崔昕平:《新时代中国原创幻想儿童文学的艺术突围——基于"大白鲸"原创幻想儿童文学的思考》,《中国图书评论》2020年第6期。

童文学的发生导源于现代儿童观的自觉,'儿童的发现'开启了其文学现代化的发展之旅。百年儿童文学史的编撰必须夯实于文学现代化的土壤中,科学地调适'文学'与'历史'的关系,同时建构起与中国现当代文学史'一体化'的桥梁。采取'编年体'来撰写百年儿童文学史,有助于克服'以论代史'及等级化叙史的弊病,在史料历史化的过程中再现百年儿童文学史的发展轨迹。当然,编年史书写自有其限度,在规避了文学史权力和话语宰制后无法动态地牵引文学史线索,这种'不带论旨'的、平等式的撰史方式难以追索其发展的规律。如何以编年体例来纵向贯通文学史脉络、还原文学史的历史整体性,是当前探索编年史书写创新的路径与方向。"①

2020年7月,吴翔宇在《学术月刊》上刊发《百年中国儿童文学跨学科拓展的依据、路径与反思》。作者指出:"在中国儿童文学领域'重提'跨学科实践,旨在于文学发展的内源性和时代演进的外源性同构的基石上,从学科界分的角度重审其概念的本体意涵,探寻跨学科拓展的知识学依据。中国儿童文学不仅是一个描述性的概念,还是一个结构与关系的概念。这种概念与学科的特殊性内在地驱动了学科互涉的转向。总体而言,中国儿童文学的跨学科拓展路径包含了内部'贯通'与外部'联动'两个层级。在世界儿童文学与百年中国文学的整体格局中,将这种跨学科实践纳入系统论的视野,超越'纯文学本质主义'与'非文学工具主义'的理论偏狭,在坚守学科本位的同时有效地开启学科间的对话交流,促进学科知识的整合,进而推动百年中国儿童文学向纵深方向发展。"②

2020年7月,胡丽娜在《浙江师范大学学报(社会科学版)》上刊发

---

① 吴翔宇、卫栋:《百年中国儿童文学编年史撰写的实践与反思》,《浙江师范大学学报(社会科学版)》2020年第4期。
② 吴翔宇:《百年中国儿童文学跨学科拓展的依据、路径与反思》,《学术月刊》2020年第7期。

《中国儿童文学史编撰的历史与问题》。作者指出:"中国儿童文学已有百年发展历史,但专门的儿童文学史论著作却迟至1980年代末才出现。儿童文学史研究的贫弱与其生成的历史语境与研究传统密不可分。深受文学救国、培育未来国民相关观念的影响,加之清末以来教科书儿童文学化的实践,导致发生期儿童文学理论偏向功用性和教育性,这种失衡格局遮蔽了对其历史发展的宏观把握和基于文学审美本身的理论审视。当前儿童文学史的编撰一定程度走出了传统范式的限制,研究的深度和广度有极大推进,但依然存在研究格局失衡、研究观念滞后、研究视野狭隘等问题。儿童文学史上一些基本课题和重要问题亟待深入细致的考察,而史料建设是进一步推动历史研究之关键环节。"[1]

2020年9月,王泉根在《教育史研究》上刊发《中国古代启蒙读物、共享文学与儿童阅读教学研究》。作者指出:"中国古代儿童阅读教学既有内容丰富的各类教材,即启蒙读物,还有两代人共读共享的文学。古代启蒙读物、共享文学是古代儿童阅读教学重要的内容支撑、形象支撑、审美支撑。明代熊大木的《日记故事》是中国第一种儿童图画故事书,而《西游记》更是儿童喜爱的幻想小说。对于中国古代独特而丰富的儿童阅读教学资源与文脉传承,还需要我们进一步探索研究。"[2]

2020年9月,吴翔宇在《贵州社会科学》上刊发《代际话语与性别话语的混杂及融通——〈彼得·潘〉的性别政治兼论儿童文学"不可能性"的理论难题》。作者指出:"《彼得·潘》是一部'反成长'主题的童话,在儿童与成人'代际'的框架中,内蕴着性别界分及社会角色预设的刻板印象。这种脱逸于儿童镜像'母本'的性别意识的'发现',因被更深层次的性别

---

[1] 胡丽娜:《中国儿童文学史编撰的历史与问题》,《浙江师范大学学报(社会科学版)》2020年第4期。
[2] 王泉根:《中国古代启蒙读物、共享文学与儿童阅读教学研究》,《教育史研究》2020年第3期。

政治消蚀而遮蔽了'完全生命'形态的儿童主体性。身份问题是性别政治的原点。在对位置与声音的配置过程中,不同话语诉求所形构的博弈介入了性别政治的空间赋义。罗丝基于该文本而阐发'儿童小说之不可能'的质疑,构筑于儿童文学借成人来反成人的逻辑上,触及了儿童文学的本体问题。对于这种质疑的反思路径是返归儿童文学的'元概念',深植于文本内外的情境与结构的内核,融通儿童文学'描述性'概念与'结构与关系'概念的可能性。"①

2020年9月,徐妍在《细读》上刊发《鲁迅译介〈小约翰〉与儿童文学的跨文化现代性》。作者指出:"令人感到奇异的是,1926年鲁迅译介《小约翰》以前,鲁迅的文本世界与望·蔼覃的《小约翰》之间的跨文化互文性并未表现在儿童为主人公的小说中,而是表现在成人为主人公的散文诗集《野草》和历史小说《补天》以及杂文这三种文体中。而且,在1926年鲁迅译介《小约翰》以前,鲁迅的文本世界是以多文体、多角度、大面积互文的方式来转换《小约翰》的影响的。究其原因,或许是由于鲁迅在二十年间迟迟未能译介《小约翰》而产生了内心的亏欠感。这种内心的亏欠感如同鲁迅所说:'这意思(译介《小约翰》——笔者注)的发生,大约是很早的,我久已觉得仿佛对于作者和读者,负着一宗很大的债了'。正是这种内心的亏欠感导致了鲁迅对《小约翰》的深切的向往之情。相反,在1926年鲁迅译介《小约翰》以后,鲁迅却反倒是只在散文集《朝花夕拾》中来表达对《小约翰》的致敬之情了。"②

2020年12月,王泉根在《江淮论坛》上刊发《百年中国儿童文学演进史中的茅盾》一文。作者认为:"茅盾不但是中国现代文学的先驱与巨匠,

---

① 吴翔宇:《代际话语与性别话语的混杂及融通——〈彼得·潘〉的性别政治兼论儿童文学"不可能性"的理论难题》,《贵州社会科学》2020年第9期。
② 徐妍:《鲁迅译介〈小约翰〉与儿童文学的跨文化现代性》,《细读》2020年第1期。

也是中国现代儿童文学的先驱与卓越的创建者,在百年中国儿童文学演进发展的重要历史节点,他以其'本性酷爱童话'的赤子之心与卓越的创作成就以及敏锐犀利的批评家眼光,对中国儿童文学作出了独特且有重大影响的工作与贡献。由于研究界多将兴趣投注于茅盾在现代文学的作为,因而对茅盾在儿童文学方面的工作留下了研究空间。"[1]

2020年12月,窦全霞在《河北科技大学学报(社会科学版)》上刊发《20世纪30年代中韩童话论争探析》。作者指出:"童话作为儿童文学的重镇,如果童话的地位不保,儿童文学的发展也会举步维艰。中国与韩国同一历史时期发生的有关童话的论争,从起因、性质与所带来的影响等方面,两者既有相似之处,也存在着巨大的差异。这场发生在20世纪30年代的童话论争显示出当时成人社会对于童话以及'幻想性'的看法,对今天的我们仍然有很重要的意义,能够启发我们对童话与儿童文学的种种反思。中韩两国为东亚之邻国,历史文化与文学背景极其相似,现代儿童文学的发展方面也有着很多的相似之处。目前,在国内关于韩国儿童文学的研究还不是太多。本文聚焦20世纪30年代中韩两国共同发生的有关'否定童话'所引发的论争,能够让我们更好地厘清童话在中国现代文学史上的地位及影响,并探寻这场论争存在的问题和意义。"[2]

---

[1] 王泉根:《百年中国儿童文学演进史中的茅盾》,《江淮论坛》2020年第6期。
[2] 窦全霞:《20世纪30年代中韩童话论争探析》,《河北科技大学学报(社会科学版)》2020年第4期。

后 记

《新时期40年中国儿童文学编年史》是之前《中国儿童文学编年史（1908—1949）》的延续。既是时间层面的延续，也是思路和方法的延续。做史料工作是非常辛苦的，"上穷碧落下黄泉，两处茫茫皆不见"说的就是这种艰难追索的心路历程吧。做学问如此，人生何尝不是这样呢？

有了之前编纂编年史的经验，这次的编年史的撰写就便宜多了。我们的基本思路是事先制作好目录，有了目录索引就好似有了搜索文献的"导航仪"，不会盲目地迷失在浩如烟海的文献之中。其次是创作与理论批评的分门别类。编年史不是文学史的副本，它有其独特的撰史方式。在编纂过程中，我们既搜录儿童文学创作的相关史料，又关注儿童文学理论与批评的现场，在静态与动态的视野中辑录编年史的素材。这其中，还有一个相对隐匿的文献考释的工作。这项工作原本并非编年史撰写过程中的必须，但在辑录和搜集文献过程中发现了一些问题，如笔名、未刊稿、内部资料等问题，还有一些混杂于其他学科门类的文献资源等问题，这都要求文献考证的功夫。我们的文献考证工作的范围主要集中在如下几个方面：1.对未刊稿、口述材料、未具名的文献进行考论；2.对真实身份待查、生平经历待考的理论批评家及相关笔名进行考释；3.对不同时期、语境出版的理论批评史料版本进行比对与校勘；4.对重要理论批评文献进行校注；5.对有错讹、真实意图存疑的史料进行考证；6.对混杂于教育学、民俗学、儿童学等其他学科门类的理论批评史料进行甄别；7.对被忽略、被遮蔽的批评家及理论著述中失收的轶文进行补遗。在上述目录学、考证学和文献学的三维结构中，我们的编年史的史料搜集就容易开展下去了。

  新时期以来，中国儿童文学事业得到了恢复和全面发展。史料也非常丰富，寻找这些史料也变得越来越便利了。基于此，我们还是带有比较明晰的遴选标准的。面对如此浩瀚和丰富的史料，我们以学术性为基本准则，尤其是看这些学术文献是否能对中国儿童文学发展产生影响。这样一来，一些文献就没有进入这本小书了。本书是由我和谢一榕、徐健豪合作完成的，在这种合作过程中，我们相互学习、激励，整个过程是愉快而充实的。

  浙江师范大学儿童文学研究中心历来重视儿童文学史及史料的研究工作，在这方面，蒋风先生的影响最大，引领了儿童文学理论研究工作。当我把这部薄薄的小书呈给99岁高龄的蒋老师，并请他作序时，他欣然应允，很快就为我写好了序，并嘱咐我们继续努力，多出厚重的、有影响力的理论著作。感谢前辈对我的鼓励，我将秉承浙江师范大学儿童文学的优良传统，投诸更多的心力去关注儿童文学、去探寻儿童文学深层次的奥秘。

  感谢一直支持我的各位师友，感谢我深爱的家人，感谢儿童文学！感谢南京大学出版社一直以来的关照支持！

  是为后记。

吴翔宇

2022年8月26日

图书在版编目(CIP)数据

新时期40年中国儿童文学编年史 / 吴翔宇，谢一榕，徐健豪著. —南京：南京大学出版社，2023.12
（百年中国儿童文学论丛 / 吴翔宇主编）
ISBN 978-7-305-26966-0

Ⅰ.①新… Ⅱ.①吴… ②谢… ③徐… Ⅲ.①儿童文学—文学史研究—中国—当代 Ⅳ.①I207.8

中国国家版本馆CIP数据核字(2023)第232163号

出版发行	南京大学出版社		
社　　址	南京市汉口路22号	邮　编	210093

丛 书 名　百年中国儿童文学论丛
主　　编　吴翔宇
书　　名　**新时期40年中国儿童文学编年史**
　　　　　XIN SHIQI 40 NIAN ZHONGGUO ERTONG WENXUE BIANNIAN SHI
著　　者　吴翔宇　谢一榕　徐健豪
责任编辑　郭艳娟
照　　排　南京紫藤制版印务中心
印　　刷　江苏凤凰盐城印刷有限公司
开　　本　718毫米×1000毫米　1/16　印张 35.25　字数 500千
版　　次　2023年12月第1版
印　　次　2023年12月第1次印刷
ISBN　978-7-305-26966-0
定　　价　180.00元

网　　址　http://www.njupco.com
官方微博　http://weibo.com/njupco
官方微信　njupress
销售热线　025-83594756

* 版权所有，侵权必究
* 凡购买南大版图书，如有印装质量问题，请与所购
　图书销售部门联系调换